本书为"上海师范大学国家重点学科比较文学与世界文学研究中心"
"上海市高校比较文学与世界文学研究创新团队"研究成果

当代英国小说史

A Historical Survey
of Contemporary British Fiction

刘文荣 著

文汇出版社

目　录

下编 20 世纪 90 年代以后的小说创作

导论： 当代英国与当代英国小说

文学创作和社会情绪密切相关。当代英国小说创作，总体上是当代英国社会情绪的一种表达，而当代英国社会情绪的变化，则是当代英国"国家形势"变化的一种反映。所以，我们首先要来看看当代英国的"国家形势"。

一、"大英帝国"的解体与
"新道德"的兴起

"二战"结束后，"大英帝国"逐渐解体。实际上，"大英帝国"的概念在"二战"期间就已经为"英联邦"这一概念所取代。"英联邦"是由英国的所有殖民地构成的一种松散的伙伴关系，这些殖民地不仅受英国的支配，同时也受英国的战时同盟国加拿大、澳大利亚和新西兰的支配。战后，英国工党政府同意印度和巴基斯坦独立，条件是它们必须留在"英联邦"内。由于印度和巴基斯坦是当时英国最大的殖民地，这就意味着"英联邦"概念由原来的"殖民地组合体"变为了"独立国家组合体"。尽管"英联邦"国家依然和英国保持着某种独特的关系，但英国国王或女王已不再是这些国家的"统治者"。譬如，印度在1947年独立后，当时的英国国王乔治六世便放弃了由他继承的"印度皇帝"的称号。

继印度独立之后，英国政府又允许非洲、亚洲、西印度和太平洋地区的殖民地独立，以此表明它的"开明政策"。不过，实施这一"开明政策"的根本原因是，英国在"二战"中元气大伤，国力下降，已无力维持它的宗主国地位。此外，"二战"后美国成为世界第一超级大国，也是导致"大英帝

国"解体的一个重要原因。美国原本也是英国的殖民地,其独立就是反殖民主义的结果,因而当美国有可能反过来影响英国时,它首先敦促它的前宗主国放弃殖民政策。还有一个原因是,"二战"后的苏联也成为超级大国,而且开始输出革命,在世界各地策划和支持"民族解放运动",以此削弱"帝国主义势力",因而,殖民地本身也动荡不安,要求独立的呼声(乃至枪声)日益高涨。

总之,1947年以后,随着"大英帝国"前殖民地的纷纷独立,以及新超级大国美国和苏联的崛起,有一个事实变得明确起来,即:英国失去了以帝国中心作为自我定位的依据。换句话说,英国已成了一个和其他国家没有什么区别的"普通国家"。尽管英国文化并不是海外殖民的产物,而是英国民族所固有的,但其文化优越感却是在帝国时代形成的。所以,当英国人面对这一事实时,首先受挫的是其文化上的优越感。这一点,无疑会使诸多英国人感到沮丧,感到愤愤不平。这样的情绪,在有关英国文学走向的争论中表现得尤其明显——悲观主义总是占上风。

然而,和文学界形成鲜明对照,战后的工党政府却在竭力营造一种乐观气氛。1945年,工党以明显多数在选举中战胜保守党,从而产生了由艾德礼领导的工党政府。基于一种广泛而普遍的认同,工党政府开始实施一系列改革政策:首先是经济改革,把铁路、煤矿、冶金和造船等大型企业收归国有,以求稳定的经济形势;其次是教育改革,通过把国民教育细分为初等教育、中等教育和高等教育三个阶段延长了学制,同时为普及教育,大力兴办由政府出资的"公费教育",以此为不同家庭背景的学生提供受教育的机会;最后是社会改革,重点是通过新的"国民保健制度法"以求在1948年之前实行全民免费医疗,并以这一法案为基石,全面建立"国民保障制度",从而把英国建设成一个真正的"福利国家"("福利国家"的口号其实在战前就已提出,但那时只是用以对抗纳粹德国的一种宣传)。正是工党的改革政策,逐渐结束了战后物资匮乏的年月,经济增长和政治相对稳定的时期开始到来。由此,便产生了一种乐观主义气氛,许多人有这样一种想法:英国正在迎来一个新的黎明,正在以全民响应的姿态重建自己。

这种乐观气氛一直延续到70年代中叶才因全球经济衰退而消散。不过,在此过程中,尽管报纸和政客们一再宣称一个全民富足的社会已经到来，民众也大多为此感到宽慰，50年代的英国文学界却从未出现过相应的乐观情绪。当时，英国小说家不是用幻灭和迷惘的语调讲述着英国的现在，就是以失落和怀旧的心情追忆着英国的过去——那个具有明确自我定位的"帝国时代"。

这样到了60年代，历来被视为保守的英国社会终于也迎来了"新道德"。所谓"新道德"，可以说就是同一时期美国"性解放"的翻版，而且在很大程度上就是从美国输入的。有三件事可视为"新道德"兴起的标志：一是1960年"企鹅出版社案"的"无罪"判决；二是1963年菲利普·拉金的诗集《奇异的年代》的出版；三是1966年"披头士乐队"的第一张唱片的发行。

"企鹅出版社案"即企鹅出版社出版D. H. 劳伦斯的小说《查特莱夫人的情人》而被指控为"散播淫秽读物"，但最终却被判"无罪"——这意味着像《查特莱夫人的情人》这样的书，在英国也不再是"禁书"。菲利普·拉金的诗集《奇异的年代》的出版，则意味着"性禁忌"即使在高雅的诗歌领域也被打破。至于"披头士乐队"的音乐，本是街头演唱，被民间音乐迷视为"受压抑心境的真实表达"，其本身就是所谓"青年先锋文化"的一部分，它的流行不仅意味着贝多芬必须靠边站，就是巴尔托克和布里顿、现代和传统的爵士乐也已经被抛弃，甚至被认为是"新自由时代"到来的标志——至少，在相当一部分年轻人中间是如此。

不过，虽然60年代常常被欢呼为"新道德时代"，但"新道德"却并未受到普遍欢迎。欢呼声始终伴随着嘲笑声和指责声。有人嘲笑说，这是"男性避孕套和女性避孕药时代"；有人指责说，所谓"新道德"就是"漫不经心的性放荡"，如此等等。特别是当伊恩·弗莱明的"詹姆斯·邦德"系列小说在60年代被改编成电影而风靡一时之际，嘲笑声和指责声更是此起彼伏——那简直就是"火辣辣的性放荡"了！与此同时，有人又认为这是对"新道德"的误解，认为不能把"新道德"简单地等同于"性放荡"或者"壮阳药"，而应该把它视为"后弗洛伊德-性关系公开化"的一种反映，或者视为"后劳伦斯-性关系神圣化"的一种尝试，但这种尝试很可能是"有害的"。与此针锋相对，又有人竭力为"新道德"辩护，宣称"性关系"是"真正意义上的神圣交流行为"，"性自由"展示了"所有生理器官关系的美和价值"；因而，说婚姻具有神圣意味，不过是"前科学时代的玄学说教"，早已陈腐不堪。更有甚者,有人进而认为,全部传统道德都必须用"新道德"标准予以重新审视,凡是不符合"新道德"标准的,一概当作迷信和偶像予以废弃。还有学者在英国广播公司的专访中称,由于"作为快乐源泉"的性观念的出现,现行道德已成一片"堆满支离破碎的信念碎片"的"荒原"。

60年代的争论,后来在极大程度上成了70年代和80年代理论关注的焦点。尽管60年代并没有真正发现"作为快乐源泉"的性观念,传统道德也没有真的变成一片"荒原",但不管怎么说,随着有关"新道德"的争论,不仅对性行为的立法控制被放宽(譬如,避孕和离婚的自由化、堕胎的合法化,甚至同性恋也不再"犯法"),而且有关"新政治"和"新文化"的言论也开始出现。

除了国内问题,国际问题也势必会对公众情绪产生影响。在美苏"冷战"期间,英国坚持它"独立"的核威慑力量的重要性,同时也坚持由北约提供的更为广泛的安全防御。不过,总的说来,不管美苏"冷战"升级,还是美苏试图化解危机,英国都不得不站在一边袖手旁观。同样,面对苏联1956年入侵匈牙利和1968年入侵捷克斯洛伐克,英国也是无能为力的。还有当美国在越南的战争逐渐升级时,英国也一直小心翼翼地避免直接卷入。所有这些,都使英国人意识到"今不如昔",自己不再是"日不落帝国"的臣民,而是位于美苏之下的"二等公民"。在新一代的年轻人中间,这种失落情绪还演变为对父辈的不满。特别是那些在70年代和80年代成长起来的年轻人,他们对世界和对上一代人的不满往往还以激进的政治姿态表现出来。在他们看来,政治变革不仅可能,而且已迫在眉睫。他们对上一代人的"空谈"、"妥协"和"错误"已感到不耐烦了;他们迫切地要成为"新社会秩序"的铸造者,而他们中的有些人,就是通过文学(尤其是小说创作)提出这一诉求的。

另一方面,50年代末和60年代英国的经济复苏和相对繁荣又使人产生一种相对乐观的情绪。这种经济乐观主义既支持了继工党之后执政的保守党政府,也支持了在1966年取代保守党的工党政府。确实,无论是保守党执政,还是工党执政,有一个事实是不变的,那就是英国普通民众的生活和工作条件在不断得到改善(尽管他们仍有诸多不满)。他们或许会愤怒地认为,他们的社会权利和经济利益都受到了不公正的"侵害",但同时又相信,一份不错的工资、一次度假和一台电视机便足以使他们安心生活。在 60 年代至 70 年代，人们不但能看到大规模的贫民窟拆迁和大批高楼的兴建，还获得了过去不曾有的旅游和家庭娱乐的机会。一度似乎是无法得到的奢侈享受，譬如到欧洲大陆去旅游、拥有电视机、立体声设备和家用轿车，逐渐成了多数人都能得到的东西，甚至成了生活的必需品。和这种物质享受主义相对应的是一种相对自满的情绪。这种自满情绪，后来一直延续到 80 年代和 90 年代。

可见，当代英国社会情绪是复杂的，甚至是自相矛盾的，而这种复杂性和矛盾性，每每就从文学，特别是从小说创作中表现出来。

二、现实主义的回归与现代主义的转向

总的说来，20 世纪后半叶的英国小说呈现出两种倾向：一是现实主义的回归，一是现代主义的转向。两种倾向都是对 20 世纪前半叶的主流文学（即实验性的现代派文学）的背离：前者倾向于回归 19 世纪的现实主义传统；后者则倾向于更为极端的文学实验。换句话说，一为"复旧"，一为"继续创新"，两者背道而驰。不过，这两种倾向并非平分秋色，而是此起彼伏的。大体说来，在 50 年代至 60 年代，前一种倾向比较明显；在 70 至 80 年代，则更多地表现为后一种倾向。当然，无论在 50 年代至 60 年代，还是在 70 年代至 80 年代，这两种倾向都是同时存在的，只是势头有所不同而已。

说当代英国小说创作中有回归现实主义的倾向，主要是因为在战后的二三十年间，出现了三类有影响的小说，即："愤怒的青年"小说、女性小说和"长河小说"。

所谓"'愤怒的青年'小说"，如金斯利·艾米斯的《幸运儿吉姆》、约翰·布莱恩的《向上爬》和约翰·韦恩的《每况愈下》等，都是写"福利国家"里的一些下层家庭出身的年轻人的心态。还有如艾伦·西利托的《星期六晚上和星期天早上》和《长跑运动员的孤独》，写的则是少年犯收养所的内情。这一派小说家"唾弃"现代派小说，有意采用传统的写实手法表现当代题材，表现他们对当代社会的"愤怒"。

所谓"女性小说"，是指一批女作家的作品。50 年代以后，英国涌现出众多女作家，其中的佼佼者，如多丽丝·莱辛、穆里尔·斯帕克、艾丽

丝·默多克和玛格丽特·德拉布尔等人,都写出了优秀小说。这些女作家的作品虽在题材和技巧方面各有不同,但有一点是共同的,即:大多倾向于采用现实主义的手法表现当代女性的感受。

所谓"长河小说",即长篇系列小说。"长河小说"起始于19世纪的法国,首创者是巴尔扎克和左拉——前者的《人间喜剧》多达91部,后者的《鲁贡-马卡尔家族的自然史和社会史》也多达20部,规模宏大。在英国,19世纪最有名的"长河小说"是特罗洛普的"巴塞特郡小说",包括六部相互关联的长篇小说。虽然20世纪初仍有"长河小说"问世,如在法国有罗曼·罗兰的《约翰·克利斯朵夫》,在英国有高尔斯华绥的《福尔赛世家》等,但随着现代派小说的兴盛,"长河小说"便衰落了。然而到了20世纪40年代末、50年代初,"长河小说"又开始受到一些英国小说家的青睐。接在,便有诸多当代"长河小说"源源不断地问世,如C. P. 斯诺《陌生人和兄弟们》(11部)、安东尼·鲍威尔的《伴着时光之曲而舞》(12部)和多丽丝·莱辛的《暴力的孩子们》(五部),就是其中最有名的;还有诸多"三部曲",也属此类,如伊夫林·沃的《荣誉之剑》三部曲、奥利维亚·曼宁的《巴尔干三部曲》和《东地中海三部曲》等。"长河小说"的特点,就是采用现实主义叙述方法着重于情节铺展和人物塑造。

除了上述三类小说,有些当代著名小说家也时而表现出回归现实主义的倾向,如格雷厄姆·格林、安格斯·威尔逊和威廉·戈尔丁等人,都在不同程度上采用了传统的现实主义创作方法。

和回归现实主义倾向同时出现的另一种倾向,即现代主义的转向,也许更值得注意。当代小说家兼批评家戴维·洛奇曾在《现代写作模式》一书里说:"现在有一种既不是现代派,也非反现代派,而是后现代派的当代先锋派艺术。它继承了现代派对传统模仿艺术的批判,也像现代派一样追求革新,但它通过自己的方法来实现它的意图。它试图逾越、绕开或者潜越现代派,而且经常像批判反现代派一样批判现代主义。"[1]显然,他所说到的"后现代派的当代先锋派艺术"中包括后现代派小说。按他的说法,后现代派小说既不是现代派小说的继续,也不是现代派小说的否定,

---

[1] David Lodge, *The Modes of Modern Writing*, London: Edward Arnold, 1977, p. 226.

而是现代派小说的一种衍生和变异。

这种衍生和变异其实早有预兆。一般认为,詹姆斯·乔伊斯在其后期小说《芬尼根的苏醒》(1939)里就已表现出一种"后现代倾向"。为什么呢?因为在这部小说里,作家的意识中心似乎从世界、人心转向了小说本身,或者说,作家所关心的既不是生活,也不是心理,而是词语,即:最初体现了"词语自治",所以被认为是预示着现代派小说的转向。

转向的结果,到了50年代,便明朗化了。有许多旨在于关注小说自身的小说出现了,而这类旨在于关注小说自身的小说,就是所谓的后现代派小说。后现代派小说虽然各不相同,但所有后现代派小说都可以从三个方面和现代派小说区分开来:

1. 创作宗旨不同。如果说现代派小说家大多仍旨在于通过语言和文本来表达他们对生活的态度或者思考的话,那么后现代派小说家的创作宗旨大多就是要检讨小说的语言和文本。换句话说,后现代派小说家并不关心(或者说怀疑)小说的认识论功能,而关注(或者说反思)小说的本体论价值。如果说现代派小说家"以自我为中心"的话,那么后现代派小说家则"以词语为中心",因为在他们看来,小说中"所有一切,归结起来就是词语问题","一切都是词语,仅此而已"①。如果说现代派小说以人的精神世界为主要表现对象,刻意描述人的孤独、病态乃至畸形的自我,那么后现代派小说则充分体现了"以词语为中心"的创作宗旨。也就是说,后现代派小说旨在于小说语言的实验和革新,旨在于通过"词语自治"的方式使小说成为一种"独立文本"和自我封闭的语言体系,其意图既不在于表现人的精神生活,更不在于反映现实世界,而是要用词语来构筑一个既非客观又非主观的"第三世界"。因为他们认为,词语本身就是一种既非客观又非主观的存在。

2. 作家身份不同。如果说现代派小说家大多主动退出小说,就如乔伊斯所说,小说家"就像造物主一样,隐匿于他的作品之内、之后或之外,无影无踪,超然物外",那么后现代派小说家正好相反,他们往往有意识地主动介入小说。他们不但会以小说家的身份对小说人物发表评论,还会

---

① Samuel Beckett, *Trilogy: Molloy*, *Malone Dies*, *The Unnamable*, London: Picador, 1958, p. 219.

在小说中介绍自己的创作意图,谈论自己的创作感受,甚至还会在小说中插入他们本人的生活经历或所见所闻。也就是说,他们都有意识地使小说世界和现实世界、虚构和事实之间的界限变得模糊不清。为什么呢?原因就在于,他们要让读者意识到小说是一种既不真也不假或者说既真又假的"文本"。因为在他们看来,"生活中本没有故事。生活本是混乱无序、变化无常的,只留下无数松散和难以梳理的头绪。小说家只能通过严格和仔细的选择才能从生活中榨取一个故事。这无疑是谎言。讲故事其实是说谎"[1]。但是,如果把小说仅仅当作小说读,那么小说不管怎么说谎,又都是真实的,因为小说中的一切都是由一个真实存在的小说家说出的。换句话说,小说的"真"和"假"取决于读者如何读小说,而后现代派小说家之所以一再现身于小说,就是要不断提醒读者,小说只是小说而已。他们无意制造幻觉。

3. 文本结构不同。基于上述原因,后现代派小说往往无视小说文本的逻辑性和延续性。确实,现代派小说也时常给人模糊和混沌的感觉,但那只是为了模拟主人公意识的模糊和混沌。后现代派小说则不然,它们是为了中断小说的进程,使小说的虚构性暴露出来,从而使读者对小说本身加以思考。所以,小说中除了出现小说家本人的旁白,时常还会插入空页、图案和异常印刷体;有的后现代派小说中还插入了和上下文毫无关系的片段、引语、索引、诗歌、梦境和笑话;有的则插入从报纸、杂志和其他书籍中摘取的片段。之所以要这样,就如戴维·洛奇所说的,"后现代派作品显然试图以短路的形式对读者造成一种震荡,从而抵制了文本与传统文学类型的同化"[2];或者,说得再确切一点,就是为了反(包括现代派小说在内的)传统小说的"幻觉化"。

在形形色色的后现代派小说中,有四类最为重要:第一类是和当时的"荒诞剧"相似的"荒诞小说",其代表作家是塞缪尔·贝克特。贝克特在乔伊斯之后继续进行小说实验,其结果就是他在50年代写的三部长篇小说,即《莫洛伊》(1951)、《马洛纳之死》(1951)和《无可名状的人》(1953)。这三

---

[1] B. S. Johnson, "Aren't You Rather Young to be Writing Your Memoirs?" in *The Novel Today*, Malcolm Bradbury, ed., Manchester University Press, 1977, p. 153.

[2] David Lodge, *Working with Structuralism: Essays and Reviews on 19th and 20th Century Literature*, Boston: Routledge and Kegan Paul, 1981, p. 15.

部小说合成一个"三部曲"，是当时流行的"荒诞小说"中的佼佼者。

第二类是以重复文本形式出现的"重奏小说"。劳伦斯·达雷尔是其代表作家。他的两部长篇小说，即《亚历山大四重奏》(1957—1960)和《阿维尼翁五重奏》(1974—1985)，以"重奏"的形式把小说与现实的关系和其他许多美学上似是而非的观念交织一体，充分体现了后现代派小说独特的审美意识。

第三类是故意展示小说创作过程的"极端形式主义小说"。B. S. 约翰逊是这类小说的倡导者。在他的一系列作品如《旅行的人们》(1963)、《阿尔伯特·安琪罗》(1964)、《拖网》(1966)和《不幸的人们》(1969)中，约翰逊对小说的文本构造和叙述手法进行了极为大胆的尝试。他有意打破作者和读者之间的界限，从而使虚构和现实变得无法分辨，以此消除小说的"幻觉化"。

第四类是以剖析小说结构为意向的"超小说"。这类小说既像传统小说一样建构一个小说世界，同时又像文学批评一样对这一小说世界加以自我解构，因而它既不是传统意义上的"小说"，也不是一般意义上的"文学批评"，而是两者的混合。最有名的"超小说"家是约翰·福尔斯，他的两部长篇小说——即《法国中尉的女人》(1969)和《丹尼尔·马丁》(1977)——被认为是"超小说"的典范。

除了上述四类后现代派小说，实验性写作在其他当代小说家的作品中也随处可见。譬如，在克里斯婷·布鲁克-罗斯的作品《出去》(1964)、《这般》(1966)、《之间》(1968)和《通过》(1975)中，不但有类似詹姆斯·乔伊斯那样的文字实验，还有以索绪尔、罗兰·巴尔特的结构主义理论为基础的小说结构。在安东尼·伯吉斯的《发条橙》(1963)里，为了描绘一群少年犯，小说家实验性地创造了一种俄文式的英文（即 nadsat），作为流氓团伙的黑话。还有他的长篇小说《拿破仑交响曲》(1974)，基调和节奏都一一对应于贝多芬的《英雄交响曲》，尝试把小说"音乐化"。尽管效果并不理想，但实验本身因其大胆而倍受关注。

三、女性主义与后殖民主义

有人把欧美文学的正统观念概括为一个首字母缩写词"DWEMs"，

即 Dead White European Males(已故白种欧洲男性),并认为,在 20 世纪
60 年代,"这个曾经被人们接受的正统观念已经在知识上和文化上被抛
弃了",理由是自那个年代起,欧美文学中出现了两股反正统思潮,即:女
性主义思潮和后殖民主义思潮。①

确实,在 60 年代之后的英国小说界,第一个令人瞩目的现象就是女
性作家的崛起。这些女性作家是当代英国女性主义思潮的主要推动者,
她们的创作几乎全都以女性的视角重新审视当代男权社会,表现当代女
性在这一男权社会中的境况和自我意识。

实际上,在 60 年代之前,多丽丝·莱辛、穆丽尔·斯帕克和艾丽丝·
默多克等女性作家已经立足于文坛并发出了女性的声音,但她们和 60 年
代登上文坛的女性作家还是有所区别的。譬如,多丽丝·莱辛的小说具
有强烈的现实主义倾向,着眼于人和社会,反思当代政治和文化思潮,并
从不同的角度反映人和社会的真实状况;穆丽尔·斯帕克是个信奉天主
教的女性作家,她以独特的方式表达她对"原罪"及"现代之罪"的关切,其
作品具有宗教意味;艾丽丝·默多克则更多地倾向于对个人自由、责任和
爱的探讨,其作品虽不乏哲理性,但从根本上说,她所关注的是个人生存
状况和当代道德问题。和她们不同,或者说,比她们进一步,新一代女性
作家更趋于"知性化",对女性问题的思考也更为"哲理化"。也就是说,她
们的作品不再停留在家庭、社会、道德的层面,而是深入到了心理、历史、
哲学的层面。

A. S. 拜厄特和玛格丽特·德拉布尔可以说是新一代女性作家的杰
出代表。她们是姐妹俩,出生于学者家庭,本人都是研究英国文学的专
家:A. S. 拜厄特在大学任教,德拉布尔则是《牛津英国文学指南》的主编。
她们属于学者型女性作家,因而其作品也属知识型的,知性多于情感。譬
如,A. S. 拜厄特的小说《占有》,不仅将维多利亚时代的诗人精神境界与
现代的学者精神加以对照,还设置了历史和现代平行展开的复杂情节,以
表现过去和现在的交织、前者对后者的影响,等等。新一代女性作家虽非
都是学者,但大凡都有这种"知性化"倾向。换言之,她们的创作理念虽然

---

① 《现代西方文学观念简史》,[英]彼得·威德森著,钱竞、张欣译,北京大学出版社,
2006 年,第 65 页。

仍具有女性特征，但她们的创作手法已相当接近男性作家，甚至可以说，没什么区别了。

第二个同样令人瞩目的现象是 60 年代以后的英国少数裔作家的成功。如果说，当代女性作家颠覆了正统观念中的"Males"的独霸地位，那么少数裔作家的成功即意味着正统观念中的"European"色彩的淡化。作为后殖民主义思潮的中坚，英国少数裔作家大多来自英国的前殖民地，其中成就最大的，就是 V. S. 奈保尔和萨尔曼·拉什迪。

V. S. 奈保尔出生于特立尼达的印度裔家庭，1954 年移居英国，2001年获"诺贝尔文学奖"。V. S. 奈保尔的成名作是出版于 1961 年的《毕司沃斯先生的房子》和出版于 1973 年的《河湾》。前者通过追述毕司沃斯先生一生的经历，描绘了特立尼达的印度裔居民的生活方式和风俗习惯；后者通过把虚构的故事、真实的叙述和自传性文字融合在一起，出色地表现了现代人缺乏归属感的生存状态。不过，使 V. S. 奈保尔获得殊荣的是出版于 1987 年的《到达之谜》：瑞典皇家学院在授予他"诺贝尔文学奖"时称他"像一位研究丛林深处某个迄今尚未探索的自然部落的人类学家一样探访英国的现实"，很大程度上就是指他的这部作品。

萨尔曼·拉什迪出生于印度孟买，13 岁起在英国接受教育，并于 70年代定居英国。拉什迪最引人注目的作品是《午夜诞生的孩子》和《撒旦诗篇》。《午夜诞生的孩子》获 1981 年"布克奖"，1993 年又获为纪念"布克奖"设立 25 周年而颁发的"25 年来最佳小说布克奖"。这部小说把印度次大陆光怪陆离的社会现象、不同的宗教、文化和信仰掺和在一起，用神话、寓言、传说和市井俚语生动地描述了印度民间传统、宗教冲突和都市生活。《撒旦诗篇》出版于 1988 年，该书使拉什迪成了全世界关注的传奇人物，因为这部关于个人身份、宗教信仰和移民的小说招来了穆斯林世界的抗议，当时的伊朗宗教领袖霍梅尼还以"亵渎真主"等罪名号召全世界穆斯林"追杀"小说作者。尽管拉什迪一再辩解说他并无"亵渎真主"之意，但始终未得到"宽恕"。

继奈保尔和拉什迪之后出名的另一位少数裔作家是出生于日本的石黑一雄。他 5 岁时跟随父亲移居英国。1989 年，即 35 岁时，石黑一雄以其小说《长日余辉》获"布克奖"，成为颇有名气的日裔英国作家。《长日余辉》以独特的视角，用一个亚洲人的眼光审视 30 年代的欧洲，重新构建、反思欧洲乃至世界的过去,具有明显的后殖民倾向。90年代中期,石黑一雄又一改创作风格,以一部卡夫卡式的作品,即《无可安慰》,展现了一个梦幻般超现实世界,再次引起人们的关注。

最后需要说明的是,在20世纪末的英国小说界,除了女性作家和少数裔作家引人注目,还有一批崭露头角的小说家也不甘寂寞。他们在进行着更为大胆的小说实验,可谓"后后现代主义"。其中,马丁·艾米斯是佼佼者,他的《时光之箭》用的独特叙述手法把"时光之箭"反拨过来,使时光倒流,就像倒放录像带一样,逆向叙述主人公的经历;与此同时,还糅合了意识流、黑色幽默、魔幻现实主义等多种手法,令人眼花缭乱。除了马丁·艾米斯,还有一些小说家对历史题材加以实验性写作,如格雷厄姆·斯威夫特的《洼地》、彼得·阿克罗伊德的《王尔德的最后证词》、朱利安·巴恩斯的《福楼拜的鹦鹉》等,被评论家称为"新历史小说",其特点是在讲述历史的过程中不断质疑其"真实性",也就是在建构过程中又自我解构,令读者无所适从,而这恰恰是这一派小说家追求的所谓"后后现代主义艺术效果"。

总之,在20世纪末,英国小说无论在题材(即"写什么")方面,还是在技巧(即"怎么写")方面,都有所"突破",有所"创新"。至于这样的"突破和创新"究竟有何文学史价值,现在还难以断言,还有待时日的考验。

上　编

20 世纪 50 年代至 60 年代的小说创作

第一章　概述：小说创作中的 "钟摆运动"

有人认为,20世纪上半叶的英国文学呈"钟摆运动",即：时而偏向"写什么",时而偏向"怎么写";当"钟摆"偏向"写什么"时,往往是偏重作品内容涵义的写实主义占上风,而当"钟摆"偏向"怎么写"时,则往往是偏重作品形式革新的实验主义占上风①。其实,这种晃动于"写实"和"实验"之间的"钟摆运动",在20世纪下半叶的英国文学中依然存在,特别是在50年代和60年代。

我们知道,40年代后半期,实验主义文学一度成为英国文学主流,主要表现为以 T. S. 艾略特为代表的诗剧复兴、以迪伦·托马斯为代表的诗歌创作和以塞缪尔·贝克特为代表的"荒诞小说"的流行。"荒诞小说"和"荒诞剧"一样,也是以存在主义哲学为基础,采用荒谬手法,象征性地表现存在的荒谬和人生的虚无。然而,到了50年代,文学的"钟摆"再次从"实验"向"写实"摆动;也就是说,在继20世纪初和30年代的两次"回归"之后,"写实"再次成为文学主流。这次"回归"的主力,是50年代中期涌现出来的一批被称为"愤怒的青年"的小说家和剧作家、以拉金为代表的"运动派"诗人,以及 C. P. 斯诺等人的"长河小说"的创作。所有这些小说家、诗人和剧作家,都有一个共同点,那就是更关注作品内容的当代性和

---

① David Lodge, "The Novelist at the Crossroads" in *The Novel Today*, Malcolm Bradbury, ed. , Malcolm Bradbury, ed. , Manchester University Press, 1977.

"意义",采用的形式往往是传统的、写实的。

然而,进入 60 年代后,风气又变了,"钟摆"又开始摆向另一边,文学中的实验和"形式革新"又活跃起来。譬如,威廉·戈尔丁等人实验性地采用寓言讽喻方式创作哲理小说,以此探讨道德和人性问题,因而被称为"哲学寓言派"。还有如劳伦斯·达雷尔和穆丽尔·斯巴克等小说家,此时也以形式新颖的作品蜚声文坛。更令人关注的是 B. S. 约翰逊和约翰·福尔斯等人为代表的"形式革新派",他们不是彻底摈弃小说的传统结构,就是极度怀疑小说的"真实性",从而创作出一部部令人咋舌而又不无深意的"怪作",形成小说创作中一道道奇异而怪诞的风景线。

下面,我们分而述之。

一、"长河小说"

"长河小说"即长篇系列小说,是 19 世纪现实主义小说的一个重要品种,初创者是法国的巴尔扎克和左拉。在英国,最早创作"长河小说"的作家当推 19 世纪中叶的安东尼·特罗洛普,他的"巴塞特郡小说系列"包括六部长篇。20 世纪初,约翰·高尔斯华绥的长篇家族史小说《福尔赛世家》三部曲也属此类。"长河小说"在 20 年代遂呈颓势,很少有人再写。但到了 50 年代,却呈复兴之势,一下子出现了好多种——这也是现实主义"回潮"的一个标志。

首先是老作家伊夫林·沃在 1952—1961 年间推出长篇三部曲《荣誉之剑》,即:《军人》、《军官与绅士》和《无条件投降》。在这部以第二次世界大战为题材的长篇系列小说中,伊夫林·沃充分发挥了他作为讽刺作家的杰出才能,在描述军旅生活时充满讽刺意味而毫无英雄气概,作品中的主要人物也都带有"后英雄"和"滑稽角色"的色彩。由于伊夫林·沃亲历过这场战争,因而对战争场面的描写生动细致,明显具有写实特征,而他的天主教信仰又使作品在表现战乱的同时具有宗教劝谕的性质。三部曲结构恢宏,语言简洁生动,体现了伊夫林·沃一贯的语言风格,而更为重要的是,小说通过大量的外部细节描写来显示人物个性,塑造人物形象,并从人物个性和人物关系的变化中揭示主题,即:采用的完全是传统的现实主义手法。

其次是，C. P. 斯诺的总称为《陌生人和兄弟们》(1940—1970)的系列小说在这一时期特别引人关注。《陌生人和兄弟们》共有 11 部长篇，按创作时间和故事发生时间，大致可分为两组：第一组包括《希望的年代》(1949)、《乔治·巴桑特》(1940)、《富人的良心》(1958)、《光明与黑暗》(1947)、《院长们》(1951)和《新人》(1954)；第二组包括《回家》(1956)、《事件》(1960)、《权力通道》(1964)、《沉睡的理性》(1968)和《结局》(1970)。所有这些小说均使用第一人称手法，有些是主人公艾略特讲述自己的故事和个人经历，有些则是由他以观察者和评论者的身份来讲述他人的故事，但无论是讲述自己的故事，还是讲述他人的故事，采用的都是传统的写实手法。

《陌生人和兄弟们》从《希望的年代》开始，在主人公对未来的茫然期待中达到《结局》。总标题《陌生人和兄弟们》即清楚表述了系列小说的主题：人与人既是兄弟，又是陌生人。在现代社会，人们必须相互合作、相互支撑，因而就如兄弟；与此同时，人们又必然会明争暗斗、尔虞我诈，因而又是陌生人——总之，既亲昵，又疏远。就广度而言，这部系列小说跨越时间长达半个多世纪，涉及政府、大学、实业界等各个领域，描绘了社会各阶层的众生相，因而很容易使人想起巴尔扎克的《人间喜剧》。

除了斯诺的系列小说，还有威廉·库珀的三部曲也是当时广为人知的"长河小说"。库珀和斯诺一样，也是 50 年代英国文学保守运动的一员大将，在反对实验和回归"传统"方面堪称斯诺的"战友"。他在 1950 年出版的《外省生活花絮》通常被认为是第一部"愤怒的青年"小说，其后他又写了续篇《婚姻生活花絮》(1961)和《都市生活花絮》(1982)。三部"花絮"，构成了一组三部曲，而且和斯诺的系列小说一样，也采用第一人称的叙述手法讲述主人公的经历。就库珀的创作成就而言，这三部"花絮"无疑是最重要的。

在这三部"花絮"中，库珀不仅最早塑造了"愤怒的青年"形象，还表明了他的创作思想。他的第一部"花絮"，即《外省生活花絮》，很明显有模仿 19 世纪小说家乔治·爱略特的《牧师生活花絮》的痕迹，后面两部"花絮"也基本上是沿用乔治·爱略特的手法写成的，所以有评论家说，其"小说风格是现实主义的，文献性的，甚至是新闻报道式的"[1]。确实如此，而且

---

① Rubin Rabinovitz, *The Reaction Against Experiment in the English Novel 1959 - 1969*, New York & London: Columbia University Press, p. 9.

这是库珀有意追求的。

库珀向来反对现代派的实验主义，主张小说"返回"19 世纪，他曾在《对实验小说若干方面的反思》(1959)一文中写道："写实验小说是逃避写生活在社会中的人，因为小说家们无法适应社会，也无法投入社会；他们躲起来写孤独的人的内心感受，因为他们无法忍受当下的工业化社会。"①显然，他认为实验小说过多地关注"孤独的人"，他自己则对"生活在社会中的人"更感兴趣，而这就是 19 世纪英国小说的"伟大传统"。

除了斯诺和库珀，还有奥莉维亚·曼宁(1908—1980)和安东尼·鲍威尔(1905—1995)。奥莉维亚·曼宁的"长河小说"是她用 20 年时间写成的两个"三部曲"，即《巴尔干三部曲》(1960—1993)和《利万特三部曲》(1977—1980)。其中《巴尔干三部曲》被誉为"可能是'二战'以来英国女作家创作的最重要长篇小说之一"。安东尼·鲍威尔的系列小说《伴着时光之曲而舞》(1951—1975)长达 12 部，堪称洋洋大作。不过，尽管《伴随时光之曲而舞》这一总标题令人想起普鲁斯特的名作《追忆逝水年华》，但除了同样写岁月的流逝，其他方面毫无共同之处。这是因为全书虽有一个中心人物，但只是一个叙述者，只写他的观察所得，而他的观察却是浅层的，感想也是浮泛的，可以说，他只是一面镜子，而不是一个人物。不过，这面镜子毕竟反映了无数事件，如西班牙内战、"二战"、战后英国社会的变化等等，还映照出了曾和他交往过的三百多个人物。这些人物虽没有多大特色，合在一起却依然可以看作是一个时代的某种缩影。换言之，作为"长河小说"，《伴随时光之曲而舞》仍因其规模而受到重视。

实际上，当时的"长河小说"还有很多，如多丽丝·莱辛的《暴力的孩子们》(1952—1969)和安东尼·伯吉斯的《马来亚三部曲》(1956—1959)，也是很重要的"长河小说"，只是关于这两位作家的作品，后面有专章予以讨论，在此不作赘述。

---

① William Cooper, "Reflections on Some Aspects of the Experimental Novel", in Rubin Rabinovitz, *The Reaction Against Experiment in the English Novel 1959 - 1969*, New York & London: Columbia University Press, p. 94.

二、"愤怒的青年"

"愤怒的青年"这一名称始见于 1951 年莱斯利·保罗的《愤怒的青年》一文，但该文说到的是当时的一种社会现象，和后来的那些年轻作家并无关系。1954 年，金斯利·艾米斯的小说《幸运的吉姆》出版后畅销一时；1956 年，剧作家约翰·奥斯本的剧本《愤怒的回顾》公演后引起轰动。由于这两部作品都塑造了当代青年中的"反英雄"人物形象而引起评论界的关注，于是"愤怒的青年"便成了概括这一文学现象的常用术语。1958 年，一部专门研究"愤怒的青年"现象的著作，即《愤怒的 10 年：20 世纪 50 年代文化反叛述要》，深受学术界重视。至此，那些在作品中表达了"愤怒的青年"情绪的小说家才在英国文学界确立了自己的地位。

"愤怒的青年"小说家在 50 年代短短的几年中就创作了大量作品，其中不乏名篇佳作，如艾米斯的《幸运的吉姆》(1954)，约翰·韦恩的《大学后的漂泊》(1953)，约翰·布雷恩的《跻身上层》(1957)和艾伦·西利托的《星期六晚上，星期天早上》(1958)等。还有威廉·库珀的《外省生活花絮》(1950)和默多克的《网下》(1954)等，也属此类。

毫无疑问，这些小说代表了现实主义小说在英国的又一次"回潮"，但这次"回潮"并不意味着完全"回归"到英国现实主义小说传统，只能说他们在很大程度上继承了传统现实主义的写实风格，就如批评家拉宾诺维兹所说，他们"满足于传统的表现手段，反对文学形式上的试验，抵制技巧风格上的变革"①。金斯利·艾米斯曾说："那种认为'实验'是英国小说命根子的想法是很难绝迹的。在这一语境下，无论在结构上还是在风格上，'实验'都可以归结为'挡不住的怪僻'。但我们并不觉得在主题、(创作)态度和风格上的冒险真有那么重要。"②他认为实验小说的时代已经一去不复返，再来宣扬实验小说的特性显然已经过时了。同样，约翰·韦恩也认为，实验小说的顶峰是詹姆斯·乔伊斯的《尤利西斯》，此后，"几乎没有什么实验小说的创作给人以严肃的印象，它们只不过是在趋附时尚，

---

① 《英国文学通史》，侯维瑞主编，上海外语教育出版社，1999 年，第 880 页。

② Rubin Rabinovitz, *The Reaction Against Experiment in the English Novel 1959 - 1969*, New York & London: Columbia University Press, pp. 40 - 41.

或是在急躁地追逐新的噱头","实验小说已经随乔伊斯一起死去"①。

因而,"愤怒的青年"小说家在创作实践中不约而同地使用传统写实小说的形式。所谓"传统写实小说的形式",其主要特点就是"讲故事"。在他们的小说中,有中心人物,有性格刻画,有典型环境,有故事情节,有景物描写,有时间顺序,有跌宕,有波折,有开始有结局,就是没有现代派小说的形式实验;就如有人指出的,他们的小说"根本没有实验技巧的痕迹。他们的文风是浅显的。他们的时间顺序是顺时性的,他们没有使用神话、象征,或意识流内在叙事。他们的小说风格是现实主义的,文献性的,甚至是新闻报道式的"②。金斯利·艾米斯自己也曾说,他的小说就是"用直白风格讲述的可信人物的可靠故事:不玩花样,不搞愚蠢的实验之举"③。

此外,"愤怒的青年"小说家大多出身中下层家庭,对社会底层有着切身的体会和感受,因此在描写劳工阶层的小人物和出身底层的年轻人时非常贴近生活。他们的作品主要揭示二战后出身底层的年轻人的追求和奋斗,以及他们的"愤怒"、不满、反抗和最后的消沉或妥协。这也在很大程度上继承了19世纪现实主义小说的社会批判传统。在他们的作品中,主人公的内心往往充满牢骚、怨艾和愤恨。他们大多出身底层,又因得益于"福利社会"而受过高等教育;他们试图通过种种努力(如投身商界、"高攀婚姻"等)爬上社会上层,但现存社会体制和价值观念又使他们的愿望难以实现。所以,他们既憎恨社会秩序和等级观念,同时又渴望跻身于社会"上层"。基于这样的矛盾心理,他们往往玩世不恭地对抗社会,结果又不得不和现实社会"磨合",或妥协,或消沉。可以说,"愤怒的青年"是50年代英国社会的一种典型形象,一种社会转型期的文化符号。

不过,尽管"愤怒的青年"小说家有意继承19世纪的传统,但和19世纪的现实主义小说大师相比,他们不免显得狭隘而局促。他们只是表现出了一群年轻人对社会等级的不满,对现存秩序的"愤怒",以及对社会生

　　① John Wain, "Essays on Literature and Ideas". See Rubin Rabinovitz, *The Reaction Against Experiment in the English Novel 1959 - 1969*, p. 8.

　　② Rubin Rabinovitz, *The Reaction Against Experiment in the English Novel 1959 - 1969*, New York & London: Columbia University Press, p. 9.

　　③ Andrzej Gasiorek, *Post-war British Fiction: Realism and After*, London: Edward Arnold, 1995, p. 3.

活的非理性反叛，而没能像 19 世纪现实主义小说家那样，深刻而又富有想象力地展示广阔而深厚的社会历史画面。他们只是在有限的范围内反映了战后英国有限的社会现实。此外，他们的作品往往拘泥于生活中的具体细节和表面现象，既没有触及生活的内里和根本，更缺乏对人生的普遍观照。总之，就如有评论家所说的，"狭隘的范围，肤浅的分析，不负责任、漫无目的的主人公，反英雄式的行为，反理智的观念，粗俗打闹的滑稽剧——这些便是 50 年代这群小说家所显示出来的特征"①。

三、实 验 小 说

到了 60 年代，几乎整个世界都要比 50 年代动荡得多，特别是在欧美，女权运动、学生运动、反战示威、民权运动，都出现在这一年代。这里的原因有很多，但大众传媒和大学教育的迅速普及肯定是其原因之一：因为随之出现的大众文化不断冲击传统价值观念，挑战现存社会秩序，使之动荡不安。大众文化的冲击对象中当然也包括传统文学观念。

英国作为一个岛国较之于欧美其他国家虽相对稳定一些，但不可能不受其影响。所以，进入 60 年代后，英国文学界也在酝酿变革。新的文学理论开始出现，实验主义开始向现实主义传统发起挑战。人们对小说的走向感到困惑，情形就如戴维·洛奇后来所说："现实主义小说仍不断涌现——人们容易忘记的是，英国的大部分小说都属于这一类——但是对现实主义建立在审美和认识论上的前提的怀疑却越来越强烈，以至于许多小说家开始徘徊在小说的十字路口，思索着眼前的两条路：一条通向非虚构小说，一条通向罗伯特·斯科尔斯在其论著《寓言作家》中所称的'寓言式想象虚构'。"②

戴维·洛奇所说的"非虚构小说"，显然是指现实主义小说，而他借罗伯特·斯科尔斯之口所说的"寓言式想象虚构"，就是指放弃写实传统的实验小说。英国小说徘徊在"十字路口"，面临选择的困境：一方面，英国

① Frederik R. Karl, *C. P. Snow: The Politics of Conscience*, Southern Illinois University Press, Carbodale, 1963, p. 25.

② David Lodge, "The Novelist at the Crossroads", in *The Novel Today*, Malcom Bradbury, ed., Crasgow: William Collins Sons & Co. Ltd., 1977, p. 100.

有着和欧美其他国家不同的历史和传统,现实主义传统在英国根深蒂固,50 年代的现实主义回归就是其明证;另一方面,当时发生在法国和美国的小说实验运动声势浩大,英国小说家不可能对此无动于衷,尤其是对战后年轻一代小说家来说,放弃传统、大胆革新似乎更具"诱惑力"。结果是,就如在 20 世纪初一样,英国小说界再次分化:一方面,传统仍在继续;另一方面,出现了反传统的实验小说。

实验是形形色色的,但不可能空穴来风——既然要"反传统",就得和传统"纠缠"。尽管有趋于极端的小说实验,但大多数实验小说家还是从"改造传统"开始其实验的。这方面最好的例子就是安格斯·威尔逊,他的小说创作体现了战后英国小说从现实主义向实验主义的转变。

威尔逊的早期作品继承了 19 世纪的现实主义传统,以写实的手法描绘中产阶级生活的方方面面,如《盎格鲁-撒克逊态度》(1956)和《爱略特太太的中年》(1958)等。但是,当 60 年代实验之风在英国兴起时,威尔逊开始倡导小说的实验与革新,并于 1961 年出版了他的第一部实验小说《动物园里的老人》——一部属于"寓言式想象虚构"的政治寓言小说,其中的动物园暗指英国社会,而故事则设在未来的 1970—1973 年间。小说通过描写动物园管理员间的权力争夺以及人和动物间的冲突,影射当代英国社会秩序的沦丧及其面临的威胁,同时感叹昔日"大英帝国"的一去不复返。但是,继《动物园里的老人》之后,威尔逊却写了《晚访》(1964),一部回归其早期现实主义风格的长篇小说。接着,他还写了一部试图把传统风格和实验手法结合在一起的作品《并非笑料》(1967)。最后,他又写了两部"寓言式想象虚构"的实验小说,即《魔术般的》(1973)和《让世界燃烧》(1980)。

像威尔逊这样的实验,同样也体现在奥威尔、戈尔丁、伯吉斯乃至福尔斯等人的创作中——无论是奥威尔的《一九八四》和戈尔丁《蝇王》,还是伯吉斯《发条橙》和福尔斯的《法国中尉的女人》,都属"寓言式想象虚构"的实验小说,同时又在某种程度上保留了现实主义传统。一般说来,这类作品的构思或者说总框架都是"寓言式想象虚构"的,但人物和细节描写却是写实的、传统的,或者说"现实主义的"。因此,它们时而被归入实验主义,时而被归入现实主义,也就不足为怪了。

当然,在 60 年代也出现了相当极端的小说实验。实际上,早在 50 年代，塞缪尔·贝克特就以他的"三部曲"《莫洛伊》、《麦隆之死》和《无可名状的人》表明当时的英国小说创作中也存在着最为激进的变革倾向。然而，贝克特对叙述形式和解构叙述形式的实验在50年代的英国小说界几乎没有获得反响。到了60年代，情况发生了变化，有些小说家开始追随贝克特，主张对小说进行最激烈的"形式革命"。其中影响最大的是劳伦斯·达雷尔、B. S. 约翰逊和克里斯婷·布鲁克-罗斯等人。

劳伦斯·达雷尔被称为"英国后现代主义小说的开路先锋"，他从50年代就开始写以重复文本形式出现的所谓"重奏小说"；B. S. 约翰逊则堪称当代英国极力主张小说革新的文学斗士，"极端形式主义"小说的倡导者，被认为是"迄今为止在后现代主义文学道路上走得最远的小说家"。

至于女作家克里斯婷·布鲁克-罗斯，她在60年代创作的三部实验小说，即《外出》(1964)、《如此》(1966)和《两者之间》(1968)，致力于对小说的时间处理、结构布局以及语言形式进行实验，在淡化故事情节、人物和叙述顺序方面都明显反映出她受贝克特和法国"新小说"派的影响。她还在创作中探索语言主题，运用自由联想和意识流技巧，并把大量科技术语引入小说。尽管这三部小说晦涩难懂，但其中的《如此》却获得当年的"布克奖"，因而仍受评论界关注。

第二章　塞缪尔·贝克特：荒诞小说

塞缪尔·贝克特(Samuel Beckett, 1906 - 1989)以"荒诞派"剧作家闻名于世,同时又是战后率先对小说进行大胆实验的小说家。他的"荒诞小说"既不同于传统现实主义小说,也不同于20世纪初的现代派小说。它们既意味着终结,也标志着开始。所以,贝克特可以说是英国文学中的最后一个现代派作家,也是第一个后现代派作家。

一、生平与创作

贝克特出生于爱尔兰都柏林郊区,少年时代喜欢体育,并没有显露出日后博学和善于驾驭语言的迹象。后来,他就读于三一学院,攻读现代语言,这才使他的才智得到了表现。

1928年至1930年,贝克特在巴黎高等师范学校任讲师,并经常光顾咖啡厅,从而接触到了30年代的巴黎文坛——他在那里和詹姆斯·乔伊斯、托马斯·麦格里韦等人交往。回到都柏林后,他在三一学院教授法语,同时开始了他的创作生涯。后来——即在第二次世界大战爆发前——他移居巴黎。在那里,他参加法国地下抵抗组织,并认识了后来成为他妻子的苏姗·德克沃-迪梅斯尼尔。

　　战后，即 1950 年他母亲去世后，贝克特的双语天才开始被编辑和剧院老板发现。他的作品日渐出名，经济也逐渐宽裕起来，但他却越来越退缩到自己的隐居状态中。他只是偶尔才离开巴黎，主要是 1956 年因参加《等待戈多》在美国的首演而去过纽约，1975 年因导演该剧而去过德国。此后，他便隐居在巴黎，只是通过他的出版商与外界联系，直至去世。

　　贝克特一生创作了六七部长篇小说和几部中短篇小说集。他的第一部长篇小说《墨菲》(*Murphy*, 1938)历尽磨难，曾被 41 家出版社拒绝。《墨菲》的结构框架和叙事形式都不同于传统小说，其中还渗透着神秘的哲学意味。主人公墨菲是个耽于幻想的人，一心想从现世消遁退隐而生活在自己的精神世界中，以此获得真正的自由。

　　1937 年，贝克特移居巴黎，没想到他的文学生涯却因德国占领而告中断。不过，他在为地下抵抗组织工作期间还是完成了他的第二部长篇小说《瓦特》(*Watt*)，只是这部作品直到 1953 年才正式出版。比《墨菲》更进一步，《瓦特》是一部彻头彻尾的幻想虚构之作，旨在于揭示人类的一个基本困境，即：现实和真理似乎近在眼前却不可企及，人们需要了解，而探求的努力往往归于徒劳；人们需要幻想，然而幻想却连连破灭。

　　继《瓦特》之后，贝克特又写了第三部长篇小说，即《梅西埃与卡米埃》(*Mercier and Camier*, 1970)，而且和《瓦特》一样，当初也没有出版。此外，他还写了四个中短篇小说，其中三个结集以《故事与空洞文本》(*Stories and Texts for Nothing*, 1967)为题出版。这三个中、短篇小说都以第一人称叙述，行文口语化，而且自然流畅，但主人公的经历却很荒唐，而且性格怪异。这些主人公，可以说是他后来的著名小说"三部曲"里的主要人物的雏形。

　　写于 40 代后期、写作时间长达六年之久的"三部曲"，即《莫洛伊》(*Molloy*, 1955)、《麦隆之死》(*Malone Dies*, 1956)和《无可名状的人》(*The Unnamable*, 1958)，是贝克特小说创作的主要成就。至此，贝克特的风格变得更加离经叛道，他所展现的生活更加令人毛骨悚然，所塑造的人物也更加荒谬绝伦。人类存在的荒诞性和绝望感在此得到了荒诞而绝望的表达。与此同时，贝克特的法文荒诞剧《等待戈多》(1953)和《最后一局》

(1956)也得到出版、翻译和公演,而且他还亲自把这些作品("三部曲"最初也是用法文写的)翻译成英文。这些作品为他日后(1969年)获得"诺贝尔文学奖"奠定了基础,因为(就如授奖词所说)他的作品"以新颖的小说和戏剧形式将现代人的困境变为了他的讴歌"。

继"三部曲"之后,贝克特因忙于戏剧活动而有很长一段时间没有写小说,直到60年代中期才有长篇小说《怎么回事》(*How It Is*,1964)问世。在这部小说中,贝克特继续进行着小说形式的大胆实验,文本晦涩难读,没有标点符号,随意成段;人物发出"低沉的断断续续的喘气声",没有形体,只有声音在不断叙述。在主题方面,小说所要表达的依然是现实的荒诞和主体的虚无。

70年代,贝克特只发表了一些短篇实验小说,如《次小》(*Lessness*,1970)、《迷失的人们》(*The Lost Men*,1970)、《够了》(*Enough*,1974)、《嘶嘶作响》(*Fizzles*,1976)等,但在70年代中期,他宣称他正在写一部长篇小说。出版界和学术界翘首以待,等着又一部惊世骇俗的实验小说问世。没想到,贝克特写的却是一部传统形式的自传体小说《结伴》(*Company*,1980),而且就此停止了他的小说实验。

二、风格与特点

贝克特的实验小说被称为"荒诞小说",其主要特点是:体现了一种反传统意识,同时具有明显的反形式倾向。就其风格而言,它摒弃了约定俗成的创作准则,拒绝采用合乎逻辑的叙述形式,强调小说情节的琐碎性和结构的无序性。和20世纪早期的现代派小说相比,贝克特的"荒诞小说"在人物形象、结构形式和语言风格上都存在明显区别:它不仅表现出一种荒诞意识,还具有"反小说"的艺术倾向,因而属于"后现代"小说。

贝克特的小说实验可分两个阶段:第一阶段以《墨菲》和《瓦特》为代表;第二阶段以"三部曲"为代表。

在第一阶段的实验中,贝克特首先是将荒诞意识引入小说,并试图用一种低调、扭曲和模糊的小说文本作为荒诞世界的象征。关于这一实验,贝克特自己曾解释说:"我不是说从今以后没有艺术形式了,我的意思是将来会有新的艺术形式，这种形式应该承认混乱，而不是想说混乱其实并非如此。如今形式和混乱彼此分离……寻找一种能容纳混乱的形式是当前艺术家的任务。"①

这里的关键是，他认为"新的艺术形式……应该承认混乱"，而对小说来说，"混乱"无非是两种：一是所述事物的"混乱"，一是叙述本身的"混乱"。所以，如何使小说在所述事物和叙述本身两方面都显得"混乱"，就是贝克特在第一阶段实验中所要做的。

这在他的第一部长篇小说《墨菲》中就有所反映。《墨菲》所述的是一个混乱而无望的世界，其故事情节凌乱无序，只是依稀可辨：主人公墨菲是个身居伦敦的爱尔兰人，由于失去了人生的信念，因此总想逃避充满敌意的现实世界；他平日游手好闲，并和一个名叫塞丽娅的妓女相好；塞丽娅虽身为妓女，但对墨菲却温柔体贴，并不时劝他放弃空想，面对现实，开始新的生活，但他置之不理，并无情地抛弃了塞丽娅；不久，他到一家精神病医院工作，终日和精神错乱者为伴，从而找到了他所谓的绝对自由的精神境界；然而，有一天他进入医院顶楼的一个房间，在煤气爆炸中意外身亡。小说结尾，当一个酒鬼拿着墨菲的骨灰准备放到抽水马桶内冲掉时，不料骨灰盒在途中被人打翻在地，于是骨灰飞扬，很快和地上的啤酒、浓痰及垃圾混在一起而无法分辨了。

为配合所述事物的"混乱"，贝克特采用的叙述方式也是"混乱"的，即：具有反逻辑和反形式的特征。首先是叙事角度含糊不清，就如有论者所称："人们绝不知道这个故事究竟是从人物内心主观地叙述，还是从外部客观地叙述的。"②其次是采用非常规表述形式，有意对读者的阅读造成障碍，譬如对人物的描写，仅有一些琐碎的词汇列出一张表格："年龄：不重要。头型：小而圆。眼睛：绿色。肤色：白色。头发：黄色。面相：动态。颈围：13英寸。"显然，这样的人物描写是对关注人物外貌特征的传统小说的一种戏拟，也是对习惯阅读传统小说的读者的一种嘲弄。此外，小说时不时会语无伦次，不知所云，而情节又被故意拖沓，令人昏昏

① Samuel Beckett, "On M. Proust" in *The Novel Today*, Malcolm Bradbury, ed., Malcolm Bradbury, ed., Manchester: Manchester University Press, 1977, p. 156.

② Dylan Thomas, quoted from *Samuel Beckett*, by Jean-Jacques Mayoux, London: Longman, 1974, p. 10.

欲睡。总之,就如批评家戴维·洛奇所说:"它通过拒绝采用某种容易辨别的形式或节奏来抵制阅读,于是,在阅读常规的层面上,它模仿了一个抵制解释的世界。"①

和《墨菲》相比,《瓦特》不仅所述事物更加抽象和难以捉摸,而且叙述本身也更加奇特和不可思议。所述事物需费劲捕捉才能大体得知:小说开始,主人公瓦特被人从有轨电车上扔了下来;他躺在昏暗的街道上,"像一卷用黑纸包着的中间被绳子捆着的油布";后来,他搭乘火车来到一个名叫诺特的人的宅第,从此瓦特取代一个叫阿森尼的人在底楼当低级仆役;次年,他又取代一个叫厄斯金的人升任二楼的高级仆役;又过了一年,瓦特看到底楼的厨房内坐着一名新来的仆役,这无疑是让他离开的信号;小说结尾,"瓦特怎样来,便怎样去"。

至于叙述本身,有论者称:"《瓦特》的叙述者试图以演绎的方式,通过极其有限的已知细节来获得更多的信息。这部作品的语言企图获得补充信息,其中有些片段简直难以卒读。尽管它未能取得传统文学的效果,但它却成功地成为一座语言大厦……无数的词汇,像伦敦和纽约上空无数的圆点一样,包含了无穷的可能性。"②具体说来,"《瓦特》的叙述者"使用得最多的是两种语言。一种是故弄玄虚,似乎振振有词,却是胡言乱语。譬如:"一方面,他几乎并未感觉到那些事情的荒诞性,而另一方面,他也并未感觉到其他事情的必要性(因为荒诞感之后不产生必要感是十分罕见的),此刻他已感觉到了刚才使他感到必要性的那些事情的荒诞性(因为必要感之后不产生荒诞感是十分罕见的)。"另一种是重复唠叨、啰唆而无聊。譬如:"望着一只罐子,瓦特说罐子、罐子,那是徒劳的……因为这不是罐子,他越看就想得越多,于是他越加肯定这根本不是只罐子,它像只罐子,它几乎是只罐子,但它不是只罐子,人们不能愉快地对它说罐子、罐子……"当然,采用这种叙述方式是为了"艺术性"地表现所述事物,即:荒诞的现实。

在第二阶段实验中,贝克特的"荒诞"艺术又有进一步发展。这主要

---

① David Lodge, *The Modes of Modern Writing*, London: Edward Arnold, 1977, p. 224.

② Paul Davies, *The Ideal Real: Beckett's Fiction and Imagination*, London: Associated University Press, 1994, p. 46.

表现在他的"三部曲"中。总的说来，就如美国批评家哈桑所说，这一阶段"贝克特使人的心灵陷入荒诞的境地，向我们展示了难以名状的东西"①。具体说来，自"三部曲"开始，贝克特彻底摒弃了传统小说的时间、地点、人物、情节等特征，对小说形式进行无情的肢解。他的小说不仅不反映外部世界，不传达确定的意义，不刻画鲜明的人物形象，也无意叙述一个完整的故事。小说采用第一人称独白体，叙述层面混乱无序，话语充满矛盾和断裂，主题和人物变得更加单调，更加抽象，更加呆滞。

此外，贝克特在这一阶段完全摆脱时间和地点的限制，让他的小说只涉及具有普遍性的抽象问题，着重表现人生"纯粹的荒诞、肮脏、消沉、堕落和碎裂"。由于"生存的污秽和无意义是贝克特认定的命题"，所以在叙述者冷漠、混乱的诉说中，读者面对的是莫名其妙和荒诞不经的文本世界，体验到的是存在的无奈和生活的无聊。就如贝克特自己所说，"在我的作品的结尾，什么也没有，只有尘埃——可以名状的尘埃。在《无可名状的人》中，是彻底的解体。没有'我'，没有'有'，没有'存在'，没有主格，没有宾格，没有动词。没有办法继续下去。"

因而，贝克特在这一阶段创作的小说被认为是一种典型的"反小说"。在这些"反小说"中，贝克特寻求一种"反小说"的内容和形式的统一：形式的荒诞，对应内容的荒诞；叙述的混乱，对应世界的混乱；小说文本的不可理喻，对应存在的不可理喻。既然自我处于一片混沌和虚空之中，主体的意识处于零度状态，叙述者的身份无法确定，只剩下喷吐语言和发出声音的功能，那么小说叙述者也只能编织语言的大网，制造文本的迷宫，然后自陷其中而无法自拔，就如现实中的人们，面对荒诞的人类处境，只能挣扎在不能自制、无法停止的言语中。

贝克特的"反小说"也被称为"后现代小说"。戴维·洛奇认为，"后现代小说"的特点不是"模糊性"，而是"不确定性"。这一点正是贝克特"三部曲"的基本特点。由叙述者的叙述构筑的文本是一个充满悖谬的不确定世界，小说文本也抵制对它做出任何理性解释，而这一切都指向（或者隐喻）生存本身的"不确定性"和荒诞性。

---

①　Ihab Hassan, quoted from *Critical Essays on Samuel Beckett*, ed., by Patrick A. McCarthy, Boston: G. K. Hall & Co., 1986, p.64.

三、重要作品评析

"三部曲"《莫洛伊》、《麦隆之死》和《无可名状的人》是贝克特的小说代表作。就如他的"荒诞剧"代表作《等待戈多》一样,"三部曲"也以荒诞的形式表现了一个荒诞的世界。

1.《莫洛伊》

这部小说由两部分组成。第一部分由主人公莫洛伊自述其经历。莫洛伊独眼而且无牙,躺在原来属于他母亲的房间里。他不知道自己的身份,两腿不能行走,只得终日卧床写作(讲故事)。他的目的是"说出剩下的事情,说声再见,结束死亡"。行将就木的莫洛伊迫不及待地要讲故事,"我现在需要的是故事,我花了很长时间才明白这一点"。然而,他的叙述既不合乎逻辑,也不取决于自由联想,而是体现了一个既精确又荒唐的过程。他告诉读者自己曾骑着自行车去寻访生死不明的母亲,途中被一个警察拦住。他说不清自己的身份,只是掏了几张用来擦屁股的废纸,因而遭到警察的拘留和审讯。在经历了一系列无聊和荒唐的事情之后,有一天莫洛伊感到两腿僵硬,无法行走,最终掉进一条沟里,后来不知怎的又回到了母亲的房间。这一部分开始时莫洛伊躺在母亲的房间里,结束时他又回到母亲的房间里,呈"循环结构"。①

第二部分由一个叫莫兰的私家侦探自述其经历。某个星期天上午,他和13岁的儿子一起去寻找一个名叫莫洛伊的人。几天后,莫兰感到腿痛,无法行走,便让儿子去买一辆自行车。不料,他的儿子竟然和自行车一起消失了。莫兰几经周折,一无所获,于是拖着病腿徒劳而归。他发现家里空空如也,于是拄着拐杖,喃喃地说:"我做人的时间太久了,我再也不能容忍了,再也不想尝试了。"但是,在家休息了一个夏天之后,莫兰似乎又要出行,而且还是去找一个名叫莫洛伊的人。这一部分和第一部分一样,也呈"循环结构"。

《莫洛伊》充分体现了贝克特"荒诞小说"的艺术特征。首先,贝克特

---

① 显然,这种让结尾回到开头的循环写法是在模仿詹姆斯·乔伊斯的《为芬尼根守灵》(*Finnegans Wake*)。

采用了两个自我封闭、互相独立却又彼此映衬的部分来展示小说的荒诞主题。小说的两个部分自身均呈"循环结构",而两部分的结尾,即莫洛伊最终回到母亲房间和莫兰打算再次出行,则呈"对照结构"。显然,这种"循环-对照结构"具有象征含义。莫兰的经历是对莫洛伊的经历的一种戏仿和无意义重复。两人经验的相似性既强调荒诞的普遍性和延续性,又象征着存在本身的无望(莫洛伊)和探寻存在价值的徒劳(莫兰)。

其次,贝克特凭借两个喋喋不休而又举止怪诞叙述者揭示了现代人的异化感和没落感。莫洛伊在他母亲的房间开始叙述他的故事,并以一种具有田园讽刺式的沉思在那里结束他的故事。莫兰在一个风雨交加的夜晚在他自己的房间开始叙述他寻找莫洛伊的过程,并同样在那里结束他的故事。在整部小说中,莫洛伊并未发生任何变化,他是莫兰未来的影子。实际上,莫洛伊和莫兰两个人物在小说结尾时似乎已合二为一。和莫洛伊一样,莫兰也将语言视为归纳荒诞现实的工具,因而,他是在步莫洛伊的后尘,也使自己成了一个荒诞的叙述者。莫洛伊和莫兰不仅意识到对方的存在和互相之间的象征关系,同时在荒诞的现实中竭力寻找"自我",然而这种"自我"却是一个神秘莫测的"空虚"。

最后,从心理学角度看,贝克特还在这部小说中描写了两种典型的心理病例。按拉康(Jacques Lacan,1901—1981)的"后现代精神分析学"①,小说第一部分所写的主要是由恋母情结导致的心理综合征。莫洛伊虽然对母亲的死活茫然无知,但他的寻母之旅却是出于乱伦的欲望。还有他奇特的恋物癖,以及同老妇人露丝(母亲的替身)的媾合,也是恋母情结的病态表现,而他咒骂母亲及生殖过程的污言秽语,则是恋母情结的变态表现,即由恋母畸变为憎母。他的父亲虽然貌似无能或缺场,但总是以替身(警察)和遗物(大衣等)的形象出现。对此,在父亲彻底死亡之前,莫洛伊只能玩弄反弗洛伊德的"缠线板游戏",同时以他自造的"Mag"一词既象征性地满足了拥有母亲"ma"的欲望,又用词缀"g"(geld)抹去了母亲的身份,从而消除自身对父亲的恐惧。换句话说,莫洛伊被挟持在堕落的母亲

---

① 拉康认为,说话主体的发展可以划分为想象界、象征界和现实界三个层次,这些层次分别与婴儿成长过程中的母子同一的幻象阶段、自我辨认的镜像阶段和母子分离的恋母阶段大致对应,其间产生的心理障碍会导致精神分裂、身份缺失、身体肢解、自恋情结、恋母情结以及恋物癖、性错乱等神经官能症。

和无能的父亲之间进退维谷；所以，当他在母亲房间里时，"渴望回到森林"，而当他在森林里时，又渴望回到母亲的房间里。同样，在小说的第二部分，受父亲式人物尤迪（类似缺场的戈多）的戏弄、对"父亲法则"毕恭毕敬的莫兰，带着强烈的殉难预感踏上了虚无缥缈的寻找莫洛伊的旅程。这在本质上是一个自我消解过程，因为本真的莫兰是一个尚未孕育成熟的主体，他的原始自我和滞留在恋母阶段的莫洛伊完全一致。因此，他在寻找莫洛伊的过程中显露出和莫洛伊一样的生理和行为特征（如瘸腿、骑自行车、衬衣的穿法等）。本来，莫兰和莫洛伊是可以相互辨认出对方身份的，但由于他们的"镜像"（即自我辨认机制）昏暗、破碎、模糊不清，所以他们始终无法辨认对方，因而也就无法确认自身。通过无法确认自身的莫洛伊和莫兰，通过"镜像叙事"（象征叙事），贝克特表述了当代生活中的"自我"缺失。

2.《麦隆之死》

和《莫洛伊》一样，《麦隆之死》也旨在于揭示周而复始且又无法回避的荒诞现实。就如书名所示，小说揭示的是死亡主题。整部小说由主人公麦隆临死前混乱无序的内心独白构成，而麦隆似乎就是莫洛伊的化身，也是一个荒诞的叙述者。小说开始时，麦隆就躺在床上快要死了。他断断续续地叙述着"我的生活"，叙述着那些"漫长而又混乱的情感"。他用以一种单调乏味的语言喋喋不休地谈论着自己的死亡："我终于很快将彻底死去，一切都无所谓了……不错，我终于要回归自然了。我将忍受更大的痛苦，然后不再痛苦，不再下任何结论。我将不再关注自己，我将会变得不冷不热，我将会变得温热，我将死得温热，没有激情，我将不会望着自己死去……"

毫无疑问，《麦隆之死》的文本形式再次显示了贝克特"荒诞小说"的叙事特征。在麦隆的叙述过程中，出现得最多的是自我循环。这种自我循环体现在句法结构上，就是麦隆的后半句话通常是前半句话的同语反复。此外，麦隆颠三倒四地叙述了好几件荒诞的事情，但他却没有说明这些事情究竟是他虚构的呢，还是他亲身经历过的。这些事情叙述得支离破碎，有时长达好几页，有时只有一两句话，东鳞西爪，漫无头绪，而在他的混乱意识中，时而还会冒出像"虚无比虚无更真实"之类的句子。情形仿佛是，面对生存的荒诞，麦隆唯有在这种同样荒诞的叙述中才能得到某种心理满足，就如有论者指出的，"麦隆的生存完全依赖叙述，这个荒诞的叙述者除了被他本人视为荒诞的叙述行为之外，不拥有任何现实"①。确实，麦隆的叙述揭示了一种甚至比死亡还要可怕的荒诞和绝望。

至于麦隆这一人物形象，首先他是一个象征。他的名字"麦隆"（Malone）听上去就像"Me alone"（"我孤独"），而从麦隆的叙述中我们得知，他好像是个靠玩弄辞藻谋生的艺术家，而且还是个愤世嫉俗的人，对所有人都恶意相加："我希望所有人都过悲惨的生活。"用这样一个人作为小说主人公，而且用他临死前的胡言乱语作为小说内容，即象征性地表现了"人"本质上的荒诞性，因为麦隆显然不是社会学意义上的某一类人的代表，而是哲学意义上的"人"的象征（这是贝克特"荒诞小说"主人公的"共性"。"荒诞剧"也一样，如《等待戈多》中的戈戈和狄狄）。麦隆终日卧床，却还在胡思乱想，不但与外部世界失去联系，还完全失去了行动能力，则是"人"、尤其是当代人的孤独和异化的象征；他生活在一个虚幻的世界里，每天只喝一点汤，却还在唠叨着"盘子和罐子，盘子和罐子，它们像是南极和北极"；他不知道自己是谁，也不知道身在何处；他过去的经历、现在的处境连同他的喋喋不休、颠三倒四的"叙述"（即"人"的思想和言论的象征），全都属于虚无和荒诞。总之，他在苟延残喘——这就是贝克特所要展示的人类境况。

其次，从心理学角度讲，麦隆还体现了"主体退化"和"身份危机"的典型特征，其表现形式就是"记忆缺失"。奄奄一息的麦隆患有记忆缺失症，因而他无法确定自己存在的历史，就如"一个衰老的胚胎"正在"子宫"中坏死，也就是退化到母子同一的"幻象阶段"。为了摆脱强迫性妄想的折磨，他必须虚构自身存在的历史，在"让他人活着"的过程中使"自己活着"。他的"写作游戏"要求他把主体和客体区分开来，但恋母情结和死亡本能却迫使他不自觉地把自我直接投射于客体；因而，虽然刻意保持距离，他却绝望地发现自己的虚构只是自我的直接投射，只是他封闭、虚空的内心的同一"镜像"而已。当然，从文学的角度讲，麦隆的"记忆缺失"仍是一种象征，即象征着所谓"人类历史"的虚构性和荒诞性。

① Ihab Hassan, quoted from *Critical Essays on Samuel Beckett*, ed., by Patrick A. McCarthy, Boston: G. K. Hall & Co., 1986, p. 70.

3.《无可名状的人》

"三部曲"的最后一部《无可名状的人》可谓贝克特"荒诞小说"的极端范例。小说的文本不仅无法释义,甚至要予以评述都很困难。整部小说,就是一个所谓"无可名状的人"的杂乱无章的自言自语。这个"无可名状的人",既像麦隆,又像莫洛伊,还有点像瓦特和墨菲,但比他们加在一起还要荒诞不经。譬如,小说一开始,就是主人公毫无逻辑的胡言乱语:"现为何处?何人?何时?毫无疑问。我,我说。难以置信。称它们为疑问、假设。继续,继续下去,称之为继续,称之为下去……"这个"无可名状的人"似乎想说出某种"无可名状的事",却又语无伦次,结果只发出一阵毫无意义的、令人无可名状的噪音。

就如"三部曲"本身一样,"无可名状的人"以极度的混乱展示着他自身以及整个世界和一切存在的极度无序和极度空虚。在他的叙述中,虽然也出现了一些像他一样有形无体的所谓"人物",但这些"人物"却如万花筒似的变来变去;譬如,令人讨厌的巴斯尔,不知怎么一来,变成了独脚流浪汉马荷德,后来又不知怎么一来,竟然变成了一种名叫"虫"的东西。还有一些"人物",有的缺胳膊少腿,有的像未出世的胎儿,有的竟然是被装在瓦罐里只露出一个头……总之,古怪得难以形容,离奇得无可名状,而"无可名状的人"所叙述的无可名状的荒诞世界,就由这些"人物"构成。

如果说《无可名状的人》继《麦隆之死》之后进一步体现了贝克特"荒诞小说"的艺术特征的话,那么它给人的第一感觉就是无可名状的晕眩。整部小说就像一场有意设计的恶作剧。小说中所有的一切不仅互相矛盾,而且自相矛盾;既无故事情节,又无人物形象,连正常的小说语言也消失了,取而代之的是不知所云的词语连接。小说既无开局,又无结局;主人公是男是女,身在何处,是为何人,也不交代;"人物"既无实际意义的"行为",又无合乎逻辑的"思想",只有喋喋不休的、象征着虚无的所谓"语言"。

那么,贝克特这么做,又想表明什么呢?小说结尾处的一段独白也许暗示了小说的"主题":

> 你必须继续下去,我不能继续下去,你必须继续下去,我会继续下去,你必须说词汇,只要它们还存在,直到它们找到我……我在哪

里,我不知道,我永远不会知道,在死寂中不会知道,你必须继续下去,我不能继续下去,我会继续下去。

这段独白很容易使人想起《等待戈多》里那段反复出现的对白:

> 埃斯特洛冈:咱们走吧。
> 弗拉季米尔:咱们不能。
> 埃斯特洛冈:为什么不能?
> 弗拉季米尔:咱们在等待戈多。①

　　埃斯特洛冈和弗拉季米尔明知"戈多"永远不会来,却又必须等待。同样,"无可名状的人"也明知"我不能继续下去",却又说"我会继续下去",而他会"继续下去"的前提是因为别人会"继续下去":"你必须继续下去,我不能继续下去,你必须继续下去,我会继续下去……"换句话说,因为你活着,所以我活着;因为我活着,所以你活着。但你我为什么活着?"我不知道,我永远不会知道,在死寂中不会知道",你也一样。

　　马丁·埃斯林在《荒诞派戏剧》一书里说,荒诞派作家"公然放弃理性手段和推理思维来表现他们所意识到的人类处境的毫无意义"②。"人类处境"即常说的"人生",而"人类处境的毫无意义",用贝克特的话来说,就是人生的"无可名状"。这也许就是《无可名状的人》所要表现的"主题"。

---

① 《外国现代派作品选》(三),袁可嘉等选编,上海文艺出版社,1984年,第68页。
② 《现代西方文论选》,伍蠡甫主编,上海译文出版社,1983年,第359页。

第三章 劳伦斯·达雷尔：重奏小说

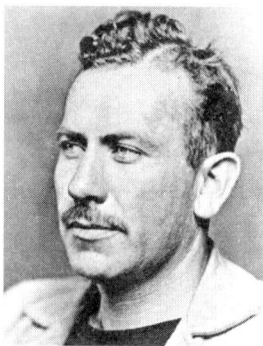

劳伦斯·达雷尔(Lawrence Durrell, 1912 – 1990)因其在"后现代"语境中对小说形式的重要探索而为人称道。他的两部风格独特的"重奏小说"不仅表明系列小说不按垂直线形关系而是按平行关系予以组合的可能性，还展示了他对小说的时空关系和框架结构的高超驾驭能力。因而，他被认为是英国"后现代"小说的重要开拓者。

一、生平与创作

达雷尔出生于印度，16岁回英国接受教育，后旅居巴黎，和美国作家亨利·米勒过往甚密，而且深受其影响。二战期间，他曾在开罗和亚历山大港任英国情报处官员。

早在30年代初，达雷尔就开始发表诗文。1938年，他在巴黎出版《黑书：一种痛苦》(*The Black Book: an Agony*)。此书和亨利·米勒的《北回归线》(*Tropic of Cancer*, 1934)颇为相似，用狂放而颓废的笔调描述失意文人的堕落景象，其中间杂着用"超现实主义"手法表现的色情描写，以显示此类文人的性欲混乱和内心痛苦。因而，此书在英国一直被禁,直到 1973 年才得以出版。

1957 年,达雷尔出版实验小说《杰斯婷》(*Justine*),由此而驰名文坛。其后,他又连续出版了实验小说《巴尔撒泽》(*Balthaza*,l958)、《蒙塔里夫》(*Mountolive*,1959)和《克莉》(*Clea*,1960)。由于这四部作品都以埃及的亚历山大港为背景,而且具有共同的主题,即达雷尔自己所说的"对现代爱情的探讨",因而,后来合在一起出版,称为《亚历山大四重奏》(*Alexandria Quartet*,1962)。

继《亚历山大四重奏》之后,达雷尔继续进行小说实验,出版了好几部长篇小说和短篇集,其中重要的有《吞克》(*Tunc*,1968)和《能夸姆》(*Nunqyam*,1970)等。

70 年代和 80 年代,达雷尔的主要小说作品是《先生》(*Monsieur*,1974)、《莉维娅》(*Livia*,1978)、《康斯坦斯》(*Constance*,1982)、《塞巴斯蒂安》(*Sebastian*,1983)和《奎因克斯》(*Quinx*,1985)。这五部作品合在一起,被称为《阿维尼翁五重奏》(*Avignon Quintet*,1974-1985)。

达雷尔不仅是小说家,还是一位诗人,其重要诗作有《诗集》(*Collected Poems*,1960)、《肖像集》(*The Ikons*,1966)和《天琴集》(*Vega and Other Poems*,1973)等。

二、风格与特点

毫无疑问,达雷尔既然以"重奏小说"而闻名,他的风格就是"重奏"风格,他的特点就是"重奏"特点。

所谓"'重奏'风格",就是达雷尔巧妙地借用爱因斯坦的"时空连续体"理论使多部作品按平行关系交替并置,使各类事件融为一体,而不是像一般的系列小说那样,是建立在垂直的线形关系上的。也就是说,几部作品在时间上并无延续性,作品中的事件和人物是在不同的空间里展示的;几部作品之间既互相联系,又彼此矛盾。这种组合本身就已显示出不寻常的复杂性和多重性,再加上达雷尔使用变化无常、有时甚至是令人晕眩的叙述笔法,以及时不时在作品中写到令人困惑的梦境和幻觉,所以他的"重奏小说"给人以扑朔迷离和神秘莫测的感觉。就如他自己所说,这"既是一种四维度的舞蹈,又是一首相对论的诗歌"。

此外,达雷尔的"'重奏'风格"中还含有"元小说"特点。和其他"后现代"小说一样,达雷尔的"重奏小说"也表现出探讨小说创作本身的倾向。达雷尔曾说:"这部小说(指《克莉》)只是半公开地探讨了艺术,这是现代艺术家们的重要题材。"①确实,在《克莉》中,身为小说家的叙述者达利时而会谈论小说创作和小说技巧。这表明,对小说本身的思考也是这部小说的重要内容。还有小说中的其他几位艺术家,他们不仅谈论爱情、两性和外交关系等,同时也热衷于谈论美学问题;更有甚者,达雷尔在小说中还常常直接插入作家日记和摘自其他小说及刊物的片段,并予以评论,从而使小说创作本身成了小说的重要主题之一。所以,就如有论者指出的,达雷尔的"重奏小说",其"中心主题是对现代爱情的探讨,而它的副主题则是'小说本身的性质'"②。这在很大程度上反映了五六十年代"后现代"小说的基本特征。

80年代,达雷尔的"'重奏'风格"又有进一步发展。这主要体现在《阿维尼翁五重奏》中。在这部"重奏小说"中,达雷尔不仅表现出更为成熟老到的创作技巧,还表现出他晚年继续进行小说实验的决心。他别出心裁地按中世纪流行的梅花形设计出"五重奏"结构,也就是他自己所说的"镜子游戏",即:"五重奏"中的第一部居中,其余四部则呈放射形排列其四周,由此产生出一种独特的所谓"棱镜效果"。也就是说,五部小说就像五面镜子一样相互折射同一主题,各种纷繁复杂的形象和语言成分通过互相折射而将"五重奏"的内涵进一步彰显,从而营造出一种意想不到的艺术效果。

至于早先就有的"元小说"特点,在"五重奏"中也被进一步加强。有论者认为,"五重奏"从整体上说就是一部"关于写小说的小说",或者说,一部旨在于探讨小说创作的小说。确实,在"五重奏"中有许多人物既是小说中的人物,同时又在扮演着小说家甚至小说批评家的角色。这些人物同样做着"镜子游戏",即:将在后几部作品中的出现的人物,在第一部作品中担任叙述者,而第一部作品中的人物,又会成为后几部作品中的叙述者。这样让人物互换角色,产生出一种更为奇特的"棱镜效果",即让小

---

① Lawrence Durrel, quoted from *The British Novel Since the Thirties*, by Randall Stevenson, London: B. T. Batsford Ltd. , 1986, p. 205.

② G. S. Fraser, *Lawrence Durre*, London: Longman, 1970, p. 28.

说家塑造的小说家人物来完成小说内容的叙述,从而进一步模糊了艺术与生活、小说与现实之间的界限,使小说变得更加扑朔迷离。当然,达雷尔之所以要制造这种效果,目的仍在于表达他的创作意图,即:"试图从三维世界转向五层意识,使所有新的人物都成为一个人、一个时代和一种文化的具体表现"①。

三、重要作品评析

《亚历山大四重奏》是达雷尔的成名作,充分体现了达雷尔在"后现代"语境中的实验意图。这部由四部作品组成的"重奏小说"以三四十年代埃及港市亚历山大为背景,主要描述了青年小说家达利的创作经历以及他和一群游荡在埃及古城的知识分子之间的复杂关系。《杰斯婷》描述了达利和有夫之妇杰斯婷及夜总会舞女梅丽莎之间的感情纠葛。《巴尔塞沙》修正了前一部小说中的人际关系,并揭示了更为复杂的事件和人物间的爱情游戏。在"四重奏"的第三部作品《蒙托列夫》中,小说家达利已显得无关紧要,取而代之的是英国驻埃及大使蒙托列夫有失身份的婚外情。最后一部小说《克莉》讲述二战期间主人公达利和艺术家克莉之间的爱情,而杰斯婷和巴尔塞沙等人物也纷纷在此重现。

关于《亚历山大四重奏》,达雷尔自己曾说:"这四部小说应被当作一部作品来阅读……其合适的副标题也许是'词语连续统一体'。"②所谓"词语连续统一体",是指四部小说是由"词语"而不是由"故事"予以连续的。也就是说,它并不遵循通常的时间顺序和客观实际时限叙述故事。实际上,达雷尔在《亚历山大四重奏》里采用的是类似于弗吉尼亚·伍尔夫等"意识流"小说家的手法,遵循的是"心理时间",或者说,是以"心理时间"顺序叙述故事的。所以,对人物心理具有重要意义的短暂时刻,即便只有几分钟,他也会详尽细致地予以长篇描述,而对人物心理来说无关紧要的事情,哪怕是重大历史事件或者几十年漫长的岁月,他也一笔带过。可见,达雷尔采用这种叙事方法旨在于凸现人物心理,并通过人物心理映

① Lawrence Durrel, quoted from *Contemporary Authors*, *New Rivision Series*, Gale Research Company, Michigan, Vol. 40, 1993, p. 130.

② Lawrence Durrel, "Praface" in *The Alexandria Quartet*, London: Faber, 1997.

照出时代特征。

《亚历山大四重奏》里人物众多,其中最重要的人物则是杰斯婷("四重奏"的第一部就是《杰斯婷》)。虽然四部小说的叙述者各不相同,但不管叙述者是谁,叙述的焦点都和杰斯婷有关:第一部里,小说家达利叙述他和杰斯婷之间的暧昧关系;第二部里,巴尔塞沙叙述,他认为杰斯婷和达利搞在一起仅是一个幌子,目的是要掩盖她和珀斯沃登之间的性关系,免得丈夫内西姆生疑;第三部里,内西姆叙述他当初和杰斯婷结婚是为了结成犹太-科普特人联盟,密谋背叛英国;第四部里,又是达利叙述,讲到内西姆和杰斯婷的图谋被发现,虽然他们侥幸活了下来,但杰斯婷遭软禁,内西姆沦为车夫,等等。可以说,"四重奏"就是通过杰斯婷及其周围的众多人物,展示了现代人所面临的心理危机和"自我"分裂。

在"四重奏"里,许多人物的身份或行为都显得真伪难辨,杰斯婷的身份和行为更是扑朔迷离,令人困惑。她是个犹太女人,丈夫去世后嫁给了富有的科普特银行家内西姆,一夜之间身价倍增,而内西姆之所以娶杰斯婷为妻,是因为和犹太女人结婚可以给犹太人良好的印象,有利于他所致力的犹太-科普特人联盟,从而达到反对英国人统治的目的,而内西姆之所以反对英国人,是因为英国人剥夺了他们家族在土耳其人统治时代所拥有的权力。然而,杰斯婷嫁给内西姆后却认识了小说家达利。她并不知道达利其实是英国情报员,不但和他关系暧昧,还把他介绍给了丈夫内西姆。内西姆不知道妻子杰斯婷和达利关系暧昧,还一心想从达利那里刺探有关英国人的情报。在此期间,杰斯婷既和达利保持着暧昧关系,同时又和一个叫珀斯沃登的男人有染。后来,内西姆夫妇的行为被埃及的英国殖民当局发现,欲以"反英罪"逮捕他们。杰斯婷得知情况后,对达利谎称丈夫内西姆知道了他们的关系,要"追杀"她,所以她不得不逃到巴勒斯坦去。达利虽是情报员,却对事情真相一无所知,只能对他们三人的关系作表面理解,认为杰斯婷是为他而逃。然而,读者从这里却可以看出杰斯婷身份的复杂性:她是犹太人,是妻子,是情人,又是丈夫的眼线和当局的迫害者。

不仅身份复杂难辨,杰斯婷的行为和观念更是令人费解。她12岁时被不明身份的人强奸,此后就对性行为抱有一种极混乱的想法。她之所以嫁给内西姆,既不是为了财富或者社会地位,也不是为了感情生活,而是为了表明自己的权利,同时也是为了寻求刺激(她知道内西姆是"反英分子",有被捕的危险)。她和内西姆之间并没有性生活方面的问题,却又同时和达利、珀斯沃登两人通奸。她既和达利有染,却又明确地对达利说,她和他不管关系怎样,她都觉得他们之间不会有亲密感,但达利又是她不可或缺的人。从表面上看,这好像是杰斯婷作为内西姆的眼线所扮演的一个角色,好像是"色情间谍",而事实上又并非如此。达利认识杰斯婷后不久便发现,杰斯婷只是在利用他,不是利用他得到情报,而是利用他得到(或者说唤起)"被强奸的感觉",因为她曾被强奸过。至于她和珀斯沃登的关系,后者又不无戏谑地说,她是个"慕男狂",是"每个来亚历山大的男人必须通过的一扇性旋转门",意思就是,不管什么男人她都要。然而,珀斯沃登显然不理解杰斯婷,因为当内西姆的弟弟麦姆莱克想和她调情时,她就愤怒地把他杀了。总之,她是个多面人,一个病态心理、"自我"分裂的人。

杰斯婷如此,其实小说中的其他主要人物,如达利、内西姆、珀斯沃登、巴尔塞沙、蒙托列夫和克莉,也都无不如此。小说中围绕在人物周围的层层谜团,既体现了人物身份的多重性,又展示了人物行为的复杂性和矛盾性。这在达雷尔看来是人们身处社会的必然结果。他把亚历山大港看作是有着数千年政治、历史和文化积淀的人类社会的一个缩影,一个有着千年文明积淀的多棱体。透过这个多棱体的光是五彩缤纷的,再加上多棱体的转动和人们的移位,照在人们身上就更加斑斓驳杂、不可分辨了。所以,他认为"自我总是按照社会所作的具体要求不断做出反应","人物不是生活的主人,相反,生活是人物的主人"。

人物身份的多重性和行为的矛盾性表明达雷尔有意消除确定性和非确定性之间的界限。在传统阅读过程中,读者往往凭借理性思维确定人物身份,然而达雷尔认为这种确定性根本不存在。在他看来,现实难以靠理性来把握,即使最伟大的艺术也无法让人认识其全貌,就如小说中达利在回忆自己所经历的生活时所说,"每个人对于我们的了解都只是一个方面,因为我们每次只是将多棱镜的一个面转向每一个人"。因而,我们只能把理性视为有时可能有用的工具,而非"万能的上帝"。

此外,人物身份的多重性和行为的矛盾性即意味着"自我"分裂。根据雅克·拉康的"后现代精神分析学","自我"由两部分组成:一部分称为"意识主体",即"je";另一部分称为"无意识主体",即"moi"。在这两种"主体"中,"无意识主体"是真正的"主体",也就是"前语言的、本能的'自我'";"意识主体"则是社会化了的"自我",是"无意识主体"的表象,而且和其本源即"无意识主体"之间总存在着差异。也就是说,由两部分组成的"自我"本身就呈不稳定性,而其表现就是"意识主体"的多重性。达雷尔似乎和拉康不谋而合,认为"自我"分裂有其内在必然性,还就此加以发挥,认为每个人都有好几种潜在的生活方式,现实生活中的人往往只是选择了其中的一种,而实际上,我们一直行走在各种可能性的边缘上,所以我们只要有足够的勇气,就能改变"自我",改变原有的生活。然而,正因为"自我"的不稳定性,"自我"也有其危险性,那就是"自我"在改变过程中的迟疑和延宕。结果是:多种可能性同时出现,造成身份的多重性和行为的矛盾性,即"自我"分裂。杰斯婷就属于这种"自我"分裂人格,而且较其他人物更具典型意义,因为她已将这种"自我"分裂人格视为自己固有的人格,还为此辩护说:"一个人有五幅不同的面孔,有什么不好?如果我进行创作,我就将人物刻画成多维形象,即多棱镜视觉效果。一个人为什么不能呈现多面性呢?"

对于当代生活中的"自我"分裂,"后现代"作家大凡有三种表现:一是认为完整的"自我"从未有过,而且永远属于将来时;一是认为"自我"分裂开始于当代生活,而且已不可挽回;一是认为完整的"自我"固然从未有过,但将来或许会有。达雷尔大体属第三种,他认为"自我"分裂、多重人格是可以避免的,那就是超越"自我",实现"他者"(the Other)。何为"他者"?这是达雷尔从诺斯替教(Gnosticism)①的教义中援引来的。诺斯替教信奉的是"他者上帝",并认为人唯有和"他者上帝"融为一体,灵魂方能得救。那么,"他者上帝"又为何物?简单说来,类似于中国道家学说中的"道",是一种具有不可言说性和原始完整性的神秘存在;或者,就如有人所说,是指"被文明否定并替代的东西",也就是"蒙昧"(当然,也可以说是"天真"、"单纯"、"朴质")。显然,达雷尔相信,唯有归顺"他者",也就是"返璞归真","自我"分裂的当代人或许还能得救。

① 诺斯替教,一种融合多种信仰、把神学和哲学结合在一起的秘传宗教,强调只有领悟神秘的"诺斯",即"他者上帝"或"真知",才能使灵魂得救,公元1至3世纪流行于地中海东部各地。

第四章　B.S.约翰逊：极端
形式主义小说

B. S. 约翰逊（Bryan Stanley William Johnson, 1933 - 1973）是 60 年代"极端形式主义"小说的倡导者，虽然其形式怪诞的实验小说常遭人误解，但批评界仍公认他是继乔伊斯和贝克特之后又一位成功的"小说改革家"。

一、生平与创作

B. S. 约翰逊生于伦敦，父亲是仓库管理员，母亲在婚前是女仆。约翰逊一生都住在伦敦，仅在二战期间和 70 年代初短暂离开过。中学毕业后，他曾在一家银行做职员。1955 年，他考入伦敦大学皇家学院攻读语言文学专业，并于 1959 年毕业，获学士学位。其后，他在高校任教，同时兼做体育记者。60 年代初，他在《越洋观察》杂志（这家著名美国杂志社的总编辑室当时设在伦敦）任诗歌助理编辑。1964 年，约翰逊和弗吉尼亚·安·金普顿结婚。婚后，他们有两个孩子。1973 年，约翰逊因躁狂症和穷困潦倒而自杀，年仅 40 岁。

作为小说家，约翰逊的主要作品是七部长篇。他的第一部长篇《旅行的人们》（*Travelling People*, 1963）曾获"格利高里奖"。小说以威尔士北部的乡村俱乐部为背景,用别致奇特的表现形式讲述一个年轻人流浪汉式的经历;虽然具有较强的娱乐性,但其中渗透着无家无依、感情失落的悲伤情绪。这种情绪后来弥漫在约翰逊的所有作品中。

第二部《阿尔伯特·安琪罗》(*Albert Angelo*, 1964)讲述一个建筑师因找不到工作而不得不靠为人代课为生。小说通过多种技巧的交错使用,充分表现了主人公的失意和失恋之情。

在第三部小说《拖网》(*Trawl*, 1966)中,约翰逊似乎有意模仿贝克特的《无名者》,不再虚构人物、编织故事,而是自己充当小说主人公,并以通篇的内心独白代替故事情节。弥漫于小说中的依然是那种孤独感和背离感,同时夹杂着对小说创作以及对虚构和事实的思考。小说讲述的是主人公随一艘拖网渔船在北部海域游弋三周的经历,并以自我强加的孤独感复述以往的生活体验,试图借此获得某种对现实和对未来的感悟。

《拖网》中的这种阴郁感和失落感在约翰逊的第四部小说《不幸的人们》(*The Unfortunates*, 1969)中依然延续着。不过,这部小说却采用了一种非常奇特的形式:全书由 27 个部分组成,每部分约 4—8 页,但没有标明先后次序,只是以活页的形式装在一个盒子里。盒子上有说明:"该小说的次序安排是任意的,读者若不喜欢这种次序安排,可以自行重排后再读。"小说的内容是一个体育记者在报道足球比赛时的内心独白。

约翰逊的第五部小说《正常的女管家》(*House Mother Normal*, 1971)是一部写老年人的喜剧作品,以一个养老院为背景,由八个老人和一个护士(即女管家)共九个人的内心独白组成。他们遇到的事情是:一天晚上,八个老人在一起打牌,女管家拿来一个包裹,打开一看,原来是一堆狗屎。九个人的内心独白,就围绕着这件事情展开。其中出现得最多的是那个女管家所作所为:她是个 42 岁的离婚女人,严厉专横、性欲旺盛,甚至肆无忌惮,如为了证明自己多么大胆,她竟然脱光衣服在老人面前表现了一场和狗性交的活报剧……

继《正常的女管家》之后,约翰逊写了《克里斯底·马尔利自己的复式簿记》(*Christie Malry's Own Double-Entry*, 1973)。这部作品被认为是他的代表作。在这部作品中,约翰逊更是大胆地尝试了一种前所未有的小说形式,即用复式簿记的记账形式作为小说的基本框架结构。

约翰逊的最后一部小说是《看那老太太体面地……》(*See the Old*

Lady Decently···,1975)。这部作品是约翰逊去世后出版的。他原计划写三部作品,称为"子宫三部曲"("The Matrix Trilogy"),《看那老太太体面地······》是其中的第一部。但由于他不久后便自杀了,后面两部尚未动笔,只是拟定了书名,分别是"Buried Although"("被安葬但······")和"Amongst Those Left Are You"("活下来的人中有你")。这三个书名连在一起成一句话,即:"See the Old Lady Decently Buried Although Amongst Those Left Are You"("看那老太太体面地被安葬但活下来的人中有你")。这句话就是"三部曲"的主题:"那老太太"即指他已故的母亲,同时象征着业已消亡的"大英帝国";"母亲死了,但我还得活下去"即象征着"'大英帝国'消亡了,但英国人还得活下去"。尽管"三部曲"只有一部,但从这部《看那老太太体面地······》中依然可以看出这一主题:小说用各种手段重现母亲早年的生活,而主线则是母亲在腹中孕育他,即象征性地回顾了"大英帝国"的历史。

二、风格与特点

作为"极端形式主义"小说家,约翰逊最初是模仿18世纪最具叛逆性的小说家劳伦斯·斯特恩的风格,如奇特的排版形式、大段的插语、旁白,等等;其后,他崇拜乔伊斯和贝克特,和他们一样认为"生活混乱不堪、流动不已、瞬息万变,留下无数未经整理、凌乱无序的线条······小说家没有理由、也难以成功地运用已经用尽用绝的形式来表现当今的现实"[1]。他认为,尽管"狄更斯小说的翻版"仍横行于当今英国文坛,但"对于我们今天的时代,那种类型的写作已经落伍过时,无用无效,脱离实际,甚至有悖常情"[2]。因而,他强调"小说家必须(通过发明、借用、或从别的媒介偷窃、拼凑)发展新的形式,以便更加令人满意地包容变动不已的现实——他们自己的现实,而不是狄更斯的现实或哈代的现实,甚至也不是詹姆斯·乔伊斯的现实"[3]。

---

[1] S. B. Johnson, *Are You Rather Young to be Writing Your Memoirs?* London: Hutchinson, 1973, p. 11.

[2] Ibid., p. 14

[3] Ibid., p. 16.

不过,约翰逊认为传统现实主义"已经落伍过时"并不意味着他要彻底抛弃小说中的人物和情节,更不意味着他要抹煞小说中的人性和人情。在他看来,现实并不是某种凝固的客观状态,而是高度个人化的主观经验。基于此,他对小说文本构造和叙述手法进行了极为大胆的改革,试图使他的叙事艺术具有高度的自我反映特征。所谓"自我反映特征",也就是他经常以作者的身份介入小说,直接对读者表明他的创作意图;与此同时,他还把他本人的生活和小说人物的经历交织在一起,从而消除生活真实和小说虚构之间的界限。

对于传统小说的"讲故事"或者说"纯虚构",约翰逊不以为然地斥之为"撒谎",如在"你写回忆录是否还嫌太年轻?"("Aren't You Rather Young to be Writing Your Memoirs?",1973)一文中,他写道:

> 讲故事是说谎　是说
> 关于他人的谎　是制造或
> 强化偏见 是为真正的交流
> 提供一种选择而不是为交流和(或)交流本身
> 提供一种刺激
> 是在与真人打交道的挑战面前的一种逃避行为

以上引文形式古怪,还取消了标点符号,从中也可看出约翰逊的"极端形式主义"特点。不过,更为重要的是,约翰逊认为"小说"(novel)并不等同于"虚构"(fiction)。他说:"小说是一种形式,正如十四行诗是一种形式一样。在这一形式中,人们可以描写真实,也可以进行虚构。我选择用小说的形式描写真实。"[①]不过,他所说的"真实"并不是指生活中的真人真事,而是指作品本身的真实性,也就是小说具有高度的自传性质,如他自己所说,"我从事写作尤其是为了排忧解愁,为了解除自己精神上忍受痛苦的重负和以往经历的伤害,为了脱离我心中的此时此景而达到书中的彼时彼地"[②]。

---

① S. B. Johnson, *Are You Rather Young to be Writing Your Memoirs?* London: Hutchinson, 1973, p. 18.

② Ibid., p. 26.

为了追求这种"真实"，或者说，为了写出戴维·洛奇所说的"非虚构小说"(The non-fiction novel)，为了表达混乱无序而又变幻莫测的现代经验，约翰逊"发明、借用，或从别的媒介偷窃、拼凑"了各种各样新颖奇特的表现手法，从而展示出"一种为了取得真实性与可靠性的极端形式"。

大体说来，约翰逊的"极端形式"表现在两个方面：一是小说的叙事形式；一是小说的排印和装订形式。

就叙事形式方面而言，约翰逊首先采用的是斯特恩式的自我评论和自我解嘲方式。譬如，《旅行的人们》是这样开始的：

> 当我舒适地坐在一把18世纪中国制造的木质柳条椅上时，我开始严肃地思考起自己所谓专业的而又崇高的文学形式……我最讨厌一部小说一种风格的陈规……我认为揭露小说的运作机制不仅是可行的，而且这样做能使我更加接近现实与真实……我决意不让读者以为他是在阅读一部虚构的作品。

这是自我评论，无疑展示了"后现代"小说文本强烈的自我反映意识。自我解嘲的最好例子则可以取自《阿尔伯特·安琪罗》——在那里，他突然中断叙述，插入了这样一段话（其中还没有标点）：

> 他妈的全是说谎大家注意我真想写的并不是这种东西不是想谈建筑而是想谈谈创作关于我自己的创作我就是自己的主人公尽管这个名称毫无用处这是我的第一个人物随后我想通过建筑师阿伯特来发表评论我遮遮盖盖装模作样又有什么意思我可以通过他来谈任何事情也就是说我感兴趣的任何事情。

显然，这种"变形叙述"使小说突然"短路"，使故事的"权威性"和"真实性"顿时化为乌有，从而使读者突然领悟到小说的虚构性——"他妈的全是说谎"。既然这是作者自己说的，也就表明作者不想"说谎"。

其次，把不同文体的文本交织在一起，也是约翰逊在叙事方面尝试的一种"极端形式"。譬如，在《旅行的人们》中，内心独白和意识流的行文、客观叙述与主人公的第一人称评论交叉穿插，还有书信、日记、引文、电影剧本片段,甚至图形,杂陈其间。《阿尔伯特·安琪罗》也一样。这部小说由五部分组成:前奏、呈现、发展、解体、尾声——既像戏剧作品,又像音乐作品。主人公阿尔伯特生活经历先以第一人称叙述,中间杂以各种形式的戏剧对白、学生作文、各种文本的剪辑(书信、广告、建筑学文章和诗歌等)和意识流独白。但到了第三部分结尾时,随着一句"他妈的全是说谎……",作者突然跳了出来,而且推开主人公,自己说了起来。于是,就如有人所说,"他(作者)变成了自己小说中的人物,约翰逊和阿尔伯特·安琪罗已变得难以区别,主观和客观……变成了一连串令人惊异的混合"①。

至于排印和装订方面的"极端形式",毫无疑问,《不幸的人们》是最极端的。如前所述,这部小说没有完全装订,而是各部分以散页形式装在一个盒子里,因而没有固定顺序,读者无论按怎样的顺序都可以阅读。读后若一头雾水,不知所云,那恰恰是小说所要追求的"艺术效果"。读者可能在这一部分刚看到人们在为主人公托尼举行葬礼,下一部分则被告知说,托尼的癌症已经治愈了;在这一部分,读者可能读到病重的托尼终于意识到,他再也不会看到他的独生子长大成人了,而在下一部分,却又获悉他的妻子怀上了第一胎。这种颠三倒四的无序状态,据称是为了再现记忆的凌乱。约翰逊自己曾解释说,这部小说是他在某个星期六的八个小时里的意识活动的真实记述,而活页散装的形式正和意识活动的凌乱相称,同时也象征着主人公托尼的生死未卜。

还有在《阿尔伯特·安琪罗》中,约翰逊不仅分别用大写字体、罗马字体和斜体字分栏排列叙述、对白和内心独白,甚至在书页中挖洞,让读者看到下页上的文字,以此让读者预知后事如何。还有几页是不按页码胡乱装订的,以显示主人公生活的无所和人生的无常。在《旅行的人们》中,他则采用不同颜色的空页来表现一个老人从心脏病发作、失去知觉直到死亡的过程:一张深灰色和浅灰色混杂在一起空页代表心脏病发作,一张色调均匀的灰色空页表示昏迷状态,最后是一张深黑色空页,象征着死亡。同样,在《不幸的人们》中,当主人公亨利·亨利心脏病发作时,书中

---

① Quoted From "Johnson vs. Joyce" in *Modern British Fiction Studies 1981-1982*, Vol. 27, No. 4, p. 577.

出现了灰色的空页，以表现他的意识模糊；而当他坠入死亡深渊时，又出现了一张黑色空页，以示他已毫无意识。在《通常的女管家》中，他则用空白页来表示人物的睡意蒙眬和意识模糊。

对于约翰逊的"极端形式主义"实验，可想而知，一开始就有争议。赞扬他的人，如贝克特，称他是"具有天才的作家"，"应当引起批评家们更大的关注"[①]。反对他的人，则斥责他是"一个极端的自我中心主义者"，他的小说观念是"对文学的敌视"。毫无疑问，约翰逊的文学主张并非出自系统、周密的研究，而更多是出于他个人的见地。但不管怎么说，在实验和传统之争的当代英国小说界，他是一个引人注目的焦点。

三、重要作品评析

在约翰逊一系列"极端形式主义"实验中，最令人叫绝的作品是《克里斯底·马尔利自己的复式簿记》——一部用记账形式（复式簿记）写成的小说。

小说的内容大体是这样的：一家工厂的票据员克里斯底·马尔利觉得社会以种种罪恶欠了他一笔又一笔债，于是就用复式簿记的方式一笔笔记下来。对于社会欠他的债，他要以报复行动来得到补偿，以求账目平衡。为此，他对社会发动了一场场"讨债运动"，包括偷窃文具、炸毁税务所、在水厂的水池里放毒，等等。每次得逞后，他都沾沾自喜，而且将他的"工作"所得正式入账，以抵消社会欠他的债务。随着他的报复心理越来越疯狂，他的"讨债"方式也变得越来越荒唐。最后，克里斯底死于癌症，然而他的账面赤字仍高达 35 2392 英镑，也就是说，社会欠他的债远远没有讨回来。

显然，这是个具有喜剧意味的荒诞故事，但约翰逊却是用卡夫卡式的"佯谬"手法加以描述的，即：不论事情多么可笑，他都讲得一本正经；不论事情多么可怕，他都讲得若无其事。譬如，他用冷冰冰的语调讲到马尔利在水厂的水池里投毒，结果使伦敦西头（即富人区）两万多人（马尔利在

---

① Samuel Beckett, quoted from *The British Novel Since the Thirties*, by Randall Stevenson, London: B. T. Batsford Ltd., 1986, p. 203.

复式簿记里记下的精确数字是 20 479 人)丧生。

此外,就像在《旅行的人们》中一样,约翰逊在这部小说中也把菲尔丁和斯特恩的"作者旁白"手法运用到了极端。他不仅在每个关键时刻都要直接陈述作者的意图,还亲自出场,成了小说中的一个特殊"人物"——小说作者。譬如,当马尔利卧病不起时,他突然出现在病房里,还声明自己拥有特殊身份:"护士要我出去,她居然不知道我是谁,不知道要是没有我这个作者,他是死不了的。"反过来,小说中的人物也会直接对作者发问。譬如,当写到马尔利的某一举动时,马尔利问作者(约翰逊):"我是不是被写过头了?"甚至还对小说本身提出质疑:"写长篇小说本身就是件落伍过时的事;它只有对已经不复存在的那个世界和那种社会条件才是适宜的。"这就是戴维·洛奇所说的"短路",即:虚构人物(被当作真人一样)直接和作者(或者说,真实世界)产生联系。

当然,不管约翰逊使用怎样的"极端"手法,《克里斯底·马尔利自己的复式簿记》作为一部小说,其最终目的仍在于塑造克里斯底·马尔利这个"后现代"人物。显而易见,马尔利从根本上说仍属于欧美文学中常见的那种"小人物"形象,但和传统的"小人物"形象不同的是,马尔利是个性格"极端"分裂的"小人物"。一方面,他是个猥琐、可怜的"傀儡";另一方面,他又是个凶狠、可怕的"杀手"。

在约翰逊笔下,"马尔利是个纯朴的人",但由于身份的不稳定性,或者说身份的缺失,他总觉得社会对他不公。一开始,他到一家银行上班,不久就有人邀请他加入银行内部的职工协会,说加入协会有利于保护自己的利益,不受上司的欺压,但使他哭笑不得的是,协会负责人恰恰就是那个经常欺压他的业务上司。由于薪水微薄,他早已觉得生活拮据,而加入协会还要付会费,这不是使他更加拮据吗?此外,作为一个银行小职员,马尔利人微言轻,时时感觉到社会对他的限制。他既无说话的权利,又无选择的自由,遇事总是卑躬屈膝,低三下四。他指望哪一天能改变自己的处境,不再被人视为可有可无的"影子"和任人差遣的"傀儡"。但他母亲却对他说:"我们错了,这一天永远不会到来,除非太阳从西边出来。"于是,他只能绝望地哀叹:"我们活得越来越糟糕。"

后来,他到一家工厂去当票据员,地位更加低下。但他无意中发现,当他把自己的屈辱用复式簿记方式表达出来时,会有一种莫名的快感:

他把他人(即社会)列为借方,把自己列为贷方;看到他人欠他很多很多,心里暗暗高兴。这时,他已成了一个变态、"意淫"的可怜虫。如果仅仅这样(大多数"小人物"就是这样),那他也只是一个变态心理学所关注的对象。然而,约翰逊却总要走到"极端"才肯罢休。他操纵着马尔利这个"傀儡",让他真的去向"借方"讨回"贷款",而其方法是给对方制造麻烦、恐慌,乃至死亡。虽然这依然是一种心理变态,但由于不再是"自娱自乐",而是直接侵害他人利益,那就不仅仅是一个心理问题,而是严重的社会问题了。

至此,马尔利极端分裂的性格充分暴露出来——他既是一个默默无闻的"傀儡",又是一个暗藏的、丧心病狂的"杀手"。他因哀怜自己而仇视他人。他的报复行为不是一般的暴力抢劫,也不是一般的仇杀,而是典型的恐怖活动。他的复仇对象不是某人或某些人,而是无处不在的社会权利。因而,受害者实际上均属无辜。他一开始就追求过激行为。当他在一家酒馆听到几个革命者在策划行动时,他认为他们是纸上谈兵,充其量只是做做样子,而他自己才是真正的"行动者"。他虽然只有一个人,但他无所不用其极,甚至到了疯狂的地步,所以其危害性极大。当然,他也曾思忖过:"我不是太过分了吗? 社会做了什么对不起我的事情,竟然让两万多人丧生?"但他的良知并没有战胜邪恶的复仇之心。毫无疑问,马尔利是极端的恐怖主义者。

那么,通过马尔利这个人物,这部小说要想表达怎样的主题呢? 总的说来,是要反映当代生活中个人与群体的严重对立。但对于对立的双方,约翰逊并没有明确表示他站在哪一边。尽管他对马尔利的个人身世做了不无同情的描述,但他并没有像19世纪的浪漫主义作家那样伸张个人权利;尽管他对社会群体因马尔利的报复而受到的损害也做了不无同情的描述,但他并没有像17、18世纪的古典主义作家那样强调群体的至高无上。显然,他意在表明:是社会群体导致了个人心理扭曲和性格分裂,而个人心理扭曲和性格分裂又导致了社会群体的恐慌不安。那么,个人心理扭曲和性格分裂有可能避免吗? 从约翰逊对马尔利的描述中可以看出,他认为这种可能性小而又小,或者说,几乎是不可能的。因为当代社会的竞争机制决定了必然会有失败者,而失败者就是潜在的心理扭曲和性格分裂者。那么,取消当代社会的竞争机制有可能吗? 事实证明,也几乎是不可能的。既然如此,也就是说,当代社会必然处于恐慌不安之中。

　　这就是约翰逊通过《克里斯底·马尔利自己的复式簿记》所要发出的警示。不过,既然他发出了警示,也就表明他并非绝对悲观。他曾说:"我也许有些幼稚,但我希望英国司法履行其诺言,执行正义。否则的话,我们真的面临无政府主义,到那时,一切规范将丧失殆尽,生活一片混乱。"①可见,他还是有"希望"的。但是,他同时又觉得这"有些幼稚",不太相信事情真会像他"希望"的那样。换句话说,他还是相当悲观地相信,"到那时,一切规范将丧失殆尽,生活一片混乱"。这种抱着希望的悲观主义,可以说是许多"后现代"作家的共同特点。

---

　　①　转引自李维屏主编《英国小说人物史》,上海外语教育出版社,2008年,第426页。

第五章　其他较重要实验小说家

在50年代和60年代,除了贝克特、达雷尔和B. S.约翰逊这三位最重要的实验小说家,还有四位较重要的实验小说家,即安格斯·威尔逊、克里斯婷·布鲁克-罗斯、安·奎因和加布里埃尔·乔西波维希,也不可忽略——他们的实验性写作虽不及前面三位小说家那么成功,但在不同程度上仍对当代英国小说创作产生了较大影响。

一、安格斯·威尔逊

安格斯·威尔逊(Angus Wilson,1913－1991)出生在英国东南沿海的一个叫贝克斯希尔的小填上,是家里最小的孩子,他最小的哥哥也比他年长13岁,因而在童年时代,他既受父母溺爱,又因孤独而生性敏感。

1927年,威尔逊入学伦敦威斯敏斯特学校。由于家道中落,他曾担心会在学校里受到歧视和欺侮,但随后的学校生活却给了他美好的印象。1932年,威尔逊用母亲留下的遗产自费入牛津大学攻读中世纪历史学。毕业后,他曾尝试过各种不同的职业,最终在1936年入大英博物馆图书部担任书籍编目员。

二战期间,威尔逊曾在英国外交部任职。后来因精神受刺激,他在医生的建议下辞去了外交部的职务,开始从事文学创作。

1949年,威尔逊出版第一部短篇小说集《一伙不正当的人》(*The*

Wrong Set），并成为职业作家。1966 年至 1978 年，威尔逊在从事写作的同时兼任东英吉利大学英国文学教授。1985 年，威尔逊移居法国。此后，他就靠皇家图书基金提供的养老金在一家私人养老院度过了晚年。

威尔逊的小说创作是战后英国小说在现实主义和实验主义之间来回摆动的最好例证。他早年是狄更斯、乔治·爱略特和高尔斯华绥等现实主义作家的崇拜者，因而他的早期作品都采用传统的写实手法，其中的代表作是《盎格鲁-撒克逊态度》（*Anglo-Saxon Attitude*，1956）和《爱略特太太的中年》（*The Middle Age of Mrs. Eliot*，1958），尤其是《盎格鲁-撒克逊态度》，被普遍认为是奠定了他在英国文学中地位的一部作品。这部小说的故事发生在 1953 年的圣诞节期间，由两条主线交叉予以展开：一条线叙述了历史学教授米德尔顿的家庭生活和情感困扰，另一条线以米德尔顿和他的大学同事为中心，揭示了英国学术界的荒诞现象。

当 60 年代实验之风在英国兴起时，威尔逊却又是实验小说的倡导者和实践者，写了好几部实验小说，其中的代表作品当属《动物园里的老人们》（*The Old Men at the Zoo*，1961）。这是一部政治寓言小说，其中的动物园是英国社会的缩影。故事设在未来的 1970—1973 年间，通过描写动物园里的几个有地位的老人之间的权力之争夺，以及动物园里人和动物间的冲突，影射了当代英国社会中所面临的核战争的威胁、社会秩序的沦丧，以及大英帝国昔日辉煌的一去不复返。有批评家指出，在这部作品中可以看到狄更斯的影子，"但是，威尔逊比狄更斯更有勇气（也许是从卡夫卡那里学来的），他使梦魇主宰作品"①。

继《动物园里的老人们》之后，威尔逊又回归到他早期的现实主义风格，写了《晚访》（*Late Call*，1964）一书。在这部写实的长篇小说中，威尔逊以女主人公希尔维亚·卡尔维特的经历为主线，描写了二战后英国社会新旧两种文化的冲突。有评论家指出，希尔维亚这个人物即是二战后英国的写照——她正无声无息地承受着、适应着社会文化的变迁。

然而，几乎就是在写《晚访》的同时，威尔逊又开始酝酿他的第二轮小说实验，其结果就是《并非笑料》（*No Laughing Matter*，1967）的出版。这

---

① 《现代主义代表作 100 种》，[英] 西·康诺利等编著，李文俊等译，漓江出版社，1988 年，第 168 页。

是一部试图把传统写实手法和各种实验手法糅合在一起的作品,写法很别致,有许多类似内心独白的段落,人物轮流说出自己的行为和思想,还不时有小剧本和短篇小说穿插其间,作者的叙述则起联系作用。全书为五个部分——第一部分的事件发生在 1912 年,第二部分是 1919 年,第三部分 1925—1938 年,第四部分 1946 年和 1956 年,第五部分 1967 年——时间横跨近 60 年,从 1912 年一直写到 1967 年,内容则是围绕麦休斯一家,尤其是六个儿女的成长经历,反映了 60 年内英国社会的重要变化。在具体写法上,总的说来,威尔逊是想把狄更斯式的人物塑造和弗吉尼亚·伍尔夫式的意识流技巧结合在一起,使两者取长补短(因为狄更斯式的人物塑造固然生动,但往往缺乏心理深度,而弗吉尼亚·伍尔夫式的意识流技巧固然具有心理深度,但往往不够生动)。这一实验基本上是成功的,所以《并非笑料》被认为是威尔逊最优秀的作品。

威尔逊在《并非笑料》之后仍进行着类似的实验,其重要成果是两部长篇,即《似乎是魔力》(*As If by Magic*,1973)和《把世界放在火上》(*Setting the World on Fire*,1980)——前者表现后现代社会的文化多样性,以及这种多元文化所隐含的冲突、紧张和暴力;后者更像是一部警世寓言,意在表述对世界的一种前瞻,即:人类在混乱和暴力中将相应产生新的文明和新的艺术。

二、克里斯婷·布鲁克-罗斯

克里斯婷·布鲁克-罗斯(Christine Brook-Rose,1926 -)生于瑞士日内瓦,父亲是英国人,母亲兼有美国人和瑞士人血统。布鲁克-罗斯幼年时生活在布鲁塞尔,二战期间曾在英国皇家空军女子辅助部队服役。1949 年,布鲁克-罗斯获牛津大学萨默维尔学院英国哲学学士学位;1953年,获该学院硕士学位;1954 年,获伦敦成人大学博士学位。1956 年至1968 年间,她在巴黎大学讲授英国文学和文学理论,同时为伦敦的报刊撰写评论文章,并从事小说创作。

1957 年,布鲁克-罗斯出版第一部小说《爱的语言》(*The Language of love*)。其后,她又出版了一系列小说,如《梧桐树》(*The Sycamore Tree*,1958)、《可爱的欺骗》(*The Dear Deceit*,1960)、《外面》(*Out*,1964)、《如

此》(*Such*,1966)和《之间》(*Between*,1968)等。其中,《外面》荣获 1965 年作家旅行协会奖;《如此》荣获 1967 年"詹姆斯·泰特·布莱克纪念奖"。70 年代,她的重要作品主要有:《当你看见绿人散步时就走》(*Go When You See the Green Man Walking*,1970)和《穿越》(*Thro*,1975)等。

　　布鲁克-罗斯在语言文学观念的形成过程中受俄国形式主义和法国结构主义的影响颇多;同时,她又是法国"新小说"派创始人罗布-格里耶的追随者,致力于小说时间处理、结构布局和语言形式方面的实验。她的作品追求技巧上的大胆创新,一反传统现实主义叙述方法和正常的时序结构,淡化人物和情节,采用一些非规范化的语言来表现某种现象,常常不分句子和段落,也没有标点,有时把词汇搭成一座塔的形状,有时又拼成一座桥。此外,布鲁克-罗斯还凭借出色的语言功底,把语言学、符号学等方面的知识在小说中运用得淋漓尽致。

　　一般认为,布鲁克-罗斯的第一部小说《爱的语言》在语言风格和作品内容上都和艾丽斯·默多克的作品颇为相像,而她的《外面》则是罗布-格里耶的小说《嫉妒》的模仿之作。《外面》写的是发生在未来某个时代的事情:一场骇人的核战争刚刚结束,整个世界满目疮痍,一片狼藉;核辐射使原本五彩缤纷的世界变成一片灰白。于是,色彩成了人们鉴别健康的标志,也成了决定一个人社会地位的标志。小说主人公是这场灾难的目击者和受害者,通过主人公的所见所闻,小说向读者演示了一个遭遇灭顶之灾的世界,以及在这样一个世界里到底还有没有人性。小说中的某些场景很容易使人想到罗布-格里耶的《嫉妒》,如种植园里的暖房、外面整整齐齐排列着的香蕉树,等等;但是,《外面》和《嫉妒》还是有很大的区别。譬如,罗伯-格里耶笔下的主人公是彻底冷漠的,可以说已超越了人类情感,但布鲁克-罗斯笔下的主人公则仍然不乏人类情感——他不是无动于衷地"观望着"世界发生变化,而是在世界发生变化时"诉说着"自己的感受。此外,布鲁克-罗斯和罗布-格里耶一样也喜欢把科技术语引入小说,因而《外面》和《嫉妒》从表面看颇为相似,但就内涵而言,两者恰恰相反:罗布-格里耶使用科技术语,旨在表明人性的泯灭,以及人的主观想象即隐喻在文学中已失去价值;布鲁克-罗斯使用科技术语,则是实验性地以非形象思维形式来塑造人物,以此表明,即便在科学语言的表象之下仍蕴含着人类情感。

　　继《外面》之后，布鲁克-罗斯形成了自己的风格，而在《如此》中，她既保持了这种风格，又进一步尝试把奇特的非小说形式和现实生活内容有机结合在一起。《如此》的主人公是位天文学家，在他眼中，现实生活就如他从望远镜里看到的天文现象一样，冷漠、没有感情，而且很遥远。他在一次用望远镜观测天体时突然死去，然而他的灵魂却回到了现实生活中。于是，他开始冷静地回顾自己作为科学家的一生。不过，他最后并没有对自己的一生加以评判——这正是布鲁克-罗斯有意留下的空白，留待读者自己去评判。在这部小说中，布鲁克-罗斯使用的完全是科学家的语汇和视角，叙述的也是科学研究的论题。然而，在这种表象背后，作品所关注的显然是人类的现实生活；它所涉及的问题，如道德的沦丧、人与人之间的隔阂和冷漠、人们为找不到自身的社会价值而苦恼，等等，均为当代英国社会的焦点。换言之，《如此》用晦涩离奇的形式表述了极其现实的内容，因而不是单纯的形式游戏，而是一种"陌生化"手法的实验。

　　相比之下，《之间》写得比较轻松活泼。一个从事同声翻译的女子时时处于两种语言、两种工作和两个年龄段（青年和中年）的差异和冲突之间。随着她穿梭往返于各种国际会议，不同的语句和词汇在她意识中碰撞交替，形成一串串古怪的词语组合，有时滑稽可笑，有时清新有味。

　　《穿越》可谓布鲁克-罗斯小说实验的集大成者，她把前几部小说中运用过的各种尝试都集中在这部小说里，使之成为她最有影响的代表作之一。在这部小说中，主人公既是故事叙述者，也是故事目击者，忽而像个会变戏法的魔术师，忽而又变成了语言大师，既随意操纵着语言，又随意安排着小说的形式。小说在变幻着的各种现象背后隐藏着巨大的文化内涵，即通过艺术家主人公表明了这样的观念：文化是在不断发展变化着的，文化本身也是一个不断发展变化的可变体，人们要了解它，必须从它的原始根部一直追溯它的发展历程。就小说形式而言，布鲁克-罗斯在这里进一步移植法国"新小说"的手段，同时像法国结构主义者一样对文本性质加以探究。她和 B. S. 约翰逊一样进行"极端形式主义"实验，即：玩弄排版形式——充斥于小说 164 页篇幅中的是图表、书信、语言模式、具体派诗歌、学生作业和教师的手写批改、学术简历等等的残章断篇，中间还杂以汉语方块字和轴对称排字形式。小说的情节支离破碎，东零西散，而这样做的目的，就旨在于揭示小说的虚假性——这种对小说自身的质疑,可以说是后现代小说的一个显著特点。

80 年代中期至 90 年代,布鲁克-罗斯又对"传统小说的艺术陈规"发起新一轮挑战。她先后发表《混合》(*Amalgamemnon*,1984)、《艾克塞兰多》(*Xorandor*,1986)、《食词者》(*Verbiore*,1990)和《文本终结》(*Textermination*,1991)四部被评论家称作"网络四重奏"的实验性小说。通过对小说文本意义的重组,布鲁克-罗斯"以极其诙谐而又尖锐的方式对当代最后的客观堡垒(即科学与技术)及其'中性的'语汇提出了挑战"。她在小说中不仅揭示了当代科技的奇异和隐喻特征,还生动反映了新闻媒体对人们日常生活的影响。此外,她在将电脑人格化的同时,以滑稽却又令人信服的笔调描绘了它们对人类技术革新的敏感性以及当代青少年和电脑之间的微妙关系。

"网络四重奏"中的第一部《混合》描述了一个即将被解聘的大学教师米拉·恩克泰在信息时代的混乱意识:她和情人、朋友、学生之间的关系,以及她打算建立一个养猪场的计划,和她对古希腊阿伽门农、卡桑德拉和奥利安等神话典故的兴趣相互交织在一起,从而使她在不断"玩弄词汇"的同时创造出了"一个神秘、奇妙和复杂的候补家庭"。特别引人注目的是,这部小说是用一种非现实的词语形式加以叙述的,即:采用大量的未来时态、虚拟语气、条件式从句和祈使句来表现小说主题,从而使小说主题和叙述本身都显得朦胧晦涩。就如有人所说,"在这部小说中,情节和事件的不确定性仿佛完全是在和那些以过去时态表现的连贯性、确定性和可叙述性的特征相对抗。"①简言之,这种文本的不确定性暗示着 20世纪末社会现实的不确定性。

在"网络四重奏"的第二部《艾克塞兰多》和第三部《食词者》中,布鲁克-罗斯试图揭示当代人和电脑之间的复杂关系,还试图表明观念的更新涉及"隐喻"在人的知识与感觉中的"置换"作用。人们通过对某些形象、观点或者"隐喻"的互相置换而获得知识,因而要对现实做出新的反应,人们往往需要新的词汇或者在原有词汇之间建立新的联系。由此推之,人们要改变对性别、性格、道德和权力的传统观念,同样需要建立新的人际

---

① Clive Bloom and Gary Day. ed., *Literature and Culture in Modern Britain: 1956 - 1999*, London:Longman, 2000, p. 243.

关系。为表现这一意图,布鲁克-罗斯在《艾克塞兰多》里别开生面地采用了"报道式对话"(reported dialogue)形式,用以描述当代英国少年如何试图通过电脑向世人讲述故事时的情景。然而,在讲述过程中他们却发现,成人和孩子、男人和女人以及人类和电脑之间的定义其实是混淆不清的,于是便感到不知所措而不得不中断讲述。同样,在《食词者》中,许多叙述者试图通过电脑讲述各自的故事,然而他们都无休止地受到"食词者"的阻碍。读者既搞不清究竟谁在讲故事,也不知道他们在讲什么故事,似乎作者塑造的人物不但在现实世界中彼此矛盾,而且前来指责作者对他们的虚假描写。于是,作者反而成了人物的塑造对象——事实和虚构之间的界限被打破,形成所谓的"短路"而令读者震惊。总之,在这两部小说中,布鲁克-罗斯试图告诉读者,以电脑为标志的现代科技不仅可能主宰人类的生活方式,还将迫使人类重新审视自己的语言。

在"网络四重奏"的最后一部《文本终结》中,布鲁克-罗斯进一步展示她的实验主义手法,别出心裁地创作了一部滑稽诙谐的"关于小说的小说"(a novel of novels)。她把司各特、简·奥斯丁、歌德和托尔斯泰等著名作家的作品中的人物串在一起,用滑稽、幽默的笔调讲述这些人物在当代生活中是经历;譬如,奥斯丁小说中的女主人公爱玛在参加一个当代文学研讨会时遭到恐怖分子袭击。还有,这些已故作家、学者和评论家一起混迹于当代政坛,他们时而互相攻击,时而争风吃醋,令读者在忍俊不禁之际隐隐感觉到,自己对古典文学的崇敬之心已被颠覆。

90年代后期,年逾七十的布鲁克-罗斯仍有两部实验小说问世,即《下一个》(*Next*,1998)和《字幕》(*Subscript*,1999)。她的两部自传,一部题为《重塑》(*Remake*,1996),一部题为《生活,终点……》(*Life, End of*,2006)。

三、安·奎因

和布鲁克-罗斯漫长的创作生涯形成对照,安·奎因(An Quin,1936 -1973)作为一位实验小说家,在37岁就以自杀终结了她短暂的一生。

奎因总共只写过四部小说,即《伯格》(*Berg*,1964)、《三人》(*Three*,1966)、《通道》(*Passages*,1969)和《特里普蒂克斯》(*Tripticks*,1972),但

每一部都是别出心裁的实验小说。

她的前两部小说,题材平庸,甚至很俗气,即"三角恋爱",一对情人加一个"第三者"。《伯格》讲述一个年过四十的中年男子在海滨偷窥其年事已高的父亲的风流韵事,因为爱上了父亲的情人,他还企图杀死父亲。然而,小说在讲述这个故事时却实验性地采用了奇特的方式,如化入梦境的内心独白、结尾回到故事开头的圆周式结构、不用逗号的长句和俄狄浦斯式的仇父心理,均表明奎因受弗洛伊德的影响和对詹姆斯·乔伊斯的模仿,以及对贝克特的"荒诞小说"和法国"新小说"的借鉴。同样,在《三人》里,故事中女孩 S 见 L 和 R 两情相笃并划船外出,便企图以溺水自尽的方式来引起两人对她的关注。她留下日记、录音带和一纸绝命书。小说的视角转动不已,意识飘流不定,海鸥和礁石具有含蓄的象征意义。没有标点符号的赘词冗句,支离破碎的叙述,形式上的极端试验,可能使读者一开始时如坠五里云雾,但随着故事的进展,读者可能会豁然开朗。人物逐渐变得明晰,事件也逐渐变得清楚,经过读者重新组合的情境和情节甚至还不乏戏剧性效果。

奎因的第三部小说《通道》里没有"第三者"出场,但讲述的却是一个神奇的故事:一个女孩在希腊寻找她生死不明的弟弟,因为她相信她弟弟是她的男性化身,因而寻找弟弟就是寻找她的另一形式的自我。小说采用女孩的日记片断构成,凌乱无序,读者必须加以重新组合才能理出头绪,而奎因又像 B. S. 约翰逊一样,时时会介入小说,在页边用小体字排印出"注释",讲述她本人的幻想。

奎因的最后一部小说《特里普蒂克斯》出版于她自杀前一年。小说以嘲弄的方式攻击美国社会,叙述线索忽明忽暗,凌乱堆积,同时配以卡通漫画,而漫画和行文之间未必有关,只是为了制造令人晕眩的效果。

奎因的小说实验因其自杀而突然中止,所以评论界对她的实验效果鲜有论断,但她对小说创新的醉心和热情,还是给人们留下了深刻的印象。

四、加布里埃尔·乔西波维希

加布里埃尔·乔西波维希(Gabriel Josipovici,1940—)出生于法国,60年代开始小说创作,有意识地使用反传统手法观察和表现生活,主要作品是《清单》(*The Inventory*,1968)。小说用清点一个自杀者遗物的形式表达一种混乱意识,自杀者似乎是一个名叫苏姗的年轻女子,但又不确定,含含糊糊,而小说中重复出现的形象、场景和语句则构成一个迂回曲折的结构。

70 年代,乔西波维希继续致力于小说实验,相继出版《语词》(*Words*,1971)《现在》(*The Present*,1975)和《移民》(*Migrations*,1977)等作品。其中,《语词》写两对夫妻和一个单身女人之间相互交叉的五角恋爱关系,既表现当代婚姻的混乱,又表现因各人自说一套而导致的语词混乱,读来令人晕眩。《现在》表现一对夫妻和一个寄宿者之间的三角恋爱,从三人不同的视角加以叙述,时常相互矛盾,一个人对事件的叙述足以否定另一人的叙述,读者不仅难以确定某事究竟发生在现在、过去,还是将来,甚至都难以断定究竟哪一个是丈夫,哪一个是"第三者"。《移民》则集中表现一个精神和肉体上承受痛苦的人试图理解自己的生存环境,小说叙事冗长而重复,明显具有法国新小说派的"反小说"特点。

80 年代,乔西波维希的重要作品是《我们呼吸的空气》(*The Air We Breathe*,1981)和《逆光照片:仿彼埃尔·波纳德的三联画》(*Contracolour: A Triptych After Pierre Bonnard*,1986)。前者试图表现一个女人试图为摆脱往事的折磨而作的种种内心挣扎,时而用第一人称,时而用第三人称,叙事交叉穿插,时间往返跳跃,空间急速转换,确实令读者感受到连"我们呼吸的空气"也是混乱不堪的。后者写画家彼埃尔·波纳德成天以妻子为模特画裸体画,乐此不疲,致使女儿感到备受冷落。小说前半部是女儿的内心独白,后半部是母亲的内心独白,但两者所述内容却是相互矛盾的,加上恍惚迷离的行文,使读者搞不明白她们说到的"第三者"究竟是实有其人呢,还是她们的一种幻觉,同时又似乎觉得,这是暗示波纳德痴迷于作画,所谓"第三者",不过是他所衷情的色彩和线条而已。

总的说来,乔西波维希的作品中始终存在着法国当代小说的影响,尤其是法国新小说派的影响,就如有评论家所说,"他比萨特更为尖刻,比阿兰·罗布-格里耶更为滑稽而活泼,他属于源远流长的欧洲大陆传统的一部分。"①从内容上讲,乔西波维希的作品仍力图表现当代人的欲念和苦

---

① Steven Connor, *The English Novel in History 1950 - 1995*, London & New York: Routledge, 1996, p. 178.

闷,只是在表现这种境况时彻底摈弃了传统的技巧和形式。

　　除了作为实验小说家,乔西波维希还是一位重要的当代实验小说理论家。他在《世界与书籍:现代小说研究》(*The World and the Book: A Study of Modern Fiction*, 1971)一书中强调,当代小说应致力于重组而不是模仿外部世界,当代小说读者也应摘掉习惯势力的眼镜,以非传统的方法阅读非传统的小说,这样才能充分欣赏诸如破碎的对话、不连贯的叙述和内心独白等非传统技巧。在另一部理论专著《现代主义的教训》(*The Lessons of Modernism*, 1977)中,他进而宣称,现代艺术理应是"反艺术",作为艺术家的当代小说家理应是"反小说家",其职能是以小说创作过程吸引读者的参与,而非制造一个"小说产品"供读者享用。尽管他的理论一开始就有争议,但对当代小说创作仍颇有影响。

第六章　乔治·奥威尔：寓言与反乌托邦小说

乔治·奥威尔(George Orwell,笔名,真名 Eric Arthur Blair,1903－1950)是一位独立思考的作家,具有正直诚实的品格,同时也是20世纪最优秀的英语文体家之一。他对英语表达非常讲究,曾撰文探讨英语的运用。他的小说不仅想象力丰富,而且语言清晰明快,简洁有力。

一、生平与创作

乔治·奥威尔生于印度,父亲是英国驻印度的文职官员。童年时,他被送回英国,在伊顿公学就学。中学毕业后,他未能进入大学,便于1922年去缅甸当皇家警察,五年后辞职回国。

乔治·奥威尔自称从六岁起就立志要当作家,但直到1933年,即他30岁时,才出版第一本书《巴黎伦敦落魄记》(*Down and Up in Paris and London*)。该书出版时署名"乔治·奥威尔",后来他就一直使用这一笔名。

据乔治·奥威尔自己说,《巴黎伦敦落魄记》中几乎所有事件都是他亲身经历过的。他曾在巴黎靠教英语为生,后来突然被辞退,身无分文。

为了交旅馆的房租,他不得不找工作,但到处碰壁,曾有两天半没面包吃。后来,他在一家饭店当洗碗工,体验了"现代社会的奴隶生活"。回伦敦后,因一时找不到工作,他白天流落街头,晚上在收容所里寄宿,尝尽了穷困潦倒的滋味。

继《巴黎伦敦落魄记》之后,乔治·奥威尔又于1937年出版《通往威根码头之路》(*The Road to Wigan Pier*)一书。该书分两部分:前一部分是纪实性报道,讲述他前往英格兰西北部威根煤矿区考察工人失业情况;后一部分是政论式评述,讨论英国人民为何不愿接受社会主义的原因。

1936年,西班牙内战爆发,乔治·奥威尔以战地记者的身份赴西班牙东北部的加泰罗尼亚报道战事。翌年,他负伤回国,并根据自己在西班牙内战中的亲身经历写成《向加泰罗尼亚致敬》(*Homage to Catalonia*,1938)一书。

《巴黎伦敦落魄记》《通往威根码头之路》和《向加泰罗尼亚致敬》都属纪实作品。乔治·奥威尔的第一部小说《缅甸岁月》(*Burmese Days*)出版于1934年,是一部模仿E. M. 福斯特的《印度之旅》的作品。其后,他又出版过两部小说,即《牧师的女儿》(*A Clergyman's Daughter*,1935)和《让叶兰继续飘扬》(*Keep the Aspidistra Flying*,1936)。

1939年,乔治·奥威尔出版第四部小说《上来透口气》(*Coming Up for Air*)。小说讲述的故事发生在1938年,反映了英国普通民众在大战前夕的恐慌与不安。小说主人公是一家保险公司的职员,人到中年,和妻子关系冷漠,家庭生活压抑。为了散散心,他突发奇想,一个人驾车回到阔别20年的家乡去度假。然而,家乡的一切都已改变,"没有田地,没有公牛,也没有蘑菇了。都是房子,到处都是房子",连他们的老家也被改成了茶室,儿时钓鱼的池塘也被抽干,成了垃圾场……正当他沉浸在回忆中,回味着往日世外桃源般的幽静生活时,一架轰炸机因误投炸弹而使小镇上的人惊恐万状,以为德军已经开始空袭。面对此情此景,他顿时从怀旧的梦境中醒悟,回到了现实世界,看到一切似乎都在崩塌,"坏日子就要来了"。

二战期间,乔治·奥威尔曾在英国广播公司主持对印度广播,但两年后,他就觉得无聊和无意义而辞去了这份工作。1943年,他担任工党刊物《论坛报》文学编辑,同年开始创作《动物农场》(*Animal Farm*,1945)。

《动物农庄》是一部以动物寓言形式讲述的政治小说。动物们赶走主人后以为自己可以真正当家作主、不受奴役和屠宰了，结果又慢慢陷入受压迫的困境，境况和以前完全一样，只是换了个主人而已。一般认为，这个动物寓言是对苏联的影射，其中的主要人物"拿破仑"和"雪球"分别影射斯大林和托洛茨基，其中的情节则是对发生在苏联的某些历史事件的影射。譬如，动物们成功推翻主人，影射1917年苏联十月革命；制造风车失败，影射1928年苏联第一个五年计划；从四头猪开始的动物们的招供和被处决，影射30年代苏联的肃反运动和布哈林被处决；"拿破仑"卖木材给临近农庄的主人弗雷德里克而后者付的却是假币，则影射1939年苏联和纳粹德国签订《苏德互不侵犯条约》而很快就被撕毁，如此等等。乔治·奥威尔自己也毫不讳言，此书的宗旨就是要打破苏联是"真正的社会主义国家"的神话。

《动物农场》出版后在英美的立即畅销，不仅使乔治·奥威尔举世闻名，而且还给他带来了丰厚的报酬，解除了他经济上的后顾之忧。于是，他开始悉心创作另一部更为重要的作品，即《一九八四》（*Nineteen Eighty-Four*，1949）。

然而，《一九八四》出版后不久（1950年），正当它产生轰动效应之际，乔治·奥威尔却因肺结核复发而去世了。

二、风 格 与 特 点

乔治·奥威尔的创作风格和他对文学的看法直接有关。在他看来，"从事写作，至少从事散文写作，有四大动机。在每一作家身上，它们都因人而异，而在任何一个作家身上，所占比例也会因时而异，要看他所生活的环境氛围而定"。那么，是哪"四大动机"呢？他认为：

一、"自我表现的欲望"。因为有个性的人都想过自己的生活，都想显得比别人聪明，而作家大凡都是有个性的人，所以"严肃的作家整体来说也许比新闻记者更加有虚荣心和自我意识，尽管不如新闻记者那样看重金钱"。

二、"唯美的思想与热情"。因为从事写作的人，或多或少都有自我欣赏的倾向，希望享受"一篇好文章的抑扬顿挫或者一个好故事的启承转合"，希望和人分享"自己觉得有价值的和不应该错过的体验"，所以"任何书，凡是超过列车时刻表以上水平的，都不能完全摆脱审美热情的因素"。

三、"历史方面的冲动"。因为几乎人人都有"希望还原事物以本来面目"的冲动，作家更是如此，更是想"找出真正的事实"并把它们记录下来，以昭示后代。

四、"政治方面的诉求"。因为人人都有社会理想，都有政治期待，也就是希望世界应该是怎么样的，作家当然也不例外，所以从广义上说，"没有一本书是能够没有丝毫的政治倾向的；有人认为艺术应该脱离政治，这种意见本身就是一种政治"。①

那么，在这"四大动机"中，乔治·奥威尔自己最重要的创作动机是哪一种？他说，"从本性来说我是一个前三种动机压倒第四种动机的人"。也就是说，"政治方面的诉求"对他来说本不重要。他说，若在和平的年代，他很可能会写一些没有什么政治色彩的书，"但实际情况是，我却为形势所迫，成了一种写时事评论的作家"。这里的"形势"，就是指纳粹德国的兴起、西班牙内战和"二战"的爆发。由于受这种形势所迫，他在1936—1937年之间形成了他的政治理想，并且开始为此而写作："我在1936年以后写的每一篇严肃的作品都是指向极权主义和拥护民主社会主义的，当然是我所理解的民主社会主义。"②

当然，在承认自己的创作具有政治倾向的同时，乔治·奥威尔并不认为他因此而牺牲了作品的艺术性。恰恰相反，他说："我一直在努力想把政治写作变为一种艺术。"③正是这种努力，决定了他的艺术风格。

不过，这种风格在《动物庄园》里才真正体现出来。乔治·奥威尔早先很欣赏狄更斯、特罗洛普、毛姆和威尔斯等小说家的写实风格，希望自己也能写出他们笔下的那种丰富多彩的人物形象和引人入胜的故事情节，但他在这方面的尝试却不太成功。他的前期作品如《缅甸岁月》、《牧师的女儿》、《让叶兰继续飘扬》和《上来透口气》等，都摆脱不掉作者个人自传的影子，情节平淡无趣，人物形象也谈不上丰富多彩，只有一个孤独

---

① George Orwell, "Why I Write" in *Collected Essays*, London: Martin Secker & Warburg Ltd., 1980, pp. 750 – 767.
② Ibid., p. 757.
③ Ibid., p. 758.

的、对社会不满的主人公。所以，当他写《动物庄园》时，他一改过去的写实风格，采用古老的动物寓言形式，通过讲述一个神奇的动物故事，隐喻现实中的一种政治制度的内在荒谬性：起初，动物们因不堪压迫而在一群猪的领导下赶走了农庄主，开始实行"所有动物一律平等"的理想制度，然而作为领导者的那群猪却为了权力而争斗起来，结果在权力斗争中获胜的那些猪又成了新的主人，原先的"所有动物一律平等"的理想也被修改为"有的动物较之其他动物更为平等"，动物们又回到了从前的状态。由于动物寓言旨在影射和说理，既不讲究人物形象的丰富多彩，也不需要引人入胜的故事情节，乔治·奥威尔采用这种形式可谓扬长避短——发扬了他的思想敏锐之"长"，避开了他早期作品中的人物单调和故事平淡之"短"。所以，《动物农庄》堪称构思奇妙、见地深刻、语言犀利。乔治·奥威尔自己也称，这是他"第一部有意识地将政治目的和艺术目的融为一体的书"①。

《动物农庄》的成功没有使乔治·奥威尔感到满足。他说："我发现等到你完善了一种写作风格的时候，你总是又超越了这种风格。"②他继而又做了更为大胆的尝试，尽管有失败的心理准备，但他确信自己应该采用怎样的风格来写作："我已有七年不写小说了，不过我希望很快就再写一部。它注定会失败，因为每一本书都是一次失败，但是我相当清楚地知道，我要写的是一本什么样的书。"③这本书就是《一九八四》。

在《一九八四》中，乔治·奥威尔展示了和《动物农庄》截然不同的写作风格。如果说《动物农庄》是寓言形式的，人物全是动物，而且具有喜剧色彩，那么在《一九八四》中他采用的则是反乌托邦形式，即：用未来的某个虚构的地方为背景讲述一个令人恐惧的故事，而这个故事又和现实生活有着某种联系，或者说，是对现实生活的某种引申。毫无疑问，乔治·奥威尔采用反乌托邦形式，就如他采用寓言形式一样，目的还是为了显示他的"影射艺术"。

不过，作为反乌托邦小说，《一九八四》和英国文学史上有名的同类作品——如18世纪作家斯威夫特的《格列佛游记》第四部——有所不同。

---

① George Orwell, "Why I Write" in *Collected Essays*, London: Martin Secker & Warburg Ltd., 1980, p. 760.

② Ibid., p. 762.

③ Ibid., p. 764.

詹姆斯·乔伊斯曾在《青年艺术家画像》中显示了两种不同的叙事艺术，即"静态艺术"和"动态艺术"。所谓"静态艺术"，就是其效果完全来自于自身，或者说，不需要自身以外的任何东西就能产生艺术效果。所谓"动态艺术"，其效果则并不完全来自于自身，而是需要自身以外的某些辅助因素，或者说，需要参照发生在现实生活中的某些特定事件。像《格列佛游记》这样的反乌托邦小说，如果说属于"静态艺术"的话，那么《一九八四》显然是一部"动态艺术"的反乌托邦小说——它需要参照发生在20世纪上半叶的某些特定事件才能产生艺术效果。

可以说，乔治·奥威尔最后形成的是一种"动态—影射"风格，其特点是：将现实、特别是政治现实，加以"虚化"——"寓言化"或"反乌托邦化"——同时保留其基本特征，即"含沙射影"，从而使读者产生联想，由此获得一种艺术效果；譬如，《动物农庄》的荒唐可笑，《一九八四》的惊悚可怕。这就是乔治·奥威尔自己所说的"努力想把政治写作变为一种艺术"。

三、重要作品评析

《一九八四》写于1948年，是乔治·奥威尔的最后一部作品，也是他的巅峰之作。当时，希特勒的"国家社会主义"（即纳粹）政权刚刚倒台，斯大林正以"社会主义"的名义在国内进行"大清洗"；在英国，新上台的工党政府也在实施一系列"社会主义"国有化政策。对各种各样的所谓"社会主义"，乔治·奥威尔深感厌恶，因为在他看来，"社会主义"往往就是"极权主义"的代名词。于是，他把1948年中的48颠倒一下，成1984，并以此作为书名写了这部反乌托邦小说，意思就是：他要描述一下，在不太遥远的将来，"社会主义"会变成什么样子。

在小说中，乔治·奥威尔虚构了这样一个将在1984年发生的故事：主人公温斯顿·史密斯是"大洋国"里的一个普通公民。"大洋国"的统治者是"内党"，"内党"的领袖是"老大哥"。"老大哥"从不露面，但他的大幅照片却户里户外到处张贴，炯炯有神的眼睛，紧盯着臣民。温斯顿·史密斯仅仅属于"外党"，和所有的同志一样，身穿清一色的蓝布工人套头衫裤。他服务的机关是"真理部"。政府除了"真理部"以外还有三个大部，即"和平部"、"仁爱部"和"富裕部"。四大机构各占据一座300米高的金字塔式的建筑。建筑外墙上大书特书党的三大原则："战争就是和平"、"自由就是奴役"、"愚昧就是力量"。温斯顿·史密斯是"记录科"的科员，工作是修改各种原始资料，从档案到旧报纸，全都根据指示加以修改。他的家和所有私人居所一样，有一个叫做"电屏"的现代设备加以监视。每个房间右面的墙上都装有这样一面长方形的金属镜子，可以视听两用，也可以发号施令，室内一言一语，一举一动，无时无刻不受这面镜子的监视和支配。平时无事，"电屏"上就没完没了地播放大军进行曲、政治运动口号和"第九个三年计划"超额完成的消息。这些广播由中央枢纽控制，个人无法关掉。还有，这是理所当然的：在"大洋国"里，一切和"内党"不一致的言行都被视为非法，都可能带来灭顶之灾。温斯顿·史密斯是个良知未泯的人，他内心感到极度痛苦，而他唯一能做的只是暗暗地呻吟。呻吟有两种方式：一是秘密写日记，二是和女友朱利娅偷偷约会。然而，即便是偷偷约会，即便"腰部以下还没有叛逆"，那也是不允许的，更何况，他们的"腰部以下"还不止"叛逆"了一次。所以，他和朱利娅不久便被捕入狱。在狱中，他受尽凌辱和折磨。尽管肉体痛苦他还能忍受，但面对"思想警察"的思想工作，他的意志顿时土崩瓦解了。结果，他把能出卖的都出卖了，包括自己的良知、尊严、爱、女友、信念，而且还满怀着对"老大哥"的由衷感激和爱戴"以死赎罪"，在临刑的一刻成了"世界上最幸福的人"。

通过这个故事，乔治·奥威尔展示了一个他想象中的极权主义世界。在那里，个人的行为和思想都要受到严密的监控。不仅有无处不在的"电屏"、四下藏匿的麦克风和时刻都在巡逻的直升机监视着人的一举一动，甚至连个人的思维和记忆也要受到控制和操纵。这是历史上任何专制制度都无法比拟的。归纳一下，大体有以下几种绝妙招术：

一是修改或销毁有问题的书面材料。温斯顿·史密斯在真理部工作，每天要根据上面的指示对一些材料进行修改，如果修改无效，干脆销毁，即送入手边的那个"遗忘洞"里。"这种不断修改的工作不仅适用于报纸，也适用于书籍、期刊、小册子、招贴画、传单、电影、录音带、漫画、照片——凡是可能具有政治意义或思想意义的一切文献、书籍都统统适用。"①还有历史，也要加以修改。不过，"真理部的主要任务不是改写过

---

① 《一九八四》，[英] 乔治·奥威著，董乐山译，辽宁教育出版社，1998 年，第 36 页。

去的历史,而是为大洋国的公民提供报纸、电影、教科书、电视节目、戏剧、小说。"①于是,"一切都消失在迷雾中。过去给抹掉了,而抹掉本身又被遗忘了,谎言便变成了真话。"②在真理部强迫提供的"真理"中,个人失去了对过去的记忆,泯灭了对历史的回想。温斯顿·史密斯自己就"竭力想挤出一些童年时代的记忆来……可是没有用,他记不起来了;除了一系列没有背景、模糊难辨的、灯光灿烂的画面以外,他的童年已不留下什么记忆了"③。

二是反反复复的宣传。在电幕上不仅反复播放"内党"的口号,如"战争即和平、自由即奴役、无知即力量",以及"生产超额完成"、"经济稳步增长"、"战场不断胜利"、"生活日益提高"等消息,还不断揭发"假想敌"对"老大哥"的"诬蔑"、对"内党"的"攻击"和对"革命"的"背叛",以至于人们在有计划、有组织的宣传下都变成了"内党"的崇拜者,对"内党"所说的一切都从不怀疑。即使是孩子,也要在"少年侦察队"的操纵下"有计划地"使"他们崇拜党和党的一切,唱歌、游行、旗帜、远足、木枪操练、高呼口号、崇拜老大哥——所有这一切对他们来说都是非常好玩的事。他们的全部凶残本性都发泄出来,用在国家公敌,用在外国人、叛徒、破坏分子、思想犯身上了"④。

三是"双重思想"训练。在"大洋国"里,警察巡逻队还不算可怕,更为可怕的是"思想警察"。不过,"思想警察"是针对思想有问题的人的。对"人民群众",则予以"双重思想"的训练,以此使他们养成"有利于国家的"思维习惯。所谓"双重思想",也称为"辩证法",就是,"既知又不知,既知道全部真实情况,却又说一些滴水不漏的谎话,同时持两种互相抵触的观点,明知它们互相矛盾,但仍然深信不疑,用逻辑来反逻辑,一边表示拥护道德,一边又否定道德,一边相信民主是办不到的,一边又相信党是民主的捍卫者,忘掉一切必须忘掉的东西,而又在需要的时候想起它,然后又马上忘掉它……"⑤总之,只有具备了"双重思想",才能理解"内党"的口

---

① 《一九八四》,[英] 乔治·奥威著,董乐山译,辽宁教育出版社,1998 年,第 38 页。
② 同上,第 65 页。
③ 同上,第 5 页。
④ 同上,第 22 页。
⑤ 同上,第 32 页。

号："战争即和平、自由即奴役、无知即力量"，才能真正理解"内党"的一切，从而无条件接受"内党"的领导。

四是强调社会组织和集体活动。"大洋国"有数不清的社会组织，如"少年侦察队"、"青年团"、"青年反性联盟"，等等。通过这些组织，"内党"控制着所有成员的社会活动和私人活动。譬如，"青年反性联盟"的目的就是要"防止男女之间发生不被党允许的不正当关系"①。特别是对女青年，"通过早期的周密的灌输，通过游戏和冷水浴，通过在学校里、少年侦察队里和青年团里不断向她们灌输的胡说八道，通过讲课、游行、歌曲、口号、军乐等等，她们的天性已被扼杀得一干二净。"②此外，"内党"还通过"电屏"经常进行一些强迫性的集体活动，如"电屏体操"、"两分钟仇恨"等。尤其是"两分钟仇恨"，它旨在于激发人性中邪恶的本性，使全体公民在热爱"老大哥"的同时把心中的仇恨变为本能，并将这种仇恨发泄到"敌人"身上。

五是发明和灌输所谓的"新语"。语言是思维工具，要改造人的思想，就必须消灭原有的语言，创造新的语言，通过对语言的控制来控制人的思想。因此，"内党"组织"专家"编撰《新语词典》，并有计划地逐步消灭词汇量极大的原有语言，代之以词汇量极小的"新语"。"新语的全部目的是要缩小思想的范围。最后我们要使得大家在实际上不可能犯任何思想罪。因为将来没有词汇可以表达。凡是有必要使用的概念，都只有一个词来表达，意义受到严格限制。"因此，采用了"新语"、忘掉了原有语言之后，就不会再有异端思想了；即使有，也没法表达。再说，"新语"不仅可以彻底改变人的思维习惯，还可以彻底改变人的意识形态。用新话来广播和宣传，用"新语"来发表社论和声明，用"新语"来重写莎士比亚的作品，人的思维和意识都将在不知不觉中被彻底改变。如果用"新语"来重写历史，"内党"的一句口号，即"谁控制过去就控制未来；谁控制现在就控制过去"，便将完美地实现。

除了用上述招术控制全体社会成员的思想意识，更为可怕的是"内党"还要扼杀人的性本能。主人公温斯顿后来之所遭到"整肃"，就是因为

① 《一九八四》，[英]乔治·奥威尔著，董乐山译，辽宁教育出版社，1998年，第57页。
② 同上，第59页。

他还有性冲动。他没有"经过党的批准"就和朱莉娅在乡间小树林里约会,还偷偷地和朱莉娅在"普罗"区(即"人民群众生活区")的住房里同居,因而被斥之为"腐化堕落"。但他总觉得"任何腐化堕落的事都使他感到充满希望。也许在表面的底下,党是腐朽的,它提倡艰苦朴素只不过是一种掩饰罪恶的伪装。……凡是腐化、削弱、破坏的事情,他都乐意做"!①他甚至还想到:"不仅是一个人的爱,而是动物的本能,简单的、不加区别的欲望,这就是能够把党搞垮的力量。"②他和朱莉娅似乎在用性本能来对抗"内党"的极权:"他想,要是在从前,一个男人看一个女人的肉体,就动了欲念,事情就那么简单。可是,如今已没有纯真的爱或纯真的欲念了。没有一种感情是纯真的,因为一切都夹杂着恐惧和仇恨。他们的拥抱是一场战斗,高潮就是一次胜利。这是对党的打击。这是一件政治行为。"③确实,对"内党"来说,性是一件政治行为!对党来说,性必须被消灭。然而,对温斯顿来说,性却是男人与女人之间最自然不过的行为。主动地发生性关系,当然就是"对党的打击";性关系的完成,当然就是"一次胜利",一次对抗极权的胜利!

毫无疑问,《一九八四》是一部"反社会主义"小说。由于当时的苏联以"社会主义国家"自居,因而小说出版后即被认为是一部"反苏小说",是"冷战"期间意识形态斗争的产物。但是,乔治·奥威尔把小说的背景设在伦敦,把"内党"的极权理论称为"Ingsoc",即用"新语"表述的"English Socialism"("英国社会主义"),其用意显然是要表明,小说所指涉的不仅仅是苏联,也可能是英国或者其他国家。

此外,乔治·奥威尔所要反的也不是所有的"社会主义",而是某些"社会主义",即他所说的"极权主义"。他曾说:"我在 1936 年以后写的每一篇严肃作品,都是直接或间接地反对极权主义和拥护民主社会主义的。"可见,他并不反对社会主义本身,就如有批评家所说,"他(指奥威尔)的境遇和约翰·弥尔顿相似。弥尔顿在抨击基督教吗? 不,他抨击的是某些基督徒。乔治·奥威尔也是如此——他抨击的是某些社会主义者,

---

① 《一九八四》,[英]乔治·奥威尔著,董乐山译,辽宁教育出版社,1998 年,第 111 页。
② 同上,第 112 页。
③ 同上。

而不是社会主义"①。总之，要说小说"影射"了哪国，那么不管是苏联、英国，还是其他任何国家，只要是自称"社会主义"的极权主义，都可以在此自行"对号入座"。

至于小说自身的意义，用乔治·奥威尔自己的话来说，只是想表达一种忧虑、一种恐惧，即："如果极权主义成为我们普遍的生活方式，那么所有其他的人类价值，像自由、博爱、正义、对文学的喜好、对平等的对话、文理清晰的写作的喜好、肯定人人皆有道德情操的信念、对大自然的爱、对独特的个人化行为的赏悦，以及爱国的情怀，都将归于消灭。"或者，用批评家欧文·豪的话来说，"理性的人是不会把《一九八四》真当作现实的预言看待的，即便是对作者怀有恶意的人，读了小说之后也知道，这是一种警示——当然，是一种可怕的警示"②。

――――――――

① Irving Howe, ed., Orwell's *Nineteen Eighty-four: Text, Source, Criticism*, New York & Chicago: Harcourt, Brace & World, 1963, p. 153.

② Ibid., p. 176.

第七章　C.P.斯诺与"长河小说"

　　毫无疑问,在五六十年代的所谓"现实主义回潮"中,相当一部分"长河小说"家是其中坚力量。他们力主传统的现实主义创作方法,反对现代主义或后现代主义的小说实验。而在这批倡导传统创作方法的"长河小说"家中,影响最大的当推 C.P. 斯诺,其次是威廉·库珀、奥莉维亚·曼宁和安东尼·鲍威尔(其中威廉·库珀又被认为是"'愤怒的青年小说'之父",因而我们将其归入了"愤怒的青年"作家群)。

一、C.P.斯诺

　　C. P. 斯诺(Charles Percy Snow,1905 - 1980)生于英格兰北部的一个普通家庭,曾以优异成绩考入剑桥大学,于 1930 年获博士学位。二战期间,他供职于政府部门,负责对科技人员的选拔任用,并因其杰出贡献而于 1957 年获男爵封号。1960 年,他在工党政府新成立的技术部担任要职。

　　斯诺在任公职期间开始从事文学创作。他的处女作是一部名为《风帆下的谋杀》(*Death Under the Sail*,1932)的侦探小说;其后,又出版了一部以科技界生活为题材的小说《探寻》(*The Search*,1934)。30 年代后期,他开始创作一部规模宏大的系列小说,并于 1940 年出版了其中的第一部,但由于二战爆发而搁置,直到战后即 1947—1970 年间才陆续完成。除小说创作外,他还创作了八部剧本。

50 年代后期和 60 年代,斯诺在多所大学发表演讲。其中影响最大的是于 1959 年在剑桥大学一次演讲,后整理出版,名为《两种文化与科学革命》(*The Two Cultures and the Scientific Revolution*,1960)。该书揭示了人文科学和自然科学之间难以调和的矛盾,出版后引起激烈争论。同年,他在哈佛大学发表有关政府决策的演讲,后结集出版,题为《科学与政府》(*Science and Government*,1961)。

总题为《陌生人和亲兄弟》(*Strangers and Brothers*,1940 - 1970)的系列小说,是 C. P. 斯诺小说创作的主要成就,也是英国战后最重要的"长河小说"之一。该"长河小说"系列包括 11 部长篇,按小说中的故事发生时间排列,大致可以分为两组:第一组可称为"战前和战时故事",包括《希望的年代》(*Time of Hope*,1949)、《乔治·巴桑特》(*George Passant*,1940)、《富人的良心》(*The Conscience of the Rich*,1958)、《光明与黑暗》(*The Light and the Dark*,1947)、《院长们》(*The Masters*,1951)和《新人》(*The New Man*,1954);第二组可称为"战后故事",包括《回家》(*Home Coming*,1956)、《事件》(*The Affair*,1960)、《权力通道》(*Corridor of Power*,1964)、《沉睡的理性》(*The Sleep of Reason*,1968)和《结局》(*Last Things*,1970)。所有这些小说都使用第一人称手法叙述故事,路易斯·艾略特既是小说的主人公,又是小说的叙述者。在有些小说中,他讲述自己的故事和个人经历,而在有些小说中,他仅是小说叙述者,讲述的是他人的故事。

第一组"战前和战时故事"的时间跨度从 20 世纪 20 年代之前延续到 50 年代初,主要讲述主人公或他的朋友们在这一时期的个人生活。在第一部《希望的年代》中,主人公路易斯·艾略特自述从 9 岁到 28 岁(约从 1914—1933 年间)的经历。时至 28 岁,路易斯已成为一名律师,但他的事业却受到婚姻和家庭的困扰。他的妻子希拉生性悲观而且精神趋于分裂,而对妻子,他亦恨亦爱,既难以忍受,又无法摆脱。在这里,路易斯·艾略特由自我表述转为自我发现,即在认识到自己的事业和感情危机的同时,也看到了和别人建立紧密联系的重要性。

第二部《乔治·巴桑特》从发表的时间(1940)来说,是"长河小说"的第一部(当时就取名《陌生人和亲兄弟》,后被用来总称"长河小说",才改名为《乔治·巴桑特》)。在这一部里,路易斯主要讲述他青年时代的朋友乔治·巴桑特的生活经历。乔治·巴桑特属于当时"迷惘的一代"。起先,他充满理想,富有激情,想利用个人才气和魅力把一大批追求上进的年轻人吸引在自己的周围,并"指引"他们对充满自由和希望的理想王国的向往;然而,理想主义者往往忽略现实世界,忽略人性的浅薄,结果他和他的"弟子们"对自由和理想的追求变成了对幻觉的追求,变成了本能和欲望的释放。他还被指控诈骗而受到起诉,理想主义顿时变成了道德危机。这时,他才意识到世道人心对他的理想未必同情,他自己的个性魅力则很可能是性格缺陷。于是,他的理想在一片唏嘘声中化为泡影;于是,他在唉声叹气中陷入了深深的迷惘。从这个层面上说,乔治·巴桑特不仅是现实世界的"陌生人",而且也是他真正的自我的"陌生人"。这部小说充分体现了斯诺对现实道德的关注,以及对人与人之间理想的"兄弟"关系的思考,同时也反映了个人在现实社会中的局限性。

第三部《富人的良心》尽管出版于1958年,但讲述的却是战前的故事。在这一部里,路易斯讲述他自己及其朋友查尔斯·马契的故事。查尔斯·马契是犹太人,虽然富裕,但在英国社会却面临的各种问题。他一方面无法摆脱犹太家庭的背景,另一方面又对家庭怀有强烈的逆反心理。在职业上,他违背父命,不学法律,改行学医;在婚姻上,他和年轻、漂亮的犹太女子安恩·西蒙结婚。安恩·西蒙是个激进的左翼分子,经常为左翼刊物写稿,也对丈夫施加影响,想使他脱离家庭的控制。她出于政治目的,在左翼刊物上揭发马契家族中在政府任职的成员泄漏机密情报,以获私利。她的行为让体面的马契家族蒙羞,最后也伤及到她丈夫的名誉。小说没有把人物面临的问题简单化,也没有把人物的动机政治化,而是把人物置于传统、家庭、社会的复杂环境中加以表现,力求塑造"典型环境中的典型人物"。

第四部《光明与黑暗》是"长河小说"中第一部直接讲到二战的作品。路易斯在这部小说中主要讲述他在剑桥大学的同事罗伊的生与死。罗伊在战前就面临心理危机;战争爆发后,他想借此摆脱心理危机,于是毅然上了战场,但结果却在执行任务时意外阵亡。小说具有讽刺意味,反映了战时英国知识分子焦躁不安的精神状态。

其后的两部,即《院长们》和《新人》,讲述的也是知识分子的故事。《院长们》讲述的是大学校园里的权力之争;《新人》则探讨了科学家的道义和责任。在《院长们》中,讲到老院长即将去世,学院中 13 名研究员如何为选新院长而费尽心机,勾心斗角。小说沿用传统小说手法,把校园内的人生百态描绘得惟妙惟肖。在《新人》中,则描述了科学家在面临学术和权力分歧时的道德困境,同时也反映了英国科技界对核战争的恐惧心理。所谓"新人",就是指一批献身于科学的知识分子,而在斯诺看来,这批"新人"既有可能为人类探索新的知识领域,也有可能为权力所操纵而成为毁灭人类的杀手。小说主要讲述的是路易斯的朋友、核物理学家马丁的故事;马丁最后主动放弃原子弹研制,则表明了斯诺对研制和使用核武器的否定态度。

在第二组"战后故事"中,《回家》是第一部。在这里,路易斯讲述他从 1938 年到 1951 年的经历。他跻身政界,平步青云,但是妻子希拉的精神病症状却日趋严重,家庭生活阴云密布,面临危机。他们那种交织着爱与恨的婚姻已名存实亡,但却拖到 1941 年才走到尽头——那一年,希拉自杀身亡。后来,路易斯遇到了玛格丽特,两情相倾,但两人性格上的差异又使他们犹豫不决,结果是经历了一番波折后才结为夫妻。至此,路易斯终于摆脱孤独和寂寞,多年来对温馨之家的憧憬终于成了现实。

接着是《权力通道》。这是一部以政界为描述对象的政治小说。小说以二战后的东西方"冷战"为背景,反映西方社会高层的权力之争。路易斯讲述他的朋友、英国保守党议员奎夫的故事。奎夫为人聪明执著,政治上又有远见,后来升任国防大臣。他认为核战争必须避免,主张英国裁减核军备,放弃核竞赛。虽有一批科学家、文职官员和实业家支持他,但他的主张最后还是遭到议会的强烈反对,为此他还不得不辞职。小说提出了"权力通道"通往何方、国家的权力最终掌握在谁手里的问题。在表现手法上,小说既是写实的,又是讽刺的,可以说为读者展示了一幅战后英国政坛的既真实又可笑的政治漫画。

《沉睡的理性》则是一部社会问题小说。小说通过讲述一对女同性恋者谋杀一名男童的故事,暴露了战后英国社会严重的社会问题。在显露社会问题的同时,小说也强调了理性的重要性,不能让其"沉睡",否则,人内心深处的非理性乃至反理性因素就会占上风，并对个人和社会产生巨大伤害。在这部小说中，路易斯以冷静的旁观者态度讲述整个事件的过程，尽管保持一定距离，但他的讲述仍使读者感到震惊。

最后，在《结局》中，路易斯自述其晚年生活，其中最重要的是他和儿子查尔斯之间的"代沟"。此时，路易斯已年逾六十，儿子查尔斯也已长大成人。他为儿子安排好了往后的生活，但儿子却拒绝接受他的安排，不仅违反父亲的意愿，参与各种政治活动，后来还当上战地记者去了中东。对此，路易斯无可奈何，只能淡然处之，期待"明天的到来"。

在《富人的良心》序言中，斯诺说：他写"长河小说"《陌生人和亲兄弟》的宗旨有二：一是揭示小说叙述者路易斯·艾略特的个人生活史，特别是他在公共事务和个人生活中的感受；二是通过路易斯·艾略特的叙述，特别是他对他人生活的叙述，反映某一时期的社会变迁。当然，在反映个人命运和社会变迁之间的复杂关系的同时，特别是在揭示当代社会人和人之间的冷漠关系的同时，斯诺也表达了他的道德理想，即：人们应该由陌生人变为亲兄弟。

在艺术上，《陌生人和亲兄弟》没有采用任何现代派技巧，既没有印象主义或象征主义手法，也没有"意识流"技巧，自始至终沿袭19世纪传统的写实和白描手法，只是在叙事结构和人物塑造方面较传统小说更为简明，更为忠实地反映了社会生活，更为直接地提出了现实问题，即：社会责任和道德良知。

二、奥莉维亚·曼宁

奥莉维亚·曼宁(Olivia Manning, 1908 - 1980)出生于英国朴次茅斯，父亲是收入菲薄的皇家海军下级军官。曼宁童年时代在家乡受教于私人教师，喜欢阅读文学作品；青年时期曾为《观察家》和《泰晤士报文学副刊》写过书评。1936年，曼宁和R. S. 史密斯结婚。R. S. 史密斯当时在英国文化委员会任国际文化宣讲师，后来成为BBC广播公司节目制作人。1937年，曼宁的处女作、长篇小说《风向改变》(The Wind Changes)问世。小说以爱尔兰都柏林市为背景，讲述战火纷飞中一个刻骨铭心的爱情故事。"二战"爆发后，曼宁作为志愿者为英国皇家陆军开救护车；不久,又随丈夫到国外工作,曾先后到过罗马尼亚首都布加勒斯特、希腊、埃及和耶路撒冷。根据不平凡的海外生活经历,她写了《非凡的远征》(*Remarkable Expedition*,1947)、《失踪者中的艺术家》(*Artist Among the Missing*,1949)等小说,但这些小说出版后并没有引起太大反响。真正为曼宁在英国文坛赢得声誉的是她后来耗时多年、从60年代到90年代陆续出版的两部"长河小说",即《巴尔干三部曲》(*The Balkan Trilogy*,1960-1993)和《利万特三部曲》(*The Levant Trilogy*,1977-1980)。这两部"长河小说"之间有一定的连续性,主人公均为哈丽特·普林格尔和她的丈夫盖伊·普林格尔,而其原型就是曼宁自己和她的丈夫R.S.史密斯。

　　《巴尔干三部曲》包括三部长篇,即《福星高照》(*The Great Fortune*,1960)、《劫后废都》(*The Spoilt City*,1962)和《朋友们,英雄们》(*Friends and Heroes*,1965)。在第一部《福星高照》中,男主人公盖伊·普林格尔被英国政府派遣到罗马尼亚首都布加勒斯特,担任英国文化委员会的宣讲师。他带着新婚妻子哈丽特匆匆赴任。布加勒斯特原来是个福星高照的"中立"城市,但由于疯狂的纳粹军队向欧洲各国快速推进,使这座城市惶惶不可终日,谣言四起,一日数惊,一片混乱。在小说中,哈丽特不是直接叙述者(小说是以第三人称叙述的),而只是一个颇为细心的旁观者。她的丈夫盖伊性格复杂,但在她眼里,他的一举一动都是明明白白的。她关注着丈夫,关注着他们的海外生活环境,同时也关注着欧洲的古老文明和传统在战争的阴云下变得暗淡无光。在写到哈丽特的观察和感受时,曼宁用的是富于诗意的细腻笔调,而她对当地罗马尼亚人的描绘则用的是漫画化的笔调,但仍不失同情和理解。在第二部《劫后废都》中,写到巴黎失陷,写到纳粹德国终于占领了布加勒斯特,并把这座原来左右逢源的中立城市变成了劫后余生的废都。在第三部《朋友们,英雄们》中,哈丽特和丈夫盖伊从布加勒斯特逃到了雅典。在那儿,已经聚集了许多避难者,还有他们的一些朋友和熟人,其中最引人注目的是俄国流亡贵族雅基莫夫亲王。他已一贫如洗,在依赖别人的施舍度日,却还要硬充英雄好汉,整天吹嘘他昔日的荣华富贵。曼宁用诙谐的笔调写到这个人物,使这部战争题材的小说也有了一种喜剧意味。在战争的悲喜剧中,曼宁还塑造其他一些栩栩如生的人物形象。不过,写得最生动的,还是男主人公盖伊。哈丽特试图理解丈夫,和他沟通感情,但却发现这并非易事。盖伊是个富有教养的英国绅士,既骄傲又慷慨。他用堂吉诃德式的骑士风度对待那些落难的朋友,常常不惜为他们慷慨解囊,而精明的哈丽特却不得不时时防范,以免丈夫为了表现自己的风度而把仅有的一点家产统统"浪费"掉。盖伊热情过分,往往干出使哈丽特哭笑不得的事情。在小说中,曼宁充分展示了这个人物充满矛盾的复杂个性。譬如,当人人都因为战争而惶恐不安时,他却在战火纷飞的巴尔干半岛上若无其事地研究当地的民俗风情,还津津有味地在那里加以比较、鉴别。或许,就是因为曼宁是以自己的丈夫 R. S. 史密斯为原型的,所以这个人物才塑造得如此性格丰满而真实可信。

《利万特三部曲》同样包括三部长篇,即《危险树》(*The Danger Tree*,1977)、《战事胜败》(*The Battle Lost and Won*,1978)、《事情结局》(*The Sum of Things*,1980)。"三部曲"主人公仍然是盖伊和哈丽特夫妇,但场景却转移到了二战中的埃及。由于在战乱中颠沛流离,盖伊的性格和行为变得更加乖戾,夫妇间也龃龉不断,直到小说结束,双方仍未相互理解,仍难以沟通。这使哈丽特倍感沮丧,因为在这场个人感情的战争中,失败者是她。至于那场真正的战争,即"二战"中的英军和德军在非洲的沙漠之战,曼宁通过一个年轻军官的视角描绘得有声有色,令人读之难忘。

除了写战争和历史题材,曼宁她也写其他题材的作品,如长篇小说《儿童游戏室》(*The Play Room*,1969),生动活泼地描述了她的童年生活。除了擅长写长篇,曼宁也写短篇,而且也不乏精彩之作。她的重要短篇小说集是《成长》(*Growing Up*,1948)和《一位浪漫英雄》(*A Romantic Hero*,1966)。

三、安东尼·鲍威尔

安东尼·鲍威尔(Anthony Powell,1905 - 1994)出生于伦敦,父亲是现役军官,因而他的童年基本上是在军营里度过的。他在伊顿公学读完中学后考入牛津大学,毕业后在一家出版公司任职,并开始从事文学创作。"二战"爆发后,他在军中服役,直至战争结束。

鲍威尔的第一部长篇小说《下午的男人们》(*Afternoon Men*,1931)是一部具有喜剧色彩的讽刺作品。此后,他又出版了好几部小说。"二战"结束后,他开始了一项雄心勃勃的写作计划,即:创作包括多部长篇的系列小说,并在此后的 20 年间陆续出版了 12 部长篇。这 12 部长篇合在一起,就是总称为《随时间的音乐跳舞》(*A Dance of the Music of Time*,1951－1971)的"长河小说"。

《随时间的音乐跳舞》是鲍威尔的代表作。在这一系列小说中,鲍威尔都写到了战争,但他写的并不是一部小说化的战争回忆录,而是一部记述 20 年代至 50 年代的英国社会生活的编年史,其中充满了战争的灾难、梦想的幻灭,以及生活的艰难和变化。在第一部《一个教养的问题》(*A Question of Upbringing*,1951)里,鲍威尔一开始写到的是在大雪纷飞的街道上取暖的工人形象。其后,在后面的几部小说中,鲍威尔开始转向英国的各个社会阶层,逐一描写了他们的生活。但不管写到哪里,整个系列小说中始终伴随着绘画和音乐。实际上,系列小说的总称《随时间的音乐跳舞》就源自小说中的叙述者詹金斯在谈论普桑的画时说的一段话:"我看到人们离开篝火时,突然联想到普桑的一幅画。在那幅画里,四个代表四季的老人手拉着手,随着七弦琴的曲调翩翩起舞。'时间'的这一形象,使人想到了死亡的不可避免……"在系列小说的最后一部《听到秘密的和声》(*Hearing Secret Harmonies*,1975)中,詹金斯再次面对普桑的那幅画,似乎听到了从画里传来的节拍和韵律("四季"老人们在寒冷的静寂中跳舞)。在画中,"时间"被凝固了,仿佛永远被悬挂在那里,然而这是艺术,现实生活中的时间(也就是每个人的人生)却会随着时间的舞步消失得无影无踪。

不过,《随时间的音乐跳舞》虽有一个令人忧伤的主题,即"人生短暂,转眼即逝",但鲍威尔通过叙述者詹金斯所叙述的一切,包括战争,都带有双重的调子,既令人忧伤,又令人愉悦。因而,这部系列小说在某些方面可以和普鲁斯特的《追忆逝水年华》相提并论,但其叙事风格却类似于安东尼·特罗洛普的"巴切斯特系列小说",表面松散,实质紧凑。

第八章 格雷厄姆·格林：
严肃–通俗小说

格雷厄姆·格林（Graham Greene, 1904 - 1991）虽成名于 30 年代，但 50 年代以后仍有大量作品问世，而且影响甚大，因而他不仅是现代文学中的干将，也是当代文学中的重要一员。

一、生平与创作

格林出身于英国哈福德郡一个中等阶层家庭，父亲是一所寄宿中学的校长。格林少年时就在那里读书，公学里枯燥无味的学习生活、甚至还有种种邪恶的情景都为他的文学创作提供了重要素材。在学校期间，为了驱除生活的枯燥沉闷，或许是因为患有躁狂抑郁症，格林曾多次拿生命开玩笑，采用不同的方法来尝试死亡的滋味，最后干脆从学校逃跑。为此，父母还把他送到伦敦进行精神检查。

1921 年，格林入牛津大学攻读现代史，在校期间开始文学创作，并于 1925 年毕业后出版第一部作品，即诗集《潺潺四月》。第二年，即 1926 年，他放弃英国国教教籍，皈依罗马天主教，所以他后来一直被人称为"天主教作家"。

1926 年至 1930 年间，格林在《泰晤士报》任助理编辑。"二战"期间，他受雇于英国外交部，在西非从事情报工作。战后，作为记者，他采访过许多国际政治的热点地区，包括正在抗击法国殖民军的越南、在英国殖民当局颁布的"紧急法令"下正在镇压共产党的马来亚、在爱国武装组织"茅茅"领导下开展大规模武装斗争的肯尼亚，以及弗朗索瓦·杜瓦利埃独裁统治下的海地等国。这些采访使他成为二战后英国首屈一指的外交事务和战地记者，同时也为他以后的作品提供了有价值的素材。

作为作家，格林极其勤奋，以平均一年一部的速度从 1929 年到 1990 年间创作出版了包括小说、戏剧、游记、短篇小说集、散文集、自传等共 60 多部作品。

格林的第一部小说《内心中人》(The Man Within)出版于 1929 年，第二和第三部小说《行动的名称》(The Mane of Action)和《黄昏时的流言》(Rumour at Nightfall)分别出版于 1930 和 1931 年，但这三部作品都不太成功，读者寥寥无几，也没有引起评论界的注意。

格林的文学才华在他的第四部小说《斯坦布尔列车》(Stamboul Train, 1932)中初露锋芒。尽管这部小说是格林为了挣稿费而匆匆写就的，出版后却很被看好，被认为是一部优秀的"惊险小说"。此后几年，他又写了一部政治小说《这就是战场》(It's a Battlefield, 1934)、一部社会小说《英国造就我》(England Made Me, 1935)和一部"娱乐小说"《一支出卖的枪》(A Gun for Sale, 1936)。

虽然格林在 1926 年就皈依了天主教，但他的宗教意识在十多年后出版的小说《布赖顿棒糖》(Brighton Rock, 1938)中才显露出来。《布赖顿棒糖》仍是一部"惊险小说"，但其中融入了政治和宗教内容。此后，这就成了格林小说的一大特点，即：写间谍和警察时具有宗教含义，而写神父和圣徒时又带有政治色彩，如《秘密使者》(The Confidential Agent, 1939)、《权力与荣耀》(The Power and the Glory, 1940)和《恐怖部》(The Ministry of Fear, 1943)等，都无不如此。

"二战"结束后，格林一如既往，写各种题材、各种风格的小说。1948 年出版的《问题的核心》(The Heart of the Matter)是宗教题材小说。小说的结局还曾引起不少争论。《第三个人》(The Third Man, 1950)是一部政治小说。《爱情的结局》(The End of the Affair, 1951)讲述了一个婚外恋故事。《沉静的美国人》(The Quiet American, 1955)是一部以印度支那战争为背景的小说。1958 出版的《我们的人在哈瓦那》(*Our Man In Havana*)以及后来在 1959 出版的《与姨妈旅行》(*Travels with My Aunt*)则是幽默讽刺小说,充分显示了格林的喜剧才能。前者以讽刺的口吻写英国在古巴的间谍活动;后者用幽默滑稽的笔调写老妇人奥古斯塔姨妈的经历。

60 年代至 70 年代,格林的重要作品有:《病毒发尽的病例》(*A Burnt-Out Case*,1961)、《喜剧演员》(*The Comedians*,1966)、《荣誉领事》(*The Honorary Consul*,1973) 和《人性的因素》(*The Human Factor*,1978)。在《病毒发尽的病例》中,格林通过不同的人物探索了各种类型的信仰;在《喜剧演员》中,他采用报告文学的形式,用新闻记者的笔调描述海地黑人共和国的腐败状况。《荣誉领事》是一部融宗教于政治的小说;《人性的因素》讲的是一个双重间谍的故事。

80 年代,在格林 80 岁生日前夕,他又出版了两部小说,即:《日内瓦的费希医生,或炸弹宴》(*Doctor Fischer of Geneva,or the Bomb Party*,1980) 和《吉诃德先生》(*Monsignor Quixote*,1982)。至此,格林已出版了 22 部小说。在《吉诃德先生》中,主人公吉诃德牧师自称是堂吉诃德的后裔,和当地一位前市长结伴旅行去马德里。牧师笃信天主教,前市长则信仰共产主义,两人一路上争论不休。他们在途中和警察发生冲突、放走被迫捕的强盗,还误入妓院观看黄色电影,等等。通过他们的经历,小说所要表现的基本主题是:一切权威的教义,不管来自教会、政党还是国家,都应予以抵制;唯有人的良知才是真正的权威。

格林的最后一部小说作品是短篇小说集《遗言》(*The Last Word and Other Stories*,1990)。1991 年,格林因病在瑞士去世。

二、风 格 与 特 点

毫无疑问,格林的天主教信仰对他的文学风格有着重大影响,但他从创作的初期起就表现出了对当代政治和社会问题的兴趣。正是由于这种广泛的兴趣,使他的作品并不仅限于表现宗教主题,而是随着题材的不断扩展,逐渐把视线转向了对人心的探索。换句话说,格林不是神学家,也不是哲学家,而是一个善于把自身的生活体验用文学形式表达出来的小说家。在他的作品中，读者可以看到一个由各种信仰、各种性格、各种经历的人物组成的错综复杂、扑朔迷离的精神世界，一个被评论家称为"格林之原"的世界。

　　格林把自己的作品分为两大类：一类称为"娱乐作品"，一类称为"严肃小说"。所谓"娱乐作品"，就是指惊险小说、间谍小说、侦探小说等，通常以紧凑的笔法叙述暴力、凶杀、追捕和逃亡等故事，高潮处往往情节紧张、悬念迭出，小说的主人公大多是罪犯或者被追捕的人。所谓"严肃小说"，通常都表现宗教主题，如原罪和受罚、精神危机和心理痛苦，以及灵魂得救的可能性，等等。实际上，这样的区分并不严格。应该说，他的小说大多既有娱乐性又具严肃性，因为在他的"娱乐作品"中往往会融入严肃的宗教内容，而在他的"严肃小说"中又往往会采用通俗小说的娱乐形式。

　　所以，他的小说的最大特点就是：既有很强的可读性，又有深刻的思想性。之所以有很强的可读性，是因为格林掌握和发挥了小说家最古老、最重要的本领：善于编故事、讲故事。之所以有深刻的思想性，是因为格林作为一个天主教徒，格外关注人心的善与恶，同时又将此放在当代紧张不安的世界里来加以审视。特别是当代政治"热点"，常常成为格林小说的背景。在这样的背景中，他塑造了一系列令人难忘的人物：有信教但不守教规的天主教徒，有心地善良但却犯了罪的普通人，有在路灯下茫然企盼着什么的当代乞丐，有不知爱情为何物的已婚女人，有老于世故却又深感世态炎凉的新闻记者，有宁愿住在荒野里了却残生的建筑师，有对谁都不忠诚的双重间谍……这些人物大多孤独、怪僻，在冷静的外表下往往有一种当代社会特有的焦躁不安情绪。对这些人物，格林既不乏同情，又冷峻地剖析其灵魂。

　　当然，格林在表现爱情、怜悯、恐惧和绝望的同时，通常也表现上帝的仁慈与宽厚。他把通俗故事作为表达形式，意在反衬主题的深邃；他把犯罪和宗教融为一体，似乎是要将此作为隐喻，以传达当代人灵魂堕落的信息。人的犯罪行为应对的是人内心的原罪，而对罪犯的追捕则暗示着上帝对人类灵魂的惩处。毫无疑问，格林小说中屡屡出现的暴力情节不仅是现实社会的写照，同时还具有象征含义，即象征着人类灵魂的痛苦挣扎。

　　不过，格林的创作生涯很漫长，他的创作风格是有所变化的。就其早期创作而言,他的小说大多可称为"传奇—社会小说",即通过一些不寻常的事件来针砭社会,其中最具代表性的是《这就是战场》和《一支出卖的枪》。

《这就是战场》讲述在一次政治骚乱中,康拉德·德罗佛的兄弟吉姆·德罗佛被控诉打死了一名警察。他被判死刑,提出上诉也被驳回,唯一的希望是内政部长下达缓期执行的命令。实际上,吉姆是无辜的,所以思想单纯的康拉德四处奔走,试图为吉姆讨个"公道"。然而,他的一切努力似乎都属徒劳,他因身心疲惫而患病死去。小说的结尾颇具讽刺意味:康拉德死后过了很久很久,内政部长的缓期执行命令终于下来了,而此时,吉姆在狱中已被关了18年。显然,小说通过一桩误判的死刑案件,嘲讽英国的司法制度,但小说中人物众多,关系复杂,读来就像一个传奇故事。

《一支出卖的枪》按格林自己的说法是一部"娱乐小说",情节紧张,充满悬念,追逐、忏悔、坦白、背叛等情景层出不穷。实质上,这是一部"传奇—社会小说"。小说讲述有个名叫雷文的杀手受雇于一家军火商,去行刺欧洲某国部长,以获得200英镑的报酬,但这200英镑其实是别人偷来的钱,警察对他穷追不舍。就在这时,他结识了警官的女友安妮·克劳德尔。他本打算先利用安妮,然后把她杀掉,但在交往过程中,他感受到安妮的同情心,便向她倾诉了自己的一切。然而,安妮最后还是出卖了他。小说塑造了雷文这一不寻常的杀手形象:他最明显的标志是他的兔唇,这"就像一个阶级标志,表明他出身贫寒,父母无力替他延医治病";再加上父亲被绞死在监狱里,母亲割喉自尽,所以他不仅为自己的家庭出身感到羞愧和苦恼,还对他人充满了仇恨。小说在揭示这一人物可怕的一面的同时也对他报以同情:出卖他的不只是安妮·克劳德尔,整个社会都"出卖"了他。

30年代后期和40年代,格林的小说转向宗教主题和宗教意识的表达。首先是《布赖顿硬糖》。在这部作品中,格林第一次将纯真的堕落、背叛、追踪以及他自己心目中的邪恶和不幸等形象同一个特定的宗教主题联系起来。但正如作者所声称的,"从第一句话起,我的目的是把它写成一本犯罪小说"①。小说情节围绕着品基谋害黑尔、诱娶罗丝以及艾达跟

---

① Quoted from Elliott Malamet, "Penning the Police/Policing the Pen: The Case of Graham Greene's *The Heart of the Matter*" in *Twentieth Century Literature*, Vol. 39, p. 33.

踪追击等一系列事件展开。艾达·阿诺德虽然是个无神论者，但正直善良，相信是非善恶最终会昭然若揭，正义一定能战胜邪恶。艾达始终代表了母性的温暖和安全。黑尔跟随在艾达左右，如同孩子跟在母亲身边，寻找到暂时的安全和解脱。艾达的正义感和母性促使她探究黑尔的死因，也驱使她一次次劝告罗丝，最后把罗丝从死亡线上挽救回来。如果说艾达代表了普遍人性和母性，罗丝和品基则构成了善与恶两个极端。

　　其次是《权力与荣耀》。小说中的故事发生在20年代政治动荡、宗教迫害横行的墨西哥山区塔巴斯克。当时的神父或被枪杀，或逃亡，或屈从当局压力还俗娶妻。某神父为了逃避迫害只好东躲西藏。其实，他并不是一个真正守戒的神父，既贪杯中之物，还有个私生女。但是，尽管他有诸多缺点，却忠实地履行着神父的职责。小说的结构很明晰：第一部分是所有人物的登台亮相；第二部分写神父的逃窜；第三部分写神父的殉道。小说开始时，神父正要外逃，突然听说一位妇女气息奄奄，便放弃出逃的机会去看望垂死的女人。警察中尉对神父的秘密活动大为恼怒，他从神父隐藏的村庄里抓走村民当作人质，威胁说如果不交出神父就要将人质处死。神父在流亡途中被一个混血儿认出。他声称一个垂死的美国流氓希望临死前作一次忏悔，神父知道混血儿会出卖他，但还是毅然前往履行职责。神父被抓住枪毙了。临行刑前他大声祈祷"主啊，派一个更能干的人下来解救他们的痛苦吧！"显然，小说通过两个象征性人物即神父和中尉的对立表述了上帝的"极力与荣耀"。醉醺醺的神父代表了上帝的世界，而中尉则代表了新政治秩序下的强权世界。两者各自忠于自己的事业和信仰，构成了彼此对立而又相互依存的两极。此外，小说成功塑造了神父的形象。在这个人物身上，同时交织着善与恶、优点与缺点。他在躲避宗教迫害、四处逃窜的同时也表明他有意躲避上帝的恩典；他栉风沐雨的旅程实际上是自我认识的过程。在这个过程中，他才感受到上帝的恩典。他在狱中为女儿祈祷，希望上帝把一切罪过加到他身上而赦免他女儿。最后，神父情真意切的呼号，则说明他的忏悔和上帝对他的拯救。显然，小说所要表达的是这样一个宗教主题：神父即便违反了天主教戒律，但只要恪尽职守、忠于信仰，并能忏悔自己的罪过，仍不失为"圣徒"。

　　当然，格林这一时期最重要的宗教题材小说是出版于1948年的《问题的核心》。关于这部小说，我们将在后面专题评析。

50年代初,格林的兴趣仍在宗教方面。1951年,他在接受记者采访时说:"我曾经为一个下地狱的人写了一本小说——《布莱顿硬糖》——又为一个上天堂的人写了另一本——《权力与荣耀》。现在我又写了一本关于在炼狱中涤罪的人的书。"这本书,就是《爱情的结局》。

《爱情的结局》是格林小说中宗教色彩最浓的一部。小说用第一人称讲述一个婚外恋故事:"我"——小说家莫利斯·本德利克斯——和一位官员的妻子莎拉断绝关系已有两年。两年前,莎拉不辞而别,让"我"百思不得其解,于是"我"不辞辛劳想找到她。由于一个偶然的机会,"我"从莎拉的日记中弄清楚了她离开的真相。原来,她以为"我"已在一次空袭时丧生,便祈祷上帝显示奇迹,并发誓,为确保"我"安然无恙,她愿意忍痛和"我"分离。"我"从日记中得知她仍然关心着"我",不胜欣喜,便想方设法找到了她。然而,此时她已身患重病,而且不久便离开了人世。在这部小说中,莎拉的日记是主要组成部分,其中详细记录了她和上帝的对话。通过莎拉对上帝存在的感悟,格林表达了他本人的信仰。此外,小说还采用了不少现代派手法,如意识流、倒叙、时序颠倒、梦魇、象征等,意在表现男女主人公"在炼狱中涤罪"时的内心历程,即:感悟到凡俗世界的一切都逃不过上帝的手掌。

继《爱情的结局》之后,格林一度中断了宗教题材小说的写作。但到10年后的1961年,他又出版了一部重要的宗教题材小说,即《病毒发尽的病例》。

50年代中期,格林的兴趣开始转向国际政治。其后,他写了大量所谓"国际政治小说",笔触涉及世界各"热点"地区如西非的塞拉利昂、中非的刚果、美洲的墨西哥、古巴、海地以及亚洲的越南等地所发生的重大事件。在这类小说中,重要的有:《沉静的美国人》(1955)、《我们在哈瓦那的人》(1958)、《荣誉领事》(1973)和《人性的因素》(1978)。

在《沉静的美国人》这部以印度支那战争为背景的小说中,格林尽管不再写天主教徒在良知上的细微变化,但读者还是能从其中品味出复杂的道德问题。32岁的派尔毕业于哈佛大学,是一个心地善良、思维缓慢、品德高尚、生性沉静的美国人,充满了理想主义的热情和憧憬。小说的另一人物英国人富勒对他评价说:"我以前还从未遇到过这样的人,一片好心,却引来了无数麻烦。"这句话既是对故事的总结,也是对主题的概括。

"你不能责怪哪些心地纯真的人,……你能做的是要么控制他们,要么消灭他们。单纯是一种精神病。"富勒的任务是负责消灭派尔,以免他再引起其他麻烦。但富勒还有别的企图,他想夺走派尔的情人。在格林的笔下,富勒是颓废罪恶的代表,单纯的派尔为他的单纯天真付出了沉重的代价。这部小说和亨利·詹姆斯的"国际题材"小说很相似,即表现美国人的天真无邪和欧洲人的腐败没落之间的对立冲突,只是格林写得比亨利·詹姆斯更具创伤感。此外,格林在这部小说中还较为真实地塑造了一个叫"凤儿"的越南女孩和一个叫"韩先生"的中国人形象——这对于一个英国小说家来说,无疑是一种大胆的尝试。

《我们在哈瓦那的人》和后来的《人性的因素》都是"间谍小说",故事情节曲折生动,语言简洁通俗,因而非常符合"娱乐作品"的特点。但是,这两部小说因揭示了古巴、南非以及英国的政治现实而具有一般"娱乐作品"所没有的内涵。在《我们在哈瓦那的人》中,英国商人詹姆斯为了金钱充当英国在古巴的间谍,他捏造情报,谎报功劳,诡计败露后,不仅遭到英国间谍网的追杀,而且也遭到古巴警方的监视。詹姆斯在无奈之中只得回到英国请罪。小说悬念迭起,情节紧张,追杀、误杀更使小说具有张力和吸引力。小说在描述惊险刺激的故事、提供消遣之外,揭示了政治斗争中间谍机构的残酷无情,个人在强大的政治势力面前显得微不足道,人在政治斗争的夹缝中摇摆不定,人性的弱点也暴露无遗。同样,在《人性的因素》中,英国情报人员卡斯尔是一个双重间谍,他在南非从事间谍活动,遭到南非保安机构的追捕;苏联间谍帮助他的妻子逃到英国,于是为了报答救助之恩,他开始向苏联情报机构提供情报;事情败露后,他只身逃亡苏联,但是他的妻儿却受到监控,无法和他在苏联相会。显然,这不是一部普通的"间谍小说",它既表现美苏"冷战"中的对抗和政治的无情,同时还饱含"人性的因素"——卡斯尔为苏联提供情报,作为英国情报人员,他无疑是对本国的背叛,但他这样做是为了感恩,因而他又是一个富有人情味的普通人——"国家利益"和"人性"发生了冲突,孰是孰非,由读者自己定夺。

《荣誉领事》则是一部具有喜剧味的政治小说,讲述的是一个发生在南美阿根廷北部一个偏僻小镇上的一起政治绑架案。当地革命者把酩酊大醉的查理·富特纳姆误认为是美国领事而将其绑架,并向政府提出释放被绑架者的条件：政府释放了10名被关押的革命者。整部小说充满了讽刺。作为小说的中心事件——绑架美国领事——本来就是误会，而其后又发生了一连串滑稽可笑的事情，如：查理·富特纳姆的妻子克拉拉求一个叫普拉尔的人去营救她丈夫，而普拉尔的性无能，所以克拉拉想对他施行"性贿赂"都不可能；革命者的领袖利维斯神父打算结婚，以此表明他和教会决裂，但他的恋人却非神父不嫁；一个三流作家因文坛失意而想引起公众注意，自告奋勇要去当人质，以此交换被绑架的查理·富特纳姆，但他的"奉献精神"使绑架者和新闻界都觉得可笑。小说的结尾更具讽刺意味：被绑架的查理·富特纳姆活了下来，前去营救他的普拉尔却被打死了。这部小说在叙述方式和情节构思方面虽然简单，但主题深邃，风格典雅，气氛营造尤为得体，充分体现了格林小说的艺术魅力。

总的说来，格林的小说创作具有这样的特点：一、他几乎不写恋爱或家庭生活，总以宗教或政治为小说题材；二、他塑造的主要是一批内心分裂、善恶交融的"反英雄"人物；三、他的叙事明快生动、客观冷静、焦点清晰而又变化多端；四、他的语言简练、精确而传神。此外，他虽以传统写法为主，但并不排斥现代技巧，因而从风格上说，他的作品既是传统的，又是现代的。

三、重要作品评析

一般认为，创作于40年代末的《问题的核心》和60年代初的《病毒发尽的病例》，是最能代表格林小说创作思想和创作风格的重要作品。

1.《问题的核心》

这是一部因表现了"非正统"的宗教观念而颇具争议的作品。小说的背景是英国在西非的一个殖民地，故事情节大体是这样的：警察局长斯科比少校是个天主教徒，15年来兢兢业业，是当地居民公认的一位正直的政府官员。但是，殖民当局在遴选地区专员时却没有考虑他。消息传来，斯科比极度失望，觉得自己15年的努力已付诸东流。斯科比的家庭生活也不幸福，他的孩子在前几年夭折。斯科比太太多愁善感，在殖民官员的家眷中可谓孑然一身。起先，她期待着丈夫的晋升能使她获得心理上的平衡，现在她则坚持要外出旅游，以躲开周围压抑的气氛。不得已，斯科比只好去向叙利亚商人优素福借钱，以支付妻子的旅费。妻子离开后不久，斯科比便爱上了年轻寡妇海伦·罗尔特太太。为了表明自己的爱，斯科比给她写了一封情书，不料信落到了优素福手里。为了赎回信，斯科比被迫帮助优素福走私钻石。罗尔特太太怂恿斯科比和妻子离婚，但身为天主教徒的斯科比却觉得他的信仰和良心都不允许他这样做。不久，斯科比太太旅游归来，斯科比更觉得烦恼。他们虽一起去教堂，但斯科比却无法向上帝忏悔，因为他不愿意放弃和罗尔特太太的关系。他知道，根据天主教义，他的灵魂将被永远罚入地狱。斯科比的精神压力越来越大，而周围没有一个人可以给他带来安慰。于是，他决定自杀，以此寻求自我解脱。为了使妻子在他死后能拿到他的人寿保险赔偿金，他假装心绞痛，还改写了自己的日记，编造了他的"病史"。然而，具有讽刺意味的是，就在斯科比健康状况"不断恶化"时，有消息说殖民当局又在讨论他的升迁问题了，只是由于健康原因不得不暂停考虑。不过，这个消息现在对斯科比已经没有什么意义了。他服用了大量的抗心绞痛药后平静地离开了人世。没有人怀疑他的死，只有他妻子觉得他死得蹊跷。

　　显然，"问题的核心"是斯科比的最后决定到底有没有罪。按理说，斯科比是个天主教徒，却一再违犯教规，先是与人私通，后又走私钻石，最后又自杀；更为严重的是，他还拒绝忏悔，所以从正统的天主教教义看，斯科比显然是不能饶恕的，他将被永远地打入地狱。然而，斯科比的所作所为却是出于对弱者的怜悯，宁可自己下地狱也不愿提出和情人分手或者和妻子离婚，宁可自己去死也不愿让别人痛苦。正是出于这种动机，斯科比最后选择了自杀，因为在婚外恋和犯有走私罪之后，他觉得自己再也不能欺骗上帝了。他说："上帝啊，只有我自己才是罪人，因为我从一开始就知道所有这些事情的最后结局。但是我情愿把痛苦留给你，而不是给海伦或我的妻子，因为我看不到你在受难。……在我活着的时候，我不会抛弃他们中的任何人，可是，我可以去死，可以把我从她们的血液中清除出去。她们都恨我。……我再也不能这样下去了。月复一月地欺骗你。圣诞节我觉得无法在祭坛上面对你；在庆祝你诞辰的宴会上，仅仅为了一个谎言而分食你的血和肉，我不能这样做。如果我永远地离去，那么你的境况会好得多。"

　　对于斯科比的这一决定，格林似乎是深感同情的。在小说结尾时，当斯科比太太埋怨神父没有为斯科比祷告时,格林让神父回答说:"没有人可以说斯科比是邪恶的,应该被打入地狱,因为谁都不理解上帝的仁慈之心。"换言之,根据格林的看法,虽然按天主教教义斯科比应该被打入地狱,但从人性的角度看,他又该得到上帝的恩惠。

然而,格林的这种看法却引起了不少天主教作家的不满,因为根据天主教教义,自杀是最深重的罪孽之一。譬如,小说一问世,小说家伊夫林·沃就评论说:"在我看来,小说中那种因为爱上帝而把自己打入地狱的提法,若不是一种很不确切的表达方法,就是对上帝疯狂的亵渎。因为上帝如果接受了这种献祭,就变得既不公正也不可爱了。"①

总之,小说涉及了教义和人性的冲突,"问题的核心"是被提出来了,但结论却模棱两可。实际上,格林的许多小说都无不如此,往往提出了问题,却难以解答。这也是当代小说的一个显著特点。

2.《病毒发尽的病例》

这部小说被认为是格林所有作品中最阴暗、最荒诞而又最具喜剧色彩的,同时也最具争议:非天主教评论家认为这部小说意味着格林重返宗教主题而感到失望,天主教评论家则认为这部小说意味着格林已丧失天主教信仰而感到愤怒。

小说的故事发生在比利时殖民地刚果某地,前来这里传道的神父们开设了一家慈善麻风病医院。小说的主人公奎瑞是个天主教徒,但他心灵枯竭,抛却了人世间的善恶观念,既无所求,也无所得。他曾是个著名的建筑设计师,有过辉煌的经历。然而,这一切都成过眼云烟,如今他内心一片混沌,黑暗占据了心灵,麻木主宰了他的精神世界,对人世间的善恶美丑,他都认为无所谓。同船到来的科林医生和当地教士发现奎瑞是个行为失当的天主教徒,不免有些担心。医生和神父的行为感染了他,使他明白了真正的同情和理解,麻风病人教会了他什么是痛苦和不幸。尽管奎瑞心如死灰,但还是在岛上做些力所能及的事,比如给医生当助手之类的活。然而,奎瑞在岛上的生活并不平静。当地庄园主安德烈·利克尔在《时代》周刊的封面上看到他的照片,并且认出了他。接着一个喜欢

① Evelyn Waugh, Quoted from *The Novel Today: Contemporary Writers on Modern Fiction*, Malcolm Bradbury, ed., Manchester: Manchester University Press, 1977, p. 24.

刨根问底、文笔庸俗的记者蒙塔古·帕金森又尾随而来。他根据道听途说的消息，把奎瑞说成是个"圣徒"，或者一个"想当圣徒的人"。消息一传出，反而把奎瑞往年放浪形骸的桩桩丑闻又重新掀了出来，甚至还提起了他情妇自杀的事。某晚，帕金森看到奎瑞和利克尔的妻子同住在一家旅馆里，便臆造了一段桃色新闻，而利克尔的妻子玛丽为了报复丈夫，居然无中生有承认自己和奎瑞有染。利克尔一听怒不可遏，到慈善会枪杀了奎瑞。

　　小说题目中的"病毒发尽"(Burnt-Out)是麻风病专用名词，指病情不再恶化，但病人的手指和足趾已受病毒侵蚀而残缺不全。小说主人公奎瑞(Querry)的名字由 quest(追寻)和 quarry(猎物)组合而成，他虽然四肢完好，但灵魂却像"病毒发尽"的麻风病人一样残缺不全。他的旅程就是寻求如何重新成为人的心灵历程。故事开始时，他像康拉德笔下的马洛一样，沿着一条河进入非洲腹地，到达了"黑色的中心"，而且和马洛一样，这个无名的探访者也在进行一次对内在世界的象征性旅行。不同的是，奎瑞本身就是一道来自外部世界的阴影，他无名无姓，沉默寡言，对自己的存在都半信半疑。他曾在日记里写道："我不舒服，所以我存在。"他逃进非洲丛林，既是为了埋葬自己，也是为了重新找回自己。所以，小说的这一部分采用的是一种缓慢的叙述语调，而且以白色作为中心隐喻，使人联想到死亡，联想到死一般的苍白，以此隐喻奎瑞的逃亡是在走向坟墓。

　　然而，心中无爱也无恨的奎瑞却出于好奇救了自己的仆人。这一小小举动竟然使奎瑞如获新生，因为他第一次发现，原来世界上还有人需要他。但不久他便发现，这里并不是他要寻找的"圣地"，因为这里和所有的地方都一样，都在上演着同样的滑稽剧。这里不仅有自私庸俗的利克尔，还有自以为独得宗教真谛、虔诚迂腐的神父托马斯。利克尔口口声声说热爱上帝，却以上帝的名义奴役着妻子玛丽，还以"心灵交流"为名自欺欺人。神父托马斯自己无法胜任工作，却喜欢对其他神父们指手画脚，还自作聪明地把奎瑞当成圣徒来敬仰。当然，还有那个闯入丛林的记者帕金森。一开始，奎瑞还将此人引以为同道，认为只有他可以理解自己，所以对他作了一番很彻底的自我表白。结果呢，他发现帕金森不过是个想欺世盗名的无聊记者，竟然把他当作一个隐居的"圣徒"向来宣传。还有利克尔的妻子玛丽，看似既天真又可怜，其实是个不顾他人的自私女人，为了报复丈夫,她竟然编造谎言,最后使奎瑞命丧黄泉。总之,奎瑞来到非洲丛林,本想躲开"文明世界",最后不但没有躲开,反而成了"文明世界"的牺牲品——就如他的名字所示,最初为了 quest(追寻),结果却是 quarry(猎物)。

和奎瑞这一反面形象相对应,小说中的柯林医生是作为正面形象出现的。他是个无神论者,相信进化论,对工作兢兢业业;他既是麻风病人的医生,也是奎瑞心灵疾病的医生。他一眼就看出,奎瑞虽说自己不再相信上帝,其实心里仍依恋着上帝,因为他总为自己失去信仰而苦恼。柯林医生并不相信上帝,但他相信人类,并愿意把自己的一切奉献给人类。奎瑞说这也是"迷信",他并不否认。但至少,在他的启发下,奎瑞逐渐意识到了世上是没有人会完全不爱人类的,虽然这种爱有时会被称为恨。还有麻风病院的院长和其他一些神父,他们也和柯林医生一样,怀着对人类的朴实的爱。奎瑞生活在他们中间,终于学会了笑,学会了感觉疼痛,开始找回自我。所以,他最后的死并不是一个悲剧,院长甚至认为是一个好的结局,因为他至少是笑着死去的——不仅为他自身的荒诞处境而笑,也为世界的荒诞而笑。

毫无疑问,这部小说的主题依然是格林一向关注的那些问题,即:何为对上帝的背叛?何为无知的罪恶?何为分裂的自我?以及,何为自我的回归?不过,小说的表现形式却和格林的其他宗教题材小说稍有不同。首先是叙述语调明显带着黑色幽默的色彩,尤其是对"追寻"这一传奇模式的反讽,使小说带有强烈的讽刺意味。其次是,小说总体上虽是用全知全能的第三人称叙述的,但其中很重要的一部分,即奎瑞对玛丽讲的故事,实质上是一种特殊的第一人称叙述法,因为故事中的"他"就是奎瑞自己。这个故事可以看作是整部小说的对照性寓言,其结构是个整部小说的结构相对应的。也就是说,奎瑞和故事中的"他"的关系,就是格林和奎瑞的关系,整部小说就是一个故事套故事的循环。

虽然《病毒发尽的病例》并不是格林最成功的作品,但却是他最有特色的一部,因为在这部小说中,除了文字简洁、故事引人入胜、人物形象生动等格林小说的一般特点,还有一个特点就是在传统创作方法中有机融入了某些现代技巧,从而形成了一种独特的小说风格。

第九章　金斯利·艾米斯：
"愤怒的青年"

金斯利·艾米斯(Kinsley Amis, 1922 - 1995)是 50 年代"愤怒的青年"的先驱和扛鼎人物。他一生共发表近 20 部长篇小说、6 部诗集、相当数量的短篇小说、恐怖惊险小说、大量的文学评论以及随笔。其中,长篇小说最能体现他的创作成就。他笔触诙谐,语言生动,善用尖锐有力的冷嘲热讽来对待严肃的道德问题。

一、生平与创作

　　金斯利·艾米斯出生于普通市民家庭,父亲不遗余力将他送入当地最好的中学读书。11 岁时,艾米斯就表现出他的文学天赋,在学校杂志上发表他自己创作的故事。从这里,他还获得了去伦敦市立中学读书的奖学金。在气氛宽松的伦敦市立中学,他如鱼得水,先修古典文学,既而是英语,成绩一直保持优秀。毕业后,他得以到牛津大学的圣约翰学院就读。

　　在大学攻读英国文学的一年间,艾米斯结识了菲利普·拉金、约翰·韦恩、伊丽莎白·詹宁斯等人。这些人和他一样喜欢文学,家庭背景也相似,后来也都成了诗人和作家。一年后,艾米斯中止学业,应征入伍。服役三年后,他重回圣约翰学院,并以优异成绩毕业,继续攻读硕士研究生,但他的硕士论文未能通过。

此后一年间,艾米斯热衷于写诗,并于1947年出版了第一部诗集《阳光明媚的十一月》。1948年,他接受威尔士一所大学的邀请,去那里任英语教师。执教的同时,他仍然热衷于写诗,并于1953年出版第二部诗集《精神状态》。他的诗风通俗、有趣,因而评论界把他和拉金、韦恩、詹宁斯等人联系在一起,认为他们的诗歌创作已形成一个可称为"运动派"的当代诗歌流派,艾米斯是其核心成员之一。"运动派"一反以T.S.艾略特为代表的现代派诗风,抛弃艰深晦涩的象征语言,改用通俗、质朴、明快的语言写诗,一时成为诗坛"后现代派"的主要代表。

艾米斯在威尔士任教达12年之久。在此期间,他除了不间断地写诗,先后出版诗集《1945—1956诗选》和《1957—1967诗集:回顾集》,同时还写小说,而且在五六年间完成了三部长篇,即《幸运的吉姆》(*Lucky Jim*,1953)、《那种不安的情绪》(*That Uncertain Feeling*,1955;又译《露水情》)和《我喜欢它在这儿》(*I Like It Here*,1958)。这三部作品是艾米斯小说创作中最重要的作品。尤其是《幸运的吉姆》,一出版就引起轰动一时的反响,从而为他赢得了极大的声誉。

当时的评论界把《幸运的吉姆》和其他几位当代作家的作品——如约翰·韦恩的《每况愈下》、艾里丝·默多克的《网底下》、约翰·奥斯本的剧本《愤怒的回顾》和阿兰·西利托的《星期六晚上和星期天早上》等——相提并论,合称为"愤怒的青年"的代表作。这些作品都采用传统写作方法(这是有意和反传统的现代派作对,以示反"反传统"),并以反映当代英国青年的追求和生活为创作宗旨。其中的主人公大多和作者本人一样,出身于社会中下层,受过高等教育,参加过"二战",不屑于传统的思想道德观,没有固定的政治和宗教信仰。他们既盼望跻身上层阶级,又因社会等级偏见而受阻,因此对上流社会既羡慕又嫉妒,对社会现实不满而"愤怒"。他们中有的甚至不惜手段地追求名利,大多最终通过和上层阶级的女人结婚而获取他们所追求的上层生活,但并没有任何满足感和成就感。这些主人公或怨恨、或愤懑、或冷漠、或玩世不恭、或靠冷嘲热讽、恶作剧来获得暂时的满足。《幸运的吉姆》中的吉姆就是这样一个典型的所谓"反英雄"形象。

　　艾米斯的第二部小说《那种不安的情绪》讲述的是威尔士小城的凡人小事。主人公约翰·路易斯出身于煤矿工人家庭,大学毕业后在图书馆工作,结识了有钱有势人家的阔太太伊丽莎白。他正申请图书馆副馆长职位,而伊丽莎白的丈夫是图书馆委员会成员,能决定任命。约翰与她来来往往偷情,同时又对妻子吉恩心怀愧疚。当他得知自己是由于上层人物的人事倾轧而得到职位时,决心不受人摆布,辞去图书馆工作,携妻子回到家乡,同矿工们生活在一起。作为一名小小的图书馆管理员,约翰对自己的生存状况不满,在遐想中他想象自己是个巨人,把图书馆捣毁,将借书人往石头地上摔打,试图敲出煤来,却不成功,"常气得嘟嘟直叫"。约翰同吉姆一样,有世俗的追求,但他时时受到良心的谴责,最后拒绝了阔太太的"肮脏交易"。这个主题在艾米斯以后的小说中不断重复出现:主人公往往出身于下层阶级家庭,不满意自身的状况,企图与上层社会女人结婚而改变自身状况。他却又十分自卑,认为这些女人高不可攀。经过一些曲折之后,他要么和某个阔太太有了风流韵事,要么就是娶了某个上层社会的淑女做老婆。一开始他往往自鸣得意、乐之陶陶,时间长了,则对这种生活逐渐厌倦,以至讨厌透顶。主人公在他妻子或情妇的社会圈子里极不适应,而女主人公同样也无法忍受他的下层阶级的一切。他们为这种不和谐互相指责、互相埋怨。然而,艾米斯依然暗示着:像这样的年轻人或许只能这样才有希望改变自己的处境。

　　第三部《我喜欢在这里》的主人公鲍恩是个作家,应邀替美国一家杂志写国外旅游见闻。他选择了葡萄牙,携全家去葡萄牙度假,同时受一家出版社之托,探访一位失去联系的作者。50年代的葡萄牙在独裁者萨拉查统治之下,政府实行新闻检查制度,报刊充斥着对独裁者的歌功颂德,里斯本又穷又脏。相比之下,英国是个不错的地方。鲍恩在里斯本拜谒了18世纪英国小说家菲尔丁的墓地,书中还提及其他英国作家,如毛姆、劳伦斯、格林、默多克等。经过一段时间的国外生活,鲍恩又回到伦敦,意识到他喜欢的还是英国。《我喜欢这里》不乏喜剧性场面,但对英国社会的"愤怒"似乎已经消失。

　　1961年,艾米斯离开威尔士,转入剑桥大学任教,但他不喜欢剑桥沉闷、狭隘而死板的社交生活,教师们的不苟言笑和深不可测,所以两年后他决定辞职,做一名专职作家。

艾米斯 60 年代早期的主要作品有《带上一个像你这样的姑娘》(*Take a Girl Like You*,1960)和《我现在就要它》(*I Want It Now*,1963),前者以丰富的细节反映 50 年代后期婚姻习俗和社会风尚的变化,探讨个人怎样才能无牵无挂地寻求欢乐;后者以新奇的背景再度表现前期的主题,其中严肃与滑稽相交融,轻松的娱乐与尖刻的讥讽相糅合,是其成功之处。此外,还有《一个肥胖的英国佬》(*One Fat Englishman*,1963),一部滑稽讽刺小说。

60 年代后期,艾米斯转向侦探故事和惊险小说写作,主要作品是《森上校:詹姆斯·邦德式的冒险》(*Colonel Sun: A James Bond Adventure*,1968)和《绿人》(*The Green Man*,1969)。其中值得注意的是《绿人》。小说讲述的是一个引人入胜的鬼故事。正如许多中世纪的路边客栈一样,哈福德郡法拉汗姆的客栈也有一个神秘的房客,那就是托马斯·盎德海尔博士的灵魂。盎德海尔博士是 17 世纪臭名昭著的性变态者,善使巫术,是两桩凶杀案的重大嫌疑对象。房东莫里斯是个退伍老兵,对神灵鬼怪有着异乎寻常的兴趣。在 1968 年 8 月那些令人难以忍受的日子里,他是唯一见到盎德海尔的灵魂的人。此外,他的第二位新婚妻子对他十分冷淡;他那十多岁的女儿沉默寡言,孤独怪僻;他自己 20 多年来一直疯狂酗酒,如今也被中年疑虑症折磨得痛苦不堪。他父亲在看到一个神秘的恐怖幻象之后暴死身亡。一连串怪异的鬼怪冥灵,一些亦真亦幻的骇人动物噩梦般地出现。这一切吓得莫里斯七魂出窍,搅得他惶惶不可终日,连妻子和情人都不能为他解除痛苦。在强烈的好奇心驱使下,莫里斯终于发现了解开盎德海尔罪恶秘密的钥匙,和这个恶魔展开了面对面的交锋。《绿人》的成功在很大程度上归功于艾米斯对情节的巧妙安排,他几乎使 20 世纪的读者相信,过去的鬼魂可以和现实共存。小说探讨了死亡和宗教信仰的问题、罪恶与文明的关系。小说中有一个神秘的年轻人,他似乎是上帝的化身,他和莫里斯的一番对话构成了全书的转折点。之后,逐渐衰老的莫里斯对年龄、对死亡、对来生都有了更深刻的认识。

70 年代初,《姑娘,20》(*Girl, 20*,1971)和《杰克的东西》(*Jack's Thing*,1974)的出版似乎表明,艾米斯又回到了严肃小说的主题,但他紧接着又写了一部侦探小说《河滨别墅凶杀案》(*The Riverside Villa's Murder*,1973)和一部科幻小说《变动》(*The Alternation*,1976)。不过,

《变动》是一部主题严肃的科幻小说。在小说中，英国仍然处在教会统治下的中世纪，"宗教改革"还不曾实施。唱诗班的一个10岁男孩嗓音十分悦耳，因此有人向教皇建议将他阉割，以使其永远保持10岁童子的纯洁声音。在罗马的讨论中，许多道德和心理方面的问题被相继提出，如艺术与生活、宗教信仰与个人自由等，最后的结局具有讽刺意味。小说表达了一个沉重的主题：命运和专权互相勾结，抑制了人们的生存欲望。

直到80年代中期，艾米斯仍活跃于英国文坛。他此时出版的小说有《斯泰利与女人》(*Stanley and the Women*，1984)和《老家伙们》(*The Old Devils*，1986)——前者是一部社会问题小说，反映当今社会家庭分裂和子女教育问题；后者是一部人物性格小说，其中既没有起伏跌宕的故事，也没有生气勃勃寻求刺激的年轻人，但却成功塑造了一群性格迥异、形象生动的老年人。《老家伙们》是艾米斯的第十七部小说，也是他唯一获"布克奖"的作品。当然，获奖使他在英国文坛上的地位更加稳固了。

80年代末和90年代初，年逾七十的艾米斯仍有新作问世。1988年，小说《姑娘们的麻烦》(*Difficulties with Girls*) 出版；1992年，又推出《俄罗斯女孩》(*The Russian Girl*)；1994年，半自传小说《不可兼得》(*You Can't Do Both*)出版。1995年，他正在写长篇小说《黑与白》(*Black and White*)，突然因病去世。

二、风格与特点

总的说来，艾米斯的风格和特点主要表现在两个方面：其一是，作为"愤怒的青年"的代表作家，他对同时代的现代派文学是叛逆的，因而他一反现代派文学所热衷的在叙述语言和手法上的各种实验，采用一种平实自然的叙述手法、简单而不加修饰的平民化语言写小说——这在很大程度上是"返回"传统的写实风格；其二是，他擅长讽刺，擅长在人物对话中使用夸张手法，在他的作品中，来自下层的人物大凡说着滑稽可笑的方言俚语，来自上层的人物则往往说着矫揉造作的书面语，由此形成对照，巧妙营造出喜剧气氛——这在很大程度上也是一种传统手法。可以说，评论界所谓的"艾米斯风格"很大程度上就是传统风格，只是因为当时的小说界实验成风，恢复传统反而引人注目。

艾米斯自己曾说:"我想我现在正在做的就是在英语的主要传统内写小说。也就是说,尽量用一种合理而率直的风格来讲述可以让人理解的人物的有趣的故事。"①这里,他所说的"合理而率直的风格"就是传统写实风格,而他所要讲述的"有趣的故事",无疑就是传统的讽刺喜剧。不过,尽管从总体上说艾米斯的写作风格是传统的,但具体说来,他在传统基础上还是有所创新、有所变化的。

艾米斯在 50 年代以《幸运的吉姆》而出名。在这部作品中,他不仅继承了传统的写实风格和讽刺喜剧手法,还营造出一种可称之为"冷峻"的幽默格调。这种幽默格调并非传统所有,而是当代文学中所特有的,和美国的"黑色幽默"有点相似。譬如,他借吉姆之口说出"龌龊的莫扎特"、"那些腐烂的旧教堂、博物馆和美术馆"等等,对高雅音乐、艺术和建筑极尽挖苦讽刺之能事。艾米斯以这种幽默格调,塑造了一个具有当代典型意义的"小人物",表达了这类"小人物"对当代社会的强烈不满和"愤怒"。

在继《幸运的吉姆》之后的几部作品中,这种冷峻的幽默格调反复出现。譬如,在《那种不安的情绪》中,艾米斯以此讲述了一个出身贫寒的年轻人和一个富婆的近乎荒唐的"爱情故事",结果这个年轻人茫然不知所措,只觉得愤怒,然而又不知道自己为何而愤怒,令人哭笑不得。

60 年代,艾米斯的写作风格有所变化,最好的例子就是《一个肥胖的英国佬》。这虽然也是一部幽默讽刺小说,但其格调不再"冷峻"。小说主人公罗杰·米歇尔迪恩好吃懒做,又贪淫好色,并且总是对什么都看不惯。他讨厌犹太人、黑人、美国人、耶稣教徒,也讨厌生身父母,甚至讨厌上帝。这个人物和艾米斯初期小说中的人物的不同之处在于,吉姆等人都对社会有一种不安定感,对上层社会和现代文明都抱有既爱又恨的矛盾心理,而米歇尔迪恩却全然不同,他自负且傲慢,和吉姆可笑的乡音相对照,他说的是纯正的牛津英语,对食物、雪茄及鼻烟壶等似乎也很在行,而且是个典型的势利小人。小说的背景是美国宾夕法尼亚州的一所大学,米歇尔迪恩去那里,名义上是为他的出版社觅一部好的书稿,实际上却是去和一个女教师重叙旧欢。最后,有个年轻人不仅抢先拿掉了他要

---

① John McDermott, *Kinsley Amis: An English Moralist*, New York: St. Martin's Press, 1989, p. 23.

的书稿,还夺走了他的情人,使他成了笑柄。小说写得极具趣味性,可说是一部轻松幽默的滑稽剧。尽管艾米斯在这部作品中仍充分发挥了他擅长的喜剧手法,但由于写得不像他的早期作品那样"冷峻",有人认为他这个"愤怒的青年"已经不"愤怒"了。也许是的,这时的艾米斯已是大学教授、名人,不再"愤怒"也属正常,再说他已四十出头,连"青年"也算不上了。

除了不再"愤怒",艾米斯在60年代的另一个变化是:他开始写科幻小说、侦探小说、间谍小说和惊险小说。这也许是他想突破自己原有风格的一种尝试。他在1964年伊恩·弗莱明去世后开始涉足以詹姆斯·邦德为主人公的间谍小说,后来出版了《詹姆斯·邦德档案》(*The James Bond Dossier*,1965)和《森上校:詹姆斯·邦德式的冒险》(*Colonel SUN: A James Bond Adventure*,1968)等作品。尽管这类作品没有引起多大反响,但他在1966年出版的一部间谍小说,即《敢死队》(*The Anti-Death League*),却预示着他后期创作风格的变化。

艾米斯自称《敢死队》是他最满意的作品。小说在讲叙一个间谍的令人惊心动魄的爱情故事的同时,涉及英国社会的方方面面。主人公詹姆斯·丘吉尔是邦德式的英雄人物,奉命去实施一项被称作"阿波罗行动"的计划,但当他意识到这是一个阴谋时,他毅然反叛了。在小说中,艾米斯塑造了许多被传统道德视为"堕落"的边缘人物,如同性恋者、精神变态的心理学家、慕男狂等,以此揭示英国社会"阴暗的一面"。至于"阿波罗行动"阴谋的最后破灭,则纯属偶然,而非任何人所能为之。总之,艾米斯在这里提出了一连串有关人类和宇宙、文明和堕落的大问题,由此表明了一种迹象,即:他的创作风格虽然仍是写实的,但重点心已从最初"吉姆"所关心的个人命运转向了政治、社会、文化和道德;作品的格调也从原先的幽默讽刺变得严肃起来,原先的对上层社会"愤怒"变成了对人生乃至对上帝的思考。

70年代以后,艾米斯基本上延续着60年代形成的两种风格:一是用喜剧手法写主题严肃的社会小说;一是用侦探小说和惊险小说等形式写主题宏大的哲理小说。应该说,前面一种风格比后面一种更为成功。他的侦探小说和惊险小说尽管主题宏大,叙事也得心应手,但难免不落俗套。而在他的另一类小说即社会小说中,虽然早期的"愤怒的青年"主人公已逐渐为中年或老年主人公所取代,但主题严肃而多样,敏锐地提出了诸多社会问题。譬如,在《终结》(*Ending Up*,1975)中,他描写了一群不幸的、上了年纪的人：他们有的酗酒；有的一辈子默默地操持着家务，得不到所期待的爱；有的寡居多年，痴痴地生活在回忆中；还有一位瘫痪的大学教授，生活难以自理。艾米斯生动地展示了这群老人悲惨孤寂的晚景，以及他们竟成为某些人取笑对象的悲剧性一面。再譬如，在《变动》（*The Alteration*，1976）中，他揭示了70年代英国社会的种种弊端。小说通过几位宗教界人物——约克郡主教简·保罗·萨特、神学教授 A. J. 艾尔以及罗马教会的代表海因切·希姆莱和拉弗伦蒂·贝利亚——从宗教问题切入，表现了现代社会宗教与人类价值的冲突、艺术与生活之间的关系，以及人类自由意志所受到的种种限制。此外，小说还塑造了一位富有男高音天才的小主人公赫伯特·安维尔，通过这位少年在艺术、生活以及性生活等方面的经历，提出了一系列令人深思的人生课题。

当然，艾米斯后期创作中最值得一提的是《杰克的事情》（*Jake's Thing*，1978）和《老家伙们》，因为在这两部作品中，"幸运的吉姆"似乎又现身了，只是当年"愤怒的青年"已经垂垂老矣。《杰克的事情》中的主人公杰克·理查逊，已年逾六十，是牛津柯姆斯学院的高级讲师。虽然小说围绕着杰克的性功能衰退及其治疗过程，用喜剧笔法讽刺了现代文明的种种弊端，但从杰克身上体现出来的儒雅风范中可以看出，"愤怒的青年"已经俨然成了上层社会的一名高级知识分子，因而再怎样也不会"愤怒"，至多是"愠怒"。《老家伙们》也一样，他们依然嘲笑社会，但"愤怒"的激情已经平息。这两部作品不仅表明艾米斯后期风格的改变，同时也代表了"愤怒的青年"小说家在70年代后期和80年代的演变倾向，即："愤怒"之后，他们逐渐汇入了"后现代"浪潮。

三、重要作品评析

《幸运的吉姆》既是艾米斯的处女作，也是一部具有代表性的"校园小说"。评论界普遍认为，艾米斯的长篇小说虽然很多，但无论在题材上还是在艺术风格上，他后来的作品都未能超过《幸运的吉姆》的成就。

《幸运的吉姆》以第三人称视角、用幽默而嘲讽的笔调叙述了主人公吉姆·狄克逊的经历。吉姆出身下层阶级家庭，既不富裕，也不英俊。他在外省某大学历史系任合同讲师，但并不喜欢历史，甚至认为自己在那里讲历史是骗人的把戏,只是为了挣钱糊口而已。历史系主任威尔奇教授是他的顶头上司。这个人头脑迟钝却又喜欢附庸风雅,吉姆打心眼里看不起他,但为了保住饭碗,又不得不小心翼翼地处处逢迎这位系主任。吉姆的一个女同事叫玛格丽特·皮尔,相貌平平,神经兮兮,却又故作正经。她曾因为失恋而服药自杀过,所以吉姆对她格外关心。这使她深受感动,两人之间关系变得微妙起来。一次,威尔奇在家里开周末音乐会,目的是想炫耀一下他儿子伯特兰德的绘画天赋。威尔奇邀请吉姆参加,而吉姆对绘画一窍不通,本不想去,但为了讨好威尔奇以便下半学年继续受聘,他犹豫再三,还是去了。在威尔奇的家庭音乐会上,吉姆见到了伯特兰德和他的女友克丽斯廷。伯特兰德自诩为纯艺术家,一副自命不凡的样子。吉姆对他很反感,还和他发生了口角。对他的女友克丽斯廷,吉姆也有一种无名的厌恶。那天晚上,吉姆喝了许多酒,醉醺醺地乱扔烟蒂,结果把威尔奇家里的地毯烧了个洞。这事被克丽斯廷看到了,但她没有声张,还帮他遮掩了过去。吉姆对他心存感激,不但不再厌恶她,还对她有了好感。此后,他们两人之间便有了某种默契。伯特兰德原先和历史系一名讲师的妻子卡罗尔相好,但结识了克丽斯廷后,他就不理睬卡罗尔了。卡罗尔对此当然怒不可遏,于是就叫吉姆帮忙,要他去追求克丽斯廷,让伯特兰德失去新欢,或许他会回心转意。吉姆果真这样做了。没想到,克丽斯廷还真对他有点意思,两人关系变得热乎起来。此事当然瞒不住伯特兰德,他妒火中烧,不顾斯文扫地,竟然对吉姆拳脚相加,不许他和克丽斯廷往来。这年年底,学校举办公开演讲会,以此决定教员的去留。吉姆要想续聘,就得公开演讲。他做了准备,要上台去演讲,题目是"可爱的英格兰"。为了壮胆,他临上台前还喝了酒。不料喝多了,踉踉跄跄上台后语无伦次,台下一片哗然。他知道事情搞砸了,索性借着酒力发泄一通。他在台上模仿威尔奇的怪样子,把这位系主任狠狠挖苦了一番。结果,他的气出了,饭碗也砸了——威尔奇随即就把他解聘。然而,他因祸得福,被学校解聘后,却被克丽斯廷的舅舅戈尔·阿夸特聘为私人秘书,不但薪俸比原来多,还得到了克丽斯廷的"爱情"——真是"幸运的吉姆"![1]

① 《幸运的吉姆》,[英]金·艾米斯著,谭理译,译林出版社,1998。

显然,这部作品没有完整的情节,虽有几处男女纠葛,也远远谈不上是爱情小说;没有传统意义上的"正面人物",倒是充满了伪学者、伪艺术家和欺世盗名的骗子——至少,人人都有毛病。譬如,小说中的一个次要人物卡顿,他剽窃了吉姆的论文,还恬不知耻地说:"人们就是这样拿到坐椅的,不是吗? 不管怎么说,诸如此类的椅子。好了,现在没关系了。"①至于小说中的主要人物,那就更是如此了。威尔奇父子除了自吹自擂,别无长处;伯特兰德自诩从事高雅艺术,从来不画宣传画,也不画裸女画,然而当吉姆冒充晚报记者向他约稿时,他首先提供的就是一幅裸女画。他不仅是个伪君子,还是个朝三暮四的势利鬼,一方面和有夫之妇卡罗尔明来暗往,勾勾搭搭,一方面又对克丽斯廷紧追不舍,目的是想得到她舅舅戈尔·阿夸特的资助。主人公吉姆则是个小混混,才疏学浅,阳奉阴违。女教师玛格丽特有歇斯底里症,似乎思想情绪不紧张就无法活下去,动不动就以死来吓唬人。富家女克丽斯廷是个没有主见、任性冲动的女孩。总之,小说中所有的人物都是作者嘲笑的对象。尽管小说写的是一所大学校园里的众生相,但这所大学却是英国社会的缩影。因而,评论界普遍认为,小说无情嘲笑了当代英国社会的无序和腐败。小说的格调虽是"嬉笑"的,实质上却是"怒骂"。

小说中的主要矛盾集中在吉姆和威尔奇父子之间。吉姆和老威尔奇的矛盾是:吉姆要保住饭碗,老威尔奇却要砸他的饭碗。吉姆和小威尔奇即伯特兰德的矛盾是:两者都想争夺一个来自上层社会的女人——克丽斯廷,而争夺克丽斯廷,说到底,也是为了利益,因为克丽斯廷的舅舅戈尔·阿夸特是个大富翁。吉姆看不起威尔奇,因为威尔奇是伪学者,是个极不称职的愚蠢自私、自以为是的家伙;但吉姆又处处逢迎威尔奇,因为威尔奇是系主任,能决定他的饭碗。吉姆对伯特兰德自诩的"高雅艺术"极为反感,认为他的"高雅艺术"一文不值,然而吉姆自己也不懂高雅艺术,也在不懂装懂。实际上,吉姆根本不关心什么社会、艺术,只是夸夸其谈。他真正关心的是他的饭碗,还有女人,或者说,女人可能给他带来的"好运"。

至于吉姆和两个女人即玛格丽特和克丽斯廷的关系,实质上是吉姆

---

① 《幸运的吉姆》,[英] 金·艾米斯著,谭理译,译林出版社,1998年,第34页。

和社会上下层的关系。在社会地位上,玛格丽特更接近于吉姆,代表的是吉姆所处的中下层。她的价值观和威尔奇等人相似,尽管她在吉姆面前一直表白她不愿和威尔奇一家"同流合污",实际上一直和他们关系密切。可以说,她和伯特兰德属同一阶层,只是性别不同而已。她虽然薪俸比吉姆拿得多,但每次去酒吧总要吉姆为她付账。克丽斯廷则不然,她的社会地位明显高于吉姆,所以吉姆在她身边先是觉得自惭形秽,后来又倍感自豪,觉得自己"像特使、像海盗、像军阀、像绅士、像石油大王、像个贵族流氓"。显然,吉姆在两个女人之间的选择是带着社会意识的,并不仅仅因为克丽斯廷漂亮、玛格丽特性情古怪,他才选择了克丽斯廷。当然,他选择克丽斯廷并不意味着一定能得到她,在一般情况下甚至是不可能的。至于小说结局时他之所以能如愿以偿,那完全是因为"幸运"。

毫无疑问,这部小说的结局具有极大的讽刺性,同时也表达了战后一代人的失望和愤怒情绪。不过,更为重要的是,小说借吉姆的行为极大地嘲笑了英国的文化传统,特别是以学院文化为代表的所谓"精英文化"。吉姆虽受过高等教育,但由于他的家庭出身和社会地位,他仍然不属于真正的"文化人",因而他只能在学院文化的底层或者说"精英文化"的外围游荡。对自己的这种处境,他迫于生计,觉得无可奈何,同时出于"往上爬"的潜意识,又感到愤愤不平。很明显,吉姆从本质上说是反学院、反文化的,他在学术方面毫无长处,虽然竭力想"爬入"文化的上层以获得理想的地位,但他的行为却表明他是个没有多大出息的人。就是那次题为"快乐的英格兰"的演讲,本是表现自己的极佳机会,也让他在草率和醉酒中丢失了。值得注意的是,艾米斯从吉姆的角度对体制性的学院化"精英文化"加以冷嘲热讽的同时,也嘲笑了吉姆。有人认为:"随着小说的发展,其根本的主题从嘲笑以威尔奇教授为代表的、夹杂着势利的大学生活和外省文化方面转移开来,变成了吉姆对实现自我潜能和自我价值的追求,或者至少是朝这方面移动。"①如果说吉姆有过自我价值实现与追求的话,那么这种追求也是非常模糊的,只能是下意识的冲动,是一种叛逆性的盲动。吉姆最后获得高薪工作和漂亮女友既不表明他有什么突出的

---

① John McDermott *Kingsley Amis: An English Moralist*, New York: St. Martin's Press, 1989, p. 29.

能力和才干,也不表明他实现了自我价值,而不过是"幸运"而已。这是艾米斯在对"精英文化"的虚假做作进行一番嘲讽之后的"再度嘲讽"。试想,基于艾米斯对吉姆的描述,像他这样一个人,凭"幸运"进入上层而成为"精英文化"中的一员后,不就是又一个威尔奇吗?

确实,就如有论者指出的,吉姆是一个"象征,……是一个被认为是等同于原型人物的人物,是一代人的'英雄'"①。也就是说,吉姆是一个具有典型意义的人物形象。他渴望跻身"精英社会",但因无法跻身其间,便以对"精英文化"的嘲讽和攻击来缓解自己的焦虑、不安、愤恨和压抑情绪。这种人也许全世界都有,而在50年代的英国,这种人可谓比比皆是,原因是战后英国构筑福利社会,出身下层的年轻人也有了接受高等教育的机会,但传统习俗仍对他们抱歧视态度。于是,他们便成了"吉姆"。只是,他们不会像小说中的吉姆那样"幸运",大凡只能嫉恨终身。

除了主人公具有典型意义,《幸运的吉姆》还显示了艾米斯高超的语言才能。首先是对人物的描述,时而幽默,时而荒诞,充满喜剧色彩。譬如,吉姆初次见到伯特兰德时,小说中是这样描写的:"吉姆又望了望伯特兰德的眼睛,发现真是古怪极了,看上去好像在他的脸皮下面加缝了一层有图案的材料,只有从两个不整齐的漏洞里才能看见里面的东西。"②对威尔奇的描写则是:"他的领带上别有一个金色的小徽章,像旧时传令官的传令物件一样。结果走近一看,却是一点凝固在上面的鸡蛋黄。同时,在他现在已经张开的嘴唇的四周,也发现有这种可口营养食物的大片大片的痕迹。"③显然,小说是从吉姆的视角描述这两个丑陋庸俗而又自命不凡的小丑式人物的,除了突出其特征,同时还体现了吉姆对这两个人及其所代表的那个阶层的轻蔑与憎恨,以及吉姆自身玩世不恭的性格特点。至于小说的叙述语言,自然流畅,不像维多利亚小说那样雕琢,而且雅俗不忌。譬如:"这时,吉姆一边沿着楼梯朝楼下那间可能开始供应咖啡的教员公用室走去,一边半闭着嘴把他配的歌词哼了出来:'你是草包光吃饭,你是傻瓜老混蛋,你是胡言乱语,胡喷胡吐的大笨蛋……'后面紧接着

①　Randall Stevenson *The British Novel since the Thirties: An Introduction*, University of California Press, 1993, p.125.
②　《幸运的吉姆》,[英]金·艾米斯著,谭理译,译林出版社,1998年,第98页。
③　同上,第102页。

是一连串不堪入耳的言语。效果完全符合协奏曲中极为难听的轰鸣部分。'你是罗索肮脏的老粪土,你是泻肚漏气的老屁股……'吉姆不怕说话晦涩,用'漏气'一词来指威尔奇的竖笛;他明白自己指的是什么。"①这样的叙述不仅轻松幽默,同时也真实地表现了人物个性。

其次,小说中的人物对话妙趣横生,而且是个性化的,有助于人物形象的塑造。譬如,伯特兰德讲起话来喋喋不休,不知所云,装腔作势,喜欢用大字眼,对芝麻大的事情也要吹嘘一番。这一点,他一出场就得到了充分表现:"大家刚要静默下来,玛格丽特开了口:'你这次回来会多呆上些时候吧,威尔奇先生?'吉姆对她在场而且嘴边总是有话可说而觉得非常感激。伯特兰德张开嘴咬住一片刚要从嘴边跌落的糕饼,嚼了嚼,沉思起来。'我怀疑,'他终于说道,'经过考虑,我认为我有责任感到怀疑。伦敦有许多事情我得亲自指导。'他满脸堆笑,同时用手抹去胡子上的糕饼屑。'不过话说回来,从伦敦回到这里,看到文化的火炬仍在燃烧,实在令人感到高兴,同时也令人心里无比踏实呵。'"②还有老威尔奇,他既无学识又无主见,却好为人师。小说一开始就通过他和吉姆的对话把这个伪学者的嘴脸生动地刻画了出来。他根本不懂音乐,却在那里大谈横笛、竖笛、单簧管、双簧管:"横笛、钢琴合奏;而不是竖笛、钢琴合奏。'威尔奇笑了笑,接着说,'你知道,现在竖笛可不像横笛呀! 当然,它是横笛的直接祖先。首先,竖笛的演奏用的是所谓'竖吹法',也就是说,往一个一定形状的吹口里吹气,像双簧管和单簧管的吹口一样,明白了吧。现在横笛呢,则用所谓'横吹法',就是说,是横着往一个孔里吹气,而不是……"③吉姆其实也不懂音乐,但连他也觉得威尔奇的这番"高论"滑稽可笑,所以他后来常把威尔奇前言不搭后语的谈话比作他那辆老掉牙的破车,说他那种叫人摸不着头脑的"谈话技巧"就像"他那辆破车一样乱跑乱撞"。

总之,《幸运的吉姆》的成功,除了主题的当代性和人物的典型性,小说的场景设置、情节安排、细节描写、气氛烘托等手法,特别是不同凡响的幽默讽刺技巧,也是不可忽视的重要因素。

---

① 《幸运的吉姆》,[英]金·艾米斯著,谭理译,译林出版社,1998年,第133页。
② 同上,第57页。
③ 同上,第175页。

第十章 其他"愤怒的青年"小说家

"愤怒的青年"不是一个有组织的作家群体,而是当时一批作家不约而同表现出来的一种创作倾向。因而,哪些小说家该称为"愤怒的青年"小说家,并无统一标准。不过,一般认为,下列小说家肯定可以称为"愤怒的青年"小说家,因为他们强烈而持久地表现出了这一创作倾向。

一、威廉·库珀

威廉·库珀(William Cooper,笔名,本名 Harry Hoff,1910 - 1995)出生于克洛威,"二战"前在中学任教,并以真名发表过若干小说。战后,他进入政府部门任职,其经历和斯诺颇为相似,而且其文学观也和斯诺一样,都坚持传统的现实主义创作方法。然而,威廉·库珀的创作方法虽是传统的,其作品内容却是反叛的。

1950 年,威廉·库珀以其小说《外省生活花絮》(*Scenes from Provincial Life*)而一举成名,被评论家称为"'愤怒的青年小说'之父",因为他在小说中塑造了一个不守社会习俗的人物形象,而这一形象就是稍后出现的"愤怒的青年小说"中的"反英雄"和"非英雄"人物的雏形。

《外省生活花絮》以外省城镇的钟楼、市场、公共绿地和酒肆餐馆重现了英国乡村城镇的浓郁生活风情,并在这样的背景下用喜剧性的笔触描述了一群年轻人略带放荡的生活。小说的主人公兼叙述者是一个名叫乔·伦恩的中学校长;小说的基本线索是乔·伦恩和一个名叫默特尔的姑娘如何在乡间小屋里共度周末良宵。不过,乔·伦恩同时也讲述了他身边的一群年轻人的诸多"琐事"——他们的聚会和离散、他们的高谈阔论,以及他们的谈情说爱和做爱,等等,而他们的共同特点就是无视习俗,无视婚姻约束,除了自己感兴趣的事,对周围的一切都厌烦。小说的主要内容就由这群年轻人放浪形骸的生活片段构成,因而称之为"花絮"。

1961 年,威廉·库珀出版第二部"花絮",即《婚姻生活花絮》(*Scenes from Married Life*)。这是《外省生活花絮》的续篇。在这部"花絮"中,乔·伦恩又经过一番恣意放浪的"恋爱"之后,终于安顿下,并成了一名颇受尊敬的公职人员和颇有声望的小说家。

继《婚姻生活花絮》之后,威廉·库珀在 20 多年后的 1982 年出版第三部"花絮",即《都市生活花絮》(*Scenes From Metropolitan Life*),从而完成了他的"花絮三部曲"。

不过,威廉·库珀后来在 1983 年又出版了《后期生活花絮》(*Scenes from Later Life*),只是,小说家此时年近垂暮,"花絮"中的主人公乔·伦恩也不再年轻,其活力和锐气已不复存在,因而这部"花絮"被另眼相看,一般不归入他的"花絮"系列。

纵观威廉·库珀的几部"花絮",可以看出,威廉·库珀除了要对当代生活予以"批判",还要和当时流行的"实验小说"相对抗。他是 19 世纪现实主义小说的崇拜者。他的"花絮"系列显然受了乔治·爱略特《牧师生活花絮》(*Scenes of Clerical Life*)的影响。而对"实验小说",他则认为:"写实验小说是逃避写生活在社会中的人,因为小说家们无法适应社会,也无法投入社会;他们躲起来写孤独的人的内心感受,因为他们无法忍受当下的工业化社会。"①也就是说,他认为实验小说过多关注"孤独的人",而他自己则对"生活在社会中的人"更加感兴趣。所以,他要把传统的人物、情节和艺术形式重新注入当代小说。

当然,威廉·库珀对实验小说的责难并不十分中肯,他自己的小说创作也并非尽善尽美,但他在实验之风盛行之时仍固守英国文学的"伟大传

---

① Quoted from Rubin Rabinovitz *The Reaction Against Experiment in English Novel 1950-1960*, London & New York: Oxford University Press, 1967, pp. 6-7.

统"，其精神确实令人佩服。

二、约翰·布莱恩

约翰·布莱恩(John Braine, 1922-1987)出生于约克郡，曾在约克郡图书馆工作达 11 年。1951 年，他放弃这一职位，只身携带 150 英镑来到伦敦，打算以写作谋生，但处处碰壁，只得回家乡再干图书馆馆员的工作。然而，他的第一部小说《顶层的房间》(Room at the Top)在 1957 年出版后，他一举成名，和当时一些年轻作家一起被称为"愤怒的青年"小说家。

《顶层的房间》以写实手法表现了"英国小说中一个经久不衰的阶级主题——高攀婚姻"。小说的主人公乔伊·莱普顿是个乡下青年，但他不愿流落于下层社会，而是处心积虑、不择手段地爬进上层社会。小说一开始，乔伊来到一个工业城市，看到一对青年男女登上一辆豪华昂贵的汽车，这辆汽车是他们高不可攀、远不可及的地位和财富的社会标志。他满心妒忌和怨恨，发誓有朝一日将"享有这个年轻男子所拥有的全部奢侈和豪华"。为了实现他的目标，他一边和一个已婚中年女人打得火热，一面却使尽各种招数勾引一个工厂主的女儿并使她怀孕，最后迫使工厂主把女儿许配给他。

乔伊·莱普顿类似于司汤达笔下的于连·索瑞尔和巴尔扎克笔下的拉斯蒂涅，以叩开富家千金的闺阁为捷径攀升到上层社会；他虽取得了成功，却丧失了自尊和廉耻。小说通过塑造乔伊·莱普顿这一典型形象，反映了 50 年代英国北方工业城市唯利是图的社会风气。

布莱恩于 1962 年出版的《顶层的生活》(Life at the Top)是《顶层的房间》的续篇，进而讲述乔伊·莱普顿爬入上层社会后的种种经历。他虽混迹于上流社会，但等级森严的上层生活仍使这个出身下层的暴发户感到难堪和自卑。通过对乔伊·兰普顿的内心矛盾和痛苦的刻画，布莱恩意在表明："英国社会并不像表面所显示的那样可以上下流动；只有对才能超常、极度冷酷的人，往上爬的道路才是敞开的。"

继《顶层的生活》之后，布莱恩的第三部小说《沃迪》(The Vodi, 1959)却不怎么成功，出版后不像前两部小说那样反响强烈。在这部小说中，主人公迪克因身患肺结核而在疗养院治疗，他不仅要和疾病搏斗，更要和自己内心的恐惧想象作斗争。小说通过一系列倒叙使疗养院内外的生活形成对照,从而表现了迪克过去的希望和现在的绝望;最后,迪克出人意外地病愈出院,但等着他的将又是一场严酷的生存斗争。

60 年代,布莱恩出版了两部小说,即《嫉妒的上帝》(*The Jealous God*,1964)和《哭泣的游戏》(*The Crying Game*,1968),虽然也涉及一些社会问题,但更多的是探索个人的天性,因而表明布莱恩已离开"愤怒的青年"小说群体。

70 年代,布莱恩的主要作品是《遥远国度的皇后》(*The Queen of a Distant Country*,1972),但出版后几无影响。此后,布莱恩的思想渐趋保守,甚至和当初的"愤怒的青年"作家相对立,宣扬安分守己的中产阶级观念和天主教道德准则,其创作也日趋减少,逐渐淡出文坛。

三、约翰·韦恩

约翰·韦恩(John Wain,1925－1994)出生于斯塔福郡的一个医生家庭,曾就读于该郡的一个文法学校,毕业后入牛津大学圣约翰学院,于 1946 年获学士学位,1950 年获硕士学位。

1949 年至 1955 年,韦恩在里廷大学任英语教员,后辞去教职,成为自由撰稿人。他虽一度重返教坛(1973 年至 1978 年被牛津大学特聘为诗歌教授),但其主要精力用于文学创作和为报纸、电台撰写新闻稿和评论文章。此外,他还参与多种文学社团活动,是牛津"微觉派"成员,也是"运动派"成员。

1953 年,韦恩出版第一部长篇小说《每况愈下》(*Hurry on Down*)。小说主人公查尔斯·拉姆利既和社会格格不入,又不择手段混迹于社会。他既鄙视上层社会,又羡慕上层社会。为了显示洒脱,他故意不上大学,而去做清洁工、卡车司机、医院勤杂工,甚至走私毒品。与此同时,他还想方设法追求一个富商的侄女维罗尼卡,想通过她找到一条致富的捷径。然而,他的发妻财的梦想不久便破灭了,因为他发现维罗尼卡并不是富商的侄女,而只是富商的情妇而已。但他没有因此而泄气,最后他还是圆了金钱美女梦,既获得了一个报酬丰厚的职位,又赢得了维罗尼卡的"爱情"。至此,他已不再仇视社会,而和他一度厌恶的社会达成了和解。

由于《每况愈下》的题材、主题、人物都和当时其他一些年轻作家如约翰·奥斯本、金斯莱·艾米斯、艾伦·西利托以及约翰·布赖恩等人作品很相像,因而韦恩也和他们一样,被称为"愤怒的青年"作家。

继《每况愈下》之后,韦恩在将近30年时间里共出版了十几部长篇小说,如《得过且过》(*Living in the Present*,1955)、《刻在窗台板上的字》(*A Word Carved on a Sill*,1956)、《竞争者》(*The Contenders*,1958)、《流浪的女人》(*A Travelling Woman*,1959)、《打死父亲》(*Strike the Father Dead*,1962)、《更小的天空》(*the Smaller Sky*,1967)、《山里的冬天》(*A Winter in the Hills*,1970)、《宽恕者的故事》(*The Pardoner's Tale*,1978)和《年轻的肩膀》(*Young Shoulders*,1982)等。其中,《得过且过》采用传奇剧形式讽刺社会的庸俗和人生的无聊,主人公埃德加·班克厌恶社会的虚伪,对生活失去希望,但又不得不在一个充满愚昧和精神分裂的世界上艰难度日。《竞争者》讲述两个所谓的"成功人士"间的明争暗斗,结果却是徒劳一场。《流浪的女人》讲述一个女人的性经历,起初她热切追求"性解放",最后却对"性解放"失望之极。《打死父亲》通过一对父子的冲突表现两代人之间代沟,"打死父亲"表达了年轻人对父辈的愤怒之情。《年轻的肩膀》曾获"惠特布雷德奖"。《山里的冬天》被认为是"韦恩的最高成就",小说的始终围绕着一个中心问题,即:小人物的生存和抗争。

除了小说创作,韦恩还出版过好几部诗集,其中比较有名的有《在上帝面前哭泣》(*Weep Before God*,1961)和《荒野小径》(*Wildtrack: A Poem*,1965)。1981年,他又把自己先前创作的所有诗歌汇集成册,取名为《诗集》(*Poems: 1949–1979*)。

韦恩在进行小说和诗歌创作的同时还致力于文学评论。他的主要评论集是《文学与观念论文集》(*Essays on Literature and Ideas*,1963)和《给五位艺术家的信》(*Letters to Tive Artists*,1969)。

四、艾伦·西利托

艾伦·西利托(Alan Sillitoe,1928–)出生于诺丁汉,父亲是个硝皮匠。西利托14岁辍学,开始在工厂打工谋生。1946—1949年,他在驻马来亚的英国皇家海军服役,后因患肺病退役。在养病期间,他开始写作。

西利托的第一部长篇小说《星期六晚上和星期天早上》(*Saturday Night and Sunday Morning*, 1958)就使他一举成名。小说成功塑造了"福利国家"时期的工人形象。主人公阿瑟·西顿是诺丁汉一家摩托车厂的车工,从15岁起就进工厂做计件工,一周挣14英镑。六天里,他"拼命干活,直干到周末,五脏六腑的汗都流得精光",到星期六晚上,他的情绪大爆发:喝酒、打架、找女人。他和同事的妻子布兰达偷情,同时又上了布兰达妹妹温妮的床,被温妮的丈夫发现,结果挨了一顿痛打,很久起不了床。对他来说,工厂内外是两个世界。他讨厌工厂内部"监狱般的制度",对领班充满敌意,枯燥无味的苦役使他恨不得把工厂炸了掉:"工厂把你累死,劳工介绍所把你训死,保险公司和所得税机关像挤牛奶一样挤你的工资袋,把你挤死。一桩桩折磨过去,如果你肚子里还剩下一丝儿活气,军队又来征兵了,把你拉去挨枪子。如果你聪明,躲到了军队外面,炸弹又把你炸死。唉,上帝呀,要是不制止那王八蛋政府把你的脸摁到污泥里去,即使不累跨你,日子也够惨的。可你又没有办法,除非你开始制造炸药,把那些四只眼的机构炸个粉碎。"然而,只有星期六晚上和星期天早上的放纵——酒让他麻醉,女人让他发泄——才使他暂时忘掉那可恶的工厂。总之,阿瑟·西顿虽有一种叛逆性格,把一切社会道德、规章制度、传统观念、法律权威统统抛在一边,但在面对由"四只眼"(戴眼镜的人)控制的社会时,他却显得无可奈何。小说结尾时,他无法无天的暴烈脾气终于被"福利国家"征服,他和女工陶丽安恋爱并准备结婚,同时憧憬着温馨的家庭生活。

在这部小说中,主人公虽然只是个车间工人,不是那种受过高等教育而竭力往上爬的年轻人,但作为"反英雄",他的叛逆行为和"愤怒的青年"小说中的主人公不无相同之处,就如有论者指出的,《星期六晚上和星期天早上》"显示出'愤怒的青年'小说中的那种暴露性的现实主义风格。这种现实主义反对政客、工会、老板和其他人的谎言,坚持反映实际而明显的生活状况;这种现实主义被用来表现具有无政府主义倾向的个人主义。"因而,西利托一开始就被视为"愤怒的青年"作家。

在西利托的第二部作品即中篇小说《长跑者的孤独》(*The Loneliness of Long Distance Runner*, 1959)里,同样反映了一个贫苦家庭出身的年轻人对现存秩序和权威的反叛。主人公密斯年少无知,初次犯案即被判入狱。他善于长跑,而且唯有在狱中组织越野奔跑时才感到自己是真正自由的,才能忘却自己贫寒的家庭出身和屈辱的囚犯身份。由于他有长跑天赋,监狱长要他去参加一场长跑比赛,而且一定要获胜,因为他的获胜对于监狱当局来说将意味着奖章、荣誉和上司的赞扬,而对于司密斯本人来说,也意味着将有更优厚的待遇和更好的未来。然而,司密斯却没有秉承监狱长的旨意,他在赛跑中有意输了,因为他不愿听人摆布;他宁可忍受严厉的监禁也不愿放弃自己独立意志和反叛精神。

继上述两部作品之后,西利托写于六七十年代的小说大多以工厂生活为题材,其中《生活的开端》(A Start in Life,1960)是一部流浪汉小说模式的作品;《开门的钥匙》(Key to the Door,1961)讲述一个工人家庭三代人的故事;《威廉·波斯特斯之死》(The Death of William Posters,1965)中的主人公也是亚瑟·西顿式的人物;《原始材料》(Raw Material,1972)是一部半自传性小说,西利托以自己的早年生活为素材,讲述一战后全球经济萧条期间工人家庭的境况;《鳏夫的儿子》(Widower's Son,1976)讲述的则是军营生活。还有《上将》(The General,1960)、《威廉·波斯特斯之死》(The Death of William Poster,1965)、和《燃烧的树》(A Tree on Fire,1967)等。除了长篇,西利托在此期间还出版了一部短篇小说集,即《男人、女人与孩子》(Men,Women and Children,1975)。

80年代以后,西利托仍以旺盛的精力从事小说创作,几乎每年都有一部长篇或短篇集问世,其中比较重要的有《失去的飞船》(The Lost Flying Boat,1983)、《出发前的太阳》(Sun Before Departure,1984)、《走出旋涡》(Out of the Whirlpool,1987)和《列奥纳德的战争》(Leonard's War,1991)等。

1992年,西利托曾在诺丁汉大学讲演,题为:"作家是先天还是后天的?"在讲演中,他表明了他一生的创作态度:"作家不应该在传播媒介的叫嚷声中举手就范,不应该成全那些只想靠平庸的时髦畅销书挣大钱的出版商的种种要求,不应该对编辑们自以为是的想入非非采取默认的态度,因为他们总以为,他们想要的就是公众和评论家想要的。"①

---

① 《星期日泰晤士杂志》1981年第3期(转引自《外国文学报道》1987年第5期,第75页)。

五、斯坦·巴斯托

斯坦·巴斯托(Stan Barstow,1928-)出生于英国北部约克郡一个煤矿工人家庭。从 1944 年起,巴斯托任职于一家设计公司,同时开始练习写作。他的第一部长篇小说《一种爱》(A Kind of loving)于 1960 年出版后赢得好评,从而增强了他的写作信心。

《一种爱》是一部围绕着主人公维克·布朗和女主人公英格里德·罗丝维尔之间的婚姻关系展开的生活小说。一对被情欲迷惑得几近痴狂的青年男女,经过一段缠绵悱恻的热恋后终于步入婚姻殿堂。然而,婚后生活在脱掉了令人陶醉的爱情外衣后,却始终为琐碎的生活小事所填塞。维克婚后和岳父母同住,不断发生的家庭摩擦使他和英格里德原本脆弱的关系几近崩溃。终于有一天,维克再也无法忍受岳母的唠叨而离家出走。和这对青年无可奈何的婚姻状况相对照的是维克的姐姐克赖斯特和其丈夫之间的关系。维克很羡慕他的姐姐和姐夫之间那种和谐的婚姻关系,决定按照姐姐所教导的那样,尽自己最大的努力去寻找一种爱的方式,一种能真正达到和谐境界的爱的方式。他回到了英格里德的身边。也许他的追求永远只是一个过程而没有结果,但他将竭尽全力去寻找那种爱。小说讲述的虽是一个极平常的爱情故事,涉及的也是一般的家庭问题,但巴斯托精湛的写作技巧使小说具有独特的魅力。他充分显示了自己在细节描写上的特长,细致而又准确地描绘了人物的动作、表情、环境的色彩、气味等等,尤其在表现人物的心理状态方面极为出色,把人物的思想活动、喜怒哀乐一层一层地揭示给读者,塑造了一个个栩栩如生的人物形象。特别是人物心理的发展变化,写得尤为真实,每一个人物的心理变化都写得极为可信而合理。可以说,真实的细节和心理描写是这部小说获得评论界赞誉的主要原因。

1962 年,巴斯托的第二部长篇《明天问我》(Ask Me Tomorrow)同样获得好评。这部小说很大程度上取材于作者自己的生活经历,一般认为是他的自传小说。主人公威尔夫·科顿出身于矿工家庭,却热衷于文学创作。通过威尔夫的写作生涯,巴斯托表达了他本人关于文学的一些思考。威尔夫认为,文学创作不同于其他种类的娱乐活动,其他文娱活动都是去适应已经存在的"市场",而文学创作则是去营造作家自己特有的"市场";他还认为文学的本质是真实,只需表现真实的人物和事件,至于如何评价,应该留待读者自己去领悟,去思考。这在一定程度上反映了巴斯托本人的文学观,而《明天问我》也正是遵循这样的文学观写就的。比如,威尔夫在男女情爱方面的伦理观,作者就没有妄加评论。威尔夫对情人的要求和《一种爱》里的维克极为相像,即希望自己的情人开放而性感,并不在乎她是否贞洁。有批评家认为,巴斯托对主人公情爱观的沉默态度,实际上是默许。确实,巴斯托本人就是一个游移于性满足和稳定家庭的两难境地之间的男人,对此当然也就没法予以回答。换句话说,提出问题而不予回答,也是巴斯托小说的特点之一。

从《明天问我》开始,巴斯托显示出了自己独特的创作风格。他善于描述琐碎的家庭日常生活,并通过家庭生活这一视角反映整个社会的婚姻和道德状况。他此后的几部长篇,如《乔比》(*Joby*,1964)、《极度痛苦的平静》(*A Raging Calm*,1968)、《岸边的观众》(*The Watchers on the Shore*,1966)和《真正的结束》(*The Right True End*,1976),无不表现出这一特点。其中,《岸边的观众》和《真正的结束》是他的第一部长篇《一种爱》的续篇。

在《岸边的观众》中,维克在伦敦附近谋到了一份职业,并和一个叫唐娜的女演员相恋。他在和唐娜的恋爱中感受到了和妻子英格里德共同生活时从未有过的激情和快乐。于是,他离开了英格里德。然而,他最终得到的回报却是,唐娜像他抛弃英格里德一样抛弃了他。他这才领悟到英格里德所感受到的孤独悲凉的滋味。如果说,在《一种爱》中维克还想寻找一种完美的爱来维系婚姻的话,那么在《岸边的观众》中,唐娜的出现使他放弃了这一想法。他本想换一种方式去爱,现在成了换一个对象去爱。然而,唐娜最后抛弃了他,这使他对爱情本身都产生了怀疑。如果说,起初英格里德像一出悲剧的主角,而维克是观众的话,那么现在观众成了悲剧的主角,而英格里德则成了观众。所以,小说名为《岸边的观众》。

接下去,在《真正的结束》中,维克和英格里德正式离婚后,经过一番拼搏,事业有成。此时,唐娜又对他有了好感,想和他重续旧情,而英格里德呢,也重新嫁了人。这就是不无讽意的"真正的结束"。表面看来,巴斯托絮絮叨叨地叙述着家庭琐事,实质上涉及一个令人费解的社会难题。主人公维克具有一定的社会典型性,他是新潮思想和传统习俗的混合体:一方面,他很注重传统伦理道德,比如要他姐姐同父母亲同住,认为照顾父母是女人的职责;另一方面,他对自己的婚姻却又有另一种要求,既不能忍受和岳父母同住,更不能忍受妻子保守的性观念,而是希望她像唐娜那样性感、开放。这种自相矛盾、既传统又新潮的婚姻观,在六七十年代的英国具有普遍性,意味着人们的观念正在转变。

巴斯托在六七十年代创作的其他小说也都以探讨家庭伦理为主,比如在《乔比》中,主人公乔比是个 11 岁的男孩,他的母亲失踪了,父亲又垂涎于表姐莫娜,这使得乔比的家庭危机四伏,面临崩溃。这里,巴斯托依然关注着家庭和婚姻问题,只不过是从一个孩子的眼里来看待这个问题的,而且同样带着一种愤懑情绪。总之,巴斯托在这一时期的小说基调是质疑的、愤愤不平的,其风格是写实的、嘲讽的,因而他被认为和金斯利·艾米斯、约翰·布莱恩等人一样,属于"愤怒的青年"小说家中的一员。

80 年代,巴斯托的小说主题有所改变。他在《兄弟的故事》(*A Brothers' Tale*,1980)中显然想摆脱他在六七十年代形成的创作套路。在这部小说中,主人公戈登·泰勒和波尼·泰勒是一对兄弟。戈登是个中学教师,在写作方面小有成就;波尼则是一个走红的足球明星。为了躲避"追星族",波尼住到他哥嫂家里"避难",由此而引出了一系列麻烦,最后搞得兄弟反目。小说似乎想提出这样一个问题:人与人难以相处,其罪恶究竟源于何处?这样的主题在巴斯托过去的作品中从未出现过,从而表明他想把小说主题从原来的家庭伦理提升到人生哲学的高度。遗憾的是,巴斯托在这方面的努力并不是很成功。他其后推出的新作,如《你等着瞧》(*Just You Wait and See*,1986)和《把这一天给我们》(*Give Us This Day*,1989)等,表明他并不善于写哲理小说,而他的优点,也就是细节描写的详尽入微和对话的生动活泼。

除了长篇,巴斯托的两部短篇集,即《暴徒》(*The Desperadoes*,1961)和《爱神的季节》(*A Season with Eros*,1971),也值得一提。收在这两本集子里的短篇大多结构紧凑,立意新颖,语言生动,因而有些被 BBC 选为广播故事,有些被收入中小学教材供学生研读。

六、科林·威尔逊

科林·威尔逊(Colin Wilson,1931 -   )出生于莱斯特郡的一个工人家庭,16 岁时即辍学靠打工为生,曾在英国皇家空军服役,后移居伦敦。他是靠自学成才的,曾长时间在大英博物馆里阅读各种哲学、历史学和文学著作。1956 年,他出版了一部名为《局外人》(*The Outsider*)的通俗哲学论著,旋即成为非小说类畅销书。由此,他一举成名,并成了一名职业作家。

尽管威尔逊的《局外人》是一部理论著作,但他在其中表述的理论以及书中所表现出来的那种与社会格格不入的愤怒情绪,却和约翰·奥斯本的《愤怒的回顾》以及金斯利·艾米斯、约翰·布莱恩等人的作品遥相呼应,因而他很快就被评论界归入"愤怒的青年"一派。

继《局外人》之后,威尔逊又相继出版了两部通俗哲学论著,即《宗教与叛逆者》(*Religion and the Rebel*,1957)和《失败的时代》(*The Age of Defeat*,1959)。这两部论著可以说是《局外人》的续集,进一步表述了他在《局外人》中提出的对现代文明社会的种种困惑和不满。威尔逊深受法国存在主义哲学影响,他所关注的现代人的孤独感和失落感,也是法国存在主义作家萨特和加缪等人所关注的。关于这一点,威尔逊从不讳言,他还在 1966 年出版了《新存在主义导论》(*Introduction to the New Existentialism*,1966)一书,集中阐述他自己的存在主义思想。

和萨特等人一样,威尔逊也认为小说是阐释哲学观点的最合适工具,所以他在写作哲学论著的同时也写了大量小说。他的小说旨在于塑造一系列"局外人"形象——这种人既渴望"介入"社会,却又过于敏感;既觉得自身和社会的不可隔绝,又意识到自身和社会的隔绝,因而常常陷于一种莫名的痛苦,既恨他人,又恨自己。这种人很容易行凶谋杀他人,也很容易自杀。关于谋杀和自杀,威尔逊在其论著中曾多次论述过。他认为,尽管谋杀和自杀的动机和结果都很可悲,但不管怎么说,这也是人类为实现自身意志的一种强烈的自主行为。基于这一点,他的小说中出现得最多的就是死亡情节——谋杀和自杀。他采用侦探小说的形式表现一系列死亡事件,因而他时而被认为是侦探小说家。其实,他的侦探小说不是一般的侦探小说,而是以侦探故事形式探讨生与死的社会心理小说。

威尔逊的第一部小说《黑暗中的典礼》(*Ritual in the Dark*,1960)就是一部典型的威尔逊式的侦探-心理小说。其与众不同之处在于:它要引导读者感兴趣的并不是凶手究竟是谁,而是凶手为什么要行凶。在小说中,威尔逊塑造了好几个年轻的"局外人"形象,包括作家杰拉德·苏尔莫、业余艺术爱好者奥斯丁·纳恩和画家奥利弗·格拉斯帕,其中唯有纳恩才是谋杀四个妓女的凶手。这几个"局外人"志趣相投,他们不仅对现代社会的看法颇为相似,甚至对同伴的谋杀行为也颇能理解。苏尔莫就说,他自己也有过谋杀冲动,只是没有像纳恩那样付诸行动罢了。他还声称自己和纳恩属同一类人,属于像拿破仑和希特勒那样的人,以制造社会混乱和动荡为己任。对这类"局外人",威尔逊通过小说中一位精神病学家、一位侦探和一位年迈的神职人员对他们的心理机制和精神状态加以剖析,从而使读者看到他们是如何因自身不为社会所接纳而绝望的;他们内心深处的孤独和苦闷是如何使他们自闭于社会、仇视社会和疯狂报复社会的。

1963 年出版的《没有影子的人》(Man Without a Shadow)和 1970 年出版的《迷宫中的上帝》(The God of the Labyrinth)可以看作是《黑暗中的典礼》的续集。在这两部作品中,威尔逊通过杰拉德·苏尔莫的日记,进一步剖析苏尔莫的犯罪心理以及奥斯丁·纳恩行凶的动机。

还有《必要的怀疑》(Necessary Doubt,1964),也是一部威尔逊式的侦探小说。主人公茨威格教授是一个研究存在主义的神学家。通过他的所思所想,小说探讨了存在主义所理解的上帝和人类的意义。茨威格教授无意间卷入了一次对一个在逃凶犯的追捕行动,可是当他找到凶手时,他却觉得没必要对凶手加以处罚,因为他内心深处完全理解凶手为何要行凶,因为他自己也像凶手一样,是个和现存社会格格不入的"局外人"。最后,茨威格教授把凶犯放了。从法律的角度讲,茨威格教授当然成了"帮凶",但小说并不是要为谋杀行为辩护,而是从存在主义的角度审视谋杀行为,揭示其中可能含有的某种"合理"成分。

谋杀题材在威尔逊的作品中占有相当大的比重,从而构成了他的"谋杀系列"。除上述作品,这一系列还包括《谋杀百科全书》(Encyclopaedia of Murder,1961)、《暴力世界》(The World of Violence,1963)、《玻璃鸟笼:一个异乎寻常的侦探故事》(The Glass Cage:An Unconventional Detective Story,1966)、《谋杀案例》(A Casebook of Muder,1969)、《凶手》(The Killer,1970)、《暗杀程序》(Order of Assassins,1972)和《女学生谋杀案》(The Schoolgirl Murder Case,1974)等。这些作品无不关注"局外

人"的"超常"或变态的精神状态,无不和他在第一部论著《局外人》中提出的理论息息相关。它们互为说明,互为阐释,以谋杀、侦探的形式构成了一个独特的"'局外人'系列",而威尔逊笔下的"局外人",则是"愤怒的青年"的一种极端表现,一种因"愤怒"而变得极度冷漠乃至极度冷酷的表现。

除了侦探小说,威尔逊还写科幻小说,尽管数量不多,但其影响力并不逊于他的侦探小说。当然,他的科幻小说也旨在于阐释他的哲学观点,比较重要的有:《大脑寄生虫》(*The Mind Parasites*,1967)、《魔法石》(*The Philosopher's Stone*,1971)和《太空吸血鬼》(*The Space Vampires*,1976)。其中,《大脑寄生虫》讲到,未来有一种狡猾的微型寄生虫专门寄生在人的大脑中,从而使人丧失思维能力,人类文明也将因此而崩溃。小说出版后曾一度引起部分读者的恐慌。在《魔法石》中,威尔逊则大胆想象,未来有一天或许可以在人的头脑里嵌入一个小小的装置,从而使人永远对生活充满希望,永远觉得生活多么美好。这可以说是从另一个角度探讨"局外人"主题,即:靠现实的力量既然无法解决"局外人"的心理障碍和精神变态,那就只能异想天开,希望奇迹的出现。

80年代以后,威尔逊仍致力于他这种独特的侦探小说和科幻小说创作,出版的主要作品有:《追星人》(*Starseekers*,1980)、《弗兰肯斯坦的城堡》(*Frankenstein's Castle*,1980)、《两面神谋杀案》(*The Janus Murder Case*,1984)、《个性外科医生》(*The Personality Surgeon*,1985)、《西伯利亚魔术师》(*The Magician from Siberia*,1988)和《魔鬼派对》(*The Devil's Party*,2000)。

毫无疑问,威尔逊的小说是他的哲学思想的图解,虽具有一定的思想价值,但情节设置和人物塑造都显得较为粗糙,因而被认为在文学技巧方面价值不高。不过,"愤怒的青年"小说本来就不追求文学技巧,威尔逊的小说,尤其是他的侦探小说,也算得上是一种别开生面的"愤怒的青年"小说了。

第十一章 威廉·戈尔丁：
哲理讽喻小说

威廉·戈尔丁(William Golding, 1911 –
1993)以其长篇小说《蝇王》(Lord of the Flies,
1954)闻名于世,并于 1983 年荣获"诺贝尔文学
奖"。他是继詹姆斯·乔伊斯和 D. H. 劳伦斯之
后英国文坛上最有影响的作家之一。

一、生平与创作

戈尔丁生于英国西南部康沃尔郡的一个知识分子家庭,父亲是当地
马尔勃勒中学的资深教师,思想激进,倡导科学,反对传统宗教;母亲是当
时争取妇女参政的女权运动参与者。戈尔丁的童年是在康沃尔郡的乡村
里度过的,那里生活安逸,但相当闭塞。后来,他就读于父亲执教的马尔
勃勒中学。他从小喜欢文学,据他自己回忆,他在 10 岁前就读了不少文
学作品,7 岁时就开始写诗。

1930 年,19 岁的戈尔丁听从父亲的安排,进入牛津大学攻读自然科
学。但是,两年后他就放弃自然科学专业,转入了文学系攻读他深感兴趣
的文学。在攻读文学的同时,他继续写诗,并于 1934 年出版了他的处女
作——一部包括 29 首短诗的诗集。诗集出版后虽然没有引起评论界的
重视,但对于一个年仅 23 岁的大学生来说,诗集的出版本身就是一个极

大的鼓励,从此他立志要成为一名作家。

1935 年,他从牛津大学毕业,获文学士学位。但是他要成为作家的梦想并没有马上实现,因为他首先要解决生计问题。他到了伦敦,在一个小剧团里当配角演员,后来又当编导,但他对戏剧并无兴趣,所以这四年间他没有什么建树,感觉也很不好。他后来回忆说,这四年时间是"白白浪费"的。其实,这四年的生活磨炼对他后来的创作并不是毫无意义的,至少丰富了他的阅历。

1939 年,戈尔丁结婚后便辞去剧团的工作,到英国南部城市索尔兹伯利的一所教会学校任教。不料,第二年就爆发了第二次世界大战。他于当年应征入伍,在海军服役。自 1940 年至 1945 年的整个大战期间,他一直在军舰上服役,最高军衔为海军中尉。他参加过无数次海战,其中包括击沉德国主力舰"俾斯麦号"的战役、大西洋护航和 1944 年的诺曼底登陆。战争中他很勇敢,但战争的残酷仍使他无比震惊,并在他的心里留下了不可磨灭的可怕印象。他曾写道:"经历过那些岁月的人,如果还不理解,'恶'出于人就像'蜜'产于蜂,那他不是瞎了眼,就是脑子出了毛病。"这句话,可以说为他后来的全部创作点明了主题:他的作品几乎全都是围绕着"人性之恶"这一最基本的主题展开的。

1945 年,戈尔丁退役。他回到索尔兹伯利,继续在那所教会学校里教授英国文学。自此以后,直到 1954 年,这九年间他一直过着默默无闻的生活。他一边教书,一边写作,同时还潜心研究古希腊文学。在这一时期,他共创作了四部小说,但没有一部得以出版,其中《蝇王》一书就曾遭到 21 家出版社的拒绝。然而,在他多方努力之下,《蝇王》终于在 1954 年问世。这是他有生以来出版的第二部作品,这时他已 43 岁,而当初他发表处女作时才 23 岁,其间相隔了整整 20 年。出乎他意料的是,《蝇王》出版后赢得了评论界的一片赞美。譬如,著名小说家兼批评家福斯特把这部作品评为当年最佳小说;另一位著名批评家普里切特则称他为"当今作家中最有想象力、最具独创性的作家"。于是,他一举成名。

出名后,他接连发表了许多作品,其中重要的是三部长篇小说,即《继承者》(*The Inheritors*,1955)、《品彻·马丁》(*Pincher Martin*,1956)和《塔尖》(*The Spire*,1964)。和《蝇王》一样,这三部作品也是用象征手法表现"人性之恶"这一主题的。《继承者》以虚构的史前社会为背景,写"智人"——即现代人的祖先——如何闯入原始、纯朴的尼安德特人的世界，并以"智慧"征服了尼安德特人，从此便给世界带来了"恶"。《品彻·马丁》讲述一个英国海军军官因沉船而漂泊到一个荒岛上，但和鲁滨孙相反，他没有在岛上开创文明，而是出于人的惰性，躺在一块岩石上等死。《塔尖》的主人公是中世纪的一个教长，他出于对上帝的敬仰，要在自己的大教堂上修建一座塔尖，为此他不择手段，最后当塔尖修成时他却失去了对上帝的信仰，成了邪恶之人。

《塔尖》出版于1964年，在此之前，即1961年时，戈尔丁辞去教职，回到故乡康沃尔郡专事写作。1967年，他的又一部长篇小说《金字塔》(The Pyramid)出版。这部小说的主题依然是"人性之恶"，但风格和他以前的作品迥然不同。他过去的作品都比较凝重，而这部作品却比较轻松，以一种幽默诙谐的笔调表现了人类对邪恶的嗜好。

在戈尔丁不断发表新作并不断受到好评的同时，《蝇王》也不断再版，这使他的声誉与日俱增。他在《蝇王》出版后的第二年即1955年，就被选为皇家文学会成员。1961年，他的母校牛津大学授予他硕士学位；1966年，苏萨克斯大学、肯特大学、沃里克大学和巴黎第四大学分别授予他荣誉文学博士学位；1970年，布赖顿市立萨西克斯大学授予他文学博士学位。与此同时，他的作品被翻译成欧洲各国语言在各地广为流传，尤其是《蝇王》，一时成了大学校园里的畅销书，销量达数百万册之多，并于1963年改编成电影。不久，此书又被列为"英国当代文学杰作"，成为英美各大学文学课的必读书。戈尔丁本人则应邀到美国的一些大学讲学。

然而，在出版了《金字塔》之后，也许是由于过多的社会活动，戈尔丁在此后的12年间没有发表什么作品，直到1979年才有新作问世——长篇小说《看得见的黑暗》(Darkness Visible)。在这部作品中，他又恢复了过去那种凝重的象征主义风格。小说的主人公马蒂在第二次世界大战期间还是个孩子，他在德军轰炸伦敦时脸被烧伤，留下了"看得见的"伤疤，但小说的主旨不在于控诉战争，而是用战争及战争造成的创伤象征性地表现主人公心灵上"看不见的"伤痕。这伤痕是他在学校里一再违抗教师的教诲而造成的，而心灵的伤痕和教师的教诲仍然只是象征，所要表现的则是戈尔丁对战后英国社会的悲观情绪：他认为，英国人和任何国家的人一样，要想克服自身的邪恶本性是不可能的。

此时戈尔丁已 68 岁,但他的创作力仍很旺盛,继《看得见的黑暗》之后,他在第二年即 1980 年又发表长篇小说《越界仪式》(*Rites of Passage*)。这是他计划写的三部曲的第一部,出版后获英国当年颁发的最高文学奖——"布克奖"。1983 年,瑞典文学院授予他"诺贝尔文学奖",授奖理由是:"因为他的小说用明晰的现实主义的叙述艺术和多样的具有普遍意义的神话阐明了人类在当今世界的现状。"

第二年即 1984 年,戈尔丁发表长篇小说《纸人》(*The Paper Men*)。也许是人们对他的期望过高,这部作品发表后遭到了不少著名批评家的指责,认为它没有新意,只是过去作品的翻版而已。

戈尔丁晚年致力于完成他的三部曲创作。他于 1987 年发表三部曲的第二部《近距离》(*Close Quarters*);1989 年,第三部《地狱之火》(*Fire Down Below*)问世。这是他后期创作的主要成就。除了小说,他还写有剧本、诗歌和散文多种。

1993 年 6 月,戈尔丁在康沃尔郡去世,享年 82 岁。

二、风 格 与 特 点

要了解戈尔丁小说创作的风格与特点,首先要了解戈尔丁对人性的看法,即他的人性观。瑞典学院在授予戈尔丁诺贝尔文学奖的颁奖辞中说:"戈尔丁以神话形式创作的多样化的小说,确立了他在文坛的牢固地位。这些作品揭示了最忧郁、最悲惨的主题,所反映的概念是原始的和多彩的,读者会感到一种叙事的乐趣和作者创造性的讽刺意识。他的早期作品对年轻人有格外大的吸引力。对他作品涵义的众说纷纭,充分显示了它的活力和对人们极大的诱惑力。他的人生哲学是牢固的。由于他的观察,使世界普遍存在的腐败现象与人类本身一样深沉。他抨击了那些来自政治、经济等方面体制所造成的罪恶,认为与其维护这些罪恶,不如引导这些体制或改变他们,以使罪恶与危害转化为善良与美好。"①戈尔丁自己曾说:"在写作方面如果我还有什么雄心壮志的话,那就是创作一

---

① 《诺贝尔文学奖文库·授奖词与受奖奖演说集》,宋兆霖主编,浙江文艺出版社,1998 年,第 164 页。

个故事，比我过去的作品更加深刻地揭示人类的本性。"①

　　确实，深入探索人类的本性是戈尔丁小说创作的常规主题，而戈尔丁所表达的人性观，既来自基督教"原罪说"（即亚当和夏娃的"堕落"），又源于古希腊"性恶说"（柏拉图曾说："人……是一种驯化或文明化了的动物。尽管如此，他需要有恰当的训导和幸运的性格。……如果他没有受到足够的教育，或受到的教育很坏，在世界上的一切生物中，他是最野蛮的。"）戈尔丁的人性观，可以说是基督教"原罪说"和古希腊"性恶说"的现代混合版。他认为，现代人只是披了一件文明的外衣，一旦剥去这件外衣，就会显露出最野蛮、最黑暗、最疯狂的兽性。因此，在他的作品中，他几乎总是把人物从具体的社会环境中分离出来，使之与文明、与教育暂时隔绝，由此而"深刻地揭示人类的本性"。

　　不过，戈尔丁的人性观并非一开始就是这样的。他年轻时曾对人性抱有一种很美好的观点，几乎和其他空想社会主义者（如 H. G. 威尔士）一样，认为人能够通过改造社会和最终消灭所有社会邪恶势力而使自己臻于完美。然而，"二战"改变了他对人性的看法，他开始从乐观变为悲观。在他看来，人性原本就是恶的，并非社会制度或政治制度所造成。他说："我们这代人发现了有关人的一个基本观点，即人身上的恶不能简单地用社会压力来解释。"也就是说，恶并不来自外部，而是"产生于人类自己的内心深处——是人类中的恶造成了邪恶的制度，或者改变了最初的状况，改变了原来的发展，是它把美好的事物变成了邪恶的、有害的事物"②。

　　戈尔丁的第一部小说《蝇王》就表达了他的这种人性观，而他此后的作品，可以说也是为此而写。所不同的是，他用了不同的表达形式，就如他自己所说，"我发现思想不易获得，但我不难得到表达思想的形式"。换言之，从抽象层面上说，"人性恶"是戈尔丁所有小说的唯一主题，但从表达形式上说，他的小说创作在不同时期具有不同的风格与特点。

　　《蝇王》出版后，许多学者把这部小说解读成一篇"寓言"，还有人直接称戈尔丁为"寓言编撰家"。确实，小说本身具有深刻的寓意，人物、环境、

---

　　① 克雷格·雷恩，《威廉·戈尔丁》，伦敦：书屋出版社，1988 年。（转引自瞿世镜、任一鸣著《当代英国小说史》，上海译文出版社，2008 年，第 91 页。）
　　② 《诺贝尔文学奖文库·授奖词与受奖奖演说集》，宋兆霖主编，浙江文艺出版社，1998 年，第 169 页。

细节等许多地方都明显具有特定的讽意,因此小说出版后的第四年,即
1957 年,批评家约翰·彼特在其《约翰·戈尔丁的寓言》一文中为小说定
下了"寓言说"的主调。此后,人们大多采用这一说法,认为这部小说是
"寓言"或者"神话"。对于"寓言说",戈尔丁本人在《寓言》一文中似乎接
受了这一说法,但后来他又觉得"寓言说"不太贴切,不如说是"神话",因
为他认为"神话比寓言要更加深刻,更加富有内涵……从神话是生存的关
键、生命的全部意义的古老含义上来讲,神话出自事物的根本"①。但不
管怎么说,《蝇王》包含丰富的形象和想象,具有强大的反映现实、讽喻现
实的功能,这一点是不言而喻的。当然,也有人指出,《蝇王》"包含了对传
统作品中神话的戏弄性模仿成分"②,还有人认为,《蝇王》是一部科幻小
说,因为小说用科幻手法把人类境况放到了一个虚拟环境中加以表现,从
而达到了用写实手法难以表现的哲理层面和思想深度。

　　如果说《蝇王》的风格特点当初还无法确定的话,那么当戈尔丁的第
二部小说《继承者》出版后,人们对此仍众说纷纭。《继承者》是针对 H.
G. 威尔士《世界史纲》中有关尼安德特人的一段论述而写的,而且旨在于
和 H. G. 威尔士的"人性善"唱反调。小说的场景设在遥远的尼安德特人
生活的欧洲大陆。人类学家认为,尼安德特人生活在距今数万年以前,后
来因为生存环境的变化欧洲又出现了"新人",也称"现代人",即我们今天
的人的祖先。戈尔丁用非凡的艺术想象力和创造力,描述了尼安德特人
和"新人"遭遇后的对立冲突以及尼安德特人的最终消亡。和"文明"程度
较高的"新人"相比,尼安德特人仍然处于一种天真纯朴的原始状态。他
们以素食为主,从不杀生;他们混沌未开的状态更接近动物界。处于这种
状态下的尼安德特人遇到了更加"文明"的"新人",其结果只能是灭亡。
和《蝇王》一样,《继承者》也表现了对立冲突的双方,但这一次不是代表野
蛮的"部落"战胜代表文明的一方,而是更"文明"的"新人"最后消灭了尼
安德特人部落。显而易见,无论是《蝇王》中的"倒退",还是《继承者》中的
"进步",其实质是相同的:邪恶是人类与生俱来的本性。在表达形式方

①　James Gindin, Macmillan Modern Novelists: William Golding, London: Macmillan, 1988, p.16.
②　裴小龙"传统神话的否定——评戈尔丁的一组小说",载《现代主义之后:写实与实验》,陆建德主编,中国社会科学出版社,1997 年,第 105—106 页。

面,这部小说的前 11 章都用尼安德特人的视角来叙述,但到最后一章,突然转换成了"新人"的视角。这种视角的转换在整体结构的支撑下具有强烈的反讽效果,即:在"新人"眼里是"妖魔"的尼安德特人其实是纯真无邪的,而将尼安德特人"妖魔化"的"新人"自身,恰恰是野蛮而邪恶的。

关于戈尔丁小说的风格特点,一般认为在他的第三部小说《品彻·马丁》中才基本定型,即:寓言式的主题呈现、封闭自足的故事环境、细腻而诗化的语言、文学典故的穿插和精心设置的结局是构成其独特风格的关键要素。

自 1967 年后的十多年间,戈尔丁似乎沉默了,仅出版了一部中篇小说集,即《蝎神》(*The Scorpion God*,1971)。人们说他江郎才尽了,但当他的长篇《看得见的黑暗》在 1979 年问世后,他再度成为人们关注和议论的焦点。这部小说虽取材于现代生活,但在风格上和他早先的作品一脉相承,是"寓言",是"象征",而且含义更为复杂,其中还涉及大量文学典故。戈尔丁的本意是想借文学典故的指涉和暗示帮助读者理解小说的主旨,但结果反而增加了文本解读的难度。对此,他还拒绝解释,说:"因为种种原因,《看得见的黑暗》是我拒绝谈论的小说之一。人们越是逼我,我的拒绝就越是坚决。"①这就使这部小说显得更加神秘了。

不过,两年后他就出版了一部虽然也讲究技巧但读起来并不艰涩的航海小说《越界仪式》。许多批评家认为这部小说是他晚年不可多得的一部优秀之作,可与麦尔维尔的《比利·巴德》、康拉德的《"水仙号"上的黑鬼》和柯瑞律治的《古舟子咏》等航海杰作相媲美。继《越界仪式》之后,他又写了两部航海小说《近距离》和《地狱之火》。这三部小说被称为戈尔丁的"航海三部曲"。

就作品主题而言,三部曲"回到早期(作品)对以下问题的审慎的、几近痴迷的思考,即:虚构与历史、真实的道德自我的基础、社会体制的本质以及个体在体制中的位置"。可见,戈尔丁经过一段时间的沉默后,仍一如既往地对人性和生存等基本问题表示关注。但就表达形式和风格而言,三部曲却和以往作品有所不同,主要是受七八十年代文坛实验之风的

---

① 　Glorie Tebbutt, "Reading and Righting: Metafiction and Metaphysics in William Golding's *Darkness Visible*", in *Twentieth Century Literature*, Vol. 39, p. 37.

影响,采用了一些新形式和新技巧,如"互文"和"元小说"成分。如果说戈尔丁的早期小说仍和传统现实主义保持着某种若即若离的关系的话,那么以三部曲为代表的后期小说表明,戈尔丁80年代以后的创作风格更偏向于"后现代"的新实验主义,因而批评界早先对其小说风格的总体评价就不得不加以修正。

确实,自《看得见的黑暗》起,戈尔丁的小说就有点"后现代"意味了,而在三部曲中,则更加明显地表现出了"后现代"倾向。如在《越界仪式》中,戈尔丁并置使用两个文本,即:塔尔波特的日记和科利的信,同时在其中使用大量典故,使其呈现出"后现代"小说的"互文"特征。尤其是通过不同文本间的冲突有意制造歧义,如塔尔波特的日记是富有理性的,但流于肤浅;科利的信是充满情感的,但神秘兮兮。因而,当两者谈论同一件事情时往往南辕北辙,如关于《古舟子咏》中所用的那个神秘的传说,塔尔波特认为是愚蠢的,而科利则深信不疑。对此,作者又不作评判,意思就是:信不信由你。这是"后现代"小说的很大的一个特点。另一个"后现代"特点,即"元小说"(或"超小说")的"自我解构",在这部小说中也时而出现,如小说结尾时,塔尔波特用一句话,即"生命是没有形式的……文学将形式强加于生命是极其错误的",不仅把整部小说,甚至把整个文学都统统否定了。

总之,就如有评论家指出的,"三部曲的主旨在于显示'关于写作的写作'的潜在局限,但是其连续而大量的细节又主要印证了传统现实主义的目标,让读者相信一个被创造出来的世界是'真实的'"①。可以说,实验和写实的对立统一,即戈尔丁后期小说的主要特点。

三、重要作品评析

一般认为,戈尔丁的早期创作成就大于后期,而在他的早期创作中,《蝇王》和《品彻·马丁》无疑是重要作品。《看得见的黑暗》虽是后期作品,却是后期中的第一部。由于这部作品预示着戈尔丁后期风格的转变,

---

① J. H. Stape, "Metanarrative Gesture in William Golding's *The End of the Earth Trilogy*", in *Twentieth Century Literature*, Vol. 38, p. 226.

因而是他的后期重要作品。

1.《蝇王》

《蝇王》是戈尔丁的成名作，也是他的代表作。小说的内容并不复杂：时间是虚构的某次现代战争期间，地点是南太平洋上的一个荒岛，人物是因飞机失事而流落到这个荒岛上的一群英国男孩。这群男孩被困在荒岛上之后，就设法生存下去。他们选了一个叫拉尔夫的男孩当他们的首领。另一个小名叫"猪仔"的男孩是拉尔夫的"顾问"，因为他生性温和而且善于思考。还有一个叫西蒙的男孩表面上有点古怪，但他很有灵性，对未来的事情会有一种预感。拉尔夫在猪仔和西蒙的协助下，带领着这群男孩开始在岛上生活。他们点起篝火，希望路过的船只能看到篝火而前来营救他们。与此同时，他们搭好一个简陋的窝棚后便去采摘野果，以此充饥。拉尔夫让一个叫杰克的男孩照管篝火，然而杰克却是个不安分的孩子，他一开始就因为自己未被选为首领而耿耿于怀，再说他非常喜欢吃肉，便擅自离开篝火去打野猪，致使篝火熄灭，错失了得救的良机。拉尔夫为此责备他，他便开始与拉尔夫为故。这样，就导致了分裂：拉尔夫、猪仔、西蒙和其他一些男孩重新把篝火点起，继续期待着有人来救他们；杰克则鼓动另一些男孩脱离拉尔夫，他把他们带进山洞里去住，带他们去打野猪吃，他们则拥戴他为新的首领。分裂最后导致冲突，两派大打出手。在冲突中，杰克的一派占了上风，他们杀了猪仔和西蒙，拉尔夫也危在旦夕。然而，就在拉尔夫濒临死亡之际，海上驶来一艘快艇，一位海军军官带着士兵冲到岛上，搭救了他和他的几个小伙伴。

显而易见，《蝇王》继承的是由笛福的《鲁滨孙漂流记》开创的英国"荒岛文学"传统。"荒岛文学"是英国读者喜闻乐见的，而20世纪初在英国几乎家喻户晓的一部"荒岛文学"作品，是19世纪作家巴伦廷写的《珊瑚岛》。这部作品描写了三个英国男孩，即拉尔夫、杰克和彼得金，因船只失事而漂流到一个荒岛上，他们团结互助，战胜海盗，并帮助那里的土人建立了文明的家园，宣扬的是大英帝国是文明传播者的传统观念。《蝇王》则是对《珊瑚岛》的"模拟反讽"。它模拟了《珊瑚岛》的基本框架和主要人物（两个最重要的人物也叫拉尔夫和杰克），但通过对人物的不同处理和对情节的重新设置，它嘲讽了《珊瑚岛》，并通过这样的嘲讽表现出反传统的现代意识。

《蝇王》的书名取自《圣经》，即"苍蝇之王"，喻污秽和丑恶之最。戈尔丁将此作为书名，显然意指人性之恶，或者说指人的兽性，因为小说中的那群男孩特别害怕荒岛上有野兽，其实真正的野兽就是潜伏在人性中的兽性。

这部作品可以从现实和象征两个层面上来理解。首先，在现实的层面上，这是一个关于一群孩子的故事。故事中的四个主要人物，即拉尔夫、杰克、猪仔和西蒙，在求生的过程中表现出了不同的个性和品质：拉尔夫沉静正直，杰克则任性好斗，猪仔富有理智，西蒙则长于直觉。他们原本可以得救，但由于杰克的嫉妒和贪欲，他们不仅发生了争吵，还导致了可怕的悲剧，最后幸亏有一艘军舰经过那里，才意外地救了他们。在这个层面上，《蝇王》显然嘲讽了《珊瑚岛》所宣扬的那种自以为是的传统观念。它描绘出的是这样一幅图景：英国男孩（作为英国人或者英国精神的代表）到一个荒岛（作为落后或者"不文明"地区的代表）上，根本不可能团结互助，不可能战胜邪恶，更不可能建立起新的文明，而只会陷入野蛮的境地。因为英国男孩和世界上任何男孩一样，也带有人的劣根性——自私和残暴。

其次，在象征的层面上，故事中的四个男孩又分别象征了人性的四个方面：拉尔夫是正义的象征，杰克是欲望的象征，猪仔是理性的象征，西蒙则是信仰的象征。四个人合在一起，就是人性的象征。如果说小说中的荒岛是整个世界的象征的话，那么杰克和其他三人的分裂和冲突就是人性自身分裂和冲突的象征性表现。最后，杰克杀死猪仔和西蒙，意味着人性中的欲望吞噬了理性和信仰，这时正义（拉尔夫）也就岌岌可危了，因为正义本是靠理性和信仰支撑的。至于小说结尾处出现的海军军官，那显然是某种超自然力，或者说，神的象征。

但是，无论在现实还是在象征的层面上，《蝇王》都反映了戈尔丁对现实和人性的悲观思想。现实的丑恶是由人性之恶造成的，这是他的一贯看法。而反过来说，他的关于人性之恶的观点又是在当时的现实生活中形成的：他经历了惨绝人寰的第二次世界大战；战后，世界又笼罩在冷战和原子弹的阴影下。他和他那一代人就是在这种情况下反思历史和预测未来的。当时，悲观主义在西方形成一种思潮，具有相当的普遍性，就如法国现代作家加缪在1957年接受诺贝尔文学奖时所说："这是一些在第一次世界大战初期出生的人们，在他们 20 岁的时候，正值希特勒政权建立，与其同时革命有了最初的一些进展，然后他们接受的教育是面对西班牙战争、第二次世界大战和集中营以及受拷打的、被囚禁的欧洲。就是这些人，今天不得不教育人，而且在一个处于原子毁灭威胁下的世界上进行工作。我认为，谁也不能要求他们是温情主义的……"①

《蝇王》的成功虽然在很大程度上是由于它迎合了人们对核战争的后果感到忧虑和进行思考的需要，但在另一方面，由于它所具有的多层次的象征性含义，也为人们提供了"见仁见智"的各种可能。譬如，信奉弗洛伊德学说的批评家从中看出的是：儿童对文明社会和父母权威的反抗；道德主义者从中得出的结论是：人一旦脱离社会制约和道德规范，"恶"就会无限膨胀；政治学家认为：《蝇王》说明了民主的破产和专制的胜利；基督教会则把它看作是"原罪"和"世界末日"的最好说明；存在主义者又把它看作是对世界和人生荒诞性的真实描绘，如此等等。所以，《蝇王》出版后多次再版并受到批评界的高度重视是毫不足怪的。瑞典文学院授予戈尔丁诺贝尔文学奖，在很大程度上也是基于《蝇王》的巨大影响。

尽管《蝇王》带有强烈的悲观主义倾向，但在客观上仍具有积极的意义。就现实方面而言，它否定了大英帝国是文明传播者的传统观念，从一个侧面表现出英国对昔日光荣历史的反思，同时又表现出正视现实的现代意识。就象征方面而言，它至少提醒人们，人类文明的发展并非坦途，而是人类战胜自我的一个曲折而痛苦的过程。

在艺术上，《蝇王》充分体现了戈尔丁独特的创作风格。现实主义、浪漫主义和象征主义在这部作品中结合得完美无缺。小说中的描写和人物塑造完全是现实主义的，细节很真实，人物都具有鲜明的人性，而这种真实的描写又和大胆想象的故事情节显得很和谐。小说的情节虽然是完全虚构的，但都从人物性格中引发出来，如最关键的情节——杰克和拉尔夫等人的争吵和冲突，便是以杰克和拉尔夫的个性为基础的，若没有这一点，小说就会显得不真实。同样，小说中的象征意义也是从人物个性和事件中自然引申出来而不是人为地安置上去的。譬如，拉尔夫是正义

---

① 《诺贝尔文学奖文库·授奖词与受奖奖演说集》，宋兆霖主编，浙江文艺出版社，1998 年，第 84 页。

的象征和文明的代表,他的诚实善良的个性与此正好相合;杰克作为欲望和兽性的象征,则和他的任性妄为的个性相合;猪仔是个胖胖的、戴着眼镜的男孩,显然是个性格文静、头脑聪明的好学生,以他作为理性的代表当然再合适不过了。事件的象征意义也是如此。拉尔夫点燃篝火,作为期待拯救的象征,是从指望有人把他救出荒岛这一点,自然引申为拯救文明的;杰克的兽性表现,则以打野猪的情节作为象征,同样合情合理。总之,戈尔丁在使用象征手法时总是使事物的自然性质和象征意义保持一致,而不像法国象征主义作家那样往往喜欢使用隐秘的、晦涩的象征。所以,《蝇王》虽然寓意深刻,读起来却非常明晰、浅显,毫无令人费解之处。这也是《蝇王》出版后之所以大受普通读者欢迎的原因之一。

当然,戈尔丁在《蝇王》中也多处借鉴了前人的创作经验。从《鲁滨孙漂流记》到《珊瑚岛》的英国"荒岛文学"自不待言,戈尔丁还借鉴了古希腊悲剧的某些表现手法,如小说中的西蒙之死就和欧里庇得斯的《酒神祭司》中的彭透斯之死很相仿,寓意也相近,即在窥探人性时反而被人的兽性当作"野兽"杀死。至于小说的结尾,即拉尔夫在走投无路之际突然出现了前来营救他的军舰,则显然借鉴了欧里庇得斯《美狄亚》结尾处的"机械降神法"。虽然《美狄亚》里的龙车在《蝇王》里很巧妙地被改成了现代军舰,但两者的含义是一样的,即主人公意外地获得了拯救。这样的结尾表明,戈尔丁对人类文明的未来还是抱有一线希望的,而《蝇王》一书读来虽使人震惊,但并不使人绝望,其原因也就在于此。

2. 《品彻·马丁》

这是戈尔丁的第三部小说。小说主人公马丁原叫克里斯托弗(即"基督的信使"),但是他奸诈异常,到处坑人,因此获得了"品彻"(Pincher)这个绰号,意思是"盗窃者"。马丁是海军低级军官,在战舰被鱼雷击沉后,他在神志恍惚间被海浪冲上了一块礁石。如同流落荒岛的鲁滨逊一样,马丁在狭小的空间里开始了漫长而艰难的求生之路。从落水时被动地大喊"救命"到"慢慢地思索",从本能的求生到冷静、理性的思考。在痛苦之中,他回想起一生中所犯下的种种罪恶。此时,他既挣扎于肉体的生存与死亡之间,又挣扎于灵魂获救与堕入地狱之间。上帝化作一位老人来安慰他,他却至死不悟,对上帝怒吼:"我要在你的天堂里拉屎!"于是,上帝发出了雷鸣闪电。他被淹死了，而且是肉体和灵魂的双重死亡。小说第二年(1957)在美国再版时，所用的书名就是《克里斯托弗·马丁的双重死亡》。

实际上，马丁在礁石的挣扎的他的灵魂的挣扎，此时他的肉体已经死了。戈尔丁曾说："《品彻·马丁》的全部故事，是品彻的死后经验。"①可见，小说所写的是人的灵魂之罪恶，以及灵魂的最后死亡。不过，尽管就表达"人性恶"这一点而言，《品彻·马丁》和戈尔丁的前两部小说(即《蝇王》和《继承者》)并没有什么两样，但在这部小说中，戈尔丁进一步探索了人性的复杂性，从而塑造了一个既像英雄又似恶棍的人物形象。

马丁貌似英雄。面对死亡，他顽强不屈、坚忍不拔，一个人在礁石上自言自语："你不能屈服！"对着落日的天际，他发誓："我要活下去！"对着茫茫大海，他高喊："我要战胜你！"他还很冷静，有条不紊地在那块礁石上准备好衣物和饮水，打算在那里生存下去。他甚至还为礁石上的各个部分取地名，为的是"把它们打上印记，给它们套上锁链。要是礁石想让我屈从于它，我是不干的，我要让它听我支配"。当内心出现莫名的恐惧时，他仍坚定而清醒地告诫自己："我决不能就此放弃，我一定要活下去，此外，还不能丧失理智。"可谓"当代鲁滨逊"。

然而，马丁的外部举止虽然很像英雄，他的内心深处、他的灵魂却充满邪恶。在小说中，戈尔丁通过对马丁的意识活动的抒写，同时又揭露了这位"英雄"的邪恶本性。他是个地地道道的恶棍，贪婪、卑鄙、自私、无耻；他为人虚伪、内心猥琐；他背信弃义，无恶不作；为了满足欲望，他不择手段；为了一己私利，他可以杀人放火。而正是这种邪恶的本性，给了他生生不息的生存动力。他是个绝对的、顽强不屈的利己主义者，一个甚至敢与上帝作对的"当代撒旦"。他是叛逆的、无畏的，然而又是无耻的、邪恶的，就如有人所说："某种思维定势使我们偏爱所谓拼搏、与命运抗争之类的主题，崇拜海明威《老人与海》里的老渔民桑提亚哥或者像西绪福斯那样推石上山、永不止息的英雄，戈尔丁则提示道，恶的本能也可能坚毅无畏，百折不挠。"②

---

①　Quoted from Jack L Biles & Robert O. Evans, *William Golding: Some Critical Considerations*, Lexington: The University Press of Kentuky, 1978, p. 106.
②　陆建德"小说的寿命：超越上帝"，载《读书》1998年第3期，第30页。

源于自己的邪恶本性，马丁还有一套人生哲学。对人，他是这样理解的："我来告诉你人是怎么回事。他原来也是四脚在地爬行，后来'需要'硬是将他的上身拉直，使他成了个不伦不类的杂种。"这样的论调，除了恶意嘲笑人类，也是对人类本性的一种反思。人究竟是什么？人来自动物，但人和动物究竟有没有区别？回答是：人有智慧，但人的本性仍和动物一样，是自私、野蛮和邪恶的。基于这样的反思，马丁回想起自己和剧院制作人彼特的一段对话：彼特把他们所在的剧团比作一个埋在地下、里面有条鱼的铁皮罐子，不久罐子里就长出蛆虫，随后"小蛆虫吃小小蛆虫，中蛆虫吃小蛆虫，大蛆虫吃中蛆虫。后来，大蛆虫互相吃起来，到最后只剩下一条。罐子里原来是一条鱼，现在却变成了一条胜利的大蛆虫。"马丁认为，那个剧团就是人类社会的缩影，而他，只希望自己是那条"胜利的大蛆虫"。

对于马丁这个人物，戈尔丁自己曾评论说："克里斯托弗·赫德里·马丁除了他自己生命的重要性之外，什么也不相信……对生命的贪求是他本能的主要动机，这本能强迫他去拒绝死亡这种献身的行为。在一个由他自己的谋杀本性所构成的世界中，他继续孤独地生存下去。他淹死之后的尸体在大西洋的浪涛中翻滚，然而他那贪婪的自我却找到一块岩石来让他(的灵魂)苟延残喘。那岩石峭壁是他对于一次牙痛的回忆。从外表和理性上判断，他是被鱼雷击沉的一艘驱逐舰上的幸存者；但是在内心深处，他明白事情的真相。他不是在为躯体的生存而挣扎，而是为了继续保持自己的身份而挣扎，当时他正面临着将要粉碎和扫除他这恶徒身份的力量——黑色闪电，上帝的怜悯。因为克里斯托弗·马丁，这位基督的信使已经变成了盗窃者(品彻)马丁，他是渺小而贪婪的。仅仅作为盗窃者就意味着炼狱，作为永不悔改的盗窃者就意味着万劫不复的地狱。"[1]可见，这是一部具有宗教内涵的小说。戈尔丁在小说中不仅凭想象力塑造了马丁这样一个"典型的人"，还借"这个人"的灵魂，展示了内在于人性的"炼狱"和"地狱"。

就表达形式而言，《品彻·马丁》不仅体现了戈尔丁小说的基本风格，如抽象的主题、寓言的格局、封闭的环境和诗化的语言等，还含有大量暗

---

① 转引自张和龙《战后英国小说》，上海外语教育出版社，2006 年，第 71—72 页。

示性的"模拟讽刺"，如马丁这个人物就是对"创业者"鲁滨逊的"模拟讽刺"：马丁具有和鲁滨逊一样超越常人的理性和智慧，但所讽刺的是，他本性邪恶，因而他的努力终究是徒劳的，不但肉体没有像笛福笔下的鲁滨逊那样最后得救，连灵魂也坠入了万劫不复的地狱。小说中还有对埃斯库罗斯、弥尔顿、艾略特和康拉德等"经典作家"作品中的人物或情节的"反讽"或"戏拟"，如埃斯库罗斯笔下的"光辉形象"普罗米修斯就被狠狠地"戏拟"了一番。甚至连小说的题目，也是对 H. T. 达林（Henry Taprell Darling，1883－1963）描写一战的作品《品彻·马丁》（1916）的"反讽"。而所有这些"反讽"或"戏拟"，无疑都是对传统"人性善"观念的戏弄，因为戈尔丁坚信，人性是"恶"的。

3.《看得见的黑暗》

小说的题目取自弥尔顿《失乐园》第一卷。弥尔顿在那里写道：魔鬼撒旦堕入地狱，面对"看得见的黑暗"（Darkness Visible）："那里没有和平与希望，那里只有／无穷无尽的苦难，紧紧跟着／永远燃烧的硫磺，不断添注着不灭的／火焰，洪水般地向他滚滚而来。"可见，这是一部讲述地狱般黑暗和恐怖的小说。

小说由三部分组成。第一部分一开始就写到"二战"中德军对伦敦的狂轰滥炸，整个城市变为一片火海，无数生灵被活活吞噬，凄惨恐怖之状，堪比撒旦所面对的地狱，然而就在这"人间地狱"中，有个小男孩奇迹般地逃了出来，而且若无其事地在街上走着，直到消防队把他送进医院。他的左脸已被烧焦，从此成了"阴阳脸"。这个小男孩，就是小说的第一主人公麦迪·温德罗夫，一个孤儿。他从医院出来后，便被送进了绿野小镇的一家孤儿院。从此，这个孤儿就一直想弄清自己的身份和使命。他常自问："我是谁？""我是干什么的？""我的使命是什么？"小说的第一部分，主要就是写麦迪对自己的身份和使命的寻找。起先，他由于在孤儿院里受到的宗教熏陶，信奉了基督教，寻思着人性的善与恶，以及上帝的拯救。后来，他离开孤儿院开始独立谋生，并去了澳大利亚。在那里，他不仅被当地土著阉割，还被他们的原始巫术迷住，放弃了自己的基督教信仰。然而，几经周折和磨难，他终于领悟到这是迷途。于是，他又返回英国，重新皈依了基督教。就这样，他最终找到了自我——他是上帝的"光明使者"；也最终找到了自己的使命——他将为上帝的事业奉献一切。

如果说,小说的第一部分写的是"黑暗中的一线光明",那么第二部分写的则是无穷无尽的黑暗。这部分的两个主人公,即索菲和托妮,是小说中的第二、第三主人公。她们是一对双胞胎。当初,她们和麦迪一样,也是在绿野小镇上长大的,但不是在孤儿院里,而是在一所为富家子女开办的私立学校里。小说的这一部分主要就是写索菲和托妮是如何变为"黑暗使者"的。姐姐索菲一头黑发,是个虐待狂和色情狂,看到可爱的小男孩就会产生一种极其邪恶的冲动:"我的小乖乖! 我要吃掉你。"她的后脑勺上有一只隐形的、神秘的"眼睛",可以看到"无限延伸的黑暗";她只要用这只"眼睛"对着谁看一下,谁就会噩梦不断。总之,她是淫荡、欺诈、残忍的化身,黑夜里的"黑暗使者"。和索菲相配对,妹妹托妮则是大白天里的"黑暗使者"——她一头白发,从不像姐姐那样冲动、放荡,而是冷静乃至冷酷到了几乎像一块石头。她15岁就离家出走,不知去了哪里。后来人们才知道,她去了恐怖分子的营地,在那里接受训练,成了一名职业女杀手,常在中亚和拉美等地参与贩毒和谋杀。后来,她还成了恐怖组织中出谋划策的智囊人物。

既然第一部分写"光明",第二部分写"黑暗",第三部分当然就要写"光明"和"黑暗"的较量——这是戈尔丁小说的寓言性质所决定的。托妮为了弄钱,索菲为了满足自己的变态欲望,两人策划了一起阴谋:她们要在绿野小镇的一所寄宿小学里放火,乘混乱之际绑架一个家境富有的男孩。这样,托妮可以得到家长的赎金,索菲则可以乘机满足自己欲望——尽情虐待那个男孩,脱掉他的裤子,用刀慢慢割他的生殖器,在他的惨叫声中得到快感。然而,当这一对"黑暗使者"的阴谋行将得逞之际,"光明使者"挡住了她们——那所小学的管理员正是麦迪。那天晚上,索菲和托妮伙同几个歹徒一起冲进学校,先在车库里打昏了麦迪,然后就放起火来,并在大火中劫持了一名男孩。但是,正当她们想带着男孩逃离时,浑身着火的麦迪从车库里冲了出来,而且直扑索菲和托妮。索菲和托妮先是吓呆了,接着马上想到麦迪要和她们同归于尽,于是便丢下男孩,仓皇逃遁。男孩得救了,麦迪以身殉道,他完成了作为"光明使者"的使命——在火焰中成为供神的祭品。值得注意的是,戈尔丁在这一部分中还写了几个既非"光明"也非"黑暗"的背景人物,即书店老板西姆、退休校长艾德温和老教师塞巴斯蒂安。这三个人都是老弱病残，而戈尔丁就用他们来代表当代社会。他们目睹了一场由"黑暗"造成的混乱——虽然这场混乱因为"一线光明"的存在而没有酿成真正的灾难，但如今"一线光明"已不复存在，"黑暗"却还在伺机肆虐，往后会怎样呢？小说就在这几个老人的哀叹声中结束。

毫无疑问，这部小说通过对当代现实的直接描写，表现了现代世界的混乱与黑暗，同时也揭示了人类生存的困顿与尴尬，其主题和叶芝的《第二次降临》颇为相似，即："一切都瓦解了，中心再不能保持，只是一片混乱来到这个世界。"或者说，戈尔丁用现时感的人物和场景表现邪恶力量的破坏性与毁灭性，同时又赋予小说以寓言式隐喻结构，从而更为突出地显示了作品所具有的宗教象征涵义。

就人物而言，这部小说中最引人注目的是麦迪·温德罗夫。这样的人物在戈尔丁此前的作品中从未出现过。有人认为，麦迪·温德罗夫这一如同耶稣基督般牺牲自我、拯救人间苦难的形象本身就是耶稣基督的隐喻：他和耶稣基督一样代表光明和得救，因而他的出现即隐喻耶稣基督的"第二次降临"。然而，就如《圣经》所说，"光来到世间，世人因自己的行为是恶的，不爱光倒爱黑暗，定他们的罪就在于此"，麦迪·温德罗夫最后为索菲和托妮所杀，即表明世间的黑暗还远没有尽头。

这不无讽意，表明戈尔丁比《圣经》悲观得多，因为按《圣经》的说法，世人"不爱光倒爱黑暗"是耶稣基督第一次降临时的情况，而当耶稣基督"第二次降临"时，"行真理的必来就光，要显明他所行是靠神而行"，也就是说，耶稣基督的"第二次降临"即意味着天国的降临和人类的得救，从此不再有黑暗；然而，在小说的结尾处，索菲和托妮逃之夭夭，表明黑暗依旧在，而且随时会卷土重来，世人（那几个老人是其代表）即使要"行真理"，也只能盼望耶稣基督的"第三次降临"，即下一个"麦迪·温德罗夫"的出现。如此，就算有耶稣基督的"第三次降临"，黑暗会不会就此隐退呢？按戈尔丁的看法，似乎也没什么希望。所以，还得指望"第四次"、"第五次"……

这里，戈尔丁已"背离"了基督教，就如1983年的诺贝尔奖授奖词所说，"《看得见的黑暗》是一部讲善恶相斗的二神论的书——一个人试图用神话形式来说明一种摩尼哲学,认为善与恶是生活中两个独立的力量"①,他要说明的其实是"一种摩尼哲学"。因为在他看来,"恶"是永恒的,黑暗是永恒的;"善"即使有,也只是"黑暗中的一线光明",而且只是转眼即逝的火光一闪。换句话说,尽管他相信"光明"可以抵挡"黑暗",但他更相信"黑暗"是不可战胜的,因为人性本恶,人性即"黑暗"。

---

① 《诺贝尔文学奖文库·授奖词与受奖奖演说集》,宋兆霖主编,浙江文艺出版社,1998年,第169页。

第十二章　这一时期其他
较重要小说家

一、格温·托马斯

格温·托马斯(Gwyn Thomas,1913 – 1981),威尔士小说家、剧作家,出生于威尔士南部朗达山谷的珀斯小镇,父亲是矿工,母亲在他6岁时去世。托马斯天资聪颖,中学毕业后获奖学金入牛津大学主修西班牙语,但因家境贫困,在校期间常有被人歧视之感,故而性格孤僻、自卑。这在他日后的小说创作和自传中都有所反映。

1933年,托马斯转入西班牙马德里大学。第二年,托马斯创作第一部小说《为你的儿子而悲哀》(*Sorrow for Thy Sons*),但被出版社退稿,直至1986年才得以出版。

自1940年起,托马斯先任教于卡丁根郡立中学,后转入南威尔士的巴利中学校任教,直至1962年。在此期间,他一直作为业余作家进行创作。从40年代中期起到40年代末,他相继出版了四部小说,即:《我的怜悯施于何处》(*Where Did I Put My Pity*,1946)、《阴暗的哲学家》(*The Dark Philosophers*,1947)、《孤独相对》(*The Alone to the Alone*,1948)和《所有一切都背叛你》(*All Things Betray Thee*,1949)。

这四部小说主要表现威尔士山区乡民的穷困生活,就如托马斯自己所说,他写小说的初衷就是要让人们知道,在当代英国竟然还有如此贫穷的地方,那里还会发生如此之多令人发笑的蠢事。由此可见,他一开始就表现出一种苦涩的幽默,即用幽默的笔调描绘威尔士乡民的愚昧,同时又对此感到悲哀。譬如,在《我的怜悯施于何处》《阴暗的哲学家》和《孤独相对》中,他以幽默机智的语言塑造了一系列性格、地位各不相同的人物,并通过他们的谈话交待小说中的主要事件以及主人公的命运。在这几部小说中,他着力刻画了好几个经历不同、性格各异的恶棍形象,如《我的怜悯施于何处》中的恶棍不仅欺辱穷困潦倒的邻居,最后还沦为强奸犯和杀人犯;《阴暗的哲学家》中的主人公伊曼纽尔是个孤儿,又是恶少,可的后来竟然鬼使神差地走上圣坛,当起了神父,令人哭笑不得。

至于《所有一切都背叛你》,一般认为是托马斯最优秀的作品。小说以 1831 年发生在默瑟尔提德维尔的一次暴乱为原形,虚构了一个发生在一座钢铁城的暴乱故事,并用现代思想和现代语汇加以讲述,以此使人联想到发生在 20 世纪二三十年代的威尔士"朗达暴动"。竖琴师阿兰·休·利来到蒙利小镇,想劝说他的朋友、劳工领袖西蒙·亚当斯离开这个动乱的地方,随他一同去北威尔士定居。然而,渐渐地,利却受到亚当斯的影响,反而在他的鼓动下加入了当地的暴动。后来,暴动遭到当局的镇压,亚当斯被军警打死,利也九死一生,几经辗转才逃离蒙利小镇。小说主要塑造了西蒙·亚当斯这一"失败者"形象——他看似有勇气、有热情,其实是愚昧无知,所以到头来不过是一个既可悲又可笑的莽汉而已。

50 年代,托马斯的小说创作硕果累累,其中《世界听不见你》(The world Cannot Hear You,1951)是一部妙趣横生的轻喜剧小说,写一对兄弟在闯荡社会的过程中发生的啼笑皆非的故事。他们傻乎乎地处处上当受骗,弄得倾家荡产。小说中的"恶棍"匹克顿·格辛以其奸诈刁恶给人留下深刻印象。特别是作者揭示出的这种恶的根源,即:这类恶人和他们所欺诈的对象是同一阶层的,因而深知其弱点,欺诈起来也特别容易。还有《现在带我们回家》(Now Lead Us Home,1952)和《欢乐中的一滴冰水》(A Frost on My Frolic,1953),前者写一个漂亮姑娘到伦敦寻找新的生活,然而等着她的却是贫穷和卖淫,结果幻想破灭,悲惨死去;后者写学生生活,揭示人性中不可避免的弱点,而正是这些弱点主宰着人的命运。此外,托马斯还在《站在我这一边的陌生人》(The Stranger at My Side,1954)、《议事规程》(A Point of Order,1956)和《爱人》(The Love Man,

1958)等作品中作了一些新的尝试。在《站在我这一边的陌生人》中,他尝试以喜剧形式表达某种哲学观念,写一个试图抛弃一切去过隐士生活的人所遇到的尴尬;在《议事规程》中,他一改以前惯用的以一组人物担任叙事者的模式,采用主人公兼叙事者的方式讲述故事;在《爱人》中,他则以第三人称叙述角度讲述主人公的坎坷命运、道德堕落以及最后被爱所感化。显然,托马斯在这几部作品中试图隐去他的个人倾向,尽量客观、冷静地摹写生活,但由于他在塑造人物时仍聚焦于人性的弱点,而且仍没有完全摆脱他原有的喜剧风格,所以他试图改变原有风格的努力并不十分成功。

50 年代以后,托马斯的重要作品有:《黄昏时的狼》(*A Wolf at Dusk*,1959),《唤醒痴狂》(*Ring Delirium*,1960),《一只威尔士眼睛》(*A Welsh Eye*,1964),《风中的树叶》(*Leaves in the Wind*,1968),《贪欲门廊》(*The Lust Lobby*,1971),《我们生存的天空》(*The Sky of Our Lives*,1972),《期望太高》(*High on Hope*,1985),《思想家与画眉鸟》(*The Thinker and the Thrush*,1988),《重游牧场》(*Meadow Prospect Revisited*,1992)和《塔列辛的故事》(*The Tale of Taliesin*,1992)等。

总的说来,托马斯是一位幽默小说家。不过,他的幽默不仅仅是一种语言技巧,而是一种具有哲理内涵的幽默。在某种程度上,他的幽默具有"哲学反省"意识,具有一种类似于存在主义"荒诞意识"的特征。他的小说不以情节见长,而以人物塑造和哲理内涵取胜,而这两者又无不得益于他的幽默风格。换言之,他嬉笑着面对惨淡人生,嬉笑中又有一丝惨淡,从而获得了一种不协调的、但独特而令人深省的艺术效果。

二、威尔逊·哈里斯

威尔逊·哈里斯(Wilson Harris,1921-)出生于圭亚那,毕业于乔治敦皇后学院,曾服务于圭亚那政府,后在英国、美国和加勒比海地区的大学讲授南美文学。1959 年移居伦敦。

哈里斯的小说大多取材于南美印第安人神话传说,特别关注原始文明和现代文明之间的冲突和联系。他熟悉圭亚那自然风光和民间习俗,并通过小说人物的内心意识把这些外在因素折射出来。他的小说不仅描述了南美的现实生活,同时还深入到民族神话中探寻其历史根源。他总共创作了 20 多部色彩神奇、充满异国情调的小说,把神话与现实交织,对人物内心感受和外在世界的矛盾有较深入的描绘刻画,对当代英国小说的形式实验有较大影响。

哈里斯的代表作是出版于 60 年代初的《圭亚那四重奏》(*The Guyana Quarters*,1960-1963),其中充满隐喻、引喻、象征,具有多重寓意。“四重奏”的第一部《孔雀的宫殿》(*Palace of the Peacock*,1960)曾多次以单行本形式重版。此外,《图马图马里》(*Tumatumari*,1968)、《登上奥曼》(*Ascent to Omai*,1970)和《黑色马斯登》(*Black Marsden*,1972)也是其重要作品。《图马图马里》通过一个想象虚构的故事戏剧化地表现原始文明和现代生活之间的对抗;《登上奥曼》表述人类思想意识和外在世界之间的相似性。《黑色马斯登》则是一首狂想曲,通过叙述者克莱夫·古德里奇讲述他和巫师“黑色马斯登”在爱丁堡的经历,展示种种富于神秘色彩的魔法巫术。小说采用后现代小说的“短路”手法,如扉页题词称“此书献给当代小说家 B. S. 约翰逊”,而署名却是小说里的故事叙述者“克莱夫·古德里奇”,并称“黑色马斯登”真有其人,此书就是以他的大量文件和日记作为原始材料写成的;此外,小说的叙述分成若干段落,每段的标题都是南美印第安人古代历法书上的一句咒语,结尾则是一封“黑色马斯登”的来信,令读者真假难辨。

除了上述作品,哈里斯的其他作品还有:《心地》(*Heartland*,1967)、《稻草人的眼睛》(*The Eye of the Scarecrow*,1965)、《候车室》(*The Waiting Room*,1967)、《日夜伴侣》(*Companions of the Day and Night*,1975)、《太阳树》(*The Tree of the Sun*,1978)、《狂欢节》(*Carnival*,1985)、《在悲伤山岭的复活》(*Resurrection at Sorrow Hill*,1993)和《琼斯镇》(*Jones Town*,1996)等。

哈里斯受英国现代诗人 T. S. 艾略特影响甚大,深信其所说“当一个人丧失了随意交谈的日常沟通方式时,人类创造性的慰藉就在于寻找一种内心的对话与空间”。所以,他的后期作品,如《阴郁的小丑》(*The Dark Jester*,2001)、《乞丐的面具》(*The Mask of the Beggar*,2003)和《忆之魂》(*The Ghost of Memory*,2006)等,更倾向于深入人的内心世界,寻找一种“对话与空间”。

三、埃米尔·汉弗瑞斯

埃米尔·汉弗瑞斯(Emyr Humphreys,1919 -　)出生于威尔士北部的特雷朗瓦德,中学毕业后曾就读于威尔士大学,专修历史。1944 年"二战"期间,他作为劳务援助被派往中东和意大利。1948 年,在伦敦高等技术学院任教,但不久后便举家迁回威尔士,在威尔士北部的波尔海立文法学校任教。1955 年,他被英国广播公司(BBC)威尔士分部聘为专职剧作家,为 BBC 撰写广播剧本和电视剧本。1965 年,被北威尔士班戈尔大学学院聘为戏剧专业客座教授。自 1972 年起,他辞去所有职务,专事创作。

汉弗瑞斯在 40 年代中期以小说《小王国》(*The Little Kingdom*,1946)在文坛崭露头角。《小王国》是一部情节颇为吸引人的小说,主人公欧文为了阻止在其叔父的土地上建造飞机场,竟然谋杀了叔父。在经过一系列对抗与争夺之后,他在企图放火焚烧机场时被枪杀。这是一个离经叛道的叛逆者形象,是一个极端理想主义者的写照,欧文企图以自身的血肉之躯和智勇双全来与显贵权力抗争,最终落了个自我欺骗、自取灭亡的结果。小说警告那些极端理想主义者,当原则与理想发生冲突时,牺牲的只能是理想。故事发生在一个与里尔极为相似的威尔士小城,这个地方同样存在着不同语言的差异,从而形成了不同阶级、不同文化的冲突和碰撞。小说充满戏剧性悬念,有较强的可读性。

40 年代末和 50 年代是汉弗瑞斯小说创作的鼎盛期,他的一些有代表性的作品,如《陌生人的声音》(*The Voice of the Stranger*,1949)、《换心》(*A Change of Heart*,1951)、《一个男人的财产》(*A Man's Estate*,1951)、《倾听与宽恕》(*Hear and Forgive*,1952)、《意大利妻子》(*The Italian Wife*,1957)和《玩具史诗》(*A Toy Epic*,1958)等,都出版于这一时期。

其中,《陌生人的声音》是和《小王国》属同一类型的小说,通过一个发生在意大利的爱情故事,重新演绎了"失败的领袖"这一主题,但对极端理想主义导致失败、酿成悲剧的必然性作了进一步阐发,揭示出"爱"竟然成了谋杀、背叛的根源。

《倾听与宽恕》被认为是汉弗瑞斯写得最为出色的一部小说,曾获

1953年"毛姆奖"。小说塑造了一个伦理意义上的"好人"形象——爱德华·艾伦塞德。他在自己道德观和良知驱使下的所作所为,反而把自己推向了窘迫与绝望的边缘,而当他面临道德感与自身利益的选择时,他选择了良心和正义。但是,这却给他自身的生活带来了无尽的痛苦——他必须忍受来自家庭、社会和权势的各种压力。小说中的另一主人公,爱德华的朋友、作家戴维,费林特也是一位塑造得极为成功的人物,他离开了乡下妻子,在伦敦一所学校讲授宗教课程,并和校长的情人同居。然而他觉得自己的感情世界依旧是一片混沌,他没有感觉到爱,也没有感觉到被爱,便对宗教产生了怀疑,因为宗教丝毫也帮助不了他摆脱困境。于是,他开始领悟了爱德华追求"善"的意义,又回到乡村妻子的身边。尽管这没有给他带来快乐,但他选择了"正确",并从中获得了良心的满足。有批评家指出,《倾听与宽恕》似乎有过于注重观念、图解观念之嫌。不过,小说生动、曲折的情节巧妙地掩饰了这一缺点。

《玩具史诗》曾获1959年"霍桑顿奖",这部作品虽出版于1958年,其实是汉弗瑞斯写的第一部小说。小说写三个少年即艾尔比、艾尔沃思和迈克尔的不同命运。他们有着不同的母语(英语或威尔士语),来自不同的阶层,在同一所文法学校学习。艾尔比是公共汽车驾驶员的儿子,在学业上不如他的两位朋友,后来在不幸和曲折中成了共产主义思想的信奉者。艾尔沃恩来自于一个信奉宗教的、讲威尔士语的家庭,尽管学业上颇有成就,但因爱情与好友迈克尔反目为仇,友情的背叛加上目睹他深爱的父亲如何被病魔夺去生命,这一切动摇了他的宗教信仰,他对自己一直深信不疑的上帝提出了质疑。迈克尔的家庭是三少年中社会地位最高的,他本人也是三人中在学业上表现最出色的,但他作为倡导民主的领袖,却对民主的真正含义和价值缺乏理解。在毕业之际,三个好友各自选择了不同的道路,带着理想幻灭的创伤,分道扬镳,各奔东西了。小说中塑造得较为成功的是艾尔沃思,他代表典型的威尔士式的宗教背叛者形象。

60年代,汉弗瑞斯的重要作品是《礼物》(*The Gift*,1963)和《在太阳神的屋外》(*Outside the House of Baal*,1965)。两相比较,《在太阳神的屋外》更为重要。这部小说在主题上又回到了他的早期小说,即写"失败的领袖",但写法较新,以现代和过去的往返穿插表现四代人的生活和命运,场景切换采用了类似电影蒙太奇的手法。小说中的"失败的领袖"
J. T. 是个极端理想主义者,以无私的精神追求博大宽容的人类之爱,但
最终却被人误解,甚至遭人唾弃。小说结束时,他反省自己的一生,不禁
自问:难道我一生的努力真的失败了吗?难道真诚地奉献无私之爱真的
不能为世人接受?由此,汉弗瑞斯揭示了当代威尔士人精神生活中的可
悲之处:传统的基督教精神如今已支离破碎,再也无法复原了。

70年代,汉弗瑞斯曾设计了一个庞大的写作计划,准备完成一整套
的"四部曲"甚至"六部曲",但结果只是出版了几部在情节上并不连贯的
小说,即:《祖先崇拜》(*Ancestor Worship*,1970)、《获国家奖的人》
(*National Prize Winner*,1971)、《肉与血》(*Flesh and Blood*,1974)、《爱好
的朋友》(*The Best of Friends*,1978)和《布兰的王国》(*The Kingdom of
Bran*,1979)。在这几部作品中,有好几部都表现了理想主义主人公在现
实生活中处处碰壁的失败命运,以及他们面对理想与现实的矛盾时必须
作出选择的痛苦与徘徊。

汉弗瑞斯在70年代以后出版的作品没有引起太大反响。这主要和
他过于注重观念的表达有关,而作为地方小说家,他小说中的地方色彩
又不浓郁,更多的是关注历史和未来,如《树桩》(*The Anchor Tree*,
1980)、《琼斯》(*Jones*,1984)、《世上的盐》(*Salt of the Earth*,1985)、《绝
对英雄》(*An Absolute Hero*,1986)和《公开的秘密》(*Open Secrets*,1988)
等,都无不如此。其中较为成功的是《树桩》,由于描述的是发生在美国
宾夕法尼亚州的故事,因而对于生活在美国的威尔士人具有不寻常的
吸引力。

汉弗瑞斯在90年代及以后出版的新作有:《为情所缚》(*Bonds of
Atchment*,1991)、《无条件投降》(*Unconditional Surrender*,1996)、《女儿
的礼物》(*The Gift of a Daughter*,1998)和短篇小说集《老人是个问题》
(*Old People Are a Problem*,2003)等。其中,《为情所缚》和《女儿的礼物》
分别获1992和1998年"威尔士艺术委员会年度图书奖"。

总的说来,汉弗瑞斯的小说在艺术上两个显著特点:一是成功借鉴
了电影蒙太奇手法,场景切换频繁,情节转换自如;二是冷静的叙述语调,
即:尽管他的小说旨在于表达他本人的思想观念,但他用一种貌似客观、
不带主观色彩的叙述语调使读者不知不觉地接受了他的"说教"。

四、保罗·史考特

保罗·史考特(Paul Scott, 1920 - 1978)出生于伦敦,父母均为商业艺术家。史考特早年就读于温切莫尔·希尔学院,毕业后当过会计。他在 1941 年成婚,并在"二战"期间作为候补军官被派往印度,后又到过缅甸、马来亚等地,直至 1946 年回英国,在一家出版社当会计。1950 年,他开始自己经营一家出版代理公司,同时也开始了他的创作生涯。

史考特的第一部小说是根据他在印度服役的经历写成的《约翰尼·萨哈》(*Johnnie Sahib*, 1952),出版后颇受好评。于是,他又陆续出版了好几部小说,如《异国的天空》(*The Alien Sky*, 1953)、《一个男孩》(*A Male Child*, 1956)、《勇士的标志》(*The Mark of the Warrior*, 1958)、《中国人喜爱亭台楼阁》(*The Chinese Love Pavilion*, 1960)和《天堂鸟》(*The Birds of Paradise*, 1962)等。

这些作品大多反映殖民地生活。《约翰尼·萨哈》、《异国的天空》和《勇士的标志》,描写的都是殖民地官兵的生活。《约翰尼·萨哈》着重表现了生活在殖民地的士兵与军官之间的冲突,表达了他们对理想与信念的思索和对战争的不同看法。《异国的天空》表现殖民者在异国他乡的孤独感和失落感,他们已经把自己的热情和精力投放在印度这块异国的土地上,但却遭到要求独立的殖民地人民的排斥和拒绝。小说还描述了一个到印度来寻找哥哥的美国人以前的经历。作品在回忆片断中拼凑过去的痕迹,这种写作手法在史考特以后的几部作品中被频频运用。《勇士的标志》通过一个发生在 1942 年缅甸战场上的故事描述了一个士兵在丛林中寻找死去的长官时的经历和心态。《一个男孩》虽然主要场景设置在伦敦,但故事的主人公却是一位刚从印度服役归来的军人,而他的好友还留在印度并日夜盼望着能早日回到自己的祖国。

《天堂鸟》在主题和风格上略有不同,讲述的是旅行家威廉·康卫在印度寻找"往日梦境"的经历。康卫幼年时曾在印度生活过一段时间,曾和好友多拉以及印度王子克雷希一起到过宫殿里的湖心岛,并在那里见到过美丽的天堂鸟。现在,他们三人都已步入中年,再一次来到湖心岛,惊喜地发现天堂鸟依然在那儿。在这部小说中,史考特不仅表现出他对东方神秘主义的浓厚兴趣,同时也充分显示出他在细节描写方面的深厚功底。此外,他在小说中还大量运用隐喻和象征。作为最重要的象征,天堂鸟贯穿小说始末,而围绕着这一象征,史考特表达了他对和平与安宁的向往。

1964 年,由出版商资助,史考特再次访问印度,并由此而构思了几部小说,即:《统治四部曲》(*The Rule Quartet*,1966 – 1975)和《留下》(*Staying On*,1977)。这几部作品标志着史考特的小说创作达到了一个新的境界。

《统治四部曲》由《王冠上的宝石》(*The Jewel in the Crown*,1966)、《蝎子日》(*The Day of the Scorpion*,1968)、《静塔》(*The Towers of Silence*,1947)和《分赃》(*A Division of the Spoils*,1975)四部长篇组成,真实而全面地反映了"二战"期间英国在印度的殖民统治及其衰落。小说一直写到 1947 年印度独立。其中,《王冠上的宝石》讲述的是英国姑娘达芙妮·曼纳斯在和她的印度情人约会时被一伙印度年轻人强奸,以及另一个英国教会的女教师爱德温纳·克莱恩遭遇当地暴徒的袭击,不仅她的汽车被掀翻,连她的印度籍助手也被打死。通过对一连串案件的描述,小说展示了隐藏在案件背后的种族矛盾和文化冲突。在表现手法上,史考特在小说中插入了回忆、日记、书信等,以及详尽的、层层剥开的细节,从不同的角度、不同的时间展示不同的人物对事件的不同评判,由此反思殖民者和被殖民者之间的感情对立,以及两者从不同立场作出的道德评判。在第二部《蝎子日》中,主要讲述对《王冠上的宝石》中的那个强奸案的调查情况。随着案情调查的进展,本来一直保持缄默的哈里·库马,即达芙妮·曼纳斯的印度情人,终于开始说话了。他既是印度人,又是英国姑娘的情人,对案件的看法较为中肯,而达芙妮的姑妈曼纳斯太太则纯粹从英国人的立场来谈论案件,不免偏执。此外,小说还着力塑造了一个英国警长和一个英国姑娘的形象。这两个形象分别代表了两种截然不同的殖民立场。警长只知道"履行职责",为维护宗主国英国的利益,对印度人横加管制,对他们的任何要求都持强硬态度,而英国姑娘莎拉则对当地人抱着另一种态度,她有意打破种族隔阂,努力使殖民变为一种民族文化的交融。毫无疑问,莎拉是史考特塑造的一个理想形象。在第三部《静塔》中,主要反映的是英国社会的等级制度在殖民地的表现。退休女教师芭

比·巴彻勒从英国来到印度,但由于她是普通市民出身,当地的英国殖民
者,尤其是上层阶层的殖民者,仍将她视为异己,把她排除在所谓的"上流
社会"之外。显然,小说要告诉读者的是,作为英国殖民地的印度,在很大
程度上已成了英国社会的缩影。第四部《分赃》主要描写印度独立和英国
殖民者撤出殖民地的过程,表现印度政治家和英国殖民当局的冲突,以及
当地印度教和伊斯兰教的冲突。小说将近结尾时还写到,随着印度宣布
独立,内乱也开始了,其间有许多印度难民需要救助,然而正在撤出的英
国殖民者却大多采取冷眼旁观的态度,其理由是:既然印度已经脱离了
英国的统治,英国对印度也就不再负有任何"责任"。只有莎拉等少数不
受种族观念束缚的英国人在救助难民。通过这一对照,小说鞭笞了多数
英国殖民者的狭隘和自私。

继《统治四部曲》之后出版的《留下》曾获"布克奖"。这既是一部独立
的小说,又可看作是《统治四部曲》的大结局。主人公塔斯克尔和露西都
是在《统治四部曲》中出现过的人物;现在,他们成了印度独立后依然留在
印度的英国人。小说通过对他们的描写,从侧面反映了印度独立后的社
会风貌。就写作技巧而言,史考特在《留下》中仍采用传统的写实手法,但
为了避免叙述过于沉闷,他也采用了时空交叉、人称变换、情节跳跃等手
法,使叙述有所变化,从而既真实又生动地展现了一个国家的日常生活。

作为现实主义作家,史考特基本上采用的是传统写作手法,即:注重
人物形象塑造,注重细节的真实描写。特别是后者,可以说是他的一个显
著特点。史考特自己也认为,一部小说的细节描写是否准确是至关重要
的,所以他把大量的异国生活和人物细节描述得极其细腻和准确——这
不仅是他的特点,也是他的小说的魅力所在。

1976年,史考特在美国俄克拉何马州图尔莎大学做访问学者。1978
年,他因癌症在伦敦去世。

五、布莱恩·奥尔狄斯

布莱恩·奥尔狄斯(Brian Aldiss,1925 -)出生于诺福克郡,毕业于
弗雷林汉学院。1943年起服兵役,曾到过印度、新加坡、香港、苏门答腊
和缅甸等地。在服役期间,他对科幻小说产生了极大兴趣,阅读了大量科

幻作品,尤其是 H. G. 威尔士的科幻作品,对他的影响甚大。所以,他后来就以写科幻小说而著称。

奥尔狄斯出版第一部长篇科幻小说《直达飞行》(*Non-Stop*,1958)后就一举成名,两年后当选为英国科幻小说家协会主席。此后,在 60 和 70 年代,奥尔狄斯出版了大量科幻作品,较为重要的有:《时间天篷》(*The Canopy of Time*,1959)、《温室》(*Hothouse*,1962)、《地球上的空气》(*The Airs of Earth*,1963)、《唾液树及其他怪异生长物》(*The Saliva Tree and Other Strange Growths*,1966)、《环食时刻》(*The Moment of Eclipse*,1970)、《解放了的弗兰肯斯坦》(*Frankenstein Unbound*,1973)、《八十分钟一个小时》(*The 80 Minute Hour*,1974)、《马来西亚挂毯》(*Malacia Tapestry*,1976)和《猛然醒悟》(*A Rude Awakening*,1978)等。

在这些作品中,《直达飞行》虽不是奥尔狄斯最好的作品,但却不容忽视。这不仅因为它是奥尔狄斯的第一部科幻小说,更重要的是在这部作品中已基本确立了奥尔狄斯科幻小说的雏形模式,即:以异国他乡的原始丛林为背景,描写绝望的人类为生存而挣扎,同时在几近绝望的死亡考验中,揭示人类的弱点。

譬如,在《温室》中,就几乎重现了这一模式。小说写植物群和动物群为争夺生存空间而展开的殊死搏斗。植物群越来越繁密茂盛,渐渐侵吞了动物群的生存空间,而动物群则寡不敌众,在茂密的植物群中苦苦挣扎,其势力逐渐削弱,甚而在外形上也产生了相应的变异,变得矮小瘦弱并呈绿色。其中有一种羊肚真菌,还逐渐演变成能独立生存的大脑。这个非凡的大脑有惊人的预测能力,它预知:地球上所有的生物都将退化到原生殖细胞状态。显而易见,小说以幻想形式表现了被植物群(丛林)围困的动物群(人类是其领袖)为生存而展开的争斗,然而,不管谁胜谁负,结果都一样,地球生命都将退化为原始状态。

同样,在《唾液树》中,写到一种“太空机器”来到地球,使地球上各种生物都奇迹般地迅速生长,可谓植物茂盛,六畜兴旺。然而,人们最终发觉万物苗壮只是为了供天外来客食用,人类又面临如何保护自身的困境。

《解放了的弗兰肯斯坦》和《马来西亚挂毯》可说是奥尔狄斯的两部最有名的科幻小说。弗兰肯斯坦是 19 世纪英国女作家玛丽·雪莱所著科幻小说《弗兰肯斯坦,或现代普罗米修斯》中的主人公,一位生理学研究者,他创造了一个怪物,最终自己却为怪物所毁。在《被解放的弗兰肯斯坦》中,奥尔狄斯让小说中的故事叙述者约瑟夫·博登兰德从 2020 年退回到 1820 年,还遇到了玛丽·雪莱,并见到了弗兰肯斯坦和他所创造的怪物。小说在赋予弗兰肯斯坦更多现代意义的同时,也对现代科学的发展深感忧虑,警示人们要对科学研究加以道德规范,以免人类像弗兰肯斯坦一样自毁于所谓的"科学创造"。在《马来西亚挂毯》中,奥尔狄斯则根据民间传说和自己的艺术想象把马来西亚描绘成一个完美的乌托邦。主人公是个年轻的演员,贫穷但有野心,极力追求一个上流社会的女人,然而他却在一次追捕恐龙的行动中才充分显示出自己的才华。这部小说充满神秘的魔幻色彩,其风格和奥尔狄斯的其他科幻小说不太一样。

除了科幻小说,奥尔狄斯写于 70 年代的自传体小说《亲手抚养的孩子》(*The Hand-Reared Boy*,1970)、《英勇不屈的士兵》(*A Soldier Erect*,1971)和科幻小说史专著《亿万年狂欢》(*Billion Year Spree*:*The History of Science Fiction*,1973)也都引起评论界的关注。由于奥尔狄斯对英国科幻小说创作颇有贡献,他在六七十年代获得了诸多殊荣。1968 年,他被英国科幻小说协会推举为英国最受欢迎的科幻小说家;1977 年,他任英国作家协会主席,同年被授予"詹姆斯·比利希科幻小说批评纪念奖",次年又任英国作家协会文化交流委员会主席。

80 年代和 90 年代初,奥尔狄斯的科幻作品主要有:根据 H. G. 威尔斯的《莫洛博士岛》续写的《莫洛的又一个岛》(*Moreau's Other Island*,1980)、《海立孔尼亚之春》(*Helliconia Spring*,1981) 和《纪念日》(*Remembrance Day*,1993)等。不过,这一时期他最有影响的作品却是一部非科幻小说《生活在西方》(*Life in the West*,1980)。这部小说着力表现的是俄国和西方社会的文化与政治冲突。主人公托马斯·斯奎尔是位著名评论家,在去参加一次国际文化交流会议时,他的婚姻产生了危机。这个人物可能是奥尔狄斯塑造得最出色的一个艺术形象,一个具有两面性的人物:在外人眼里,他是一位颇有声望的权威批评家,然而在他的内心,却有许多不可告人的隐秘和痛苦。在小说中,他既以批评家的目光和言辞评判自己的一生,也对现代国际社会作了一番颇为刻薄的评论。

90 年代末以后,奥尔狄斯仍有新作不断问世,如《宴会结束之时》(*When the Feast Is Finished*,1999)、《白火星或思想自由》(*White Mars*

or, *The Mind Set Free*, 1999)、《超级大国》(*Super-State*, 2002)、《白垩纪乳头》(*The Cretan Teat*, 2002)、《明智与女士》(*Sanity and the Lady*, 2005)和《危害》(*Harm*, 2007)等。这些作品不仅在英国,在美国和澳大利亚等国也都是颇受读者青睐的畅销书。

六、詹姆斯·贝拉德

詹姆斯·贝拉德(James Ballard, 1930—)生于中国上海, 1936年,即16岁时,返回英国。回国后就读于英国剑桥国王学院,专攻医学,虽然两年后便退了学,但他对医学和自然科学的兴趣是他日后从事科幻小说创作的一大动因。离校后,贝拉德从事过多种职业,其间还曾服役于英国皇家空军,作为飞行员被派往加拿大。他的空军生涯对他的创作影响颇深,在他日后的小说中常有飞机、机场、飞行员出现。

自1962年起,贝拉德开始从事科幻小说创作。他的作品不受学院派批评家重视,但很深读者欢迎。因而,在六七十年代的十几年间,他出版了几十部长篇科幻小说和短篇科幻小说集,其中较重要的有:长篇《何处来风》(*The wind from Nowhere*, 1962)、《淹没了的世界》(*The Drowned World*, 1962)、《四维噩梦》(*The Four-Dimensional Nightmare*, 1963)、《燃烧的世界》(*The Burning World*, 1964)、《终极海滩》(*The Terminal Beach*, 1964)、《水晶世界》(*The Crystal World*, 1966)、《灾区》(*The Disaster Area*, 1967)、《碰撞》(*Crash*, 1973)、《混凝土岛》(*Concrete Island*, 1974)、《升高》(*High Rise*, 1975)、《无限梦想公司》(*The Unlimited Dream Company*, 1979),以及短篇小说集《时间的声音》(*The voices of Time and Other Stories*, 1962)、《残酷的展览》(*The Atrocity Exhibition*, 1970)、《时间城邦》(*Ckonopolis and Other Stories*, 1971)和《低空飞行器》(*Low-Fling Aircraft and Other Stories*, 1976)等。

贝拉德这一时期的科幻小说主要关注的是生态环境,即:自然灾害对生态环境的影响、人类对生态环境的破坏,以及人类如何适应新的生态环境等问题。譬如,在《何处来风》中,他描述了想象中的极地冰山融化以及由此造成的全球灾难;在《燃烧的世界》中,他描述了一场核灾难——因核辐射而导致全球缺水——以及在此情况下的众生百态:为了争夺水源,人们不顾一切,丑态百出;在《淹没了的世界》中,则写到地球大气层中的电离层被破坏后的可怕情景:地球变成一片汪洋和沼泽,人类面临灭顶之灾。总之,在这些作品中,贝拉德既把生态学家对人类未来的担忧以想象的形式表现出来,同时也警告人们现代科技很可能会对人类生存环境带来毁灭性的灾难,其格调是悲观的,充满了世界末日的情绪。

不仅如此,在70年代的有些作品中,贝拉德还描写了现代社会对人性的摧残。譬如,在《碰撞》中,人的性冲动和性行为被描绘成像汽车碰撞一样剧烈、野蛮,不仅完全机械化了,而且还丧失了原有的生育能力,乃至于人类只能通过技术手段来"制造"后代;在《混凝土岛》中,他讲述了一个叫梅特兰的年轻人的遭遇:这个年轻人在一场车祸中受了重伤并被抛弃在高速公路上的一个荒僻的交叉地带,周围的垃圾把这个地方围成一个与世隔绝的"孤岛";除了这个年轻人,那里还有一个乞丐和一个妓女,他们三人就靠捡垃圾堆里的食物度日;后来,乞丐死了,妓女走了,就剩下这个年轻人;但他却不愿离开,因为他宁愿过这种野狗一样的生活,也不愿再到城里去做一个文明人。同样,在《升高》中,也以想象的方式表现文明与野蛮对立的主题。故事发生在未来某个时代,在一幢40层的高科技大楼里,住满了形形色色的居民,这些居民的行为举止粗俗而残暴,遇事只凭原始冲动,所以他们不是相互抢劫,就是相互残杀……小说结束时写道,又一幢高科技大楼竖了起来,原来那幢楼里的"野蛮人"很高兴,因为又有新成员加入到他们这种拥有先进设备的"野蛮生活"中来了。

80年以后,贝拉德小说的主题和风格都有所变化,其作品主要有:《喂,美利坚》(Hello American,1981)、《太阳帝国》(Empire of the Sun,1984)、《创造之日》(The Day of Creation,1987)、《日趋野蛮》(Running Wild,1988)、《女人之善》(The Kindness of Women,1991)、《奔向天堂》(Rushing to Paradise,1994)、《可卡因之夜》(Cocaine Nights,1997)、《王国来临》(Kingdom Come,2001)、《超级戛纳》(Super-Cannes,2000)和《千福民众》(Millennium People,2003)等。在这些作品中,贝拉德更关注对社会未来及生命未来的假设,想象和幻觉的成分比以前更为突出,堪称"现代神话"。

譬如,在《无限梦想公司》中,主人公是一个飞机清洁工,他偷了一架轻型飞机,但飞机在飞行过程中失火而坠入泰晤士河,他被淹死了。然而,他的灵魂却脱离肉体而获得了自由。于是,梦魇成了他的主要生活内容,直到有一天他遇见了自己的尸体,两者进行了一场生死搏斗后,他才真正战胜自己的肉体。小说描写了主人公对灵魂脱离肉体后自由飞翔时的快感,尤其是小说结尾时,富有诗意地描写了主人公的美好憧憬——他渴望自己的灵魂能和女友的灵魂一起在天地间翱翔,读来颇有天人合一、超越生死的意境。

再譬如,出版于 1981 年的《喂,美利坚》,讲的是 1999 年美国所发生的事情。那一年,美国通用汽车公司宣布倒闭,数月后,另外两大汽车公司即福特汽车公司和克莱斯勒汽车公司也相继破产。与此同时,美国三大石油公司埃克森石油公司、美孚石油公司和得克萨斯石油公司也纷纷宣告破产。于是,美国政府发布了一项紧急规定,禁止使用一切以汽油驱动的交通工具。一时间,全美所有的高速公路、州际公路上全都冷冷清清,不见车影,加州高速公路上野草疯长,高及人腰,全美所有的车库和停车场上都堆满了成百万辆被废弃的汽车。这样的情景固然引人发笑,但笑过之后令人沉思——这是对未来社会的一种警示!

总之,在贝拉德的后期小说中,反映了现代人对未来的复杂情绪:既表达了一种人与自然融为一体而获得某种超凡神性的憧憬,也表达了对未来社会一旦失控的忧虑和无奈。

中　编

20 世纪 70 年代至 80 年代的小说创作

第一章 概述：全民文化与"伟大传统"

70年代至80年代，英国文学依然呈"钟摆运动"：一方面，人们仍喜欢谈论传统，仍以英国文学的"伟大传统"为荣；另一方面，"伟大传统"又时不时地受到各种新思想、新潮流的质疑和冲击。

对传统的质疑和冲击，从文化层面上讲，主要来自全民文化和青年文化的兴起。所谓"全民文化"，很大程度上就是指日益普及的电视节目所产生的文化效应。由于电视节目是全民化的，既无上下等级之分，也无"高雅"、"低俗"之别（譬如，原本属高雅的音乐会、歌剧、戏剧和诗歌朗诵等，通过电视播出后便无所谓"高雅"了，再"低俗"的人也照样可以收看），于是便产生了一种全民文化意识，或者说，形成了一种全民化的"共同文化"。这种全民化的"共同文化"，不但有别于传统的以中上层文化意识为核心的"传统文化"，还不断地消融后者，使后者处于危机之中。所谓"青年文化"，是指表达年轻人叛逆意识的文化活动。年轻人的叛逆意识历代都有，但过去大凡是被压制的。现在则不然，随着全民化的"共同文化"的形成，年轻人的叛逆意识在最大程度上被容忍了。于是，从60年代起，代表"青年文化"的甲壳虫乐队、摇滚音乐、流行音乐、爵士乐和嬉皮士就开始风靡全国，继而便是各种反传统的价值观、道德观、社会观、婚姻观的出现。

除了文化层面上的一般原因，就文学而言，还有一些具体原因也使其"伟大传统"受到质疑和冲击。首先是从60年代开始活跃起来的所谓"社区艺术"。这一文化运动的倡导者鄙视所谓的"高雅艺术",主张推行各种非传统的戏剧、电影、绘画、音乐和舞蹈;譬如,1979年有个"社区艺术"团体发表宣言称:"我们必须明白这一点:那些赋予欧洲荣誉的所谓文化传统,即:巴赫们、贝多芬们、莎士比亚们、但丁们……他们现在已经不再可能给欧洲人民带来什么了……20世纪最大的艺术骗局就是硬要所有的人相信这就是他们的文化。"其次是,问世于70年代的各类"新文学刊物"鼓吹"文学革命"。譬如,以剑桥大学为基地《格兰塔》,宣称其宗旨是顺应时代潮流,传达时代呼声,力主文学的政治性,强调文学的实验性和"革命性";还有曼彻斯特大学的《评论季刊》,影响更大,其撰稿者多为所谓"新左派",如特里·伊格尔顿和雷蒙德·威廉斯等人,力图在20世纪后半叶重振"马克思主义文学评论",而其评论目标之一,就是对英国文学的"伟大传统"予以"再批判"。

当然,对"伟大传统"的冲击还有来自国外的影响。主要来自法国和美国。60年代,法国的罗兰·巴尔特、雅克·德里达、克洛德·列维-斯特劳斯等人关于语言、文学、文化的新学说,诸如结构主义、后结构主义、解构主义等,一时风靡欧美。还有美国的"后现代主义作家"如唐纳德·巴瑟尔姆、威廉·加斯、约翰·巴思、弗拉基米尔·纳波科夫等人的理论和作品,也传到了英国。起初,英国文学界对此颇为冷漠,但到了70年代和80年代,无论是结构主义,还是解构主义,还有"后现代主义",都已经在英国生根、开花、结果了。

然而,不管怎么说,英国文学的"伟大传统"毕竟很顽强,时不时还会"复兴"。所以,这一时期的小说创作既可说呈钟摆状摇晃,时而实验主义,时而现实主义,也可说品种繁多,相间杂陈。归纳起来,这一时期的小说主要有七种,即:实验现实主义小说、女性小说、地方小说、学界小说、新科幻小说、新哥特式小说和侦探小说。

一、实验现实主义小说

所谓"实验现实主义",也就是"有限实验主义",或者说,对现实主义做有限的实验和发挥。一般说来,这类小说仍以写实手法"讲故事",无论是人物,还是情节,基本上都是写实的、传统的,或者说"现实主义的",但和传统现实主义不同的是，这类小说的主旨并仅限于"反映"或"批判"社会现实，而是更多地尝试用"真实的"人物和情节来表述一种"寓言式的"虚构和想象，或者说，实验性地用写实手法表现"超现实"的、形而上的抽象主题。在当时，进行这一实验的小说家有不少，其中最成功的是安东尼·伯吉斯和约翰·福尔斯。

安东尼·伯吉斯的小说几乎都在探讨一个抽象问题，即：什么是道德？譬如，在他的成名作《发条橙》(1962)里，他探讨了关于犯罪的神学和社会学含义。这部小说针对现代技术在未来的发展，表现了强烈的"反乌托邦"观点。小说是以一个15岁流氓亚历克斯的视角加以叙述的。亚历克斯在听莫扎特的音乐时，会出现强奸、威胁和谋杀的幻想，而小说向读者提出的挑战是：当亚历克斯被强迫和社会保持一致时，即"承诺社会认可的行为，一种只能是善的机械行为"时，他既质疑了个人自由，也质疑了社会责任。更为令人困惑的是，伯吉斯在让亚历克斯讲述他的故事时充分展示了他的活力，而在亚历克斯的讲述中所反映出来的公众社会则显得既麻木又空虚，两相对照，作者似乎有意要读者同情主人公，而这个主人公又显然是不可同情的。也许，小说的实验性就在这里——有意激怒读者，诱使读者思考小说提出的问题。再譬如，在那部未来主义幻想作品《欠缺的种子》(1962)里，伯吉斯以滑稽夸张和讽刺的漫画式的手段、运用虚构以及闹剧的形式假想未来英国的恐怖前景，将寓言、讽喻和神话的表意方式糅合在一起。在这个未来世界里，由于人口过剩而使生存空间狭隘，食品匮乏。为了应付这个局面，当局限制生育，鼓励同性恋，容忍虐杀婴儿……由此，伯吉斯通过主人公——一个历史教师——之口阐述了一种"野蛮——文明——野蛮"的道德循环论。同样，在80年代出版的《世间权力》(1980)里，故事叙述者肯尼斯·图米是个天主教徒、同性恋者、成功的作家，他不仅穿越五大洲周游世界，还发现自己很像"希特勒……墨索里尼和这个可怕的世纪产生的其他可怕的人物"；他不仅结识了乔伊斯、温德姆·刘易斯、F. M. 福特和吉卜林，还发现自己是神圣意大利的（虚构的）罗马教皇的内弟。可以说，通过图米的自述经历，伯吉斯对现代人类的道德矛盾作了既是实验性的而又颇为有趣的探索。

较之于伯吉斯，约翰·福尔斯的小说实验所涉面更广，更具形而上的哲学意味。他的《捕蝶者》(1963)用第一人称写成，是一部"后弗洛伊德"

的幻想之作。故事叙述者是一个受压抑的、采集蝴蝶的办事员,通过他的叙述,福尔斯似乎要想表明,性压抑和性释放一样,也能给人以快感。其后,在《魔术师》(1966 年出版,1977 年修订后再版)里,压抑和释放又被相互转换,形成一种非常复杂的机制,像变戏法似的令人眼花缭乱。毫无疑问,福尔斯最有名的小说是《法国中尉的女人》(1969)。在这部作品中,压抑和释放则被并置,小说的叙述者查尔斯·史米森一边讲述他的故事,一边回顾历史,探讨哲理;同时,还对从 19 世纪 60 年代到 20 世纪 60 年代"阿兰·罗布-格里耶时代"的道德和小说叙事加以重新解说。福尔斯既欣赏维多利亚小说,又对它提出质疑。《法国中尉的女人》的两个中心人物,即查尔斯和传说被法国中尉抛弃的情妇萨拉,充分体现了小说的主题。两人都寻求打破"铁一般确定的东西",即那个时代的社会、道德和宗教传统,但萨拉却又欺骗和逃避查尔斯,而查尔斯呢,同样对其闪烁其词,半真半假。最后,故事依然扑朔迷离,这时福尔斯又撇开叙述者查尔斯,自己出场给读者提供了有关故事的三种可能的结局:一是传统意义上的幸福结局,二是非传统意义上的幸福结局,三是不确定的、没有结局的结局。然而,在最后一章,他又暗示,似乎第二种结局已无可能,而第一种结局,读者也知道可能性不大,所以最可能就是第三种结局——没有结局。通过这样的叙事实验,福尔斯不仅表明人物命运的不可预见性,还对小说本身乃至语言本身的"真实性"提出了质疑。

除了伯吉斯和福尔斯,对小说进行有限实验的小说家还有勃丽吉德·勃洛菲、加布里尔·贾希波维希、格雷厄姆·斯维夫特、彼得·阿克罗伊德和詹姆斯·凯尔曼等人。此外,有些作家,如多丽丝·莱辛、安吉拉·卡特、贝里尔·班布里奇,以及稍后的 A. S. 拜厄特、珍妮特·温特森、萨尔曼·拉什迪等,他们虽不以实验为宗旨,但也并非对传统现实主义亦步亦趋,而是在其基础上都有所突破,有所创新。换句话说,对传统现实主义进行有限实验并非某些小说家的专利,而是当代英国小说家中的一个很普遍的倾向,只是实验程度有所不同。

二、女 性 小 说

60 年代之后,英国最激进、最重要的社会变化是女性视野和女性机会的扩大。不仅"新道德"开始挑战有关性别和婚姻的传统观念,而且在女性就业方面也不断涌现出新的模式。这不可能不影响到女性小说创作。

一般说来,20世纪的女性作家总认为,男人本能地重视物质和外部客观世界,而且过分强调经济、政治等制度而忽视人的精神世界,忽视物质、制度等对人的精神生活的影响,因而,在她们看来,男人往往是迟钝的、傲慢的、粗鲁的、专横的,而女人则是敏感的、细腻的、高雅的,甚至比男人更具观察力。基于此,她对"现实"的看法也有别于19世纪作家的传统看法。她们认为,真正的现实既不是物质世界,也不是人的外部行为,而是物质和外部行为背后的精神世界——她们要着力表现的,就是这种"现实"。这种看法不仅直接反映在她们笔下的男女人物身上,同时也间接反映在她们所采用的创作技巧上。

总的说来,当代英国女性作家大凡都有意沿用传统现实主义创作方法,但由于女性创作本身就具有反传统性质,当代"女性现实主义"实际上并非19世纪现实主义的翻版,而是一种"女性-实验现实主义"。这种"女性-实验现实主义"在20世纪初曾在弗吉尼亚·伍尔夫的创作中表现得最为激烈(因而她通常被视为"现代派"),在凯瑟琳·曼斯菲尔德的创作中则表现得较为温和(因而她从不被视为"现代派")。当代英国女性作家中固然也有人步弗吉尼亚·伍尔夫的后尘,甚至比她更激烈,如克里斯廷·布鲁克-罗斯,但大多数却属于"曼斯菲尔德派",如多丽丝·莱辛、艾丽丝·默多克和玛格丽特·德拉布尔等,都无不如此。其中艾丽丝·默多克和玛格丽特·德拉布尔甚至还声明自己是按19世纪现实主义传统进行创作的,但事实上,艾丽丝·默多克自己也承认,由于哲学观和认识论上的原因,要完全这样做是不可能的。

不过,尽管当代女性作家在创作方法上互不相同,女性命运却是多数女性作家共同关心的问题,也是她们最重要的创作主题。从20世纪初争取男女平等的女性,到60年代以后"解放了的"女性,都一直处于追求、痛苦、幻灭之中。当代女性作家的作品所反映的,就是女性在追求自我实现的过程中所经历的感情磨难,以及在一个仍为男性所主宰的社会中女性所处的困境。

在当代英国女性作家中,影响最大的要数多丽丝·莱辛(她于2007

年获诺贝尔文学奖,是英国唯一获此奖的女作家)。尽管莱辛的小说广泛涉及了殖民主义、共产主义等20世纪最重要的社会问题,但女性问题始终是她创作中的核心主题。她曾在小说《金色笔记本》(1962)中借一个人物之口说:"俄国革命,中国革命,它们什么也不是。真正的革命是女人反对男人。"可见,在莱辛看来,真正的革命开始于女性意识的觉醒。

莱辛以关注东非殖民地生活的小说开始她的创作生涯,在她的五卷本系列作品《暴力的儿女们》(1952—1969)里,她描述了女主人公马莎·奎斯特的政治理想因环境所迫而趋于幻灭——马莎因"处在青春期,所以应该是不快活的";因是英国人,所以有些心神不定和自我防护;因处在20世纪40年代,不可避免地为种族和阶级问题所困扰;而更为重要的是,因是女人,她还"必须否定过去受束缚的女性"——这么多问题纠缠在一起,她最后因无所适从而不得不放弃早先对世界革命的信念。在塑造女性形象的同时,莱辛也开始了对传统现实主义的"有限实验",即:对她所称的"内在空间小说"的探索。探索的结果,就是她的小说代表作《金色笔记本》的问世。在这部小说中,莱辛以女主人公、女作家安娜·伍尔夫的多本笔记本为小说框架,用黑的、红的、黄的和蓝的笔记本分别展示女主人公的各个生活侧面,小说围绕着安娜为争取自由而做出的种种努力,显示了一种新的女性价值观。在70年代初出版的长篇小说《黑暗前的夏天》(1973)里,莱辛仍以女性命运为主题,刻画了一个女人的觉醒及其觉醒后的不知所措。女主人公凯特·勃朗生命中黑暗来临前的最后一个夏天,即象征性地代表了当代女性的茫然与空虚。

和莱辛的《黑暗前的夏天》一样,女作家琼·里斯(Jean Rhys,1894—1979)的长篇小说《藻海无边》(1966)也表现了女性的无奈和悲愤。这部小说别出心裁地部分套用了《简·爱》中的人物和情节,但把背景从英格兰移到了西印度群岛,而且是从另一个角度加以叙述的。小说的女主人公不再是简·爱,而是罗彻斯特的妻子伯莎·梅森。通过对伯莎·梅森身世的描述,琼·里斯对她后来的精神错乱报以无限同情,并以此对夏洛蒂·勃朗特在《简·爱》中所表述的价值观提出了质疑。伯莎·梅森是个可怜的、被骗和被利用的女人,而简·爱还自以为自己得到了幸福,其实她也是个可怜的、被骗和被利用的女人。在小说结尾处,伯莎·梅森在桑菲尔德府的顶楼里产生了这样的念头:"我想到了我的复仇和暴风。"她神情恍惚地看着眼前的蜡烛，火苗正摇曳不定……她要放火，不是因为神经错乱，而是为了"复仇"。

70年代另一位引人注目的女性作家是芭芭拉·佩姆。她早年的小说，如《温顺的盖泽勒》(1950)、《杰出的女性》(1952)、《珍妮与谨慎》(1953)、《不如天使》(1955)和《举杯祝福》(1958)，都旨在于表现矜持克制、举止端庄的女性美德。60年代后，她一度被人遗忘，直到1977年，情况才有了变化。这主要是诗人菲利普·拉金的竭力推荐，而此时她已经64岁(三年后，即1980年，她便去世了)。在芭芭拉·佩姆的后期小说中，最出色的是《秋天四重奏》(1978)。这部小说稍稍有别于她早先的小说模式，但仍然没有背离她所擅长的题材，即写普通人默默无闻的生活。小说名为《四重奏》，写的是在伦敦一家办公机构一起上班的两个男人和两个女人。芭芭拉·佩姆以老练的笔调，使小说既具有辛辣的讽刺意味，又让人感受到生活"依然具有变化的无限可能性"，因而这部小说被认为是70年代不可多得的佳作。

和芭芭拉·佩姆风格迥异，安吉拉·卡特的小说给读者提供的则是一个魔术般的戏剧化世界，其中可谓变化万千。她的小说技巧出色，但选题随心所欲，既有为成年人写的、把可怖的幻想和性爱的喜剧融为一炉的童话，又有情节紧张且不无色情意味的惊险小说，如《除夕的激情》(1977)、《烟火》(1974)和《血迹斑斑的房子》(1979)等。在《霍夫曼医生的定时炸弹》(1981)里，她表明她对富有音响色彩的叙述感兴趣，而在《马戏之夜》(1984)和《机灵的孩子们》(1991)里，又明显表现出她对戏剧性的关注。不过，尽管安吉拉·卡特的小说题材五花八门，小说主旨则万变不离其宗——女性问题。譬如，在《马戏之夜》里，她写了一个想学鸟飞的伦敦女人。这个女人从小就不可思议地认为自己一定会长出翅膀来，但当她在妓院里长大后，她却成了伦敦音乐大厅和圣彼得堡帝国马戏团的明星；有个俄国大公爵企图勾引她，但她却嫁给了住在西伯利亚荒漠中的一个美国记者；最后，当她丈夫发现她并不会成为"羽毛丰满而会飞翔的女人"时，她只好报之以尴尬的苦笑。同样，在《机灵的孩子们》里，安吉拉·卡特描述了一对孪生姐妹成为戏剧演员的经历，并从中揭示出"每一个女人的悲剧"，就是"到了一定年纪之后，看上去就像一个摹仿者"——男人的摹仿者。"那么，男人的悲剧是什么呢？"这是小说主人公百思不得其解的问题,也是安吉拉·卡特留给读者思考的问题。

从某种意义上说,在 60 至 70 年代的英国小说家中,最"典型的"(至少在社会学意义上)是玛格丽特·德拉布尔。她的处女作《夏日鸟笼》(1963)是一部以第一人称叙述的作品,描写一个受过大学教育的女人和她妹妹在当代社会生活中的经历,其中有聚会取乐,有流言蜚语,也有"性解放"问题。《金色的耶路撒冷》(1967)描述的是一个出生于北方农村的女大学生在所谓"有着高度文明和教养"的伦敦所经受的诱惑,以及她所领悟到的人情世故,以此展示了当代都市生活的方方面面。在德拉布尔70 年代的小说中,《冰期》(1977)也许是最巧妙、最富有启发性的。这部小说并没有集中描写某个女人的社会经历,而是展现了一系列相互关联的人际关系,而所有这些关系都暗示出当代英国社会破败不堪、令人失望的状况——腐败的房地产开发商、爱尔兰共和军的爆炸、破裂的婚姻、趋炎附势的官员、凋零萎缩的乡村……总之,在德拉布尔笔下,当代英国并不是一个很有希望的地方。

三、地 方 小 说

英国由四大民族组成,其中英格兰人占多数,其次就是苏格兰人、爱尔兰人和威尔士人。尽管苏格兰小说家、爱尔兰小说家和威尔士小说家大凡都用英语写作,但作品中仍会不同程度地表现出各自的民族特色和地方色彩,因而有时可称为"地方小说"。

地方小说在英国古已有之,而且到 20 世纪下半叶仍保留着原有特点,即:具有苏格兰、爱尔兰和威尔士地方色彩的小说,分别被称为"苏格兰小说"、"爱尔兰小说"和"威尔士小说"。

当代苏格兰小说家大多仍以苏格兰山区风貌和具有民族特色的风土人情为创作题材,其中较有影响的有安德鲁·奥哈根、乔治·麦凯·布朗和欧文·韦尔什等人。但最杰出的当代苏格兰小说家穆里尔·斯帕克则不仅表现苏格兰人的风俗和历史,还有志于探讨现代苏格兰人的精神生活,其重要作品有《死亡警告》(1959)、《佩克姆莱民谣》(1960)和《琼·布罗迪小姐的壮年》(1961)等。

同样,20 世纪中叶有影响的爱尔兰小说家,如埃德娜·奥勃伦、约翰·麦加亨、布赖恩·穆尔和威廉·特雷弗等人,他们不仅继承了前辈作家(如詹姆斯·乔伊斯)独有的民族忧思和宗教情结,还以相对冷静的态度审视和思考本民族文化的特征。七八十年代,又有一批优秀的爱尔兰小说家脱颖而出。譬如,詹妮弗·约翰斯顿,她的作品《船长与国王》(1972)、《到巴比伦有多远》(1974)、《旧约圣经》(1979)、《火车站的男人》(1985)和《幻觉者》(1995)真实反映了英裔爱尔兰人的生活;迪尔德丽·马登,她的小说《隐匿的征兆》(1986)、《记住光与石》(1992)和《没有什么是黑的》(1994)表现了爱尔兰人的家庭生活和社交生活。还有约恩·麦克奈姆,他在90年代发表了两部"爱尔兰小说",即《复活的男人》(1994)和《历史上的爱情》(1996),从而成为这一时期最受关注的地方小说家之一。

至于威尔士小说家,则大多受到威尔士传统文化和英格兰文化的双重熏陶。他们有的客居国外,有的留守故土;有的用威尔士语写作,有的用英语写作,但几乎全都怀有强烈的民族情绪。他们对自己所属的民族往往抱有一种"哀其不幸、怒其不争"的矛盾心理,既对现状感到不满,又对未来忧心忡忡。在当代威尔士小说家中,较有影响的有:格温·托马斯、艾米尔·汉弗莱斯、凯特·罗伯茨、简·莫里斯、艾丽斯·埃利斯和尼尔·格里菲思等人。其中,凯特·罗伯茨用威尔士语写作,作品以工业题材和女性题材为主,翻译成英语的有《戴脚镣的脚》(1936)和《活动睡眠》(1965)等;简·莫里斯的小说《哈夫的最后来信》(1985)曾获布克奖提名;艾丽斯·埃利斯用英语写作,代表作《吞食罪孽者》(1977)以抒情的笔调生动表现了威尔士乡村生活,其他重要作品有《第二十七个王国》(1982)、《莫名其妙的笑》(1985)、《衣柜里的衣服》(1987)、《世界边缘的小客栈》(1990)、《金柱子》(1992)和短篇小说集《亚当的傍晚》(1994)等。最值得一提的是尼尔·格里菲思的小说《砂砾》(1980)。这部小说集中反映了威尔士文化的边缘性,及其进退两难的困境。小说中含有大量用威尔士民间口语写成的对话,以此彰显威尔士民间语言风格。

四、学 界 小 说

学界小说也称"校园小说",大凡以大学和学院为背景,描写学界生活的空虚和无聊。实际上,这类小说早在50年代就已出现,其中广为人知的是 C. P. 斯诺的《院长们》(1951)和金斯利·艾米斯的《幸运的吉姆》(1954)。不过,在 70 年代和 80 年代,有更多的学界小说涌现,一时形成了一股"学界小说热"。在这股"学界小说热"中,最为热门的学界小说家是汤姆·夏普、戴维·洛奇和马尔科姆·布雷德布里。

汤姆·夏普(Tom Sharpe, 1928 –   )是位幽默作家,他在《枯萎》(1976)及其续集《枯萎的选择》(1979)和《高处的枯萎》(1985)中对一位技术学院的讲师作了不无善意的讽刺,而在《小酒馆学者》(1974)中,他则毫不夸张地揭露了剑桥学院的腐败、教员们的蝇营狗苟和勾心斗角。

戴维·洛奇可谓"学界小说大师",他的学界小说三部曲,即《换位:关于两个校园的故事》(1975)、《小世界:一个学院的罗曼史》(1984)和《美好的工作》(1988),都以虚构的拉米奇大学为背景,讲述发生在学界的荒唐之事。三部曲中的前两部揭露学术腐败,第三部则是嘲讽学界的自命清高。除了针砭时弊,戴维·洛奇还在这三部小说中作了小说叙事方面的探索和创新,即:在传统叙事形式中注入新的活力。譬如,《小世界》套用了中世纪的朝圣和寻宝故事,但结局却是王尔德式的,两者结合,正好和既老又新的英国大学相协调;《美好的工作》则采用了类似 19 世纪女作家盖斯凯尔夫人在《北方和南方》里使用的和解主题,既突出了争执双方不同的情境及其偏见,又为双方的相互理解预设了某种可能性。

马尔科姆·布雷德布里最为人称道的学界小说是《历史人》(1975)和《为什么来斯拉卡》(1986)。在《历史人》里,布雷德布里塑造了一个当代陈腐学究的典型形象,即激进派社会学教授霍华德,他不管遇到什么问题,总想解释,而解释的前提永远是:"你需要知道一点马克思,知道一点弗洛伊德,知道一点社会历史。"在《为什么来斯拉卡》里,布雷德布里即嘲讽了英国学界的故弄玄虚,又嘲讽了柏林墙倒塌之前东欧国家的愚昧无知。主人公佩特沃斯是个被英国文化委员会派往东欧一个叫"斯拉卡"的国家作巡回演讲的语言学教授,他的研究课题似乎很深奥,称之为"作用于语言分界面的真实的、想象的和象征的交换现象",其实呢,就是最简单的"你、我、他",而孤陋寡闻的斯拉卡人却被他糊弄得一五一十。更具讽意的是,斯拉卡人并非个个愚昧,有人问佩特沃斯是否认识"校园作家布洛奇",使佩特沃斯大为尴尬。显然,"布洛奇"是布雷德布里和洛奇的合称,意指专事揭露学界丑闻的学界小说家。

五、新科幻小说

这一时期另一个值得关注的现象是科幻小说的再度兴起。科幻小说在英国古已有之，一直可以追溯到 19 世纪初，即玛丽·雪莱的《弗兰肯斯坦》(1817)，但这一时期的科幻小说和过去的有所不同。科学技术的迅猛发展和信息时代的到来使人们对科技怀着一种矛盾心理——它给人类带来进步和利益是值得欢迎的，但它用于暴力、战争和恐怖活动又会给人类带来毁灭性的灾难。此外还有一种新的忧患意识，即担心，以科学技术为代表的理性力量日益强大会排斥以生物和自然为代表的本能力量，从而造成人性和世界的双重分裂。现实世界令人不安，冷冰冰的物理世界正在取代热乎乎的感情世界。于是，人们寄情于神奇的未来新世界。

不过，新科幻小说并非一味沉溺于超脱尘世的虚无世界。不少小说家用科幻小说来探讨、抨击当今的社会和政治。譬如，多丽丝·莱辛自 1979 年起开始写"太空小说"(Space Fiction) 系列，共有五部，即《歇卡斯塔》(1979)、《第三、四、五区间的联姻》(1980)、《天狼星人的试验》(1981)、《第八行星代表的产生》(1982) 和《关于伏尔英帝国多情人的文件》(1983)。这些科幻小说明显具有讽喻含义，表达了作者对人类命运和世界前景的思考和忧虑，同时也是作者针砭社会弊病的一种艺术化演绎。还有如托尔金(J. R. R. Tolkien, 1892 - 1973)的《指环王》(1954—1955)，尽管是在 50 年代写的，但在这一时期特别受欢迎。这部把中古传说和科学幻想熔为一炉的系列小说，在 50 年代出版后就曾得到评论家的赞许，后来一直是一部炙手可热的畅销书，而且还被拍成了电影。

新科幻小说的流行表明小说家甚至把目光投向超越本国现实的古代、外国和其他星球，从而无限扩展了小说的时空观念。然而，尽管小说家讲述的是远古或者未来的故事，实际上，他们关注的是 20 世纪末和即将来临的 21 世纪。这也许是世界性的"世纪末情绪"的一种表现。

六、新哥特式小说

从 70 年代起，哥特式小说又流行起来。当代哥特式小说和 18 世纪后期的恐怖小说相似,但不完全相同。当代哥特式小说有一种"黑色幽默"情绪,即:作者用自嘲的态度讲述悲剧事件,把人的残忍和可笑糅合在一起,以此揭示人性的双重性和荒诞性。譬如,穆里尔·斯帕克的作品就是一例,她的《驾驶座上》(1970)、《不得打扰》(1971)、《领土权》(1979)和《存心混日子》(1981)等作品,都有一个共同的特点,那就是作者用几乎是漫不经心的笔调描写血淋淋的谋杀、自杀和死亡事件,同时把凶杀和荒诞融为一体,以刺激读者的神经。

还有蓓里尔·班布里奇,也同样如此。她的《制瓶厂出游》(1974)写女主人公以观赏送葬为乐事,后来她自己也死于非命,尸体被人装进一个空酒桶里,而且像垃圾一样被扔掉了。这样的小说,既令人觉得可怕,又令人觉得怪诞而可笑。

还有伊恩·麦克尤恩,他的长篇小说《水泥花园》(1978)虽不能说是纯粹的新哥特式小说,但其中时不时把尸体、梦魇、死亡和日常琐事并置,制造出一种对任何事情都觉得无所谓、都只是做做鬼脸的黑色幽默气氛。他的《陌生人的安慰》(1981)也给人同样的感觉。实际上,这一时期有不少作家的作品,如玛格丽特·德拉布尔、威廉·特雷弗、马尔科姆·布雷德布和稍后的马丁·艾米斯的有些作品,都可视为新哥特式小说。

这或许和当时世界经济萧条、暴行频繁、社会不安有关。死亡和恐怖成了小说家的热门题材。然而,他们在讲述阴森可怖的自杀、他杀和惨死的故事时,又好像司空见惯,见怪不怪,像开玩笑似的讲述着这类故事。就如马丁·艾米斯所说,"我把我身边看到的所有荒诞的、熟悉的、哀婉的都写下来……正经地。读我的小说,自然阴森可怕……当今世界无处不见破烂和凄惨。"但同时又说:"我的小说是玩笑文学。我追求的是笑。"①

七、侦 探 小 说

在50年代,正统的英国文学界对侦探小说还嗤之以鼻。到了70年代,尤其是在80年代,文学界不得不承认,侦探小说也是严肃文学的一部

---

① 转引自瞿世镜、任一鸣著《当代英国小说史》,上海译文出版社,2008年,341—342页。

分。这和 F. D. 詹姆斯·怀特（简称詹姆斯）、约翰·勒卡里、鲁思·伦德尔、迪克·弗朗西斯等侦探小说家的努力和成功是分不开的。譬如，1986年英国各图书馆联合评出 100 部最受读者欢迎的文学作品，其中迪克·弗朗西斯一人的侦探小说就占了六部。当代侦探小说的成功，首先是其题材范围已大大超过了当年柯南·道尔和阿加莎·克里斯蒂的推理小说，不仅反映国与国之间、尤其是两个超级大国之间的间谍战，还反映了国际黑社会组织的内幕和重大政治事件；其次是侦探的侦破手段更加多样化，往往还展示了科学技术的发展；再有，当代侦探小说家大凡属"动作派"，善于描绘侦探和对手在广阔空间展开的搏斗和厮杀，场面惊心动魄；最后一点是，当代侦探小说往往穿插了许多性爱情节和性爱场面，这也增加了小说的吸引力和可读性。

特别是 F. D. 詹姆斯，在复兴侦探小说方面可谓头号功臣。F. D. 詹姆斯继承的是柯南·道尔和阿加莎·克里斯蒂推理小说的传统，但她把推理拓展到了对人物心理的探究和描述，因而使她的作品既有侦探小说的趣味，又有心理小说的深度。此外，她还善于描绘当今英国社会的形形色色，又使她的作品具有了社会小说和风俗小说的意味，再加上她精于编制扑朔迷离的情节，文笔洒脱流畅，所以对她的作品好评如潮。1986 年，她的新作《死亡的体验》荣登该年度畅销书榜首，连倡导现实主义文学的金斯利·艾米斯也承认她是"一流女作家"，美国、加拿大的多所著名大学邀请她去讲授小说技巧，剑桥大学还授予她研究员职衔。至此，就连名牌大学的学者、教授也对一向被他们视为"不登大雅"的侦探小说刮目相看了。

第二章 安东尼·伯吉斯：
音乐化实验小说

安东尼·伯吉斯(Anthony Burgess, 1917-1993)尽管在60年代就已出名,但他在70和80年代的影响更大,原因是这一时期颇为流行实验现实主义小说,而他的许多作品就是以现实主义为基础的实验小说。也就是说,他无意间成了实验现实主义的先驱。

一、生平与创作

安东尼·伯吉斯(即威尔森·约翰·伯吉斯,"安东尼·伯吉斯"是其笔名)出生于英国兰卡郡,父母都是虔诚的天主教徒。伯吉斯从小喜欢音乐,而且很有音乐天赋,所以他后来入学曼彻斯特大学时,本想主修音乐,日后成为音乐家。但由于理科成绩欠佳,只能转入文学系。

在修读英国文学期间,伯吉斯又表现出了他的文学天赋,是在学校刊物上发表作品最多的学生之一。毕业后,正值"二战"爆发,他应征入伍,但由于他有音乐才能,被分配到了皇家医疗队任钢琴师,专为康复中的伤员演奏钢琴。后来,他又被调入教学团赴直布罗陀,教那里的外籍士兵讲英语。在此期间,他结了婚,但妻子留在国内,他自己大部分时间仍在直布罗陀做英语教官。直到"二战"结束后的第二年,即1946年,他才退伍,回国和妻子团聚。

退伍后，伯吉斯一度在伦敦的一个爵士乐队任钢琴师，后来又到一所小学去教书。由于乐队钢琴师和小学教师的工资都很低，他总想找到一份薪水高一点的工作。一次偶然的机会，他得知当时英国的远东殖民地马来亚正在国内招聘教师，薪水较高，于是就去应聘。被录用后，他便去了马来亚。

在马来亚教书期间，伯吉斯对那里的多种族、多语言共存的文化氛围和那里浓烈的异国情调颇为着迷，急切地想把自己观察到的和感受到的一切都写出来。于是，他开始尝试写长篇小说，因为他早年只写过一些短篇小说，而且大多是在学校刊物上发表的。尝试的结果，就是他的第一部长篇小说《老虎时代》(*Time for a Tiger*, 1956) 的问世。这部小说很快就被出版，于是他信心大增，在其后三年里又写了两部，即《毯中之敌》(*The Enemy in the Blanket*, 1958) 和《东方之床》(*Beds in the East*, 1959)。这三部长篇后来在 1964 年合集再版，取名为《马来亚三部曲》(*Malayan Trilogy*)。

《马来亚三部曲》是伯吉斯的成名作。三部曲的主人公都是维克多·克拉布，一个年轻的英国教师。他带着对妻子的负疚感和对英国社会的失望情绪来到东亚寻找"新的生活"。在第一部《老虎时代》中，伯吉斯讲述克拉布和当地一名英国警官内比·亚当斯的故事。亚当斯酷爱喝酒，尤其喜欢喝当地的老虎牌啤酒。他和当地人的关系融洽，甚至很受当地人尊重，但那里的大多数英国人却和他很疏远，甚至有点看不起他。克拉布和他交往，当然也免不了遭人白眼。由此，他注意到了那里的英国人和马来人、印度人、华人泰、米尔人之间的复杂关系。马来人、印度人、华人和泰米尔人几乎全都憎恨英国人，因为英国人是他们的"统治者"，所以在憎恨英国人这一点上，他们是团结一致的；然而，一旦遇到和英国人无关的事情，或者一旦离开了英国人的"统治"，他们之间马上就相互憎恨，矛盾重重。这就是克拉布对殖民地的感受。他虽然觉得英国人在那里起到了平衡作用，但他还是认为这种平衡或者说"统治"是不长久的，甚至是多余的，因为那里的种族矛盾早在英国人来到之前就已经存在，其历史甚至比英国还要古老。

三部曲的第二部《毯中之敌》仍继续这一主题。此时，克拉布已是一所学校的校长。作为个人,克拉布和当地人、甚至和当地反英游击队的关系都比较好,所以,他既要协调属下的马来人、印度人、华人、泰米尔人之间的纠纷,还要充当英国殖民当局者和反英游击队之间的调停人,常常被弄得焦头烂额。这是小说中的一条线索。另一条线索是克拉布的朋友哈德曼的故事。哈德曼是个英国律师,娶了当地的一个非常富有的马来寡妇。这个寡妇当初看中哈德曼是因为他既是律师又是白人,但她却讨厌哈德曼的基督教信仰,所以婚后逼迫他改信伊斯兰教。哈德曼无奈地勉强接受了,但他怎么也没法适应伊斯兰教徒的生活。最终,他想逃离这场婚姻,便登上了飞往伦敦的飞机。不料,飞机在途中坠毁,他不幸身亡。

在第三部《东方之床》中,伯吉斯仍以殖民地的种族冲突为主题,讲述克拉布的经历和结局。克拉布为了缓和当地种族间剑拔弩张的紧张关系,搞了一系列慈善活动。然而,事与愿违,他的慈善活动不但没有缓和马来人、印度人、华人、泰米尔人之间的紧张关系,反而火上加油,导致了这些人的暴力冲突。克拉布还想去阻止冲突,结果却在混乱中死于非命。

尽管殖民地矛盾重重,伯吉斯还是很喜欢那里的生活。只是,马来亚在1957年获得了独立,那里的英国殖民者也就成了普通侨民,所以纷纷返回英国。但伯吉斯没有回国,而是去了另一个远东殖民地文莱。他在那里的一所英国人学校里继续任教,而且仍继续着自己的"业余爱好"——写小说。没想到的是,他不久后便常常在讲台上晕倒。当地医院对此束手无策,于是他就被送回了英国。

诊断的结果,是他患有严重脑瘤,医生认为他只能活一年。他当然不能不信,但他没有自怜,而是在这一年(即1959—1960年)里什么也没干,专心写小说。结果呢,他简直创造了英国文坛的一大奇迹,在这一年里竟然写了5部长篇小说,即:《医生病了》(*The Doctor Is Sick*,1960)、《一只手鼓掌》(*One Hand Clapping*,1961)、《虫与环》(*The Worm and the Ring*,1961)、《缺少的种子》(*The Wanting Seed*,1962)和《恩德比先生的内心》(*Inside Mr. Enderby*,1963)。更为令人惊讶的是,一年过去了,他不但没有死,而且随着五部小说的一部部出版,他竟然奇迹般地康复了。

康复后的伯吉斯成了职业作家。他几乎什么都写,不仅写音乐评论、戏剧评论、电视解说词,还写剧本、散文、书评,但他写得最多的还是小说。继病中写的五部小说之后,他又推出两部长篇,即《发条橙》(*A Clockwork*

Orange,1962）和《棕熊的蜂蜜》（*Honey for the Bears*,1963）；前者是一部写法新颖、且具有哲理深度的实验小说，被认为的他的杰作，后者是一部以情节取胜的娱乐作品。

除了写作，伯吉斯生活中的另一件重要的事情就是访学。实际上，他的大部分时间都在访学，同时也在写作。一边做访问学者，一边做小说家，这对伯吉斯来说似乎是最好的写作条件，所以从 60 年代中期到 80 年代，他的作品特别多，重要的有：《城堡幻影》（*A Vision of Battlements*，1965）、《MF》（*MF*,1971）、《拿破仑交响曲》（*The Napoleon Symphony*，1974）、《比尔德的罗马女人》（*Beard's Roman Woman*,1976）、《ABBA，ABBA》（*ABBA，ABBA*，1977）、《1985》（1985，1978）和《尘世权力》（*Earthly Powers*,1980）等。其中，最值得注意是《MF》、《拿破仑交响曲》和《尘世权力》。

《MF》既是小说主人公的名字 Miles Faber 的缩写，又是 Male and Female（男和女）的缩写。小说实验性地把现代文明中的问题嫁接到古代传奇或神话故事中予以展开，通过主人公对古代神话中的谜语和乱伦关系的思索，把古代乱伦观念延伸至现代文明，以乱伦为视角考察现代文明的种种弊端。一般认为，伯吉斯写这部小说是受了人类学家列维-斯特劳斯(Claude Levi-Strauss)的影响。列维-斯特劳斯曾对美国印第安神话故事中的乱伦行为做过详尽研究。伯吉斯确实引用了列维-斯特劳斯的一些观点，但他关注的焦点显然不是古代神话和乱伦，而是现代文明中和古代乱伦相对应的道德沦丧。

《拿破仑交响乐》是一部传记体小说，记述拿破仑一生的婚变和征战。整部小说在形式上套用了贝多芬《英雄交响曲》的结构，就如一部用文字写成的交响曲，无论是乐章的分布，还是乐曲的风格和气势，都和贝多芬的《英雄交响曲》相呼应，既新颖，又神奇。

《尘世权力》是伯吉斯用近 10 年时间才完成的一部史诗般的鸿篇巨制。小说中的两个主要人物，唐·卡洛和图米，一个是浮士德式的人物，即为了获得尘世权力而不惜和"恶魔"达成交易，另一个曾试图摆脱"恶魔"的纠缠，然而孤独和寂寞使他重又沉溺于淫欲的放纵。小说通过这两个人物探讨了人性的善恶及其归宿问题。

在小说形式方面，伯吉斯几乎尝试过所有主要的小说体裁：讽刺史诗、历史罗曼史、流浪汉小说、讽刺小说,甚至惊险小说和间谍小说。在他的后期作品如《邪恶王国》(*The Kingdom of the Wicked*,1985)、《钢琴演奏家》(*The Piano-players*,1986)、《旧熨斗》(*An Old Iron*,1988)和《戴普福的死人》(*A Dead Man in Deptford*,1993)中,伯吉斯还有意识地构建了一个神话框架,一方面使作品展露出神话史诗的倾向,另一方面又把许多人物写成神话原型的现代变体,以此讽喻现代生活的滑稽可笑。

伯吉斯于 1993 年患癌症去世。他的遗作《拜伦》(*Byron:A Novel*)是一部用散文诗形式写成的传记小说,于 1995 年出版。

二、风格与特点

伯吉斯的小说,被认为是 20 世纪中叶英国文坛"反实验主义"浪潮过后的"实验小说",因而也可称为"有限实验小说"或"实验现实主义小说",其特点就是在现实主义基础上进行实验,而不是像现代主义和后现代主义那样,以"反现实主义"作为实验的出发点。

这就决定了伯吉斯小说的基本风格。他的小说从总体上说是现实主义的,即:小说有明确的主人公,而且和现实生活中的人一样,有个性特征;小说中也有故事情节,不仅是有头有尾的,而且是围绕着主题展开的,等等。但是,在这个现实主义框架里,伯吉斯却做了许多有别于传统现实主义的实验。而在他的一系列实验中,最引人注目的就是他把音乐融入了小说,或者说,他试图把小说"音乐化"。

这种"音乐化"在伯吉斯的整个创作过程中大体可分为早、中、后三个时期。早期"音乐化"是指他的小说有一种类似于交响曲的结构特征,即:有第一主题和第二主题,接着是主题变奏、混合,最后是主题重现,等等。最好的例子,就是他的早期作品《马来亚三部曲》。这三部作品,不仅每部作品自身隐隐约约地呈交响曲结构,相互之间也是前后呼应的,就如一部交响曲的三个乐章。不过,伯吉斯在早期创作中表现出来的"音乐化"倾向可能是无意识的。因为在此之前,他接触得最多的就是交响曲——他不仅酷爱交响曲,对交响曲深有研究,还写过不少交响曲;所以,当他开始构思长篇小说时,很自然地、无意识地便"滑入"了交响曲结构。

如果说,伯吉斯早期作品的"音乐化"是无意识的,那么在他的中期创作中,"音乐化"就完全是一种有意识的"实验手法"了。这一时期的小说不仅结构往往是"音乐化"的,还直接引入音乐,用以塑造人物和揭示主题——这也许是伯吉斯最别具一格的实验,也是他之所以被认为是实验现实主义先驱的理由所在,而这方面最成功的范例,就是他的中期杰作《发条橙》。

在这部作品中,伯吉斯引入了大量真实的或虚构的音乐,其中有贝多芬《第五交响曲》和《第九交响曲》、莫扎特《G 小调四十交响曲》和《朱庇特交响曲》、斯卡德里克《第三交响曲》、巴赫《勃兰登堡协奏曲》和伯德曼弦乐四重奏,还有格特芬斯特的歌剧《床上用品》、普劳特斯和乔里洛斯的小提琴协奏曲,等等。引入这些音乐,当然不是为了装饰,而是用以塑造人物和揭示主题的——特别是在主人公亚历克斯的追求自由意志和被迫道德净化过程中,这些音乐都起着关键作用。亚历克斯既是个有暴力倾向的"恶少",又是个深谙贝多芬《第九交响曲》的音乐"神童"。在伯吉斯笔下,是贝多芬《第九交响曲》给了亚历克斯实施暴力的激情,而实施暴力,反过来又印证了他的音乐快感:"弟兄们哪,足踏圆舞曲——左二三,右二三——破左脸,割右脸,每一刀都令我陶醉惬意,结果造成两道血流同时挂下来,在冬夜星光映照下,油腻的胖羊鼻子的两边各一道,鲜血就像红帘子般淌下来……"不仅有暴力倾向,亚历克斯还是个色情狂,而最令他性欲冲动、又最能使他获得性快感的,同样是贝多芬《第九交响曲》:"听着听着,我的眼睛紧紧闭牢,以锁定胜过'上帝合成丸'(伯吉斯虚构的一种迷幻药——引者注)的那种痛快,那些可爱的图景是我熟悉的:男男女女、老老少少躺在地上,尖叫着乞求开恩,而我开怀大笑,提靴踩踏他们的面孔。还有脱光的姑娘,尖叫着贴墙而站,我的肉棒猛烈冲刺着。音乐只有一个乐章,当它升到最高塔的塔顶时,双目紧闭、头枕双手而卧的我,切切实实地爆发喷射了,同时痛快淋漓地大叫'啊——'就这样,美妙的音乐滑向了光辉的休止。"

为什么要用贝多芬《第九交响曲》来强调一个"恶少"的暴力倾向和色情幻想?也许,罗曼·罗兰在《贝多芬传》中的一段话可以作为佐证:"他(指贝多芬——引者注)完全放纵他的暴烈与粗犷的性情,对于社会、对于习俗、对于旁人的意见、对一切都不顾虑。……所剩下的只有力、力底欢乐,需要应用它,甚至滥用它。"显然,伯吉斯要塑造的亚历克斯,就如罗曼·罗兰所说的贝多芬一样"完全放纵他的暴烈与粗犷的性情",所以他把这个人物和贝多芬《第九交响曲》联系在一起,以强化他那种"只求自由,不顾道德"的性格特征,同时也揭示了小说关于自由和道德的主题。

同样,在"新建的国家罪犯改造研究所"后来对亚历克斯进行厌恶性治疗过程中,也始终伴随着音乐,甚至是音乐在起作用:"那些暴力电影统统配上了音乐……。恐怖的纳粹电影,竟然配上了贝多芬《第五交响曲》的最后乐章。"因此,音乐又成了他丧失自由意志的无情伴奏。而当亚历克斯被驯化后,音乐不但不再使他激情迸发,反而使他感到恶心——当他听到斯卡德里克的《第三交响曲》时,"疼痛和恶心排山倒海地压过来",因为此时他已经丧失了自由意志。

至于在伯吉斯的后期创作中,他的"音乐化"实验更进了一步,表现为一部小说和一部交响曲的直接对应。最典型的例子就是长篇小说《拿破仑交响曲》。这部小说可以说就是贝多芬《英雄交响曲》的"翻译本",即用文字"翻译"音符,用文学形象"再现"音乐形象。伯吉斯认为,贝多芬是一位很有文学气质的音乐家,他的《英雄交响曲》就如一部用音符写成的小说,而他要做的,就是要用文字把这部交响曲再写一遍,使其成为一部真正的"音乐小说"。不过,他把小说"音乐化"到这种地步,并非人人都认为是恰当的。实际上,他的《拿破仑交响曲》大概只有把贝多芬《英雄交响曲》听得烂熟的读者才会觉得有意思,而对其他读者来说,即便知道贝多芬《英雄交响曲》,也很难领略小说的"妙处"所在。

除了"音乐化"这一最大特点,伯吉斯的小说还有其他一些特点。这些特点都和他的实验有关,而且是和前辈作家或同时代作家对他的影响联系在一起的。譬如,他受詹姆斯·乔伊斯影响,在小说中做语词实验,引入许多在词典里查不到的"新词",如流氓切口,甚至还有他自己生造的词;受科林·威尔逊影响,他往往对非喜剧性材料采用喜剧化手法和滑稽处理;还有受奥·赫胥黎和乔治·奥威尔的影响,他常采用"反乌托邦"形式,如此等等。

总之,伯吉斯写小说没有定式,从最初的《马来亚三部曲》到最后的传记小说《拜伦》,他的每一部作品几乎都是一次实验,而其宗旨,就是要在保留现实主义的同时,突破或者说超越传统现实主义,以求现实主义的更新。虽然他的实验并非都是很成功的,但至少表明了现实主义还有生机。

这一点,在他之后出现的诸多实验现实主义小说家便是最好的证明。

三、重要作品评析

伯吉斯最受关注的作品,无疑是《发条橙》,尽管伯吉斯自己对这部作品并不十分满意。《发条橙》出版后既是学界评论焦点,又是销量惊人的畅销书,后来(1971年)又由美国著名导演斯坦利·库伯里克将其搬上银幕,并跻身美国20世纪百部最佳电影之列,可谓"大红大紫"。伯吉斯就此成了名人。

小说中的故事发生在一个既有点像西欧又有点像美国的城市里。这个城市的文化是一种复杂的混合体,其中相当一部分由前苏联、东欧等"铁幕"国家的文化演化而来。所以,小说背景并不明确,可以说是"笼统的东西方世界"。一般认为,这部小说是伯吉斯1961年列宁格勒之行的产物,小说中的城市文化及人物都明显地带有前苏联的影子。当时前苏联有一些青年组成暴力团伙,给治安带来极大困扰,成为棘手的社会问题。而在《发条橙》中,伯吉斯也写了这样一个团伙,它看似当时英国"无聊青年"的写照,却又带着前苏联暴力团伙的影子。团伙的首领,15岁的亚历克斯,既是个音乐迷,又是个恶魔,他带着一群少年流氓,无恶不作。特别是亚历克斯本人,邪恶得简直令人发指。他的头脑中根本没有法律和秩序这种词汇,坏事做尽,却毫不内疚。小说的前半部详尽描写亚历克斯如何满足自己的邪恶欲望,如强奸、杀戮、抢劫、破坏公共财物,不一而足。小说的后半部分讲述亚历克斯被捕后,强权政府的一些行为学家如何在他身上进行大胆实验,如强迫他长时间观看恐怖影片,听他喜欢听的音乐,同时给他服用药物,直到他对自己喜欢的东西感到恶心为止。结果是,亚历克斯确实变了一个人,远离了过去,但却变成了一个毫无主见的傀儡,一个只听命于他人的机器人。他重返社会后,不只是无助,还受尽过去手下的那些小流氓的欺凌,成了一个可怜虫。小说的结局,有两个不同的版本:在英国的版本中,亚历克斯成了一个唯唯诺诺的"守法公民";在美国的版本中,亚历克斯又恢复了原样,变得邪恶无比。

不管亚历克斯最后变得怎样,其实都不影响小说的主题表述。伯吉斯自己曾说,《发条橙》的中心主题是"自由意志的概念"。这当然没错,但说得清楚一点,这部小说所表述的其实是一种"两难主题",或者说,就如一部交响曲,是围绕着两个相互对立的主题展开的。小说的第一主题是:人心邪恶,追求自由即意味着释放邪恶;小说的第二主题是:人心善良,服从道德即意味着变成机器。也就是说,按小说的描述,亚历克斯早先选择了"自由",因而他是邪恶的;后来,他被迫接受了"道德",于是变成了机器——那么,人需要自由呢,还是需要道德? 这就是小说的"两难主题"。所以,小说有两个相反的结局。而有两个相反的结局,从逻辑上说,就等于没有结局。当然,这无关紧要,就如伯吉斯自己所说,"艺术品的根本目的在于:用秩序来整合我们所要面对的混乱的生活",重要的是"用秩序来整合"生活,而不是一个明确的答案。再说,面对混乱的生活,要想给出答案也不可能,尤其是对于现实主义作家来说,既然现实还在继续,又怎么可能给出明确的答案或最后的结局呢?

不过,如果是不太明确的答案,那么从 A Clockwork Orange(《发条橙》)这一书名中就不难得到。这里的关键词是 orange,伯吉斯用这个词实在是别出心裁,因为他在马来亚住过多年,懂得一点马来语,而在马来语中,"人"的读音用拉丁字母拼写出来就是"orang"(和汉语的 ren 或许还有点联系),和英语中的 orange 只差一个字母,于是他就用 orange 来暗指"orang"。所以,"A Clockwork Orange"隐含"发条人"之意。"发条人"就是受他人操控的、没有自主能力的机器人;没有自主能力,就是不自由的,因此小说的题目如果意译的话,就是"一个不自由的人"。这"不自由"不仅仅指亚历克斯后来被强迫"洗脑",而是暗示,人本来就是不自由的——不是受邪恶欲念的操控,就是受道德观念的操控。所以,亚历克斯在被"洗脑"前好像肆无忌惮,自由而放任,实质上他已经是一只"发条橙",一只受自身欲念操控的"发条橙"。至于他后来被"洗脑",不过是从这只"发条橙"变成那只"发条橙"而已。总之,不管怎样,不管何时何地,不管何人,是人就是"发条橙"——这就是这部小说所隐含的、不太明确的答案。伯吉斯曾说这部小说的中心主题是"自由意志的概念",而其真正的意思是:"人在定义中就被赋予了自由意志,因此他可以使用自由意志来选择善恶。只能行善,或者只能行恶的人,就成了发条橙——也就是说,他的外表是有机物,似乎具有可爱的色彩和汁水,实际上仅仅是发条玩具,由着上帝、魔鬼或无所不能的国家(它日益取代了前两者)来摆弄。

彻底的善与彻底的恶一样没有人性，重要的是道德选择权。"①如果说这部小说含有什么哲理的话，这就是它的"内在哲理"。

其实，这也算不上什么惊天动地的新思想。这部小说真正有意思的，是其实验性的、新颖别致的写作手法。首先是，伯吉斯把音乐——特别是贝多芬的音乐——引入小说，用以代表人的原始冲动，由此强调主人公的"自由意志"是出自人的本性，和国家、民族、社会制度、意识形态，甚至宗教信仰，都没有什么关系。由于这种"音乐化"实验在某种程度上使小说"抽象化"了，因而，尽管小说中的人物塑造、情节铺陈乃至于细节描写都采用了现实主义手法，但整部小说却是隐喻性的，从而给人以一种超越感，或者说一种"深度"。说白了，《发条橙》既不是一部"反苏"小说，也不是一部"反英"或"反美"小说，而是一部探讨普遍人性的"形而上"小说。否则的话，它是不值得人们给予如此多关注的。

其次是，伯吉斯在这部小说中糅合苏联、英国和美国俚语，创造了一种被称为"纳查奇"的俄式英语，以此作为亚历克斯等人使用的语言。这既是为了使人物语言个性化，更是为了使人物"超越"国别，显示人物的"世界性"。尽管"纳查奇"常常令人费解，但也给人以新鲜感。小说内容是由主人公亚历克斯自述的，我们不妨引小说一开始的两小段，看看伯吉斯是如何模拟一个"世界小流氓"的口气说话的：

"What's going to be then, eh?"

There was me, that is Alex, and my three droogs, that is Pete, Georgie, and Dim, Dim being really dim, and we sat in the Korova Milkbar making up rassoodocks what to do with the evening, a flip dark chill winter bastard through dry. ②

这其实是两句话。第一句是正常英语，第二句就是模拟俄语语法、带"俄语腔"的所谓"俄式英语"，其中的 droog 和 rassoodock 是伯吉斯用英

---

①　Quoted from *Literature and Culture in Modern Britain: 1956 - 1999*, Clive Bloom and Gary Day. ed. , London: Longman, 2000, p. 103.

②　Anthony Burgess, *The Clockwork Orange*, New York: W. W. Norton & Company Inc. , 1963, p. 1.

语词和俄语词混合而成的流氓切口,前者的意思是"伙计"、"哥们",后者的意思是"来事儿"、"花头"。整部小说就用这种语言叙述,时而是正常英语,时而是俄式英语,同时夹杂着流氓切口,令读者既能读下去,又觉得很古怪,很新鲜,从而产生了一种"陌生化"效果。

可以说,《发条橙》充分体现了伯吉斯的实验意图,是一部具有独创性的小说。它虽然也涉及"人性善恶"问题,但绝不是戈尔丁《蝇王》的重复;它虽然也是一部"反乌托邦"小说,但绝不是奥威尔《一九八四》的翻版。

第三章　约翰·福尔斯：
"超小说"

　　作为实验小说家,约翰·福尔斯(John Fowles,1926-2005)在70和80年代享有盛名。他的有些作品被称为"超小说",一时成为英美评论界议论的焦点。他的作品尽管不多,但他在小说叙事方面的实验不仅促人思考,激发想象,愉悦读者,还影响了后来一大批年轻小说家,因而在他去世后,他仍是文学研究者最为重视的当代英国小说家之一。

一、生平与创作

　　约翰·福尔斯出生于英格兰埃塞克斯郡的雷昂西镇。第二次世界大战期间,他随全家迁居到德文郡一个偏远的小村庄。在那里,当时15岁的福尔斯由于为大自然的神秘所吸引而开始喜欢博物学,所以他后来一直是一个热忱的业余博物学家。

　　福尔斯曾就读于著名的贝德福德学校——一所典型的贵族子弟学校,但他和同学的关系不甚融洽,加上学校功课沉重,他一度觉得难以支撑,好在此时全家因战争而被疏散到德文郡,他得以休学一年。一年后,他回到贝德福德学校,似乎换了一个人,不仅成绩优良,而且还成了一个出色的运动员,甚至还当过学校的体育教练。

从贝德福德学校毕业后,福尔斯到皇家海军服役两年,最高军衔是中尉,但从未执行过战斗任务。退役后,他进牛津大学攻读法语和法国文学课程,并于1950年以优异成绩获文学学士学位。

从牛津大学毕业后,福尔斯先是在波埃第埃大学教英文,后来又到希腊的一所男子中学教英文。1954年,他和伊丽莎白·怀登女士结婚并定居伦敦,仍以教书为生。直到1963年,他的第一部小说《收藏家》(*The Collector*)出版并被拍成电影后,他才成为专业作家。他在靠近海边的莱姆·里基斯买了一幢老式房子。每年的大部分时间,他就住在那里从事写作。

福尔斯的作品不仅想象力丰富,而且形式新颖,但他并不是一个多产作家。这和他的写作习惯有关。他写好一部小说的草稿后,往往要放在书架上"冷却"一段时间,少则几个月,多则一两年,然后再进行修改,最后定稿。他的第一部小说《收藏家》就曾这样修改过八次之后才正式出版的。此外,尽管他喜欢独辟蹊径,甚至在作品中"颠覆"传统的小说创作法则,但他的有些思想却是始终一贯的,而且在他的多部作品中反复出现。

福尔斯的第二部小说是经过十多年修改后于1965年出版的《魔术师》(*The Magus*)。小说采用第一人称手法,由主人公尼古拉斯自述其经历。尼古拉斯和《收藏家》中的主人公克莱格一样,也是一个生活在"感情真空"里的人。他曾和一个叫爱里森的女孩有过一次短暂恋爱,随后就各奔东西了,因为对尼古拉斯来说,在他没有确定自我本质之前,他是不可能有爱情的。为了领悟自我本质,尼古拉斯便离开家人,独自到了希腊的一个小岛上。但初入异地,除了孤独,他什么也没有感觉到。困惑之余,他几乎想自杀,但听到远处传来牧羊女的美妙歌声,他又打消了自杀的念头。正当他彷徨之际,来了一个名叫莫瑞斯的魔术师。莫瑞斯说是来帮助他的,还说专门为他设计了一场名为"上帝的游戏"的魔术表演,并要他扮演其中的一个角色。起初他还不以为然,但渐渐地,他为表演所吸引,开始全身心地投入其中。而随着他全身心地投入表演,他也渐渐地领悟了自我本质:原来,世界的存在就是一场"上帝的游戏",世上的每个人都是这场游戏中的演员,而各人扮演的角色则由上帝安排,看似随意,其实隐含深意——这就是说,所谓自我,其实是随游戏的需要而定的,而认识这一点,就是对自我本质的领悟。尼古拉斯于是大彻大悟,小说也就至此结束。

《魔术师》的出版使福尔斯成为评论界关注的焦点。四年后,当福尔斯的第三部小说《法国中尉的女人》(*The French Lieutenant's Woman*,1969)出版后,他更是声名大振,在大西洋两岸引起轰动,因为在这部小说中,他以一种独特的文体和技巧对小说的传统形式和创作手法、对小说的所谓"真实性"以及小说家的"叙事权威"提出了挑战和质疑,甚至还刻意揭示小说本身的虚构性。批评界和学术界对此评论如潮。

继《法国中尉的女人》之后,福尔斯的主要作品有:短篇小说集《乌木塔》(*The Ebony Tower*,1974)、长篇小说《丹尼尔·马丁》(*Daniel Martin*,1977)、《曼蒂萨》(*Mantissa*,1982)和《蛆》(*A Maggot*,1985)。其中,《丹尼尔·马丁》和《法国中尉的女人》一样把真实和虚构、实在和潜在糅合在一起,明显具有实验小说的性质;《曼蒂萨》是一部以 18 世纪英国教会为背景的讽刺小说,探讨的则是诸如自我和世界的分裂等现代社会所关注的问题;《蛆》的书名(*A Maggot*)是个双关语,既可解释为"苍蝇的幼虫",又可解释为"狂想",而小说也确实给人以蛆的感觉,既令人恶心,又令人想入非非。

从某种程度上说,福尔斯不是一个纯小说家,他写小说是为了表述他的思想,而他的思想,显然是法国存在主义思想,用他自己的话来说,就是要"重新确定个体自身的独特性"。他不仅认为"写作是教育的一种形式"和"宣传我的人生观的手段",而且公开宣称他并不想成为"优秀的小说家",倒很乐意被人称为"睿智的哲学家"。所以,他有"哲学小说家"的名声。

福尔斯于 2005 年在多塞特郡的家中去世,享年 79 岁。

二、风格与特点

福尔斯虽以"超小说"而出名,但他并不是一开始就写"超小说"的。福尔斯的早期作品可以说是现实主义的,至少是写实风格的。他甚至还认为:"21 世纪需要更多的现实主义,而不是更多的奇想、科幻和诸如此类的东西。"①只是,他理解的"现实主义"可能一开始就和正统定义有很

---

① John Fowles & Dianne Vipond, "An Unholy Inquisition" in *Twentieth Century Literature*,Spring 1996, pp. 19 - 20.

大区别。按正统定义,现实主义就是忠实于生活,同时尽可能真实地反映现实,而他却认为:"如果你想忠实于生活,你就要撒谎,对现实进行撒谎。现实是不可能描述的,只能用明喻或暗喻来表示。人类所有的描述方式(不仅包括文学描述方式,而且也包括摄影、数学以及其他描写方式)都是比喻性的。即使是对物体或运动进行最精确的科学性描述也是比喻性的。"①他所说的"撒谎"是指文学虚构,这和正统定义的现实主义并不矛盾,因为不论哪种主义的文学都允许虚构,但和正统定义相左的是,他认为现实"只能用明喻或暗喻来表示",甚至认为描述即虚构,所以"人类所有的描述方式……都是比喻性的"。为什么描述即虚构?这个问题显然涉及感官真实性和语言真实性及其相互关系等复杂问题,在此不便说明。我们只要注意到福尔斯非常强调小说的虚构性和比喻性就可以了。那他为何要如此强调?原因就在于他写小说的初衷就是要表述他的思想,即通过小说的虚构和比喻,表达他对世界和人生的抽象思考。

其实,关于这种抽象思考,福尔斯曾在《智者:思想上的自我画像》一书里直接表达过。在那里,他以笔记形式为自己"画像",也就是袒露自己的思想。而他对政治、社会、宗教、艺术、进化和人性等问题的关注与思考,用他自己的话来说,其宗旨是"维护个体的自由,抵制对世界构成威胁的、强迫人们循规蹈矩的种种压力"②。显然,这是存在主义思想,而且和同时代的萨特、加缪等法国存在主义作家一样,福尔斯也把世界的荒诞性和个人的自由选择作为思想的出发点,由此观照和思考诸如个人的独立性、个人自我界定以及个人对社会的"介入"和反叛等生存问题。简单地说,他的存在主义信念就是"力图重新确定个体自身的独特感"。

毫无疑问,福尔斯的存在主义思想决定了他的小说风格。尤其是他的早期小说,就如萨特和加缪的存在主义小说一样,采用的是传统现实主义手法,表现的则是纯哲理性主题。譬如,他的第一部小说《收藏家》,就可以说是一个用小说形式写成的哲学寓言,人物和故事都是隐喻性的,隐

---

① John Fowles, "Notes on Writing a Novel" in *The Novel Today: Contemporary Writers on Modern Fiction*, ed., Malcolm Bradbury, Glasgow: William Collins Sons, 1977, p. 139.

② John Fowles, *The Aristos: A Self-portrait in Ideals*, Boston: Little Brown, 1970, p. 7.

含着作家本人对生存价值和自由意志等哲学命题的存在主义思考。同样,他的第二部小说《魔术师》也是一部有人物、有情节的哲理小说,而且较之于《收藏家》,这部小说的艺术手法更臻精湛,哲理思辨更趋成熟,主题内涵也更趋向复杂。但无论是《收藏家》,还是《魔术师》,除了表现存在主义主题,这两部小说在形式上都没有多少实验的痕迹,因而很难说是"超小说"。

真正的实验开始于《法国中尉的女人》,即福尔斯的第三部小说。有不少批评家认为,这部小说标志着福尔斯在叙述技巧方面的重大突破,同时也意味着福尔斯小说风格的转变,即由早期的哲理小说变为了"超小说"。福尔斯自己曾说:"《收藏家》是一种寓言,《魔术师》也是一种寓言,而《法国中尉的女人》则是技巧上的一次练习。"他所说的"技巧上的一次练习"就是一次实验,其结果就是把《法国中尉的女人》写成了一部"超小说"。

所谓"超小说"(meta-fiction,有时也译作"元小说"),意思就是"关于写小说的小说",其主要特点是:小说明显具有自我评论和自我解构倾向;或者说,是一种"介于小说和批评之间"的文学样式。它们既不是传统意义上的"小说",也不是一般意义上的"文学批评",而是两者的混合。它们既像传统小说一样建构一个小说世界,同时又自我解构,像文学批评一样对这一小说世界加以分析和评论。"超小说"在20世纪六七十年代的英国小说界相当流行,当时有不少小说家写过"超小说"或者具有"超小说"倾向的作品。毫无疑问,福尔斯是其中的佼佼者,尤其是他的《法国中尉的女人》,被认为是"超小说"的杰出代表。

不过,尽管福尔斯的"超小说"是一种很奇特的小说,它们所"超"的是传统现实主义小说。也就是说,它们是在现实主义基础上的一种实验,而不是"抛弃"现实主义,所以仍属实验现实主义小说。这和有人称它们为"后现代小说"并不矛盾,因为"后现代"的意思是:非现代派,也非"反现代派"("反现代派"的意思往往就是指"传统现实主义的返回"),而这和实验现实主义的概念其实是一致的,因为后者的意思也是:既不是现代派,又不是"传统现实主义的返回",而是一种基于传统现实主义的"实验",其结果已和传统现实主义大相径庭。

传统现实主义对小说与现实之间的关系是坚信不疑的,即认为小说是现实的反映,这可以说是现实主义的精髓所在。然而,福尔斯的实验恰恰对现实主义的这一精髓提出了质疑,就如批评家指出的,他的实验"在对其自身的创作方法进行批评的同时,不仅审视了小说的基本结构,而且还探索了小说文本之外的那个世界可能存在的虚构性"①。换句话说,出于对小说反映现实的怀疑,福尔斯的"超小说"往往以自我探索的方式来寻求这一问题的答案,并且按照当代哲学、文学和语言学理论来重新组建小说秩序。

福尔斯把自己的"超小说"看作是外部世界的一种象征,并由此来探讨小说本身以及小说与外部世界的关系。所以,他的"超小说"往往建立在一种自我对立的原则之上,即:构筑一个小说虚拟世界,同时又揭露这一虚拟世界。由于这两个过程在"超小说"中是同时出现的,因而不仅使"创作"和"批评"的界限变得模糊不清,甚至使"建构"和"解构"的概念也被有意混淆了。换句话说,福尔斯既旨在于创作一部小说,同时又旨在于对这部小说的创作过程和创作方式予以揭露,即:充分暴露其虚构过程,以此表明小说是人为制作的、虚假的,既不是现实的真实反映,也不是现实的不真实反映,因为它根本就不是"反映",而是"制作"。如果这一"制作"和现实有什么关系的话,这种关系正是他所要探讨的,但不管怎样,小说肯定不是现实的直接"反映"。

显而易见,由于福尔斯的"超小说"旨在于揭露小说的虚假性,其最好的揭露对象当然就是传统现实主义小说,因为现实主义小说,尤其是经典现实主义小说,被普遍认为是"真实地反映了现实生活"。也正因为这一缘故,福尔斯的"超小说"通常所模拟的就是现实主义小说,就如批评家所说,"'超小说'可以关注小说某些特殊的传统形式,与此同时展示它们的构筑过程,例如,约翰·福尔斯在《法国中尉的女人》中采用了'全知作者'的传统形式。"②然而,模拟的目的却是为了揭露其"非现实性"。说得具体一点,就是福尔斯在其"超小说"中不仅讽刺性地模仿传统小说(尤其是哈代的小说),而且还对传统小说的形式予以解构性批评,以此显示传统小说自身的虚构性。不过,需要说明的是,福尔斯揭露传统小说的虚构性

---

① Patricia Waugh, *Metafiction: the Theory and Pratice of Self-conscious Fiction*, London: Methuen, 1984, p. 40.

② Ibid., p. 58.

并不是"指责"传统小说,而只是想以此表明:任何小说,哪怕是被认为"最真实的"小说,实质上都是虚构的。福尔斯曾在1973年出版的《诗集》序言中说:"小说是游戏,是允许作品和读者玩捉迷藏的一种巧妙手段,要说这有什么过错,那也是小说形式所固有的。严格地说,小说大体上是一种很巧妙而且能令人信服的假设——也就是说,它和谎言是最亲密的表亲。小说家因为意识到自己在说谎而感到不安,所以大部分小说总孜孜不倦地描摹现实;这也是为什么揭穿这个游戏,在作品中让谎言——即小说创作过程的虚构本质——凸现出来,成为当代小说的特色之一。"①显然,"过错"不在于小说本身,而在于人们对小说的误解。

　　继《法国中尉的女人》之后,福尔斯的长篇小说几乎都是"超小说",这可以说是他后期创作的主要风格特点。譬如,在长篇小说《丹尼尔·马丁》中,小说主人公马丁是个小说家,而且正在写一部自传体小说,并给小说的主人公取名为斯蒙·沃尔夫,而这个斯蒙·沃尔夫呢,也是个正在写小说的小说家。于是,这部小说就成了小说家(约翰·福尔斯)讲述小说家(丹尼尔·马丁)笔下的小说家(斯蒙·沃尔夫)所要讲述的故事。可想而知,在这种交错循环的多重转述过程中,现实与虚构之间的界限肯定被消解了。读者无法分辨什么是现实,什么是虚构,所以只能面对"小说",即福尔斯所说的"游戏"。至于福尔斯在80年推出的两部长篇小说,即《曼蒂萨》和《蛆》,不仅是"超小说",甚至可以称为"超级'超小说'",因为这两部小说所要解构的不再是传统小说——前者通过对现代派小说的滑稽模仿,试图解构"解构主义";后者通过对宗教派别之争的描述,试图解构宗教,即:揭示出宗教的"虚构性"。不过,也许是福尔斯走得太远了,他的后期"超小说"在批评界和在读者中间都没有引起太多反响。

三、重要作品评析

　　福尔斯最重要的作品无疑是《收藏家》和《法国中尉的女人》——前者是他的处女作,后者是他的代表作。

---

① John Fowles, *Poems*, New York & Toronto: Ecco Press,1973, p. 3.

1.《收藏家》

这是一部心理-哲理寓意小说。小说共有四个部分：第一部分是男主人公克莱格的自我表述；第二部分是女主人公米兰达的自我表述；第三、第四部分又是克莱格的自我表述。透过男女主人公的自我表述，读者了解到，他们之间发生了这样一些事情：克莱格是个年轻的小职员，性格怪异而孤僻，生活中的唯一乐趣就是收集蝴蝶标本。他暗恋上了一个艺术系的女学生米兰达，幻想她能成为他的终身伴侣。为此，他先是跟踪米兰达，后来便想法绑架米兰达。他在伦敦郊外购置了一所房子，还精心布置了一间地下室。然后，他神不知鬼不觉地绑架了米兰达，并把她供养在那个地下室里，就像他收集来的蝴蝶标本。除此之外，他什么也没做，只是幻想着米兰达有朝一日会爱上他。小说中的这部分内容，是由克莱格自述的。接下去，是米兰达被克莱格囚禁后偷偷记下的日记。她在日记中无比惊恐地回顾了自己被克莱格绑架的经过。这部分内容，实际上是把克莱格讲述的事情从米兰达的角度再讲述了一遍。最后，小说又转为克莱格的叙述。他讲到，米兰达被他绑架后，根本就没有爱上他，而是不久后便死了，为此他感到很沮丧，准备再找一个姑娘，希望能成功，等等。

小说题为《收藏家》，显然是指克莱格，他不仅沉溺于收藏蝴蝶标本，还想"收藏"他钟爱的女孩。这显然是一种变态心理，即心理学上所说的"幽闭"，一种因孤独而扭曲的自我。小说表面上讲的是克莱格囚禁米兰达，实际上是要表现克莱格的"自我囚禁"，即：克莱格囚禁米兰达这件事本身，就意味着克莱格囚禁了他自己的心灵。这一点，福尔斯在小说中是直接点明的，他在米兰达的日记里写道："他（指克莱格）是一个被囚禁的人；被囚禁在充满憎恨、狭隘的当下世界之中。"然而，这部小说还不仅仅写了一种变态心理，同时还蕴含着这样一层哲理：表面上是收藏家收藏收藏品，实质上是收藏品"收藏"收藏家；这可以引申为：表面上是占有者占有占有物，实质上是占有物"占有"占有者；再可以引申为：表面上是我们在做事情，实质上是事情在"做"我们——也就是说，只要我们想占有什么东西，或者想做什么事情，我们的心灵实际上就被什么东西或者什么事情"囚禁"了，因而也就不再自由了。换言之，我们都是这样那样的"收藏家"，所以我们都有不同程度的"幽闭症"。这层意思，如果用社会学语言来说，那就是：在当今物质社会，人的心灵为物质所笼罩，所以表面上好像是人在支配物质,实际上是物质在支配人。

　　如果说,这就是《收藏家》的寓意,那么作为一部小说,更为重要的还在于它是如何表述这一寓意的。首先是,一部寓意小说必须先要设置一个相对封闭的环境中。福尔斯曾说:"我是笛福的崇拜者——我最为推崇的是笛福能够创造奇异的环境,如我们在《鲁滨逊漂流记》中所看到的。"①笛福的"奇异的环境"是一座无人居住的荒岛,即一个相对封闭的环境,只有在这样的环境中,关于鲁滨逊的寓意故事才有可能发生,或者说,笛福才有可能讲述这样一个故事。同样,福尔斯在《收藏家》中也设置了一个相对封闭的环境——伦敦郊外一幢没人注意的房子里的一个地下室。这个地下室既适合主人公克莱格的个性表达,又是他的内心世界的象征。克莱格把米兰达囚禁在这个地下室里,即象征着他在内心深处想占有米兰达(即把她当作收藏品),而他想把米兰达当作收藏品,进而又是他的收藏癖异化的象征——即:人被"物化"了,而他在"物化"他人的同时,他自己也"物化"了,丧失了人性,因为只有在人与人的关系中才有人性,在人与物的关系中是无人性可言的。既然他把一切都看作是可以"收藏"的物,他自己当然也就成了无人性的物。

　　其次是,这部小说的叙事结构也是相对封闭的,即:采用了循环叙事手法。主要表现为:克莱格是小说三个部分的叙述者,米兰达的叙述,即日记,是包含在他的叙事结构中的,就如有研究者所说,"在这部小说的叙事结构中,一个叙事包容和'囚禁'另一个叙事,这非常适合于突出小说的幽闭主题"②。他们的叙述具有明显的对应、平行、重复、循环、回复等特点,尤其是小说的结尾,似乎又回到了小说的开端。小说以克莱格密谋绑架米兰达开始,最后以他物色到新目标为结尾,由此完成了一个大循环。克莱格令人心悸地决定重复自己的行为,因此小说的结尾成了新的可怕的开端。这个循环叙事模式构成了一个"封闭的圆圈",其寓意是:无论是"克莱格们",还是"米兰达们",将永远深陷入于这个万劫不复的"圆圈"。

---

　　① John Fowles, *The Aristos: A Self-portrait in Ideals*, Boston: Little Brown, 1970, p. 56.

　　② Susana Onega, *Form and Meaning in the Novels of John Fowles*, UMI Research Press, 1989, p. 84.

再次是，使用双重第一人称叙事，有助于深化小说寓意。克莱格的叙述和米兰达的叙述是一种包容和被包容的关系，是对应于两人之间囚禁与被囚禁的关系的，但同时，两者又形成鲜明对照。克莱格的叙述是冷静的、甚至是死气沉沉的，而米兰达的叙述则是情绪化的、甚至是亢奋的。这当然是为了符合他们不同的处境和不同的个性，同时也为读者提供了不同的视角来观察隐藏在同一事件背后的涵义，但更为重要的是，这有助于小说寓意的深化。克莱格的物化语言"囚禁"了米兰达的人性化语言，即意味着物欲遮蔽了人性，而米兰达的死，则无疑象征着人性的被扼杀，从而使小说的幽闭气氛达到了令人窒息的程度。

最后是，小说的故事结构对应于莎士比亚的《暴风雨》，使小说寓意更具哲理性。克莱格囚禁米兰达的故事和莎剧《暴风雨》的故事很相像。《暴风雨》的故事是英美读者熟知的，其含义即"恶虽一时压倒了善，但最后得胜的终究是善"也早成定论。福尔斯套用《暴风雨》的故事，也就彰显了小说的"形而上"寓意，即：它是关于人性善恶的，而非社会的、历史的，或者是关于男女感情的。不过，《收藏家》的故事和《暴风雨》的故事还是有所不同，米兰达被囚禁后并没有人来救她，而是死了，克莱格也没有像凯利班那样被人制服，而是依然我行我素。可见，福尔斯比莎士比亚悲观得多，他的意思是：恶不但一时压倒了善，而且还将继续下去。

2. 《法国中尉的女人》

《法国中尉的女人》是一部典型的"超小说"。在这部小说中，福尔斯既惟妙惟肖地模拟 19 世纪维多利亚小说，建构了一个小说世界，同时又不断对此予以解构，意在表明传统小说本质上的虚构性。

小说讲述了这样一个似乎是发生在一百多年前的故事：32 岁的绅士查尔斯·史密森虽然父母早亡，却是叔父罗伯特男爵的唯一继承人。他和漂亮的欧内丝蒂娜·弗里曼订有婚约，但仍迷恋于订婚前认识的一个叫莎拉·伍德拉夫的女人。这个女人就是所谓的"法国中尉的女人"，因为独立不羁，感情奔放，为当时虚伪拘谨的维多利亚社会所不容，所以有传闻说她是个轻浮的女人，曾被一个法国中尉玩弄后又遭抛弃。查尔斯对此将信将疑，但出于对莎拉的爱，他仍和她交往，而且和她关系越来越密切。莎拉好像也很爱他，还坦率地把她和法国中尉的事情告诉了他。她说的虽和传闻不完全一样，但她承认自己确实曾被法国中尉抛弃。对此,查尔斯内心很矛盾,然而正当他想摆脱莎拉的神秘诱惑时,他却发现莎拉和法国中尉的事情纯属虚构,因为他在和莎拉做爱时发现她仍是处女。但是,就在查尔斯想找莎拉把事情弄清楚之前,莎拉突然失踪了。于是,他便到处寻找莎拉……结局如何呢？福尔斯别出心裁地写了三种结局,供读者自己选择:一、查尔斯没找到莎拉,便和欧内丝蒂娜结了婚;二、查尔斯找到莎拉,并打算和她结婚;三、查尔斯虽找到莎拉,但最后还是离开了她。

需要说明的是,福尔斯在这里是把维多利亚小说当作传统小说的范本来对待的,所以他戏拟的不是特定的维多利亚小说,而是包括维多利亚小说在内的所有传统小说。因为所有的传统小说几乎全都具有这样的特点:小说家对现实世界表现得极为自信,他们在不无混乱的现实世界中抽取他们所需要的材料,然后赋予这些材料以某种秩序,也就是建构一个既和现实世界有联系又完全不同于现实世界的小说世界;在这个世界里,小说家不仅拥有绝对的叙事权,还拥有支配读者的权力,而这种支配权,就是通过小说家的叙事权获得的;也就是说,小说家通过叙事制造幻觉,使读者(至少在读小说时)生活在一个幻象世界里,从而使他们对小说中发生的一切信以为真。

那么,福尔斯在《法国中尉的女人》里是如何破坏这一幻象世界的呢？那就是他一边模拟维多利亚小说,一边予以自我破坏。为了自我破坏,他主要用了三种方式,即:放弃绝对叙事权、插入自我评论和制造文本短路。

首先是放弃绝对叙事权。这部小说最引人注目的是它的结局。在传统小说中,故事结局是绝对由小说家安排好的——这是小说家的权力,也是为了制造幻觉所必需的。但在这部小说中,福尔斯放弃了这种权力,因而就如戴维·洛奇(David Lodge)在《现代写作模式》一书里所说:"我们既看不到传统小说那种真相大白和命运已定的封闭式结局,也看不到那种像康拉德对詹姆斯所说的'令人满意但并未结束'的现代派小说的开放性结局,而是看到了多种结局、虚假结局、嘲弄式或讽刺性的结局。"①具

---

① David Lodge, *The Modes of Modern Writing: Mehphor, Metonymy and the Typology of Modern Literature*, Boston: Rooutledge and Kegan Paul, 1987, p. 47.

体说来,小说分别在第四十四章、第六十章和第六十一章里给出了三种不同的结局:先是说主人公查尔斯抛弃了颇有心机的"法国中尉的女人"莎拉,并和他的未婚妻欧内斯蒂娜结了婚,还生了七个孩子——他说,这显然是许多维多利亚小说的结局。接着,第四十五章一开始,他告诉读者:"在为这部小说安排了一个极其传统的结局之后,我应该向你们说明,虽然我在前两章中描写的事情发生了,但它和你们想象的并不一样。"随后,他又向读者透露,说前面那个结局不过是查尔斯本人在旅行时的幻想而已。"他觉得自己该结束这件事情了,但这样的结局他并不喜欢。"于是,他在第六十章里给出了第二种结局,即查尔斯和莎拉在分别两年后再次相会,而且依然相爱,并打算结婚——但他随即又说,这第二种结局还是维多利亚式的,不能令人满意。最后,他在第六十一章里又设计了第三种结局,即:查尔斯和莎拉再次相会,但他最终还是毅然和她分手了。显然,这三种结局自身并不重要,重要的是有三种结局。因为这样一来,小说家似乎在和读者商量:"你们看,我们该怎么结束这个故事?"换句话说,小说家不再要求读者单方面相信小说的"真实性",而是邀请读者走进"小说工场",让他们看到了"小说产品"究竟是怎么做出来的。

其次是插入自我评论。这部小说虽用第一人称叙述,但叙述者却不是小说中的人物,甚至都不是 19 世纪的人,而是一个以 20 世纪的目光审视 19 世纪的叙述者兼评论者;与此同时,他却又像幽灵似的两次以人物的身份出现在小说中。显然,这样的叙述角度本身就是对传统小说的一种嘲弄,因为它使小说中所讲到的一切都显得混混沌沌,似有似无。更有甚者,小说一边叙述故事,一边又不断插入自我评论。譬如,小说一开始和维多利亚小说很相似,对英国南部的美丽风光作了一番描述,但紧接着,叙述者又以自嘲的口吻对自己的这番描述发表评论说:"我是在夸张吗? 也许是吧。不过我是经得起检验的。"讲到人物时也一样,譬如莎拉这个人物(即"法国中尉的女人"),应该说是小说中最重要的,叙述者也花了大量篇幅来"塑造"这个人物,但在第十二章结束时,也就是当读者似乎要"接受"这个人物时,他突然发问:"谁是莎拉? 她来自何处?"——这等于对读者猛击一棒,但不是要把读者打晕,而是要把读者打醒。有时,为了使小说的虚构性凸显出来,叙述者甚至不惜对整部小说的创作予以自我评论。譬如,在第十三章一开始,他说:"我讲的这个故事全是凭空想像的。这些人物仅仅存在于我的头脑中。如果说，到现在为止我一直假装了解我的人物的内心世界，那是因为我在以编造故事时普遍认可的传统方式写作：即小说家拥有上帝般的地位。他未必什么都知道，但他却装出通晓一切的样子。然而，我生活在阿兰·罗伯·格利莱特和罗兰·巴斯的时代。假如这是一部小说，它不能成为一部现代意义上的小说。"而对这样的评论，他似乎觉得仍不足以使读者"头脑清醒"，所以在小说的某个地方他还要对此作了一番自嘲式的评论："也许我在写一部变味的自传；也许我现在生活在我写进小说的一幢房子里；也许查尔斯就是我本人。也许 这仅仅是一种游戏。像莎拉这样的现代女性是存在的，而我对她们一无所知。也许我试图向你们送上一本隐而不宣的论文集。"显然，叙述者一面以模拟维多利亚小说的方式在讲述一个故事，一面又以这种自我评论的方式不断提醒读者：故事纯属虚构，不必相信。

最后是制造文本短路。所谓"文本短路"，就是把虚构文本和真实文本直接混合在一起，或者说，在小说故事（虚构文本）中直接引入真实事件（真实文本）。这种短路在《法国中尉的女人》中屡屡出现。举例来说，小说中讲到莎拉失踪时，说格罗根医生为了使查尔斯相信莎拉是精神病患者，特意找了一本《心理医学观察》给他看，其中有一个名叫拉·朗西埃的中尉被精神病患者玛丽·莫雷尔陷害的案例。关于这件事，小说中有这样一条注释：

> 拉·朗西埃的故事是我根据格罗根医生给查尔斯的那本 1835 年的书记述的。我觉得有必要补充一下后来发生的事情。1848 年，也就是拉·朗西埃中尉出狱后不几年，有位原来起诉律师良心发现（虽然为时已晚），疑心自己曾错误地滥用了正义。他那时已有权重新审理拉·朗西埃的案件。结果，拉·朗西埃证明完全无罪，恢复了名誉。他又回到了部队。在查尔斯思考着自己生平碰到的最晦气的事件时，他可能作为军事总督，正在法属塔西提岛上颐养天年呢，可是他的故事最终还是出现了十分曲折的变化。只是到最近人们才知道他至少在某种程度上活该遭到歇斯底里的玛丽·莫雷尔的报复……对于这一奇案精彩讨论的记录，可以在雷内·弗洛里奥的《审判的错误》中找到。——作者原注。

　　这就让人真假难辨了,因为根据注释的最后一句,拉·朗西埃一案好像真有其事,并非作者虚构,可是注释的第一句里说到的"我",又是虚构文本中的一个人物,而非福尔斯本人。此外,还有一种短路,就是让虚构人物和真实人物混杂在一起;譬如,在第十六章里,说欧内斯蒂娜在读卡罗琳·诺顿夫人的诗集《加拉夫人》,而就在欧内斯蒂娜读诗的那天晚上的前一个星期,哲学家约翰·斯图亚特·穆勒在威斯特敏斯特会议上提出要给妇女同等的选举权;还有,小说结尾时写到莎拉流落伦敦街头,竟被当时英国著名艺术家但丁·罗塞蒂收留,并和罗塞蒂兄弟住在一起。当然,在虚构人物中间出现历史人物其本身并不唐突,诸多历史小说就是这么做的。问题是这部小说既不是一部历史小说,也没有营造历史小说的氛围,而是突然之间让虚构人物遇到了历史人物——这种短路的结果,就是使读者感到惊愕,在幻觉中突然接触到现实,从而在怪异之余感悟到小说中的一切均为虚构。最后,小说每一章前的引语也是一种文本短路。这些引语有的引自马克思的《资本论》,有的引自达尔文的《物种起源》,和小说的虚拟语境极不协调,而这恰恰是作者有意为之,因为把这些"真实文本"和小说"虚构文本"直接短路,有助于后者的自我解体。

　　总之,福尔斯在这部小说中既明确告诉读者,小说纯属虚构,只是一种文字游戏或者幻象,同时又邀请读者步入这个虚构世界。他既用维多利亚时代的语言、对话和文体再现了这一时代,复制了这一时代的小说,同时又公开声明,这部小说是抄袭,是说谎。

　　那么,通过这种自我建构和自我解构,这部小说在"揭露"了小说的虚构性之后又想说明什么呢? 它首先要说明,小说不是生活的再现;其次,更为重要的是要引发读者进行这样的反思:既然小说是用语言创造的,而小说又不能再现生活,那么是不是说语言本身就无法再现生活? 如果是的,那么用语言表述的一切,其"真实性"都很可疑? 如果是的,那么我们所认识的世界不都是用语言表述的吗? 其"真实性"是不是也同样可疑? 换句话说,除了我们个人正在经历的生活和正在感受的世界是真实的,此外的一切都可能是不真实的,都是某种程度上的虚构? 这种虚构可能是必需的,也可能是有益的,但不管怎样,终究是虚构的。

第四章 其他实验现实主义 小说家

上述安东尼·伯吉斯和约翰·福尔斯无疑是最重要的实验现实主义小说家。此外,还有下列小说家在其创作中也表现出了类似的实验倾向,这些小说家或许可以称为较重要的实验现实主义小说家。

一、彼得·阿克罗伊德

彼得·阿克罗伊德(Peter Ackroyd,1949 -)毕业于剑桥大学,后在美国耶鲁大学做研究,其间写有《新文化笔记:现代主义论》(*Notes for a New Culture: An Essay on Modernism*,1976)一书。离开耶鲁大学回国后,他在《观察家》杂志任文学编辑(1973—1977),后来又从事过电影评论。

阿克罗伊德最初以传记作家而出名,他写的传记不仅深受读者喜爱,同时也是具有权威性的学术参考书。特别是他的《T.S.艾略特传》,被誉为"形象最丰满、最有说服力的艾略特传记"而获1984年"惠特布雷德传记文学奖"。此外,他还写有《狄更斯传》、《布莱克传》和《托马斯·莫尔传》等,都很有影响。自1984年以后,他一直是英国皇家文学学会会员。

作为小说家,阿克罗伊德偏爱历史题材,但他的小说并不是他写文学家传记的副产品。阿克罗伊德不论是写传记还是写小说,都显示出深厚的学术功底和极其强烈的创造性想象力。他的小说总是和现实生活保持一定的距离,同时又从来不会使读者感到他的作品是纯属虚构的。他在小说中塑造的一个又一个人物,如作家王尔德、诗人查特顿和建筑家霍克斯摩尔等,既是历史人物,又是具有极具个性和感染力的小说人物。换句话说,阿克罗伊德对历史小说做了独创性的改造,将写实手法和非写实的实验写法熔于一炉,创造出了一种既真实又虚玄的"与死者对话"的奇特氛围。

阿克罗伊德的小说家名声主要基于他在 80 年代出版的一系列小说,其中重要的有:《伦敦大火》(*The Great Fire of London*,1982)、《王尔德的最后证词》(*The Last Testament of Oscar Wilde*,1983)、《霍克斯默》(*Hawksmore*,1985)、《查特顿》(*Chatterton*,1987)和《第一道光》(*First Light*,1989)等。

《伦敦大火》是阿克罗伊德的小说处女作,该小说主要人物都与狄更斯的名著《小杜丽》有关。电影制片人斯宾塞因拍摄一个监狱的记录短片,萌发了将《小杜丽》改编成电影的念头。在狄更斯笔下,小杜丽出生在伦敦的马歇尔西监狱,该监狱已于 1885 年大火中烧毁。为了拍电影,摄制人员在泰晤士河边搭起了 19 世纪伦敦的布景。电话接线员欧蕊耽于幻想,梦见自己被关在监狱里。她去参加招魂会,发生了小杜丽灵魂附身的奇事。欧蕊阅读狄更斯的小说,深信自己是小杜丽,对斯宾塞找别人扮演小杜丽极为不满,最后纵火将布景全部烧毁,斯宾塞也葬身火海。《伦敦大火》让过去历史以互文性的形式在以现代生活为背景的小说中若隐若现的叙事模式,为阿克罗伊德后来的小说定下了基调。这部小说获当年的"毛姆奖"。

《王尔德的最后证词》是虚构的王尔德日记,起始时间为 1900 年 8 月 9 日至 11 月 30 日他离开人世。王尔德晚景十分凄凉,隐名埋姓,客居巴黎一家旅店。该小说虽然把时间限定在王尔德生命的最后阶段,但实际上是对他一生不同寻常的生活和文学创作经历的追述。阿克罗伊德根据他所掌握的有关资料,将历史与虚构融于一体,以王尔德的口吻,讲述自己的生平,其中既有文人墨客的趣闻轶事,又有对人情世态的观察与感叹。作者成功地模仿了王尔德的风格,书中不乏妙语警句,显示出其驾驭英语语言的功力。此外,这部小说还有另外一个显著特征,即:它模糊了传记、自传、文学批评与小说之间的界限,拓展了小说的形态和功能。

《霍克斯默》的主人公原型尼古拉斯·霍克斯默是英国 17 世纪的教堂建筑师。阿克罗伊德借助大胆想象，由该历史人物衍生出两个虚构人物：一个是 18 世纪的教堂建筑师尼古拉斯·戴尔，另一个是 20 世纪的探长霍克斯默。后者正在调查发生在伦敦东区教堂里的一个系列谋杀案，而这些教堂是由历史上的那位建筑师设计的，历史和现在两条线索交替发展。当年戴尔在负责修建七座教堂时，滥杀无辜，用鲜血祭奠黑暗神灵，把教堂工地作为埋葬牺牲品的墓地。生活在现代的探长霍克斯默在侦破该系列谋杀案的过程中，沿着戴尔的足迹展开调查。霍克斯默和戴尔分别代表着正义和邪恶、光明和黑暗，两个人物之间有一种神秘的联系。小说结尾时，为了阻止另一起谋杀，霍克斯默走进小圣休教堂，黑暗将他包围。教堂在戴尔的七边型图案中处于地狱位置，历史和现实在此奇怪地重合。该小说构思奇特，历史和现实既结合在一起，又有存在区别，从而营造出一种扑朔迷离的氛围。

《查特顿》依然表现了虚构与现实之间界限的隐退。小说以 18 世纪英国诗人托马斯·查特顿的生平事迹为题材虚构而成，故事并不复杂。查尔斯·维奇武德发现了一幅他自认为是查特顿中年时的画像，并为自己掌握了这个秘密而欣喜若狂。他想方设法弄到了可以确定查特顿伪造自己的死亡并且以库珀、格雷、布莱克和其他早期浪漫派诗人的名义继续写作的证据。查尔斯自己一直受病痛折磨，但却拒绝死亡的念头，一心想揭开查特顿假死的秘密。小说从一开始就试图用一种秘密诱导读者，让查特顿的魂灵四处游荡。到了结尾，查尔斯患中风去世，一切都真相大白，原来根本就不存在什么秘密，有的只是一连串毫无疑义的造假行为。查特顿绝对没有结束自己生命的意图，他只是根据朋友的建议用鸦片和砒霜治疗自己在丧失童贞时染上的"性病"，因砒霜使用过量才致死的。

在《第一道光》中，仍然可以听到作家传记的回响，但是阿克罗伊德已舍弃模仿戏拟手法，故事的背景也不在伦敦而在多塞特郡。此书的一个主要因素，是使人感觉到过去的岁月是持久永恒的，它一直延续到现在。小说的情节集中于两个场景：一个天文气象台和一片考古学家发掘文物的场地。天上的云霞随风舒卷而去，古老的尸体神秘地埋藏于地。而大地正是被埋葬的种族记忆的宝库。在天地之间，是男男女女芸芸众生，在短促、紧迫的生命时间之内，扮演着他们各自的角色。这是一部思索人生哲理的小说,然而又是喜剧性的。阿克罗伊德对于人类的怪癖行为独具慧眼,并用他温柔敦厚、幽默风趣的笔触把小说中的人物刻画得栩栩如生。

90年代,阿克罗伊德又出版了一系列小说,如《英国音乐》(*English Music*,1992)、《狄博士的房屋》(*The House of Doctor Dee*,1993)、《丹·雷诺与莱姆豪斯·格勒姆》(*Dan Leno and the Limehouse Golem*,1994)、《威廉·布莱克》(*William Blake*,1995)、《弥尔顿在美国》(*Milton in America*,1996)和《柏拉图文稿》(*The Plato Papers*,1999)等。其中,《英国音乐》写父子关系,由此表现孤独与恐惧的主题。小说的结构很复杂,包括用各种文体叙述的形形色色的梦境和对众多作家的模仿,但故事本身却非常简单。故事的叙述者蒂莫西的父亲克莱门特·哈克姆布在马戏团做魔术师,后来与塞西利娅相识并娶之为妻。塞西利娅在蒂莫西出生时死去。丧偶的父亲和无母的儿子拥有一种能为人治病的特殊能力,而这种能力(尤其是儿子的)好像来源于死去的塞西利娅。一开始,当蒂莫西还是个孩子时,他父亲就用儿子的特殊功力为人治病。不久,外祖父将蒂莫西带走。七年后,当父亲试图为自己的儿子治病时丧失了功力。蒂莫西明白父亲与自己实际上共享那份神秘的遗产,上完了中学重新与父亲一起出去"工作"。在治好了蒂莫西最要好的朋友爱德华之后,父亲便死于中风。而儿子则继续为马戏团工作,直到他感到自己的功力丧失为止。随着岁月的流逝,蒂莫西日渐衰老,写下了这本名为《英国音乐》的书,最后一句话是:"我不再需要打开那些旧书。我已经听见了音乐。"所谓的"英国音乐",不光指音乐,还包括英国历史、文学和绘画。

《狄博士的房屋》、《丹·雷诺与莱姆豪斯·格勒姆》和《弥尔顿在美国》(*Milton in America*,1996)都和历史有关,小说人物中既有历史上的真人,又有虚构出来的。《柏拉图文件》的故事背景则设在未来的公元3700年,柏拉图作为伦敦最有名的演说家,就人类历史做讲演。尽管柏拉图是一位很有学问的智者,由于掌握的资料残缺不全,他在猜测和解释公元1500至2300年间可能发生的事件时常常搞错,如将达尔文和狄更斯相混淆,视弗洛伊德为"他时代最伟大的喜剧天才",而他的"无意识"则和酗酒有关,等等。书中有一张十分有趣的词汇表,单词释义往往是望文生义,如"摇滚乐"(rock music)意为"石头的声音"。柏拉图和自己的灵魂对话,却难以确认自己是否掌握了真理。这部小说实验性地把科幻小说、哲学对话以及对未来预言等成分融合在一起,充分显示了实验现实主义的特色。

进入 21 世纪,阿克罗伊德仍有不少传记作品问世,如《伦敦:传记》(*London: The Biography*,2000)、《莎士比亚:传记》(*Shakespeare: The Biography*,2005)和《泰晤士:神圣之河》(*Thames: Sacred River*,2007),还有取名为"短暂人生"(Brief Lives)的系列传记,包括《乔叟传》(*Chaucer*,2005)、《透纳传》(*Turner*,2006)和《牛顿传》(*Newton*,2007)。与此同时,他也写小说,最近出版的小说是《克拉肯威尔故事集》(*The Clerkenwell Tales*,2003)、《伦敦羔羊》(*The Lambs of London*,2004)和《特洛伊的失陷》(*The Fall of Troy*,2006)。

二、勃丽吉德·勃洛菲

女作家勃丽吉德·勃洛菲(Brigid Brophy,1929–1995)是爱尔兰人,生于利物浦,父亲约翰·勃洛菲也是作家,著有小说《痛苦的结局》(*The Bitter End*,1928)和《水畔》(*Water Front*,1934)等。勃丽吉德·勃洛菲幼年时就读于圣保罗女子学校,1947 年获奖学金入牛津大学圣·休学院,但不久因酗酒被校方开除。此后,她在伦敦一家公司任速记员,同时利用业余时间写短篇小说。数年后,她的短篇小说结集出版,取名为《王妃》(*The Crown Princess and Other Stories*,1953)。

同年,勃洛菲还出版了她的第一部长篇小说《海根费勒的猿》(*Hackenfeller's Ape*,1953),而且颇受好评,还于第二年获"切尔特纳姆文学节"的"处女作奖"。《海根费勒的猿》是一部把动物和人进行平行比较考察的小说。故事的大意是:一位动物学家在伦敦动物园观察研究猿的交配过程,这是一对珍贵品种的猿,当这位动物学家得知那只雄猿将被用于一次火箭实验时,他产生了怜悯之心,决定把那只猿放生。然而,当他费尽心机把雄猿放出来以后,却又产生了另外一些复杂问题,那只雄猿就像被释放出来的囚犯一样,重新表现出逾越人类正常行为之轨的举动,令人啼笑皆非。勃洛菲声称,她写这部小说时正住在伦敦动物园附近,很同情那些被囚禁的动物,尤其是酷似人类的猿。所以,这部小说既表达了她对动物的怜悯,也抨击了人类对待动物的残忍行为。小说想象力丰富,近似于科幻小说,但又具有寓言诗的风格。

勃洛菲的第二部长篇是 1956 出版的《雨国之王》(*The King of a Rainy Country*)。此后,她又陆续出版小说《肉》(*Flesh*,1962)、《最后的笔触》(*The Finishing Touch*,1963)、《雪球》(*The Snow Ball*,1964)和《在途中》(*In Transit*,1969)等作品。其中,《雪球》于出版当年被 BBC 电视台改编为电视剧。在写作《雨国之王》、《肉》和《雪球》时,勃洛菲的婚姻正陷入困境,因而这几部小说都以爱情、婚姻为主题,意在探知两性关系的深层意蕴。特别的在《肉》中,勃洛菲表现出强烈的性意识,以及对现代性心理的质疑。《雪球》则可说是一部黑色幽默小说,其中充满狂欢舞会的场景和床笫间引人发笑的对话,但作品所要表达的却是婚姻就如坟墓的绝望情绪。

除了小说创作,勃洛菲还写有不少评论,其社会影响不亚于她的文学创作。譬如,她的评论集《驶向地狱的黑船》(*Black Ship to Hall*,1962)是她对精神分析学的研究成果,出版后曾获伦敦"杂志散文奖"。还有如《戏剧家莫扎特:重新审视莫扎特的歌剧和所处时代》(*Mozart the Dramatist: A New View of Mozart, His Operas and His Age*,1964)和《我们并不需要的五十部英美文学著作》(*Fifty Works of English and American Literature We Could Do Without*,1967)等,也以其激烈的观点引起学术界的注意。此外,勃洛菲还写电视剧、广播剧和舞台剧,如广播剧《废弃的处理设备》(*The Waste Disposal Unit*)和舞台剧《强盗》(*The Burglar*)等。

勃洛菲性格外向且愤世嫉俗,除了写作,她还经常在电台和电视台参加辩论,甚至在广场上演讲。她的言辞往往很激烈,时而攻击当代文学家、音乐学家和心理学家,时而抨击当代婚姻制度和两性关系,时而谈论战争、宗教和教育,时而嘲笑人们吃肉,宣扬素食主义。她本人就是个素食主义者。

70 年代,勃洛菲出版的小说主要有《上帝寻找黑姑娘历险记》(*The Adventures of God in His Search for the Black Girl*,1973)、《猫头鹰:超级野兽》(*Pussy Owl: Superbeast*,1976)和《没有椅子的宫殿》(*Palace Without Chairs*,1978)等。这些作品都以故事性强、情节离奇为特点,读

来颇像民间传说，又像是寓言诗。特别是《没有椅子的宫殿》，其句式就像散文诗，只是没有严格的节奏而已。小说中的人物塑造和故事情节安排也表明勃洛菲的创作风格在 70 年代已发生变化，即：更倾向于小说实验。实际上，在 60 年代末，勃洛菲就以小说《转变》(Change，1969)表明了这一倾向。在这部小说中，她同时使用几种文字写作，还故意混淆故事叙述者的性别，时而是男性，时而是女性，令读者晕眩。

勃洛菲不仅是一位提倡实验和创新的小说家，还是一位异常活跃的社会活动家。她既是英国官方的版权委员会副主席，又是民间的"反对解剖动物"协会副主席。

三、詹姆斯·凯尔曼

詹姆斯·凯尔曼(James Kelman，1946 -)是苏格兰人，出生于格拉斯哥，80 年代初步入文坛的后起之秀，如今已成为英国小说界的一位举足轻重的人物。

80 年代，凯尔曼以他的两部小说，即《碰运气的人》(A Chancer，1985)和《不满情绪》(A Disaffection，1989)，初露锋芒。这两部小说因其"对下层生活的描绘、对'声音'的处理和对叙述形式的运用"而被认为对苏格兰小说创作产生了重要影响。在《寻找机遇者》中，凯尔曼写了一个生活中的"偶然人物"，即不得不借住在他姐夫家的主人公塔马斯；小说结尾时，塔马斯搭上了一辆驶向未来的卡车，但他根本不知道自己的未来会怎样，只是像个赌徒似的在"碰运气"而已。同样，在《不满情绪》中，主人公道尔是个对现实生活和个人境况怀有强烈"不满情绪"的教师；他在充满敌意的环境中越来越有一种严重的异化感；他越是想逃避可怕的现实，越是感到有一种可怕的势力在牵制着他。小说结束时，他准备向那些大公司的玻璃窗扔石头——"不满情绪"变成了恐怖行为。

虽然凯尔曼自己有时也会采用实验主义写法，但他却是当代英国现实主义小说的捍卫者。他曾针对当代小说中的过多的实验倾向说："在我们的社会中，我们已经不习惯将文学视为可以反映普通女人和男人的日常生活的艺术形式……这是我们不想看到的。"甚至认为："在英国出版的百分之九十的文学作品所描写的人物从不需要对钱感到担忧。我们似乎总是观察或阅读那些生活在充满金钱和运气的世界中的人的感情危机。"尽管如此,尽管凯尔曼致力于描写社会底层人物的现实生活,但他并不全然弃绝对实验主义技巧的尝试。他在某些小说中不仅淡化故事情节,而且有意采用一种被评论家认为是"非表现"的模糊语言。更值得注意的是,他在描写下层生活和下层人物时,为了追求真实,他经常会实验性地采用相当粗俗的下层语言。

这一点在他的最重要的作品,即 1994 年获"布克奖"的小说《晚了,太晚了》(*How Late It Was*, *How Late*, 1994)中表现得尤为明显。为此,他还受到有些批评家的指责,有人甚至称《晚了,太晚了》是"灾难性的失败……它将被证明是 1980 年以来最不成功的一部获布克奖的小说"。实际上,《晚了,太晚了》所要揭示的是当代弱势群体的严重异化感和孤独感。主人公萨米不但是个酒鬼,还是一个无时不在与严酷的生活环境"谈判"的人。在无望之中,他有意激怒警察并希望遭到逮捕。警察不仅满足了他的愿望,而且还打瞎了他的双眼。于是,失明成为小说的一个重要主题之一。小说结尾时,萨米不仅看不见世界,连他自己也从这个世界上"失去了踪影"。

总的说来,凯尔曼在艺术风格上的显著特征是口语和书面语的混合使用,从而使叙述者的口吻体现出口语化的特点。通过这种方式,他为自己找到了一种克服作为叙述用语的英语和作为对话用语的苏格兰语之间明显区别的特殊方式。换句话说,凯尔曼是要将小说的叙述语言从英语书面语的陈规中解放出来,而这无疑使他的艺术风格更加贴近苏格兰人的性格特征和生活方式。此外,他对人物视角的处理和对叙述形式的运用也是一种大胆尝试。他在叙述形式上模仿意识流小说的那种捕捉人物瞬间印象的方式。在他的小说中,故事情节通常都很有限,而诸如冲咖啡或者卷纸烟之类的动作却一再出现,以表现那些在生活中失意的人物无休止的日常行为,就如有人所说,"凯尔曼笔下的所有主人公都被迫没完没了和无情地忍受着难以忍受的异化生活的折磨"①。

---

① Merritt Moseley, ed., *British Novelists Since 1960*, 2nd Series, Detroit, Washington, D. C., London : Gale Research, 1998, p. 327.

第五章　多丽丝·莱辛：多视角女性小说

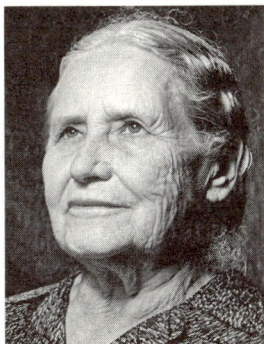

多丽丝·莱辛(Doris Lessing,1919-)成名于60年代,她的小说广泛涉及20世纪最重要的社会问题,而其创作理念又始终和女性生活息息相关。她于2007年获诺贝尔文学奖,是英国迄今为止唯一获此殊荣的女性作家。

一、生平与创作

多丽丝·莱辛(婚前名多丽丝·泰勒)出生于伊朗,父母是英国人。她五岁时父亲率全家移居南非罗得西亚(现称津巴布韦),在那里经营农场,家境一直比较穷困。15岁时,多丽丝因眼疾辍学,16岁开始自己谋生,先后做过电话接线员、保姆、速记员等。她曾结过两次婚,有三个孩子,"莱辛"是其第二任丈夫的姓。1949年,即婚后两年,她和丈夫戈特弗里德·莱辛离婚。此时她30岁,携幼子移居到了英国。后来,她一直未婚,但也未改前夫姓氏,仍称"多丽丝·莱辛"。她在伦敦做秘书,业余时间写小说。1956年,左翼刊物《新理性者》聘她为编辑。此时,她已是小有成就的小说家,发表过不少中短篇小说,还出版了几部长篇小说。

莱辛年轻时曾投身于反殖民主义和反法西斯主义的左翼政治运动,一度还加入过南非共产党,因而在她的早期创作中,对女性处境的关注往往带有明显的政治倾向;譬如,她于 1950 年出版的第一部长篇小说《野草在歌唱》(*The Grass Is Singing*)就是如此。此后,她在 17 年间陆续出版的总名为《暴力的儿女们》(*Children of Violence*)的五部曲,即《玛莎·奎斯特》(*Martha Quest*, 1952)、《一次常规婚姻》(*A Proper Marriage*, 1954)、《风暴的余波》(*A Ripple From the Storm*, 1958)、《被锁之地》(*Land Locked*, 1965)和《四门之城》(*The Four-Gated City*, 1969),也同样如此。

《暴力的儿女们》这一总题目就具有强烈的政治色彩。五部曲的主人公玛莎·奎斯特是在"一战"期间长大的那一代人的代表,是伴随着战争和暴力长大的,因而不管她喜欢不喜欢暴力,她都得生活在一种充满暴力的氛围中。这五部小说讲述了一个在非洲孤立的白人聚居区里成长起来的年轻女人的故事,带有强烈的自传色彩。玛莎·奎斯特从 16 岁时起就决心不走像她母亲那样结婚、生儿育女、然后衰老、死亡的人生之路。她爱好文学,厌恶身边那种庸俗的生活,也厌恶形形色色的种族偏见和传统习俗;她要独立发展自己的个性,要创造自己的生活。在苦闷与探寻中,她接触到左翼思潮,旋即成了左翼组织的积极参与者。五部曲的第一部《玛莎·奎斯特》,讲述的是玛莎少女时代的成长史:她为独立谋生,当上了一名打字员,后来又和殖民政府的官员道格拉斯·诺埃尔相识并结婚,生下女儿卡萝琳。由于受左翼思潮的影响,她参与各种社会活动,并想加入共产党。这无疑和她丈夫的身份格格不入,因而她不可避免地和丈夫发生了矛盾。第二部《一次常规婚姻》讲述玛莎陷入婚姻困境。她不得不像传统主妇那样照料丈夫和孩子,生活如同死水,最后她忍无可忍,毅然和丈夫离婚,回到她往日的生活中,继续参与左翼组织的政治活动。第三部《风暴的余波》讲述玛莎对左翼组织的幻灭感。玛莎在参与左翼组织活动时和组织领导人赫斯结了婚,但结果她还是和丈夫产生了分歧,原因是她对社会党人和托洛茨基派有好感,而她丈夫的组织却是受俄国布尔什维克党领导的,所以她丈夫对她极其不满,于是两人矛盾重重。第四部《被锁之地》讲述玛莎和赫斯的婚姻最终破裂,她也脱离了左翼组织。此时,她的父亲又病重去世,使她感到无比失落。于是,她决定回到父母的故乡英国去,以求在那里实现她的人生目标。第五部《四门之城》讲述玛莎到了伦敦后,又兴致勃勃地参与各种政治活动,特别是女权运动,然而结果却使她一次次感到失望，因为她看到太多的人在利用这些活动谋取私利。最后，她无比沮丧，不知所措，只觉得眼前一片茫然……

莱辛的五部曲规模浩大，充分显示了她的叙事才能，但她最受好评的作品却是插在五部曲中间出版的一部长篇小说，即《金色笔记本》(*The Golden Notebook*，1962)。这部构思奇特、形式新颖的实验小说，通常被认为是她的杰作。

70年代初期，莱辛对心理学以及宗教神秘主义的兴趣开始在作品中体现出来。《简述地狱之行》(*Briefing for a Descent into Hell*，1971)、《黑暗前的夏天》(*The Summer Before the Dark*，1973)和《幸存者回忆录》(*Memories of a Survivor*，1974)是她这一时期的重要作品。其中《黑暗前的夏天》仍以女性命运为主题，但充满了凄凉、无奈和悲愤情绪。

70年代后期和80年代初期，莱辛的兴趣转向科幻小说，推出一系列总名为《南船座中的老人星：档案》(*Canopus in Argos: Archives*，1979 - 1983)的所谓"太空小说"，其中包括《什卡斯塔》(*Re: Coloniesd Planet 5*，*Shikasta*，1979)、《第三、四、五区域间的联姻》(*The Marriages between Zones Three，Four and Five*，1980)、《天狼星试验》(*The Sirian Experiments* 1981)和《第八号行星代表的产生》(*The Making of the Representative for Planet 8*，1982)等，以科幻的形式写出了她对人类历史和命运的思考和忧虑。80年代中期，莱辛似乎又回归她早期的题材和风格，出版了《简·萨默斯日记》(*The Diaries of Jane Somers*，1984)、《好恐怖分子》(*The Good Terrorist*，1985)和《第五个孩子》(*The Fifth Child*，1989)等长篇小说。

90年代以后，年过七旬的莱辛依然写作勤奋，她出版的长篇小说计有：《又来了，爱情》(*Love Again*，1996)、《玛拉和丹恩》(*Mara and Dann*，1999)、《本，在这个世界上》(*Ben，in the World*，2000)、《最甜蜜的梦》、(*The Sweetest Dream*，2001)《谈猫》(*On cats*，2002)、《老祖母们：四个短长篇》(*The Grandmother: Four Short Novel*，2003)和《丹将军和玛拉的女儿：格里奥特与雪狗的故事》(*The Story of General Dann and Mara's Daughter，Griot and the Snow Dog*，2005)等。

莱辛最近的长篇新作是2007年出版的《缝隙》(*The Cleft*)。同年，她获诺贝尔文学奖。

除了长篇小说,莱辛还著有诗歌、散文、剧本和短篇小说多种,其中不乏佳作。总的说来,她的中短篇小说从题材上可分为两大类:一类是非洲故事,以她早年的非洲经验为素材;另一类是当代故事,以欧洲特别是英国生活为背景。从主题和风格上说,她的中短篇可以说是她的长篇的"缩微版",也是大多以写实为主,讲述一个有头有尾的故事,人物性格鲜明,情节一波三折。但也有新构想和新尝试,她的有些短篇就如弗吉尼亚·伍尔夫的实验小说,既没有故事,也没有常规化的人物,就像是纯粹状物写景的散文,但又不是散文,而是散文化的小说。

二、风格与特点

在莱辛长达半个多世纪的创作过程中,其创作风格的变化大致可以分为四个时期:第一个时期是 50 年代至 60 年代初,以传统现实主义手法为主,其风格是写实的;第二个时期是 60 年代初至 70 年代后期,以实验主义手法为主,即在小说形式和技巧方面进行实验,其风格是非写实的;第三个时期是 70 年代后期至 80 年代中期,以科幻小说创作为主,采用的是寓言和幻想形式,其风格也是非写实的;最后一个时期是 80 年代以后,又以传统现实主义叙事手法为主,即返回早期的写实风格。不过,需要说明的是,这样的分期只是标出一个大致上的变化过程。实际上,莱辛小说的风格变化时有前后穿插的情况,各个时期之间并不是泾渭分明的。

在第一个时期,即 50 年代,莱辛很可能是受了当时英国文学界的"现实主义回潮"的影响,所以她是以传统现实主义手法开始其小说创作的。这一时期的重要作品,无疑是她的长篇处女作《野草在歌唱》以及五部曲《暴力的儿女们》。这六部作品不仅风格是写实的,主题也是现实主义的。《野草在歌唱》通过一宗谋杀案,展示了一场因白人移民在非洲的时代性错误而造成的悲剧。小说将社会、历史、种族和心理等多种因素糅合在一起,描述了殖民时代遗留下来的种族问题在 20 世纪酿成的可怕后果。虽然按现实主义的要求,小说在人物塑造方面尚嫌不足,但其中的心理描写还是相当出色的。同样,五部曲《暴力的儿女们》也基本上用现实主义手法写成。关于五部曲,评论界通常都强调其自传性,但莱辛曾明确表示,它们并不仅仅是自传，而是旨在"通过与群体的联系，探索个人的意识"。确实，这五部小说通过主人公玛莎·奎斯特的个人经历，反映了一个时代的冲突与动荡，其中不仅有种族冲突、阶级仇恨和政治斗争，还有性别矛盾和家庭离合，而且这一切都是相互联系在一起的，构成了一个宏大的时代背景。但更为重要的是，这一切反过来又造就了玛莎·奎斯特这样一个具有时代特点的个人和"个人的意识"。也就是说，在五部曲中，莱辛就如她所称颂的托尔斯泰、巴尔扎克、斯汤达和托马斯·曼等现实主义大师一样，旨在于塑造"典型环境中的典型人物"。只是，她的典型人物一开始就是女性人物，因为身为女性，她最为关注的就是女性、女性处境和女性命运——这可以说是她小说创作中的"灵魂"，不管她的小说风格怎么变化，这一点始终没变。

除了《野草在歌唱》和《暴力的儿女们》，莱辛在 50 年代创作的短篇小说也是写实风格的。她在这一时期出版的短篇集，如《非洲故事集第一卷：这是老酋长的国土》(Collected African Stories Vol I: This was the Old Chiefs Country，1951)，《故事五篇》(Five，1953)和《爱的习惯》(The Habits of Loving，1957)等，其中大多作品以非洲生活为背景，表现白人移民的孤独感和隔绝感，部分以英国为背景的作品，则表现移民返回英国后的陌生感和不适感。在表现手法上，她的短篇小说大多笔法细腻、刻画生动、风格优美，有不少被认为是英国当代短篇杰作。

在第二个时期，莱辛寻求创作题材的拓展和形式的创新，因而这一时期的作品大多是实验性的。实际上，莱辛并非写完《暴力的儿女们》五部曲之后才进行小说实验的，而是在一段时间里，既用传统手法创作五部曲的后两部作品，同时又用实验手法创作新作品，即《金色笔记本》。这似乎表明，她是根据作品的主题需要来决定采用创作手法的，并不认为传统手法和实验手法有优劣之分。此外，她即便采用传统手法，有时也会掺入某些非传统手法。譬如，在五部曲的第五部《四门之城》里，她在使用传统手法叙述故事情节、塑造人物形象的同时，还采用了象征、幻想等非传统手法。但不管怎么说，《金色笔记本》是莱辛小说实验的一个标志。在这部作品中，莱辛实验性地使用了一种全新的叙事手法。这种叙事手法不仅对她本人来说是全新的，即便对于当代英国小说来说，也是颇具独创性的。而对于莱辛来说，使用这样一种叙事手法并非标新立异，而是出于小说的主题需要。如果说《暴力的儿女们》五部曲旨在于叙述女性主人公的人生经历,因而是纵向叙事,那么《金色笔记本》则旨在于叙述女性主人公的内心世界,因而是横向叙事。既然是对主人公内心世界的横向叙事,这里就没有传统意义上的故事情节,也就很难用传统的、按时间顺序的叙事手法加以叙述了。所以,莱辛在这部作品中实际上是用形式来"叙事"的,也就是说,小说的意义在很大程度上来自小说的形式,即小说的结构形状。这种赋予形式以主题意义的实验,确实颇具创意,而小说出版后引起的强烈反响,又证明了这一实验非常成功。

除了《金色笔记本》,莱辛在这一时期的其他作品也大多具有类似的实验倾向。譬如,《简述地狱之行》就是一部非常奇特的小说。虽然和《金色笔记本》一样,这部小说也旨在于描述主人公失去心理平衡后的精神变态,但小说主人公是男性而不是女性,这在莱辛的小说中是不多见的。此外,虽然和《金色笔记本》的女主人公、作家安娜·武尔夫一样,这部小说的男主人公威特金斯也是个高级知识分子(剑桥大学教授),但他却是个精神分裂症患者,而不是一般的心理失衡。他在幻想之中神游天上人间,目睹了种种怪诞景象。显然,莱辛在此书中旨在于探视人的深层隐秘心理,所以她称其为"内心空间小说"。既然是"内心空间小说",描述的不是现实空间而是"内心空间",描述手法当然也就不同寻常。这部小说没有一般意义上的情节,基本上由主人公狂乱的幻觉构成。在幻觉中,威特金斯划着一只木筏在追踪一艘宇宙飞船,因为飞船上的人带走了他的同伴,却把他抛下了。他后来到了一个神秘的小岛上,发现了史前城邦的遗址,但有一群半狗半鼠的怪物入侵小岛,还有一大群猿猴随之而来。怪物和猿猴在岛上为争夺地盘相互厮杀,血流遍地,威特金斯于是骑上一只大白鸟逃离了小岛。接着他又看见了那艘宇宙飞船。这次,宇宙飞船接纳了他,并把他带到了希腊的奥林匹亚山,那里的希腊诸神正在谈论投胎变人的事情。由于诸神所居之地是天堂,所以投胎变人就是下地狱。小说名《简述地狱之行》就由此而来。小说结束时,威特金斯在幻觉中发现自己突然下了地狱,而实际上是他的精神病被电击休克疗法治愈,他回到了现实世界。小说似乎要暗示读者:威特金斯的幻觉是他真实的内心世界,而所谓现实世界,其实是虚假的幻觉。

同样,继《简述地狱之行》之后的《黑暗前的夏天》,也是一部实验小说，而且也是在传统结构形式中穿插一系列梦境。还有《幸存者的回忆》，展现的是女主人公眼中所见的"现实"，而这种"现实"显然是她的内在心理现实，不是外在客观现实。譬如，当她凝神注视房间的墙壁时，她的视线竟然穿透墙壁"透视"到邻居家的景象；还有她在一个无人居住的六角形房间里，像看电影一样看到了自己的童年生活，并发现自己原来叫爱米莉，等等，都是用非传统的实验手法加以表现的。

　　莱辛的第三个时期小说创作，可以说是第二个时期的自然延伸，即由表现主人公梦幻世界的实验性写作延伸至直接写科幻小说，也就是通篇采用幻想形式。不过，莱辛的科幻小说和一般科幻小说有着本质区别。一般的科幻小说是以"幻"写"科"，即以幻想形式表现科学主题，而莱辛的科幻小说，"科"与"幻"都是形式，也就是以科幻的形式表现非科学主题。

　　莱辛的科幻小说称为"太空小说"，共有五部，总称为《南船座中的老人星：档案》。在这些小说中，莱辛为自己创造了一个新世界。在这个世界中，各大行星的命运都不过是巨大的银河帝国在其宇宙进化过程中的一个片段，所以根本就无所谓个人和个人命运。"太空小说"中的故事，以广袤无垠的银河系为背景，一开始通过宇宙档案学家们整理宇宙档案，讲述地球的历史，其中当然有关于人类的记载，但在宇宙档案中，人类是导致地球毁坏的罪魁祸首；接着讲到银河系两大星座上的外星人为接管地球而产生矛盾，进而引发星际战争；接着又讲到所谓"太空社会"，如太空第三区外星人建立了女性掌权的先进社会，自由平等，科学昌明，生活富足，而第四区外星人由男性统治，处于野蛮落后状态；第三区女王嫁给第四区国王，她把第三区的先进文明带到第四区，为该区拟订了改造发展规划，如此等等。显然，莱辛笔下的"太空社会"是对当今人类社会的影射。虽然就其针砭时弊和预示未来世界灾难而言，这和19世纪末赫·乔·威尔斯等人的科幻小说并没有什么两样，但莱辛针砭时弊和预示未来世界灾难的出发点，却和H. G. 威尔斯等人不同。有人认为，莱辛的"太空小说"所要表达是伊斯兰神秘主义主题。其实，不仅仅是伊斯兰神秘主义，尽管莱辛出生在伊朗，其家庭或多或少受到过伊斯兰神秘主义的影响。莱辛在"太空小说"第一部《什卡斯塔》的序言中写道：如果你读《旧约》、《新约》、《佛经》和《可兰经》，就会发现其中都贯穿着一个故事，那就是对世界末日的描述，以及对未来的启示。可见，她写"太空小说"并非有意宣扬伊斯兰神秘主义,而是出自一种笼统的宗教忧患意识。这种宗教忧患意识其实在莱辛所有的作品中几乎都存在,只是在"太空小说"中,她用这种形式明确而集中地表现了出来。

80 年代中期,年过六旬的莱辛已是著作等身的老作家。此时,她停止小说实验,返回早先的现实主义风格,再次用写实手法创作小说,但笔法要简约、质朴、老练得多。除了风格上的变化,在最后一个时期的创作中,她的小说题材也有所收缩,大多数作品不是写女性生活,就是反映青少年问题。譬如,她在这一时期出版的第一部小说《简·索默斯的日记》,就是写一个眼界狭隘的职业女性的单调乏味的独身生活;据说,莱辛是以她的母亲为原型塑造女主人公简·索默斯的。还有如《好恐怖分子》,是一部讽刺喜剧,女主人公是个狂热的环保主义者,为了保护动物,不惜使用恐怖手段,结果令人啼笑皆非。不过,最能体现莱辛后期风格的,是《第五个孩子》和《又来了,爱情》。

《第五个孩子》读来就像荒诞小说,故事情节稀奇古怪,但却是用写实手法加以表现的。戴维和哈丽特是一对恩爱夫妻,有四个孩子和美满的家庭。当哈丽特第五次怀孕时,她本能地感觉到这一次情况异常。胎儿在她腹中拳打脚踢,令她痛苦不堪。才八个月,婴儿就出生了,体重竟有 11 磅! 而对母亲的爱抚和微笑,却毫无反应。哈丽特觉得这男孩简直就是个怪物,因为他在 1 分钟里就能把她的乳房吸空,然后还狠咬她的乳头。到 1 岁时,这孩子就在半夜里从育婴室跑出来,还把家里的狗掐死了。夫妇俩恐惧万分,带着孩子去看医生,结果被诊断为"返祖现象"。也就是说,这孩子其实是个史前野蛮人! 后来,这孩子长到十几岁,果然像他父母所担忧的,成了一帮恶少的首领,到处作恶……毫无疑问,这部小说的主题是青少年犯罪问题。但和一般此类小说不同,莱辛认为并非所有青少年犯罪都是由于社会或者家庭造成的,有些人生来就是"恶人",而所谓"恶人",其实就是我们未开化的、野蛮的祖先。所以,小说还有另一层深意:既然野蛮人是我们所有人的祖先,那是不是意味着我们所有人都有"野蛮基因",或者说,内心深处都有野蛮冲动和野蛮欲念?

和《第五个孩子》相比,《又来了,爱情》中的故事要现实、寻常得多,但经莱辛用两条平行线索加以叙述,却生发出了不寻常的讽意。第一条线索讲述过去的事情:在拉丁美洲马蒂尼克岛上,种植园主韦隆的混血私生女朱丽,既漂亮又才华出众,引来了一个法国军官和一个贵族子弟的爱慕。他们对朱丽大献殷勤,但当朱丽和那个法国军官相爱并怀孕后,又被无情地抛弃,原因不外乎朱丽是混血儿,又是私生女。这是始乱终弃的老故事。但由于有第二条线条,老故事便有了新意。朱丽被保罗抛弃后投水自尽。人们在她的遗物中发现了她生前写的乐谱,并在音乐会上加以演奏,顿时引起轰动。于是,朱丽死后成了名人。多年后,有个剧团编剧把朱丽的生平写成剧本,并准备上演——这就构成了第二条线索,而且是和第一条线索交织在一起的。女演员萨拉被指派扮演剧中的朱丽,而在排演过程中,她不仅在扮演朱丽,而且自己就变成了朱丽——导演和两个男演员都对她大献殷勤,致使她心神不宁……结果怎样? 小说没有明写,而是到此结了了。显然,莱辛是要读者自己去猜想,这老戏会不会重演?

　　莱辛的后期小说大多这样,既是写实的,又是意味深长的。但是,就如她早先一样,在她的后期创作中也有穿插,即:突然出现一两部风格迥异的"例外"作品。譬如,2007 年出版的《缝隙》就是一个"例外"。在这部作品中,莱辛似乎又回到了她第三个时期的创作风格,借罗马帝国历史学家之口,讲述类似于科幻故事的人类起源神话:初民有女无男,以单性生殖繁育女婴,后来基因畸变,才产生了男婴,所以男女性格迥异,应该相互容忍,相互支撑,以求共存。可见,莱辛在每一个时期都不自宥于某种风格。她是个探索型作家。

　　总的说来,莱辛的小说是多视角的,风格是多样化的。但不管采用哪种视角、哪种风格,其目的都是为了实现一个始终不变的创作宗旨,那就是瑞典文学院在授予她贝尔文学奖时的授奖词中所说的——"以她史诗般的女性经历,以及质疑的目光、充沛的感情和丰富的想象力,审视一个分裂的文明。"

三、重要作品评析

　　莱辛是多产作家,其长篇小说就有近 30 部,其中最具代表性的,无疑是《野草在歌唱》和《金色笔记本》——前者是她的处女作,后者是公认的当代杰作;前者是一部传统的写实小说,后者是一部手法新颖的实验小说。

1.《野草在歌唱》

小说讲述了这样一个故事：在南非恩泽西农场，农场主狄克的妻子玛丽被一个叫摩西斯的黑人男仆刺杀在住宅阳台上，警方介入调查，结果令人震惊：原来，女主人玛丽有一天无意间撞见黑人男仆摩西斯在洗澡，抑制不住性冲动，便和他发生了性关系。这事没人知道，此后两人一直关系暧昧。但不久，狄克将农场出售，前来接管农场的英国人唐尼偶然发现，黑人男仆摩西斯竟然对狄克的妻子玛丽动手动脚，于是便怒不可遏地痛骂摩西斯，还要把他赶出农场。与此同时，唐尼还责备玛丽不该在黑人男仆面前有失体面，并把此事告诉了狄克。玛丽为了使丈夫和唐尼相信她是清白的，说是摩西斯想调戏她。为此，她还把摩西斯叫来，当着丈夫和唐尼的面怒斥他胆大妄为。这就把摩西斯逼上了绝路——他将失去生计，而实际上他又毫无过错，和玛丽的关系是玛丽造成的，但玛丽为了自己，竟把一盆污水全浇在他头上！于是，他在深夜潜入农场，不等玛丽辩解，便愤怒地杀死了她。

显然，小说涉及三个主题：一是性主题，二是等级主题，三是种族主题。如果玛丽和摩西斯的事情不是发生是南非，摩西斯既不是黑人，也不是仆人，那么两人的关系就纯粹是婚外性关系，其后果一般不会太严重，大凡是造成玛丽的家庭破裂。如果摩西斯不是黑人，而仅仅是仆人，那么玛丽和他的性关系就会成为"丑闻"，其后果就会严重得多，不仅玛丽的家庭会破裂，她还会身败名裂，从此羞于做人。然而，现在玛丽犯了更为严重的"错误"，竟然和家里的黑人男仆发生了性关系！这简直是"疯狂"，其后果当然极其可怕——她招来了杀身之祸。这里或许有一点偶然性，即：摩西斯正好是个复仇心极强的人，否则，玛丽也不致会死。但要知道，这是小说。小说要有结果，要让读者知道"真相"，所以莱辛就让摩西斯去杀了玛丽，从而引来警方调查，从而导致"真相"大白。而在现实生活中，"摩西斯"很可能不会去杀"玛丽"，真相也就永远不会大白。

但不管怎么说，有一点是必然的，那就是玛丽为了不让事情败露，必然会舍弃摩西斯。因为后者对她来说只是一个可以满足她的"性需求"的男人，而当她的"性需求"和社会等级发生冲突时，出于她的等级观念，她是宁愿舍弃"性需求"而维护其等级地位的，更况且，摩西斯不仅是仆人，还是黑人，也就是说，他不仅是低等级的，还属于"劣等种族"，玛丽更没有理由不舍弃他了。换言之，种族大于等级，等级大于性，这对玛丽来说是铁定的"事实"，是绝对不可逾越的。所以，为了尊重这一"事实"，为了表明她没有越规，她只能牺牲自己的"性需求"，而牺牲她的"性需求"，也就是牺牲摩西斯。摩西斯要报复，也有其必然的，因为他也有种族观念和等级观念，只是和"白人老爷、太太"的优越感正好相反，是一种自卑感，而且这种自卑感每每会转变为敌视与仇恨。于是，两人双双成了种族观念和等级观念的牺牲品。

不过，批判种族观念和等级观念的同类小说多得不计其数，如果莱辛仅仅处理了这么一个主题，那她只是写了一部平庸之作。实际上，这部小说的成功之处并不在于它的主题，而在于它成功塑造了玛丽这个性格怪异却又真实可信的女性形象。

毫无疑问，小说的主情节发端于玛丽的一个"疯狂举动"，即她和黑人男仆摩西斯发生了性关系。如果没有这一"疯狂举动"，整部小说将无以建构。换句话说，玛丽的"疯狂"是小说的关键。那么，玛丽为什么会如此"疯狂"呢？如果没有合情合理的原因，这个人物就是凭空杜撰的，小说也将毫无现实意义。所以，莱辛在小说中着笔最多的，就是陈述玛丽的身世及其性格的形成。在其笔下，玛丽是个心智有问题的女人，虽然年近30，但心智极其幼稚；虽然已结了婚，但毫无主见，一切都依赖男人，而致使她心智不健全的原因，是她阴影笼罩的童年。她出生在贫困的南非小镇，父亲是个酒鬼，母亲很早就去世，因而她从小就不知道什么是家庭温暖，向来性格内向而孤僻。后来她结了婚，但婚姻对她来说只是一种逃避，只是一种想找个男人过太平日子的权宜之计。不幸的是，丈夫的农场经营得并不好，于是她就责怪丈夫，对丈夫很冷淡。对仆人，她更是既任性，又冷酷，要骂就骂，要打就打。总之，她是个既压抑又蛮横的怪女人。正因为如此，当她偶然撞见摩西斯洗澡、看到他壮实的男性裸体时，便不可自制了。于是，她做出了"疯狂的举动"——主动和摩西斯发生了性关系。这既是她性压抑的"疯狂"发泄，更是她心智不全、性格怪异的"自然"流露，因为在她昏沉沉的头脑中，其实只把摩西斯看作是一件供她所用的"东西"；她和摩西斯发生性关系，就如她一时性起把摩西斯痛打一顿一样，是她的"权利"。

当然，如果玛丽只是个不顾一切的"疯狂女人"，那么当唐尼察觉到她和摩西斯的关系后,如果她照样"疯狂",干脆承认自己的"疯狂举动",她是绝对不会被摩西斯所杀的。但是,她很可能会被她丈夫或者唐尼所杀。摩西斯也一样。因为事情明摆着:在种族偏见、等级观念盛行的南非,一个白种女主人和一个黑人男仆发生性关系,等于犯有死罪。不过,这样就简单化、概念化了。现在是,玛丽被摩西斯所杀。因为当面对"种族压力"时,玛丽性格的另一面暴露了出来,她竟然不"疯狂"了——她知道后果严重,于是把所有"罪行"统统推到摩西斯头上。可见,种族观念在那里是多么"深入人心"。这样,玛丽的性格便显得更加真实,而且更具深意——她既是受害者,又是害人者,而归根结底,她是她自己内心的种族偏见的受害者。与此同时,她又是一个从小失去家庭温暖的女性形象、一个婚后性压抑的妻子形象,以及一个既无能又蛮横的女主人形象。由于玛丽性格的各个侧面都被刻画得既真实又合理,她的"疯狂举动"不仅变得可以理解了,而且在某种程度上还具有一定的必然性。由此,读者从她的不平凡行为中看到了平凡,看到了导致这种行为的性别、家庭、社会、种族等诸多原因;由此,小说才具有普遍意义,才不至于仅仅讲述一例心理变态的个案。

2.《金色笔记本》

这部小说没有完整的故事,甚至可以说,根本就没有故事,大概的框架是这样的:女主人公安娜·武尔夫在写一个短篇小说,取名为《自由女性》,但她把短篇小说分别写在黑、红、黄、蓝四本笔记本里,而且一边写小说,一边写下自己的回忆和感受,所以很难区分哪些是她虚构的小说,哪些是她的真实回忆和感受。最后,安娜·武尔夫又做了第五本笔记,记下她对世界和人生的思考。这第五本笔记本的封面是金色的,所以称为"金色笔记本"。整部小说就由安娜·武尔夫的五本笔记构成。

在"黑色笔记本"中,安娜·武尔夫时而写小说,时而写回忆,而小说内容和回忆内容又相互关联,都牵涉到她早年在非洲的生活经历。与此同时,她还写下了她当时对有些事情的感受。那时,她就想在文学创作中寻求自由表达,因而写了一部名为《违禁的爱情》的小说。小说出版后很畅销,于是就有两个视像制作人约她把小说改编成影视剧本。但一个要她改编成"动人的爱情故事",一个要她改编成富有浪漫情调的歌剧。她对此大为失望,因为她写小说是要表达自己对非洲生活、尤其是对殖民地生活的感受和看法，然而他们却偏偏无视这一点，只对小说中细枝末节的东西感兴趣——说到底，也就是只对赚钱感兴趣。她由此想到，在一个金钱世界里，所谓创作自由往往只是创作者的一厢情愿，实际上是很难不受金钱摆布的。

在"红色笔记本"中，同样是短篇小说《自由女性》的内容和安娜·武尔夫的回忆混杂在一起。但这部分显然和她早年的政治活动有关。30年代，当时她住在南非，一度思想左倾，不仅参与了当地的左翼政治活动，还加入了南非共产党。但她很快就发现，党内领导人除了空话连篇，就是要求党员盲目服从组织。所以，她一直很怀疑这样的党是在为自由解放而斗争。50年代，她离开南非移居英国后，仍热心于政治活动。但她同样发现，党组织里充满了谎言和派系争斗，而所谓的领导又毫无主见，只知道唯莫斯科之命是从。于是，她退出了英国共产党，同时很失望地承认，所谓"政治自由"之路，实际上也是走不通的。

在"黄色笔记本"中，安娜·武尔夫记下的主要是她的个人感情经历，但她把它写成了小说，还设计了一个叫埃拉的女主人公作为她自己的化身。埃拉和一个名叫保罗的有妇之夫相爱，原本是为了追求"爱情中的自由境界"，但结果却失望之极。因为，就如安娜·武尔夫自我评论的，"从埃拉遇见保罗并且对他使用'爱'这个词的一瞬间开始，天真无知就诞生了"。天真无知的埃拉和老于世故的保罗既性格不合，又相互干扰；埃拉是个作家，她要写作，要写作就要有激情，而保罗是个医生，遇事沉静且多疑，特别不喜欢埃拉的"想入非非"。最后，埃拉陷入不可调和的矛盾：她在感情上需要男人，在理智上又不想为男人而失去独立和自由。她左右为难——爱情和自由不可兼得？她心中一片茫然。

"蓝色笔记本"其实是安娜·武尔夫的日记，其中记录的大多是她的内心感受，而非具体记事，因而这一部分基本上属抒情性质。在一篇篇日记中，安娜·武尔夫诉说着自己的失望与痛苦，诉说着她对写作生涯的不满、对政治活动的厌倦和对爱情生活的困惑，呈现出她在寻求自由一再失败后的心理状态。

最后，在"金色笔记本"中，安娜·武尔夫开始冷静思考世界和人生。这一部分显然是全书的核心。在这一部分中，安娜·武尔夫正在写的短篇小说《自由女性》行将结束，同时记述了安娜·武尔夫对自己一生的总结。她领悟到,万事万物其实都是"你中有我,我中有你":光明中有黑暗,黑暗中有光明;爱中有恨,恨中有爱;男人中有女人,女人中有男人;善中有恶,恶中有善:真诚中有虚伪,虚伪中有真诚……而所谓自由,就是一方想摆脱另一方,虽然这从根本上说是不可能的,但又是恒常发生的,所以,万事万物都不免会有混乱。既然万事万物"你中有我,我中有你",那就是说世界与人生是一个整体,然而其中又必有混乱,所以最后的结论是:世界与人生是一个"混乱的整体"。就这样,安娜·武尔夫写完了《自由女性》,而《自由女性》的结尾,也就是整部《金色笔记本》的结尾。

由于这部小说以小说中的一篇小说(即女主人公安娜·武尔夫正在写的《自由女性》)为内在结构,所以一直有人认为,这是一部女权主义小说。譬如,当代英国女作家阿妮塔·布鲁克纳(Anita Brookner)就认为,"多丽丝·莱辛是处于原始状态女权主义自我意识的先驱",《金色笔记本》中的女主人公"再现了自由女性原型所有最可怕的处境"。[①]

确实,在《金色笔记本》中,莱辛是以女权问题作为主要切入点的。女主人公安娜·武尔夫是个女权主义者,这一点从莱辛为她取的名字就可以看出。她的全名是安娜·弗里曼·武尔夫(Anna Freeman Wulf),其中的姓 Wulf,和女权主义先驱 Virginia Woolf(弗吉尼亚·伍尔夫)的姓是谐音,而中间名 Freeman,意思是"自由男人"。这样一个名字显然具有象征性含义,以此暗示这位女主人公和弗吉尼亚·伍尔夫属同一类人,即女权主义者,而她们要争的"女权",就是要像男人一样"自由"。所以,安娜·武尔夫所写的小说,就取名为《自由女性》。

但是,莱辛却矢口否认《金色笔记本》是一部女权主义小说。她觉得那些热心的女权主义读者似乎忽视了小说的讽刺性,以至于后来不得不直接说明:《自由女性》是"一个具有讽刺意味的标题"。当然,莱辛并不反对女权运动,只是认为女权运动既没有多少希望,也没有多大意义。她说:"我觉得女性解放运动不会取得多大成就,原因并不在于这个运动的目的有什么错误之处,而是因为我们耳闻目睹的、社会上的政治大动荡已经把世界组合成一个新的格局;等到我们取得胜利时——假如能胜利的话,女性解放运动的目

---

① 转引自瞿世镜、任一鸣著《当代英国小说史》,上海译文出版社,2008 年,第 147 页。

标也许会显得微乎其微、离奇古怪。"①显然，她是个女权悲观论者，但她的悲观论却是一种深刻的悲观论，因为她并不孤立看待女权问题。

实际上，《金色笔记本》与其说是宣扬女权思想，不如说是宣扬女权悲观论思想，或者说，讲述了一个女权悲观论者眼中的世界与人生。莱辛曾说，当今时代是"一切都在碎裂的时代……自从在广岛投下原子弹后，世界就开始四分五裂了"，而且不仅世界四分五裂了，人生也四分五裂了："我感到原子弹在我体内爆炸了，在我周围人的体内爆炸了，这就是我所说的碎裂的意思。好像从里面敲击人的心灵，正在发生着什么可怕的事。"②这里的"原子弹"，是当代社会危机、文化危机、观念危机、心理危机、家庭危机的形象比喻。

面对这样的世界与人生，而且要将这样的世界与人生表述出来，莱辛在《金色笔记本》中引人注目地采用了一种全新的、实验性的叙事结构，而其主要目的，如她自己所说，"是使一本书的组合形式本身不需文字说明就能表明意义，就是通过书的结构形状说明问题"，也就是说，赋予小说形式以主题意义。所以，小说初看上去就像一片迷津，其中转移变换的叙述者、变化重合的人物角色、无时间顺序的事件组合、交错重叠的笔记片断、对同一人物的多重视角和观点，令人眼花缭乱。然而，这一切实际上是一种有秩序的凌乱和有组织的破碎，它不仅和女主人公凌乱破碎的意识与经验相对应，还再现了四分五裂的世界与人生。

小说中黑、红、黄、蓝、金五种颜色的笔记本，即是世界与人生四分五裂、令人困惑、晕眩的象征，也是女主人公四分五裂的经历和心境的象征。如黑色笔记本记述她早年的写作危机，象征当时的悲哀；红色笔记本记述她的政治经历，既象征她加入共产党，又象征她的一时冲动；黄色笔记本记述她的情感生活和性经历，象征她的欲念和迷惘；蓝色笔记本是她的日记，象征她的忧郁和痛苦；而在金色笔记本中，她思考世界和人生，象征着她的希冀与感悟。所以，这部小说不仅立意深刻、构思新颖、手法独特，还富有诗意，实为不可多得的佳作。

---

① 转引自瞿世镜、任一鸣著《当代英国小说史》，上海译文出版社，2008 年，第 147 页。
② 同上，第 148 页。

第六章 菲伊·韦尔登：
女性"性小说"

　　菲伊·韦尔登（Fay Weldon，原姓 Birkinshaw，婚后随夫姓 Weldon，1931- ）是一位专写男女关系、特别是女性同性关系的女作家，其作品集中反映了七八十年代日益高涨的女权主义意识。她文笔简练，幽默诙谐，不仅拥有广大读者，也是当代英国文坛上的重要人物，曾任 1983 年"布克奖"和 1986 年"辛克莱奖"评委会主席。

一、生平与创作

　　菲伊·韦尔登出生于伦敦北郊，幼年时被父母带到新西兰。6 岁时，父母离异，她随母亲和姐姐一起生活。14 岁时，她被送回英国。中学毕业后，她于 1949 年入苏格兰圣·安德鲁大学就读，并于 1952 年获该校经济学和心理学硕士学位。

　　菲伊可以说是自幼生长在一个作家之家——其外祖父埃德加·杰普森是 19 世纪末 20 世纪初著名畅销小说家，专写浪漫传奇作品；舅舅塞尔温·杰普森是 20 世纪上半叶活跃于英国文坛作家，以写神秘恐怖小说见长，并兼写影视剧本及广播剧；母亲玛格丽特·杰普森在 30 年代发表过文学作品——然而，她的文学之路却并不顺畅。她最初创作的作品大多遭到出版商的冷遇，曾一度以写广告为生。

1960 年，菲伊和古董商罗纳德·韦尔登结婚。作为韦尔登夫人，她的婚后生活颇为幸福，差不多在整个 60 年代，她都像个真正的女人那样品尝着为人之妻和为人之母的欢愉。但她并不满足于此，始终想成为一名小说家。

1967 年，韦尔登的第一部小说《胖女人的玩笑》(*The Fat Woman's Joke*)问世。其后，她便一发而不可收，在四十多年间写了几十部小说。

70 年代，韦尔登出版了好几部小说，重要的有：《到女人中去》(*Down among the Woman*,1971)、《女性朋友》(*Female Friends*,1975)、《记住我》(*Remember Me*,1976)、和《普拉克西斯》(*Praxis*,1979)等。其中，《到女人中去》是对现代女性的境遇的思考和表现，反映了女权主义思想的影响；《女性朋友》记述四十多岁的中年妇女克萝的婚姻危机和她与两个女性朋友的关系；《记住我》表现母亲与子女间的感情纽带；《普拉克西斯》被认为是韦尔登这一时期的最佳作品——当时，韦尔登因在怀孕中胎盘脱落而有生命垂危之感，因而把这部作品当作了最后一部，写得格外用心——小说以阴郁的格调描述了女主人公普拉克西斯的成长过程：她的童年、她的朋友以及她的婚姻，在她的成长过程中展示了在战争期间出生的女性随着社会的发展和变化是如何思考和把握自身命运的。

80 年代是韦尔登小说创作的丰收期，几乎每年都有新作问世，如《马勃菌菇》(*Puffball*,1980)、《看我，看你》(*Watching Me, Watching You*,1981)、《总统的孩子》(*The President's Child*,1982)、《一个女魔的生活与爱情》(*The life and the loves of a She-Devil*,1983)、《国家的心脏》(*Heart of the Country*,1986)、《男人的生命和心灵》(*The Lives and Hearts of Men*,1987)和《乐队指挥》(*Leader of the Band*,1988)等，都是这一时期的作品。其中重要的是《马勃菌菇》和《一个女魔的生活与爱情》。

《马勃菌菇》写女主人公丽菲在丈夫外出时和邻居家的男人通奸，怀孕后引起了一场风波。最终，尽管丽菲的丈夫明知道孩子不是自己的，但他还是接受了他，因为他不愿失去丽菲。不过，小说着重描写的是丽菲在怀孕和分娩过程所经受的痛苦。对此，韦尔登用马勃菌菇作为其象征——因为这种菌菇长得既像女人怀孕时隆起的腹部,又像人的大脑——以此暗示:女人既是一部生育机器,又有其欲望的追求,然而不管女人怎样追求自身欲望的满足,到头来还是摆脱不了女性生理因素的束缚。《一个女魔的生活与爱情》则描写了两个女性之间的“情战”。这部小说也许是韦尔登迄今最畅销的小说,后被改编成电视剧,更使她名声大作。

实际上,韦尔登的小说创作一直和电视剧有着密切关系,甚至可以说,她是从创作电视剧本开始步入小说创作的。她的第一部小说《胖女人的玩笑》就是根据电视剧本改写而成的。还有如《忠告之言》(*Words of Advice*),也同样如此。反过来,她的小说,如《一个女魔的生活与爱情》和《普拉克西斯》等,也由她自己改编成电视剧。当然,在创作长篇小说和电视剧的同时,她也写短篇小说并结集出版,较著名的是《北极星》(*Polaris and Other Stories*,1985)。

韦尔登90年代以后出版的小说主要有:《苦恼》(*Amiccion*,1994)、《分裂》(*splitting*,1995)、《大个儿女人》(*Big Women*,1997)、《罗得岛蓝调》(*Rhode Island Blues*,2000)、《中套人》(*Mantrapped*,2004)和《泉水十日谈》(*The Spa Decameron*,2007)。

二、风格与特点

就韦尔登的小说风格与特点而言,有两个重要因素是不可忽略的。其一是,韦尔登很小的时候父母就离异,家里只有母亲和姐姐,因而她婚前大多时间生活在一个女性世界里,而婚后,她又一直扮演着贤妻良母式家庭主妇角色,所以当她后来从事小说创作时,女性生活和女性情感经历很自然地就成了她首选的小说题材。换句话说,描写妻子与丈夫之间的冲突、妻子与丈夫的情人之间的冲突,以及在这些冲突中的女性体验,是她的作品的基本趣向。

其二是,韦尔登在从事小说创作前曾较长时间从事电视剧和广告词创作,这在很大程度上决定了她的小说风格。由于她是从电视剧创作步入小说创作的,她在小说中仍习惯于写人物对话,因而她的小说不仅对话多,通常还是主要表现形式,无论是故事背景、情节发展还是人物心理,往往是通过人物对话加以交代或展示的。由于她曾是广告撰稿人，影响到她的小说语言，就是以简明精练见长。可以说，用浓缩的、简短的句子表达丰富的含意，是她的作品的一大特色。

韦尔登成名于70年代，这一时期，她的作品注重于反映女性追求和女性间的微妙关系。譬如，出版于1971年的《到女人中去》，以一家三代女性的命运为主要线索，描写不同时代女性的追求。主人公斯卡莉特和她的几位女友代表50年代的所谓"反叛女性"。不过，斯卡莉特的母亲温达早年也是个追求独立的女人，为此，她在斯卡莉特很小的时候就和丈夫离了婚。斯卡利特成年后，比母亲更执著于追求性自由，不到二十岁就生下了私生女拜赞西娅。然而，她们的生活圈子其实狭隘，所谓追求独立和自由，往往是赶时髦。她们整天沉浸于琐碎的家务，实际上很依赖男人，而另一方面，相互之间又为一些鸡毛蒜皮的小事勾心斗角。后来，斯卡莉特的私生女拜赞西娅长大了，代表70年代的"自由女性"。她更是成了虚无主义者，以女权的名义反叛所有的价值观和伦理观。小说提出的问题是：这一代又一代女性，她们到底在追求什么？但没有明确回答。

同样，在1975年出版的《女性朋友》里，韦尔登讲述了发生在三个女人之间的事情。女主人公乔欧和她的两个女友玛乔里和格蕾斯，三人有的结了婚，有的有了男朋友，然而她们既是密友，又是情敌，互相勾引对方的丈夫或情人，还为此争风吃醋。后来，她们认识了一个叫贝茨的艺术家，竟然全都爱上了他，还都和他上了床，乔欧和格蕾斯甚至还生下了贝茨的私生子。那么，到底由谁嫁给贝茨？三个女人为此争执起来。争执的结果，乔欧决定退出，因为她觉得自己是有夫之妇，而玛乔里还是单身，格蕾斯则已经离了婚。就这么一件怪事，韦尔登借此表现了当代"自由女性"的无聊和无奈。小说最后，女主人公乔欧还是带着五个孩子和丈夫离了婚，但她既不知道自己为什么要离婚，也不知道自己究竟还要追求怎样的自由。

70年代末和80年代是韦尔登的创作鼎盛期，这一时期的作品在题材上更为多样化，除了表现婚前女性的自由追求，还侧重于表现女性婚外恋和女性同性恋，作品风格也较70年代更为多样化。其中，《普拉克西斯》是韦尔登70年代末的重要作品，女主人公普拉克西斯是个具有典型意义的女性形象，她从一个依附男人的家庭主妇，为寻求自由而沦为男人的玩偶,后又和女友的情人偷情,最后成为一个女权主义者,其经历概括了战后30年英国女性的生活轨迹。小说的叙述语言简洁明快,充分体现了韦尔登的语言风格。此外,出版于1980年的《马勃菌菇》虽然也是写女性婚外恋,但其风格更像是一部轻喜剧,这在韦尔登的作品中是不多见的。当然,这一时期最重要的作品是《一个女魔的生活和爱情》,一部以巧妙的方式描写女性同性恋的小说。关于这部作品,后面有专题评析,在此不作赘述。

最后需要指出的是,韦尔登的女性小说虽然大多嘲讽自由女性,但在有些作品中,她对自由女性的境况还是深表同情的。最好的例子就是出版于1986年《国家的心脏》。在这部作品中,自由女性的命运被描述得极为悲惨。女主人公因丈夫有婚外恋而选择了离婚,但离婚后,她既没有经济来源,又要扶养两个未成年的孩子,简直走投无路。当初她选择离婚是为了维护尊严和自由,而离婚后,尊严和自由也许有了,但生计却没了着落。如果她为此再去找个男人结婚,那不是又没了尊严和自由?既然如此,当初又何必离婚?要么贫穷无助,要么尊严受辱,也许,这就是相当一部分自由女性的命运。而在现实生活中,大多数女性其实是宁愿不要尊严和自由,也不愿受穷的。在这种情况下,韦尔登问道,如何谈论女权运动?女权运动确实使女性有了自我意识的觉醒,但当女性的自我意识觉醒后,紧随而来的却是贫困与窘境,而要摆脱贫困与窘境,又必须放弃自我意识。难道,女权运动就是为了这样折腾一番?也许,这就是韦尔登的女性小说所要提出的女性问题。

三、重要作品评析

《一个女魔的生活与爱情》是韦尔登最有名的作品。和韦尔登的其他大多数作品一样,这部作品也旨在于嘲讽"自由女性"。小说女主人公露丝长得不漂亮,甚至可以说是个丑女,但她却嫁给了一个名叫鲍伯的会计师事务所老板。婚后不久,鲍伯就有了婚外恋情,和一个漂亮的三流女作家玛丽相爱,并抛弃了露丝。露丝无法容忍,于是她凭着自己不寻常的毅力和能力,令人惊叹地实施了一系列复仇计划。她先改名换姓,到玛丽的母亲住的一家养老院做护理,并用偷换药物的办法把玛丽的母亲搞得大小便失禁，致使养老院把她送回了家。此时，玛丽已和鲍伯同居，很浪漫地住在一座灯塔里，然而她母亲一回家，她就得去照顾大小便失禁的母亲，便再也浪漫不起来了。接着，她又开始实施另一项计划。她在养老院里认识了另一个护理霍普金斯小姐，发现霍普金斯小姐是同性恋，但这个女人家里很有钱，而且很能干，便想求助于她来开一家公司。为了投其所好，露丝不惜装成同性恋，去接近霍普金斯小姐。很快，她就成了霍普金斯小姐的同性恋伙伴。接着，她们俩就开起了一家秘书培训公司。露丝为什么要开秘书培训公司？为的就是要借此打入鲍伯的会计师事务所。终于，机会来了。她收买了鲍伯会计师事务所里的一个女秘书，并通过这个女秘书，悄悄地篡改会计师事务所的账本。经过一年多处心积虑的活动，露丝终于使鲍伯的会计师事务所出了问题，被指控挪用客户资金。但这还不够，为了让鲍伯坐牢，露丝又到法官家去做女佣，寻机勾引法官。法官上钩后，她发现法官有性虐癖，但为了讨法官欢心，她还是忍了。结果，法官被她搞定，按她的意思判了鲍伯七年监禁。为什么要判七年？小说最大的讽意就在这里。因为露丝算好了，在七年时间里，她可以垫鼻、修唇、削骨、改身高，等七年后鲍伯出狱，那时的她就像玛丽一样漂亮了，难道鲍伯还不回心转意？小说结束时，玛丽心力交瘁而死，露丝整容成功，并买下了那座灯塔，等待着鲍伯刑满出狱，和她破镜重圆。

小说女主人公露丝被称为"女魔"（she-devil），意思就是"邪恶的女强人"。不过，韦尔登使用这个词显然是带有讽意的。露丝自以为很强，而且她的复仇计划也确实相当邪恶，但实际上，她却是个弱者。弱在哪里？弱在她对婚姻的迷信和对丈夫的依赖。她的一系列复仇计划表面上好像很邪恶，好像她这个人真是个"魔鬼"，而实际上呢，那不过是她的良苦用心，其最终的意图还是想拯救她的婚姻，使丈夫回到她身边。为什么不能抛弃已经破碎的婚姻？为什么偏要把一个不忠的丈夫拉回身边？关键就在于，她做不到这一点，否则也就毫无必要搞什么复仇计划了。所以，从根本上说，她是婚姻中的弱者。而更为懦弱、更为可笑的是，她还迷信容貌，认定丈夫对她不忠是因为她不漂亮，因而等她把丈夫弄进监狱后，还要去整容，以为这样便可以一劳永逸地把丈夫拴在身边了。一个迷信婚姻永恒、拼命想拉住丈夫并不惜为此去整容的女人，随便怎么说也不是自由女性。因为她一点也不自由，她的所有行为都是强迫性的，即：她非常害怕婚姻破裂。

至于露丝的一系列复仇计划,那只是一连串闹剧而已。是的,她把丈夫弄得焦头烂额,但这样她丈夫就会回心转意吗? 看来,多半是她的一厢情愿。再说,她丈夫即便回心转意,那又算什么呢? 算是她重新赢得了丈夫的"爱情"? 还是她显示了"力量",证明她是"惹不起的",以此迫使丈夫就范? 应该说,是后者。如果是这样,那是自由吗? 显然不是。要知道,复仇者从来就是不自由的。

不过,如果说韦尔登"无情地嘲笑了'自由女性'",她笔下的"女魔"是个貌似自由女性、貌似"女强人"的可怜虫,那也过于简单化。韦尔登确实嘲笑了"自由女性",但不是"无情地";她确实把露丝塑造得既可笑又可怜,但不是"可怜虫"。

实际上,韦尔登对"自由女性"的态度是相当复杂的。她既不赞同传统女性忍辱负重的"美德",也不认可当代女性我行我素的"反叛"。所以,在她笔下,露丝的复仇虽从总体上说是弱者的一种可笑反应,但她毕竟做出了反应,这一点并不可笑。而且,在露丝的复仇过程中,韦尔登还时不时地暗示读者,露丝若不按原计划一做到底,中途有没有可能找到其他出路呢? 其中最引人注目的,就是她写了露丝和霍普金斯小姐的同性恋关系。

露丝本不是同性恋者,她是为了经济上的目的"混入"同性恋世界的,但通过露丝的"混入",韦尔登直接写到了同性恋者霍普金斯小姐。而通过对露丝和霍普金斯小姐的同性恋关系的描写,韦尔登似乎想说,同性恋有没有可能成为异性恋的一种补充? 也就是说,如果异性恋失败(实际上,所谓女性问题,很大程度上就是异性恋失败造成的),改为同性恋可能是一种积极的选择,因为同性恋的唯一缺陷就是不能生育,但当前最严重的问题不是生育率不足,而是人们缺乏一种精神上"安稳与协调"。那么,露丝不是同性恋者,她对同性恋生活的感受又如何呢? 在韦尔登笔下,露丝似乎也感觉到她和霍普金斯小姐的关系很和谐。这主要是因为霍普金斯小姐过去一直很压抑,而露丝呢,由于异性恋失败,便对同性产生了好感,可见这是一种互补关系。只是因为露丝后来复仇心切,当她达到目的(即把鲍伯送上法庭)后,她便离开了霍普金斯小姐。

毫无疑问,韦尔登的这一暗示肯定会引起极大争议,因为不管怎么说,同性恋是一种变态行为。如果是先天性的"性倒错",那是生理问题,不是道德问题,对此当然不应该歧视,但如果是有意追求"性倒错",那就不是生理问题,而是道德问题了。当然,道德也会变,但当今主流道德观能容忍这样的"性倒错"吗?

不过,韦尔登对同性恋的态度其实也是相当复杂的。一方面,她认为同性恋,尤其是女性同性恋,很可能是当代女性的一种有益选择;另一方面,她也承认选择这种方式是"不自然的",而且是不能、也不可能大力提倡的。也许正因为如此,她在小说中一方面把露丝的女儿写成同性恋者,另一方面又让露丝对她持一种模棱两可的态度,既不干涉,也不赞同。

除了涉及到敏感的同性恋问题,这部小说还在露丝的复仇过程中写到了性虐行为。露丝本无性虐癖,但为了色诱法官,她充当了性受虐者;为了勾引牧师,她充当了性虐者。这不是为写性虐而写性虐,不是游离主题的填料,而依然是为了嘲笑露丝这个所谓的"女魔",意思是:难道去充当性虐狂,也算是"自由女性"的一种品行? 不过,就如对同性恋一样,韦尔登对性虐的态度也是相当复杂的。她一方面嘲笑露丝充当性虐狂,另一方面又似乎暗示,如果两相情愿,性虐也不失为人性的一种表现,尽管是变态的,但总比性压抑要好。

换句话说,韦尔登在嘲笑露丝的同时还有点自嘲的意思,有一种无奈情绪。所以,每说到一件事情,她仿佛总是说:"你看,这多荒唐! 但不荒唐又怎么样? 也许,荒唐也有它的道理。"这不是颓废主义,而是怀疑主义,一种后现代主义的自我怀疑,也就是人们常说的"意义的不确定",或者说"无信条可依"。这一点同样可以从她对女性分离主义者团体的态度中看出。在小说中,她让露丝进入这类团体,并借此不无讽意地对她们的分离主义行为做了一番描述。譬如,女性分离主义者为了表示和男性"分离",集体吃素,因为她们认为男权是在人类狩猎时期建立的,而狩猎时期的最大特点就是人类开始大量吃肉,所以,不吃肉就是对男权一种最好的"疏远";再譬如,她们把 women(女人)一词改写为 wimin,强调女性的"I"(我),以此认为是女性主体意识和女性话语权的表达,如此等等。但她的描述最后给人的印象是:她既怀疑男女"分离"是不是行得通,同时又觉得"分离"或许也不失为一种办法。

总之,这部小说明显具有后现代小说的特征。不仅主题表达方面"无定见",其表现形式也是杂烩式的：小说整体上由露丝的一系列经历构成,其布局像流浪汉小说；露丝的每次经历都令读者感到意外和震惊,情节设置就像惊险小说；而小说的细节描写则是写实的,像一部现实主义小说。至于小说中的人物,特别是主人公露丝,其性格特点主要是通过外部描写——即一系列有点夸张的动作——加以表现的,基本上没有心理描写。这是喜剧人物的塑造方式,既符合露丝的性格特点,又强化了作品的讽刺效果。

第七章 玛格丽特·德拉布尔：
现实主义女性小说

玛格丽特·德拉布尔（Margret Drabble, 1939- ）成名于60年代，70年代更是蜚声于英国文坛，当时后现代主义盛行一时，她却坚持用现实主义手法创作小说。她的小说致力于表现女性从恋爱婚姻到生儿育女的生活道路，尤其着重描述具有良好教育的一代新女性在现代社会里寻求自己地位的过程中的矛盾心理。80年代，随着她的创作视野不断扩大，她的声誉亦与日俱增，不但被公认为当代最杰出女作家之一，还被英国王室授予女爵士称号。

一、生平与创作

玛格丽特·德拉布尔出生在英国约克郡谢菲尔德市，父亲退休前是律师，母亲曾任小学教师。德拉布尔1960年以优异成绩毕业于剑桥大学。在校时她酷爱戏剧，毕业后和丈夫克莱夫·斯威夫特一起参加皇家莎士比亚剧团，但不久即怀孕，无法参加演出，转而从事写作。

1963年，德拉布尔的第一部长篇小说《夏季鸟笼》（*A Summer Bird-Cage*）出版。小说描写女主人公莎拉从牛津大学毕业后近一年的生活。莎拉在大学中幻想毕业后要过既有事业又有友谊与爱情的和男人平等的生活。但在伦敦的一年生活中,她收入微薄,造成朋友间的计较与争吵;她看到女友们不称心的婚姻。她的经历使她认识到大学时代的理想与现实世界之间有着多么大的差距;她感到对自己这一代的女性来说,大学毕业后的生活不可避免地都是一种倒退,女人似乎注定要在结婚与事业之间进行选择。莎拉预感到自己只能选择结婚,但她尽量拖延时间,以求晚一点成为"笼中鸟"。小说出版后颇受好评,德拉布尔从此开始了她的创作生涯。

德拉布尔婚后育有三个孩子,但这似乎并没有影响她的写作。1963年至1969年的六年间,她共出版了四部长篇小说,即《加里克年》(*The Garrick Year*,1964)、《磨盘》(*The Millstone*,1965)、《金色耶路撒冷》(*Jerusalem the Golden*,1967)和《瀑布》(*The Waterfall*,1969)。其中,《磨盘》和《金色耶路撒冷》备受关注。《磨盘》是一部道德寓言小说,书名"磨盘"语出《马太福音》,它既是女主人公露丝蒙特的磨难,又是她的拯救。露丝蒙特是个年轻女学者,热衷于女权思想,因此,她未婚先孕。但在生产过程中,婴儿病危,由此激发了她的母爱,同时也改变了她的女权思想。那病危的婴儿,就是露丝蒙特的"磨盘",而德拉布尔,则因此而被称为"写母爱的小说家"。《金色耶路撒冷》同样是一部具有道德寓意的小说。女主人公克拉拉为追求个人自由和富裕生活而背弃了母亲和家里的宗教信仰,但结果却是理想幻灭,无比空虚。这部小说的结构比较复杂,叙事手法也更为老练,出版后获"坦特·布莱克文学纪念奖"。

70年代和80年代,德拉布尔一如既往,继续推出一部部长篇小说,计有八部,即:《针眼》(*The Needle's Eye*,1972)、《黄金国度》(*The Realms of Gold*,1975)、《冰川纪》(*The Ice Age*,1977)、《中间地带》(*The Middle Ground*,1980)、三部曲《光辉之路》(*The Radiant Way*,1987,1989,1991)和《一种自然的好奇心》(*A Natural of Curiosity*,1989)。

在70年代的作品中,《针眼》是一部关于财产与灵魂得救的宗教小说,显示出德拉布尔的创作题材有所拓展,即:从个人的生活经历转向更为广阔的社会生活,风格也更趋圆熟。在《针眼》之后的《黄金国度》中,德拉布尔虽回到了早先的题材上,即写女性的个人生活经历,但小说主题和叙事结构有所不同,表现的是家族遗传精神抑郁症对个人命运的影响。《冰川纪》几乎写到了现代社会的各个方面:环境、电视、人文学科的衰微、传统形式的瓦解、青年一代的反叛、蔓延成风的性乱、老年人的困境、监狱条件恶劣、恐怖主义猖獗，等等。小说题目具有象征含义，即：70 年代的英国社会令人寒颤，犹如回到了冰川覆盖的蛮荒时代。

德拉布尔 80 年代最重要的作品无疑是《中间地带》和三部曲《光辉之路》，前者被认为是德拉布尔的代表作，后者是她所有作品中规模最大的，包括《光辉之路》、《天生好奇》(A Natural Curiosity, 1989)和《象牙门》(The Gates of Ivory, 1991)三部长篇。在三部曲中，德拉布尔讲述了三个知识女性从大学毕业到中年的人生之路。她们一个是精神治疗医师，一个是文学教师，一个是艺术史研究者，尽管她们出身不同，经历不同，性格也不同，但有一点是相同的，那就是她们都在人生之路上彷徨，看不出人生究竟有何意义。

三部曲《光辉之路》的最后一部《象牙门》出版于 90 年代初，其后七、八年间，德拉布尔仅出版了一部长篇小说，即《爱克斯摩尔的女巫》(The Witch of Exmoor, 1996)。不过，在此期间她撰写了一部《安格斯·威尔逊评传》(Angus Wilson, 1995)。

除了写小说，德拉布尔还在大学任教，同时创作影视剧本，撰写名人传记和书评。此外，她还主持了著名大型文学辞典《牛津英国文学指南》第五版的修订。

2000 以后，年过 60 的德拉布尔又推出多部长篇小说，如《被扑打的飞蛾》(The Peppered Moth, 2001)、《七姐妹》(The Seven Sisters, 2002)、《红女王》(The Red Queen, 2004)和《海夫人》(The Sea Lady, 2006)等，但读者和评论界对这位著名老作家的后期作品反应平淡。

二、风格与特点

德拉布尔在 60 年代刚开始其小说创作时就声称，她将继承英国文学"伟大的传统"，而不注重文学手法的实验和创新。她在 1967 年接受英国广播公司的专访时表示："我宁愿处于自己敬佩的正在消亡的一种传统的尾声，也不愿处于我所不屑一顾的另一种传统的前哨。"[①]这里，她所说的

---

① 《二十世纪文学评论》(下册)，[英] 戴维·洛奇编，葛林等译，上海译文出版社，1993 年，第 341 页。

"正在消亡的一种传统",即 19 世纪现实主义传统,而她"不屑一顾的另一种传统",就是 20 世纪现代主义传统。

显然,德拉布尔持这一文学立场是受了 F. R. 利维斯(Frank Raymond Leavis, 1895 - 1978)的影响,因为她毕业于剑桥大学,曾是利维斯的学生,而利维斯最有名的论著就是《伟大的传统》(The Great Tradition, 1948)。此外,50 年代和 60 年代英国文学界的"现实主义回潮"也是一个重要因素。当时有一批作家不屑于"乔伊斯式的现代派传统",主张文学创作应该"返回"19 世纪,也就是主张用传统手法反映当代生活。德拉布尔无疑是赞成这一主张的,她在 1975 年发表的《作家的话》一文中写道:"我们不能摆脱自己的过去。我们永远无法摆脱别人对我们的要求,也不应该希望摆脱。……我们都是长期传统的一个部分。一个人类的群体,我们必须在其中起应起的作用。"基于此,她认为当代文学应该像传统文学一样广泛反映社会生活,反映普通人的思想感情、普通人的经历、希望与追求。所以,她推崇乔治·艾略特,赞扬阿诺德·本涅特,认为他们的作品突出表现了他们对普通人和普通生活的理解与尊重,而这正是詹姆斯·乔伊斯和弗吉尼亚·伍尔夫等现代派作家所缺乏的。

有人认为,德拉布尔堪称"当代英国编年史家,一百年后的人若想了解现在的情况,可以读读她的小说。她笔下的 20 世纪后半叶的伦敦,就如狄更斯笔下的维多利亚时代的伦敦,或巴尔扎克笔下的巴黎"①。当然,德拉布尔大概还不能和狄更斯或巴尔扎克相提并论,而且和他们也不完全一样,但就基本风格和特点而言,她或多或少和狄更斯或巴尔扎克有点相似,如对事物的观察仔细敏锐、理解深刻独到,文笔流畅自然、风趣幽默,等等。但在叙事手法上,她和狄更斯或巴尔扎克就不太一样了。她的惯常做法是,一开始就展示小说中的主要矛盾或冲突,然后追述导致矛盾或冲突的种种原因,接着再用少量篇幅将矛盾或冲突推进一步。而当小说结束时,主要矛盾或冲突往往并没有解决,只是给读者某种暗示——矛盾或冲突或许能解决,但如何解决,则有多种可能性,也可能永远无法解决。因为不管怎么说,德拉布尔毕竟是当代作家,她面对的是复杂多变的

---

① 菲利普·罗斯,《纽约时报书评副刊》,1980 年 9 月 7 日。(另参见《20 世纪英国文学史》,王佐良、周珏良主编,外语教学与研究出版社,2006 年,第 488 页。)

当代现实，而更为重要的是，她同样具有当代意识，同样清楚地知道，现实生活是一种无限延续，并没有什么结局，小说中的"结局"是人为的、虚假的。

德拉布尔的作品主要反映当代英国女性在一个基本上仍是男权至上的社会中追求自身价值的努力与成败。就如有评论家指出的，她具有强烈的时代感，她的作品反映了当代英国知识女性的心声。确实，在她的作品中，当代英国社会状况以及女性的处境，特别是女性如何适应战后社会迅速的变化、这种变化对她们造成的心理影响，以及她们追求自我实现的努力，都从不同的角度被表现了出来。不过，尽管德拉布尔一直遵循着她的基本创作原则，在她将近半个世纪的创作过程中，不同的时代还是表现出了不同的特点与倾向。

60 年代至 70 年代初是德拉布尔小说创作的早期。这一时期的作品主要表现受过大学教育的青年女性刚进入社会后的困惑感和幻灭感。女主人公大凡带着对前途与事业的种种幻想走出学校，但社会现实迫使她们服从生活的安排，使她们痛苦地看到自己的梦想永远不可能实现。这可以说是她在这一时期的一个基本主题，如她的处女作《夏日鸟笼》以及后来的《加里克年》、《磨盘》、《金色耶路撒冷》和《瀑布》，都无不如此。不过，单纯写困惑感和幻灭感的只是最初的两部作品，即《夏日鸟笼》和《加里克年》，自第三部作品《磨盘》起，就不是单纯写困惑感和幻灭感了，而是在写困惑感和幻灭感的同时又出现了"第二主题"，即困惑感和幻灭感的解脱，也就是主人公在经历一番磨难之后，终于领悟到自己作为女人的"神圣使命"，从而摆脱了困惑感和幻灭感。而女人的"神圣使命"，就是母爱。

这一主题最初出现在《磨盘》中，女主人公露丝蒙特因一时追求浪漫而未婚先孕，但当她在烦恼中生下婴儿后，她内心的母爱不仅消除了她的烦恼，还让她感悟到了"人生的真谛"，即：作为女人，追求自由解放的结果，也许只会是痛苦和失望，而母爱却是女人的真情，唯有母爱，或者说表达母爱，才能使女人在失败之余仍对生活充满希望。其后，在《瀑布》中，这一主题再次出现：女主人公珍妮在丈夫出走后心灰意懒，放弃了对生活的希望，然而孩子的出生使她恢复了生气，重新发现了生活的意义。实际上，《金色耶路撒冷》中也同样有母爱主题的表达，只是这一主题不是由主人公克拉拉直接表达的,而是间接地表现在克拉拉的母亲身上。

这三部小说出版后,德拉布尔被激进女权主义者不无讽意地称为"母爱小说家"。对此,她公开声明,她写小说本来就和"女权主义"无关,而是出于对女性普遍境遇的关切,包括女性的身心感受。至于争取女性权利,她并不反对,但她认为女性问题不仅仅是女性权利问题,还有女性的自我定位问题,更为重要的还有女性的自我感觉问题,因为并非所有女性都认为放浪不羁就是自由。关于德拉布尔与女权主义者的争论,其本身又引起争论。有人认为德拉布尔是个"反女权主义者",有人认为她不是"反女权主义者",而是"非女权主义者",又有人认为她其实也是女权主义者,只不过不是激进女权主义者,如此等等。但不管德拉布尔是不是女权主义者,她的小说始终关注的是女性问题,她是个女性小说家,而且她始终在宣扬母爱,这些都是确凿无疑的。

70年代初至90年代初是德拉布尔小说创作的中期。在这一时期,德拉布尔的小说题材有所拓展,主题也有所变化。首先是宗教主题的出现。实际上,在德拉布尔的早期作品中就不乏宗教意味,如原罪、拯救、邪恶、灵魂、试炼、殉道、受难等《圣经》中的语词,经常在小说中被引用。还有《磨盘》,其书名就来自《圣经》。不过,宗教作为主题,则最初出现在出版于1972年的《针眼》中。《针眼》的书名同样取自《圣经》,即"耶稣说:我告诉你们,富人进天堂,比骆驼穿针眼还难。"①小说中的女主人公罗丝是个富人,为了"穿针眼",她把所有的财产都施舍掉。为此,她丈夫和她离了婚,但她义无反顾,独自带着孩子生活在贫困中,用她的母爱创造了一个新的生存空间,因为她相信:"上帝总是要求牺牲……这是发现上帝的唯一途径。"

其次是,在继《针眼》之后的《黄金国度》中,德拉布尔又对个人是否能够逃脱命运这一宿命论主题产生了兴趣。她后来说:"在写此书之时,许多层次的意图并未完全实现。我原来的意图是要写一部长篇家世小说,以从未谋面的三个堂兄妹的故事为基础。这使我能够在一个流动不居的社会学和遗传学背景之前考察英国生活的三个截面,三个不同个性人物的传记。为了写堂兄戴维这个人物,我对地质学和火山作了大量研究。

①　《圣经·马太福音》第19章第24节。

但在我写作之时，弗朗西丝开始把我的注意力吸引过去了。"①所以，弗兰西丝就成了这部小说中的一号人物。弗兰西丝出生于奥勒伦休家族，而这个家族患有遗传性精神抑郁症。弗兰西丝作为一个事业有成的考古学家，经济宽裕，行动自由，虽已离婚，但有四个可爱的孩子，又不乏异性追求者，所以典型的女性生存问题对她来说是不存在的。然而，她却受困于家族遗传性精神抑郁症而痛苦不堪。小说主要就是写弗兰西丝如何艰难地和这种可怕的遗传性疾病抗争。但结果证明，她的一切努力都是徒劳的，就如她不能通过考古来推断未来，她也无法通过个人的努力来改变一个家族的遗传基因。关于这部小说，德拉布尔在接受采访时说，这是她对宿命论和命运问题的关注。由于宿命论在英国文学中古已有之，如托马斯·哈代就是个著名的宿命论作家，所以这部小说主题并没有引起争议，倒是小说的叙事结构，评论界众说纷纭，褒贬不一。在这部小说中，德拉布尔一改以往，不再采用她惯用的女主人公第一人称叙述，而改为第三人称叙述，而且第三人称叙述者游移不定，也就是时而从这个视角，时而从那个视角，跳跃式地加以叙述，不断转换场景；同时，她还直接介入小说，发表评论。这种叙事手法，很大程度上已是实验小说的手法了，很难说是传统现实主义的。所以，评论界对它褒贬不一。

此外，德拉布尔在这一时期还尝试以男性人物为主人公、以较宽广的社会面为背景来构思小说。尝试的结果，就是《冰川纪》的问世。这部小说的背景是 60 年代末、70 年代初的英国社会，男主人公安东尼·基丁是某广播公司的编辑，他在 60 年代末因搞房地产投机而发了财，于是便抛弃妻子，和一个名叫艾丽姗女演员同居。但到了 70 年代初，全欧经济衰退，英国也不能幸免，安东尼·基丁在房地产投机中失利，血本无归。于是，他穷愁潦倒，还患上了心脏病。后来，他为了保释艾丽姗的女儿，到东欧某国去和那里的司法部门打交道，但在此过程中卷入了一场外交阴谋，事发后被判刑六年。小说结束时，安东尼·基丁在狱中服刑，指望着这六年快快过去。

不过，就这部小说而言，主人公的故事本身并不重要，重要的是小说通

---

① 1985 年 1 月 25 日与记者的谈话。（参见瞿世镜、任一鸣著《当代英国小说史》，上海译文出版社，2008 年，第 176 页。）

过主人公的一系列活动所涉及的英国社会现状。当时因石油危机和经济衰退而既死寂又恐慌的英国社会,在小说中被表现得就像处于可怕的"冰川纪":"一只巨大的、有着长长手指的冰冷拳头正在扭挤着英国人民,使他们变得冰冷;它扭挤着这个伟大的、有力的民族,使它的血液流动减慢,使它陷入无法活动的境地,凝滞成一团,就像在一条冻了冰的河中的鱼那样。"在表现手法上,这部小说类似于狄更斯的某些作品,如《荒凉山庄》,但和狄更斯的作品不同的是,这部小说中没有一点"温暖",一切都是冰冷冰冷的。

继《冰川纪》之后,德拉布尔又回到女性主题,写了《中间地带》和《光辉之路》。此时她已年近四十,自然对中年女性的处境更有体会,所以《中间地带》和《光辉之路》的主人公都是中年女性。这两部作品可以说是她的"成熟之作",无论是思想,还是艺术,都趋于定型。尤其是《中间地带》,既充分表达了她成熟的思想,又集中体现了她的艺术风格,被认为是她的代表作。《光辉之路》也颇受好评。小说成功地塑造了三个中年知识女性的形象。在德拉布尔过去的小说中,女主人公的命运不外乎单亲家庭、离婚、婚外情、个人事业的成败等等,而在这部作品中,三个女主人公则是人到中年,没有少女的妩媚而有成熟的魅力。她们洞察世态人情,遇事理智而冷静,但仍得面对 80 年代的严峻挑战。小说描写了她们的一系列挫折和困惑,基调是阴暗而悲观的,又是发人深省的。德拉布尔曾说:"我们不想类似于过去的女人,但我们的未来又在何处?这正是许多女性作家或用喜剧语言、或用悲剧语言、或用纯理论语言试图回答的问题。虽然这个世界从来就是不确定的,既没有确定的风俗习惯,也没有确定的伦理道德,但在我们的生活进程中,我们必须确定自己的道德规范。"可以说,这就是德拉布尔的主要思想,也是《光辉之路》的基本主题。

继《光辉之路》之后的两部作品,即《天生好奇》和《象牙门》,通常和《光辉之路》一起合称为"三部曲"。《天生好奇》较《光辉之路》稍为逊色,但《象牙门》却博得了批评界一致赞扬,还被认为是德拉布尔最雄心勃勃的作品。小说题目来自荷马史诗《奥德修纪》,男主人公施蒂芬·柯克斯是个作家,一个当代"反英雄"人物。小说一开始,主人公施蒂芬·柯克斯在东南亚失踪,只有一堆遗物和一部未完成的手稿由他人邮寄到伦敦。施蒂芬的女友莉兹·海德兰特收到这些东西后,便前往东南亚去寻找失踪的施蒂芬。这是小说的第一条线索。第二条线索是失踪的施蒂芬在泰国、越南、柬埔寨等地的冒险经历。小说采用传统的第三人称叙述,但却是多视角的第三人称叙述,即每一段叙述采用一个人物的视角,形成一个片断,而整部就是由许多片断组合而成的。由于视点和视角不断转换,产生了一种几乎令人眩晕的效果,而这和小说中的背景、故事以及人物恰恰是相协调的。在这里,德拉布尔充分显示了德拉布尔的叙事才能,尽管她采用的基本上是传统叙事手法,但效果却近似于实验小说。

应该说,德拉布尔的创作成就主要体现在她的中期创作中。至于她的后期创作,90 年代她仅出版了一部长篇小说,而 2000 年以后出版的作品,从整体上看,仍沿袭中期创作的题材与风格。这些作品虽未引起轰动,但也不是平庸之作,其价值还有待于评论界的进一步探讨。

总之,德拉布尔从创作第一部小说起就已表达当代英国女性的心声为己任,她的小说风格既是传统的,又是独特的;她的每一部小说都具有确定的意义,但又往往具有多重意义;她笔下的人物都具有明确的思想意识,但又往往具有多重意识;她的故事有结尾,但往往没有最终的结局。而所有这一切,都源自她的小说观。她曾说:"一本小说好似一个人的生活,充满复杂性,难以做出圆满的解释。正是由于这种时刻不停的流动和各种感情状态的往复变化,我才觉得小说生趣盎然,饶有兴味。"①

三、重要作品评析

出版于 1980 年的《中间地带》是德拉布尔的代表作。小说题目 *The Middle Ground*,有人意译为《人到中年》或《中年》、《中途》等,实际上这里还有中等地位的意思,因为小说主人公既是中年女性,又是中产阶级女性,其他重要人物也大多是中产阶级中年人。

小说中几乎没有故事,写的都是一些平淡无奇的事情,可以说是相对平稳的中产阶级中年人生活的典型写照。女主人公凯特·阿姆斯特朗是新闻记者,刚满 40 岁。她曾多次恋爱,如今却离了婚,她孩子都已长大,即将独立生活,这使她感到非常失落。她是个事业有成的记者,又是个女

---

① Drabble, "The Author Comments" in *Dutch Quarterly Review of Anglo-American Letters*, No. 5, 1975, p. 45.

权主义者。然而,她作为记者的所见所闻却使她对女权主义产生了怀疑。因为她在采访中不断发现,大量的下层女性不但依然生活在丈夫、孩子和家务的小圈子里,而且观念保守,和她们的母亲几乎没有什么区别。由于理想和现实的脱节,她又开始怀疑自己的事业究竟有何意义。就这样,她站在人生的十字路口,既失落,又迷惘,不知何去何从。最后,她决定返回故里,去追踪报道她童年时代的朋友们,去了解她们所走过的生活道路。表面上看,她是在拍摄一部以女性生活为题材的纪录片,实际上她在是借此找回失落的自我。而就在她回顾往日岁月的同时,她看到了整个社会的进程。她发现,个人经历往往是社会进程的一部分。于是,她试图把社会群体和个人之间的相互关系描述出来。为此,她必须涉及社会的方方面面,包括媒体、社区、知识分子、劳工阶级、同性恋、青春期、经济危机、社会不公、外来移民,等等。而当她描述了各种各样的社会现象之后,她发现,所谓社会生活,除了纷乱无序,还是纷乱无序,根本就无法得知其意义何在。于是,她绝望了,只觉得"这些日子的生活,是如此稀奇古怪,异乎寻常,就是写小说也难以描绘"。

作为代表作,这部作品首先体现了德拉布尔小说的基本特点。德拉布尔的小说致力于表现当代中产阶级知识女性的生活。这类女性大多有事业心,而且大多有女权思想,因而在平凡的生活中每每会感到失望,心怀怨恨。但是,经过一番磨难,他们最终又会领悟到女性真正希望的是母爱的付出,领悟到母爱才是女性价值的真正体现。因而,母爱往往成为拯救德拉布尔笔下的那些处于困境中的女主人公的"法宝"。所有这些,都充分体现在女主人公凯特·阿姆斯特朗身上。她是个有事业心的记者,又是个女权主义者,而且同样因为恋爱、婚姻、家庭、工作而苦恼不已,也同样希望在自己对儿子的母爱中获得安慰。因而,凯特·阿姆斯特朗可以说是典型的"德拉布尔式女主人公"。

其次,这部小说和德拉布尔以前的小说又有所不同,有其自身的特点。显然,小说既写了和年龄有关的"中年危机",即女主人公人到中年时的危机;又写了和社会有关的"中产阶级危机",即女主人公作为一个记者而遇到的危机。前者使她感到人生空虚,后者使她觉得世事难言。中年是人生主体,"中年危机"即人生危机;中产阶级是社会中坚,"中产阶级危机"即社会危机。所以,这部小说具有双重主题,既是个人的,又是社会的。批评家雷蒙德·威廉斯（Raymond Williams，1921－1988）认为，英国小说自1900年以后即分化为"社会小说"和"个人小说"两种不同的传统："在社会小说中可能有对一般生活即集体的精确观察和描写；在个人小说中可能有对人物即构成集体的个体的精确的观察和描写。"他同时认为："两者都缺少一个向度，因为生活既不是集体的，也不是个体的，而是两者混合在一起的过程。"①德拉布尔此前的小说，如《夏日鸟笼》、《磨盘》和《金色耶路撒冷》等，被认为是"个人小说"，而如《冰川纪》，则被认为是"社会小说"，而在这部小说中，德拉布尔显然旨在于把"两者混合在一起"，所以这部小说既是"个人小说"，又是"社会小说"，而且两者"混合"得相当自然，就如生活本身一样。这可以说是这部小说的最大特点。

德拉布尔自己曾说，《中间地带》是一部"记录"，意思就是，她在这部作品中追求的是"真实"。有人或许会认为这是一部反女权思想的小说，对此她认为，随便怎么说都可以，因为"真实比思想更重要"。

最后是，这部作品还充分体现了德拉布尔在叙事形式上的革新。在德拉布尔的早期小说中，传统的按年代顺序编排的线性情节结构，为她分析女性生活经历提供了一个有用的模式。但在这部作品中，叙事结构不是线性的，而是万花筒式的。德拉布尔自己曾说，"它缺乏形式"，而这正是"它所要传递的信息"，即：当代社会纷乱无序的形象。在这部作品中，德拉布尔稍微扩展了技巧实验的范围，力图给人以直接的感性印象，就如电视新闻片一样，从一个镜头切换到另一个镜头，从一个人物跳到另一个人物。诸多事实纷至沓来，使读者目不暇接而产生一种晕眩感，由此感受到飞逝而去的人生百态。此外，小说在第三人称的叙述过程中穿插第一人称的独白，有的是回忆，有的是梦境，有的是人物自叙，形式多变，用以表现中年知识女性的复杂心态。虽然评论界对德拉布尔在这部作品中的形式革新一直有争议，但不管怎么说，她的革新至少显示了传统小说形式的灵活可变性，如她在沿用诸如情节过渡、悬念设置、人物刻画等传统手法的同时，又采用非传统的开放式结尾以表现当代现实，显然使小说显得更加意味深长。"任何事情都有可能发生，一切尚未定型。……总有什么事情将会发生。"——这部小说就是这样结束的。

---

① 转引自瞿世镜、任一鸣著《当代英国小说史》，上海译文出版社，2008年，第183页。

第八章　其他女性小说家

上述多丽丝·莱辛、菲伊·韦尔登和玛格利特·德拉布尔是70年代和80年代最重要的女性小说家,除了她们,其他女性小说家还有许多,其中较重要的有:丽贝卡·韦斯特、琼·里斯、伊丽莎白·泰勒、芭芭拉·佩姆、阿妮塔·布鲁克纳、伊莱恩·费因斯坦、伊娃·菲吉斯、蓓里尔·班布里奇、安吉拉·卡特、安妮·恩莱特和阿莉·史密斯。需要说明的是,并非所有女小说家(women writers)都是女性小说家(female writers),后者是指其作品中大量涉及女性问题的女小说家。

一、丽贝卡·韦斯特

丽贝卡·韦斯特(Rebecca West,笔名,真名 Cicily Isabel Andrews,父姓 Fairfield,1892 – 1983)出生于爱尔兰,后随父母移居伦敦,后又移居爱丁堡。她的第一部小说《军人还乡》(*Return of the Soldier*,1918)从一个不得不面对战争废墟并与之妥协的女性角度,审视了一战后的英国社会。其后,在《哈丽特·休姆:伦敦幻想》(*Harriet Hume: A London Fantasy*,1929)中,她又以一种风格化的手法描述了伦敦生活,并称她之所以写这部小说,是为了弄明白自己为什么喜欢伦敦。

丽贝卡·韦斯特19岁时就参与争取妇女选举权的运动。当时,她是易卜生的崇拜者("丽贝卡·韦斯特"这一笔名,就取自于易卜生戏剧中的一个女性人物的名字)。尽管到后来,即1941年,她觉得当初由易卜生所唤起的那种激情是短暂的,而且坦言"随着年龄的增长,我开始意识到,易卜生的呐喊只是出于一种观念,而非切身体会,因为他不是女人",但她还是认为"正是这些观念,才使这个世界动了起来"。这表明她已经从一个激愤的易卜生主义者变成了一个更为种坚定、更为成熟的女权主义者。

20 年代至 40 年代,丽贝卡·韦斯特以她的一系列纪实作品而出名。1923 年,她写了一部圣奥古斯丁传记。在这部传记中,她既对圣奥古斯丁的男性主义的狭隘观念表示反感,同时又对圣奥古斯丁的"真正的男性气质"表示赞赏,认为圣奥古斯丁具有现代男性倾向。不过,她最富有探索性的纪实作品则是两卷本的历史研究著作《黑羊羊和灰猎鹰》(*Black Lamb and Grey Falcon*,1941)。在这部论述"一战"历史、尤其是德国占领巴尔干半岛前这一地区的历史的著作中,丽贝卡·韦斯特以极敏锐的观察力审视了对存在于民族和历史之间的复杂的内在联系。"二战"结束后,她又以一系列有关 1946 年纽伦堡审判的文章成为新闻界关注的焦点,尤其是她的《叛逆的含义》(*The Meaning of Treason*,1949)一书,对英国卖国者威廉·乔伊斯和纳粹合作的行径作了富有想象力的理论探讨。

50 年代,丽贝卡·韦斯特最重要的作品是长篇小说《泉水溢流》(*The Fountain Overflows*,1956)。小说主人公以第一人称方式真切地讲述自己既有教养、又古怪而不安的童年生活,既表现出一种成年人的失落感,又表达了一种幼儿般的难以捉摸的满足感。60 年代,丽贝卡·韦斯特出版长篇小说《鸟儿坠落》(*The Birds Fall Down*,1966)。这是一部关于十月革命前俄国意识形态分裂的探索性小说,主人公是一个英裔俄国姑娘,但她的遭遇(主要是她的意识变化)则是通过一个女作家之口讲述出来的。由于小说涉及诸如克鲁泡特金和列宁等人的政治观点,因而在后来的几十年间它一直是西方最有争议的作品之一。

在艺术上,丽贝卡·韦斯特信守 19 世纪的现实主义传统,因而对同时代的现代主义和后现代主义小说实验置若罔闻,没有做出任何反应。

二、琼·里斯

琼·里斯(Jean Rhys,1894-1979)出生于西印度群岛的多米尼加,父亲是威尔士人,母亲是英格兰人。她 16 岁(即 1910 年)时回英国读书,毕业后定居英国,并进入皇家戏剧艺术院。作为小说家,琼·里斯在 60 年代前的作品主要是出版于 1927 年至 1939 年间的短篇小说集《左岸》(*The Left Bank*,1927)、长篇小说《姿态》(*Postures*,1928)、《离开麦肯齐先生以后》(*After Leaving Mr. Mackenzie*,1931)、《黑暗中的航行》(*Voyage in the Dark*,1934)和《早安,午夜》(*Good Morning,Midnight*,1939)等,其主题都是一个女人从童年的欢乐,到青年时爱情的磨难,以及由此而产生的悲愤、哀怨和痛苦。小说中的女主人公大多是被遗弃的、孤独的女人,她们生活在一个冷漠的世界上,无依无靠,只能听任命运的摆布。此后将近 30 年,琼·里斯没有出版一部小说,直到 1966 年《藻海无边》(*Wide Sargasso Sea*)一书出版,并获得当年英国"皇家文学会奖"及"W. H. 史密斯奖",她才重返英国小说界。

作为当代小说家,琼·里斯最重要的作品就是这部以颠覆名著《简·爱》为宗旨的《藻海无边》。小说中的女主人公安特瓦内特,即《简·爱》中的伯莎·梅森,罗切斯特的妻子,而小说所要描述的,就是这个人物的身世。

小说中的故事大体是这样的:安特瓦内特是牙买加的白人混血儿。由于奴隶制度的解体,她的家庭由兴旺逐渐走向衰败。鉴于她的特殊身份,白人姑娘妒忌她的美貌,称她为"白黑鬼",而黑人又骂她是"白蟑螂"和"疯姑娘"。就这样,她生活在孤独无援的夹缝中。长大之后,安特瓦内特在继父和罗切斯特的父亲的安排下,带着三万英镑的嫁妆嫁给了罗切斯特。其实,罗切斯特并不喜欢安特瓦内特,他贪图的是数目可观的陪嫁财产。尽管安特瓦内特一往情深,百般取悦罗切斯特,但他始终无动于衷。当同父异母的哥哥为争夺财产,蓄意挑拨离间罗切斯特和安特瓦内特的关系时,罗切斯特不辨是非,更加厌恶她了。有着家族癫痫史的安特瓦内特在精神备受摧残的情况下,真的发了疯。后来,她被罗切斯特带到桑菲尔德庄园,被关在阁楼里,成了一只与世隔绝的困兽。

显然,琼·里斯是要为安特瓦内特(伯莎·梅森)"正名"。在《简·爱》中,夏洛蒂·勃朗特共五次写到伯莎·梅森,给人的印象是,这个女人简直就是个发疯的魔鬼,"嘴唇又肿又黑,额角上有着深深的皱纹,宽阔的黑眉毛竖起在布满血丝的眼睛上",而且像野兽似的"吼叫起来,……狂野地瞪着她的客人",接着又"跳起来,凶恶地卡住他(罗切斯特)的脖子,用牙咬他的脸颊",最后还放火烧毁了桑菲尔德庄园,使罗切斯特双目失明。此外,夏洛蒂·勃朗特还通过罗切斯特之口,说伯莎·梅森品性"平庸、卑鄙、狭隘",谈吐"粗俗又陈腐、乖戾又低能",后来又发了疯,等等。总之,罗切斯特是在饱受伯莎·梅森的折磨之后,不得已才把她囚禁在阁楼上的。然而,在琼·里斯笔下,安特瓦内特不是"粗俗、平庸"的女子,而是一位美丽高雅、富有爱心、热爱生活、对人生充满希望的女性。是白人和黑人对她的妒忌,以及罗切斯特的粗俗和平庸,毁了她。也就是说,安特瓦内特是父权、夫权和殖民文化共同挤压下的牺牲品。

《藻海无边》最引人注目的特点就是改写经典作品中的人物。它不仅通过对经典作品的重写以求颠覆传统价值观念,同时也是一种"互文性"写作的有益尝试。由于有《简·爱》在先,这部小说中的人物获得了一种"额外的"深度和吸引力。

除了《藻海无边》,琼·里斯在60和70年代的作品还有长篇小说《老虎更好看》(*Tigers are Better-Looking*,1968)和短篇小说集《睡睡就好女士》(*Sleep It Off Lady*,1976)等。琼·里斯于1979年去世,因而同年出版的自传名为《微笑之乐:一部未完成的自传》(*Smile Pleasure:An Unfinished Autobiography*)。

三、伊丽莎白·泰勒

伊丽莎白·泰勒(Elizabeth Taylor,1912-1975)出生于里廷,本名伊丽莎白·柯尔斯(Elizabeth Coles),婚后随夫姓称伊丽莎白·泰勒或泰勒夫人,婚前曾做过家庭教师和图书馆管理员,1945年后专门从事文学创作。

伊丽莎白·泰勒的第一部小说《在利平柯特太太那里》(*At Mrs. Lippincote's*,1946)用简洁的笔调描述了富裕市民的生活。其后,她的作品大体都属同一类型,如《玫瑰花圈》(*A Wreath of Roses*,1950)讲述一个在学校当秘书的中年妇女和一个英俊然而可疑的年轻男子的一段恋情;《克赖蒙特的帕尔弗雷太太》(*Mrs. Palfrey at the Claremont*,1972)则用忧伤的笔调描述一个老年人虽面临贫困仍不失高雅的生活。

一般认为,《在一个夏天》(*In a Summer Season*,1961)是伊丽莎白·

泰勒最成功的作品。小说讲述了三个人的感情经历：女主人公凯特·海伦有一对子女，中年丧夫后和一个比她年轻 10 岁的男人相恋；与此同时，她的女儿一厢情愿地爱上了当地一个神父，他的儿子则和邻家的姑娘爱得死去活来。结果表明，他们三个人的爱都将随夏天的过去而过去，因为他们的爱都是不真实的。

除了写长篇，伊丽莎白·泰勒还写有诸多短篇。她共出版过四部短篇集，分别是：《海斯特·黎里》(*Hester Lilly*, 1954)、《刷子》(*The Brush*, 1958)、《捣乱的男孩》(*The Devastating Boys*, 1962) 和《牺牲者》(*A Dedicated Man*, 1965)。

评论界常把伊丽莎白·泰勒和 19 世纪女作家简·奥斯丁相比。确实，伊丽莎白·泰勒和简·奥斯丁有许多相似之处；譬如，她们的小说题材都比较狭窄，也就是她们自己所熟悉的小康之家的生活；她们的观察都比较细致入微，笔触也都比较细腻且带有讽刺意味，尤其是对破败家庭的描述，更是精湛透辟。不过，既然有简·奥斯丁在先，伊丽莎白·泰勒作为模仿者，不管模仿得多好，也只能屈居其后。

四、芭芭拉·佩姆

芭芭拉·佩姆 (Barbara Pym, 1913－1980) 出生于希洛普郡的一个律师家庭，曾就学于牛津大学，后在伦敦的国际非洲学院供职，也担任过编辑。

从 1950 到 1961 年，芭芭拉·佩姆共写了六部长篇小说。第一部《驯服的小羚羊》(*Some Tame Gazelle*) 写于 1950 年，小说描述了两个孤身未嫁的老姐妹的恋爱，其中一个爱上了村里的牧师，但她一厢情愿的恋情却没有引起对方的任何反应。在描写这两个老姐妹的恋情时，芭芭拉·佩姆既不求深刻，也不流于感伤，而是用白描手法沉着冷静地刻画人物——不管是人物的可笑之处，还是人物的伤心之时，她都予以这样的处理。这可以说是她的小说基调，她此后的作品也都如此。

她的第二部长篇写于 1952 年，题为《好女人》(*Excellent Women*)。这部小说对男性的冷漠和麻木表现得更为突出。小说中的"好女人"一个个都想讨好、追求那些已婚男人，甚至不惜去和他们的妻子交朋友，结果却是徒劳一场,甚至自受其辱。

其余四部小说,即写于 1953 年的《简和普露顿丝》(*Jane and Prudence*)、写于 1955 年的《不如天使》(*Less Than Angels*)、写于 1958 年的《举杯祝福》(*A Glass of Blessings*)和写于 1961 年的《没有爱的回报》(*No Fond Return of Love*),也都表现一厢情愿的单恋,以及人物如何在孤独、失望和挫折之余从幽居独处中寻求安慰。

芭芭拉·佩姆的小说常以英国式客厅为背景,通过对各式各样的老处女、绅士和牧师的日常琐事铺陈,嘲讽这些人物无聊的生活、庸碌的行为和失望的哀伤,因而属于社会风俗喜剧。此外,她的语言优雅、讽刺含蓄、行文精炼,在有限的范围内精雕细刻,对世态人情观察细致、描摹真切,这些都使人想起简·奥斯丁的小说。然而,所有这些都未受到当时出版界的注意,以至于她的六部长篇都未能出版。直到 70 年代中期,著名诗人菲利普·拉金发现了她的才华,并将其作品推荐给出版界,她才脱颖而出。此后,她的作品逐渐走红,屡次再版。此时,她已年过六旬,而且没过几年,即在 1980 年,她便去世了。

在成名后到去世前的五年间,芭芭拉·佩恩又完成了三部长篇,即《秋之四重奏》(*Quartet in Autumn*,1977)、《可爱的鸽子死了》(*The Sweet Dove Died*,1978)和《几片绿叶》(*A Few Green Leaves*,1980)。这三部长篇的题材、主题,乃至基调,都和她早先的作品一样,但语言更趋精致、含蓄。

五、阿妮塔·布鲁克纳

阿妮塔·布鲁克纳(Anita Brookner,1928-)出生于伦敦的一个波兰犹太人家庭,曾就读于伦敦英王学院和科托尔德艺术学院,其间在巴黎留学三年,之后在里廷大学和科托尔德艺术学院任教。1967 年,布鲁克纳成为剑桥大学斯雷德教席首位女性教授。在长期从事绘画史教学的同时,她曾出版过多部艺术史专著。

1981 年,布鲁克纳利用业余时间从事小说创作,同年出版第一部取材于她自身经历的小说《开始人生》(*A Start in Life*,1981),此时她已 53 岁。但她后来几乎每年都出版一部小说,还获得过英国小说大奖——"布克奖"。1988年,布鲁克纳辞去教职,成为专业小说家。

布鲁克纳的小说多以单身知识女性为主人公,描写她们的个人生活和情感纠葛,女性色彩强烈,且采用传统写实手法,人物心理描写细腻,语言流畅,可读性较强,因而颇受职业女性的青睐。

在1988年前,布鲁克纳作为业余小说家出版的作品主要有:《天意》(*Providence*,1982)、《湖滨饭店》(*Hotel du Lac*,1984)、《看着我》(*Look at Me*,1983)和《家人与朋友》(*Family and Friends*,1985)等。其中,《天意》是她崭露头角的作品,《湖滨饭店》则是她的获奖作品。

《天意》的女主人公吉蒂是个29岁的单身女性,小说的主线是吉蒂的情感经历:她在一所大学任教,但未获得正式教职。其间,她爱上了同校的一个名叫莫里斯·毕肖普的教授,并含蓄地向他表达了爱意。但莫里斯对她的感情一直躲躲闪闪,不置可否,使她处在等待和企盼中,感到有一种挥之不去的孤独与寂寞。后来,吉蒂终于获得了正式教职,但莫里斯却要转到牛津大学去了。吉蒂还得知,莫里斯的意中人从来就不是她,而是一个家境富有、年轻漂亮的女学生。吉蒂此时才如梦初醒,意识到自己"太傻,太不懂人情世故了"。小说结尾时,吉蒂虽有了正式教职而且前程似锦,但她却闷闷不乐。

《湖滨饭店》曾获当年(1984)的"布克奖"。小说中的许多人物和《天意》很相像。主人公艾迪丝是个女小说家,39岁,未婚,擅长写言情小说。她不仅写浪漫故事,自己的生活也颇为浪漫。她在很长一段时间里一直和一个叫大卫的有妇之夫保持着情人关系,后来她又认识了杰弗里,还打算和他结婚。但是,到了举行婚礼的那一天,她却临时改变了主意,说要完成她的小说创作后才能结婚。接着,她就独自到了瑞士,住进了一家湖滨饭店。同住饭店的人中有个年近50的奈维尔先生,他的妻子三年前和别人私奔了。这位奈维尔先生对艾迪丝颇有好感,于是两人便保持着一种若即若离的关系。尽管奈维尔先生声称他的婚姻观很老派,只想找个忠实可靠的女人过日子,和艾迪丝的浪漫婚姻观很不相同,但艾迪丝当时心境不好,觉得不如建立一个正常的家庭,所以她便决定嫁给奈维尔先生。然而,就在此时,艾迪丝却发现,奈维尔先生在向她求婚的同时,竟然还常在另一个女人的房间里过夜。她顿时感到自己受了极大的侮辱,于是马上订好机票,回伦敦去了。

布鲁克纳成为专业小说家后的作品主要有：《迟到者》（*Latecomers*，1988）、《欺骗》（*Fraud*，1992）、《家庭浪漫曲》（*A Family Romance*，1993）、《此情不再》（*Altered States*，1996）、《沉沦》（*Falling Slowly*，1998）、《天使湾》（*The Bay of Angels*，2001）、《接触的规则》（*The Rules of Engagement*，2003）和《离家》（*Leaving Home*，2005）等。其中，《欺骗》、《天使湾》和《接触的规则》较其他作品更为成功；《此情不再》则是布鲁克纳为数不多的以男性为主人公的作品之一。

和布鲁克纳的大多数作品不同，《欺骗》的开头更像是一部侦探小说，而不是女性小说。单身中年女子安娜突然失踪，警察调查了她唯一的朋友薇拉和家庭医生劳伦斯，却没有人知道她的行踪。小说的内容主要由薇拉和劳伦斯对安娜往日生活的回忆构成。安娜从学校毕业后，除了去巴黎短期游学，一直在家照顾体弱多病的母亲。母亲去世前一心想把安娜嫁给家庭医生劳伦斯，但劳伦斯却喜欢上了一个他偶然认识的一个女人，并和她结了婚。母亲去世后，安娜过着深居简出的生活，和她来往的唯有母亲生前的朋友薇拉。薇拉并不喜欢安娜，但她年纪大了，需要安娜照顾，所以希望安娜能和她的儿子尼克结婚。然而，安娜和尼克之间却毫无感觉。家庭医生劳伦斯虽结了婚，但却和妻子难以沟通，因而对安娜抱有一种复杂的感情。此时，安娜失踪了。安娜的失踪使薇拉和劳伦斯都意识到她在他们生活中的重要性，因而他们在回忆安娜的同时，也审视了他们自己的生活。小说结尾时，安娜终于出现：薇拉的女儿菲利帕在巴黎街头遇见了她。此时的安娜神采奕奕，在巴黎从事服装设计。她说她的失踪是为了摆脱失败的阴影，开始全新的生活。而当菲利帕指责她欺骗了大家时，安娜则为自己辩解说："有各种欺骗，并不都是罪恶的。我觉得我其实是终止了一个，我是说，一个骗局。别人对我的期望造成了我这所谓的欺骗。他们按照他们自己的需要来决定我的形象。从这个意义上说，欺骗是惊人的普遍，不仅限于两性之间。最终我决定逃走。"她甚至还劝菲利帕说："不要太听话。不要像我过去那样。我相信我母亲，她告诉我，我总会得到幸福的，生活中最美好的东西是值得等待的。于是我一直等。这就是欺骗，是个骗局；这是欺骗的根源，其他的都由此而来。"这部小说名为《欺骗》，安娜的这番话，可以说点明了小说的主题。

《天使湾》采用第一人称叙述，以细腻的笔触描写了女性生存状态的无助和孤寂。女主人公佐薇的父亲英年早逝,由母亲抚养成人。母女俩相依为命,住在伦敦,生活拮据。佐薇大学毕业之际,母亲改嫁颇有家产但年纪很大的西蒙,并随他一起前往法国尼斯的别墅居住。然而,西蒙不慎摔了一跤,死了,母亲因受惊吓,也被送进医院。更为糟糕的是,佐薇此时了解到,西蒙其实并没有什么家产,连他们住的别墅也是借来的——西蒙一死,人家就要收回了。这样,她们母女俩竟然变得无家可归。对此,佐薇安置好体弱的母亲后,只身回伦敦打零工。为了照看母亲,她穿梭于伦敦和尼斯之间。不久,母亲去世,佐薇孤苦伶仃,好在她认识一个叫巴尔比的医生,两人还逐渐产生了感情。此时,佐薇已人到中年,虽还没有成家立业的打算,但她对未来充满希望。有评论家指出,《天使湾》虽写一个女人的无助和孤寂,但结局并不悲凉,这在布鲁克纳的作品中是不多见的。

和《天使湾》一样,《接触的规则》也是写当代女性的生存状态。伊丽莎白既是主人公,又是小说中的故事叙述者。她讲述她自己和她同年的朋友贝齐的故事。她们俩曾在一个学校上学,成人后却走上了不同的生活道路。伊丽莎白为了离开压抑的家庭,嫁给了年龄比她大 27 岁的迪格比;贝齐是个孤儿,从姨妈那儿继承了一笔钱,去巴黎求学,结识了年轻的男朋友丹尼尔。丹尼尔也是个孤儿,但不幸被警车轧死。贝齐因此而深受打击。伊丽莎白不满于平庸的婚后生活,和丈夫的朋友埃德蒙发生了婚外情。后来,她丈夫中风去世,贝齐前来参加葬礼,认识了埃德蒙。没想到,她也爱上了埃德蒙。两个朋友就这样变成了情敌。后来,贝齐被查出得了不治之症,伊丽莎白和埃德蒙联系,要他来看望贝齐,而埃德蒙此时已不知去向。小说结尾时,伊丽莎白已 56 岁,回想当年,她感慨万千,觉得"贝齐作为一个悲剧式英雄,命里注定要死",而她自己呢,也不过是苟活于人世。

布鲁克纳的小说绝大多数都采用女性视角,但她偶然也会采用男性视角。《此情不再》就是一部由男主人公艾伦自述其经历的小说。艾伦是伦敦一家律师事务所的合伙人,他对表妹莎拉一直情有独钟。莎拉和布鲁克纳其他小说中的女主人公不同,是个独立不羁的女人。她对艾伦的态度始终很随便,两人一夜风流后,她便不辞而别。艾伦沉浸在被莎拉抛弃的痛苦中。此时,他早先偶然认识的安琪拉走进了他的生活。安琪拉的主动追求,安抚了艾伦的孤独感,两人不久便结了婚。但是,婚后的艾伦仍没有忘却莎拉。所以,当莎拉突然出现时,他又情不自禁地想和莎拉重续旧情。然而,当他丢下怀有身孕的安琪拉,以出差为由赶赴巴黎去和莎拉约会时,莎拉却再次弃他而去,消失得无影无踪。而就在艾伦去巴黎之时,安琪拉在家里流产。失去孩子和丈夫的背叛,使安琪拉从此变得自暴自弃,萎靡不振,不久便在家里自杀身亡。这之后,艾伦终日生活在抑郁中。多年后,人到中年的艾伦和莎拉再度重逢,回想往事,两人只有感叹,真是造化弄人!这部小说虽以男主人公第一人称叙事,实际上讲述的是两个女人的故事,即:一个女人的轻浮导致另一个女人的沉沦,所以仍属女性小说。

六、伊莱恩·费因斯坦

伊莱恩·费因斯坦(Elaine Feinstein,1930 -)出生于兰开夏郡的一个犹太人家庭,1945 年至 1955 年就读于剑桥大学英国文学系,获学士和硕士学位,毕业后做过编辑和中学教师。1967 年至 1969 年任苏塞克斯大学客座教师,期间翻译过不少俄国文学作品。

费因斯坦最初以诗歌创作步入文坛,因而在她日后的小说创作中,语言的诗化倾向是其明显特征,即:她把诗的语言和想象融入了她的小说。

费因斯坦的第一部小说《圆圈》(The Circle)出版于 1970 年。小说的大部分情节来自她自己的生活经历和心灵感受,所表现的是女主人公列娜如何摆脱丈夫的制约而取得自身的独立。不过,这种独立仅仅是心灵上的,因为她只有在阅读和独处时才感觉到自我的存在。小说具有浓郁的家庭生活气息,主人公列娜的形象也塑造得较为真实。

一般说来,费因斯坦的小说大多写犹太人,尤其是犹太女性的生活和情感,譬如,她在 70 年代出版的《琥珀石通道》(The Amberstone Exit,1972)、《玫瑰儿女》(Children of the Rose,1975)和《影子主人》(The Shadow Master,1978)等作品,都无不如此,特别是其中的《玫瑰儿女》,围绕着一对犹太中年夫妇离婚后的生活经历,生动表现了女主人公回顾往昔岁月时的复杂心情:既对自己的命运感到愤愤不平,又想过一种平和淡泊的生活。

此外,在 70 年代,费因斯坦受科幻小说家詹姆斯·贝拉德的影响,还写过一些具有科幻性质的小说,譬如《米兰姆·加纳博士的狂喜》(*The Ecstacy of Dr. Mixlam Garner*,1976),就是其中较为成功的一部。在这部小说中,费因斯坦试图用科幻手法表现对当代人生的严肃思考。小说通过一个犹太后裔米兰姆·加纳博士的奇异经历,描述了英国犹太人的生活境况,不仅故事情节荒诞离奇,而且整部小说萦绕着神秘的宗教气息。

费因斯坦在 80 年代没有写长篇,仅出版了一部短篇小说集,即《无声的区域》(*The Silent Areas*,1980)。但在 90 年代,她又出版了多部长篇,如《爱上布莱希特》(*Loving Brecht*,1992)、《梦想家》(*Dreamers*,1996) 和《查泰莱夫人的忏悔》(*Lady Chatterley's Confession*,1996)等。她最近的新作是《不明遗产》(*Dark Inheritance*,2001)。

七、伊娃·菲吉斯

伊娃·菲吉斯(Eva Figes,1932 -)生于柏林一个德国犹太人家庭,家境殷实,17 岁时迁往英国。战争使菲吉斯深知犹太人在社会上的困难处境,她和她的家庭每天生活在战战兢兢的恐慌之中。移居英国后,犹太人的自我意识也使菲吉斯一家很难适应英国的社会环境和种族歧视。这些感受在她日后的自传体小说《小伊登》(*Little Eden*,1978)中有所表现。她曾在北伦敦初级学校学习英语,后来就读于玛丽女王学院获学士学位。她的英语水平迅速提高并成为她日后的创作语言,因为她觉得英语比她的母语更富有创造性和表现力。1952—1967 年间,她始终在出版社从事编辑工作。1966 年出版第一部小说《平分点》(*Equinox*,1966)。她的主要作品有:《冬季之旅》(*Winter Journey*,1967)、《家长态度》(*Patriarchal Attitudes*,1970)、《B》(*B*,1972)、《日子》(*Days*,1974)、《苏醒》(*Waking*,1981)、《幽灵》(*Ghosts*,1988)、《结》(*The Knot*,1996)、《知识之树》(*The Tree of Knowledge*,1998)和《奈利的版本》(*Nelly's Version*,2002)。

菲吉斯的早期作品较为注重创作手法上的创新和变化,她的叙述语言常常突破常规叙述次序,把毫不连贯的情节片断无规则地拼凑在一起,让读者去感觉其内在意义上的连贯性。较为代表性的作品是《冬季之旅》,这篇小说正是采取了这种跳跃流动的方式,使作品在直观上显得极为朦胧。《冬季之旅》表现了一个濒临死亡的老人在生命线上挣扎时的痛苦经历和心态。这部作品被授予当年"《卫报》小说奖",是菲吉斯写得较成功的一部作品。

《苏醒》是另一篇结构更为奇特的小说,它记述了女主人公在七个不同的时间里七次不同的苏醒过程,以敏感的笔触快速地追溯跟踪着主人公意识和感觉的流动。这篇小说不仅以其新颖独特的叙述手法引起了评论界的关注,也以其细腻的女性心理刻画吸引了众多女性读者。

菲吉斯是一位在小说形式上勇于创新的作家,她并不满足于传统的叙述手法,而是追求形式给予感官的新刺激,她在叙述手法上的探索正引起越来越多读音的关注。

八、蓓里尔·班布里奇

蓓里尔·班布里奇(Beryl Bainbridge,1933－)出生于利物浦,自幼对舞蹈和戏剧感兴趣,曾在艺术教育学校受过训,后来在伦敦和利物浦的一些剧团中参加演出,有时也在电视里露面。作为小说家,班布里奇擅长于写恐怖小说和凶杀小说。

班布里奇 11 岁时就开始模仿狄更斯的作品练习写作。她最初的两部小说《与克罗德共度周末》(*A Weekend with Claud*)和《木头的另一部分》(*Another Part of the Wood*)均为恐怖凶杀小说,分别出版于 1967 年和 1968 年,但没有引起任何反响。

班布里奇的第三部小说《哈丽雅特说》(*Harriet Said*,1972)仍以凶杀为主题,主要写两个女孩谋杀了母亲后在澳大利亚的经历。在这部小说中,班布里奇充分展示了她的写作才能。小说的故事很精彩,叙述手法的运用和悬念的设置恰到好处,细节丝丝入扣,具有很强的可读性。由于《哈丽雅特说》出版后拥有众多读者并受到评论界的重视,班布里奇这才作为一位悬念小说家在文坛赢得一席之地。

此后,在 1967 年至 1980 年间,班布里奇连续出版了 10 部小说,其中重要的有:《裁缝》(*The Dressmaker*,1973)、《甜蜜的威廉》(*Sweet William*,1975)、《到瓶子工厂游玩》(*The Bottle Factory Outing*,1975)、

《平静的生活》(*A Quiet Life*, 1976)、《受伤之时》(*Injury Time*, 1977)和《年轻的阿道夫》(*Young Adolph*, 1978)。

一般认为,《裁缝》和《到瓶子工厂游玩》是班布里奇最重要的两部作品。《裁缝》是一部充满哥特式小说的阴森恐怖气氛的心理小说,故事围绕着财产和凶杀这一古老主题展开,但由于班布里奇成功塑造了老裁缝尼尔赖这样一个心理变态的怪人,细致剖析了女主人公端塔因为和姨妈尼尔赖生活在一起所受到的心理压力和恐怖感觉,因而这部小说别具魅力。《到瓶子工厂游玩》的主题和风格类似于《裁缝》,但技巧运用得更为娴熟,人物塑造也更为生动。小说中的故事围绕一对英国姑娘弗雷达和布伦达展开。弗雷达热情开朗,大胆追求自己的爱情,而布伦达则怯懦顺从,甚至有点神经质。弗雷达精心安排一次郊游,希望借此增进她与维克多里奥之间的感情。然而,就在安排郊游的过程中,发生了一系列神秘事件。最终,有人争吵,有人失踪,而热心的组织者弗雷达却被谋杀了。在小说中,班布里奇花了很多笔墨描写布伦达在弗雷达死后的各种恐怖和迷惘的感觉。布伦达常常有意无意和弗雷达互换角色,觉得弗雷达的个性乃至遭遇更适合于自己。这种心理上的互换角色所获得的奇异和困惑的感觉,正是班布里奇在这部小说中力图揭示的主题,即:人物自我认识和自我欺骗之间的冲突,或者说,现实和幻想之间的冲突。

除了《裁缝》和《到瓶子工厂游玩》,班布里奇这一时期的其他小说中也不乏佳作,如《受伤之时》,曾获"惠特布雷德文学奖";还有《甜蜜的威廉》,可说是《到瓶子工厂游玩》的姐妹作。此外,班布里奇还尝试过非恐怖小说的创作。譬如,《年轻的阿道夫》,是一部传记体小说,记叙了阿道夫·希特勒年轻时鲜为人知的一段轶事。还有更为成功的《平静的生活》,则是一部自传体小说。在这部小说中,班布里奇以她个人的家庭为对象,剖析了家庭成员之间的关系和心态。小说以大哥艾伦回忆的方式,叙说二次大战期间他们一家居住在南海岸一个小村里的生活,然而读者却很容易发现艾伦的叙述不过是自我欺骗,他只记住令人愉快的、或他愿意记住、或是他能够忍受的事情,而事实上,他的家庭却是令人窒息的。粗暴的父亲常常猜忌母亲与情人幽会。他父亲的死是一个大悬念,究竟是死于心脏病还是艾伦投毒,并无明显的结论。作品最终摆在读者面前的选择是,要么像幼年的艾伦那样战战兢兢生活在恐惧之中,要么像成年后的艾伦那样以出卖良心去换取"平静的生活"。小说在喜剧化的语言表象下演绎了一幕人生悲剧,既富有戏剧性,又提出一系列令人深思的人生问题,所以出版后颇受评论界赞誉,认为她能把一部传记体小说写得如此生动而耐读,殊为不易。

班布里奇的长篇小说通常篇幅都不长,情节简洁利落,叙述精练准确。这可说是她的一大特点,但她仍尝试着把小说写得长一些,视角放宽一些,背景更深一些。这一尝试的结果,就是出版于80年代初的《冬季花园》(*Winter Garden*,1980)。这部长篇小说的题材取自于她的苏联之行,讲叙的是主人公阿什伯恩纳随艺术访问团访苏的经历,其间发生了一系列千奇百怪的神秘事件,由此形成小说中错综复杂的线索;最终,主人公身不由己地卷入了政治恐怖活动。尽管这部小说的情节复杂,还具有国际政治背景,但其风格和叙事手法却没有多大变化,仍和班布里奇早先的小说差不多。

班布里奇的后期作品有《了不起的探险》(*An Awfully Big Adventure*,1989)、《过生日的男孩们》(*The Birthday Boys*,1991)、《各自逃生》(*Every Man for Himself*,1996)、《乔奇少爷》(*Master Georgie*,1998)、《根据奎尼》(*According to Queeney*,2001)《穿圆点花纹裙子的女孩》(*The Girl in the Polka-Dot Dress*,2008)等。大体说来,班布里奇的小说通常都讲述一个曲折的故事,同时塑造一些富有个性的女性形象,因而颇受中下层女性读者的喜爱。

九、安吉拉·卡特

安吉拉·卡特(Angela Carter,1940－1992)曾就读于布里斯托尔大学,主修英语及中世纪文学,毕业后留校任教。在此期间,她出版了三部小说,即《影子舞》(*Shadow Dance*,1966)、《魔幻玩具店》(*The Magic Toyshop*,1967)和《不同的感觉》(*Several Perceptions*,1968),其中《魔幻玩具店》获"约翰·卢埃林·里斯奖";《不同的感觉》获1969年"毛姆奖"。同年,她又推出第四部小说《英雄与恶棍》(*Heros and Villains*,1969),从而开始在文坛崭露头角。

安吉拉·卡特的第一部小说《影子舞》讲述一个发生在一家古玩店里

的谋杀故事。小说中对阴森陈腐的店堂、荒芜的小屋以及用油布裹着的尸体的渲染,使安吉拉·卡特初登文坛即被认为是个哥特式小说家。不过,这部小说讲述的却是现代人的故事:主人公莫里斯敏感而冲动,另一个人物汉尼巴泽德则是个典型的嬉皮士,发生在他们之间的事情如同一部荒诞剧,而小说又以模棱两可的态度结尾,让读者自己去玩味。

和《影子舞》一样,安吉拉·卡特的第二部小说《魔幻玩具店》也是一部哥特式的荒诞小说。小说描写了三个不知怎么一下子就变成了孤儿的孩子。这三个孩子寄养在他们从未见过面的叔叔家里,孩子们一下子从一个舒适的家庭来到了一个肮脏陈腐的玩具店。这一生活境遇的骤然变化,对于三个孩子说来似乎像穿越了时间隧道,来到了另一个世纪。随着情节的发展,小说又写到了少女梅拉尼,但主要写她的心理活动,即她在偷穿母亲的结婚礼服时所产生的幻觉,以表现她的“恋父情结”。此外,小说中还充满了各种各样的象征和隐喻,以表现理性与非理性、现实与虚幻的冲突。

在第三部小说《不同的感觉》中,安吉拉·卡特的这种“荒诞-哥特式小说”的特点表现得更为明显。小说主人公约瑟夫自杀未遂,被强制拉回了现实世界,却发现这是一个完全颠倒了的世界:一位音乐大师在用一只想象中的小提琴进行演奏,一位富有的老妪被人称作姑娘,一位昏迷在床上的人却在聆听 20 世纪 30 年代的歌曲……这个颠倒的世界在一次圣诞晚会上又被奇迹般地扭转了过来:提琴手手中握着一把真正的小提琴在演奏,而那位被称作姑娘的老妇在战争时期的男朋友也突然重新回到了她身边。显然,这是个讽喻故事,但其中的含义并不确定,就如小说题目所示,不同的读者会有“不同的感觉”。

60 年代末,安吉拉·卡特和海涅曼出版公司的关系破裂,和丈夫的感情也出现了裂痕。《英雄与魔鬼》是她在海涅曼出版公司出版的最后一部书。这是一部科幻小说,写的是发生在未来的故事,但安吉拉·卡特笔下的未来世界仍像她前几部小说中的现实世界一样阴森恐怖,仍充满“荒诞-哥特式”气氛。出版了这部小说后,安吉拉·卡特离开英国去了日本。在她离开英国期间,即 1971 年,她的长篇小说《爱》(*Love*)由另一家出版公司出版。

在日本做访问学者的两年间,安吉拉·卡特除了完成她早先构思的长篇小说《霍夫曼博士恶魔般的欲望机器》（*The Infernal Desire Machines of Doctor Hoffman*，1972）外，还写了不少以日本文化为题材的短篇小说，后结集出版，取名为《烟火》（*Fireworks: Nine Profane Pieces*，1974）。

1972 年，安吉拉·卡特返回英国。此后五、六年间，她曾一度是谢菲尔德大学创作研究员，但只出版了一部长篇小说《圣诞前夕的激情》（*The Passion of New Eve*，1977），其后是短篇小说集《血窟》（*The Bloody Chamber*，1979）。

80 年初，安吉拉·卡特任布朗大学写作专业的客座教授，并出版长篇小说《黑色维纳斯》（*Black Venus*，1980）。四年后，她又出版长篇小说《马戏团之夜》（*Night at the Circus*，1984）。这部小说后来获"詹姆斯·泰特·布莱克纪念奖"。

一般认为，安吉拉·卡特最重要的作品是短篇小说集《血窟》和长篇小说《马戏团之夜》。安吉拉·卡特对采集民间传说和收集神话故事具有特殊的兴趣。她曾到过不少边远地区收集民间传说，并将这些素材加以改编和加工，融入她的小说创作。在长篇小说中，这些素材表现为奇异的意象和怪诞的情节，使作品充满神秘的色彩和阴森怪异的气氛，而在她短篇创作中，这些民间传说则被她改造成了一种新颖的文体。《血窟》就是她根据民间传说改编的故事集，出版后获"切尔顿汉姆文学成就奖"。不过，《血窟》中的民间传说已经纯文学化了，而且被赋予了特定的寓意或主题，即：美与野性的冲突，以及人性与兽性的冲突。

《马戏团之夜》被认为是安吉拉·卡特的杰作。小说以一个充满好奇和偏见的记者杰克采访马戏团"女飞人"菲弗斯开场。随着情节的展开，杰克逐渐了解到马戏团的女艺人或为小丑或为畸形人，内心中蕴藏着巨大的痛苦。于是，他一改初衷，开始调查那些默默无闻的、或很快被人忘却的女艺人的经历，记录她们的悲哀和情怀。小说中充满了意象和隐喻，其中最引人注目的意象是女主人公菲弗斯的翅膀。菲弗斯是表演空中飞人的女演员，长着一对真正的翅膀。她预言，到 20 世纪末，所有被捆绑着手脚的女人都将像她一样拥有一对翅膀，并凭借这对翅膀飞离牢笼，飞离苦难。显然，小说中的翅膀意象象征着女性所具有的超凡能力，象征着女性将由弱者变为强者。

安吉拉·卡特于 1992 年去世。她去世前出版的最后一部长篇小说是《聪明孩子》(*Wise Children*, 1991)。小说写一对双胞胎姐妹朵拉和娜拉的离奇故事,并表现出安吉拉·卡特一贯的风格,即:在神话般的氛围中探讨现实问题。另有两部短篇小说集,即《美国幽灵和旧世界奇迹》(*American Ghost and Old World Wonders*, 1993)和《燃烧你的小舟》(*Burning Your Boat*, 1995),则是在她去世以后出版的。

十、安妮·恩莱特

安妮·恩莱特(Anne Enright, 1962 -)出生于都柏林,曾就读于都柏林大学三一学院,后转入东英格兰大学,获文学硕士学位。她曾接受过小说家布莱德伯里和安吉拉·卡特的直接指导,因而这两位小说家对她日后的创作有着巨大影响。

1991 年,恩莱特出版她的处女作、短篇小说集《便携式处女》(*The Portable Virgin*, 1991),并获当年由《爱尔兰时报》主办的"爱尔兰文学奖"。这部短篇集中的作品已充分显示出安妮·恩莱特细腻而忧郁的创作特点。

继《便携式处女》之后,恩莱特又于 2001 年至 2004 年间出版了三部长篇——《父亲的假发》(*The Wig My Father Won*, 2001)、《你长得像谁?》(*What Are You Like*, 2002)和《喜不自禁》(*The Pleasure of Eliza Lynch*, 2004)。这三部作品都以描写女性心理见长,其中《你长得像谁?》曾获"惠特布雷德奖"提名。小说讲述一对名叫玛丽和玛丽亚的孪生姐妹在母亲刚生下她们后就去世时,被父亲分开:玛丽被送到另一个家庭收养,玛丽亚则由父亲抚养,并改名为"萝丝"。20 年后,当这对孪生姐妹再度相逢时,尽管她们长得一模一样,却由于不同的家庭环境和不同的个人经历而相互不能容忍。小说反映了家庭、社会等外部因素对个人的人生观和价值观的决定性影响。

2007 年,恩莱特的第四部小说《团聚》(*The Gathering*)获"布克奖"。小说用第一人称叙事手法表现女主人公维罗妮卡在哥哥利亚姆因酗酒而投海自杀后,从自己的记忆深处挖掘出隐秘的家族情史。在小说中,三代爱尔兰女性(即祖母、母亲和女主人公本人)的情感生活纠缠在一起,再现了她们或沉溺于爱恋与欲望,或自陷于家庭烦扰,或迷失于虚幻和忧虑的精神世界,揭示了处于复杂家庭关系中的女性困境。通过女主人公延绵不断的意识流动,小说审视了女性复杂的自我意识及其内心焦虑和精神创痛;换言之,恩莱特把深沉而细腻的女性经验带入了其创作,在某种程度上消解了爱尔兰文学传统中的男性话语。就创作技巧而言,恩莱特在这部小说中更注重心理分析、更多使用"意识流"手法,使梦幻幻境和现实世界相互交叠,以此展现人物复杂微妙的心理和情感,多层次揭示女性精神世界的细腻和忧伤。小说的基调是阴郁的,文笔犀利,文体粗粝,就如当时的"布克奖"评委会主席霍华德·戴维斯所称,这部小说"用粗暴和惊人的语言,描绘了一个悲伤家庭中恒常的一面"[①]。

毫无疑问,《团聚》是一部关于爱尔兰家庭秘史的小说,而关于家庭,就如恩莱特所说,"它是爱尔兰社会的核心"。"家庭中的某些事是无法回避的,也有些事并非不能成为家庭中的一部分。"[②]《团聚》可说是一部"家庭史诗",情节虽然简单,内涵却极为丰富,它在记忆中重整并重现了历史。此外,从文学的角度讲,《团聚》也是对以詹姆斯·乔伊斯为代表的爱尔兰现代小说传统的继承和发扬。家族题材、棺椁、守灵、葬礼、意识流,这些都使《团聚》深深打上詹姆斯·乔伊斯的烙印。

安妮·恩莱特最近的新作是《拍照》(*Taking Pictures*,2008)。

十一、阿莉·史密斯

阿莉·史密斯(Ali Smith,1962 -)出生于苏格兰的一个工人家庭,曾在剑桥大学修习博士课程,1995 年出版短篇小说集《自由的爱》(*Free Love and Other Stories*),获圣安德鲁十字会处女作奖和苏格兰艺术委员会奖,在当代英国文坛崭露头角。

就如书名所示,收入《自由的爱》的短篇小说表现的是各种各样的"爱",并通过不同的爱情故事塑造不同的人物。其中"自由的爱"是一篇同性恋小说,写一个天真的姑娘和一个妓女之间的"恋情"。不过,这部短

①　转引自瞿世镜、任一鸣著《当代英国小说史》,上海译文出版社,2008 年,第 368 页。
②　同上。

篇集之所以得奖并不是因为题材新颖，而是因为阿莉·史密斯在小说结构和情节设计上的精益求精，以及在小说技巧方面的大胆实验。

阿莉·史密斯的第二部作品是长篇小说《如同》（*Like*, 1997）。小说的女主人公艾米是个 80 岁的老妇人，小说的主要内容就是女主人公对往事的回忆，由此展示她的心灵世界。在她的回忆中，往事就如万花筒似的显现——形形色色人物、精心收藏的小东西、烟花爆竹的气味，乃至于往日做过的梦，都一一浮现出来，而这一切，就象征性地代表着"她的整个世界"。在小说中，阿莉·史密斯多处使用意识流技巧，但叙事仍秩序井然，不像有些意识流小说那样有意表现"意识的混乱"。

1999 年，阿莉·史密斯出版第三部作品——短篇小说集《其他故事》（*Other Stories*）。这部短篇集里同样有同性恋故事，意在从一个特别的角度审视"爱情"；譬如，名为"空白卡片"的短篇，写的就是女同性恋故事，但写法颇为巧妙，写一个姑娘被人狂热地追求，而追求者又迟迟不现身，字里行间似乎是一个很普通的爱情故事。然而，当追求者在小说结尾处终于出现时，读者却大吃一惊，原来那个追求者也是个姑娘。显然，女性间的"恋情"是阿莉·史密斯的一个重要小说主题——她试图以此表明，"爱"和性别无关，同性间的"爱"同样是执著而狂热的。

阿莉·史密斯的第四部作品，即长篇小说《酒店世界》（*Hotel World*），出版于 2001 年。小说出版后获得广泛好评，不仅获 2001 年"安柯尔奖"和"苏格兰艺术委员会图书奖"，还获得当年的"布克奖"提名。这部长篇的结构很独特，由五个独立部分组成，每个独立部分各自有不同主人公，讲述的也是不同的故事，似乎是一部短篇小说集，但阿莉·史密斯巧妙地在这些独立部分之间建立起某种联系，使它们彼此呼应，共同构成一部多维立体的长篇小说。

具体说来，这部小说的五个部分写了五个女主人公的不同遭遇，而这个五个女主人公都和一家酒店有关，如其中的一个是常在酒店门外乞讨的女乞丐，一个是酒店前台的接待小姐，还有一个是住在酒店里的女房客。表面看来，她们的故事互不相干，但经过阿莉·史密斯的串联，它们之间却有了某种内在联系，而其使用的主要方法，就是让某个主人公的遭遇影响到另一个主人公的命运。除了结构奇特，这部小说的另一个特点是写得鬼气森森，但又意味深长。譬如，萨拉·维尔比是主人公之一，她在小说中主要以幽灵的形象出现。她原是酒店的女服务员，一次因打赌爬进送菜升降机，结果被摔死了。从此，她就以幽灵的形象不断回访她原先生活过的这个世界——她的灵魂要寻回她丢失的身体，寻回现实世界的真实感。特别是她的灵魂和肉体的对话，阿莉·史密斯写得很精彩，语调飘逸游荡，似梦似真。而通过萨拉的灵魂和肉体的对话，现实生活中的一切都被表现得飘忽不定。尤其是那家酒店，可以说是现实世界的一个缩影——在那儿，不仅死人的灵魂关注着活人的命运，更耐人寻味的是，活人的世界也常常打扰死人的亡灵，使其不得安息。无怪乎有人认为，《酒店世界》的主题是沉重的。

在阿莉·史密斯的所有小说中，有一点很值得注意，那就是她笔下的人物，尤其是女主人公，常常有语言障碍；她们时常面临"失语"危机，即：找不到适当的语言来自我表达。这一点，在《酒店世界》里表现得特别明显。五个女主人公尽管处境不同，但她们都对语言表达感到困惑，都觉得没有足够的语词来进行表达。萨拉的鬼魂不必说了，她一连几个月徘徊在酒店门外，试图找回她和真实世界的联系，但她却受着失语的困扰——因为她死后不久便忘记了许多词语。萨拉的妹妹克莱尔——另一个女主人公——她说起话来语无伦次。还有酒店前台接待小姐莉斯，她遇事往往只能忍气吞声，因为她说话结结巴巴，词不达意，谁也不想听。至于住在酒店里的房客佩尼小姐，她好像很会说话，但夸张得不合常理，乃至别人根本听不懂她的意思，如她打电话到酒店前台要求看成人电影，说的话却是"一个卓越时代已经到来，正等待着被所有的人拥有"，令人莫名其妙——这也是一种失语。最后是女乞丐艾尔斯，她虽有丰富的思想和情感，但说话含糊不清，有时说的简直就是没有元音的缩略语，如"Cn y spr sm chn? Thnk y"。这些人物全都不同程度失语，一方面是为了符合她们的身份——她们都是文化程度不高的人，另一方面也是一种象征——象征着当代社会的自我丧失和交流危机。

2003 年，阿莉·史密斯出版她的第五部作品——短篇小说集《完整的故事》(*The Whole Stories*)。第二年，她又推出第六部作品——长篇小说《偶然》(*Accidental*, 2004)，并获"惠特布雷德奖"和为青年作家设立的"橙子奖"，还获得"布克奖"提名。小说中的故事没有太多新意，引人注目的是小说的多角度叙事，其中最重要的是通过一个孩子的意识流，同时表现儿童心理变化过程和当代社会道德问题。斯马茨家的小女儿、12岁的阿丝特丽德是小说的主要叙事者之一,通过她幼稚的心灵,小说展示出一个既奇特又真实的成人世界。按理说,斯马茨家的女主人夏娃是最合适的故事叙述者,因为她是个作家,善于观察和表达,但这种叙事角度早就有人用过,所以阿莉·史密斯大胆采用了儿童意识流。这一大胆尝试无疑有失败的危险,因为很难把握儿童与成人世界之间的差异,弄不好就会把儿童心理"成人化",或者把成人世界"儿童化",而这两者都会使整部小说统统被毁。然而,事实证明阿莉·史密斯在《偶然》中既没有把儿童心理"成人化",也没有把成人世界"儿童化",而是充分显示出她的成熟而精湛的叙事才能,成功地使用了这一叙事角度。这部小说之所以获奖,原因也许就在于此。

第九章　艾丽斯·默多克：
怪诞哲理小说

艾丽斯·默多克（Iris Murdoch 1919 - 1999）虽然三十多岁才开始写小说，但到 70 年代，她已成为英国文坛骄子。80 年代，她更是闻名遐迩，被公认为当代最有影响的小说家之一。她虽是爱尔兰人，但不是爱尔兰地方作家；她虽是女作家，但不是"女性"作家，其作品并不宥于"女性问题"。她惯用滑稽、怪诞或恐怖的形式表达严肃的哲学伦理思想，是一位风格特异的哲理小说家。

一、生平与创作

艾丽斯·默多克出生于爱尔兰首府都柏林，幼年随父母移居英国，并在英国接受教育。1932 年至 1936 年，她就读于伯明翰女子公学；1937 年至 1942 年，她先后在牛津大学和剑桥大学攻读古典文学、古代史和哲学，并于 1942 年获牛津大学文学学士学位。同年，她入英国财政部任职。1944 年至 1946 年，任联合国难民救济署官员，在奥地利和比利时难民营工作。在此期间，她在比利时结识了法国存在主义哲学家萨特，而在此之前，她一直都在研究存在主义哲学，所以她后来写的第一本书就是论萨特

存在主义的《萨特,浪漫的理性主义者》(*Sartre*, *Romantic Rationalist*,
1953)。1948 年至 1963 年,她在牛津大学圣安妮学院任教,讲授哲学,后
成为该校名誉研究员。1963 年至 1967 年,她在英国皇家艺术学院任教。
此后,她成为职业作家。

默多克于 1956 年和牛津大学著名文学教授约翰·贝雷结婚,婚后未
生育子女。但她却是一位少有的多产作家,从 50 年代至 90 年代,共出版
了四十多部文学作品和理论著作,平均每年一部,其中小说二十多部,还
有近二十部剧本和哲学论著。

默多克的小说创作开始于 50 年代,第一部长篇小说《在网下》(*Under
the Net*, 1954)是一部具有荒诞色彩的喜剧小说,被称为"有关现实主义的
寓言"。主人公杰克在伦敦和巴黎漂泊游荡,试图寻找他满意的生活之
路,但无论他怎样编织生活之网,却总以失败而告终。小说采用了流浪汉
和冒险小说的传统形式,但开放型的结尾又是一种新的尝试。

其后,默多克又相继出版了三部长篇,即《逃离巫师》(*The Flight
from the Enchanter*, 1956)、《沙堡》(*The Sandcastle*, 1957)和《大钟》(*The
Bell*, 1958)。这三部作品虽然风格各异,但都旨在于探索几个突出的问
题,即:自由、责任和爱的意义,以及这三者构成的矛盾关系。其中,《逃
离巫师》的中心人物是个会施巫术的神奇人物,别人都难以逃脱他的控
制。这里,最初出现了"迷惑"和"逃离"的主题,而这一主题后来在默多克
小说中一再出现。《大钟》讲述的是一个宗教寓言故事:一群人想把一只
大钟安放到修道院的塔楼顶上,结果徒劳无功,大钟坠入湖底。小说主题
涉及宗教意义上的爱,其中的故事是象征的,但表现手法却是写实的。

60 年代,默多克在 10 年间创作了八部长篇小说,即《一颗砍下的头》
(*A Severed Head*, 1961)、《非正式玫瑰》(*An Unofficial Rose*, 1962)、《独
角兽》(*The Unicorn*, 1963)、《意大利女郎》(*The Italian Girl*, 1964)、《红与
绿》(*The Red and The Green*, 1965)、《天使时节》(*The Time of the
Angels*, 1966)、《美与善》(*The Nice and the Good*, 1968)和《布鲁诺的梦》
(*Bruno's Dream*, 1969)。这一时期的作品侧重于表现世界和人性的邪
恶,而且往往以一个寓言式的恶人来代表生活中的邪恶与暴力。其中,
《被一颗砍下的头》是默多克有关性和爱的最为大胆的小说之一;《独角
兽》则是她在哥特式小说、悬念恐怖小说方面最为大胆的尝试。同样,《美

与善》写得就如一部紧张迷离的惊险悬念小说，但却是一部道德小说，出版后获第一届"布克奖"。

70 年代，默多克又以其旺盛的精力和丰富的灵感创作了八部长篇小说。其中，《黑王子》(*The Black Prince*, 1973)获"詹姆斯·泰特·布拉克纪念奖"；《神圣的与亵渎的爱情机器》(*The Sacred and Profane Love Machine*, 1974)获"惠特布雷德文学奖"；《大海，大海》(*The Sea, The Sea*, 1978)获"布克奖"。《黑王子》以古怪离奇的情节表现存在主义荒诞主题，故事中充满了诸如勾引与诱惑、偷情与私通、性无能与同性恋等内容，但都写得扑朔迷离，使人难以区分何为虚幻，何为事实；《神圣的与亵渎的爱情机器》则是一部具有魔幻色彩的喜剧小说，表现四重主题，而且都是哲理性的，如自我欺骗与自我认识、敌对仇视与和解友爱等。

除了上述得奖作品，默多克在 70 年代出版的其他作品还有：《神之国度》(*The Sovereignty of God*, 1970)、《相当体面的失败》(*A Fairly Honourable Defeat*, 1970)、《偶然的人》(*An Accidental Man*, 1971)和《语言的孩子》(*A Word Child*, 1975)和《亨利和卡图》(*Henry and Cato*, 1976)。其中，《相当体面的失败》探讨人性善恶，被认为是默多克这一时期的重要作品之一。

80 年代，默多克的创作速度稍有减慢，共出版了 5 部长篇小说，即《修女与士兵》(*Nuns and Soldiers*, 1980)、《哲人的学生》(*The Philosopher's Pupil*, 1983)、《好学徒》(*The Good Apprentice*, 1987)、《书与兄弟会》(*The Book and the Brotherhood*, 1987)和《发往行星的讯号》(*The Message to the Planet*, 1989)。其中，《修女与士兵》模仿柏拉图的《对话录》，通过男女主人公的对话演绎了默多克对文学与艺术的思考；《哲人的学生》表述了默多克对哲学的忧虑，即：哲学在解释动机和描述真理时的无能和失败；而《书与兄弟会》同样是一部有关哲学与玄学、社会与道德的哲理小说，出版后获当年"布克奖"。

90 年代，年过七旬的默多克创作精力相对减弱，出版的作品较少，主要是两部长篇，即《绿衣骑士》(*The Green Knight*, 1993)和《杰克逊的困境》(*Jackson's Dilemma*, 1995)。《绿衣骑士》的书名和故事都源自中世纪著名传奇《高文爵士与绿衣骑士》(*Sir Gawain and the Green Knight*)，但绿衣骑士的形象被赋予了象征意义，小说中还插入了鬼魂出现、死人复活和心灵感应等离奇情节;《杰克逊的困境》则是一部承袭她一贯作风的哲理小说,但小说中的悲剧性题材和讽刺性语调处理得相当和谐,被认为是一部具有莎士比亚悲喜剧风格的作品。

1999 年,80 岁高龄的默多克因病去世。

二、风格与特点

默多克最初不是写小说的,而是搞哲学的,而且在她创作小说的过程中,她也始终没有停止过哲学著述。实际上,小说对她来说只是用来表述她的哲学思辨的一种形式,尽管她认为这种形式可能比其他形式更为重要。她曾说:"小说是对人类状况的反映与评论,是这样一个时代的典型产物,尼采的作品、弗洛伊德的心理学、萨特的哲学就属于这个时代。从影响而言,小说也是比上述提到的作品更为重要的一种作品。"①可见,她和她所崇拜的哲学家萨特一样,也是为哲学而写小说的。

这就决定了她的基本风格和特点。作为哲学家兼小说家,默多克的小说往往偏重于探讨美与善、自由与责任、理智与情感等哲学和道德问题。在哲学方面,她除了深受同时代哲学家萨特的影响,还受历史上其他哲学家和思想家如柏拉图、康德、尼采、弗洛伊德和维特根斯坦等人的影响,因而她的哲学思想是混合型的,不管哪一派哲学,只要能融会贯通,她都兼收并蓄。在小说方面,尽管默多克一再声称她信奉现实主义创作传统,否认她的小说是实验性的,但在她的实际创作中,她几乎时时都在背离现实主义传统;譬如,那些纯属幻想的哥特式传奇、那些闹剧式的情节突变、那些怪癖得难以置信的人物形象,以及那种迂回曲折的叙事手法,都不是传统小说读者所熟悉的。还有在通俗小说中常见的那种对暴力、死亡、性变态或者神祇鬼怪的描写,在她的小说中也是屡见不鲜的。实际上,就如她的哲学思想是混合型的,她的小说风格也是混合型的,只要有助于主题表达,不管哪种手法,她都兼收并蓄。当然,也可能是为了增强小说的可读性,因为她深知她要表述的小说主题是哲学思辨的,若不辅之

---

① 转引自王佐良、周珏良主编《英国二十世纪文学史》,外语教学与研究出版社,1994,第 477 页。

以某种手段，她的小说将艰涩而难读。不过，她自己并不这么认为。她在解释她的小说中的那些不合常理的怪诞情节时说："如果你真的了解了别人在想些什么和在承受怎样的痛苦，你或许会大吃一惊。表面上看，好像是平淡无奇的日常生活和日常交往，但深藏其下的，却是异乎寻常的怪诞之事。"①也许，正因为她是这么看待生活的，所以她才始终认为她所写的一切都是"现实主义"的。但不管怎么说，不管她的"深藏其下"的"现实主义"是不是现实主义，反正说她的小说是"怪诞哲理小说"总是不会错的，即：她的小说，内容是哲理的，形式是怪诞的。

就默多克的哲学观念而言，她主要探讨的是艺术与伦理道德间的关系，以及什么是人们认为的真正的"真、善、美"。她认为，现代小说的主要问题之一是对人的个性的看法过于浅薄；按现代小说观念，人被分为两种类型：一种类型可称为"普通人"，这种人是理性的，用伦理语言待人处事，其伦理标准是"善"或"是"，其基本品德是"真诚"；另一种类型可称为"极端人"，这种人是非理性的，其基本品德也是"真诚"，只是他们的内心充满痛苦和焦虑，因为在"上帝死了"之后，他们深感生活的空虚和无意义，所以他们只听从于自身的意志和自我意识。但是，默多克认为，把人分为这样两种类型既肤浅又专断，因为两者都基于"自我主义"而忽略了人与人在实际生活中的复杂关系和复杂经验。她认为，对于这种人与人之间的复杂关系，19世纪的小说家比现代小说家反而更为关注，更为了解。她同时认为，文学创作过程本身就是创作者努力争取自由的过程，而要自由，就要认识、了解和尊重自我以外的事物；这就意味着，必须从"真诚"这一以自我为中心的概念转向"真实"这一以他人为中心的概念。因为缺乏对他人关注的"爱"，只是一种幻想中的"爱"，实际上是"自爱"；即使表面上在爱他人，那也是因为在他人身上看到了自己想看到的东西，或者是把自己心中所希望的形象投身到他人身上，而不是真正地在爱一个"真实的他人"。小说家要表现生活，首先要承认生活的多变性和偶然性，直面生活的本来面目，这样才能把真正的生活真正地表现出来。由此，默多克继而认为，生活没有一定之规，而是受机遇和需要支配的，即便是宗

---

① Iris Murdoch, Quoted from *Literature in the Modern World: Critical Essays and Documents*, London: Oxford University Press, 1990, p. 287.

教,也只是给人以一种安慰而已。所以,在她的小说中,主人公往往深感生存的无意义,同时又想寻求精神上的满足,寻求生存的意义所在;而正因为主人公在不断地寻求,小说中也就常有神秘的、不可解释的力量存在,常有神秘的、稀奇古怪的象征出现,以此显示主人公所面对的是一个看似平常、其实非常诡秘的世界。

就默多克的小说风格而言,应该说,大体上还是"现实主义"的,因为她的作品不仅有较完整的故事情节,同时也注重背景的描绘和人物的刻画。但她的故事往往是神奇的、怪异的,甚至是荒唐的,并不像生活本身一样,因为在她看来,像生活本身一样的真实只是表面上的,而她所描述的才是"深藏其下"的真正的"真实"。她的人物也同样如此,往往怪异得令人难以理解,而这正是她所看到的真实的人,或者说,不是表面上的、而是"深藏其下"的人。

这种用怪诞现象来表现反常生活的风格,在默多克的早期小说中就已经表现出来。譬如,她的第一部小说《在网下》被认为是对维特根斯坦的《逻辑哲学》的形象演绎,小说题目则源自维特根斯坦《哲学研究》中的一句话:当我们仔细观察作为游戏汇集在一起的各种不同具体活动时,"便能发现一个由相互重叠又相互交叉的相似点构成一张复杂的网。有时是总体上的相似,有时是细节上的相似"。在这部小说中,默多克通过主人公杰克和他人的关系,表现了生活的难以名状和"在网下"蠕动着的一群怪癖之人企图摆脱"网"的荒唐之举,其中特别反常的是杰克在巴黎追寻安娜的情节,景物描写栩栩如生,但追寻本身却写得犹如梦中,古怪得令人难以置信。同样,在她的第二部小说《沙堡》中,写的是一个教师的家庭生活和恋爱纠纷,但其中却出现了对施行魔法仪式的描写,而且还描写得细致入微。虽然这是作为一种象征而出现的,但由于对它作了具体描写,便给人以仿佛真有此事的感觉,而真有此事的话,那就更加荒诞不经了。

有时,默多克还会利用现成的神话故事表述她的哲学思考,同时用哥特式小说手法营造神秘、恐怖气氛,而这种气氛和她所要表述的哲学思考之间又有某种神秘联系。最好的例子就是《独角兽》。在这部小说中,哥特式小说和寓言小说被巧妙地结合在一起,虽然读来令人毛骨悚然,但却富含哲理。小说中的人物大多为某一思想或观念的代表,而小说的主题则是：所谓思想、理论，实际上是一套迷惑人的神话，而人要保持独立，就必须摆脱人自己制造的神话。为此，小说营造了一个神话世界，其中的人物都为各种各样的神话所迷惑。这些人物和现实生活中的人很不一样，但又不是凭空杜撰的，而是一种变形，由此演绎默多克的观点，即：当人自己制造神话迷惑自己时，他就会失去自我，就会变得机械而虚假。

对默多克60年代的小说创作，评论界时有争议。这可能是因为，她在这一时期的作品中频繁使用神话和象征，而为了表现生活的偶然性，她笔下的人物也往往会做出完全令读者无法预料的举动。不过，那些主人公的命运还是清晰可见的：他们往往以自我为中心，无视他人的存在，但生活又迫使他们正视现实，正视他人的独立存在。譬如，在《一颗砍下的头》中，一连串走马灯似的性关系令读者晕眩，但却使主人公清醒了：原来，别人也和他一样，也都在为自己考虑，也都有私欲和独立人格，而各自独立的个人之间的相互利用和相互背叛，就是所谓的"人际关系"。

有评论家认为，默多克的小说具有"洛可可式的情节"和"超现实主义喜剧幻想"；实际上，默多克不仅和同时代的有些小说家一样认识到现实是模棱两可的，还将注意力从人们"感受到的"现实转向了人们是"如何感受"现实的，即从"What"转向了"How"。因此，她的语言不像传统现实主义那样透明，而是着重描述一种类似于幻想的神秘现实；与此同时，她还对这一神秘现实始终保持着一种"自觉性"或"自我指涉性"，即对自身的虚构予以"解构"，但又不像有些后现代小说家那样，采用"短路"即作者"闯入小说"发表评论的方法，而是始终在虚构的范围内予以暗示。这样一来，既然她是用一种晦涩的手法描述一种神秘的现实，结果当然就给人留下了诡秘而怪诞的印象。

70年代，默多克的小说创作除了依然给人以诡秘而怪诞的印象，还有一个特点就是她在这一时期做了一种新的尝试，即对经典作品的"隐性戏仿"。所谓"隐性戏仿"，就是一种伪装得很巧妙的讽喻性模拟。譬如，被认为是她的代表作的《黑王子》，就是对莎士比亚《哈姆雷特》的"隐性戏仿"。在她的同期作品中，还可以看到莎剧《第十二夜》、《如愿以偿》、《李尔王》和《暴风雨》的影子。譬如《大海，大海》，无论在结构上还是在内容上都和《暴风雨》暗合。退休导演查尔斯·阿罗比一直相信，他年轻时的恋人哈特丽始终爱着他，而实际上，哈特丽早就把他忘了，并嫁给了一个陆军上士。可悲的是,查尔斯·阿罗比情愿生活在幻觉中,幻想着哈特丽会离开丈夫而回到他身边,也不愿承认明摆着的事实,即:哈特丽很爱她丈夫,根本不会再想到他。小说的讽刺意味来自查尔斯·阿罗比是个善于营造幻觉的退休导演——他曾以营造幻觉为生,而他自己其实也一直生活在他自己营造的幻觉中。小说中的大海意象则源自柏拉图的《会饮篇》。柏拉图在《会饮篇》中说:"他凭临美的汪洋大海,凝神观照,心中涌起无限欣喜,于是孕育出无数优美崇高的思想语言,得到丰富的哲学收获。如此精力弥漫之后,他终于一旦豁然贯通唯一的涵盖一切的学问,以美为对象的学问。"显然,柏拉图把"以美为对象的学问"喻为"美的汪洋大海",而默多克却不无讽意地把大海——即"以美为对象的学问"——喻为幻觉。这是她的一贯看法,即:所谓思想、理论、学问,其实都是人们作茧自缚的幻觉。

如果说《大海,大海》只是讽喻性地使用了柏拉图的大海意象,那么《修女与士兵》则通篇都是对柏拉图《对话录》的"隐性戏仿"。小说同样采用对话形式,主人公黛希和迪姆讨论的也是艺术与生活、理想与现实等哲学问题,但结果却和柏拉图的《对话录》大相径庭,艺术和理想被视为毫无根据的幻觉,即书名中的"修女",而生活和现实则被视为毫无把握的历险,即书名中的"士兵"。这和默多克早期作品中的主题是一致的,同样是要表明:人们为所谓的理想所困,而无视真正的现实。

由于对经典的"隐性戏仿",默多克这一时期的作品大多是喜剧性的。实际上,她早先的作品也或多或少具有喜剧成分。默多克认为,喜剧性是小说的基本因素,因为人们即便在最严肃的时候,在旁观者眼里也是很可笑的。她曾说:"因为我们都是偶然性的,所以我们几乎没有尊严可言,这就是为什么我认为喜剧性是小说的基本因素,而很少在小说创作中运用悲剧性——它属于诗歌。"[1] 所以,她说她小说中的人物都是一些头脑既简单又混乱的可怜虫,他们总是在可怕的打击下可笑地跌倒和打滚。同时,她又说:"我后期的大部分小说都是关于社会道德的,关于性道德、婚姻中的道德问题和关于宗教问题的。"[2] 其实,她的早期小说也同样如此。

---

[1] 转引自瞿世镜、任一鸣著《当代英国小说史》,上海译文出版社,2008 年,第 113 页。
[2] 转引自王佐良、周珏良主编《英国二十世纪文学史》,外语教学与研究出版社,2002,第 479 页。

也许,任何简单的创作方式都不足以用来表达她如此厚重的主题,因而她必须不断尝试新的表现形式,而不断尝试新的表现形式,可以说就是她的小说创作的总特点。

不过,默多克的形式创新不是反传统的,而是创造性地继承了传统,就如同时代的著名小说家兼批评家 A. S. 拜厄特所说:"默多克正在发明一种形式,一种自由但有序的形式,它来源于莎士比亚喜剧的巧合性,并创造性地继承了狄更斯和陀思妥耶夫斯基小说的写实性。"①也许,正因为她不寻常地把"莎士比亚喜剧的巧合性"与"狄更斯和陀思妥耶夫斯基小说的写实性"这两种互不相容的文学手法巧妙地结合到了一起——就如她自己所说,"如果幻想与真实在小说中是可见的两个分离部分,那么这样的小说是失败的。在现实生活中,奇妙的和平常的,直白的和象征的,往往不可分割地联结在一起。我认为,优秀的小说应该把这种结合关系反映出来。"②——所以,她的小说既是怪诞的,又是真实的;既是滑稽可笑的,又是发人深省的。

三、重要作品评析

60 年代和 70 年代是默多克的创作鼎盛期。一般认为,《一颗砍下的头》是她 60 年代最重要的作品,而 70 年代最重要的作品则是《黑王子》。

1.《一颗砍下的头》

默多克此前的作品大多采用多重视角叙事,但在这部小说中,她改为第一人称叙事,由主人公马丁自述其经历。小说一开始,家住伦敦的律师马丁说,他妻子安东尼娅和心理医生帕尔默有染,而他自己呢,也和一个名叫乔姬的女人有染,还使她怀了孕,但他真正喜欢的是帕尔默的同母异父妹妹奥娜。接着他说到,安东尼娅向他承认了她和帕尔默的关系,因为她觉得自己仍然爱丈夫。马丁说,帕尔默是他的好友,所以他对妻子和他的关系也就采取了过往不究的态度。不久,帕尔默的亲妹妹霍诺尔从德国来到伦敦。她的出场,再加上马丁的弟弟亚历山大的介入,事情就变得

---

① 转引自瞿世镜、任一鸣著《当代英国小说史》,上海译文出版社,2008 年,第 121 页。

② Iris Murdoch, Quoted from *Literature in the Modern World: Critical Essays and Documents*, London: Oxford University Press, 1990, p. 285.

复杂起来。马丁发现,妻子安东尼娅之所以回到他身边,是因为帕尔默搞上了同母异父妹妹奥娜,所以对安东尼娅不感兴趣了。但不久,安东尼娅又向他承认,她在结婚前就是他弟弟亚历山大的情人。而亚历山大呢,既是嫂嫂安东尼娅的情人,又和哥哥的情人乔姬有染。后来,亚历山大抛弃了乔姬,而乔姬呢,其实也是帕尔默的情人。最后,马丁说,经过一番折腾,亚历山大带着安东尼娅去了罗马;帕尔默和乔姬一起前往纽约;奥娜终于投入了他的怀抱。

显然,若从现实主义的角度看,小说中这三男三女的性关系确实一片混乱,因而小说出版后引起了争议。对它的指责主要是:这三男三女以一切可能的组合方式发生的性关系,令人难以相信;所以,尽管小说中讲到这些性关系时使用的是写实手法,但人物之间的这种关系本身却是不真实的;也就是说,在现实生活中,三男三女之间发生这种性关系的可能性几乎小到零。确实,小说中的三对男女之间轮流发生了性关系,其中还夹杂着兄妹关系和叔嫂关系,因而从伦理道德的角度看,这三对男女显然不讲伦理道德,简直就是"畜生"。但是,既然这三对男女那么不像现实生活中的人,既然他们之间的性关系那么不真实,也就没必要用现实的、真实的标准来评判他们。实际上,这是一个用写实手法描述出来的虚拟世界,其中的人物是虚拟的,其中的性关系也是虚拟的。也就是说,小说并不直接指向现实,而是旨在于"图解"一种思想。小说的现实意义是间接地取决于这一思想的,并非直接取决于人物和情节。

如果把这部小说看作是虚拟的,也就是把它看作是寓言小说,那么其中的人物只代表一般人性,他们之间的性关系也只是一种象征,表示人与人之间的一般关系。这样的话,就不难看出,小说所要表达的第一层意思是:以自我为中心的主人公对他人世界的发现。马丁本以为妻子安东尼娅和情人乔姬都"为他所有",只是他生活中的"一部分",殊不知安东尼娅不但和帕尔默有染,而且婚前就是他弟弟亚历山大的情人;乔姬也一样,也和帕尔默有染,而且后来还和亚历山大订了婚。于是,他就去追求奥娜,而结果是得知奥娜和帕尔默有乱伦关系。这一切使他不得不承认,他人也像他一样,也是以自我为中心的;人人都有一个自己的世界。

既然人人都有一个自己的世界,那么小说的第二层意思就很清楚了:世界是由无数小世界组成的,而小世界和小世界之间是相互交叠的,你中有我，我中有你。马丁的妻子安东尼娅既是帕尔默的情妇，又是亚历山大的情妇，而帕尔默是马丁的朋友，亚历山大是马丁的弟弟；同样，帕尔默的妹妹奥娜和马丁有恋情，同时又和帕尔默有乱伦关系；马丁的情妇乔姬既是帕尔默的情妇，又是亚历山大的情妇，反过来也可以说，帕尔默的情妇、亚历山大的情妇，也就是马丁的情妇，如此等等。这就是网络式人际关系。在这种人际关系中，"连接"或"断开"，人人都以为是由他个人决定的，实际上，由于这层关系决定了那层关系，是由多种因素决定的，而对于这些因素，个人不仅不能控制，甚至都不知道它们到底是哪些因素。这就是默多克所称的"不透明性"。她曾在有名的《反对枯燥》一文中说："我们不是孤立的选择者……我们沉沦在我们不知其本质的现实中，同时又不断受到幻想的强烈诱惑，要扭曲这现实的本质。但我们所需要的，是一种对道德生活之艰巨性与复杂性的新认识，对人之不透明性的新认识。"[1]

显然，默多克认为，在面对"不知其本质的现实"（即网络式人际关系）时，存在着"道德生活之艰巨性与复杂性"。而这，可以说就是小说的第三层意思，也是小说的主旨。这一主旨并非直接体现在三对男女的性关系中，而是从小说中的另一个重要人物即霍诺尔和他们的关系中体现出来的。小说中写道，霍诺尔是帕尔默的亲妹妹，哲学博士，她从德国回到伦敦。如果说三对男女所代表的是人的欲望与情感的话，那么霍诺尔就是人的理性与道德的代表。如果把三对男女之间纷繁复杂的关系比作一部机器，那么霍诺尔虽不是机器的一部分，但又始终伴随着这部机器。机器一旦发动，便不可逆转地运转起来，这时，霍诺尔的作用就是检查它的运转情况，并试图控制它，也就是说，她要在他们中间发挥监督作用。然而，人的情感与理性，也就是情与理，通常是矛盾的，对立的；所以，马丁很讨厌霍诺尔，称她是"盘旋在帕尔默和安东尼娅头上的一只吃腐肉的乌鸦"，而当霍诺尔说她不相信神，而相信人性时，马丁又说她"听上去仿佛像一只狐狸说自己相信鹅似的"[2]。显然，这是情与理的"对话"：马丁自认为是人性的代表，霍诺尔则说她相信人性，但马丁并不相信她。情与理，或者说，人的自然欲望和道德理想，是分裂的。表面上，霍诺尔似乎洞

---

① Iris Murdoch, "Against Dryness" in *The Novel Today*, Oxford, 1978, edited by Malcolm Bradbury, p. 29.

② Iris Murdoch, *A Severed Head*, Penguin, 1967, p. 110.

察一切、控制一切,仿佛一切都以她的意志为转移,而实际上,事情往往由于她的参与而变得更为复杂。譬如,安东尼娅与马丁复归于好后,她把乔姬介绍给了亚历山大,自以为这样可成全两对男女的幸福,然而她没想到,由于亚历山大和安东尼娅有关系,乔姬也不甘心让马丁和安东尼娅复归于好,所以他们即便订了婚,结果还是分手。还有,她为了控制马丁,不惜勾引马丁,使马丁迷上她,但她无意中又暴露了她和她亲哥哥帕尔默的暧昧关系,结果使已经迷上她的马丁又和她疏远了。这些情节象征性地表示,人能靠自身的道德感控制私欲以及由私欲衍生出来的妒忌心吗?看来很难,很难! 所以,霍诺尔白忙了一阵子,最后不得不决定远走美国。小说结束时,霍诺尔再次出现在马丁的寓所里,想作最后一次努力,要马丁和她发生性关系。但马丁拒绝了她,因为这时的马丁刚刚得到奥娜,自认为"非常幸福"。他甚至警告霍诺尔说,她最好自己离开,不要再来捉弄他。对此,霍诺尔的反应是无可奈何,但她最后对马丁说,他们这些人所做的一切,无论是过去、现在,还是将来,都"和幸福毫不相干"①。可以说,默多克用霍诺尔的这些话点明了小说主题——"道德生活之艰巨性与复杂性"。

其实,小说的题目②就隐含了小说的主题。在小说中,霍诺尔对马丁说:"我是一颗从前原始部落和古代炼金术士使用的那种砍下的头。他们给它涂油,在它舌头上搁一块金,使它讲出预言。"可见,"一颗砍下的头"是指霍诺尔。霍诺尔是理性与道德的代表,被喻为"头",而与"头"相对的就是"身",即指以马丁为代表的三对男女,他们是欲望与情感的代表。"头"即头脑,"身"即肉体,两者本来是连在一起的,现在"头"被砍下,就是"身首分离",即:情与理的分裂,自然欲望与道德理性的分裂。既然人的欲望和人的道德是分裂的,也就意味着在以人欲为动力的现代生活中同时又要遵循道德是极其困难的,即"道德生活之艰巨性与复杂性"。

在艺术手法上,这部小说集中体现了默多克这一时期的风格特点。关于这些特点,因前文已有介绍,在此不作赘述。这里需要提一下的是,小说中反复出现的雾气,作为一种重要意象,无论就小说艺术而言,还是

① Iris Murdoch, *A Severed Head*, Penguin, 1967, p. 205.
② 国内大多译为《被砍掉的头》或《砍掉的头》,非常不妥。

就小说主题而言,都是意味深长的。伦敦多雾,而小说中的故事就发生在伦敦,这是写实。但同时,雾气又是小说基调的象征,因为小说给人的总的感觉,就是写得朦朦胧胧,就如云里雾里。此外,更为重要的是,默多克显然还要用雾气来比喻小说中的环境(即现实生活的对应物)和人物内心的"不透明性"。譬如,马丁暗恋霍诺尔,醉酒后又在地下室里对她施暴,清醒后又一连写了三封信请求她宽恕(尽管只发出了一封);此后几天,他精神恍惚,徘徊于伦敦街头——这时,默多克写到了伦敦的雾气,并让马丁说,雾气"使人激怒,使人痛苦……我看不见,我看不见……在此,仿佛某种内在的盲目正在外化……我只看得见事物的影像和线条,除此之外,什么也看不清楚"①。很明显,马丁说的是双关语,既指伦敦的雾气,又指他内心的"雾气",即道德观念的模糊不清,因为他既暗恋霍诺尔,又对她施暴,确实表明他有"某种内在的盲目"。而这,无疑有助于传达小说主题——"道德生活之艰巨性与复杂性"。

2.《黑王子》

这是默多克的第十四部小说,情节复杂,结构怪诞。小说没有章节,只分为三个部分,但有两篇前言、六篇后记。小说中的故事主要是由主人公布拉德利以第一人称讲述的。布拉德利是个作家,他的好友阿诺尔德也是个作家,而阿诺尔德的妻子蕾切尔则是布拉德利的昔日情人。他们之间发生的可怕事件是:蕾切尔失手打死了丈夫阿诺尔德,请求布拉德利去帮忙处理,而布拉德利无意中在现场留下了指纹;结果,他被警方认为是凶手而被捕,继而又被判刑入狱。小说的主要内容,就是布拉德利在狱中写的回忆录。在他洋洋洒洒写下的几十万字的回忆录中,主要有三条情节线索:第一条线索是58岁的作家布拉德利和好友阿诺尔德的20岁女儿朱莉安的畸恋;第二条线索是布拉德利和阿诺尔德的交往,以及和阿诺尔德的妻子蕾切尔的感情纠葛;第三条线索是布拉德利的妹妹因离婚深受打击,布拉德利不得不经常关心她。这三条线索交织在一起,牵涉到许多人,其间枝蔓横生,风波迭起,形成了一个复杂的情节网。不过,这只是小说正文的内容,正文前的两篇前言和正文后的六篇后记,同样是小说的重要组成部分。其中,一篇前言是布拉德利写的,是他的回忆录的一

---

① Iris Murdoch, *A Severed Head*, Penguin, 1967, p. 122.

部分。他的文中称,要用一种"现代"手法写出他的真实生活和真实感受,云云。还有一篇前言则是由一个虚构的"编者"写的。他在文中对布拉德利的陈述加以评论。至于六篇后记,一篇是布拉德利写的,一篇同样为那个"编者"所写,其余四篇则分别出自小说中的四个次要人物之手,他们又从各自的角度提出他们的看法。

不难看出,默多克在这部小说中使用了"元小说"加上多重视角的混合手法。所谓"元小说"手法,就是小说中的叙述者在叙述故事的同时对故事中的人物、情节以及故事的表述方式本身加以评论。这一点,由于这部小说中的故事叙述者布拉德利被设计为作家,因而他在叙述过程中就已经不断做出自我评论。不仅如此,故事中的第二号人物阿诺尔德也被设计为作家,所以布拉德利又时而转述阿诺尔德的评论。这样已经够复杂了,但默多克似乎并不以此为满足,还用多视角手法增添了一个"编者",从局外对布拉德利和阿诺尔德的评论再加以评论。最后,在四篇后记中,她又让故事中的四个人物从局内、从四个不同的视角对布拉德利的陈述以及"编者"的评论再加以评论。他们的看法不仅不同于布拉德利和"编者",相互之间也迥然不同;他们不仅对布拉德利的陈述深表怀疑,甚至对"编者"的身份和动机也表示怀疑。这样一来,不仅阿诺尔德之死变得扑朔迷离,就是布拉德利和朱莉安的畸恋、他和旧情人蕾切尔的关系,以及关于他妹妹离婚的事情,也全都变得似有似无、似真似假,令人捉摸不定了。这样把小说弄得像迷宫一样,其意图无疑是为了表现人和现实的"不透明性"(这是默多克小说的惯常主题),同时也旨在于探讨艺术的本质、艺术与现实和艺术与道德等哲学问题。换句话说,这部小说和默多克的其他小说一样,也是一部形式怪诞的哲理小说。

除了"元小说"和多重视角看法的运用,小说的另一个引人注目的特点是:小说中的主要情节、主要人物都和莎士比亚的《哈姆雷特》颇有相似之处,可以说,这部小说是对《哈姆雷特》的一种"隐性戏仿"。为了提醒读者注意这一点,小说中有多个人物(包括主人公布拉德利)多次提及《哈姆雷特》。还有小说取名为《黑王子》,也是为了暗示它和丹麦王子哈姆雷特之间的隐秘联系。

就小说的主要情节而言,布拉德利讲述他的种种经历,并不是要证明他不是凶手——他不明不白被抓进去,后来又不明不白死在监狱里,这在默多克看来是理所当然的，用不到再来辩解，因为现实即荒诞——布拉德利之所以进了监狱还要耿耿于怀地写回忆录，原因在于他和哈姆雷特一样，也有一个"复仇计划"。他的"复仇"对象就是阿诺尔德，因为他认为阿诺尔德是"篡位者"。这不仅仅是因为阿诺尔德的妻子蕾切尔是他的旧情人，更在于他认为阿诺尔德用貌似真实的作品蒙骗读者，是"篡位"行径，因为文学的"王位"就是文学的真实性。所以，他要揭露阿诺尔德的"篡位"行径，重新夺回文学的"王位"。这一点从他写的前言里即可看出。他在前言里说，他要用"现代"手法写出生活的真相，写出真正的内心感受，意即：他之所以要写回忆录，就是要使文学"复位"，即恢复文学的真实性。这就是他的"复仇"壮举。然而，具有讽刺意味的是，蕾切尔后来失手杀了阿诺尔德（试想，若《哈姆雷特》中的王后不当心杀了国王，这部悲剧显然成了一出闹剧），更为可笑的是：布拉德利还被当作凶手而进了监狱。那么，他的"复仇"壮举，即他写的回忆录，是不是真的能使文学真实性"复位"？答案就在默多克为它添置的后记中。显然，要想恢复文学的真实性这一想法本身就是幻想，因为对"什么是真实？"这一问题都众说纷纭、难以确定，又怎么"恢复"真实？换言之，也就是哈姆雷特认为克劳狄斯篡夺了王位，而实际上，到底该由谁拥有王位本来就没有定数，甚至王位是否真的存在都很成问题，那他到底"篡夺"了什么？如果哈姆雷特还想一本正经"复位"，那就更加荒唐可笑了。这就是这部小说"隐性戏仿"《哈姆雷特》的意图所在，因为《哈姆雷特》历来被当作文学真实性的典范。

不仅小说的主要情节"戏仿"《哈姆雷特》，小说的主要人物也大体上是和《哈姆雷特》中的主要人物相对应的——布拉德利无疑对应于哈姆雷特，其性格也是优柔寡断、犹豫不决的；阿诺尔德对应于克劳狄斯；蕾切尔对应于乔特鲁德（哈姆雷特的母亲）；朱丽安对应于奥菲利亚（哈姆雷特的女友），如此等等。但需要说明的是，这种对应是"隐性的"，也就是说，是在弗洛伊德精神分析学基础上的对应。小说一开始就提到了厄内斯特·琼斯（Ernest Jones, 1879—1958）用精神分析学对《哈姆雷特》所做的著名解释，即认为：哈姆雷特之所以犹豫不决是因为他有"恋母情结"，即在潜意识里想和母亲性交，而且想排除父亲这一障碍，同时又潜意识地把克劳狄斯视为父亲的化身，所以对处死克劳狄斯有一种负罪感，而正是这种负罪感，致使他迟迟没有动手；至于他对女友奥菲利亚的冷漠态度，其实也出于他的"恋母情结",即:他把奥菲利亚看作母亲的替身,潜意识里想和她性交,道德感又使他感到恐惧,所以他既不抛弃奥菲利亚,又对她冷嘲热讽(实际上他是在自我嘲讽,以此抵制潜意识里的恋母冲动)。基于厄内斯特·琼斯的解释,小说中的蕾切尔直接对应于哈姆雷特的母亲,成了布拉德利的旧情人。不过,既然是"戏仿",就不能一一对应。所以,和哈姆雷特的"恋母情结"相对应的,是朱丽安的"恋父情结"以及阿诺尔德对女儿朱丽安的乱伦欲念。阿诺尔德很显然对女儿有着异乎寻常的爱恋。他认为布拉德利爱上朱丽安实在是一种犯罪,一种玷污,因为布拉德利实现的正是他自己潜意识里的欲念。反过来,朱丽安对其父阿诺尔德的感情也远非一般的父女之爱。所以,在朱丽安的潜意识里,布拉德利只是父亲阿诺尔德的替身。朱丽安既然有"恋父情结",当然也就憎恨母亲蕾切尔。这从"编者"写的前言中即可得知。他在那里写道:朱丽安和母亲多年不见面,但母女俩疏远的真正原因却是两人都把对方视作情敌。至此,人物"戏仿"的含义便清楚了:《哈姆雷特》是男人的世界,即便按厄内斯特·琼斯的解释,也是男人的潜意识世界,女人似乎都是影子,是没有潜意识的;然而,女人实际上也有潜意识,试想:如果哈姆雷特因"恋母"而把奥菲利亚视为母亲的替身,那么奥菲利亚为什么就不能因"恋父"而把哈姆雷特视为父亲的替身? 如果真是这样(实际上,现实生活很可能就是这样),整部《哈姆雷特》不就成了滑稽剧? 当然,《哈姆雷特》永远不会变成滑稽剧,对它的"戏仿"旨在表明:即便是《哈姆雷特》,也是一种"人为制作",而非"现实反映";也许,文学、艺术从来就是"人为制作",而非"现实反映"——这是"元小说",也是这部小说的主要创作意图之一。

第十章　穆里尔·斯帕克：
天主教畅销小说

在 60 年代和 70 年代,穆里尔·斯帕克(Muriel Spark,1918－2006)名声大作——她既是一位天主教作家,其作品因含有严肃的宗教主题而备受评论界关注,又是一位畅销书作家,因其作品形式新颖奇特、故事曲折生动而深受读者青睐,堪称"左右逢源的幸运作家"。

一、生平与创作

穆里尔·斯帕克出生于苏格兰的爱丁堡,婚前名穆里尔·莎拉·坎伯格(Muriel Sarah Camberg),父亲是犹太人,母亲是长老教派信徒。穆里尔曾就读于吉莱斯皮女子学校。1936 年,她去了非洲,并在两年后和 S. O. 斯帕克结婚,婚后生有一个孩子。1944 年,她和丈夫离婚后回英国,但未改夫姓,仍称"穆里尔·斯帕克"。

回国后,穆里尔·斯帕克一度在外交部情报处任职。之后,她成为自由撰稿人兼记者,同时从事诗歌创作。1947 年至 1949 年,她担任英国诗歌协会秘书长、《诗歌评论》编辑。50 年代初,她创办《论坛》杂志,同时开始创作短篇小说,但不久《论坛》杂志便告破产。她的创作短篇小说大多她在非洲的生活为素材,其中有一篇于 1951 年获《观察家》周刊举办的

"圣诞小说竞赛"大奖。也就在 50 年代初,她对罗马天主教产生了兴趣,继而又接受天主教信仰,并于 1954 年正式入教,成为天主教徒。

实际上,斯帕克真正的文学生涯是在她皈依了天主教之后才开始的。天主教信仰既为她确定了价值观与人生观,也为他提供了小说创作的题材与主题。她的重要作品都是在她皈依了天主教之后写就的,而且这些作品都直接或间接地和宗教有关,或写主人公皈依天主教的过程,或以修道院为小说背景,或以天主教观点审视当代生活,如此等等。

在斯帕克皈依天主教之际,麦克米伦出版公司正在发掘有潜力的新作家,鉴于斯帕克曾发表过一些短篇小说,便约请她写一部长篇小说。尽管斯帕克此时并没有写长篇小说的打算,但她还是答应了。于是,经过三年多的努力,她终于写出了第一部长篇小说《安慰者》(*The comforters*,1957),而且出乎她意料,小说出版后还颇受好评。这样,斯帕克便一发而不可收,在此后的将近 50 年间,陆陆续续写了 20 多部长篇小说。

继《安慰者》出版之后的第二年,即 1958 年,斯帕克就出版了第二部长篇小说《鲁滨逊》(*Robinson*)。小说源于笛福的著名历险小说《鲁滨逊漂流记》,但却是一部讽刺小说。紧接着,斯帕克又出版了第三部长篇小说《死亡警告》(*Memento Mori*,1959)。小说讲述一群 70 多岁的老人临死前的生活,同时也表述了斯帕克的宗教思想,被认为是她早期创作中的佳作。

60 年代前五年,斯帕克出版了三部长篇小说,即《佩克姆莱民谣》(*The Ballad of Peckham Rye*,1960)、《单身汉》(*The Bachelors*,1960)和《琼·布罗迪小姐的壮年》(*The Prime of Miss Jean Brodie*,1961)。其中,《佩克姆莱民谣》和《琼·布罗迪小姐的壮年》被认为是她的两部最好的作品。

1963 年,斯帕克移居美国纽约。四年后,即 1967 年,她又移居意大利罗马。与之相对应,她此后的小说也多以英国以外的地方为背景。这期间,她出版了长篇小说《收入菲薄的姑娘们》(*The Girls of Slender Means*,1963)、《曼德本之门》(*The Mandlebaum Gate*,1965)、《公共形象》(*The Public Image*,1968)和短篇小说集《故事选》(*Collected Stories*,1967)。其中,《曼德本之门》获"詹姆士·泰特·布拉克奖"。

70 年代是斯巴克小说创作数量最多的时期,计有七部长篇小说,即

《司机的座位》(*The Driver's Seat*,1970)、《法国式落地长窗》(*The French Window*,1970)、《请勿打扰》(*Not to Disturb*,1971)、《东方河畔的温室》(*The Hothouse by the East River*,1973)、《克罗女修道院院长》(*The Abbess of Crewe*,1974)、《接管者》(*The Takeover*,1976)和《领土主权》(*Territorial Rights*,1979)。在这些作品中,斯帕克以一个天主教作家独特的方式审视了当代西方世界不同人群和不同阶层的生活与心态。

80年代,年过六旬的斯帕克创作精力明显减退,仅出版了三部长篇小说即《有目的的闲逛》(*Loitering with Intent*,1981)、《仅有的问题》(*The Only Problem*,1984)、《来自肯星顿的遥远呼唤》(*A Far Cry from Kensington*,1988)和一部短篇小说集《穆里尔·斯帕克故事集》(*The Stories of Muriel Spark*,1986),而到了90年代,她的作品更少,只有两部长篇小说,即《座谈会》(*Symposium*,1990)和《现实与梦幻》(*Reality and Dream*,1996)。

不过,2000年以后,八十高龄的斯帕克仍没有停止写作,还推出了两部新作,即长篇小说《帮助和怂恿》(Aiding and Abetting,2000)和《女子仪表进修学校》(The Finishing School,2004)。其中《帮助和怂恿》是根据真实事件写成的,是斯帕克一生中唯一的一部纪实小说。

2006年,斯帕克去世。

二、风格与特点

斯帕克于50年开始小说创作之际,正是英国文坛"现实主义回潮"之时,但她一开始就没有追随"回潮",而是以她的独特风格显示出她的与众不同,以及她对小说的理解。因而,就如她自己所说,她的小说"不是真实的——它们都是虚构的,但在这些虚构的内容中有真理浮现"[1]。确实,在她的许多作品中,她总以各种方式提醒读者,小说纯属虚构,纯粹是小说家的人为制作。这种对小说的自觉意识,在她的第一部小说《安慰者》中就显示了出来。《安慰者》的情节很离奇:小说中的一个人物,即劳伦

---

① Malcolm Bradbury, ed., *The Novel Today: Contemporary Writers on Modern Fiction*, Manchester: Manchester University Press, 1977, p.133.

斯,发现他78岁的外祖母竟是一个走私团伙的头目,于是便写信把此事告诉他的女朋友卡洛琳。卡洛琳是小说的主人公,当时她刚写完一部名为《论现代小说的形式》的专著,正打算写一部小说,以便实验她在专著中的观点。于是,她既卷入了劳伦斯告诉她的那件事情,同时又以此作为她的小说材料,而小说主人公就是她自己。由于她既是小说作者,又是小说人物,所以作为小说人物的她不仅能意识到小说作者的情节安排,还时常和小说作者抗争,试图摆脱小说作者的控制。当然,这一切都是斯帕克安排的,目的就是为了表现卡洛琳的自我矛盾和自我冲突——作为小说主人公,她在小说故事中是自我矛盾的,同时作为小说作者,她对小说本身也是自我矛盾的,即:她到底是一个真实的人,还是一个虚构人物? 她自己无法区分。然而,通过卡洛琳的自我矛盾,斯帕克却让《安慰者》的读者分明意识到了小说的虚构性。

斯帕克的作品大部分都这样,内容新奇而怪异、情节复杂而离奇、形式独特而新颖,因而她的作品通常都是畅销小说,拥有大量读者。但是,斯帕克却不是为了成为畅销书作家而写小说的,她采用这种奇异的风格写小说也不是"为风格而风格"。她是个天主教徒,她写小说是要从天主教信仰的角度审视、关注、思考和质疑当代世界和当代生活。她的作品绝大部分都和宗教有关,而且大多可以称为宗教小说。仍以她的第一部小说《安慰者》为例。这部作品中的人物基本上都是天主教徒,不仅主人公卡洛琳是天主教徒,其他主要人物如卡洛琳的男友劳伦斯及其外祖母路易莎等,也都是天主教徒。卡洛琳和斯帕克本人一样是刚刚皈依天主教,因而小说主要写她刚接受天主教信仰时的困惑和彷徨,因为她发现有些天主教徒不仅毫无信仰,而且堕落之极。譬如,劳伦斯的外祖母路易莎,一个78岁的老妇人,竟然是走私团伙的头目! 还有一个叫霍格小姐天主教徒,她表面上很虔诚,还头头是道地为卡洛琳讲解天主教义,而当她和卡洛琳一起不慎落水时,卡洛琳不顾自己拼命救她,但她却不顾卡洛琳死活,只顾自己逃命……斯帕克曾说:"我过去常常想,上帝啊,如果我一旦成了天主教徒,会不会也像他们一样?"[1]

确实,斯帕克在皈依天主教的同时也对某些天主教徒的堕落感到悲

---

[1] 穆里尔·斯帕克"我之信教",载《20世纪》1967年秋季号,170页。

哀,但她并不认为这是天主教自身的过错,而是某些教徒对宗教的亵渎和懵懂。她认为,宗教的救世意愿是无可怀疑的,关键是宗教首先应该关注世俗生活,要使宗教意识渗入到现实中去,这样才具有活力。这就是为什么她皈依了天主教之后,其创作视点却始终对着现实社会和世俗生活的原因所在。而她之所以选择小说创作,则是因为"小说家有点类似于上帝",对事件的发展和人物的命运有充分的预见性,而小说中的人物也是具有充分自由意志的个体,他们始终想摆脱作者的操纵。这种相互依存和相互牵制的关系,有点像上帝和他创造的万物①。因此,她笔下的主人公几乎都再现了她本人的精神世界,特别是她对宗教与现实的思考——这可以说是斯帕克小说创作的一个基本特征。

　　这从她的第二部小说《鲁滨逊》中即可看出。这部小说和《安慰者》一样,也是通过主人公写小说讲述故事的,而且立意也几乎是《安慰者》的重复。记者詹纽端·马洛在写小说,讲述他亲身经历的故事——他因飞机失事而在一个孤岛上度过的 100 天。当时,他和另外两个人一起被海浪冲到了一个孤岛上,发现那个岛上就住着鲁滨逊和他收养的土著人"星期五"。詹纽端·马洛是个刚刚皈依的天主教徒,而他所讲述的故事,就是关于他和老天主教徒鲁滨逊之间的冲突,因为鲁滨逊多年生活在孤岛上,已经彻底堕落了。小说再次表现了斯帕克对宗教与现实的思考。同样,在她的第三部小说《死亡警告》中,这一宗教主题再一次出现,而且被进一步强化。小说题目 Memento Mori 用的是天主教会的正式用语——拉丁语,以此突出小说的宗教主题。小说中讲到养老院里的一群老人经常接到神秘的匿名电话,提醒他们死亡即将来临,同时提醒他们,由于他们的堕落行为,死后将受到审判。小说主人公琼·泰勒是个虔诚的天主教徒,她接到的匿名电话却是向她许诺,死后将进天堂。不过,无论死后进天堂也好,还是受审判也好,小说似乎要给人这样的暗示:不管是好人还是坏人,多想想人迟早要面对死亡,这也许对任何人来说都是一件好事,就如小说中的一个人物所说:"如果我能从头开始生活,我就要养成每晚静下心来考虑死亡的习惯。我会训练自己记住死亡。没有任何别的训练更能使人奋发地去生活了。当死亡临近的时候,人们不应感到意外。死亡应

---

　　①　参见弗兰克·克莫德《现代评论》,伦敦,科林出版公司,1971 年。

当是整个预期生命的一部分,没有时刻存在的死亡的观念,生活便是枯燥乏味的。"小说中的故事虽离奇怪异,但不乏想象力——死神打来匿名电话,既令人忍俊不禁,又令人不寒而栗。

如果说《死亡警告》使读者感到冥冥中有上帝的身影在晃动的话,那么在斯帕克其后的两部小说即《佩克姆莱民谣》和《单身汉》中,这种超自然力量则是直接通过人物加以表现的。在《佩克姆莱民谣》中,魔鬼化装成一个名叫多戈尔·道格拉斯苏格兰人来到伦敦的一家工厂,由此而使人们的生活发生了巨大。多戈尔·道格拉斯可谓集恶与善于一身,他既是恶魔,又是天使,但他的双重人格是在一条河的两岸分开表现的——在河的此岸,他表现为恶,称自己为"多戈尔·道格拉斯",而在河的彼岸,他又表现为善,称自己为"道格拉斯·多戈尔"。在《单身汉》中,双重人格则分别表现在两个单身汉身上。赛顿和布里吉斯在小说中被表现为一对相互对抗的力量:一个以自我为中心,为了自己的利益无恶不作;另一个则因患有癫痫症而受人怜悯和同情。布里吉斯是虔诚的天主教徒,尽管他也有自我,但却有一个内在世界(即他的宗教信仰)制约着他的自我;反之,对于赛顿来说,世界就是他的自我,但他虽无自身的内在制约,却要受到一个外在世界的制约,这个外在世界的代表就是布里吉斯。这里,斯帕克再次演绎了她最感兴趣的主题:自由意志和道德制约的关系,只是这种关系被表现得更为具体化和复杂化。

继这两部作品之后的《琼·布罗迪小姐的壮年》被认为是斯帕克小说创作的巅峰和创作风格的一个转折点。在此之后,斯帕克在叙述手法和创作技巧方面做了新的尝试,从而形成了她的后期风格。所谓"后期风格",很大程度上就是指"前叙法"的使用。而所谓"前叙法",就是小说一开始就先交代故事情节及其结尾,然后再在过去和现在之间往返穿梭,交叉叙述。实际上,这种方法也可称为"反悬念法",即一反常规,不但不制造故事悬念,反而消除故事悬念,从而迫使读者注意小说叙事本身。譬如,在《收入菲薄的姑娘们》、《曼德本之门》、《司机的座位》和《东方河畔的温室》等后期作品中,斯帕克都使用了这种方法。其中,《曼德本之门》不仅篇幅较大,也是斯帕克这一时期最重要的作品。主人公芭芭拉是个英国女教师,母亲是犹太人,但芭芭拉却是天主教徒。小说开始时,芭芭拉去圣地耶路撒冷朝圣,同时准备和刚离婚的考古学家哈利结婚,但由于芭芭拉是天主教徒,哈利的离婚必须得到教会的认可,芭芭拉方能和他结婚。这两件事在小说中是交叉叙述的,而且是相互映衬的。芭芭拉的朝圣后来成了一场历险:当她通过"曼德本之门"从以色列管辖区进入约旦管辖区时,约旦当局发现她是"半个犹太人"而怀疑她是以色列间谍,于是将她逮捕入狱。后来经朋友多方营救,她才获释放。而芭芭拉和哈利的婚事,中间似乎也隔着一道"曼德尔鲍姆门"。当她想越过这道门时,同样遇到了麻烦。由于哈利不是天主教徒,他的离婚未能得到教会的认可,所以芭芭拉最终只能和另一个男人结婚。显然,"曼德本之门"是种族、宗教和文化隔阂的象征,而芭芭拉的朝圣和婚事,则是试图跨越种族、宗教和文化隔阂的象征。结果令人沮丧,芭芭拉深切体会到,即使在 20 世纪 60年代,人们依然为种族、宗教和文化差异所隔离,而无视每个人的独立人格。对此,她只能抱怨说:"实际上在一个人身上远不止是犹太人、基督徒、半犹太人、半基督徒;还有着人的灵魂,人的独特的个性。不能像人们说'秋天、冬天'那样,只有'犹太人、基督徒'之分。人身上有各自独特的、不会重复的特性。"

此外,《司机的座位》可以说是斯帕克使用"前叙法"的极端例子。在这部作品中,斯帕克不仅一开始就交代故事,还前所未有地采用将来时态叙述故事,使读者比小说主人公莉丝先行一步,在未来的某个情节上等待她的到来。换句话说,由于使用"前叙法"和将来时态叙事,不仅读者预知了主人公的命运,主人公自己也预知未来,而且对未来将发生的事早已做好准备。譬如,有人要谋杀莉丝的情节是这样叙述的(注意:用的是将来时态):莉丝不仅将为自己安排好凶手,而且当凶手要谋杀她时,将根据她发出的指令行事;她将命令凶手先绑住她的双脚,凶手会有点发愣,稍后才会明白她的意思,才会扯下自己的领带绑住她的双脚……由于用的是将来时态,整部小说就成了一种"假设"——小说的虚构性昭然若揭,而斯帕克要读者欣赏的就是小说的虚构性(或者说,以"揭露"小说的"诡计"为乐),而不是欣赏小说的"真实性"(即以"蒙受"小说的"欺骗"为乐)。

除了叙事手法更具实验性,斯帕克后期创作中的主人公,以及小说的思想倾向,也较早期有所不同。大体说来,在斯帕克 70 年代以前创作的小说中,主人公往往是她本人的化身,或者说,主人公的生活经历和内心世界里总晃动着她本人的影子。但是，在之后的作品中，她本人的影子便从主人公身上消失了。不仅如此，即便是主人公的内心世界，她也很少写到。这或许是受了法国"新小说"派的影响，即所谓"写物风格"，也就是把人当作"物"来写，以示世界的冷漠、人的异化，以及小说的"客观与中立"。譬如，在《东方河畔的温室》中，主要人物都是"二战"时被炸死的人，在小说中，他们仅出现在幸存者保罗·哈兹莱特的梦境里。由于这些人物只是保罗·哈兹莱特的回忆对象，因而全部被"物化"了，而保罗·哈兹莱特并不是小说的主人公。同样，在以70年代欧洲金融危机为背景的《接管者》中，人物也是"物化"的。

就思想倾向而言，斯帕克早期作品往往倾向于表达有关自由意志和神秘操纵的思想，而在她70年代和以后的作品中，神秘操纵则为人对人的操纵所取代，由此表达了她对社会生活和社会关系的直接思考。譬如，《请勿打扰》中的主人公李斯特就是一个操纵别人命运的人物，他和《琼·布罗迪小姐的壮年》中的琼·布罗迪小姐以及《司机的座位》中的莉丝一样，不仅想操纵他人的命运，还想通过操纵他人的命运来操纵自己的命运——当然，结果总是徒劳的，因为斯帕克相信，所有人的命运，乃至世界的命运，都在上帝手里，而上帝是无法操纵的，或者说，正因为是无法操纵的，所以才叫"上帝"。

三、重要作品评析

在斯帕克的小说中，最受关注的是她写于60年代的两部作品，即《佩克姆莱民谣》和《琼·布罗迪小姐的壮年》。

1.《佩克姆莱民谣》

就如小说题目所示，这部小说采用的是民间故事的形式，但小说所表现的却是现代工业社会的困境。小说中的故事大体是这样的：在伦敦佩克姆莱地区的一家纺织厂里，厂主德鲁斯实行了科学管理，结果是，员工们被严格的制度管得死气沉沉。为了使员工们活跃起来，德鲁斯决定招聘一个有学问、懂感情的人来助他一臂之力。于是，就有一个名叫多戈尔·道格拉斯的苏格兰人前来应聘。这个多戈尔·道格拉斯毕业于爱丁堡大学，还有文学硕士学位，德鲁斯很满意，便录用了他。没想到，多戈尔·道格拉斯是魔鬼的化身。他的到来确实使整个工厂活跃了起来,员工们开始讲感情了,工作和生活都有了生气,但与此同时,混乱也开始了,许多员工们变得自私贪婪、纵情好色,不仅原本的工作关系被搞乱,连他们的恋爱、婚姻、家庭也都乱了套。即便是厂主德鲁斯本人,也不得安宁——他的情妇默尔为多戈尔·道格拉斯所吸引,背叛了他。这使他非常愤怒,而多戈尔·道格拉斯却总能使自己显得非常无辜。最后,德鲁斯怒不可遏,把他的情妇默尔杀了,自己锒铛入狱。多戈尔·道格拉斯则在一片混乱中离开了佩克姆莱,因为作为魔鬼,他已完成了自己的使命。

这是小说的主线,实际上小说中还有许多副线,牵涉到诸多问题,但就这条主线而言,不难看出,小说象征性地表现了现代社会的两难处境,即:科学与文学,或者说,以科学为代表的秩序和以文学为代表的个性,两者不可兼得。科学即理性,强调的是社会秩序,但秩序往往抹杀个人感情;文学即感情,强调的是个人,但个人感情往往破坏社会秩序;也就是说,这是人自身的矛盾,即情与理的矛盾——合情往往不合理,合理往往不合情。既然是人自身的矛盾,也就是人性固有的矛盾;既然是人性固有的矛盾,那么这部小说从根本上说就不仅仅是针对现代社会的,而是超时代的或者说"形而上"的。

应该说,斯帕克的绝大多数小说都是"形而上"的,否则,就很难说它们是宗教小说。这部小说也不例外,实质上是一部以民间故事为形式、以现代工业社会为题材的宗教小说,其主题则是历代宗教文学所探讨的老问题,即:何为善? 何为恶? 这个问题在中世纪是有明确答案的,因为根据基督教(天主教为其主要宗派)最基本的"灵肉对立"教义,中世纪教会曾明确回答:"灵"为善,"肉"为恶,即:人的灵魂是向善的,人的肉体是邪恶的。然而,自近代以来,这个问题就很难得到明确回答了。因为代表着人的欲望与情感的"肉"在很大程度上得到了肯定,而代表着人的信仰与理性的"灵"则时而遭到贬斥。尤其是在18世纪末、19世纪初的浪漫主义时期,个人情感和个人欲望被极度张扬,"灵肉"几近换位。这样一来,何为善、何为恶的问题就混淆不清了。也许正是出于这一原因,英美评论界对这部小说的主流观点是:"斯帕克显示了这么一种倾向,即把道德上模棱两可的文本呈现在读者面前。她对非道德的人物的兴趣和她以善恶

为标准来评判他们的企图是自相矛盾的。"①确实,斯帕克在这部小说中
是"模棱两可"的,而且"自相矛盾"也在所难免,因为她写这部小说本来就
是要表达她对"何为善、何为恶"的困惑,而不是要对这个没有人能明确回
答的问题作出明确回答。

　　如果说这部小说是"模棱两可"的,那么关键就在于主人公多戈尔·
道格拉斯是"模棱两可"的。在小说中,多戈尔·道格拉斯既是恶魔,又像
天使。德鲁斯聘用这位"人文调查员"是要他把"想象力"或者说"眼界"注
入员工生活,而这位"人文调查员"也确实尽心竭力地在完成这个任务,并
以他对人性的洞察力赢得了众多员工的爱戴。譬如,小说中写到,汉弗莱
和迪克茜是一对情侣,但即将举行婚礼之际,两人却出现了分歧,于是汉
弗莱就去求教"人文调查员"、他的"亲密朋友"多戈尔·道格拉斯。后者
对他们两人的品性看得清清楚楚,他说汉弗莱是个重感情的男人,而迪克
茜却是个贪财的女人,所以他劝汉弗莱不要和迪克茜结婚。后来,汉弗莱
果真没有和迪克茜结婚,而对他的这一决定,许多人认为他做得对,因为
他们即便结了婚,也不会有幸福。还有在多戈尔·道格拉斯和德鲁斯的
情妇默尔的关系中,多戈尔·道格拉斯同样代表了感情。默尔之所以做
德鲁斯的情妇,完全是出于理智的考虑,而非真的对德鲁斯有感情。她已
三十七岁,如果离开德鲁斯,肯定找不到她现在这样的好差事。所以,与
其说她和德鲁斯有恋情,不如说她不得不依附于德鲁斯,而她对多戈尔·
道格拉斯之所以迅速产生好感,就是因为后者使她重温了昔日的浪漫之
情。这是好是坏? 斯帕克的态度是"模棱两可"的。她似乎觉得,多戈
尔·道格拉斯虽然是代表情欲的魔鬼,但当人的情欲受到严重压制时,即
便求助于魔鬼,也非罪恶之极,有时甚至是必须的。

　　然而,情欲终究是魔鬼,因为斯帕克终究是天主教徒——她是用天主
教观念来评判世界、评判人性的。在她笔下,多戈尔·道格拉斯本质上是
个"捣乱者",他不仅扰乱了工厂的秩序,还扰乱了员工的恋爱、婚姻与家
庭;他不仅导演了一场场打闹和争斗,还致使厂主杀了自己的情妇。这一
切都源自情欲,而情欲,每每就是以个性、人文、文学、艺术之类的面目出
现的。多戈尔·道格拉斯既是文学硕士,又是"人文调查员",而且富有艺

---

① 《穆里尔·斯帕克的信仰与小说》,露丝·威特克著,香港,1982,第 90 页。

术才能，"懂感情"、有个性，致使佩克姆莱的姑娘们几乎全都被他迷得如醉如痴，全都为他而疯狂。然而，嫉妒、虚荣、情变、痛苦、祸患……也都由此而生。毫无疑问，对于由情感和欲望而产生的所谓"艺术文化"，斯帕克是站在天主教立场上加以审视的，因而她认为这种"文化"从根本上说是破坏性的、"反秩序"的。

如果仅此而已，那斯帕克只是一个陈腐的天主教卫道士。实际上，斯帕克既认为"艺术文化"是"反秩序"的，同时又认为由理性和秩序而产生的所谓"科学文化"是"反人性"的。也就是说，她既表现了"艺术文化"对"科学文化"的破坏，同时又对"科学文化"提出了质疑。这一点从她对佩克姆莱纺织厂和厂主德鲁斯的描述中分明可见。德鲁斯在厂里搞"合理化科学管理"，曾在剑桥大学毕业生（即科学和理性的代表）的帮助下设计了一套"耗能耗时最少的最简单的动作"以提高工作效率，而这种"科学管理"在多戈尔·道格拉斯（他是爱丁堡大学毕业生，文学和情感的代表）来到之前就被员工们讥讽为"野蛮"①。而多戈尔·道格拉斯一来到厂里，就对德鲁斯说："迄于当今，工业已是一个伟大的传统。"②还要德鲁斯让全体员工都意识到这一点。德鲁斯当然不知其用意，便言听计从。实际上，多戈尔·道格拉斯是以鄙视和轻蔑的口吻说到这种"伟大的传统"的，而他所说的"工业"，就是指"科学文化"，因为工业总是和科学联系在一起的。至于他要员工们都意识到这一点，意思就是说，他将和这种"伟大的传统"开战。还有小说中对德鲁斯和他的妻子以及情妇默尔的描写，也表明斯帕克对这种"伟大的传统"的反感。德鲁斯和他的妻子虽结婚多年，但为了"事业"，两人几乎不住在一起，毫无情感可言；至于默尔，德鲁斯虽把她当作情妇，实际上也不是对她真有感情，即便他最后杀了默尔，也非情杀，而是生怕默尔泄露他的"商业秘密"。可见，在斯帕克笔下，这种"伟大的传统"，即"科学文化传统"，是"反人性"的。因为在此"传统"中，人既无感情，又无个性，都变成了机器，只知道谋利的机器。

总之，斯帕克既认为"科学文化"和"艺术文化"是相对立的，同时又认为"科学文化"是"反人性"的，"艺术文化"是"反秩序"的，而"人性"和"秩

---

①　穆莉尔·斯帕克：《佩克姆莱叙事曲》（企鹅版，1963），第 50 页。
②　同上，第 17 页。

序"又都是生活所必需的,两者不可偏废。也许,这就是她的"模棱两可"。不过,很可能就是因为"模棱两可",这部小说才更有思想意义,更发人深省,因为它触及了人类生存的"底线"和终极之谜——既然理性和感情都是我们需要的,那它们为什么又是相互对立的?既然理性和感情是对立的,那我们究竟为理性而活,还是为感情而活?

2.《琼·布罗迪小姐的壮年》

在这部小说中,斯帕克再一次把注意力集中于城市中的一小群人身上,但故事的背景第一次设在她的故乡爱丁堡,时间是"二战"前夕的1930年代。小说主要讲述发生在女子学校教师布罗迪小姐和六个学生之间的故事和她们的微妙关系。布罗迪小姐多年单身,聪明过人,而且很有个性。她去过德国后,认为法西斯主义"自由意志"的最好表达,于是就在她的学生中精心挑选了六个人,要把她们培养成"自由意志"的典范。然而,几经周折,她最看重的一个学生——桑蒂,却背叛了她,到校长那里偷偷告发她的"法西斯倾向"。校长本来就对她有成见,于是便以此为由,逼迫她提前退休。后来,布罗迪小姐到临死前才得知,原来是桑蒂"恩将仇报",出卖了她。桑蒂对自己的"变节"行为感到很内疚,并为此而皈依天主教,成了修女。

首先要说明的是,小说中尽管涉及法西斯主义,但它不是一部政治小说,更不是一部反法西斯小说。小说中的政治内容只是材料,小说的主题是"形而上"的,也是斯帕克最感兴趣的,即:自由意志和道德制约。这从小说题目中即可看出:"The Prime of Miss Jean Brodie",其中的关键词"Prime"是个多义词,既有"初始"、"青春"、"壮年"、"全盛期"之意,又可用来表示"灌输"、"装填"和"引导"等意思,因而小说题目是"模棱两可"的,既可理解为"琼·布罗迪小姐的'青春'、'壮年'或'全盛期'",也可理解为"琼·布罗迪小姐的'灌输'、'装填'或'引导'"。实际上,这几层意思在小说中都有:布罗迪小姐既处于"壮年期",踌躇满志,又在向她的学生"灌输"其思想,以此"引导"她们。既然她踌躇满志地想"引导"学生,也就意味着她很相信她的"自由意志",而结果呢,她反而被她最钟爱的学生桑蒂告发,可见还存在着和她的"自由意志"相悖的"道德制约"。

毫无疑问,小说中最重要的人物是布罗迪小姐。和斯帕克其他小说主人公一样,布罗迪小姐既不是"正面人物",也不是"反面人物"。实际上,斯帕克笔下的人物大多这样,都是"模棱两可"的。这可以说是她的一大特色,而其原因,既和她往往以宗教问题为小说主题有关,又和她对宗教问题往往没有明确的结论有关。也就是说,她既要在小说中提出宗教问题,但又无法、也不指望解决此类问题;譬如,"何为善? 何为恶?"要是她明确表态,说"灵为善,肉为恶",那无异于陈腐的宣教,一千年前的天主教会就是这么说的;要是她说"待人好就是善,待人不好就是恶",那等于说"善为善,恶为恶",许许多多平庸、无聊的道德家和小说家就是这么说的;所以,她只能在小说中表达她对这类问题的思考。既然是思考,她就不能明确肯定什么或否定什么,结果就是"模棱两可"。在这部小说中,首先主人公布罗迪小姐就是个"模棱两可"的人物。作为教师,出于"自由意志",她选取六个学生加以"特殊培养",要把她们造就成"人杰中之人杰"。这错了吗? 通常回答:没错。但她向这些学生"灌输"的却是法西斯思想。这错了吗? 通常回答:错了。那是不是说,如果她"灌输"的不是法西斯思想,而是其他什么思想(如民主思想),她就什么都不错了? 也就是说,"灌输"本身是不错的? 错就错在法西斯思想? 但问题是,她的"灌输"是出于她的"自由意志",如果这没错的话,那么被"灌输"的那些学生,难道她们就没有"自由意志"吗? 这才是斯帕克要求读者思考的关键问题。所以,尽管在斯帕克笔下布罗迪小姐并非恶人,甚至可以说是个很有魅力的人——她聪明、迷人、精力充沛,那些学生对她既崇拜又爱戴——但她本质上似乎又是邪恶的。这种邪恶不仅仅是因为她有法西斯思想,有其他思想也一样,而是因为她相信"自由意志",想支配他人。然而,想支配他人,不是人人都想的吗? 难道人人都邪恶? 这到底是错是对? 或许,亦错亦对,既错又对? 总之,说不清楚。

其次,"出卖"布罗迪小姐的女学生桑蒂,同样也是个"模棱两可"的人物。表面上看,她似乎代表了"道德制约",即"制约"了布罗迪小姐的"自由意志",但她的告密行为是道德的吗? 对此,她自己也感到很内疚。布罗迪小姐总想知道到底是谁出卖了她,直到临死前才得知背叛她的是她从未怀疑过的桑蒂。多年后,原来也属布罗迪小姐的"好学生"之一的莫尼卡去看望桑蒂,对她说:"布罗迪小姐去世前认为是你背叛了她。"桑蒂回答说:"只有当忠诚完结时才有可能背叛。"似乎是说,她并没有背叛布罗迪小姐,而是依然对她"忠诚"的。那么,这又是怎样的一种"忠诚"呢?

桑蒂认为这是一种"道德忠诚"。但她又对此半信半疑,仍摆脱不了自己的内疚心理。后来,她还为此写了一篇心理学论文,而有人看了论文后问她:"你上学的时候对你影响最大的是什么?"她的回答是:"是一位踌躇满志、事业达到鼎盛时期的琼·布罗迪小姐。"小说的最后,桑蒂在对生活的一片迷惘中皈依了天主教,并进了修道院,而此时,她终于意识到,布罗迪小姐其实并不像她年轻时想象的那么邪恶,因为她自己的"道德忠诚"其实也是一种"自由意志",和布罗迪小姐的"自由意志"并没有本质区别。

也许,桑蒂的结局才是斯帕克真正的"明确表态",即:"自由意志"也好,"道德制约"也好;"支配"也好,"反支配"也好;"善"也好,"恶"也好,一切的一切都在上帝的掌控之中,因而唯有对上帝的信仰,才能消除人心和人性固有的"模棱两可"。

尽管就宗教主题而言,这部小说和斯帕克的其他作品并没有多大差异,但就创作技巧而言,却有明显的特点,至少和斯帕克以往的作品有较大区别。首先是小说情节都集中在主人公布罗迪小姐和为数不多的几个女学生的关系上,没有令人眼花缭乱的次要情节,因而给人干净利落之感;其次是小说并不着意描写布罗迪小姐和女学生们具体的生活情景,而是寥寥数笔勾画出人物特点后,便把笔墨集中放在关键的、能揭示人物性格的情节上,从人物的内心感觉中把人物行为动机和人物的特性展露出来;再次是,小说的情节虽不复杂,但叙述故事时仍不受时空限制,时间多次大幅度前后推移,利用倒叙、插叙以及前叙等手法,反复从不同的视角透视同一事件,展示现在和过去的内在联系,突出主题,如布罗迪小姐的任教时间是在 20 世纪 30 年代,为了突出她对女学生的影响,小说中过去和现在的事件是交替出现的,以此显示学生们现在的生活和多年前布罗迪小姐的影响;最后是,小说的结构和布局可谓出类拔萃,斯帕克恰到好处地掌握着跌宕起伏的节奏,生动而凝练地在紧凑的情节中表现了小说厚重的宗教主题。

第十一章　三位苏格兰小说家

在苏格兰,尽管英语被定为官方语言,但苏格兰语还是被保留了下来,尤其是在文学创作中,许多苏格兰作家用夹带苏格兰语的英语进行创作,形成了一种独特的民族风格。一般说来,苏格兰文学大多以当地风貌和风土人情为题材,小说也同样如此。所谓"苏格兰小说",实际上可以追溯到 19 世纪初的苏格兰小说家瓦尔特·司各特,他的历史小说中有不少取材于苏格兰历史,这些作品当时就被称为"苏格兰小说"。不过,"苏格兰小说"真正被视为一种具有民族特色的小说品种,是在 20 世纪上半叶。当时如刘易斯·格拉西克·吉本(Lewis Grassic Gibbon,1901－1935)、艾里克·林克莱特(Eric Linklater,1899－1974)和康普顿·麦肯齐(Compton Mackenzie,1883－1972)等一批苏格兰小说家的作品很出名,因而"苏格兰小说"成了英国文学中一个独特品种。20 世纪后半叶的苏格兰小说家既继承了吉本等人的传统,也有所开拓,其作品呈现出不同的风格和主题,有的仍侧重于表现苏格兰人的历史与传统,有的则热衷于探讨当代苏格兰人的精神生活。在这些当代苏格兰小说家中,最值得关注的是乔治·麦凯·布朗、欧文·韦尔什和安德鲁·奥哈根。

一、乔治·麦凯·布朗

乔治·麦凯·布朗(George Mackay Brown,1921－1996)出生于苏格兰北部的奥克内群岛,早年曾就读于当地的斯特洛姆内斯学院,后因肺结核而休学。休学期间,他间或写一些诗歌和笔记。1950 年,布朗入纽拜特尔天主教修道院,在那儿结识了他的同乡、作家艾德温·缪尔(Edwin Muir,1887 - 1959)。在缪尔的影响和鼓励下,布朗写了不少诗。几年后,由缪尔推荐,他出版第一部诗集《暴风雨》(*The Storm*,1954)。诗集中所收的 14 首诗充满乡土气息,其灵感均来自他的家乡奥克内群岛。其后,同样由缪尔推荐,布朗出版第二部诗集《面包和鱼》(*Loaves and Fishes*,1959)。

1960 年,布朗获爱丁堡大学英国文学硕士学位。1961 年,布朗正式皈依罗马天主教。和当时许多天主教作家一样,布朗后来的创作也受其宗教信仰的影响,作品中或多或少会有宗教内容,或者带有宗教神秘气息。大约在 60 年代中期,布朗在出版了第三部诗集《鲸之年》(*The Year of Whale*,1965)之后开始转向小说创作,并在 1967 年出版第一部小说作品,即短篇小说集《爱情日历》(*A Calendar of Love*)。

总的说来,奥克内群岛上的岛民生活是布朗文学创作的主要表现对象,诗歌如此,小说也如此。他的小说往往富有诗歌的节奏和韵律,而且含着诸多意象和象征,既有自然意象,如用春夏秋冬隐喻人的生老病死,也有宗教象征,如用反复无常的大海象征人的灵魂,用坚实的大地或宁静的天空象征灵魂的归宿,等等。

把奥克内群岛的过去和现在加以对照,从而揭示出历史在现代人意识中的积淀,可以说是布朗在其第一部短篇小说集《爱情日历》里所要表达的最重要的主题。在这部短篇集里,布朗讲述的都是发生在奥克内群岛的传说故事,有中世纪的,也有 20 世纪的,可谓包罗万象,意在展示奥克内群岛悠久的历史传统和独特的海岛风貌。譬如,其中有一篇题为"三个岛屿"("The Three Islands")的短篇故事,讲述三个小岛上的渔民生活及其不同的习俗。尽管这三个小岛上的习俗在远古时期就已形成,但却不为现代人所觉察,只在当地人的潜意识中流传至今。还有如短篇小说"爱情日历"("A Calendar of Love")(短篇集就以此命名),其主题后来在布朗的小说中一再出现,即:四季与人生。女主人公琼在三月里分别和两个爱慕她的男人彼得和维克恋爱并怀了孕——这是在春天,播种的季节;接着,琼在两个男人的争夺中受煎熬——这是在夏天,酷暑难忍;其后,彼得心灰意冷,开始笃信宗教,维克自暴自弃,结果沦为酒徒,而琼则即将分娩——这是在秋天,既是万物萧瑟的时日,又是收获的季节;最后,琼的孩子终于降临人世,迎接他的是一场大雪——这是在冬天,既是一年的终结,又是孕育着新生命的季节。由于《爱情日历》以富有诗意的笔调赋予了质朴粗犷的岛民生活以诗的意境,这部小说集一问世就使评论界对布朗刮目相看。

布朗的第二部小说作品依然是一部短篇集,即《留住光阴》(*A Time to Keep*,1969)。这部短篇集无论在主题还是在技巧上都和《爱情日历》很相似。在收入该集子的大多数作品中,布朗用他最擅长的白描手法和简洁明快的笔调展现了海岛居民的生活与习俗。在有些作品中,他时而还流露出一种复杂的情绪。譬如,其中有一篇名为"收音机"("The wireless Set")的短篇,写一个偏僻的小渔村里有了一台收音机后发生的事情。一开始,那台收音机为村民们带来了无穷乐趣,但不久,收音机里就传来了战争的消息和死亡的噩耗。于是,村庄里再也没有过去那种平静祥和的气氛了,人们惶惶不安,又不知所措,结果便把怨恨发泄在那收音机上,愤怒地把它砸了。当然,战争不是收音机制造的,但在小说中,收音机显然是现代工业文明的象征——它的出现以及最终使小渔村丧失往日的平静,则象征着现代工业文明对古老的乡村生活的侵扰。这似乎意味着布朗对现代工业文明的批判;但同时,村民们把恐慌归咎于收音机并把它砸了,似乎又表明布朗对乡村生活的愚昧怀着一种苦涩的讽意。

继短篇集《留住光阴》之后,布朗于1972年出版了他的第一部长篇小说《格林伏》(*Greenvo*)。小说讲述的是发生在一个叫格林伏的小渔村里的故事。故事中的三个主要人物分别代表了当代苏格兰乡村中的三种村民形象:塞缪·沃耐斯是个勤劳的渔民,又是个虔诚的天主教徒,而且和他的祖先一样,相信凡事都是命中注定的;伯特·克尔翰顿是个传统的苏格兰乡村懒汉,浑浑噩噩,嗜酒如命;斯卡夫则是个受现代思想影响的渔民,他不信宗教,但却信奉马克思主义。通过这三个人物,布朗不仅表达了他对苏格兰传统生活的既爱又恨的复杂感情,同时又对这一传统正在受到现代思想的侵蚀而感到惋惜。在技巧和风格方面,这部长篇和他早先的两部短篇集基本一致。譬如,在行文中插入民间传说、神话故事和民谣等,以此使作品具有苏格兰地方色彩;还有使用富有诗意的季节象征,如小说的六个章节就对应于各季节的农作:第一章是耕耘(春天)、第二章是播种(春天)、第三章是结果(夏天)、第四章是收获(秋天)、第五章是衰亡(冬天)、第六章是新生命的孕育(冬天)。

第二年,即 1973 年,布朗又出版了第二部长篇小说《马格内斯》(*Magnus*)。这是一部具有宗教象征含义的小说,讲述的是公元 11 至 12 世纪奥克内群岛上的乡民为争夺据说是耶稣殉难时穿过的无缝衣袍的故事。小说主人公马格内斯的爷爷和父亲都曾是岛上的统治者,此时,则是马格内斯和他的堂兄哈根争夺岛上的统治权,因为当地乡民受哈根的蛊惑,拥立他为领袖,而将合法继承人马格内斯判处死刑。在小说中,耶稣的无缝衣袍具有特殊的象征含义,既象征着统治权,又象征着人格的崇高。所以,马格内斯必须经过重重考验,以证明他的崇高人格,才能夺回耶稣的无缝衣袍,即:他的统治权。这部小说既具有极强的宗教意味,又具有极浓郁的中世纪苏格兰民俗色彩,因而苏格兰读者对它甚感兴趣。

在出版长篇的同时,布朗并未停止短篇创作。他于 1974 年再度推出短篇小说集《鹰》(*Hawkfall and Other Stories*)。收入这部短篇集的作品大多具有宗教性质,而且都和死亡有关。不过,死亡在这些小说中并不令人恐惧,而是被赋予了灵魂赎罪和得救的意味,即象征着人最终摆脱肉体的束缚而进入永恒的境界,因而是既神圣又温馨的,是个人的“升华”。在这些作品中,“审讯者”(“Interrogator”)是较有代表性的一篇。小说从一个审讯目击者的角度探究一个少女之死的原因,而最终谜团解开:那少女是自杀——因为对她来说,死亡是一种解脱,是她最好的归宿。

如果说《鹰》主要是写死亡之神秘的话,那么布朗其后的一部短篇集《太阳之网》(*The Sun's Net*,1976)则主要写生命之奇妙。在这部短篇集中,有不少作品是写女人怀孕和分娩的,意在表现生命的孕育与诞生。还有一些作品是根据奥克内群岛上的民间传说写成的,故事离奇,而且往往有鬼神出没其间,但又无不表现生命的神奇和玄妙。

80 年代以后,布朗又相继出版了多部长篇和短篇集。他的长篇有:《穿着红外衣的时代》(*Time In a Red Coat*,1984)、《文兰》(*Vinland*,1992)和《在时间的海洋边》(*Beside the Ocean of Time*,1994)。其中,《文兰》是一部历史小说,取材于中世纪发生在奥克内群岛上的历史事件;《在时间的海洋边》则是一部幻想作品,曾获“布克奖”提名,写的是农夫拉格纳尔森在幻想中回忆历史和冥想未来。他的短篇集有:《安德琳娜》

(*Andrina and Other Stories*,1983)、《金鸟》(*The Golden Bird: Two Orkney Stories*,1987)、《戴面具的渔人》(*The Masked Fisherman and Other Stories*,1989)、《幽会艾基尔塞》(*Tryst on Egilsay*,1989)、《冬天的故事》(*Winter Tales*,1995)和《女人岛》(*The Island of the Women and Other Stories*,1998)。其中,《金鸟》获 1987 年"詹姆斯·泰特·布莱克小说纪念奖"。

布朗于 1996 年去世。

二、欧文·韦尔什

欧文·韦尔什(Irvine Welsh,1958-)出生于爱丁堡,曾做过电器修理工,20 岁时离开爱丁堡到伦敦,在一个乐队中任吉他手。在这一时期,他不仅和许多来自社会底层的、甚至属于流氓团伙的年轻人有交往,还染上了毒瘾。80 年代中期,伦敦房地产市场兴旺,韦尔什戒了毒,从事房地产中介生意,并赚了不少钱。90 年代初,他回到爱丁堡,任职于爱丁堡市政部门,同时开始写作。

韦尔什的小说创作和他本人的经历密切相关。他的小说人物不仅大多是苏格兰社会底层的年轻人,而且大多和毒品有关。除了吸毒,还有暴力、性混乱和艾滋病等,在这些年轻人中间也层出不穷,因而也是韦尔什的小说所要表现的主要对象。总之,在韦尔什笔下,古老的苏格兰都市爱丁堡已变得越来越像伦敦,已不再那么宁静和优雅,而是像伦敦一样"混乱和醒龊",尤其是这座城市的年轻人,已越来越"堕落"。

韦尔什的第一部小说《猜火车》(*Trainspotting*)出版于 1993 年。小说的题目"Trainspotting"原是乡村儿童的一种无聊游戏,后成流氓"切口",意即"耍着玩"。这部小说的结构松散,由七个部分组成,每个部分都各有不同的叙事中心、叙事声音和叙事角度。小说还采用了意识流叙事手法,以揭示不同的叙事者的心理活动。在语言方面,这部小说的一大特点是把苏格兰俚语、流氓"切口"和标准英语混杂在一起,从而形成了一种独特的语言风格。小说中的主要人物(即小说的叙事者)是爱丁堡的一伙年轻人,他们就像一个流氓团伙,彼此间称兄道弟,分享吸毒和性经验。这些年轻人的共同特征是既无所事事,又愤世嫉俗,自认为是反主流文化的叛逆者。小说的主要叙事者兰顿是个吸毒者,他长相英俊,机智聪明,但他仇视社会,对任何事情都抱嘲讽态度,认为全世界都无聊之极。海洛因是他唯一所好,只有在吸毒时,他才感觉到自我的存在。兰顿的"小兄弟"西蒙是个混血儿,也是个吸毒者,到处炫耀自己吸毒又不上瘾的"能耐"。还有一个绰号叫"土豆"的年轻人丹尼尔,则天真幼稚,总是被人欺负,但大家平时虽取笑他,当他有难时,大家却都愿意帮他。丹尼尔也吸毒,而且唯有靠吸毒才使他忘却生活中的恐惧和烦恼。还有兰顿少年时的朋友托马斯,一个时尚青年,他虽不吸毒,但喜欢酗酒和乱交,最终染上了艾滋病。还有弗兰西斯,也不吸毒,并认为吸毒是"窝囊",但他却是个极具暴力倾向的人,经常以恐吓甚至攻击他人为乐。最后还有戴维德,他或许是这伙人中最"正常"的,不但大学毕业,还有一份正式职业,但即便是这个最"正常"的年轻人,最后也染上了艾滋病。显然,韦尔什笔下的这些年轻人和五、六十年代的"愤怒的青年"有点相像,所不同的是,"愤怒的青年"至少还明白自己为何"愤怒",而韦尔什笔下的这些年轻人则纯属精神空虚,除了自我糟践,可说一无所能。

成功塑造自甘堕落的苏格兰年轻人形象,是韦尔什小说创作的主要成就。在他后来出版的好几部小说如《鹳鸟的梦魇》(*Marobou Stork Nightmares*,1995)、《胶水》(*Glue*,2001)和《色情》(*Porno*,2002)中,可以说一以贯之,写的也是这种人物。

《鹳鸟的梦魇》是韦尔什的第二部长篇。小说由第一人称和第三人称两种叙事法混合而成。主人公罗伊·斯特朗是主要叙事者,但他的叙事内容却是他处于半昏迷状态中的回忆和幻觉,因而混乱不堪。为此,小说用另一种叙事,即第三人称叙事,作为补充。根据斯特朗在昏迷中的回忆,他似乎是个探险家,曾到南非丛林里去捕获一种濒临灭绝的鹳鸟。此外,他的家庭似乎也很不幸的。他自幼生活在苏格兰,父母极其粗暴;两个哥哥,一个专门玩弄女人,一个则是同性恋。在他十多岁时,他们全家移居到南非,但由于父亲在那里犯了罪,他们全家又被遣送回苏格兰。他就在这样的环境中长大,既自卑又极具暴力倾向,尤其是当他成了一个流氓团伙的头头时,他简直就是个恶魔。然而,在一次绑架并轮奸了一个年轻女人后,他内心出现了一种强烈的罪恶感。他开始自责,感到极度压抑,为此他吸毒,甚至试图自杀。最后,那个被他们轮奸的年轻女子为己复仇,杀了其他轮奸者后,终于把复仇的利剑对准了他。此时,他在面对死亡的最后一刻,精神几近崩溃,而就在这种几近崩溃的半昏迷状态中,过去的发生的一切杂乱无章地出现在他的记忆中……和《猜火车》一样,这部小说中也有很多苏格兰方言,所不同的是,这部小说中的苏格兰方言不像《猜火车》中的那样冷僻难解,而是非苏格兰读者也能读懂的。这样既保留了苏格兰地方特色,又使小说在其他地方也能拥有大量读者。

韦尔什的第三部长篇小说《污秽》(*Filth*, 1998)和前面两部稍有不同,写的不是苏格兰年轻人,而是苏格兰警察。小说以第一人称叙事,讲述苏格兰警官布鲁斯·罗伯森的故事。罗伯森是一个集暴力、吸毒、酗酒和色情于一身的警官,他不仅残暴、吸毒成瘾,还是一个系列强奸犯和小偷。小说标题"污秽"在某种意义上是罗伯森这个五毒俱全的警官的写照。通过罗伯森这个人物,小说不仅揭示了苏格兰警察的腐败和堕落,更揭示了造成这种腐败和堕落的社会原因,即:当代苏格兰人的精神世界非常空虚。罗伯森腐败和堕落是缘于他心灵的空虚,以及对社会的仇视。罗伯森的罪恶在很大程度上是他愤世嫉俗的一种表现,一种病态的泄愤方式。

在第四部长篇小说《胶水》中,韦尔什又回到了年轻人题材上。这部小说和他的第一部小说《猜火车》有很多相似之处,也是采用多角度叙事手法展示一个流氓团伙中的各个人物的经历,关注的是暴力、吸毒和性混乱等问题,以及苏格兰传统在当代所面临的危机。小说中的四个主要人物都是七八十年代的苏格兰年轻人,其中盖利是这一团伙的中心人物。他自幼没人管教,因而后来吸毒、乱交,还染上了艾滋病。团伙中的另一个年轻人特里,也是个自幼和家庭敌对的问题少年。他整日无所事事,靠偷窃为生,只对性爱和酗酒感兴趣,甚至对母亲也想入非非。所幸的是另外两个年轻人,即比利和卡尔,他们最后没有堕落到无法自拔的境地。比利喜欢拳击,后来成了职业拳击手,从拳坛退休后,开了一家小酒吧。卡尔是这几个年轻人中唯一有良好家庭背景的,由于家庭的努力,他最后离开了团伙,但他想法始终很偏激。小说写了这四个年轻人因不同家庭背景和遭遇而渐渐出现差异,最后分道扬镳。但有一点他们都没有改变,那就是他们都有强烈的自我中心主义倾向,都对苏格兰传统抱着漠视甚至反叛的态度——这就是黏合他们的"胶水",也是小说所要警示的一个严重的民族问题。

出版于 2002 年的《色情》(*Porno*)是韦尔什的第五部长篇小说。这部小说可看作是《猜火车》的续篇,是对《猜火车》中的人物命运的一个交待。譬如,兰顿现在已移居阿姆斯特丹,冷漠地生活在异域文化中,而对苏格兰民族文化,他也同样冷漠;有暴力倾向的弗兰西斯最后进了监狱;单纯幼稚的"土豆"丹尼尔,则经历了岁月沧桑后变得成熟起来,他甚至还写一本书。显然,这部小说的主题和《胶水》极为相似,也是旨在揭示当代青少年问题的社会原因、家庭原因、情感原因,以及性格原因,同时警示人们,民族文化传统的式微,可能是导致当代青少年心灵空虚的深层原因。

除了长篇小说,韦尔什也写中短篇小说。这方面的成就,是他在 90年代推出的短篇集《迷幻药之屋》(*The Acid House*,1994)和中篇集《入迷:三个化学浪漫故事》(*Ecstasy*:*Three Tales of Chemical Romance*,1996)。就主题而言,韦尔什的中短篇基本上是他的长篇的"微型版",但写法稍有不同。他的短篇往往写得更具幻想色彩,如《迷幻药之屋》中有个短篇,讲的是一个吸毒者和一个婴儿互换头脑的故事。《入迷:三个化学浪漫故事》,顾名思义,包括三个中篇,即:《洛林到列文斯顿去》(*Lorraine Goes to Livingston*)、《富而不露》(*Fortune's Always Hiding*)和《不败者》(*The Undefeated*)。这三个中篇的人物和情节虽互不关联,但都涉及吸毒和同性恋等主题,如在《洛林到列文斯顿去》中,讲述的是一个女小说家怀疑丈夫不忠的故事,而最后她却发现,丈夫原来是个同性恋者;在《不败者》中,则讲述的是两个吸毒者的故事,其中一个对海洛因既爱又恨,试图用爱情来抵御它的诱惑,但能否成功,却仍是个未知数。

韦尔什最近的新作是 2006 年出版的长篇小说《厨师们的卧室秘闻》(*The Bedroom Secrets of the Master Chefs*)和 2007 年出版的短篇小说集《如果你喜欢上学你就会喜欢工作》(*If You Liked School You'll Love Work*)。前者讲述两个游手好闲的苏格兰年轻人的故事,表现的仍是和苏格兰民族文化有关的主题;后者则有所不同,其中有些作品一反往常,写的是发生在美国内华达和纽约等地的故事,而且也不再和年轻人吸毒有关,显示出韦尔什有意拓展其创作题材的迹象。

三、安德鲁·奥哈根

安德鲁·奥哈根(Andrew O'Hagan,1968 -)出生于格拉斯哥,曾就读于格拉斯哥大学,毕业后曾任职于"伦敦书评社"。奥哈根于1995年以他的一部风格独特的、既非纪实又非虚构的作品《失踪者》(The Missing)初现于文坛。

《失踪者》记述了将近40年间在英国失踪的一些成年人和未成年人的生平故事。故事的主体部分都有真实的历史材料,但在有关生活细节的描写中却掺入了许多想象成分。这些失踪者有的是故意离家出走的,有的是患了遗忘症而迷路走失的,有的是被杀害的。失踪者失踪前的生活是经过调查后如实记录的,而失踪后的情况则有的是传闻,有的是猜测,基本上是虚构的。但无论是纪实,还是虚构,"失踪"在这部作品中都是一种隐喻,即:对于任何一个人来说,生活的改变即意味着往日的"失踪",尤其是对于未成年人来说,进入成人世界即意味着童年的"失踪"。更何况,作品中出现的"失踪者"不仅是个人,还有整座城市,如苏格兰的格拉斯哥,就被描述为一座"失踪的城市",因为它在战后已经变得面目全非了,过去的一切都已经"失踪"。而通过这一系列"失踪者"的故事,奥哈根要想告诉读者的是,失踪也许并不那么可怕,更为可怕的是想找回"失踪者",因为"失踪"通常意味着"死亡",找回"失踪者"往往就是"认尸"和"领尸"。由此联想到苏格兰传统文化,既然它已经"失踪",有人还想把它找回,即所谓"寻根",那也无异于"认尸",然后领回一具"文化尸体"。当然,奥哈根对传统文化的这一看法未必人人都同意,但确实值得深思。如果民族文化不是当下鲜活的文化,而是"失踪"后重新找回来的东西,那它还会有生命力吗?

《失踪者》出版后,得到评论界的普遍好评,还获得了1995年"麦克维蒂苏格兰作家奖"提名,其原因除了它通过"失踪者"揭示出诸多历史和现实问题,更在于它的实验性写作,即打破了传统纪实作品和虚构作品之间的界限。在这部作品中,奥哈根不仅突破传统纪实文学严谨务实的写作规则,采用一种介于小说、回忆录、纪实和报道之间的文体形式,把真实的史料和虚构的想象有机结合在一起,而且在记述真人真事的过程中也大胆采用类似小说的结构编排方式,从而获得了一种非常奇特的"艺术效果"。

继《失踪者》之后,奥哈根在四年后推出他的第一部长篇小说《我们的父亲们》(*Our Fathers*, 1999),并获得当年"布克奖"和"维尼弗雷德·霍特比奖"。在这部作品中,奥哈根继续书写苏格兰城市和苏格兰家庭的变化。小说以主人公杰米·巴恩回忆他的父亲和祖父为叙事角度,讲述一个爱尔兰移民家庭在苏格兰城市格拉斯哥的生活史。随着这座城市的变迁,这个家庭中几代人的生活和想法从来就是变化不定的。他们有过令人自豪和骄傲的时光,也经历过悲观失望的时刻,在对民族之根的探寻中、在酒杯的晃动和碰撞中、在对信仰的反复追问中,岁月悄悄地流逝了。杰米的父亲罗伯特年轻时就酗酒成性,因而杰米的祖父一直看不起这个游手好闲的儿子。后来,罗伯特也当了父亲,但他还是酗酒,酒后殴打儿子杰米。杰米不堪忍受父亲的殴打,便逃离父母,去和祖父同住。他的祖父胡夫早年是个信奉社会主义的理想主义者,但他的理想如今早已被发生在这座城市里的"噩梦"所取代,而更使他"痛心疾首"的是,他的孙子杰米竟然也参与了被他称"破坏"的所谓"城市建设"。

显然,这部小说所要揭示的是随时代变迁而产生的更难逾越的"代沟"和更难调和的价值观冲突,同时以一个苏格兰家庭的分崩离析隐喻苏格兰传统生活的不可挽回的崩溃。小说题目中的"父亲们"具有多重含义,既表示几代人在血缘关系,又表示过去的时光(或者说,历史),甚至可以看作为文化传统的象征,而整部小说则可以说是一个隐含着民族挫败感的寓言。"我们的父亲们是由悲伤铸成的。"这句话在小说中反复出现。那么,"我们"该怎么办呢? 小说结尾处写到杰米最终拆毁了祖父垒起的那堵砖墙,即象征性地表示,新一代的苏格兰人应该在反叛"父亲们"的传统中寻求新的生活方式。毫无疑问,这部小说的主题是反传统的。

奥哈根的第二部长篇小说《个性》(*Personality*, 2003)进一步深化了这一反传统主题。在这部作品中,奥哈根再度采用类似《失踪者》的表现手法,即:把纪实和虚构融为一体。小说的背景,即 20 世纪 70 年代的那些人物和事件,都是纪实的;小说的女主人公,即年轻的女歌手玛利亚·坦比尼,则是虚构的。但玛利亚的外祖母(兼母亲)露西亚·坦比尼及其遭遇却又是真人真事。此事发生在 40 年代,当时移居在苏格兰的露西亚·坦比尼是意大利移民的后裔,有一个女儿,但她却爱上了当地战俘营里的一个意大利战俘;为了爱,露西亚带着女儿索菲亚和那个意大利战俘一起逃亡;但他们乘坐的小船被鱼雷击中,那个意大利战俘和露西亚的女儿索菲亚都葬身大海,唯有露西亚侥幸活了下来。真人真事就至此为止。接着,奥哈根就为露西亚虚构了一个外孙女,即索菲亚的女儿玛利亚,还说露西亚因为目睹女儿和情人惨死而深受刺激,所以后来一直有点神志不清,常常会把外孙女玛利亚当作女儿索菲亚。玛利亚有一副美妙的歌喉,从小就在各种比赛中获奖。为了成为明星,她后来离开苏格兰,到了伦敦。在伦敦,她果真都成了明星,但为了赢得观众,她必须始终表现出自己作为一个苏格兰明星的"个性",而她也确实被看成是一个有"个性"的明星。殊不知,这所谓的"个性"是玛利亚刻意"制造"出来的,而且为了向观众充分展现她的"个性",她牺牲了自己真正的个性,成了一个只有公众眼里的"个性"而实质上已经丧失自我的傀儡。所以,当她的外祖母(兼母亲)露西亚再次见到她时,已经认不出她了。露西亚仿佛觉得,自己再次失去了"女儿"。如果说,当初她的女儿是被大海淹死的,那么现在她的"女儿"又一次被"淹死",即"淹死"在所谓的"个性"中。

这部小说题为《个性》,具有极大讽意。玛利亚的"个性",即隐喻苏格兰民族特性;玛利亚刻意追求"个性",即隐喻有些苏格兰人对民族特性的刻意彰显。结果呢,刻意追求民族特性,就如玛利亚刻意追求"个性",反而导致了真正的民族特性的丧失。更何况,这种被刻意追求的民族特性其实已不复存在,它就像露西亚的女儿索菲亚那样,早就"淹死"了,而露西亚现在的这个"女儿"玛利亚,其实是"外孙女",而且还是虚构的。所以,如若有人还要把她(或它,即所谓的"民族特性")当真,那就像露西亚一样,有点神志不清了。

在叙事方面,这部小说采用的实验手法比《失踪者》和《我们的父亲们》更为娴熟。无论是真实人物和虚构人物的并存,还是纪实文体和虚拟文体的并用,都处理得相当完美。玛利亚作为一个虚构人物,很自然地带出了许多真实人物,不仅有娱乐界的诸多名人出场,还有如美国总统里根、英国王纪戴安娜等政界要人,也作为玛利亚的观众在小说中亮相。文体方面,当采用纪实文体时,写得就如考古报告一样严谨、翔实,而当采用虚拟文体时,叙事角度又灵活多变,不仅第三人称中时常穿插第一人称叙事,而且第一人称叙事常常呈现出多声部的复调形式。还有如日记、书信和新闻报道的穿插,以及苏格兰方言和标准英语的交替使用,也使这部小说既具有"后现代"特点,又不乏苏格兰地方色彩。所以,小说出版后不仅获得当年的詹姆斯·泰特·布莱克纪念奖,还使奥哈根被著名的《格兰塔》杂志评为"当代英国20位最佳青年小说家"之一。

奥哈根最近的新作是2006年出版的《靠近我》(*Be Near Me*)。这是他的第三部长篇小说,出版后获当年"布克奖"提名。

第十二章　埃德娜·奥勃伦与
其他爱尔兰小说家

爱尔兰小说是 19 世纪末、20 世纪初"爱尔兰文艺复兴运动"的产物。在 20 世纪上半叶,著名的爱尔兰小说家有詹姆斯·乔伊斯(James Joyce)、皮达尔·奥多奈尔(Pidar O'Donnell)、弗兰克·奥康纳(Frank O'Connor)、西恩·奥法莱恩(Sean O'Faolain)和弗兰·奥勃伦(Flann O'Brien)等人。不过,需要说明的是,这里所说的"爱尔兰小说家"并不是指所有出生于爱尔兰的小说家,而是指出生于爱尔兰、又以爱尔兰生活或"爱尔兰问题"为创作题材的小说家。20 世纪下半叶,爱尔兰小说依然是英国文学的重要组成部分,爱尔兰小说家也为数不少,其中成就最大的,无疑是埃德娜·奥勃伦。

一、埃德娜·奥勃伦

埃德娜·奥勃伦(Edna O'Brien,1932 -　)出生于爱尔兰西部的克莱尔郡,12 岁时入当地修道院接受教育,14 岁时离开家乡到了爱尔兰首府都柏林。她本想当演员,但结果却进了爱尔兰医学院攻读药物学,毕业后在一家药房任药剂师。1952 年,她和作家 E. 盖布勒结婚,婚后生活并不美满,于 1959 年离婚。此后,她便带着两个年幼的儿子移居伦敦。

奥勃伦后来以她的"乡下姑娘三部曲"而成名。不过,当初她是因一个出版商的鼓励和资助才开始写作的。她用了不到三个星期的时间就写出了她的第一部小说《乡下的姑娘》(*The Country Girls*, 1960)。小说基本上取材于她自身的经历与感受。小说中的女主人公凯特是个贫穷的爱尔兰乡下姑娘,她很早就失去了母亲,父亲又是个性格暴戾的酒鬼,所以她自幼就靠两个男人的资助。这两个男人,一个是来自都柏林的律师,另一个是当地的兽医布伦南。布伦南的女儿芭芭和凯特一起在当地的修道院里读书。后来,芭芭因为不服从修道院嬷嬷的管教而被开除,便拉上凯特一起出逃。于是,她们来到了都柏林。在都柏林,两个乡下姑娘既没有生活着落,又被这座大城市里的一切弄得眼花缭乱。所以,她们设法认识了一些有钱而好色的中年男人,从他们那里骗取钱财。她们整日出没于舞厅、酒吧,既吸烟又酗酒。然而,在她们为都市生活所吸引、所吞噬的同时,她们的内心深处却依然萌动着乡下姑娘的希冀和渴望,即一心想找个"如意郎君",从而过上平静而舒适的生活。

《乡下的姑娘》出版后,由于其新颖的题材和真切感人的描写,立即引起了读者的关注和批评界的好感。于是,奥勃伦很快就写出了她的第二部小说《孤独的姑娘》(*The Lonely Girl*, 1962)。小说主要写凯特的一段恋爱经历。她爱上了一个电影导演,而这个导演却是个有妇之夫。为此,凯特不仅受到来自爱尔兰故乡乡亲的辱骂,更受到了神父从宗教和道德上的谴责。她的父亲要把她带回家去,她却逃回到了情人的身边。然而,她和情人的团聚并没有带给她幸福,因为她清晰地觉察到两人之间的距离,那就是乡村和城市的距离,是文化背景的距离。小说结尾时,凯特和芭芭一起前往更大的都市——伦敦。

两年后,即 1964 年,奥勃伦又出版了第三部有关凯特和芭芭这两个乡下姑娘的小说,即《婚后的姑娘》(*Girls in Their Married Bliss*)。小说围绕芭芭和弗兰克的婚姻生活以及凯特婚姻的失败而展开。弗兰克很富有,但却是个粗俗之极的人,芭芭虽在他身上找到了经济上的依靠,却无法满足精神上的需求。于是,她又去寻找婚外情人,但她的婚外情却以被情人遗弃而告终。凯特的婚姻更为凄惨,她本想和丈夫厮守一生,不料丈夫朝三暮四,婚后不久便另觅新欢,无情将她抛弃。两个乡下姑娘的婚姻可谓均遭惨败。相比之下,芭芭比凯特还好一点,因为她比凯特更多一点

"邪念"，至少她会利用男人的弱点来达到自己的目的。凯特则是个十足的"乡下姑娘"，她太想得到男人的庇护了，因而就如芭芭所说，她"奴性十足"。不管怎么说，这两个乡下姑娘虽然都未能找到幸福，也都免不了为爱情和金钱所困惑，但小说结尾处表明，她们似乎并没有丧失继续追寻的勇气。

从"乡下姑娘三部曲"即可看出，奥勃伦小说的基本背景是爱尔兰乡村和当代城市的对照，而其基本主题则是女性的情感和欲望，以及男性的背叛。此外，由于奥勃伦从小受天主教熏陶，其作品中很明显地渗透着宗教的影响。她笔下的女主人公既追寻着欲望的满足，同时又深感羞耻和内疚，而她们对男人的依赖，又往往以不幸甚至悲剧而告终。不过，尽管奥勃伦是以宗教忏悔的角度表达女性情感和欲望的，但这种表达毕竟很率直，所以对其作品的反应毁誉不同。在爱尔兰，她的作品一度还受到教会的谴责而被禁止出版。

就风格而言，奥勃伦的小说往往具有很强的自传性。她不仅善于从个人生活经历中汲取素材，而且通常采用第一人称叙事，所以她的小说与其说是一种自我表白，不如说是一种自我忏悔。这一点，可以从她的自传《爱尔兰母亲》(*Mother Ireland*, 1976)中得到印证——她在自传中所陈述的她自己的成长经历，实质上就是她用来写小说的原始素材。也许，正因为奥勃伦的小说大多是半自传体的，女性自然而然就成了作品所关注的焦点。在奥勃伦笔下，女性大多是失意而痛苦的，她们既依存于男性，又想从这种桎梏中挣扎出来；她们明知依存于男性对她们来说是陷阱，却又往往自动地往这个陷阱里跳，因为她们别无选择。而比男性陷阱更为可怕的，还有来自女性自身的宗教罪孽感。她们既渴望性爱，却又苦苦压抑自己对性的渴求，因为在内心深处，她们仍对自己的性欲望感到极度恐惧。这就决定了她们总以悲剧人物的面目出现——她们的命运总是悲惨的，她们的追求总以悲剧而告终。

继"乡下姑娘三部曲"之后，奥勃伦在六七十年代的小说创作还包括《八月是邪恶之月》(*August is a Wicked Month*, 1965)、《和平的代价》(*Casualties of Peace*, 1966)、《异教地区》(*A Pagan Place*, 1970)、《夜》(*Night*, 1972)和《约翰尼，我简直不认得你了》(*Johnny I Hadly Knew You*, 1977)等作品。其中，《和平的代价》和"乡下姑娘三部曲"很相似，也

是讲两个乡下姑娘的爱情挫折和婚姻悲剧,只是小说基调比"乡村姑娘三部曲"还要悲观——两个姑娘一个死于暴力,一个最后孤单一人,落落寡欢。《八月是邪恶之月》是写于奥勃伦自身婚姻危机时期,讲述一个名叫艾伦的离婚女子的一段情感经历。艾伦是个来自爱尔兰乡村的女护士,和丈夫离婚后一人独居。此时,她的肉体受着性欲的煎熬,抑制不住对性的追求,她的灵魂却又因为天主教信仰而惶惶不安,时时受到良心和道德的谴责。在这部小说中,奥勃伦用非常细腻的笔调描述了一个女人的肉体和灵魂的分裂,以及她的痛苦和挣扎。和"乡村姑娘三部曲"相比,这部小说的主题和创作手法都有所变化,虽然仍为女性主题,但对女性的自我追求却不像"乡村姑娘三部曲"那样还抱有一丝希望,而是基本上持悲观绝望的态度。此外,这部小说更多采用象征手法,如八月的酷热,象征艾伦对性的渴求,等等;还有小说的叙述语调严肃而沉重,不像"乡村姑娘三部曲"那样机智、幽默。

《八月是邪恶之月》的主题是性爱自由和宗教信仰的冲突。这一主题在奥勃伦以后的小说中一再出现,其中最具代表性的就是《异教地区》。在这部小说中,一开始就讲到一件在天主教看来是"大逆不道"的事情:一个女人未婚先孕。这个女人因和一个神职人员有私情而怀孕,那个神职人员生怕自己的行为受到教会的惩罚,便把她抛弃了。小说围绕着这件事情表现了各种不同观念之间的激烈冲突,特别是表现了那个女人如何为自己难以洗清的"罪孽"而痛苦不堪,如何承受来自世俗和宗教两方面的压力而几近崩溃。最后,她决定逃离故乡,逃离家人,去过颠沛流离的自我放逐生活,让她的"罪孽"陪伴她一生。值得注意的是,小说并非简单地"控诉"宗教传统(这对一个爱尔兰作家来说几乎是不可能的),而是对宗教道德和人性追求之间的矛盾感到"困惑",从而接触到了"传统与现代"这一敏感问题。

奥勃伦的小说,可以说始终都没有离开过那个传统的爱尔兰。尽管奥勃伦在 60 年代初就移居到了伦敦,但爱尔兰一直令她魂牵梦萦。她的创作灵感和创作主题几乎全都来自她记忆中的爱尔兰。换句话说,奥勃伦笔下的爱尔兰并不是实实在在的爱尔兰,而是渗透着她的主观感情和主观想象的爱尔兰。这一点,在她的小说《夜》中得到了最好的体现。这是一部回忆当年的爱尔兰生活的小说,写的都是留存在她脑海里的往事。

小说的形式就是主人公玛丽的回忆。她回想自己在爱尔兰乡村度过的童年,回想起她的母亲和她的家人,回想起那些曾和她交往过的男人——当然,还有那一桩桩往事,特别是那些使她感到羞愧和内疚的往事。她在深夜里独自反省,反复咀嚼着那些往事,心里充满了忏悔之意。而当黎明再次降临时,她觉得那一夜就像一个过滤器一样滤净了她的内心世界,并由此而获得了新生。在风格上,这部小说比前几部更具抒情意味,笔调缓慢、悠扬、优美而富有韵味,充分显示出奥勃伦作为一个女作家特有的细腻和敏锐的天性。

80 年代,奥勃伦的创作主要是短篇小说。她主要的短篇小说集有:《爱情对象》(*The Love Object*, 1968)、《爱传播流言蜚语的女人》(*A Scandalous Woman and Other Stories*, 1974)、《莱因哈特大大》(*Mrs. Reinhard and Other Stories*, 1978)、《回归》(*Returning*, 1982)、《狂热的心》(*A Fanatic Heart*, 1985)和《幻灯片》(*Lantern Slides*, 1990)。在这些短篇集里,她塑造了各种不同年龄、不同性格、不同境况和不同遭遇的女性形象,而其总体上所要表达的则是女性对平和宁静生活的追求,以及伴随着这种追求的爱欲骚动和精神压力。这些小说充满了女性的声音,男性人物往往只是陪衬,而且大多是粗线条的,甚至是概念化的。《回归》是这些短篇集中颇具特色的一部,显露出奥勃伦对故乡爱尔兰的复杂心理:她在想象中回到了情系梦牵的爱尔兰,但依然有一种无法排遣的孤独感和离异感;相比之下,还是漂泊在外时的思乡之情,多少还能给人一点安慰。

90 年代,奥勃伦再度推出几部长篇,其中有:《时代潮流》(*Time and Tide*, 1992)、《壮观孤立的房屋》(*House of Splendid Isolation*, 1994)、《顺流而下》(*Down by the River*, 1996)和《野蛮的十二月》(*Wild Decembers*, 1999)。其中,《时代潮流》的主人公奈尔·史代曼是一个居住在伦敦的爱尔兰女编辑,小说写了她不幸的婚姻生活;《顺流而下》则是一部关于堕胎的小说,而且取材于一桩真实的社会事件——当时有个 14 岁的爱尔兰女孩被强奸而怀孕,她想到伦敦去堕胎,但此事却在当地引发了一场关于宗教、法律、道德和个人权利的争论——在小说中,女主人公玛丽也是一个 14 岁的爱尔兰女孩,她遭父亲强奸,怀孕后投水自杀,被一个叫贝蒂的邻居救起;后来,贝蒂把玛丽带到伦敦,想让她合法堕胎,但由于当时的爱尔兰宗教和法律都不允许堕胎,玛丽在伦敦也无法做堕胎手术,只能痛苦不堪地带着身孕重返爱尔兰。

奥勃伦最近推出的两部长篇是出版于 2002 年的《在森林里》(*In the Forest*)和出版于 2006 年的《暮霭》(*The Light of Evening*),其中《在森林里》同样取材于真实事件,讲述一个患有精神疾病的年轻人和一个被他强奸的姑娘之间发生的事情。奥勃伦在这部小说中巧妙地融入了法庭记录和精神病医生的病理报告,增强了情节的真实性和叙事的生动性,但由于含有大量对性行为的直接描写,这部小说出版后在爱尔兰被列为"禁书"。

除了奥勃伦,七、八十年代出名的其他较重要的爱尔兰小说家还有布赖恩·穆尔、约翰·麦加亨和威廉·特雷弗等人。

二、布赖恩·穆尔

布赖恩·穆尔(Brian Moore,1921 – 1999)生于北爱尔兰的贝尔法斯特,曾就读于贝尔法斯特圣马拉奇学院。1943 年至 1945 年,在服兵役期间到过北非、法国和意大利。1946 年至 1947 年,任联合国救济总署驻波兰特使。1948 年移居加拿大,曾任《蒙特利尔报》记者。自 1952 年起,专事创作。1959 年移居美国。

虽然穆尔在爱尔兰只是度过了他的青年时代,后来大部分时间一直居住在国外,但他最重要的小说题材却来自他青年时代的爱尔兰生活和后来他熟悉的爱尔兰移民生活,因此他仍被视为"爱尔兰小说家"。

五六十年代,穆尔创作了一系列小说,重要的有《朱迪丝·赫恩》(*Judith Hearne*,1955)、《牧神节》(*The Feast of Lupercal*,1957)和《冰淇淋皇帝》(*The Emperor of Ice-Cream*,1965,等。这些小说都以他的故乡贝尔法斯特为背景,讲述 40 年代前后发生在那里的故事,刻画那个时代的性格各异、经历独特的人物,因而被称为"贝尔法斯特系列小说"。其中,《朱迪丝·赫恩》是穆尔的处女作,写的是一个出身高贵的老处女的空虚、无聊的生活——她虽相当富有,但无所事事,整日在酗酒中打发时间;《牧神节》以一个单身汉的爱情故事为线索,揭示宗教与个人情感的冲突——主人公德温是天主教徒,而他所爱的女孩却出生于新教家庭,由于天主教徒不可能娶非天主教徒为妻,他们的恋爱也就注定是凄惨悲凉的;《冰淇淋皇帝》则以一个未成年人的视角观察成人世界——主人公是个耽于幻想的少年,他逃离管教严厉的天主教家庭,四处闯荡,经历了一系列富有传奇色彩的冒险之后,他终于了解了成人世界,变得成熟起来——小说在表现主人公成长过程的同时,也反映了当代爱尔兰社会的诸多问题。

除了"贝尔法斯特系列小说",穆尔在 60 年代还写有不少以加拿大和美国社会为背景的小说,如《金杰·科菲的好运》(*The Luck of Ginger Coffey*,1960)、《来自地狱边缘的回答》(*An Answer from Limbo*,1962)和《我是玛丽·邓恩》(*I Am Mary Dunne*,1968)等,侧重表现爱尔兰移民处于多元文化氛围中的境况。《金杰·科菲的好运》写主人公金杰·科菲从爱尔兰移居加拿大后的坎坷经历——在困顿挫折的生活中,他为了获取较好的社会地位,只能把亲情、个性和自我尊严全都弃之一边;同样,在《来自地狱边缘的回答》中,主人公是一个移居纽约的爱尔兰作家——他为了在异国继续写作,也不得不重塑自我,不惜一切代价换取异国读者的喜爱。

70 年代,穆尔的创作风格有所变化。早先,他的创作风格基本上是写实的,但此时他开始倾向于"写虚",即:侧重于写主人公虚幻的内心世界和含浑的主观感受,因而他这一时期的有些作品被批评家称为"超感觉主义小说"。在这类作品中,较有代表性的是《弗格斯》(*Fergus*,1970)、《天主教徒》(*Catholics*,1972)和《伟大的维多利亚时代收藏品》(*The Great Victorian Collection*,1975)。其中《伟大的维多利亚时代收藏品》获当年"詹姆斯·泰特·布莱克纪念奖"。

不过,尽管穆尔写于这一时期的小说大多是"超感觉主义"的,有一部小说却是例外,那就是《医生之妻》(*The Doctor's Wife*,1976)。这部小说的风格和穆尔的同期小说明显不同,完全是写实的。小说中女主人公是个爱尔兰中年妇女,她和丈夫离婚后只身在法国度假;在那里,她认识了一个年轻的美国学生;经过一番交往,她觉得并不愉快,于是便又只身返回了英国。这个"医生之妻"可说和《朱迪丝·赫恩》中富有而无聊的女主人公正好相反,她虽贫穷而孤独,但并不无聊,更不像有些女人那样自暴自弃,而是仍坚守自己的道德准则和精神追求。小说语言朴实,真切感人,和虚幻、晦涩的"超感觉主义小说"适成对照。

80 年代以后,穆尔似乎有意开拓自己的创作题材,不再写"爱尔兰小说"。譬如,写于这一时期的《血的颜色》(*The Color of Blood*,1987)是一部政治题材的小说;《冰冷的天国》(*Cold Heaven*,1983)和《黑袍》(*Black*

Robe,1985)也同样如此,其中《黑袍》还是一部异国历史小说,讲述的是18世纪法国耶稣会神父拉佛格和北美印第安人的故事。还有出版于90年代小说,如《无声的谎言》(*Lies of Silence*,1990)、《没有别种生活》(*No Other Life*,1993)、《声明》(*The Statement*,1996)和《魔术师的妻子》(*The Magician's Wife*,1998),也都不是"爱尔兰小说"。

穆尔曾三次获得"布克奖"提名。他的创作风格总的说来有两种:一种是以平实真切见长的写实主义小说,另一种就是"超感觉主义小说"。他的"超感觉主义小说"尽管也有其成功的地方,但他的创作成就主要来自他的写实主义小说。换句话说,作为爱尔兰小说家,他在欧美的影响主要来自他的"爱尔兰小说"。此外,穆尔虽自幼生长在天主教家庭,但他的小说却处处对天主教提出质疑,甚至明显表现出反天主教倾向,因而时常被天主教会列为"禁书"。

穆尔于1999年在加利福尼亚去世。

三、约翰·麦加亨

约翰·麦加亨(John McGahem,1934－2006)出生于都柏林,早年就读于都柏林大学,毕业后任小学教师,后移居美国。

和埃德娜·奥勃伦等爱尔兰小说家一样,麦加亨也怀有强烈的爱尔兰民族意识,其作品也大多以个人经历为素材,表现他对故土的眷恋和对异国的生疏感,风格优雅细腻,尤以刻画人物心理见长;其小说主题也大多和宗教有关,特别是神秘的生死循环,可说是他最迷恋的"重大主题"。只是,他笔下的主人公往往不是爱尔兰人,而是生活在爱尔兰的异乡人,所以在其作品中,爱尔兰反而成了"异乡"。

麦加亨的第一部长篇小说《兵营》(*The Barracks*)出版于1963年。小说女主人公伊丽莎白是个来自伦敦的英格兰人,随其爱尔兰丈夫一起住在爱尔兰西部的一个边远山区。他们的婚姻并不幸福,伊丽莎白总觉得自己和丈夫之间缺少真正的相互理解,而当她得知自己患上癌症后,原本郁郁寡欢的她就更加苦不堪言了。小说以细腻的笔调描述了伊丽莎白面对死亡时的内心活动。她不仅回忆起自己在伦敦时的生活情景和她当年的恋人,更是苦苦思索着生的意义和死的必然。最后,她就这样在生与死的困惑中死了。这是一个幽怨凄美的生与死的故事,其结尾和开篇遥相呼应,暗示着生与死的神秘循环。在讲述主人公的生死故事的同时,麦加亨还着力描写了爱尔兰西部边远山区的荒凉景色和浓郁的宗教习俗,从而加深了小说主题的演绎。

宗教主题在麦加亨的第二部长篇小说《黑暗》(*The Dark*,1965)中再次出现。小说通过一对父子的冲突,展示了两代人不同的宗教观。主人公是个爱尔兰少年,他在母亲临终时曾发过誓,长大后要当神职人员,但他内心却对宗教很反感。所以,他生活在矛盾之中:一面是父亲对他的期待和严厉管教,另一面是他内心对父亲的排斥;一面是他自己作过的承诺,另一面是他内心有自己的愿望。他既为自己无法兑现承诺而感到痛苦,又为自己为何要作出这样的承诺而感到困惑和愤怒。显然,小说质疑了爱尔兰的宗教传统。而正因为如此,小说出版后受到爱尔兰天主教会的指责,麦加亨也为此失去了在教会学校的教职,一度处境尴尬。不过,麦加亨随即就从自己的这种处境中获得了另一部小说的素材。那就是长篇小说《告别》(*Leave-taking*,1974)。

《告别》中的主人公帕特里克·莫兰有着和麦加亨颇为相似的经历,也是在一所天主教教会学校任教的教师,但他因为和一个非天主教女子结婚而被校方解雇。小说结尾时,莫兰"告别"爱尔兰,划着一艘小船去了伦敦。不过,莫兰虽然"告别"了爱尔兰,但却没有忘记爱尔兰,他说:"每个人都热爱自己的故乡,无论它怎样使你悲伤。"这句话,也许就是麦加亨自己的心声。除了对爱尔兰的宗教传统感到"悲伤",麦加亨还在这部小说中演绎了类似于《兵营》中的生死循环主题。主人公莫兰不断回忆起已故的母亲,因为母亲之死的阴影始终笼罩着他。他常常会有死的幻觉,仿佛觉得自己正处身于生与死的循环之中。这一生死循环主题和对爱尔兰宗教传统的质疑是平行不悖的,即:爱尔兰现行宗教(或者说教会)除了专横,丝毫也没有给予它的信徒以慰藉和庇护,人们依然生活在生死循环的恐惧和痛苦之中。也许正是对宗教的失望和对生死循环的恐惧,使麦加亨的小说具有悲观主义色彩。

这种悲观色彩在他的《色情艺术家》(*The Pornographer*,1979)里表现得更为明显。小说的主人公是个作家,他在写作中发现,艺术和生活是分不开的,在艺术创作中面临的选择,在生活中同样回避不了。与此同时,小说中依然重复着生死循环的主题:主人公的姨妈患病将不久于人世,而同时他的亲骨肉又即将降临人世。于是,主人公便以写作色情故事作为一种精神避难所,因为在他看来,这里既有艺术,又有性爱;也许,艺术和性爱可以代替宗教,可以使人在无情的生死循环中得到某种慰藉。然而,在麦加亨看来,生死循环却是无法逾越的,无论是宗教、艺术,还是性爱,都不可能使人摆脱面对死亡的痛苦,因为人生在世永远不可能有一个终点;一轮生命的终点就是另一轮生命的起点。换句话说,人是注定要生活在痛苦的精神世界里的。这就是麦加亨的悲观主义。

麦加亨写小说可谓精雕细刻,每部小说都费尽心血,历时长久。所以,他在继《色情艺术家》之后写的一部长篇,即《在女人堆里》(*Amongst Women*),直到 11 年后的 1990 年才问世。小说的题目源自天主教《玫瑰经》,意即:男人在"在女人堆里"要谦卑,因为女性代表着圣母马利亚。不过,麦加亨使用这个题目是有讽意的。小说中的主人公米歇尔·莫伦是爱尔兰退伍老兵,一个虔诚的天主教徒,家里除了妻子还有三个女儿;他在公众合场非常温良友善,还是社区里的道德典范,但在家里却绝对霸道,像暴君一样统治着妻女。小说颇为刻毒地把爱尔兰传统父权文化和天主教教义对立起来,在攻击父权文化的同时又嘲笑了天主教。

继《在女人堆里》之后,又过了 10 年,麦加亨才出版他的后一部长篇小说《他们也许会面对日出》(*That They May Face the Rising Sun*,2001)。这是他的最后一部长篇小说,写爱尔兰乡村生活,读来就如一曲挽歌,可谓麦加亨的绝笔之作。

麦加亨于 2006 年患癌症去世。他的小说创作,除了上述长篇,还有短篇集《夜钓绳》(*Nightlines*,1970)、《通过》(*Getting Through*,1978)、《高地》(*High Ground*,1985)和《大地的创造物》(*Creatures of the Earth: New and Selected Stories*,2006)等。

四、威廉·特雷弗

威廉·特雷弗(William Trevor,1928－　)生于爱尔兰的科克郡,曾就读于都柏林圣哥伦布学院和都柏林三一学院,1950 年获历史学学士学位,毕业后在中学任教,后移居伦敦,为广告公司撰写广告词,同时从事业余创作。

1958 年,特雷弗出版第一部长篇小说《行为准则》(*A Standard of Behaviour*),但无论在评论界还是读者群中都没有什么影响。1964 年,特雷弗出版第二部长篇小说《老校友》(*The Old Boys*)。小说以写实手法描述爱尔兰校园里的一群"老校友"的明争暗斗。小说通过推选"老校友委员会"下一任会长的过程,围绕老校友委员会成员间的关系,表现了形形色色人物的心态和行为,无情揭示了人性的弱点。小说富有喜剧色彩,叙事平实,文笔洗练,出版后颇受好评,还获得当年的"霍桑顿奖",因而常被看作是特雷弗的成名作。

特雷弗的小说创作有两个特点。其一是,他本人性格比较孤僻,所以他笔下出现的也多为孤僻性格的人物形象:他们离群索居,不愿介入大都市的文化氛围,感到生活在这个险恶的充满欺诈的社会里随时都有被侵害的危险。他们或为失落的爱情而悲哀,或因和他人隔膜而寂寞,或因客居异乡而倍感孤寂,他们战战兢兢地生活着,心灵孤独而脆弱。譬如,在上述《老校友》和此后的《公寓》(*The Boarding House*,1965)、《爱情专栏》(*The Love Department*,1966)等作品中,他塑造的都是这类人物。

其二是,由于特雷弗是爱尔兰人而又居住在伦敦,所以他的作品大多带有一种流放者情绪。他以旁观者的冷漠态度描写伦敦社会,同时又以伦敦人的眼光批判爱尔兰传统文化。譬如,在《命运的愚弄》(*The Fools of Fortune*,1983)和《花园中的寂静》(*The Silence in the Garden*,1988)等作品中,他揭示了爱尔兰传统文化中的种种弊病,特别是爱尔兰天主教传统,使爱尔兰生活的方方面面都呈现出闭塞、落后的状态。尽管特雷弗自己也是爱尔兰天主教徒,但他在作品中却表现出了对天主教的质疑。

继上述这些作品之后,特雷弗连续出版了三部女性题材的小说,即:《奥尼尔旅社的埃克道夫太太》(*Mrs. Eckdorf in O'neill's Hotel*,1969)、《格梅兹小姐和教友们》(*Miss Gomez and the Brethren*,1971)和《孤独的伊丽莎白》(*Elizabeth Alone*,1973)。这三部小说的主题和题材都极为相似,故事都发生在一个很小的空间里,或是旅店,或是病房;塑造的女性人物都孤独寂寞,而小说所要表现的就是这类女性人物的尴尬处境。从这三部作品可以看出,特雷弗不仅非常熟悉女性心理,而且还能非常细腻、逼真地将其描述出来。特别是在《孤独的伊丽莎白》中,他通过对女主人公伊丽莎白的描述,折射出当代女性乃至当代所有人的不可避免的心理孤独。伊丽莎白是个离婚的中年女人,独自带着三个女儿;她手术后住在医院里,结识了另外三个和她境遇相似的女人,并从她们身上看到了她自己的可悲命运,即:人注定是孤独的,因为人心不相通,谁也无法真正知道别人的内心世界。

70年代中期,特雷弗推出《戴恩莫斯的孩子们》(*The Children of Dynmouth*,1976)。这部长篇可说是他这一时期最成功的作品,出版后获"皇家文学协会奖"和"惠特布雷德奖",三年后又获专为生活在英国的爱尔兰作家而设的"爱尔兰共同体奖"。小说主人公蒂莫西·格吉是个性格怪异的年轻人,看上去很和善,实际上却对整个社会心存恶意,常常会做出荒诞可怕的事情。人们为此而疏远他,连他的亲属也将他拒之门外,但与此同时,人们又因为他是个怪人而时时盯着他,监视着他的一举一动。小说以蒂莫西·格吉在一个避暑胜地策划一起谋杀案为中心情节,揭示这个人物痛苦而扭曲的怪诞心理,并暗示当代社会的种种弊端是造成人性扭曲的主要根源。

80年代和90年代,特雷弗出版的长篇小说主要有《别人的世界》(*Other People's World*,1980)、《命运的愚弄》(*Fools of Fortune*,1983)、《亚历山大之夜》(*Night at the Alexandra*,1987)、《两种生活》(*Two Lives*,1991)和《菲莉希亚的旅程》(*Felicia's Journey*,1995)等。其中,《命运的愚弄》获1983年度"惠特布雷德长篇小说奖";《两种生活》和《菲莉希亚的旅程》是女性题材小说,后者获1994年度"惠特布雷德图书奖"。

《两种生活》结构新颖,由两个独立的中篇小说合成,但两者之间有着重要的内在联系。小说讲述了两种观念不同的女性及其生活状况,两者相互映衬又相互否定,显示出当代女性的困惑和矛盾。《菲莉希亚的旅程》则主要写一个爱尔兰姑娘的不幸遭遇。菲莉希亚年轻、单纯,母亲去世后,她失去了工作,只能在家里照顾父亲和曾祖母,而家里还有年幼的弟弟。正当她为一家人的生计犯愁时,有个来自伦敦的男人闯进了她的生活。这个名叫约翰尼的英格兰男人很快赢得了菲莉希亚的好感。不久,他们便相爱了。然而,尽管约翰尼信誓旦旦,回去后却音讯全无。未婚先孕的菲莉希亚不为家庭所容,便只好离开爱尔兰,前往伦敦去寻找约翰尼。在伦敦,她又落入一个名叫希尔迪奇的男人的魔掌。希尔迪奇装得像是帮助菲莉希亚,实质上却是个残害女人的变态狂,菲莉希亚在他手里受尽折磨……小说最后,菲莉希亚逃离了希尔迪奇的魔掌,流落街头。她虽为自己重获自由而感到欣喜,但此后的路怎么走？显然,"菲莉希亚的旅程",也就是爱尔兰女性的解放之路,还很长很长。

除了长篇创作,特雷弗的短篇创作也富有成果。他的短篇集主要有：《浪漫舞厅》(*The Ballroom of Romance*,1972)、《出入豪华旅馆的天使》(*The Angels at the Ritz*,1975)《他们那个时代的恋人》(*Lovers of Their Time*,1978)、《篱笆之外》(*Beyond the Pale*,1981)、《威廉·特雷弗故事集》(*The Stories of William Trevor*,1983)、《来自爱尔兰的消启》(*The News from Ireland and Other Stories*,1986)、《家庭罪恶》(*Family Sins and Other Stories*,1989)和《雨后》(*After Rain*,1997)等。特雷弗的短篇,较之于他的长篇,更注重情节结构和人物语言；其中经常出现的主题是现实生活令人痛苦,人物则大多属于社会边缘的弱势群体,如孩子、老人、单身男女,或婚姻不幸的夫妇,而其总体风格是幽默而苦涩的。

1999 年,为表彰特雷弗的创作成就,英国艺术委员会授予他"大卫·柯亨大不列颠文学奖"。

特雷弗最近的作品都是短篇集,如,《希尔的单身汉们》(*The Hill Bachelors*,2000)、《红杏出墙》(*A Bit on the Side*,2004)、《裁缝的孩子》(*The Dressmaker's Child*,2005)和《在桥牌游戏中作弊》(*Cheating at Canasta*,2007)。其中,《希尔的单身汉们》获"马克米兰笔会短篇小说银笔奖"和《爱尔兰时报》主办的"爱尔兰小说奖"。

除了上述布赖恩·穆尔、约翰·麦加亨和威廉·特雷弗,七八十年代还有两位爱尔兰女作家,即詹妮弗·约翰斯顿(Jennifer Johnston,1930-)和黛尔德·马登(Deirder Madden,1960-),也值得一提。詹妮弗·约翰斯顿的小说主要写英裔爱尔兰人的生活,重要的有《船长与国王》(*Captains and Kings*,1972)、《到巴比伦有多远》(*How Many Miles to Babylon*,1974)、《旧约圣经》(*The Old Test*,1979)、《火车站的男人》(*The Railway Station Man*,1985)和《幻觉者》(*The Illusionist*,1995)等。黛尔德·马登的小说大多写亲情和友情,重要的有《隐匿的征兆》(*The*

Hidden Symptoms, 1986)、《记住光与石》(*Remembering Light and Stone*, 1992)和《没有什么是黑的》(*Nothing is Black*, 1994)等。

90年代以后,在年轻一代的爱尔兰小说家中,最引人注目的是伊奥恩·麦克奈米(Eoin MacNamee, 1961－　),他的重要作品是长篇小说《复活的男人》(*The Resurrection Man*, 1994)和《历史上的爱情》(*Love in History*, 1996)。

第十三章 戴维·洛奇：学院派学界小说

在 70 和 80 年代，戴维·洛奇（David Lodge, 1935 - ）是英国文坛上的明星，他既是影响深远小说理论家，又是才华出众的小说家。尤其是他的学界小说，熔现实主义、现代主义和后现代主义于一炉，针砭时弊，入木三分。

一、生平与创作

戴维·洛奇出生于伦敦，父亲是歌舞厅里的乐手，母亲是信奉罗马天主教的爱尔兰人。"二战"期间，洛奇随母亲到乡间避难。战后，入天主教文法学校就读。1952 年，入伦敦大学学院（London University Collage）攻读英国文学专业，三年后获荣誉学士学位。

洛奇在大学二年级时就写过一部小说，取名《魔鬼、世界和肉体》，但没有出版商愿意出版。1955 年至 1957 年，他在部队服役，服役期满后，回伦敦大学学院攻读硕士学位。1959 年取得硕士学位后，他和大学同学玛丽·雅各布结婚。

1960 年，洛奇开始在英国中部伯明翰大学获讲授英国文学，并出版了第一部小说《影迷》（*The Picuregoers*）。小说写主人公马克·安德伍德大学毕业后寄宿在有七个女儿的天主教徒马罗里家里，不久为其中的一个女儿克拉丽所吸引,渴望占有她美丽的躯体。克拉丽曾经当过修女,她希望能够帮助马克恢复他的宗教信仰。不料她陷入了情网难以自拔,虔诚的宗教信仰开始淡漠了。当她在热烈的拥抱中准备委身于马克之时,他却拒绝了她;之后,还声称他要去当修士。这两个人物的宗教态度的改变,构成了小说的戏剧性张力。在这部小说中,洛奇已表现出他作为一位喜剧小说家和散文文体家的才华。

1961年,洛奇获得助理讲师职位。第二年,他的第二部小说《金杰,你真傻》(*Ginger You're Barmy*,1962)出版。在这部小说中,主人公乔纳森·布朗用第一人称讲述他从一个大学生转变为听命于上级的军人所遇到的种种困难,其中有不少章节取材于洛奇自己在军中服役的经历,而在主题、情节和人物塑造方面,则和格雷厄姆·格林的著名小说《文静的美国人》颇为相似。

1964年至1965年,洛奇获奖学金赴美国作访问学者。其间,他写了小说《大英博物馆在倒塌》(*The British Museum Is Falling Down*,1965)。小说主人公亚当·阿普尔比和他的妻子芭芭拉已经有了三个孩子,尽管家里放满了日历、体温表、排卵周期表,试图在容易受孕的排卵周期表之外做爱,但是看样子芭芭拉快要怀上第四胎了。在生育高潮的困扰之中,阿普尔比埋头写作关于英国小说的博士论文。日益增长的家庭开支使他焦虑,他急于找一个适当的工作。有一天,终于"天下大乱":他本来打算在不列颠博物馆中潜心研究,不料在18个小时之内,他甚至未能翻开一本书!他晕头转向,犹如一只没头苍蝇:一会儿他打电话回家,询问妻子月经是否已按期来潮;一会儿又在天主教徒会议上讨论避孕问题;他误报了火警,整个不列额博物馆人仰马翻,结果却是虚惊一场;他喝醉了酒,在学术界的聚会中丢尽脸面;他和一位庄严稳重的天主教女总管打交道,她要把一些有价值的文学纪念品卖给他;他又和这位女总管不稳重的女儿周旋,后者答应向他提供名家手稿,交换条件是要把自己的处女贞操奉献给他;他又眼巴巴地看着一辆滑板车爆炸,使他梦寐以求的珍贵手稿化为灰烬。最后他终于找到一个职业,去当一位肥胖的美国商人的代理人。这个美国佬来到英国,想把大英博物馆买下来,迁移到美国科罗拉多州的岩石上去。他兴高采烈地赶回家去和妻子做爱。事毕,妻子立即月经来潮。

除了写小说，洛奇从他在大学任教起就开始学术研究。1966 年，他将自己四年的研究成果结集出版，取名为《小说的语言：文学评论及英国小说语言分析论文集》(*Language of Fiction: Essays in Criticism and Verbal Analysis of the English Novel*)。这是他的第一部学术论著，书中详细而周密地研究了意象模式、中心词语、语言织体等"小说语言"，还分别论述了好几位英国小说家的语言特点。

1969 年，洛奇到伯克利加州大学任客座副教授。1970 年，他出版另一部小说《走出庇护所》(*Out of the Shelter*)。小说集中描写主人公蒂莫西·杨早年生活中的两个决定性阶段："二战"期间他在伦敦的童年生活，以及 1961 年他 16 岁时到德国旅游。小说中的主要人物都是出生于伦敦东头天主教家庭的下层青年。小说第一部分的标题是"庇护所"，用第三人称叙述年幼的主人公内心自我意识的萌发；第二部分的标题是"出走"，主要讲述蒂莫西和姐姐一起到德国度假，逐渐脱离了童年的"庇护所"。整部小说没有尖锐的矛盾冲突和戏剧性情节，唯一的悬念是主人公对性爱禁果的品尝：尽管他仅仅和一个 16 岁的女孩相互触摸了一下生殖器，但由于从小受到的宗教教育，他还是觉得自己"有罪"，马上想到："我必须在阴天动身，回家之前去教堂忏悔。否则，火车有可能相撞，船只有可能沉没。"可见，虽然他的肉体已经"出走"，他的灵魂仍然被禁锢着，仍然没有走出"庇护所"。

1971，洛奇开始写学界小说《换位》(*Changing Place: A Tale of Two Campuses*, 1975)。这是他的"学界三部曲"的第一部，写美国和英国的两个教授根据交流计划互换了职位，他们经历了一系列的文化冲突之后，渐渐融入当地的环境，卷入了当地的学潮，并且在不知不觉中交换了妻子、家庭和汽车。

同年，洛奇还出版了一部学术论著《十字路口的小说家及其他小说批评论文集》(*The Novelist at the Crossroads and Other Essays on Fiction and Criticism*, 1971)，其中收集了十四篇有关当代英国小说创作的论文。除了这部论著，洛奇在七八十年代还出版了另外两部重要论著，即《现代写作模式：隐喻、转喻与现代文学类型学》(*The Modes of Modern Writing: Mehphor, Metonymy and the Typology of Modern Literature*, 1977)和《结构主义应用：19、20 世纪文学论文与书评集》(*Working with*

Structuralism: Essays and Reviews in 19th and 20th Century Literature，1981)，前者以雅各布森关于隐喻和转喻的语言学理论为基础，论述确立文学话语的综合类型学的必要性；后者以结构主义理论为基础，对 19 世纪和 20 世纪文学予以评述。

1977 年，洛奇受东英吉利大学邀请去该校担任创作研究员。同时，他开始写《你能走多远？》(*How Far Can You Go?*，1980)。这部小说聚焦于社会变革浪潮对天主教会的影响，特别就天主教会的改革，就神职权威、两性关系、宗教崇拜和教区活动等方面，提出了"你能走多远？"的质疑；同时，通过小说的实验性写作，又提出了小说家"你能走多远？"的问题。在小说中，洛奇在用真实可信的人物和独特有趣的细节建构"关于现实的幻象"的同时，又将其解构，即：在叙事过程中对叙事本身加以自我评论，使整部作品呈现出"元小说"的特征——既是小说，又是关于小说创作的评论。

1984 年，洛奇出版《小世界》(*Small World: An Academic Romance*)一书。这是他的"学界三部曲"的第二部，也是他的小说代表作。小说除了继续写《换位》里的两个教授，还以年轻教师珀斯和安吉莉卡为主角，描述当代西方学术界的种种景象，从学术会议到爱情追求，从追名逐利到寻欢作乐，从理论阐释到道德观念的冲突，展现了一幅生动而有趣的社会画面。

"学界三部曲"的第三部《好工作》(*Nice Work*)出版于 1988 年。小说通过年轻女教师罗宾小姐和工厂厂长维克的关系，从校园生活辐射到社会，描写了大学和工业社会、女权主义和大男子主义、人文学者和企业家之间的种种矛盾。

继"学界三部曲"之后，洛奇似乎又返回到他早期作品中的场景、主题和风格，写了《天堂消息》(*Paradise News*，1991)。在这部小说中，伦密奇又成了故事的背景，讲述的也是天主教徒的宗教生活。不过，1995 年出版的《心理疗法》(*Therapy*)表明洛奇并非"江郎才尽"，小说以一个精神分析学家的视角，深入而透彻地探究了普通人的内心世界。尤其是 2001 年出版的小说《想》(*Thinks*)，更说明洛奇还有志于进一步拓展他的"学界三部曲"。在这部作品中，洛奇是以戏剧化的人物和情节再现了 C. P. 斯诺在 1959 年的一次题为《两种文化与科学革命》(*The Two Cultures and the Scientific Revolution*）的演讲中提出的一个极为敏感的论题,即:人文科学和自然科学之间存在着难以调和的矛盾。在虚构的英国格洛斯特大学的校园里,文科大楼和理科大楼遥遥相对,中间隔着一大片绿地和一个人工湖,象征着人文科学和自然科学的对立。小说男主人公拉尔夫教授是熟悉 IT 网络的人工智能专家,身强力壮,精明强悍,他认为人的大脑好比一台计算机,人的思想意识是神经元集群产生的信息流,因而他一心想用人工智能技术复制人的思想意识。与此相对,女主人公海伦是文学院写作课讲师,她不仅外表柔美,而且性格细腻,目光敏锐,很有自我反省意识,对人生有着更加深刻的关注和思考。海伦和拉尔夫一开始相互争辩,渐渐地,由于两种不同性格的相互吸引,两个争辩对手竟然产生了感情。然而,他们的恋爱终究不能长久,海伦后来还是和拉尔夫分手,嫁给了一个传记作家。尽管这部小说有概念化之嫌,但借助于娴熟的布局手段和老练的语言技巧,洛奇还是把小说写得相当出色,几乎和他的"学界三部曲"一样生动有趣。

洛奇最近出版的新作《无声的判决》(*Deaf Sentence*,2008)既是一部"学界小说",也是一部"家庭小说",更是一部人生的悲喜剧。主人公贝茨是英语系教授,向来清高,无奈他的太太比他更加事业有成,他退休后只好在家里充当"家庭主妇"——这也是"换位",而且更加可悲,更加可笑。

二、风格与特点

就小说风格而言,戴维·洛奇的创作大体可以分为两个时期:70 年代前为早期;70 年代后为后期。他的早期风格,主要以"戏拟"等手法喜剧性地反映当代生活,而其后期风格,则以一种融合了现实主义、现代主义和"后现代主义"的话语模式,集中表现了当代学界生活的荒诞性。

在戴维·洛奇的早期创作中,他对当代天主教和当代大学之间的关系特别感兴趣。这不仅因为他本人既是天主教徒,又是大学教师,同时也因为天主教和大学在当代社会分别代表着两种不同的价值观,即:神学价值观和世俗价值观。实际上,作为一名文学研究者,他一开始关注的就是伊夫林·沃、格雷厄姆·格林和穆里尔·斯帕克等一批当代天主教作家,并认为,英国"天主教小说"作为一种小说传统,"可以追溯到法国颓废派小说,其特点是关注上帝的恩典对人世的影响,以及世俗价值观和神学价值观的冲突,但通常是后者啼笑皆非、出乎意料地获得胜利①。所以,当他后来开始创作小说时,"世俗价值观和神学价值观的冲突"就成了他所要表现的主题——只是,他始终没有让"后者啼笑皆非、出乎意料地获得胜利",而是更为现实、更为严肃地使两者一直呈"二元对立"关系。

譬如,在他的第一部小说《影迷》中,男女主人公始终处于对立倒错状态:马克从背离走向回归,而克拉丽则从皈依走向脱离;马克对欲望逐渐冷淡,而克拉丽则对欲望兴趣日浓;克拉丽从宗教秩序中冲出,而马克则正打算重新迈进。这样的"二元对立",显然旨在于表明天主教信仰在当代世俗生活中的尴尬处境,而其笔调则是轻松幽默的。同样,在他的第二部小说《金杰,你真傻》中,主人公虽是一名年轻的军人,但小说的主题、格调仍和《影迷》一样,即以略带嘲讽的写实手法,表现"世俗价值观和神学价值观的冲突"。

不过,戴维·洛奇在写第三部小说《大英博物馆在倒塌》时,便开始尝试新的手法了。他自己说:"我写的头两部书《影迷》和《金杰,你真傻》也有幽默的成分,但从根本上讲都是小心谨慎的现实主义作品。……无论从哪个方面来讲,《大英博物馆在倒塌》可以说是我的第一部实验小说。"②

在这部小说中,男主人公亚当担心妻子芭芭拉会怀孕,因为家里已有三个孩子,而且他还要忙于在大英博物馆里潜心撰写博士论文,但他是个天主教徒,按天主教教规,唯一允许的避孕方式就是"经期避孕法",所以,他每次和妻子做爱后,总是胆战心惊地盼着妻子月经来潮(这表明她没有怀孕)。显然,这里依然是"世俗价值观和神学价值观的冲突",而对这一冲突,小说是在"二元对立"关系中予以相互嘲讽的,即:以天主教价值观念嘲讽世俗生活的无奈与可笑(既然不想要孩子,丈夫为什么还要和妻子做爱,这不是很可笑?),同时又以世俗价值观念嘲讽天主教教规的荒唐与

① David Lodge, *Evelyn Waugh* (New York & London: Columbia University Press, 1971), P. 30. See Merritt Moseley, *David Lodge: How Far Can You Go?* (San Bernardino: the Borgo Press, 1991), p. 5.

② David Lodge, Postscript in *The British Museum is Falling Down*, Lodon: Penguin Books, 1983, pp. 166 - 167. 中译《大英博物馆在倒塌》,作家出版社,1998,第 238—241 页。

可笑(既然"经期避孕法"一点也不可靠,教会为什么只允许这一种,这不是也很可笑?)。于是,这对夫妇被弄得焦头烂额,只觉得"大英博物馆在倒塌",一切都乱了套。

在写法上,这部小说明显受詹姆斯·乔伊斯的影响,甚至可以说是《尤利西斯》的摹仿(戴维·洛奇说这是他的"第一部实验小说",原因就在于此)。首先,和《尤利西斯》一样,这部小说也把一系列荒唐滑稽的事件串联在一天之内;在这一天里,亚当和《尤利西斯》的主人公布鲁姆一样,也在想着他的妻子和家庭——他浮想联翩,最后也滑稽地化为了泡影。其次,这部小说采用了和《尤利西斯》平行的场景,最明显的是小说结尾:《尤利西斯》以女主人公莫莉的长篇内心独白结束;这部小说的结尾也是芭芭拉的一大段"意识流",而且内容也和莫莉的内心独白一样,是对自身"性生活"的回忆。最后,和《尤利西斯》一样,这部小说的各个章节也采用了不同的文体,时而摹仿亨利·詹姆斯的文体,时而摹仿康拉德的文体,时而摹仿海明威的文体,时而摹仿弗吉尼亚·伍尔夫的文体,如此等等——这样的文体摹仿,意在戏拟主人公亚当的语言特点,因为他是个大学文学教师,而小说的内容就是他的自述。

有人认为,从风格上说,《大英博物馆在倒塌》"既是现实主义,也是虚构制作,既是现代主义小说,又是后现代主义小说"①。也就是说,这部作品预示着戴维·洛奇小说创作的风格转变,即从早期风格转向后期风格。而戴维·洛奇后期风格的形成,则和他对英国当代小说的看法密切相关。

作为小说研究者,戴维·洛奇对现当代英国小说有一整套理论。这套理论见之于他在 70 年代至 80 年代出版的一系列学术论著中,如《十字路口的小说家及其他小说批评论文集》(1971)、《现代写作模式:隐喻、转喻与现代文学类型学》(1977)和《结构主义应用:19、20 世纪文学论文与书评集》(1981)等。按他的看法,20 世纪上半叶,英国文学呈现出一种在现代主义和反现代主义之间左右摇摆的"钟摆运动",并以雅各布森(Roman Jakobson,1896 - 1982)的修辞理论来解释这一现象。他认为,尽管根据雅各布森的理论,历代小说从总体上说是"转喻的",历代诗歌从总

———————
① Merritt Moseley, *David Lodge: How Far Can You Go?* (San Bernardino: the Borgo Press,1991), p. 39.

体上说是"隐喻的",但 20 世纪的现代主义小说却是个例外。由于大凡都使用象征手法,现代主义小说可以说是一种"诗化"小说,因而从总体上说是"隐喻的",而不是"转喻的"。至于反现代主义小说,"反"的就是现代主义小说的"隐喻",因而它们大凡都返回"转喻"(即某种程度上的现实主义回归)。所以,"钟摆运动"实质上是小说创作在"隐喻"和"转喻"之间的来回摆动。那么,是什么原因造成了这种来回摆动呢?戴维·洛奇解释是:这里除了政治、经济、文化等外部间接原因,还有一个更为重要的直接原因就是小说自身也有 fashion(时尚、流行)的一面,就如服装或者家具一样。一种小说样式流行久了,总不免令人生厌,于是新的样式就会脱颖而出。在此过程中,一代小说家作为前景加以突出的东西,到了下一代小说家手里就成了背景,所以革新总是表现为对当前背景或者说已被广泛接受的"正统样式"的背离。然而,这种背离却又受到小说自身内在逻辑的限制,即:小说家只能在隐喻和转喻的两极话语之间作出选择。这样,就导致了现代主义和反现代主义、隐喻和转喻的循环往复,同时也说明了"为什么革新在某些方面常常是隔代回复旧有的样式;因为,如果雅各布森的理论是正确的话,那么在这两极之间,小说话语别无其他选择"①。

不过,戴维·洛奇同时认为,在 20 世纪 50 年代,特别是到了 60 年代,当代英国小说中出现的一种新倾向也许意味着对两极话语的"超越",并将这种新倾向称之为"后现代主义":"现在有一种既不是现代主义,也非反现代主义,而是后现代主义的当代先锋派艺术。它继承了现代主义对传统模仿艺术的批判,也像现代主义一样追求革新,但它通过自己的方法来实现它的意图。它试图逾越、绕开或者潜越现代主义,而且经常像批判反现代主义一样批判现代主义。"②他所说的"后现代主义",指的就是 50 年代和 60 年代诸如塞缪尔·贝克特的"荒诞小说"、B. S. 约翰逊的"极端形式主义"小说和约翰·福尔斯的"元小说"等当代实验小说。

那么,贝克特等人的"后现代主义"是如何"通过自己的方法来实现它的意图"的呢?戴维·洛奇认为,首先要弄清楚它要实现的是怎样的意

① David Lodge, *Working with Structuralism: Essays and Reviews on 19th and 20th Century Literature*, Boston: Routledge and Kegan Paul, 1981, p. 12.

② David Lodge, *The Modes of Modern Writing: Metaphor, Metonymy and the Typology of Modern Literature*, Edward Arnold, London, 1977, p. 226.

图。他说："许多后现代主义作品暗示，经验就是一张地毯，我们从中看到的任何意义的图案全然是虚幻的、安慰人的假象。对于后现代主义的读者来说，困难不在于意义上的隐晦——隐晦是可以搞清楚的，而是在于意义的不确定，这是它特有的性质。"①也就是是说，反现代主义小说（即当代现实主义小说）所要表述的意义是确定而清晰的；现代主义小说所要表述的意义也是可以确定的，但往往是隐晦的，而"后现代主义"小说，它所要表述的既不是某种明确的意义（如现实主义小说），也不是某种隐晦的意义（如现代主义小说），而是"意义的不确定"。换句话说，"后现代主义"所要表述的是这样一种"意义"（如果说有什么意义的话），即：无论是世界、历史、国家、社会，还是个人、恋爱、婚姻、家庭，甚至是文学、艺术，包括小说本身，一切的一切，其意义都是不确定的，甚至是无意义的。既然有这样的意图，"后现代主义"小说当然要有"自己的方法"。实际上，为了表述"意义的不确定"，"后现代主义"小说使用的方法就是"颠覆"现实主义和现代主义的写作原则——既然现实主义和现代主义的写作原则都旨在于表述某种意义，那么将其"颠覆"，也就表述了"意义的不确定"。根据戴维·洛奇的归纳，"后现代主义"小说家主要有五种"后现代手法"，即："悖论"、"并置"、"破碎"、"戏拟"和"短路"。所有这些手法，都旨在于使小说叙事显得模棱两可，甚至语意不清，从而实现其"颠覆"意义、表述荒诞感与虚无感的意图。

　　以上就是戴维·洛奇在 70 年代至 80 年代对当时英国小说创作现状的看法。这一看法可以说决定了他的后期风格。实际上，他的后期创作很大程度上就是他对自己的小说理论的一种实验，即：有没有可能把现实主义、现代主义和"后现代主义"融合在一起，创作出一种新型小说，而其结果，就是自 70 年代起，他写出了一系列学界小说，成了当今也许最有名的学界小说家。

　　所谓"学界小说"（academic novel），也称"校园小说"（campus novel），也就是以大学生活为题材的小说。英国最早的"学界小说"出现在 19 世纪 20 年代，称为"牛津小说"（Oxford novel），大多以学生为主人公，描写

---

①　David Lodge, *Working with Structuralism: Essays and Reviews on 19th and 20th Century Literature*, Boston: Routledge and Kegan Paul, 1981, p. 14.

其校园生活经历,具有"成长小说"的特点。但是,到了20世纪50年代,校园小说的视点逐渐从大学生转向了大学教师——教授们成了小说主角,因而演变成了地地道道的"学界小说"。

在戴维·洛奇的学界小说中,最具代表性的就是被称为"学界三部曲"(也称"卢密奇学院三部曲")的《换位》(1975)、《小世界》(1984)和《好工作》(1988)。这三部小说充分体现了戴维·洛奇后期小说的创作风格,即:融现实主义、现代主义和"后现代主义"于一体。

总的说来,这三部小说的表层叙述结构都近似于现实主义传统模式,而且也符合学界小说的一般定义,即:"通常具有喜剧性和讽刺性的小说,其场景设定在封闭的大学校园(或类似的学术场所),并突出学界生活的昏昧。"①在这个层面上,这三部小说确实可以说是"幽默、冷峻、亦庄亦谐的西方《围城》"、"嬉笑怒骂颠覆文人传统的英国《儒林外史》";也就是说,其表层结构是转喻的,很像一般的现实主义小说。但是,如果考察其内在结构,那么就如安德鲁·桑德斯在《牛津简明英国文学史》中所说,"这三部小说在某种意义上都是自觉的'文学作品',因为它既寻求探索文学理论的含义,也寻求探索将新的活力注入因袭的叙事形式"②。这里,"因袭的叙事形式"即指传统现实主义形式,而在这一形式中寻求注入"新的活力",就是指现代主义和"后现代主义"手法的融入。

首先是,这三部小说都被赋予了一种双重结构。戴维·洛奇自己曾说:"我似乎偏爱双重结构,这种偏爱早于作为一个文学批评家对结构主义的兴趣。"③所谓"双重结构",简单说来,就是使小说中的这一人物和那一人物、这一场景和那一场景、这一情节和那一情节形成对应关系,很像诗歌中的对仗。譬如,在《换位》中,一所美国大学和一所英国大学相对应,两个主要人物,即一个美国大学教师和一个英国大学教师,不仅相互对应,还相互"换位";在《小世界》中,两条情节主线——即主人公、大学教师柏斯的学术追求和爱情追求——相互对应,由此产生令人啼笑皆非的

① Chris Baldick, *The Concise Oxford Dictionary of Literary Terms*, Oxford University Press, 1990, p. 260.

② 《牛津简明英国文学史》,[英]安德鲁·桑德斯著,谷启南等译,人民文学出版社,2000年,第948页。

③ 转引自张和龙《战后英国小说》,上海外语教育出版社,2004年,第116页。

微妙效果;同样,在《好工作》中,男女主人公形成对应关系,而他们的联姻,则对应于企业社会和大学教育之间的关系。这种双重结构,或者说,这种决定小说整体结构的对应关系,在传统现实主义小说中是找不到的,因为它明显具有"人为"性质,而根据现实主义创作原则,这显然是"不真实的",所以,典型的现实主义小说家是绝对不会这样写的。然而,这恰恰是戴维·洛奇注入传统现实主义形式的"新的活力",即:使小说具有类似诗歌的内在结构,从而使其在本质上倾向于隐喻,而不是转喻。换句话说,戴维·洛奇把现代主义和反现代主义"捏成了一团",其方法是:用传统现实主义手法写双重结构中的每一"重",因而单独看每一"重",都是"转喻的";同时,又用现代主义手法使"重"与"重"之间产生对应关系,因而放在一起看,又是"隐喻的"。所以,有论者称,这三部小说"在表层结构之下深深地埋藏着某种哲理内核,它的意义比那个表层外壳重要得多"①。

其次是,戴维·洛奇在这三部小说中还采用了"后现代手法"。譬如,《换位》和《小世界》整体上就是"戏拟"。《换位》的副标题是"A Tale of Two Campuses"(双校记),显然是对狄更斯的名作《双城记》(*A Tale of Two Cities*)的滑稽模仿。狄更斯的《双城记》风格悲壮,而作为戏拟之作的《换位》,则是一出令人哭笑不得的滑稽剧:一个英国大学教师和一个美国大学教师不仅互换了位子,还互换了妻子。《小世界》的副标题是"An Academic Romance"(一个学界传奇),显然是对中世纪骑士传奇(Cavalier Romance)的滑稽模仿。中世纪骑士传奇有一个宗教主题,即"寻找圣杯,拯救世界",而在《小世界》里,这一"神圣主题"则被戏拟为学界主人公(即大学教师柏斯)费尽心机寻求科研经费,寻求论文获奖,寻求出版商出版学术专著,如此等等;而中世纪骑士"寻找圣杯"以"拯救世界"的目的,则被戏拟为主人公"寻求职称"以"拯救自己",即:获得终身教职——否则,不知何时就会被校方解雇。

还有"拼凑",也是一种"后现代手法"。譬如《换位》,可说全书就是拼凑而成的:小说总共六章,其中三章是用小说形式叙述的,其余三章,一章是书信和电报,一章是报刊摘要,最后一章"结局"是电影剧本。同样,

---

① 转引自瞿世镜、任一鸣著《当代英国小说史》,上海译文出版社,2008年,第516页。

在《小世界》里也不乏拼凑,不仅有多个人物、多个故事的拼凑,而且还有各种文学形式、体裁和手法的混合。

此外,还有"元小说"技巧的采用。所谓"'元小说'技巧",也是典型的"后现代手法"。"元小说"就是"关于小说的小说",用戴维·洛奇自己的话来说,就是"关注小说的身份及其创作过程的小说"①,具体做法之一就是:作者在叙述过程中直接或者通过人物对小说自身发表评论,从而使建构性的叙事文本和解构性的批评文本混合在一起,也就是在自我建构的同时,又自我解构。这种技巧,戴维·洛奇称之为"短路"。最好的例子就是《换位》以电影剧本形式出现的"结局"。在那里,不仅小说中的两个主要人物(即莫里斯·扎普和菲利普·斯沃洛)在谈论电影和小说结局有何区别,作者还直接"闯入",对人物说:"当你阅读时,你知道书里只剩下一两页这一事实,你准备合上书。可是电影显示不出,尤其是时下的电影……导演可以选择任何时刻,无需警告,无需等待任何问题的解决,或是得到解释,或是予以终结,电影就能……结束。"对作者的这一看法,"菲利普耸耸肩膀"②。这种作者和人物的直接对话,就是一种"短路"。而其效果,就是要使读者"震惊",从而意识到小说不过是小说家"玩弄"的一种"游戏",或者说,一种"语言艺术"③。

不过,需要指出的是,戴维·洛奇只是有限采用"后现代手法"。因为如前所述,"后现代手法"本质上是用来表述"意义的不确定"的,也就是要表述作者对世界、对生活的荒诞感和虚无感。典型的后现代主义小说,如贝克特的后期小说,是全部用"后现代手法"写成的,因而被称为"荒诞小说",而戴维·洛奇显然不是在写"荒诞小说",所以他只是有限采用"后现代手法",旨在于有限表述"意义的不确定"。也就是说,戴维·洛奇采用"后现代手法"是要在某种程度上"消解"或者说"淡化"他用另外两种方法(即现代主义和反现代主义方法)所建构起来的"意义",使其不怎么确定,从而表述他对自己所嘲讽的那些人和事的一种困惑感,因为他自己毕竟

---

① David Lodge, *The Art of Fiction: Illustrated from Classic and Modern Text*, London: Penguin Books, 1992, p. 221.

② 《换位》,[英]戴维·洛奇著,张楠译,上海译文出版社,2007年,第289页。

③ 参见戴维·洛奇《小世界》导言,罗贻荣译,重庆出版社,1992年,第6页。戴维·洛奇在那里说:"从某种意义上说,小说是一种游戏,一种至少需要两人玩的游戏:一位读者,一位作者。"

也是学界中人,他对学界的嘲讽,很大程度上也是自我嘲讽。而这,无疑使他的小说又多了一层"深意"。也许,他和后现代主义最大的区别就在这里：他要表述的不是"意义的不确定"(即对世界、对人生的荒诞感和虚无感),而是对"意义的不确定"表示"难以确定",或者说,是要表述一种自嘲式的困惑感。自嘲、困惑,毕竟和荒诞、虚无不同,其背后还存有一丝希望,还有一点"理想"。所以,在某种程度上,他又恢复了小说的"意义",也就是他用隐喻或转喻所表述的"某种哲理内核"。

三、重要作品评析

《小世界》是戴维·洛奇"学界三部曲"中的第二部,也是最负盛名的一部。这部小说不仅获 1984 年"布克奖"提名,还于 1988 年被改编为电视剧搬上荧屏,在格兰纳达电视台播放。

"三部曲"中的第一部《换位》讲述了两个学究即英国人菲利普·斯沃洛和美国人莫里斯·扎普的故事：他们两人在进行"学术交流",不仅互换了各自的政治信仰和生活方式,还互换了妻子;在《小世界》中,斯沃洛和扎普的故事仍在延续,并通过这两个人物的活动,呈现出一幅学术界的众生相和百态图：在学术界这个"小世界"中,像斯沃洛和扎普这样的教授、学者比比皆是,他们坐飞机飞来飞去,忙于到世界各地去参加各种"学术会议",而这些会议实际上只是"公费旅游",会议内容除了闲谈,就是相互造谣中伤,以此提高自己的"学术声誉",或在会议时间结识异性,寻机放荡一番。不过,斯沃洛和扎普在《换位》中是主要人物,在这部作品中,他们却是背景人物,主要人物是珀斯·麦加里格尔、安杰莉卡、丽丽和谢丽尔等人。小说的主要情节,就是珀斯·麦加里格尔先追求安杰莉卡、后追求谢丽尔的滑稽可笑的"传奇故事"。珀斯·麦加里格尔是个年轻的大学讲师,他在密卢奇学院参加文学教师研讨会时,一见钟情地爱上了才貌双全的女博士安杰莉卡,但没想到,安杰莉卡在会议结束前就神秘消失了。后来,珀斯偶然在伦敦的红灯区发现了安杰莉卡表演脱衣舞的照片,万分震惊、困惑和痛苦,这更加坚定了他要找到安杰莉卡的决心。为此,珀斯飞遍欧洲、美国、亚洲等十多个城市,参加一个又一个名目繁多的学术会议,结识了形形色色的教授、学者,但总是和安杰莉卡失之交臂。后来,在伦敦希思罗机场的天主教小教堂里,珀斯意外看到了安杰莉卡的留言,又多亏检票员谢丽尔的帮助,这才知道:原来,照片上的脱衣舞女是安杰莉卡的孪生妹妹丽丽。后来,在美国现代语言协会的年会上,珀斯又把丽丽误认为安杰莉卡,并和她上了床。事后,丽丽才告诉他,安杰莉卡已经订婚,未婚夫叫彼得·麦加里格尔,和珀斯同姓,当年大学聘用的其实是彼得,只是因为弄错了地址,才阴差阳错地聘用了珀斯。然而,明白真相的珀斯并没有停止追寻安杰莉卡,只是他似乎意识到,他在追寻安杰莉卡的过程中有一个姑娘对他很有意思,那就是机场检票员谢丽尔。于是,他又去追寻谢丽尔。但是,等他赶到机场时,谢丽尔却已经离开机场,出国了。小说最后,珀斯面对巨大的滚动式离港信息牌,"就像对着电影屏幕,投射出自己记忆中的谢丽尔的面容和身影——齐肩的金黄色头发,走起路来抬高腿的样子,明亮的蓝眼睛里的茫然神情——他不知道在这个狭小的世界上,他该从什么地方开始去寻找她"①。

毫无疑问,《小世界》首先是一部讽刺小说。小说题为 *Small World*(《小世界》)就具讽意,颇有点"庙小妖风大,池浅王八多"的意思。小说的副标题 "An Academic Romance"(一个学界传奇),又是对中世纪骑士传奇(Cavalier Romance)的滑稽模仿,其寓意是:这个"学界传奇",不过是主人公没头没脑、乱追女人的一个笑话而已,同时还隐喻学界的所谓"学术追求"。不难看出,小说中的主要人物都是戴维·洛奇嘲讽的对象。譬如,珀斯·麦加里格尔是一个堂吉诃德式的人物——他出生在爱尔兰乡村,又是虔诚的天主教徒,所以还有几分天真纯朴的本性;他热爱诗歌,向往爱情,是个理想主义者;但他对安杰莉卡的追求,不过是在追求自己心目中美好爱情的幻影,用丽丽的话说,他"爱上的是一个梦";因而,他在现实的"小世界"里就像堂吉诃德一样"不合时宜",呆头呆脑,格格不入。还有斯沃洛和扎普,这两个人物在《换位》中已经够可笑了,在这里更是丑态百出:斯沃洛和妻子貌合神离,因此他一直热衷于参加学术研讨会,别人还以为他对学术感兴趣,其实他是一心想在哪次学术研讨会上有艳遇;扎普处心积虑,谋求高职高薪,到处贩卖他的"解构主义理论",不厌其烦地宣扬他的名言——"每一次解码就是另一次编码",而他的所谓"理论",不

---

① 《小世界》,[英]戴维·洛奇著,王家湘译,上海译文出版社,2007,第 484—485 页。

过是对斯图亚特·霍尔的编码与解码理论的"改头换面"。至于安杰莉卡和丽丽姐妹俩,一个孤傲叛逆,一心想当大学教授;一个出卖色相,又恬不知耻。此外,还有如女教授富尔维亚·莫尔加纳,她腰缠万贯、生活奢靡,又自称是"马克思主义者";还有如因为妒忌而发疯的登普西教授;还有故弄玄虚、永远戴着一只黑手套的德国教授蒂皮茨;还有色情狂美国教授林博姆、同性恋法国教授塔迪厄,等等。总之,戴维·洛奇把这个表面道貌岸然、实质猥琐龌龊的"小世界",即所谓"学界",讽刺得淋漓尽致。

其次,《小世界》是一部典型的实验小说。戴维·洛奇自己曾说:"因为我本人是个学院派批评家,精通所有术语和分析手段……[所以]我是个自觉意识很强的小说家。在我创作时,我对自己文本的要求,和我在批评其他作家的文本所提的要求完全相同。小说的每一部分,每一个事件、人物甚至每个单词,都必须服从整个文本的统一构思。"①《小世界》可以说是戴维·洛奇这一"创作方法"的最佳体现。在这部小说中,不仅有多个人物、多个故事的拼凑,而且还有各种文学形式、体裁和手法的混合。小说以戏仿中世纪传奇故事为框架,以"寻找圣杯"的神话为象征性主题,同时又借人物之口巧妙而幽默地穿插了许多文学典故、新潮理论,设置了种种悬念与神秘故事,简直就如一锅"大杂烩"。当然,这么说并无贬意,而是说它杂而不乱,丰富多彩,就如有人所说,"……这部作品是使当代小说走出现代主义象牙塔、走向后现代主义的一次极为成功的尝试……它是个万花筒式的文本,转动一下,便有不同的花样"②。换句话说,戴维·洛奇在这部作品中充分运用了隐喻、讽喻和转喻,在总体构思的框架内,调动各种喜剧因素,写得诙谐幽默,妙趣横生。在叙事手法方面,这部小说采用了类似电影蒙太奇的手法:片断的跳跃、交叉和拼接,镜头的迅速推移,构成了一个穿梭于空间的实体。小说展现的是事件在空间上的联结,而非时间上的连续。小说中的众多人物似乎毫不相干地穿插在一起,他们分处世界各地,在不同时段做着不同的事情,但他们似乎又靠某种关系联结在一起——就如一个漫游的摄影师,到处随意取景,最终才将这些画面拼凑完整;同样,在这部作品中,读者一直要读到后半部分,才能理清

---

① 转引自重庆出版社 1996 版中译《小世界》"译者序",第 3 页。

② 同上,第 4 页。

人物之间的联系。

　　除了上述特点,还需一提的是:《小世界》既像一部娱乐性的通俗小说,又是一部学术性的"元小说"。就娱乐性而言,戴维·洛奇在这部作品中采用了多种通俗读物的写法,如哥特式小说、爱情传奇、流行传记、侦探小说、犯罪小说,等等。甚至,时而还有性描写,还有对夜总会、X级电影、脱衣舞的描写……但这类描写,如美国教授林博姆诱奸珀斯的表妹伯纳德特、西尔玛备受教授丈夫的性虐待、丽丽出卖色相跳脱衣舞等,是小说的有机组成部分,而非"浇头",因为其中隐含着对"小世界"男性霸权的嘲讽。至于"元小说"成分的引入,其目的是"……迫使读者参与和小说写作有关的美学问题及哲学问题的探讨",同时也表明作者自己对文本与现实之间的关系作批判性的反思。在《小世界》中,"元小说"成分大多是借人物之口引入的,即让他们开口闭口就是一通文学批评话语。这样不仅符合人物的身份,而且也无须打断小说叙事的连续性。更何况,戴维·洛奇在引入理论话语时总是采用戏谑化手段,使其变得很有趣。譬如,扎普教授发挥他的编码与解码理论,做了一个名为"如同脱衣舞的文本诠释"的学术报告,其要点是:"阅读行为……是一种无休止的挑逗引诱,永远得不到满足的调情……正如一个脱衣舞女利用观众的好奇和欲望一样。"还说:"舞女挑逗着观众,正如文本挑逗着读者,她们给观众以最终完全暴露的期待,却又加以无限的拖延……正是这脱光过程的拖延而不是脱光衣服本身才造成兴奋。"这种比附令人发笑,但也使人想到了当时甚为流行的解构主义理论,或者说,这是对解构主义的滑稽模仿——"解构"就如脱衣,其诱人之处在于其过程,这个过程一旦完成,也就索然无味了,正如解构主义大师罗兰·巴特自己在《神话学》里针对脱衣舞所说的,"女人在脱光衣服的刹那间被剥夺了性感"。这里,其实是在讨论严肃的学术问题,但用的却用一种戏谑的方式,所以,读者既"参与和小说写作有关的美学问题及哲学问题的探讨",而其审美愉悦又没有受到理性认知的干扰,可谓严肃而不艰涩,曲高而不和寡。

第十四章 这一时期其他较重要小说家

一、佩涅洛普·菲茨杰拉德

佩涅洛普·菲茨杰拉德(Penelope Fitzgerald,1916－2000)生于林肯郡,父亲是编辑,叔叔是侦探小说家,因而从小受到文学熏陶,但她直到61岁才出版第一部小说《金孩子》(*The Golden Child*,1977)。

小说出版后几乎没有引起什么反响,于是菲茨杰拉德写了第二部小说《书店》(*The Bookshop*,1978)。这次,她受到了文坛的重视,小说获"布克奖"提名。《书店》写60年代发生在一个偏僻小镇上的一些小事,揭示英国乡村地区的闭塞和保守。小说中的主要事件是主人公弗洛伦丝想在小镇上开一家书店。弗洛伦丝是个稍有文化的中年寡妇,她开书店的本意是想为这个小镇带来一些文化气息。没料到,她的这一举动竟然在镇上掀起了一场风波。有人支持她,但反对她的人更多,致使她受到各方面的压力。最后,弗洛伦丝不得不悲哀地面对现实:这个小镇根本不需要书店。小说语言诙谐幽默,同时又透露出一种悲哀和失望之情。小说中几乎没有什么故事,通篇都是写人,即:塑造不同的人物形象,并通过这些人物,描绘出一幅令人不快、甚至令人寒心的小镇风俗画。

继《书店》之后,菲茨杰拉德又写了第三部小说《离岸》(*Off Shore*,1979)。这部小说赢得了当年的"布克奖",使她一夜成名,而此时,她已

63 岁。在《离岸》中,菲茨杰拉德真正表现出了她善于写作长篇小说的不凡才华。小说写的是所谓"水上人家",即:买一艘船作为住所的家庭——这种做法在七八十年代的英国中产阶层颇为流行,而且被认为很"新潮",有"不落俗套"之意。小说围绕着几个"水上人家",表现他们这种特殊的生活方式,以及他们对此的感受。这些人的社会地位不尽相同,有的是艺术家,有的是官员,也有的是男妓,还有家庭主妇;他们的性格更是各不相同,但共同的"水上生活"却把他们彼此联系到了一起。他们彼此视为"同类",平时在陆地上的等级观念和社会偏见在他们之间似乎一下子都消失了。然而,在这种不无浪漫之意的融洽的背后,却依然潜藏着生活的挑战:首先,他们要面对水上的天气变化(这和陆地上完全不同,而且船也不像房子那样经得起风雨);其次,更为严峻的是,他们还要面对陆地上的人对他们的议论、嘲讽,甚至诋毁,因而时常感到悲哀和痛苦。小说题为"离岸",意即:你真能"离开"传统生活之"岸"吗?这种"离岸"也许一时很美好,但能长久吗?对此,小说并没有给予回答,而是在含含混混中结束了,而其结尾,似乎既令人悲观,又给人一丝希望。总的说来,《离岸》是一部题材新颖、寓意深刻又不无诗情画意的小说。特别是小说中对"水上人家"的水上生活的描写,既真实又别有一番情调,而小说的整体构思,又如一首抒情诗,赞美过后,低眉欷歔,令人回味无穷。

除了写有上述三部小说,年迈的菲茨杰拉德到了 80 年代以后仍笔耕不止,几乎每两年就有一部长篇问世,其中包括《人类的声音》(*Human Voices*,1980)、《在弗雷迪家》(*At Freddie's*,1982)、《清白无辜》(*Innocence*,1986)、《初春》(*The Beginning of Spring*,1988)、《天使之门》(*The Gate of Angels*,1990)和《蓝色花朵》(*The Blue Flower*,1995)等。这些作品的风格可谓一以贯之,都以喜剧性的、时而富有诗歌韵味的笔法,表现严肃的社会和道德主题。

菲茨杰拉德于 2000 年以 84 岁高寿去世,同年她还出版了一部短篇小说集,即《逃遁的方式》(*The Means of Escape*,2000)。

二、詹姆斯·法雷尔

詹姆斯·法雷尔(James Gordon Farrell,1935 - 1979)出生于利物浦,

父母均为爱尔兰人，童年时代的大部分时间在爱尔兰度过。21 岁，入牛津大学就读，在此之前曾做过教师，还曾赴加拿大做过劳工，但时间都很短暂。大学毕业后，他去法国任教数年，后回爱尔兰定居。

作为小说家，法雷尔以写"殖民地小说"而出名的，但他的早期创作却并不以殖民地生活为题材。法雷尔的第一部小说《从别处来的人》(*A Man Aom Elsewhere*, 1963) 写于他在法国任教期间。小说取材于法国文艺复兴和华沙起义等历史事件，但不是历史小说，而是通过一个记者（即小说主人公塞耶尔）对"二战"期间的一个政治案件的调查，牵涉到历史，因为这一案件和某些历史事件有关；也就是说，历史事件是小说的背景，小说中的故事则是围绕几个当代人物展开的。法雷尔的第二部小说《肺》(*The Lung*, 1965)同样不是"殖民地小说"，而是一部描写爱情和现代人心态的小说，其中塑造了一个神秘女子的形象。1966 年，法雷尔获"哈克奈斯基金会"资助赴纽约作访问研究。第二年，他出版第三部小说《头脑中的女孩》(*A Girl in the Head*, 1967)。但是，就如他的第一、第二部小说一样，这部小说也没有引起人们的注意。

接着，法雷尔写了第四部小说《麻烦》(*Troubles*, 1970)，这才有了点名声。《麻烦》是一部以"爱尔兰独立运动"为背景的小说。"爱尔兰独立运动"由来已久，虽然爱尔兰在 1921 年就已独立，但北爱尔兰仍归属英国。1970 年代，北爱尔兰要求独立的呼声日益高涨，就此产生了至今尚未解决的"北爱问题"。《麻烦》问世于 70 年代初，其成功显然和"北爱问题"有关。不过，小说并没有直接写和"北爱问题"直接有关的事情，而是象征性地写了一家客栈的衰败。这家名叫"梅耶斯迪克"的客栈是一个英国人很久以前开在北爱尔兰的，里面住着一些买不起房子的老人。小说主人公梅杰在一战结束后退役，打算和这家客栈老板的女儿安吉拉结婚，日后可继承客栈的经营权，但安吉拉不久就病死了，梅杰希望落空，而实际上，这家客栈在安吉拉的父亲爱德华手里就已经日薄西山，行将倒闭了。显然，这家梅耶斯迪克客栈是"大英帝国"的象征，它的行将倒闭则象征着"大英帝国"的日趋衰败。

《麻烦》为法雷尔赢得了当年的"乔法纳端·法伯纪念奖"。他用这笔奖金到印度去旅游，结果是他在 1973 年出版了一部和印度有关"殖民地小说"《围攻克里希纳普尔》(*The Siege of Kdshnapur*)。这是他的第一部

"殖民地小说",成功地描述了1857年印度士兵的一次反英"叛乱"。实际上,《围攻克里希纳普尔》也是一部笔法严谨的历史小说。小说中写到的历史事件是真实的,主人公霍普金斯和其他一些人物虽是虚构的,但通过细节描写,这些人物都塑造得很逼真,他们的语言、服饰等都符合当时维多利亚时代英国人的特征,如霍普金斯可说是维多利亚时代的文人典型,还有几个主要女性人物也充满时代特征,是那个时代的典型的"淑女"。也许,由于这部小说写得质朴无华、真实可信,因而出版后很受好评,还获得了当年的"布克奖"。

《围攻克里希纳普尔》的成功使法雷尔大受鼓舞。他继而又写了好几部"殖民地小说",但反响都不及《围攻克里希纳普尔》。其中《新加坡争夺战》(*The Singapore Grip*,1978)是他的最后一部"殖民地小说"。为了写这部小说,他曾花了相当长时间进行实地考察。和《围攻克里希纳普尔》一样,这部小说也以一次真实的历史事件(新加坡争夺战)为背景,用白描、写实的手法描写当年(即二战期间)英军和日军在马来半岛上的一场战争。结果是英军惨败,新加坡落入日军之手。小说再一次表现了"大英帝国"的无能和衰败。

法雷尔写"殖民地小说",但他自身并没有殖民地生活经验,因而他每次写作都要进行实地考察。1979年,他在印度的一次考察中不幸遇难,留下的是他的考察笔记和一部未完成的"殖民地小说"。1981年,有人将他的这两部分遗稿合并出版,取名为《山中营地和印度日记》(*The Hill Station and an Indian Diary*)。

三、马尔科姆·布雷德伯里

马尔科姆·布雷德伯里(Malcolm Bradbury,1932-2002)出生于谢菲尔德,成年后就读于兰开斯特大学英语系,成绩优异,而且是该校学生刊物《涟漪》的主编。毕业后,他在伦敦玛丽王后学院任助教。1959年,他考入曼彻斯特大学攻读美国文学博士学位,并在此年出版了第一部小说《吃人是错误的》(*Eating People Is Wrong*,1959)。

《吃人是错误的》类似于当时的"愤怒的青年"小说,也是写年轻人和社会文化传统之间的冲突。不过,这部小说的主人公不是年轻人,而是一所名为"红砖大学"的高校里的一位 40 岁的教授特里斯。小说在表现这位有自由主义思想的教授对校园里的一切感到困惑和无奈的同时,写到了他身边的好几个年轻学生,其中不乏"愤怒的青年"。他们大多出身低微又充满幻想,而当幻想遭遇现实并被击碎时,他们便愤愤不平了。此外,小说还尖锐地写到了陈腐的教育体制对有才青年的扼杀,如特里斯教授的学生路易斯·贝茨,很有才气,但神经脆弱,因经受不住特里斯的"严格教诲",最后被送进了疯人院;小说还不无讽意地写到了所谓"执教者"的尴尬,如特里斯教授本人,他"为人师表",道貌岸然,但他自己也知道这是装出来的,最后他实在装不下去了,被年轻漂亮的女研究生爱玛弄得神魂颠倒。

　　布雷德伯里获得博士学位后一直在大学执教,后成"名教授"和著名批评家,但他从未停止过小说创作。他的第二部小说《向西行》(*Stepping Westward*)出版于 1965 年。这部小说写的也是校园丑闻。主人公詹姆斯·沃克是个"愤怒的青年",因写了一部"愤怒的青年"小说而获得一笔奖学金,入"本尼迪克特·阿诺德大学"进修。然而,他的导师伯纳德·弗罗列克不久便发现,詹姆斯·沃克其实并不"愤怒",而是个呆头呆脑的年轻人。于是,这位导师就开始操纵他、利用他。结果,詹姆斯·沃克不仅稀里糊涂地为导师做了许多坏事,还身不由己地卷入了当地的政治阴谋。在这部小说中,布雷德伯里同时写到了英美两国的大学——所谓"向西行",就是从英国到美国的意思——还用充满讽意的笔调将两者加以比较,结论是:两者都很丑陋,但丑陋得有所不同。所以,詹姆斯·沃克初到美国时,一时还无法适应;等他适应后,他却要回英国了;回到英国后,他一时又无法适应了。

　　布雷德伯里的第三部长篇《历史人》(*The History Man*,1975)被认为是他的杰作,出版后获"皇家文学协会海涅曼奖"。小说中的场景设在虚构的"华特茅斯市"的一所"新大学"里,所谓"历史人"就是指主人公霍华德·柯克——他是该大学的讲师和所谓的"社会学家",其最大特点就是奉行经典,除了他相信的某一"经典理论"(即他所理解的"马克思主义"),其他任何东西,乃至生活本身,在他看来都是"谎言和骗局",所以,他不是生活在现实中的活人,而是个"历史人"。小说除了写霍华德·柯克的迂腐和可笑,还通过他的活动,如没完没了的聚餐会和所谓的"学术讨论会"，引出其他人物，如教务长啦、教授啦，以及他们的夫人啦，等等，而所有这些人物，一个个都既愚蠢又自以为是，可谓"丑态百出"。更具讽意的是，"历史人"霍华德·柯克还在校园里煽动学生，推行"社会革命"，要用他的"历史"来否定现实。然而，矛盾的是，他自己却并未"摆脱现实"——实际上，他在生活中处处都是个享乐主义者；譬如，他已是有妇之夫，却还要和女学生、女同事谈情说爱，甚至不断更换"性伴侣"，为此还闹出了许多绯闻。更为可笑的是，当校方以此为由决定解除他的教职时，竟然还有许多平时受他煽动的"左派学生"为他去静坐示威，迫使校方撤销了这一决定。在《历史人》中，布雷德伯里不仅塑造了霍华德·柯克这一具有典型意义的"历史人"形象，还引人注目地对小说形式进行了大胆实验。首先是，不分自然段，整部小说只有一段，不管是叙述、描写，还是人物对话，统统连在一起，让人读的时候有喘不过气来的感觉。其次是，小说自始至终只用一种时态，即：一般现在时，有意模糊时间概念，使小说读起来就如论文，没有时间限制。再次是，有意避开心理描写，小说中的人物全都只有外部行为，没有内心活动，以此暗示这些人物根本就没有灵魂，是行尸走肉。最后是，开头和结尾基本相同，整部小说仿佛是一次循环，以此暗示小说中的这种生活无聊之极，却周而复始，没完没了。

由于《历史人》的成功，布雷德伯里在小说界出了名。不过，作为大学教授和文学研究者，他也颇有成就。自60年代起，他就不断发表论文，然后结集出版，其中重要的有：《E. M. 福斯特评论集》(1966)、《小说是什么?》(1969)、《现代英语小说的社会语境》(1971)和《可能性：小说现状论文集》等。因而，他也是批评界的名人。

1982年，布雷德伯里出版第四部小说《兑换率》(*Rates of Exchange*)。小说主人公皮特沃思同样是大学讲师，同样是自由主义者，他到东欧一个叫"斯拉卡"的国家去讲学和参加国际学术会议，而他研究的所谓"语言学"，其实是故弄玄虚的鬼把戏(譬如，他有一个称之为"作用于语言分界面的真实的、想象的和象征的交换现象"的研究课题，貌似深奥，其实就是指三个最常用的人称代词"你、我、他")。在那里，他除了用他的"语言学"糊弄人，还和一个女小说家谈起了恋爱，而那个女小说家呢，据说擅长写魔幻小说，谈起来一五一十，把他也糊弄得晕头转向。小说名为《兑换率》，意思大概就是指你糊弄我、我糊弄你的"糊弄率"。和

《历史人》一样，这部小说也自始至终用一般现在时态加以表述，使读者无法确定故事发生在过去、现在，还是将来，意即：不管过去、现在，还是将来，这种事总会发生的。此外，这部小说也显示了布雷德伯里高超的想象力、驾驭力和娴熟的语言技巧。小说所涉的情节、场景、人物、情感、政治和两性关系等颇为复杂，但布雷德伯里不仅将其组织得相当巧妙，而且还能充分驾驭所有这一切信息，用一种简洁的语言将其有条不紊地表述出来。当然，就如《历史人》一样，这里也充满机智、幽默和讽刺，再次证明布雷德伯里是一位杰出的喜剧作家。

自 80 年代起，布雷德伯里在东英吉利大学开设名为"创造性写作"的硕士课程。这是个大胆实验，意思就是要"培养"作家。毫无疑问，这一课程引起了争议。作家真能有意识地加以"培养"吗？但不管怎么说，后来有好几位成就卓著的年轻作家，如安妮·恩莱特、罗丝·特里梅茵、伊安·麦克尤恩和石黑一雄等，确实是布雷德伯里和安吉拉·卡特等几位老作家在课程班里"教"出来的。

80 年代中期，布雷德伯里发表中篇小说《切割》(*Cuts*,1987)，用夸张手法对当代电视剧制作大大嘲讽了一番。90 年代初，他被选为皇家文学协会会员，并获 CBE 勋位。与此同时，他还出版了他的第五部小说《罪犯博士》(*Doctor Criminale*,1992)。他最近的新作是 2000 年出版的《走向隐居处》(*To the Hermitage*)。

布雷德伯里于 2002 年去世。关于他的小说创作，他生前曾这样自我评论："和大多数喜剧小说家一样，我对于小说的态度是极端认真的。它是所有表达形式中的最佳者——既是开放的又是个人化的，既是理性的又是探索的。由于它的怀疑主义、讽刺手法和喜剧因素，我给予它高度评价。我所有的小说都涉及各式各样的喜剧——《吃人是错误的》和《向西行》的社会喜剧，《历史人》和《兑换率》的更为阴暗的讽刺和道德堕落，《切割》的滑稽剧，以及《罪犯博士》的机智嘲讽。其中有几部作品被称为'校园小说'，然而这个名称令我忧虑；我是把它们看作描绘自由主义在一个困苦不安时代中命运的小说。对我而言，小说处于我的写作活动的中心，并且可以用它来说明我所有其他的工作。我数量众多的批评文章，大部分涉及小说形式和现代主义运动。正是在现代主义的阴影中，我们度过了 20 世纪后期的生活，并且体验了这种生活的感受。至于其他著作，是为了对我所仰慕的不同类型作家表示敬意;我所改编的电视剧也是出于同样的动机。我的幽默作品,探索喜剧各种可能性的不同方式,并且对各种现代观念持怀疑态度。人们往往要询问作家:什么是作家的任务?对此我持强烈的个人观点。那就是去探索并且阐明虚构故事的本质和价值——去测试这个时代政治的、信仰的虚构故事,构成这个世界的虚构故事,而且并非总是企求最好的结果。这就是为什么人们创造发明了喜剧性力量,这也说明了为什么它对我而言至关重要。"①

四、佩涅洛普·莱夫利

佩涅洛普·莱夫利(Penelope Lively,1933-)出生于埃及开罗的一个英国侨民家庭,12 岁时被送回英国接受教育,后就读于牛津圣安学院,主修现代史;1954 年毕业后,留校任助教。

莱夫利的文学创作开始于 70 年代,最初是写儿童读物,曾出版过《星笼》(Astercote,1970)、《窃窃私语的骑士》(The Whisper Knight,1971)、《漂流》(The Driftway,1972)、《托马斯·肯普的鬼魂》(The Ghost of Thomas Kempe,1973)和《亡羊补牢》(A Stitch in Time,1976)等作品。其中,《托马斯·肯普的鬼魂》获当年"卡内基·梅达尔奖"(英国儿童文学最高奖项);《亡羊补牢》获当年"惠特布雷德儿童文学奖"。

1977 年,莱夫利出版第一部长篇小说《通往利希菲尔德之路》(The Road to Lichfield),获当年"布克奖"提名。小说采用主人公回忆的形式,讲述在同一地点(即通往利希菲尔德之路上)发生的两个不同时代的、却又非常相似的故事,给人以一种历史不断重复的神秘感。主人公安妮·林顿有一个安稳的家,丈夫虽有点木讷,但孩子活泼可爱。她经常要到 100 英里以外的利希菲尔德去看望病重的父亲。在那里,她认识了一个已婚男人,两人不久便坠入了情网。后来,她从父亲的信件中惊讶地发现,她父亲当年也曾和一个外来的女人有过一段恋情,那个外来女人的情况几乎和她一模一样。这使她感到惶恐不安,不知所措。小说结束时,安妮·林顿依然开着车在通往利希菲尔德的路上来来回回,但她不知道自

---

① 转引自瞿世镜、任一鸣著《当代英国小说史》,上海译文出版社,2008 年,第 254 页。

已是在走向未来呢，还是在退回过去。

1979 年，莱夫利出版第二部小说《时间财富》（*Treasures of Time*），获 1980 年首届"国家图书奖"。这部小说仍以"现在与过去"的神秘关系为主题，表现人的观念和意识是如何被拆拼和重组的。小说围绕一部表彰已故考古学家帕克斯顿在考古学方面的重大发现的电视片展开。帕克斯顿的考古结论显然得来过于仓促，还不够成熟，但在电视片中却被艺术化地进行了处理。小说主要表现帕克斯顿的亲友们在拍摄这部电视片时如何出于自己的想法曲解帕克斯顿的考古成就的。这些亲友包括帕克斯顿的妻子劳拉、女儿凯特及其男友汤姆，还有就是劳拉的妹妹内莉，她不仅是帕克斯顿生前的志同道合者，还是他的秘密情人。现在，帕克斯顿的妻子劳拉和女儿凯特在为个人私欲而相互争抢，内莉却默默地忍受着无法诉说的痛苦。小说构思巧妙，立意深远，通过不同人物的回忆，从不同的视角呈现出一个令人困惑的主人公——帕克斯顿，他生前是考古学家，死后自己却成了"考古对象"，由他人来重新"挖掘"，并加以评说。小说暗示，所谓历史，也许就是一种不断被重新挖掘的东西，它既非"现在"、又和现在有着一种神秘的联系，因而，很可能是永远说不清、道不明的。

1984 年，莱夫利的长篇小说《根据马克所说》（*According to Mark*）再次获当年"布克奖"提名。三年后，她的又一部长篇《月亮虎》（*Moon Tiger*，1987）出版，这次她正式获得了"布克奖"。

《月亮虎》的故事叙述者即主人公克劳迪娅，是个年迈的女历史学家。她住在医院里，回忆着自己的一生，特别是她在"二战"期间和一个年轻军官的爱情经历，是她回忆的重点，也是小说中的主要事件，而小说所要表现的，和莱夫利以前的小说一样，其实还是"历史与现实"的神秘关系。克劳迪娅是历史学家，但她对历史的看法却很独特。她认为历史不仅是过去发生的事情，更是无时无刻不在活着的人心里发生的事情，即：历史不是纯粹孤立地、客观地存在着的，而是现实的一部分，它存在于每个人的主观世界中。这种历史观，也是莱夫利本人的历史观。也许就是为了表现这种的历史观，回忆成了她最常用的叙述方式，因为在回忆中，她可以把过去和现在直接联系在一起，甚至使两者相互融合在一起，即：过去影响着现在的决定，而现在又影响着对过去的看法。同样出于这种历史观，在她的作品中，时间顺序往往是有意被打乱的，过去和现在，乃至将来，相互交叉出现,并无先后之分;换言之,这种时间更多是"心理时间",因而她的小说属"心理小说"。而所有这一切,在《月亮虎》中表现得最为明显,最为突出。

除了《月亮虎》,莱夫利在 80 年代出版的其他作品还有《审判之日》(*Judgement Day*,1980)、《艺术:接近于自然》(*Next to Nature, Art*,1982)和《完美的幸福》(*Perfect Happiness*,1983)等。除了写长篇,她也写短篇小说,出版的短篇集包括:《只有茶炊失踪了》(*Nothing Missing But the Samovar and Other Stories*,1978)、《不请自来的鬼魂》(*Uninvited Ghost and Other Stories*,1984)和《一堆卡片》(*Pack of Cards, Collected Short Stories*,1986)等。

莱夫利 90 年以后出版的新作主要有:《热浪》(*Heat Wave*,1995)、《蛛网》(*Spaderweb*,1998)、《相片》(*The Photograph*,2003)、《配置》(*Making It Up*,2005)和《后果》(*Consequences*,2007)等。

五、莫琳·达菲

莫琳·达菲(Maurren Duffy,1933 -)出生于苏塞克斯郡,六岁时父母离异,她随母亲移居威尔特郡。14 岁时,随母亲移居伦敦,后考入伦敦国王学院英语系就读。1956 年毕业后,在学校任教的同时开始从事文学创作。

达菲的文学创作始于诗歌和戏剧,她的剧本《解雇》曾获"伦敦市剧作家奖"(1961)。1962 年,她出版第一部小说《就是那样》(*That's How It Was*)。小说具有自传性质,主要取材于她自己的童年生活和成长经历。主人公帕蒂的父亲是个虚伪的骗子,在她出生两个月后便不知去向,而在帕蒂的成长过程中,是她母亲给予了她炽热的爱。小说把帕蒂的母亲塑造得光彩照人,她不仅在艰难困苦中抚养女儿长大,还千方百计送女儿去学校读书,期待女儿有机会摆脱贫穷而过上好日子。此外,小说还写到了帕蒂和她的母亲、同学、老师以及她继父的儿子之间的关系,以及她为摆脱贫穷所作的努力和挣扎,所感受到的痛苦和迷惘。故事真实感人,语言质朴无华。

达菲是同性恋者,所以在她的作品中时有对同性恋的描写。这方面最集中的是她写于60年代的两部作品,即《独眼》(*A Single Eye*,1964)和《缩影》(*The Microcosm*,1966),不仅从一个同性恋者的角度描述了同性恋者的生活,还吁请社会对同性恋者予以理解和同情。同样,达菲出身于贫苦家庭,因而在她的作品中常常会出现一种既想摆脱贫困又无法融入社会的"尴尬人"。这方面最好的例子就是她继《独眼》和《缩影》之后出版的《荒谬玩者》(*The Paradox Player*,1967)。这部小说塑造了一群以穷作家赛姆为代表的所谓"国内流放者"。他们身处本国社会,却像外来流放者一样和社会格格不入;他们想融入社会,却不为社会所接受;他们想远离社会,却又处处受制于社会,可谓"尴尬之极"。

60年代末和70年代,达菲的小说题材有所拓展,涉及种族、历史、法律、家庭等诸多方面,而且写法多变,不仅在各部小说之间变换语言风格和叙述形式,在同一部小说中也经常变换叙述方式和叙述角度;或运用意识流手法,或展开多线索叙事,既令人眼花缭乱,又绝非漫无头绪。可以说,这一时期是达菲小说创作的鼎盛期。在这一时期,她写了一系列重要作品,如《创伤》(*Wounds*,1969)、《爱孩子》(*Love Child*,1971)、《我想去莫斯科》(*I Want Go to Moscow*,1973)、《大都市》(*Capital*,1975)、《家庭间谍》(*House Spy*,1978)和《戈尔传说》(*Gor Saga*,1981)等。

其中,《创伤》写的是一对不知名的男女之间伤痕累累的爱情。这对男女最初只是互相被对方的身体吸引而相爱,但即便是这种最原始的性爱,也同样要在世俗社会中经受磨难。贫穷和富有、受教育和未受教育,还有种族差异等等,这些都使他们备受"创伤",最后使他们的性爱也难以为继。毫无疑问,小说所要表现的是:在世俗社会中,人的原始本性也遭扭曲。在表现手法上,这部短小、精致的长篇小说结构紧凑,情节跌宕起伏,富有节奏和韵律,显示出达菲的小说创作技巧已趋成熟。

这一点在《大都市》中表现得更为明显。《大都市》的构思可谓"气势恢宏",意在表现伦敦这座国际大都市的全貌:既要展示伦敦的现在,又要再现伦敦的过去;既要写伦敦可爱的一面,又要写伦敦可憎的一面;既然要表现伦敦的上流社会,又要揭示伦敦的底层社会。因而,小说同时展开了三条线索:第一条线索是通过一些历史人物的回忆再现伦敦辉煌的过去;第二条线索是通过一对情人的书信来反映伦敦平庸的现在;第三条线索是通过一个勤杂工在伦敦的生活,揭示隐藏在现代化伦敦繁华表象背后的贫穷与衰败。这三条线索在小说中纵横交叉,同时推进,而其中的各种复杂因素都被娴熟驾驭,充分显示出达菲的"宏大叙事"能力。

和《大都市》不同,《家庭间谍》是一部间谍小说,而且其内容颇为俗套,一般间谍小说里所常见的东西,如性、凶杀、政治恐怖等,这里也一应俱全。不过,在形式上,这部小说却超越了一般的间谍小说,不仅其文体更为精致巧妙,而且故事结构也与众不同,比一般间谍小说更为厚重,给人的感觉更为阴沉。

《戈尔传说》则是一部寓意深刻的科幻小说,讲述的是一个发生在未来的故事,但又显然和现实密切相关。主人公戈尔不是真正的人,而是科学家用猩猩的卵子和人类的精子结合而成的一个试管婴儿。戈尔长大后,被送到军事学院。人们想把他训练成一个非凡的战士,但戈尔却有猩猩的天性,不愿在军事学院受束缚,便擅自逃跑了。他宁愿在贫穷中过流浪生活,结果成了一个非凡的"流浪汉"。显然,小说影射的是现代文明和现代教育对人类固有的"动物本性"的压制,同时又警示,这种"动物本性"很可能是危害现代文明和现代教育的"大麻烦"。

达菲在八九十年代出版的小说数量不多,主要有:《伦敦人》(*Londoners*,1983)、《变化》(*Change*,1987)、《灯饰》(*Illuminations*,1991)、《奥凯姆的剃刀》(*Occam's Razor*,1993)和《退赔》(*Restitution*,1998)等。她最近出版的新作是《致阿尔伯特》(*To Albert*,2001)和《炼金术》(*Alchemy*,2004)。

总的说来,达菲的小说既有严肃小说的主题,又有通俗小说的特点,因而既迎合大众口味,同时又不失形式的精美和思想的厚重。

六、迈克尔·莫尔柯克

迈克尔·莫尔柯克(Michael Moorcock,1939 –)出生于色雷,曾在皮特曼学院修读文书专业,毕业后长期从事编辑出版工作,遂成著名编辑。他编辑的《新世界》杂志是英国当代三大科幻小说刊物之一,有诸多科幻小说作家曾在这一杂志上发表作品,其中如 J. O. 拜拉德、M. J. 哈里森和 B. W. 奥尔迪斯等人,后来还成了著名的科幻小说家。莫尔柯克认为,现代科幻小说应该多一些现实的、世俗的因素,少一些幻想成分。这不仅是他主编《新世界》的宗旨,也是他自己创作科幻小说的原则。

莫尔柯克于 50 年代后期开始创作科幻小说,最初写的是中短篇,均在《新世界》和《科学小说探险》等杂志上发表。60 年代至 90 年代是他的创作丰收期,几乎每年都有几部长篇科幻小说问世,其中重要的有:《灵魂小偷》(*The Stealer of Souls and Other Stories*,1963)、《火星上的野蛮人》(*The Barbarian of Mars*,1965)、《火星刀口》(*Blades of Mars*,1965)、《火星斗士》(*Warriors of Mars*,1965)、《带来暴风雨的人》(*Stormbringer*,1965)、《最后的节目》(*The Final Programme*,1968)、《注视那人》(*Behold the Man*,1969)、《治愈癌症》(*A Cure for Cancer*,1971)、《废墟中的早餐》(*Breabast in the Ruins*,1972)、《外来热浪》(*An Alien Heat*,1972)、《英国刺客》(*The English Assassin*,1972)、《麦尔尼本的埃尔端克》(*Elric of Melnibone*,1972)、《埃尔瑞克:回归麦尔尼本》(*Elric: Return to Melnibone*,1973)、《杰里·科尼利厄斯的生活与时间》(*The Lives and Times of Jerzy Cornelius*,1976)、《尤纳·珀森和凯瑟琳·科尼利厄斯 20 世纪探险》(*The Adventures of Una Persson and Catherine Comelius in the Twentieth Century*,1976)、《剑三部曲》(*The Swords Trilogy*,1977)、《科尼利厄斯编年史》(*The Comelius Chronicles*,1977)、《金色游艇》(*The Golden Barge*,1979)、《巨石与欺诈》(*The Great Rock and Swindle*,1980)、《母亲伦敦》(*Mother London*,1988)、《迦太基之笑》(*The Laughter of Carthage*,1984)、《耶路撒冷命令》(*Jerusalem Commands*,1992)和《在时间尽头跳舞的人》(*The Dancer at the End of Time*,1994-1996)等。

一般认为,出版于 1969 年的《注视那人》是莫尔柯克的代表作。小说主人公格洛高尔是个不满于现代文明的人,因而他在时间旅行中回到了过去,并试图在基督教中寻求精神安慰。莫尔柯克在这部小说中运用片断组合的叙述方式表现主人公在时间旅行中的往返穿梭,同时不断变换叙述角度,时而用第三人称从旁观者的角度加以叙述,时而又让主人公用第一人称加以自述,其间还有主人公的内心独白。其实,这部小说的主题并不新颖,但它却用各种手段塑造了一个形象丰满、内心复杂的主人公。也许,就因为有此特点,这部小说曾获英国“科学小说协会奖”和美国“科学小说作家协会星云奖”。

莫尔柯克认为,从严格意义上讲,科幻小说不应称为"小说",而应称为"传奇",因为科幻小说再怎么追求"真实",总是比较夸张的,而且总是一种"幻想"。他自己的作品当然也是这样。他在作品中常常围绕一个中心人物来表现其历险过程,而这种人物显然在智慧与能力方面都被夸张描写了,因而具有某种超凡的能力。当然,莫尔柯克有时也会在这种人物身上表现人类性格中的某些弱点,但这些弱点最终总会被克服,被超越。换句话说,莫尔柯克塑造的主人公大多是既超越他人又能超越自身的"超人"形象。这种人物曾一度被视为是莫尔柯克"新科幻小说"的一个象征,而在莫尔柯克的作品中,最能代表这种人物的,除了上述《注视那人》中的格洛高尔,还有出版于 70 年代初的《麦尔尼本的埃尔端克》和《埃尔瑞克:回归麦尔尼本》中的埃尔瑞克,以及出版于 70 年代中期的《杰里·科尼利厄斯的生活与时间》和《科尼利厄斯编年史》中的科尼利厄斯。实际上,莫尔柯克的许多重要作品就是以这种人物为主人公而串联起来的"系列科幻小说",如《废墟中的早餐》等作品属"格洛高尔系列";《最后的节目》和《治愈癌症》等属"科尼利厄斯系列"——这一"系列"还曾获"保卫者小说奖"。

至于莫尔柯克的其他一些作品,其中有一些也是相互关联的"三部曲",如"剑三部曲"和"火星三部曲"等。特别是莫尔柯克写于 90 年代的"三部曲"《在时间尽头跳舞的人》,也许是他的"三部曲"中影响最大的一部。在这个"三部曲"中,讲述的是发生在宇宙尽头的故事,那时只有很少几个人还活着,而这几个人都热衷于凭想象创造生物,或者相反,使某种生物消亡。于是,宇宙的历史就被重演了一遍,其中最重要的是地球的历史。在此过程中,历史人物被复活而且作为旅游者从过去来到现在,和那几个使他们复活的人相见。小说的主人公是最后一个地球人,名叫 J. 卡内利安,他不仅热衷于复活历史上的浪漫故事和浪漫人物,而且他自己还和被复活的历史人物、维多利亚时代的艾米莉亚·安德伍德演绎了一段奇特的浪漫爱情故事。小说在很大程度上就是通过他们两人的这种恋爱关系,别出心裁地把过去和未来直接连在一起,由此表现人的价值观和道德观在漫长的历史过程中会变得面目全非,但是——这也许是西方文学的永恒主题或"老生常谈"——人的感情,特别是男女间的"爱情",却永远不会变。小说写得轻松流畅,富有想象力和幽默感,被认为是莫尔柯克最有趣、最能显示其才华的作品之一。

90 年代以后,莫尔柯克仍有新作不断问世,比较重要的有:《城市之王》(*King of the City*,2000) 和"科尼利厄斯系列"第十部《点燃教堂》(*Firing the Cathedral*,2002)。他最近的新作是 2006 年出版的《罗马的报复》(*The Vengeance of Rome*),即"战争之间系列小说"中的第四部。

七、皮尔斯·里德

皮尔斯·里德(Piers Paul Reed,1941—)出生于伦敦,八岁时随父母移居约克郡(其父故乡),并就读于当地教会学校。毕业后考入剑桥圣约翰学院,主修历史和哲学,1962 年获硕士学位。离开大学后,他曾去过德国、日本、泰国、老挝和越南等国,1966 年返回英国。同年,他出版第一部小说《和塔西·马克斯一起进天堂》(*Came in Heaven with Tussy Marx*,1966)。

其后,里德出版了一系列小说,其中重要的有:《容克》(*The Junkers*,1968)、《修士道森》(*Monk Dawson*,1969)、《暴发户》(*The Upstart*,1973)、《已婚男人》(*A Married Man*,1979)、《自由法国人》(*The Free Frenchman*,1986)、《西方的一个季节》(*A Season in the West*,1988)、《第三天》(*On the Third Day*,1990)、《柏林的一位爱国者》(*A Patriot in Berlin*,1995)、《十字架上的骑士》(*Knights of the Cross*,1997) 和《流放的艾丽丝》(*Alice in Exile*,2001)等。

里德的小说大多具有明显的政治和宗教色彩,或者说,着力表现政治和宗教的矛盾和冲突。就政治思想而言,里德深受父亲的影响,信奉马克思主义,但与同时,他又受母亲的影响,信奉天主教。所以,在他的作品中,他往往把马克思主义和天主教混合在一起,并以此审视历史和当代社会生活。譬如,在小说《容克》中,里德塑造了一个天主教马克思主义者的形象,即主人公爱德华·冯·拉梅尔斯伯格。通过这个人物,里德既用马克思主义的观点审视了 20 世纪上半叶德国纳粹党的罪恶历史,同时又从天主教的角度对当今世界(即 60 年代东西方"冷战"的世界)表示了不安和担忧。再譬如,在《修士道森》中,主人公道森是个虔诚的天主教修道士,笃信上帝最终会拯救人类,但他在现实生活中又发现,许多事情是等不到上帝来解决的,尤其是当他接触了马克思主义之后,他发现世上有许多罪恶显然来自不合理的社会制度,而不是人的"原罪"。于是,他感到困惑,并由此而开始反思自己的宗教信仰。从某种程度上说,道森的困惑也是里德自己的困惑。这样的困惑,也反映在他的另一部作品即《教授的女儿》中。在这部以家庭冲突为背景的小说中,里德试图揭示当代家庭危机的根本原因,但他显然觉得用马克思主义理论无法对此作出解释,同时又怀疑用天主教义是否能解决这一危机。

总的说来,里德的小说所表现的主题通常是:当代生活正变得停滞而死寂,缺乏朝气和活力;当代人精神空虚,道德观念日趋式微。对此,宗教或许是救世良药,但问题是,当今世界,人们的宗教观念也越来越淡薄了。那么,用马克思主义能不能改造这个世界呢?或许能。但马克思主义即便能解决诸多社会问题,却无法拯救人们的灵魂。所以,里德在其小说中探索得最多的,就是如何把天主教理想和马克思主义理想结合在一起,从而指望人类在灵与肉两方面都得到拯救。

八、克利斯托弗·普里斯特

克利斯托弗·普里斯特(Christopher Priest,1943-)出生于曼彻斯特,曾做过会计,1965 年开始尝试小说创作,但到 1970 年才出版第一部作品《教训》(*Indoctrinaire*)。这是一部具有科幻性质的作品,尽管普里斯特自己并没有意识到这一点。

普里斯特的第二部作品《为变黑的岛作赋格曲》(*Fugue for a Darkening Island*,1972)同样具有科幻性质。小说中写到,在未来的某个年代,由于核辐射对非洲人产生了巨大威胁,于是非洲难民不得不逃离家乡,四处谋生,而"变黑的岛"英国也涌入了成千上万非洲难民,于是种族纠纷日趋激烈,法律在这一非常时刻也已无可奈何,社会秩序被彻底打乱,人们的观念、行为、道德准则都变得混乱不堪。显然,这是一部具有科幻性质的小说,而且写得相当成功,但普里斯特却拒不承认他写的是科幻小说,因为他觉得科幻小说大凡都很肤浅,而他的作品是具有深意的。确实,《为变黑的岛作赋格曲》可以说是一部采用科幻形式写成的社会小说,涉及当今社会的政治、法律、婚姻等诸多问题,而且它还是一部实验小说,无论是时间、人物,还是场景变换,都打破了常规。

　　然而,令普里斯特哭笑不得的是,他后来出版的一系列作品,如《倒转乾坤》(*Inverted World*,1974)、《太空机器:科学传奇》(*The Space Machine: A Scientific Romance*,1976)、《没有尽头的夏季》(*An Infinite Summer*,1979)和《证实》(*The Affirmation*,1981)等,仍被评论界视为科幻小说,其中的《倒转乾坤》和《太空机器》还分别获得了专为科幻小说而设的“英国科学小说协会奖”和“迪特马奖”。

　　《倒转乾坤》的背景设在另一个星球上,那里有一座名为“地球城”的城市。这个“地理城”整洁、平和,里面的居民是来自地球的“地球人”。他们文明礼貌,社会井然有序,一切都和原来的地球截然不同。可见,这是一部科幻形式的乌托邦小说,它将当今现实中的文明社会和幻想中的理想世界加以对照,以此讽喻地球上的所谓“文明”,其实不过是自私、贪婪和金钱交易而已。

　　《时间机器》采用科幻小说中最常见的题材,即写一对年轻恋人乘坐时间机器穿越时空,往返于过去、现在和将来。他们的所见所闻构成了一幅幅奇妙的图景。不过,尽管《时间机器》的题材并不新颖,普里斯特还是赋予了作品以某种新意,因而吸引了众多读者。

　　至于普里斯特在80年代初出版的《证实》,则旨在于探讨艺术幻想和现实生活之间的关系,而其结果则是困惑和迷惘。当然,这一主题在当代英国小说创作中并不罕见,但普里斯特却是用一种奇妙的幻想形式来加以表现的,因而形式上与众不同,加之小说构思巧妙,语言细腻,生动表现了现代人处于艺术和现实相冲突的“双重世界”之间的困境,所以读来别有一番意蕴。

　　总的说来,普里斯特是一位风格独特的科幻小说家,尽管他自己并不承认。评论界普遍认为,他的小说不仅风格严谨,而且技巧精湛。他的作品不仅在英国,而且在法国、荷兰、澳大利亚等国都拥有相当多的读者。

　　90年代以后,普里斯特的兴趣转向其他方面,小说写得较少,仅出版了三部长篇,即《极端》(*Extremes*,1998)、《存在》(*Existenz*,1999)和《分隔》(*The Separation*,2002)。

九、戴维·斯托利

　　戴维·斯托利(David Storey,1933—　)出生于约克郡,父亲是煤矿工人。1951年,斯托利考入当地的威克菲尔德艺术学校,后获奖学金去伦敦,就读于斯莱德艺术学校。在此期间,他又加入利兹橄榄球队,成为一名运动员,因而一度奔忙于艺术学校和橄榄球比赛之间。可以说,这一时期的生活经历和感受,是他日后创作小说的主要动因。大约在50年代中期,斯托利厌倦了橄榄球比赛,遂与球队解约,在伦敦的一所学校任代课教师,所以在他日后的许多作品中又常会出现另一个重要主题,即对教书生涯的感叹。

斯托利的小说大多描写下层工人家庭的生活,而且大多以他的故乡约克郡为背景,其小说题材则大多和他自己的生活经历有关。在小说主题方面,他表现得最多的是:(1)现代人的精神与物质的难以协调,或者说,灵与肉的分裂;(2)出身下层的当代知识分子与其父辈的观念冲突,以及对传统门第观念的怨恨。在表现手法方面,斯托利主要采用写实手法,注重细节描写和人物对话,同时辅之以象征等现代技巧。

斯托利的第一部长篇《体育生涯》(*This Sporting Life*)曾先后遭八家出版社拒绝,直到1960年才得以出版。小说的大体内容是:男主人公梅钦出身贫寒,他经过一番努力,成了橄榄球明星。但他并不满足于成功带给他的物质享受,而要寻找他的另一半——精神支柱。他爱上了他的女房东、中年守寡的哈蒙德太太。然而,哈蒙德太太虽然多次和他做爱,精神上却仍忠实于已故丈夫,并没有真正爱上梅钦。这使梅钦万分苦恼,而在哈蒙德太太那一边,她总觉得梅钦追求她只是想"征服"她,就像他参加橄榄球比赛一样,想到的就是"赢"。所以,她竭力不让梅钦"赢得这场比赛",因为她认定,梅钦一旦"赢"了——即全部得到了她——就很可能会离她而去。就这样,两人都在痛苦中挣扎。后来,哈蒙德太太因过度抑郁而死去,梅钦也因极度困顿而精神几近崩溃。小说出版后,获当年"麦克米兰小说奖"。应该说,小说成功塑造了梅钦和哈蒙德太太这两个性格迥异的人物形象,特别是哈蒙德太太,可说是一个颇有典型意义的、灵肉分裂的当代悲剧人物。还有,小说的表现手法也颇为成功,即在讲述爱情故事的同时穿插橄榄球比赛场景,以此暗示梅钦和哈蒙德太太之间的"感情比赛",而结果呢,却是两败俱伤。

《体育生涯》获得成功后,斯托利辞去教职,专事写作。他于1963出版的长篇小说《拉德克利夫》(*Radcliffe*),再次表现了灵肉分裂的主题。

小说中的两个男主人公,即伦纳德·拉德克利夫和维克多·托尔森,是同性恋。拉德克利夫代表"灵"(他是个有贵族血统的知识分子),托尔森则代表"肉"(他们家世世代代都是工人),就如拉德克利夫自己所说,"维克是我的身体,而我是他的灵魂"。通过这两个人物的关系变化,小说提出的问题是:在现代社会,灵与肉能否和谐一致?回答是:不能。小说中是这么写的:托尔森沉溺于肉欲,他是双性恋者,不仅和拉德克利夫有同性恋关系,还诱奸了拉德克利夫的妹妹伊丽莎白;拉德克利夫对此既妒忌,又愤恨,难以忍受托尔森的"胡作非为",结果用铁锤砸死了托尔森,自己则精神失常,最后死在精神病院里。不过,小说结尾处写到伊丽莎白生了个孩子,似乎暗示:灵与肉的分裂也许在这个孩子身上能得到弥合,因为这个孩子是拉德克利夫的妹妹伊丽莎白和托尔森所生,他既有拉德克利夫家族的"精神",又有托尔森家族的"肉体"。

70年代是斯托利小说创作的鼎盛时期,有两部作品,即《帕斯摩尔》(*Pasmore*, 1972)和《萨维尔》(*Saville*, 1976),获得"布克奖"。

《帕斯摩尔》的主题是当代年轻人的迷惘,以及他们和父辈间的观念冲突。小说主人公帕斯摩尔出身于一个工人家庭,父母节衣缩食,供他读书,指望他将来成为一个有教养、有身份、有地位、受社会尊重的人。帕斯摩尔不负父母所望,果真很有"出息",成了一名大学教员,收入不菲,还有房子、妻子和可爱的孩子。然而,他却并不感到快乐,总感到有一种莫名的"隐怒",觉得生活枯燥乏味,毫无意义,甚至荒唐可笑。于是,他离开妻子和孩子,爱上了一个已婚的贵妇人,结果却是被贵妇人的丈夫痛打一顿而告终。他返回家乡,本想从亲人那里得到一点安慰,但父母虽为他高兴,他自己却怎么也高兴不起来,因为父母根本不理解他的想法。他不知如何是好,从此一蹶不振,整日孤独地躺在自己的小屋里盯着天花板发呆,既对生活不满,又不知道自己到底想过怎样的生活。小说结尾时,帕斯摩尔回到了自己家里。他向妻子认错并得到了妻子的原谅,从此又过上了"正常"然而无聊的生活。

《萨维尔》也是写出身下层的当代年轻人的经历,但和《帕斯摩尔》稍稍不同的是,这部小说带有明显的自传色彩,主人公萨维尔在很大程度上是斯托利的自我写照。和斯托利本人一样,萨维尔也是出生于约克郡的一个矿工家庭,早年也是就读于当地的文法学校,后来也成了一名橄榄球运动员,而且最后也当上了教师。父母对他寄予厚望,但他却渐渐地发现,自己是在按别人的意愿行事,于是便和父母以及家里的其他人发生了冲突。另一方面,尽管他已摆脱下层社会,但所谓的"上流社会"又视他为异己,使他感到愤愤不平。小说结尾处,萨维尔听从女友伊丽莎白的劝导——她对他说,你就是你,不属于任何阶级——便毅然辞去教职,离开了家……萨维尔最终会怎样?他如何摆脱庸俗的阶级观念,摆脱他的精神痛苦?小说没有再讲下去。也许,斯托利用这样的结尾已经做了暗示,即:萨维尔很可能也会成为一名作家。

80 年代以后,斯托利的长篇创作主要有:《浪子》(A Prodigal Child,1982)、《当今时代》(Present Times,1984)、《凤凰》(Phoenix,1993)、《一个严肃的人》(A Serious Man,1998)和《西方的一颗星》(A Star in the West,1999)等。他最近推出的两部新作是《偶然》(As It Happened,2002)和《薄冰上的滑冰人》(Thin-Ice Skater,2004)。其中,《偶然》以一个富有的电影制片人的弟弟的视角,讲述其哥哥与上层社会的复杂而微妙的关系,由于他和上层社会既有关又无关,因而在他的讲述过程中透露出一种对上层社会既羡慕又嫉恨的矛盾心理。

十、苏珊·希尔

苏珊·希尔(Susan Hill,1942-)出生于约克郡,1963 年毕业于伦敦大学皇家学院英文系。在读大学期间,希尔就出版了她的第一部长篇小说《围墙》(The Enclosure,1961),当时她还不到 20 岁。自 1969 年她的第二部小说《请帮助我》(Do Me a Favour)出版后,希尔便开始专事小说创作,同时为报纸杂志写评论文章,为电台写广播剧。

1970 年代上半期是希尔小说创作的旺盛期,她在短短五年间出版了五部长篇小说,即《我是城堡的国王》(I'm the King of the Castle,1970)、《奇遇》(Strange Meeting,1971)、《看守人》(The Custodians,1972)、《夜鸟》(The Bird of Night,1972)和《一年之计在于春》(In the Springtime of the Year,1974),以及两部短篇小说集,即《信天翁》(The Albatross and Other Stories,1971)和《来点歌舞》(A Bit of Singing and Dancing,1973),还有一部广播剧选《金国》(The Gold Country and Other Plays for

Radio，1975）。然而，自 1975 年结婚后，希尔便中断了小说创作，直到 80
年代以后才"重操旧业"。不过，尽管希尔一度离开文坛，她在 70 年代上
半期创作的五部长篇小说却一直深受读者的欢迎和批评界的重视，其中
有两部，即《我是城堡的国王》和《夜鸟》，还分别获得了"毛姆奖"和"惠特
布雷德奖"。

《我是城堡的国王》主要描写青少年心理。小说的主人公是两个中学
生，即埃德蒙和查尔斯。埃德蒙从小没有母亲，和父亲一起住在一幢巨大
而阴暗的房子里。这幢房子就是小说题目中的"城堡"。埃德蒙的父亲后
来雇用了一个叫海伦娜的寡妇当女管家。海伦娜有一个和埃德蒙同年的
儿子，那就是查尔斯。埃德蒙生性好斗而且行为怪僻，一开始就讨厌查尔
斯，觉得查尔斯"闯入"了他的家，是他无法容忍的。于是，他就想方设法
作弄查尔斯。而查尔斯则是个性格懦弱的男孩，只会惊恐万分地忍受埃
德蒙的作弄，甚至虐待。小说的内容主要就是写埃德蒙对查尔斯施行的
各种各样的恶作剧，包括恐吓、打骂，等等，旨在表现两个未成年人的变态
心态，即：一个是虐待狂，一个是受虐狂；同时暗示，这两种变态心理的形
成，和他们的家庭环境有关。小说结尾时，查尔斯独自跑进森林，并在那
儿结束了自己短暂的一生。

同样，在《夜鸟》中，希尔也旨在于表现施虐心理和受虐心理，但结果
要好得多。小说以主人公、即上了年纪的哈维·劳森的回忆和日记形式，
讲述他当年和另一个男人、即诗人弗朗西斯·克罗夫特之间的一种很特
殊的"友情"。哈维是个性格内向而孤僻的人——这种人往往有受虐倾
向；而弗朗西斯却正好相反，性格外向而且自以为是——这种人往往有施
虐倾向。所以，在哈维的回忆中，弗朗西斯是唯一能给他"温暖"的人，而
他呢，除了极度依赖弗朗西斯的"爱"，还无微不至地关心着弗朗西斯的生
活起居，特别是在弗朗西斯生病期间，他简直就像弗朗西斯的妻子一样，
悉心照料他……通过这样的情节，小说似乎是想告诉读者，两种变态心理
或许可以"互补"，其结果虽不是正常人所能接受的，但也无害——只是，
像哈维和弗朗西斯这样的"一对"，实在是少而又少，可谓是"奇迹"，至少
是极其幸运的，因为在大多数情况下，心理变态的结果总是非常可怕的。

除了《我是城堡的国王》和《夜鸟》，希尔的另一部长篇小说，即《奇
遇》，也被认为是她这一时期的佳作。实际上，《奇遇》写于《夜鸟》之前，可

说是《夜鸟》的前篇,因为两者有着相似的主题,即:由于正常的人际关系
的缺失,导致不正常的变态关系。小说主人公约翰·希利亚德是"一战"
时期的一个军官,从小生活在一个关系冷漠的家庭中。为了逃避这个家
庭,他自愿上了战场。然而,他发现自己和士兵们的关系依然很冷漠,因
而始终觉得自己像个局外人,孤单寂寞。这时,他遇到了一个叫大卫·巴
顿的男人。这个男人热情豪爽,几乎和任何人都能交朋友。于是,希利亚
德受其吸引,便成了他最亲密的朋友。对于希利亚德来说,和大卫·巴顿
的友情是他唯一的希望,因为他觉得,唯有大卫·巴顿才能给他带来"温
暖"和"爱"。然而,即便是这种不正常的"感情",也只是昙花一现,因为大
卫·巴顿不久便阵亡了。于是,希利亚德只好再度去面对一个冷冰冰的
世界。

总的说来,希尔这一时期的小说大多以现代人的心理(如孤独心理、
失落心理等)及其变态为主题,其表现手法则是传统写实主义手法,类似
于哈代,注重景物描写以显示环境对人物性格的决定性影响。

80 年代,希尔恢复小说创作,但仅在 1983 年出版了一部小说,即《黑
衣女人》(*The Woman in Black*)。90 年代初,她似乎又恢复到了 70 年代
的那种写作速度,几乎每年都有一部长篇问世——1991 年,《天空与天
使》(*Air and Angels*);1992 年,《镜中露》(*The Mist in the Mirror*);1993
年,《德温特夫人》(*Mrs. De Winter*)。《德温特夫人》是戴芙妮·杜穆里埃
(Daphne Du Mauier,1907 - 1989)的著名小说《吕蓓卡》(*Rebecca*,1938,电
影译名《蝴蝶梦》)的续篇,出版后轰动一时。

但此后,希尔似乎又停笔了,直到四年后才有长篇《云的服务》(*The
Service of Clouds*,1997)问世。接着,在七年时间里,她没有出版一部长
篇。随后,她又以一年一部的速度连续出版了三部具有哥特式风格的长
篇小说,即《男人的诡秘行踪》(*The Various Haunts of Men*,2004)、《心灵
的纯洁》(*The Pure in Heart*,2005)和《黑暗的风险》(*The Risk of
Darkness*,2006)。

十一、罗丝·特里梅茵

罗丝·特里梅茵(Rose Tremain,1943 -)毕业于东英吉利大学,是

马尔科姆·布雷德伯里在该校主持的"文学创作硕士班"的高材生。她于
1967年从该校毕业,九年后,即1976年,出版了她的第一部长篇小说《管
家的生日》(*Sadler's Birthday*)。

特里梅茵的小说创作主要集中在70年代和80年代;由于她是"科班
出身",又是布雷德伯里的"高足",所以她也是这一时期的获奖"大户"。
她曾被评为1983年英国最佳青年小说家之一;她的短篇小说集《上校的
女儿》(*The Colonel's Daughter and Other Stories*,1984)和《游泳池季节》
(*The Swimming Pool Season*,1985)曾分别获"迪伦·托马斯短篇小说
奖"和"天使文学奖";长篇小说《复辟》(*Restoration*,1989)不仅获当年"布
克奖"提名,还获得了"《星期日快报》奖"和"天使文学奖"。

除上述作品,特里梅茵在这一时期的其他重要作品还有长篇小说《给
本尼迪克特修女的信》(*Letters to Sister Benedicta*,1978)、《橱柜》(*The
Cupboard*,1981)、《火山行》(*Journey to the Vocano*,1985)和短篇小说集
《莫丽尼别墅的花园》(*The Garden of the Villa Mollini and Other
Stories*,1987)。

《给本尼迪克特修女的信》是特里梅茵的第二部长篇,主题和格调都
类似于她的长篇处女作《管家的生日》,也是通过主人公的内心痛苦来表
现时代的变迁和生活的艰难。小说中的女主人公罗碧,人到中年却惨遭
不幸——她丈夫因脑震荡而成了植物人。罗碧的生活本来就很艰辛,再
受此打击,她的精神几近崩溃。在此情况下,她开始给幼年时在印度认识
的本尼迪克特修女写信,倾诉心中的痛苦。小说的主要内容,就是罗碧在
这些信中的自我倾诉。特里梅茵借此展示了她的语言才能:小说中的作
者陈述,文笔清新而优雅,而罗碧的信,则是用一种颇为混乱的语言写成
的,但通过这种不合逻辑的语言,读者却仍能理解她所陈述的一切;也就
是说,特里梅茵非常巧妙地维持着现实和记忆、清醒和混乱之间的平衡。
可以说,这部作品充分显示了特里梅茵作为小说家的内在潜力。

《橱柜》的卷首引文是传记作家利顿·斯特雷奇的一段话:"我们都是
一些橱柜,具有明显不同的外观:美丽或丑陋,简朴或精致,有趣或可笑。
但是就内部而言,却是不可思议地雷同:都是黑暗、恐惧和不可张扬的丑
事的栖身之所。"这段话点明了小说的主题,而小说的内容大体是这样的:
有个年轻的美国记者为写小说而去采访一个因年迈而被人遗忘的女作

家;于是,这个 87 岁的女作家就像写小说一样絮絮叨叨地讲述了她一生的经历——她早年如何四处漂泊,后来又如何在萨福克郡过宁静的乡村生活,再后来又如何参加女权运动,如何出入于文学沙龙,如何写作,如何侨居在巴黎,等等,等等。讲完这些后,她就像构思小说一样,开始构思她往后的生活,而且还在设计以何种方式离开这个世界,就如设计以何种方式让小说主人公死去,才能使小说有一个好的结局。而这个年迈的女作家(即小说主人公)为自己设计的结局,也就是特里梅茵为小说设计的结局。当然,小说中所有一切都是特里梅茵设计的——包括叙述方式,即播放那个美国记者的采访录音,等等——都设计得很巧妙。

一般认为,特里梅茵最重要的作品是长篇小说《复辟》。书名"Restoration"既有"复辟"之意,又有"回归"之意。小说背景取"复辟"之意,即:小说中的故事发生在查尔斯第二王朝复辟时期,而且还牵涉当时的一些重大历史事件,如 1665 年的伦敦瘟疫,以及随之而来的伦敦大火,还有各种各样的宫廷密谋,等等;所以,从表面上看,《复辟》好像是一部历史小说。但是,小说主人公罗伯特·梅里维尔却是个虚构人物,一个出生于市民家庭的医学院大学生。他虽非贵族子弟,却像复辟时期伦敦的那些花花公子一样,沉溺于放纵无度的生活。然而,他最终没有为时代风气所吞噬,而是回到了故乡诺福克郡,并在那里的一所疯人院里当医生。由于远离宫廷和城市而过着纯朴、宁静的乡村生活,他终于恢复了心理平衡,并领悟到他当初在伦敦时就如他现在所面对的病人。所以,从主人公的角度看,这部小说又是一部心理小说,其主题是:"人性的回归"。

特里梅茵是 80 年代英国小说界的"红人",很受评论界的推崇。她不仅应邀回母校东英吉利大学讲授"文学创作硕士课程",还在 1988 年被选为"布克奖"评委。

90 年代,特里梅茵又相继推出多部作品,如长篇小说《神圣的乡村》(Sacred Country,1992)、《我寻找她的方式》(The way I Found Her,1997)、《音乐与寂静》(Music and Silence,1999)和短篇小说集《伊凡吉丽斯塔的扇子》(Evangelista's Fan,1994)。其中,影响最大的是《神圣的乡村》。

在这部小说的卷首,特里梅茵引了 T. S. 艾略特《空心人》中的诗句:"在观念/与现实之间/在动作与行为之间/落下了那片阴影。"这里的"那片阴影"，就是神志不清，或者说，指一种"既非观念、又非现实"的混沌感。
而这，正是小说所要表现的。小说情节很荒诞：在东英吉利乡村的一个
人家，女儿玛丽认为自己应该是男孩，所以处处表现得像男孩，还一心想
真的变成男孩，而她的父母呢，也是神智不健全的人：父亲索尼相信，他
的女儿是个女巫；母亲埃丝特尔本来就精神失常，后来被送进了疯人院。
至于他们周围的人，也和他们一样神志不清，如有个屠夫，不宰牲口，却砍
掉了自己的手指，结果流血至死；有个女人，竟然相信自己是一只小鸡，等
等。与这种神志不清的"乡村生活"相伴随的，是"乡村音乐"，而"乡村音
乐"，就是"乡村生活"的神秘表达，其中隐含着"生命的真谛"。那是什么
真谛？ 特里梅茵有一段话，也许是对这部小说的最好注解。她说："乡村
音乐并非意味着你知道什么，而是意味着你一无所知，并且第一次发现了
每一件事情，然后用音乐加以描写。吉米·罗杰斯是我所听到的第一位
美国南部山区乡村歌手。他经常对听众倾诉一件事情。他常常会说，
'嘿、嘿，不用再等多久了。'没有一位听众真的知道他是什么意思。但是
我知道。他是告诉听众他心中的感受：总有一天他将会发现一切事情的
答案。不用再等多久，这一天就会到来了。但是另一方面，这一天也许永
远不会到来。因此，最好的办法是在等待之时写一些歌曲，并且吟唱它
们。"这段话的意思是：生活本质上是荒诞的，归根结底是没有意义的；对
此，我们只能以荒诞相对（即神志不清），同时等待着"世界末日"的到来，
尽管我们知道"这一天也许永远不会到来"。显然，这是一部贝克特式的
荒诞小说，其主题和贝克特的荒诞剧《等待戈多》颇为相似。

《神圣的乡村》出版后获"詹姆斯·泰特·布莱克纪念奖"。此后，特
里梅茵又写了《色彩》(*The Colour*，2003)和《回家的路》(*The Road Home*，
2007)；前者获 2004 年"橙子奖"提名，后者获 2007 年"科斯塔小说奖"
提名。

十二、A. N. 威尔逊

A. N. 威尔逊(Andrew Norman Wilson, 1950 -   )出生于斯达福郡，
童年时代和少年时代都在教会学校接受教育，19 岁时考入牛津新学院英
语专业，在读期间曾获该校优秀论文奖。从新学院毕业后，他一度想成为

牧师,因而去圣·斯蒂芬教堂主修神学课程,但一年后又放弃了。此后,他曾在圣·赫格学院任教。1977 年,他回母校夏在牛津新学院任教,至1988 年放弃教职,成为职业作家。

威尔逊的第一部小说出版于他在牛津新学院任教期间,名为《皮姆利科糖果》(*The Sweets of Pimlico*,1977)。小说篇幅不长,而且是写实的,出版后获"约翰·莱维林·莱斯奖"。小说内容是同性恋和乱伦。女主人公伊夫琳年轻美貌,父亲曾是英国驻德国大使,但她却爱上了一个上了年纪的德国人戈尔曼。戈尔曼表面上好像也很爱伊夫琳,其实他是个同性恋者,根本不可能爱一个女人。而伊夫琳不知真相,只觉得戈尔曼对她似爱非爱,因为他只是说爱她,却又从不和她做爱。这使伊夫琳极度失望,而失望之余,她带着一种报复戈尔曼的心理,竟然和弟弟杰里米发生了性关系。小说既写了戈尔曼的同性恋经历,又写了伊夫琳的乱伦行为,但他们两人之间却并不知道底细,还在继续他们的"恋爱"。直到小说结束,伊夫琳还是没有认清戈尔曼的真面目,而戈尔曼也同样不明白,为什么自己不和伊夫琳做爱,她竟然毫无怨言。

继《皮姆利科糖果》之后,威尔逊在 70 年代末出版的另外两部小说是《不设防时刻》(*Unguarded Hours*,1978)和《温和的光》(*Kindly Light*,1979)。

80 年代初,长篇小说《治疗的艺术》(*The Healing Art*,1980) 的出版为威尔逊赢得了名声。这部小说连获三奖,即:"南方艺术协会文学奖"、"艺术委员会小说奖"和"毛姆奖"。小说塑造了两个患癌症的女性形象——一个是大学教师帕米拉,另一个是女工萝西。帕米拉被告知将不久于人世后,便作了她认为是此生的最后一次旅行,到美国去看望一位老友,而萝西则被被告知她的癌症已被治愈,实际上是她的骨癌已经转移。具有讽刺意味的是,被宣布不久于人世的帕米拉后来一直活着,而被宣布为治愈的萝西,却很快就死了。小说由此想告诉读者的是:生与死不是人所能预料的,人活着就像是参加一场化装舞会,面对的是模糊而虚假的所谓"现实世界",而真实可信的是人的内心体验。所以,小说特意写到了帕米拉和神父黑利伍德的关系,以此强调宗教对人生的意义。

此外,《谁是奥斯瓦尔德·菲什》(*Who Was Oswald Fish*,1981)也是威尔逊 80 年代初的重要作品。奥斯瓦尔德·菲什是维多利亚时代的建筑师,而他留下的一件设计精品,现在正面临被拆的危险。小说围绕着这件事,展示了三代人不同的心态。小说通过菲什年迈的女儿范妮阅读菲什生前的笔记,展示了生活在维多利亚时代的菲什的思想和生活,同时又直接展示了范妮竭力想保住这幢建筑的种种思虑,以及她的后代对此事觉得无所谓的冷漠态度。三代人都有自己的想法,而且各有各的道理。小说以此折射了时代、人心的变迁。

除了上述两部作品,威尔逊在80年代和90年代出版的其他作品还有:《明智的处女》(*Wise Virgin*,1982)、《丑闻》(*Scandal*,1983)、《英国绅士》(*Gentlemen in England*,1985)、《不知不觉的爱情》(*Love Unknown*,1986)、《迷路》(*Stray*,1987)、总称为《兰皮特编年史》(*The Lampitt Chronicles*)的五部系列小说,即《使我们的心有所偏向》(*Incline Our Hearts*,1988)、《烟雾中的瓶子》(*A Bottle in the Smoke*,1990)、《艾尔宾的女儿们》(*Daughters of Albion*,1991)、《听见声音》(*Heard in Voices*,1995)和《夜间守望》(*A Watch in the Night*,1996),以及《悲伤的主教》(*The Vicar of Sorrows*,1993)和《梦幻儿童》(*Dream Children*,1998)。

总的说来,威尔逊的小说大多以喜剧风格表现当代生活中的诸多问题,包括现实与理想的冲突,内心生活与外部世界的矛盾、人与人之间的微妙关系、两代人乃至三代人之间的"代沟"问题、当代道德危机问题,以及当代教育与传统习俗和宗教文化的关系问题,等等。

威尔逊最近推出的新作有:《我的名字叫莱金》(*My Name Is Legion*,2004)、《嫉妒的鬼魂》(*A Jealous Ghost*,2005),以及,获"布克奖"提名的《威尼与狼》(*Winnie and Wolf*,2007)。

十三、威廉·博伊德

威廉·博伊德(William Boyd,1952-　　)出生于英属非洲殖民地加纳的阿克拉,父亲是在该地行医的英国医生。博伊德在十几岁时被父亲送回英国接受教育,中学毕业后先后在法国的尼斯大学、苏格兰格拉斯哥大学和牛津大学攻读法语、英语和英国文学。在校期间,他开始从事文学创作,经常在报纸杂志上发表短篇小说和文学评论。1981年大学毕业后,他在牛津大学圣希尔达学院任教,同时兼任电视评论员。1983年,他辞去教职,成为专业作家。

博伊德出版的第一部作品是短篇小说集《在美军基地》(*On the Yankee Station*,1980),但该作品没有引起什么反响。第二年,他出版第一部长篇《一个好人在非洲》(*A Good Man in Africa*,1981),获得读者和评论界的一致好评,此后他几乎每年都有新作发表。

《一个好人在非洲》里有两个主要人物:一个是英国政府派往非洲的外交官摩根·利非,他被视为大英帝国在当地的代表,却在无意中卷入了骇人听闻的政治阴谋和桃色事件,陷于尴尬境地;另一个是在非洲行医的英国医生默里,这个人物的原型是博伊德的父亲,他才是小说中真正的好人,在非洲混浊腐败的社会环境中始终保持着自身的清白。这部小说出版后即被评为“当年最佳长篇小说”,并获“惠特布雷德文学奖”和“毛姆奖”。

1982 年,博伊德出版第二部长篇小说《一场冰淇淋战争》(*An Ice-Cream War*)。这部小说依然是写非洲,时间是“一战”期间,主人公是当时在非洲战场作战的英国士兵。然而,就如他的第一部小说一样,这部小说也是一部讽刺小说。小说中写到,成千上万的士兵在西线被杀,而在东线又出现了一场罕为人知的滑稽战争,即在停战协定签署之后,那里还在打,原因是没有人通知他们已经停战。所以,博伊德称其为“一场冰激凌战争”。这部小说出版后获“约翰·莱维林·莱斯纪念奖”和当年“布克奖”提名。

博伊德的第三部长篇小说《星星与酒吧》(*Stars and Bars*,1984)写的则是英国人在美国。他把亨利·詹姆斯笔下性格单纯的美国人和老于世故的欧洲人难以相处的故事颠倒过来,写一个文质彬彬的英国绅士在纽约遇到粗鲁无礼的美国人,弄得手足失措。小说写得犹如一出闹剧,既讽刺了英国人的古板,又讽刺了美国人的粗俗。

1987 年出版的《新忏悔录》(*The New Confessions*)虽然没有得奖,但却被有些评论家认为是博伊德的优秀作品。这依然是一部讽刺小说,但讽刺的却是世人的浅薄与浮躁。小说主人公是 20 年代的一个名叫约翰·托德的电影导演,他的雄心壮志就是要把卢梭的《忏悔录》搬上银幕,因为他认为卢梭是“第一位真诚坦率的男子汉”。为此,他不惜代价、克服重重障碍终于把影片拍摄完了。然而,由于他拍摄的时候电影还是无声的,等他拍完后,市面上却已经流行有声电影了,所以他千辛万苦拍出来的这部"默片",还未首映就被认为已经"过时"而成了被淘汰的废物。小说内容是由主人公自述的,他用自嘲的口吻讲述自己的种种不是,就如忏悔,所以小说名为《新忏悔录》。当然,这是说反话,实质上是在嘲讽世人的肤浅。

90 年代,博伊德的重要作品是长篇小说《布拉柴维尔海滩》(*Brazzaville Beach*,1990)和《忧郁的下午》(*The Blue Afternoon*,1993)。其中《布拉柴维尔海滩》是一部别出心裁的幻想-讽刺小说,写在黑猩猩世界中进行的一场实验,出版后获"詹姆斯·泰特·布莱克纪念奖"。

总的说来,博伊德是一位颇有才华的喜剧小说家,他继承了伊夫林·沃和金斯利·艾米斯的旨在于讽刺社会的喜剧传统。他的小说题材大多也是早有人写过的,如殖民地生活、英国人在海外,等等。但是,由于他的小说是在 80 年代和 90 年代出现的,当时人们正对流行的各种实验小说觉得有点厌倦了,所以他的这种"老式写法"反而令人有一种新鲜感。

博伊德最近出版的长篇小说是 2002 年的《人心》(*Any Human Heart*)和 2006 年的《坐立不安》(*Restless*)。其中《人心》是一部具有传记特点的虚构小说。主人公罗根·蒙斯托尔特是虚构的,但他周围的人物却是像弗吉尼亚·伍尔夫、海明威和伊夫林·沃这样的已故作家。显然,博伊德试图拓展自己的写作领域,试图把传记和小说融为一体,因而这部作品可以视为他的一次小说实验。

下 编

20 世纪 90 年代以后的小说创作

第一章　概述：小说的
重新定位

　　90年代,英国评论界有不少人对当代小说持悲观态度。有人认为,
"当代英国小说处于一种悲哀的状态,这一点人人皆知。"有人甚至认为,
"英国小说已经死亡"。确实,自1990年以来,英国人目睹了许多著名小
说家相继去世:1991年,格雷厄姆·格林去世;1992年,安格斯·威尔逊
和安吉拉·卡特去世;1993年,威廉·戈尔丁和安东尼·伯吉斯去世;
1995年,金斯利·艾米斯去世;1997年,维·索·普利切特去世;1999
年,艾丽斯·默多克去世;2000年安东尼·鲍威尔和马尔科姆·布雷德
布里去世。不过,老一辈小说家的去世并不意味着小说创作就此一蹶不
振。实际上,90年代以后的英国小说产量之大,可谓前所未有。譬如,仅
在1995年,就有8 000多部新小说问世。既然如此,为什么还有人认为
英国小说"处于一种悲哀的状态"呢?原因恰恰在于产量过大,结果就如
萨尔曼·拉什迪所说,"小说即便没死,也被掩埋了"。真正的好小说被掩
埋在浩如烟海的平庸小说中,而不管是好小说,还是平庸小说,又全都被
掩埋在铺天盖地的出版物中。

　　这是事实。但在铺天盖地的出版物中,小说毕竟还有一席之地,而在
浩如烟海的平庸小说中,真正的好小说也迟早会脱颖而出,只是需要时间
的检验和筛选。

　　总的说来,90年代以后的英国小说似乎仍在现实主义和实验主义之
间投石问路,探幽索隐,试图在英国小说史上为自己重新定位,就如马尔

科姆·布雷德布里所说:"今天许多小说家对陈旧的小说规范和既成的小说历史感到很不自在。他们试图通过探索小说某些实质性的问题来重新运用和重新塑造这种形式。"①

基于此,这一时期的英国小说呈现出各种形式彼此共存、兼容并蓄和多元发展的倾向。不过,彼此共存不等于没有区别,兼容并蓄不等于没有特点。实际上,这一时期有四类小说不仅相互有别,而且明显具有各自的特点。这四类小说可分别称为"新实验小说"、"新历史小说"、"新社会小说"和"新国际化小说",它们在很大程度上代表了这一时期英国小说创作的新动向。

一、新实验小说

自 70 年代以来,西方学术界就有一种倾向,即:自然科学和人文科学相互渗透和相互影响;人文科学的各学科,还有各类艺术,也同样如此。到了 90 年代,这一倾向遂成学术界和艺术界的主流。在学术界,德里达的后结构主义理论主张从语言结构出发对小说的内容情节加以量化研究,从中得出类似自然科学的"小说规律";雅克·拉康的"新精神分析学"理论则通过对文学语言的分析认为文学类似精神分裂症,其语言是非理性、无逻辑的自言自语。在艺术界,有些艺术家完全摒弃了传统的艺术形式;譬如,有的作曲家的作品中频频出现的是杂乱的噪音和长时间的无声,有的画家创作所谓的"拼贴画",即随意往画布上涂抹颜料。还有电脑的普及,使有些语言学家开始实验性地运用电脑程序来分析语言,甚至进行文学创作。总之,人类学家、心理学家、音乐家、画家和语言学家从各个方面影响着小说家。于是,小说界再次吹起实验之风,许多用传统眼光看来十分古怪的作品——即"新实验小说"——便相继出现。

在 90 年代登上文坛的新一代英国小说家中,有不少人对流行于欧美的后结构主义深感兴趣,有意于写作手法上的革新。其中对小说形式和叙事手法进行最大胆实验的小说家,当属马丁·艾米斯。

---

① Malcolm Bradbury, *No, Not Bloombury*. New York: Columbia University Press, 1988, p. 131.

实际上，早在 80 年代，马丁·艾米斯在他的小说《其他人：一个神秘的故事》(1981) 中就采用了断裂的时序、侦探小说的体裁、奇特怪诞的想象和新闻报道式的文体，颇似法国"新小说"派作家罗伯-格里耶的作品。在 90 年代出版的作品如《时间之箭》(1992)、《信息》(1995) 和《夜班火车》(1997) 中，马丁·艾米斯所进行的叙事实验在英国更可谓绝无仅有。特别是在《时间之箭》中，马丁·艾米斯大胆采用了时间倒流的手法：叙事不是按过去、现在、将来的顺序进行，而是从某一时刻开始朝前一刻倒退。于是，小说中的所有事件全都呈因果颠倒、顺序相反的逆行状：食物不是被人送入口中，而是从口中退回到盘子里；清洁工不是把垃圾倒入垃圾桶，而是把垃圾桶里的垃圾倒在地上；大屠杀不是活人纷纷倒地，而是死人一个个地活了过来……小说的叙述者是个逃亡美国的前纳粹战犯，他的倒流叙事即意味着对纳粹暴行的回溯，同时又给人以荒诞无稽的感觉。

除了马丁·艾米斯，其他年轻作家如格雷厄姆·斯维夫特、罗斯·特里曼、威廉·特雷弗、伊恩·麦克尤恩和埃玛·坦南特等人也都倾心于题材和手法上的实验和创新；还有如威尔·塞尔夫的小说《疯狂的量子理论》(1991)、乔纳森·柯的两部小说《瓜分》(1994) 和《沉睡的房子》(1996)、泰伯·菲彻的处女作《青蛙之下》(1993)、劳伦斯·诺伏克的小说《伦普里尔的字典》(1991) 和《教皇的犀牛》(1997)，以及格兰·派特森、托比·里特、阿·莱·肯尼迪、罗迪·道尔等人的小说，也引起了小说界的强烈关注。他们的作品把梦幻、荒诞、黑色幽默和现实融为一体，创造出一个虚虚实实、可笑又可悲的天地，不同程度上都属新实验小说。譬如，在伊恩·麦克尤恩的小说《陌生人的安慰》(1981) 中，梦幻转化为现实，现实又如同虚幻，使读者难以分辨梦境和现实、真实与虚构。

对于这种新实验和新趋势，戴维·洛奇曾评论说："……小说在向形式实验和形式上的自我意识发展中并没有抛弃现实主义，但是已不再是简单、质朴地应用现实主义了，它被用来衬托出其他风格的写作。"①也就是说，较之于早先的实验现实主义小说，90 年代以后的新实验小说已走得更远。它们不再是以现实主义为基础的实验，而是在实验

---

① David Lodge, *After Baktin: Essays on Fiction and Criticism*, London ：Edward Arnold，1990，p. 57.

"其他风格的写作"时,即便"没有抛弃现实主义",也仅仅把它当作一种"衬托"而已。

二、新历史小说

90 年代,英国小说界的另一个重要话题是"回归历史"。与此相应,有不少小说家写出了诸多历史小说。由于这类历史小说不同于传统的历史小说,因而被称为"新历史小说"。

在这类小说中,有一种是把真实历史或真实历史人物作为故事的中心或主要内容,或把真实历史设置为故事的重要背景,因而也被称为"真实历史小说",如派特·巴克的"新生三部曲"即《新生》(1991),《门中眼》(1993),《幽灵之路》(1995);贝里尔·班布里奇的《各自逃生》(1996)和《大师乔治》(1998);卡莱尔·菲利普斯的《过河》(1993)和《血液的本质》(1997);巴里·恩斯沃斯的《神圣的饥饿》(1992)和《道德剧》(1995)等,就属这种类型的历史小说。

派特·巴克的"新生三部曲"在 1996 年合集出版,是 90 年代为数不多的三部曲之一。在三部曲里,主要人物均为真实的历史人物,故事也是真实的历史事件,但这三部小说却和一般的历史学著述有着本质区别:一是因为作者在叙述过程中添加了许多细节(这在一般历史学著述中是没有的),二是因为小说是从某个独特的角度叙述历史的,从而折射出作者审视历史时的主观态度和艺术视角,而不是像一般历史学著述那样旨在于客观地"说明"历史。同样,在贝里尔·班布里奇的新历史小说《各自逃生》和《大师乔治》里,史实和虚构也是很巧妙地组合在一起的。《各自逃生》通过一个劫后余生的旅客的回忆,把读者带回到泰坦尼克号遇难的历史事件中,尽管没有任何虚构,但叙述者的语调和叙事角度都暗示出,作者的目的不在于重现历史事件,而在于表达作者对历史的一种感受、一种态度。《大师乔治》采用多重叙事和多重视角的艺术手法叙述历史事件。三个不同的虚构人物轮流叙述,构成六个独立的"片段",而这些"片段"所聚焦的,则是一个半世纪以前的克里米亚战争。小说用极平静的语调叙述极残酷的战争场面,形成鲜明反差,从而表现出了历史和现代之间的内在张力。在卡莱尔·菲利普斯的两部小说《过河》和《血液的本质》

中，奴隶贸易和大屠杀的历史在多重声音中被重新解读，作者采用新颖别致的叙事方式体现了当代视野，旨在于对历史的重构和当代阐释。巴里·恩斯沃斯的《神圣的饥饿》和《道德剧》更是把笔触深入到了遥远的中世纪。由于采用当代视角，可以说，历史性的灾难事件在这两部小说中被重新"书写"、重新"阐释"了。

除了上述"真实历史小说"，还有一类历史小说更具哲学意味，它们关注的焦点是历史能否被认识和历史如何被认识。对于这些小说家来说，历史并没有终结，终结的只是旧的叙事或旧的形式，而新的叙事和新的形式必然会使历史呈现出新的面孔。和"真实历史小说"不同，这类历史小说并不拘泥于"真实历史"，而是注重于对历史的哲学思考。在这类历史小说中，最具代表性的是 A. S. 拜厄特的《占有：一段罗曼史》(1990)。在这部小说中，A. S. 拜厄特以"后现代"的目光审视维多利亚时代。小说中没有出现任何真实历史人物，但小说所指涉的显然是维多利亚时代的文学文本和文学人物。当代叙事和维多利亚叙事在小说中被组合在一起，使现在与过去、历史与现实形成一种张力，并通过两者的对应与反衬、交错与互动表达出一种新的历史观和现实观。继《占有：一段罗曼史》之后，A. S. 拜厄特在 90 年代还出版了《天使和昆虫》(1992)和《巴比塔》(1996)等作品。《天使和昆虫》由两个中篇故事组成，以当代叙事形式讲述维多利亚时代人们对宗教、对性、对达尔文进化论的复杂心理。《巴比塔》以当代英国生活为背景，但中间插入了一系列取名为"巴比塔"的历史故事，讲述中世纪的宗教信徒如何避世隐居——这种把当代生活和历史故事直接交织在一起的手法，或者说，把历史和现实中深层的道德和人性内涵并置在一起，其目的和《占有：一段罗曼史》一样，也是为了形成主题的对照和交错效果。

和 A. S. 拜厄特一样，珍妮特·温特森在她的两部历史小说即《激情》(1987)和《激发性欲的樱桃》(1989)中也作了类似的尝试。不过，和 A. S. 拜厄特不同，珍妮特·温特森最感兴趣的是性，所以在这两部作品中不仅融合了过去和现在，还融合了男性和女性的多种因素。此外，还有查尔斯·帕利泽，他在其历史小说《梅花形》(1989)中重塑了维多利亚时代的叙述模式，并由此表现出他对历史神秘主义的浓厚兴趣。

新历史小说在彼得·阿克罗伊德笔下也得到了发挥。阿克罗伊德是著名传记作家,主要作品有《奥斯卡·王尔德的最后遗嘱》(1983)、《霍克斯摩尔》(1985)、《查特顿》(1987)和 T. S. 艾略特及狄更斯的传记。其中最出色的是《霍克斯摩尔》。在这部可称之为"新传记小说"的作品中,阿克罗伊德别出心裁地把过去和现在并置,同时讲述 17 世纪 90 年代的著名教堂建筑师霍克斯摩尔的生涯和一个也叫霍克斯摩尔的当代警察的办案经历。

需要说明的是,盛行于 90 年代的新历史小说其实在 70 年代就已经出现。当时,业已瓦解的前大英帝国的历史受到诸多小说家的注意,因为这一题材可以勾起英国读者对"日不落帝国"的追忆(或者说,反省)。于是,就有一大批这一题材的小说问世。其中有三位作家的作品影响最大。首先是乔治·弗赖泽,他在《汤姆·布朗的求学时代》(1969—1990,共三卷)中用儿童冒险故事的形式描述了维多利亚时代的印度生活,还涉及了1842 年的阿富汗战争、英国对旁遮普的获取以及 1857 年的叛乱。其次是詹姆斯·法雷尔的《克里斯纳坡的围攻》(1973),在这部表现殖民地叛乱作品中,法雷尔尽管以统治者而非反叛者的观点描述了当年发生的事件,但通过小说人物的争论又隐隐约约提出了帝国文化"自溺"等问题。最后是保尔·斯格特的以"英国统治四重奏"而闻名的四部小说,即《王冠上的宝石》(1966)、《蝎子的节日》(1968)、《沉寂的塔楼》(1971)和《分赃》(1975)。在这四部小说中,保尔·斯格特详尽描述了"二战"期间的印度及其艰难的独立进程,而其主题则是:英国失去在印度的统治权并非必然,导致最终失败的原因是英国决策者的"失策"。

三、新社会小说

英国文学的"伟大传统"就是强调文学的社会性和道德感。这一点即使到了 20 世纪 90 年代也没有被放弃,反映社会问题和探讨道德问题的小说仍不断问世。只是,90 年代的社会小说比传统社会小说更关注社会生活中的个体或者说"个人性";而且,由于受同一时期新历史小说的影响,90 年代的社会小说还倾向于把个体置于历史语境中加以表达,也就是把"公共性"的历史和"个人性"的经验交织在一起,强调"公共性"的经验(也就是历史)在"个人性"的经验中的积淀,及其存留于个体生活中的印记和伤痕。

诚然，新社会小说和其他小说，如女性小说，是有所重叠的。实际上，当时已成名的女性作家，如多丽丝·莱辛和玛格丽特·德拉布尔等人，在这一时期仍有新作推出，如莱辛的《爱情，又来了》(1995)、《最甜蜜的梦》(2001)、德拉布尔的《象牙门》(1991)、《荒野上的巫婆》(1996)和《辣蛾》(2001)等，不同程度上都具有社会小说的性质，只是她们更偏重于反映社会问题中的女性问题。不过，撇开女性问题，新社会小说中最具代表性的当推朱利安·巴恩斯和伊恩·麦克尤恩的作品。

巴恩斯的《有话好好说》(1991)和《爱情，等等》(2000)发表时间虽相隔近10年，但却是姐妹篇。这两部作品都演绎了古老而永恒的三角恋爱，并对当代人的道德和感情问题进行了有力探索。譬如，在《爱情，等等》中，三个在现实与情感的旋涡中沉浮的人物，一个从爱情走向背叛和复仇，一个因信仰破灭而对现实丧失信心，一个则像一叶扁舟在苦海中竭力挣扎。小说通过这三个人物的自白式叙事，以不同的视角和方式提出了情感、忠贞、信仰和道德等当代问题，被认为"最敏锐、最人道地洞察到了21世纪初普通英国中产阶级特有的弱点，而且娴熟地解构了我们所有人的浪漫谎言"[1]。

在1998年推出的《英格兰，英格兰》中，巴恩斯则追踪主人公从童年到退休的整个人生历程，把个人的成长经历和民族身份的确认、历史传统的真伪以及记忆的含混组合在一起。在小说中，巴恩斯还借人物之口点明了小说主题："个人信仰的丧失和民族信仰的丧失，难道不是相同的吗？看看古老的英国发生了什么？它不再信仰什么了。事情变得一团糟，而且非常糟。"

伊恩·麦克尤恩早年以反映青少年心理畸变的社会小说《水泥花园》(1978)而成名。他于90年代初出版的《无辜者》(1991)和《黑狗》(1992)，前者以柏林墙修建和倒塌为背景，后者以"二战"期间盖世太保横行的法国为背景，讲述主人公不寻常的经历，以及由此而造成的心理创伤，可说是两部风格独特的"历史-社会-心理"小说。90年代后期，麦克尤恩的两

---

① Merritt Moseley, *Understanding Julian Barnes*, Columbia, South Carolina: the University of South Carolina Press, 1997, p. 79.

部小说,即《执著的爱》(1997)和《阿姆斯特丹》(1998),则深入人类危险的感情世界,刺探当代人的道德极限和脆弱之处。《执著的爱》以富有戏剧性的情节拷问人心——人们在营救一个男孩时意外地导致了一个救援者的死亡,从此打破了人们平静的心态,人性中本来就脆弱的道德防线几近崩溃——人究竟应该爱自己,还是爱别人? 若爱自己,道德有什么意义? 若爱别人,活着有什么意义?《阿姆斯特丹》则从一位中年妇女的两位前情人在她的葬礼上相遇开始,以他们在阿姆斯特丹相互将对方戏剧性地毒死而告终。在小说中,当代新闻界、出版界和政界被描写成社会道德紊乱的典型象征,以此表明个人的道德沦丧是整个社会道德无序的一个缩影。

除了上述作品,麦克尤恩于 2001 年推出的《赎罪》同样是一部探讨人性和道德困境的力作。小说中的故事发生在"二战"前后,但"二战"这一历史事件只是个人生活的潜在背景,或者说,只是构成主人公命运坎坷和心理创伤的一个隐喻。小说主人公泰里斯兄妹的内心扭曲和情感变化,表面上看是一场误会所致,实质上是特定社会历史的必然结果。

四、新国际化小说

称这类小说是"新国际化小说"是因为在 19 世纪后期和 20 世纪初期英国文学中曾有过国际小说,其代表人物就是亨利·詹姆斯、约瑟夫·康拉德和凯瑟琳·曼斯菲尔德等人。他们都是加入英国国籍的外国人,虽用英语创作小说,但小说题材不限于英国社会,通常是写来自其他国家的人在英国的经历与感受,所以可称为"国际化小说"。和亨利·詹姆斯等人的国际小说不同,90 年代的新国际小说所涉范围更大,不仅是跨国界的,而且是跨文化的,其代表作家都来自非西方文化的亚非国家。

由于新国际化小说作家大多来自前大英帝国殖民地即后来的英联邦国家,如印度、尼日利亚、特立尼达和多巴哥等地,因而也被称为"移民作家"或"后殖民小说家",其中重要的有 V. S. 奈保尔、萨尔曼·拉什迪、本·奥克里、卡莱尔·菲利普斯、巴里·昂斯沃斯、提莫西·莫和石黑一雄等人。

V. S. 奈保尔出生于特立尼达岛一个印度裔家庭,50 年代移居英国。

早在 60 年代至 80 年代，奈保尔就以《毕司沃斯先生的房子》(1961)、《河湾》(1979)和《到达之谜》(1987)等小说跻身优秀小说家行列。90 年代，他又以著名的"印度三部曲"即《黑暗地带》(1964)、《印度：伤痕累累的文明》(1977)、《印度：当今的百万哗变》(1990)而名声大作。2001 年，瑞典皇家学院在授予他诺贝尔文学奖时称他"像一位研究丛林深处某个迄今尚未探索的自然部落的人类学家一样探访英国的现实"。同年，奈保尔推出新作《半生》(2001)，以清新的文笔描写了前英国殖民地印度的社会问题、战后伦敦的移民境况以及非洲前殖民地的二等白人的尴尬处境。

萨尔曼·拉什迪出生于印度的穆斯林家庭，曾在英国接受教育，后移居英国。70 年代，拉什迪以《皮尔传》(1973)和《格里姆斯》(1975)等作品步入英国文坛。80 年代初，他的《午夜诞生的孩子》(1981)问世，这部和独立后的印度历史相关的小说为他带来了名声。1988 年，他的小说《撒旦诗篇》遭到伊朗宗教领袖的严厉谴责，从而使他成了世界闻名的"问题"小说家，引来诸多争议。90 年代，拉什迪仍是英国文坛上引人注目的热门作家，不断推出新作，其中最成功的是《摩尔人的最后叹息》(1996)。总的说来，拉什迪的小说具有"魔幻现实主义"的艺术特征，即把明显的现实题材和虚幻的想象成分交织在一起，通过一种杂糅和万花筒般的艺术形式使日常生活和梦境、传说及神话彼此交融。

除了奈保尔和拉什迪，另一位重要的移民作家是尼日利亚裔的本·奥克里。他在 90 年代创作了一系列小说，如《让诸神吃惊》(1995)、《危险的爱情》(1996)、《无尽的宝藏》(1998)和《饥饿之路》(1991)等。其中《饥饿之路》是 90 年代不多见的一部气势恢弘的作品，长达 500 多页。小说讲述非洲某国的一个小镇上流传着幽灵儿童"阿比库"的传说：幽灵儿童在幽灵王国自由自在地生活着，但奉幽灵之王的命令不得不轮流到人间投胎；为了摆脱人间之苦，他们相约尽早回来相聚；因此，当地的孩子总是不断夭折；主人公阿扎罗就是一个"阿比库"投胎的男孩，因不忍离开苦难的父母，在人间经历了来自现实和来自幽灵王国的种种磨难和痛苦。通过主人公的经历，小说家呈现了一幅后殖民困境下的当代非洲画面：暴乱、政治动荡、贫困，遭受殖民掠夺和侵略之后的非洲大陆又不得不经受现代西方文明的冲击。在艺术上，奥克里采用的手法和拉什迪的"魔幻现实主义"有异曲同工之妙，即：把非洲传统的讲故事手法和西方传统的象征手法和梦幻叙事手法结合在一起,使故事显得扑朔迷离,从而产生一种令人晕眩的历史幽深感和混沌感。

90 年代的"后殖民小说"和同一时期的新历史小说一样,在回归历史时往往采用新颖别致的叙事方式,并在历史观照中体现当代视野和当代认知。这一点在移民作家卡里尔·菲利普斯和巴里·昂斯沃思的小说中表现得特别明显。前者的两部小说《过河》(1993)和《血液的本质》(1997)不仅用充足的资料和超然的态度讲述了奴隶贸易史,还在多重声音中重新解读了奴隶贸易和大屠杀的历史;后者的小说《神圣的饥饿》(1992)、《道德游戏》(1995)和《追逐汉尼拔》(1997)更是将笔触深入到遥远的中世纪,以当代视野重现了历史上发生在各民族间的大屠杀和战争暴行。

还有一位华裔移民作家提莫西·莫也值得一提。提莫西·莫 1950 年出生于香港,母亲是英国人,父亲是广东人。他继《猴王》(1978)之后在 80 年代出版了《古老肉》(1983)等作品,以熟练的笔调描写了封闭、保守而又惯于投机取巧的伦敦华人社会,使英国读者看到了华人文化的另一面。在他更为雄心勃勃的全景式小说《岛地的拥有》(1986)中,则旨在于再现鸦片战争之后香港作为英国贸易殖民地的初期情况。90 年代,提莫西·莫仍有新作推出,其中最受重视的就是探讨移民双重身份问题的小说《多余的勇气》(1991)。

最后是日裔作家石黑一雄。他在 80 年代的创作的几部作品和华裔作家提莫斯·莫的作品颇为相似,主要表现移民的尴尬处境和异国感受。不过,他最为人称道的作品却是英国题材的《长日余辉》(1989)。在他于 90 年代出版的作品中,《无可安慰》(1995)堪称典型的新国际小说:一个来自东方的著名钢琴家在欧洲开一场音乐会,他尽管熟悉西方音乐,然而当他身处西方城市时,却有一种莫名的陌生感和疏远感,恍然如梦中,其身份和自我都显得模糊而不确定。在 2000 年出版的《吾辈皆孤儿》中,石黑一雄又将双重身份和"国际写作"结合在一起,写了一个英国人在上海的奇异经历,换一个角度表现了东西方文化差异。这部作品深受英国小说界关注,曾获得当年"布克奖"提名。

总之,90 年代的新国际小说体现出一种前所未有的国际意识和全球观念,它们或以当代视角重新审视前殖民地的历史和现实、文化和社会,或用两种文化背景所赋予的独特视野反映当今世界最为重要的文化问

题，不仅为当代英国小说营造了一种新的文学语境，而且还是其中的一道特别亮丽的风景线

当然，除了上述四类小说，90 年代英国小说的地图上还应该标出通俗小说的位置。这里特别需要提一下的是 P. D. 詹姆斯和罗丝·伦代尔的侦探与犯罪小说、约翰·勒卡里的间谍小说（如《巴拿马的裁缝》1996）、J. K. 罗琳的《哈里·波特》系列儿童小说、尼古拉斯·伊文斯的情感小说《马语者》(1995)。这些小说不仅销量惊人，而且还被翻译成多种文字，经常被拍成电影电视，其观众之多、影响之大，使严肃小说望尘莫及。尽管通俗小说因其消遣和娱乐性质而被许多人视为不登大雅的"俗物"，但在当下的文化研究热潮中，即使作为俗文化研究对象，它们也应有其一席之地。

第二章 马丁·艾米斯：
戏谑实验小说

马丁·艾米斯(Martin Amis, 1949 -)是金斯利·艾米斯的儿子。如果说金斯利·艾米斯是典型的写实主义小说家，那么马丁·艾米斯则是典型的实验主义小说家。他被视为80和90年代"新实验主义"的扛鼎人物，无疑是这一时期最受人瞩目的作家之一。

一、生平与创作

马丁·艾米斯出生于牛津，因为他父亲当时正在牛津大学任教。他母亲希拉里·艾米斯也是作家。马丁·艾米斯曾先后在英国、西班牙和美国的13所学校上学，后考入牛津大学埃克塞特学院英语系。从牛津大学以优异的成绩毕业后，他便开始任《伦敦时报》文学副刊的编辑。24岁时，他出版第一部长篇小说《蕾切尔文稿》(*The Rachel Papers*, 1973)，并获"毛姆-新人奖"。

《蕾切尔文稿》被认为是一部写青少年生活的优秀作品。小说以查尔斯的第一人称写成，查尔斯聪明而敏感，立志成为一名严肃的作家，于是经常记录自己的体验和感想。在他20岁生日的前一晚，他正在考虑如何庆祝这一重要日子，突然联想起自己和蕾切尔的恋爱以及自己所有过去的生活。他不时地翻开记录这件事情的日记本以帮助回忆。查尔斯一直生活在牛津镇，他的父亲接连不断地更换年轻的情人，而已渐衰老的母亲忙于照顾全家的生活，对父亲的所作所为不闻不问。查尔斯厌恶父亲的鬼混和不负责任，酝酿写一封信劝阻他。为了准备牛津大学的入学考试，他来到伦敦，认识了迷人的蕾切尔。有了此番大都市生活经历，他对人际关系了解更深，逐渐认识到自己对父亲期望过高，有些不切实际。考入大学后，他和蕾切尔相爱了，度过了非常美满的一段时光。但随着两人关系的加深，查尔斯感到不仅自己的隐私正在失去，身上重要的一部分也在渐渐远离自己。于是，他断然结束了和蕾切尔的关系，同时也理解了自己的父亲。

1975 年，马丁·艾米斯担任伦敦《泰晤士报文学副刊》助理编辑，并出版第二部小说《死婴》(*Dead Babies*, 1975)。这是一部构思巧妙的"黑色幽默"小说，充满了暴力和颓废情绪，但又不乏幽默与讽刺。六个年轻人在伦敦郊区的一座大房子里度过了一个狂欢的周末。酒精、毒品和混乱的性关系构成了两天生活的主要内容。小说的高潮是一系列的暴力事件和死亡，最受人尊敬和崇拜的男主人公结果被证明是残暴的杀人犯，其他人或者被杀，或者死于酒后驾车造成的车祸，或者死于酒精，或者发疯后自杀。虽然小说内容令人恐惧，但小说基调却是喜剧性的，因而是一种"黑色喜剧"。

在创作小说的同时，马丁·艾米斯还发表了许多书评和散文。于是，他被《新政治家》编辑部录用。但不久，在他又出版了两部小说即《成功》(*Success*, 1978)和《其他人：一个神秘的故事》(*Other People: A Mystery Story*, 1981)之后，他便辞去编辑部职务，成了专业作家。

《成功》是一部实验小说。在这部小说中，马丁·艾米斯试图把《蕾切尔文稿》中的那种平实的叙述和《死婴》中的"黑色幽默"成分融合在一起，以此使读者看到，站在不同立场上的不同的人对同一件事的看法会如何地大相径庭，以至于令人发笑。同样，《其他人》也是一部实验小说，而且比《成功》更令人发笑。小说中的一切都是模棱两可的，连小说主人公的身份也不确定：一个年轻女人刚刚从昏迷中醒来，由于她患了健忘症，忘记了自己的名字，人们称呼她"玛丽·兰姆"。她跑出医院后准备以新的身份开始新生活，但小说又暗示，她或许就是那个臭名昭著的罪犯"艾米·海德",那么她出院后会干什么事情呢？还有一直跟踪监视"玛丽"的约翰,身份也不明确,可能是一个侦探,也可能是不时插入评论的第三人称叙事者。总之,小说写得扑朔迷离,既像一部社会讽刺小说,又像一部"黑色幽默"或"魔幻现实主义"小说。

80 年代和 90 年代是马丁·艾米斯的创作高峰期。在此期间,他出版了一系列作品,重要的有:长篇小说《太空侵略者的入侵》(*Invasion of the Space Invaders*,1982)、《金钱:自杀的信号》(*Money: A Suicide Note*,1984)、《伦敦场》(*London Fields*,1989)、《时光之箭》(*Time's Arrow*,1991)、《信息》(*The Information*,1995)、《夜行列车》(*Night Train*,1997)、散文集《白痴地狱》(*The Moronic Inferno*,1987)、短篇小说集《爱因斯坦的怪物》(*Einstein's Monsters*,1987)和旅游文集《访问纳博科夫夫人及其他游览杂记》(*Visiting Mrs. Nabokov and Other Excursions*,1993)等。

在这些作品中,《钞票:绝命书》是一部很奇特的小说,主人公约翰·塞尔夫经营广告代理公司,拍摄烟、酒、食品、色情刊物的电视广告,奔走于纽约和伦敦之间。故事发生在 1981 年,塞尔夫在美国的朋友菲尔丁·古德尼邀请他去美国,两人找大腕明星签约拍一部涉及毒品和性的大片。值得一提的是,马丁·艾米斯本人也作为小说人物出现在其中,帮助他们修改电影脚本。菲尔丁拍电影是个骗局,他让塞尔夫大把大把花钱,实际上用的都是塞尔夫自己公司的钱。"塞尔夫"英文为 Self,是"自我"的意思,这是一个被金钱欲望吞噬的自我。他的生活没有节制,酗酒、嫖妓,挥霍无度,最后破产,服安眠药自杀未遂。后来,塞尔夫回想起自己的生活,只好苦笑着说:"我的生活,就是一个玩笑。"

更为奇特的是《时间之箭》。小说以"二战"中纳粹分子对犹太人的大屠杀为素材。主人公欧迪罗是"死亡营"的医生,他对纳粹事业非常狂热和忠诚。他不仅性无能,而且在精神上和道德上都很颓废。为了弥补自己的自卑感,他疯狂地迫害犹太人。他自嘲地说:"我既无所不能,又无能。"这部小说最引人注目的是对时间的安排,即:采用一种不寻常的倒叙法,就如电视录像或电影胶片的倒放,小说中所有的事情都是从后向前倒退的,甚至有些单词的拼写和句子的顺序也是反的,读者必须从后向前读才能读懂这部小说。关于这种别出心裁的写法,马丁·艾米斯曾在一次访谈中说，其灵感来自美国当代小说家冯尼格特的著名小说《第五号屠场》。在《第五号屠场》中，冯尼格特写到主人公看了一部倒放的"二战"电影：从飞机上扔下来的炸弹从地面上退回到了飞机弹药舱里。马丁·艾米斯认为这种写法既滑稽又有深意，于是就写了这部"倒放"小说，取名为《时间之箭》，意思就是：这支"箭"在生活中虽然只能往前射，但在小说中，即便是射出去的"箭"，也可以退回来。

不过，在这些作品中，最为重要还是被认为是他的代表作的《伦敦场》。尽管这部作品是题献给父亲金斯利·艾米斯的，但马丁·艾米斯在作品中并没有袭用父亲的写实主义，而是超常发挥了他自己的实验主义。

至于他的散文集《白痴地狱》，其中的文章均涉及美国，因而"白痴地狱"显然是指美国。对于美国，他的态度可说是一半厌恶，一半是仰慕。他厌恶美国的生活方式，如道德的多元化和高消费的享乐主义等；同时，他又仰慕美国文化的非凡生命力，因为它产生出了像索尔·贝洛、约翰·巴思和纳博科夫这样的文学天才。他甚至断言：20 世纪小说的桂冠必然属于美国。

出版了上述这些作品后，马丁·艾米斯可谓名声大作。由于他的作品往往非常奇特，不具一格，因而常常是读者和评论界争论的焦点。再说，他自己也善于利用媒体宣传自己：他的名字时常出现在报纸的头条新闻中；他不仅在电视中频频露面，还有自己专门的网站。可以说，在 90 年代，他的一举一动都受人瞩目，仿佛是作家中的"明星"。

到 2000 年，马丁·艾米斯已年过半百，但创作精力依然旺盛。2003年，他出版长篇小说《黄狗》(Yellow Dog)；长篇小说《会议室》(House of Meetings)问世。前者写主人公如何摆脱父亲的阴影；后者讲述斯大林时代苏联劳改营里的故事。尽管两部小说的题材都很沉重，但马丁·艾米斯一如既往，不管题材本身多么沉重，到他手里全部变成富有讽意的"笑料"。他最近推出的新作是 2008 年的《怀孕的寡妇》(The Pregnant Widow)，书名就令人发笑。

二、风 格 与 特 点

总的说来，马丁·艾米斯和他父亲金斯利·艾米斯一样，是个讽刺作家,但除了继承英国讽刺小说的传统,他还深受许多国外现当代小说家的影响——他自己也承认,他的创作曾受到卡夫卡、纳博科夫、索尔·贝娄、罗伯-格里耶、博尔赫斯等人的影响。此外,他的"文学观"也不同于他父亲。1974年,他在接受《世界主义者》杂志记者采访时直言不讳地说出了他对文学的看法。他说:"我不相信文学能改变人们或改变社会发展的道路。难道你知道有什么书曾经起过这种作用吗?文学的功能是推出观点,给人以兴奋和娱乐。小说家惩恶褒善的观念,再也支撑不住了。肮脏下流的事情当然成为我的素材之一。我写那种题材,因为它更有趣。人人都对坏消息更感兴趣。……我更偏向于普通人的悲伤和潦倒,而不是关心社会阶梯顶端的生活。我利用在自己周围所看到的所有荒诞可笑的、人们所熟悉的、凄惨可怜的事情……在这些日子里,到处存在着寒伧破旧、苦难悲惨的景象,但阐明社会因果关系并非小说家的事业。"因而,"如果严肃地加以审视,我的作品当然是苍白的。然而,要点在于:它们是讽刺作品。我并不把自己看作先知;我不是在写社会评论。我的书是游戏文章。我追求欢笑。"①

由此可见,马丁·艾米斯的创作风格要比他父亲复杂得多,但也不是无迹可寻的。一般说来,他的小说总以一种幽默的笔触描述人们的尴尬处境,描述他"周围所看到的所有荒诞可笑的、人们所熟悉的、凄惨可怜的事情"。但他有一种令人称奇的天赋,即便是描述人性的卑劣和生活的穷困,也能引起读者的笑声。在他笔下,即便是悲惨可怜的景象,也显得滑稽可笑。而他所涉及的主题,最多的就是当代社会生活的冷漠与无情。在他的小说中,有一些意象反复出现,如肮脏狭窄的伦敦街道、秃顶肥胖的男人或身体有缺陷的女人等。这些意象本身并不动人,但经过他的处理,却变得新意迭出而发人深省。此外,他和狄更斯一样,也喜欢从伦敦街头俚语、行业切口中吸收新的词汇,来丰富他的小说语言。譬如,"rug"原意是"地毯",在伦敦俚语中转义为"剃头";"sock"原意是"短袜",转义为"蜗居";"chippy"原意为"碎裂",转义为"忿恨";"aimed"原意为"被瞄准的",在行业切口中转义为"被解雇",等等。将这类街头俚语和行业切口引入小说，无疑使他的小说增添了地方色彩和生活气息；反过来，由于受他的小说的影响，这类俚语和切口又常常为读者、记者或其他作家所仿效，因而流行一时。

具体说来，马丁·艾米斯创作风格的形成开始于他对父亲的"叛逆"。他最初的两部小说，即《蕾切尔文稿》和《死婴》，可说是"故作惊人之笔"，以此显示他并非"得益于"父亲。在这两部作品中，他不仅有意夸大其词地展示猥亵粗野的内容，还有意采用联想和闪回等意识流手法，以示他并不跟着父亲所倡导的"写实手法"亦步亦趋。尤其是在《死婴》中，他以一种"黑色幽默"基调，像开玩笑似的讲述着一系列的堕落和暴行，同时又将小说的时间跨度限制在从星期五早晨到星期六的两天之内，用"闪回法"把大量的色情、暴力、凶杀内容"堆积"在一起，使这些原本令人触目惊心的事情显得荒诞不经、滑稽可笑。这样，等他的第三部小说《成功》出版时，他便基本形成了他自己的创作风格。《成功》既有前两部小说中的叛逆倾向和"黑色幽默"基调，同时还在叙事结构方面做了新的探索。小说由两个主人公，即格里高利及其义兄特伦斯，轮流叙述发生在两人间的事情，如同一出双簧戏，而结果则是非常滑稽地向读者展示了这样一个事实：站在不同立场上的不同的人对同一件事的看法，竟会如何大相径庭，实在令人忍俊不禁。同样，在其后的《其他人：一个神秘的故事》中，也表现出明显的实验主义倾向。支离破碎的时间结构、侦探小说的布局、快速转换的视角和清澈透明的视像，都使人想起同一时期的法国"新小说"，尤其是罗伯-格里耶的《橡皮》。但是，这部小说又明显具有伦敦地方色彩和英国式的幽默滑稽成分，因而显然不是一部仿作，而是一部别出心裁的实验小说。

马丁·艾米斯自称他的小说是"戏谑文学"。确实，"戏谑"这一特点始终贯穿在他的小说创作中。特别是他在 80 年代和 90 年代推出的几部长篇小说，如《金钱》、《伦敦场》、《时间之箭》、《信息》和《夜行列车》等，均可称为"马丁·艾米斯式的戏谑实验小说"。其中，《金钱》的副标题是"自杀的信号"，主人公集粗野、好色、蛮横、奸诈于一身，而小说就由这个主人公用粗俗、下流的语言自述其"诅咒、斗殴、玩女人、吸毒、酗酒、赌博、手淫"等劣行。这些劣行本身令人厌恶，但在马丁·艾米斯笔下，却只会令人发笑。还有《伦敦场》，也同样如此。这部小说长达 500 页，写诱骗和谋杀,但却写得喜剧味十足。至于《时光之箭》,整部小说的特征是主题严肃、行文简洁;故事是用倒叙法讲述的,即从坟墓回溯到摇篮,而且在颠倒叙述中穿插了许多插科打诨的笑话,其五花八门的内容包括吃饭、排泄、争吵、做爱等等,读者必须仔细推敲那些轶事和对话,才能把颠倒时序重新理顺。小说的主题是揭示原子大屠杀的灾难,而其风格却类似美国的"黑色幽默"小说。

总之,马丁·艾米斯的大部分小说都实验性地混合了传统写实主义、意识流、黑色幽默和魔幻现实主义等多种手法——就如自己所说,"我可以想象这样一部小说:它和罗伯-格里耶的那些小说一样复杂微妙、疏远异化、精心撰写,同时又能提供节奏、情节和幽默方面沉着而认真的满足感,这些品质使我联想起简·奥斯丁的作品。在某种程度上,我想这是我自己正在试图去做的事情"①。

三、重要作品评析

一般认为,《伦敦场》是马丁·艾米斯迄今最重要的作品。这倒不是因为这部小说是迄今马丁·艾米斯小说中篇幅最长的,而是因为这部小说最集中地体现了马丁·艾米斯的创作风格。

书名 *London Fields*(《伦敦场》)中的 Fields 有两重意思:一是指"田野",即小说中的故事发生地——伦敦西郊一片名叫"兰德布洛克"的林地;二是借用物理学上的"磁场"或"引力场"之意,指称这片林地就如一个"磁场"或"引力场",人在其中会受控于一种莫名的"磁性"或"引力"而极度反常,故称其为"伦敦场"。

这部小说虽然长达 500 页,但其中的故事并不复杂:一个名叫"妮科拉·西克斯"的年轻女子,自导自演了一宗谋杀案,而被杀的人就是她自己。故事本身虽不复杂,但故事的叙述形式却非常复杂。大体说来是这样的:故事叙述者是个名叫"萨姆森·扬"的美国小说家,他来伦敦写一部小说。小说中的三个主要人物都是他认识的英国人,即:妮科拉、基斯

---

① 转引自瞿世镜、任一鸣著《当代英国小说史》,上海译文出版社,2008 年,341—342 页。

和盖伊（其中，基斯是妮科拉的男友，盖伊则是他们的朋友）。不过，萨姆森·扬不仅仅是故事叙述者，同时也是故事中的一个主要人物；他不仅认识基斯和盖伊，而且还和妮科拉有染。实际上，萨姆森·扬、基斯和盖伊这三个男人，都围绕着妮科拉团团转，为她争风吃醋。萨姆森·扬写小说的事，其他三人不仅知道，而且还知道他写的小说就叫"伦敦场"。于是，他们都要求在"伦敦场"中亲自出场，而不仅仅是出现在萨姆森·扬的叙述中。萨姆森·扬没办法，只能答应他们的要求。这样，"伦敦场"中就出现了四种声音，时而是第三人称叙述，时而是第一人称叙述。他们各说各的，以此表明，"主宰"他们"命运"的是他们自己，而不是"作者"萨姆森·扬。然而，这里是"伦敦场"，一个古怪的"引力场"，任何事物在这里都不按常规出现，而是极度反常的。围绕着妮科拉被奸杀这件事，基斯和盖伊都声称自己是最合适的凶手。乍看之下，基斯确实把自己说成是个凶狠的无赖，极有可能是合适人选。但他拿不出证据来证明自己是凶手。盖伊呢，正好相反，他竭力把自己描述得那么温文尔雅，那么使妮科拉为他着迷，而实际上，他是个极其阴险毒辣的家伙——他想以此表明，唯有他才会奸杀妮科拉。但他同样拿不出证据来证明自己是凶手。最后，还是一开始故作镇静的萨姆森·扬说出了真相，说奸杀妮科拉的不是别人，就是他！他为此得意洋洋。然而，他得意得太早了。这时，妮科拉出来"说话"了。她用她留下的日记表明，奸杀她的其实是她自己，是她选中了萨姆森·扬，并诱使他奸杀了她。至此，真相似乎大白（或者说，"游戏"似乎已经结束），萨姆森·扬（或者说，"作者"）也不过是"工具"，妮科拉（或者说，"伦敦场"中的人物）才是自己"命运"的"主宰"，但读者不免会想，妮科拉为何要这样"主宰"自己的"命运"呢？这又是谁"主宰"的？回答是："伦敦场"（它既是小说世界，又是现实世界）。

不难看出，这宗令人哭笑不得的"他杀-自杀案"，或者说，这个"黑色幽默"故事，是通过有意混淆小说与现实的界限来达到"戏谑"效果的。首先，它戏拟 60 年代以来在英国文坛颇为流行的"作者死了"的叙事论调。所谓"作者死了"，表面上是凸显人物"自主性"，实质上是作者不暴露（或者说，不明显透露）"创作意图"。为此，马丁·艾米斯有意在小说中安插了一个"作者"，即萨姆森·扬——他也在写一部名为"伦敦场"的小说。这样一来，在马丁·艾米斯的《伦敦场》里套了萨姆森·扬的"伦敦场"，读者便一时搞不清楚小说的"创作意图"究竟属《伦敦场》，还是属"伦敦场"？是马丁·艾米斯的，还是萨姆森·扬的？当然，萨姆森·扬是虚构人物。之所以要虚构这个人物，其本身就出自马丁·艾米斯的"创作意图"。但是，由于萨姆森·扬写的小说和马丁·艾米斯写的小说同名，两者重叠在一起，马丁·艾米斯就有可能"躲"在萨姆森·扬背后，使读者不能直接看到他，便以为他"死了"。不仅如此，为了进一步"迷惑"读者，他还在萨姆森·扬前面又设置了一团迷雾，即妮科拉、基斯和盖伊作为"伦敦场"中的主要"人物"，要在萨姆森·扬的"小说"中"自述"。这样一来，连萨姆森·扬的"创作意图"也被遮蔽了，好像萨姆森·扬作为"作者"，也无法"操纵人物"。于是，读者看到，在萨姆森·扬的"伦敦场"中，无论是妮科拉，还是基斯和盖伊，都要表明自己的"自主性"。尤其是妮科拉，她最后表明，一切都是由她操纵的，包括"作者"萨姆森·扬。表面上，好像是萨姆森·扬操纵着（即奸杀了）妮科拉，而实际上是妮科拉诱使萨姆森·扬去奸杀她的，因而是她操纵着他。到了这里，"人物"好像真的战胜了"作者"，或者说，妮科拉"颠覆"了萨姆森·扬的"伦敦场"，结束了这场"小说游戏"，从而使他们回到了"现实"中。然而，这个"现实"却是一种"错觉"，实际上只是马丁·艾米斯的《伦敦场》中的"现实"。也就是说，从"虚构"到"现实"，等于从"虚构"到"虚构"，或者说，"游戏"结束了，还是"游戏"，只不过一场是"小说游戏"，一场是"现实游戏"，而马丁·艾米斯就"躲"在这两场重叠的"小说游戏"后面，并非真的"死了"。

如此说来，有意混淆小说与现实的界限，就是《伦敦场》的"创作意图"？如果真是这样，那么《伦敦场》这场"小说游戏"又指向哪场"现实游戏"呢？那就是马丁·艾米斯生活于其中的这个现实世界。因为在他看来，他的小说世界所模拟的就是现实世界；《伦敦场》就是当代生活的缩影。如果说《伦敦场》在叙事手法方面是对"作者死了"的戏拟，那么就其表述的内容而言，则是对声称"上帝死了"之后的这个世界的嘲讽。就如在小说世界，声称"作者死了"之后，"人物"似乎获得了"自主性"，而实际上作者并没有死，只是在幕后操纵着一切；同样，在现实世界，其"作者"（即上帝）其实也没有死，只是这个世界里的"人物"（即世上的男女）自以为上帝死了，自以为有了"自主性"，于是便为所欲为了，而这个自以为个人有"自主性"的世界，在马丁·艾米斯看来，就是极度反常而可笑之至的

"伦敦场"。所以，《伦敦场》既是现实世界的缩影，又是现实世界的放大，或者说，某种程度的夸张与"归谬"。

　　小说中的人物和情节都不是真实的，但又无不具有真实性（否则，其"戏谑"就不可能引人发笑）。譬如，一心追求"自主性"的妮科拉，不仅轮流和三个男人上床，甚至还想象自己可以和上帝幽会，因为在她看来，上帝不管"死了"还是"没死"，反正只是个男人，而对任何男人，她都可以操纵——上帝也不例外，她不仅在床上可以操纵他，要他怎么做他就怎么做，她还可以不让他上床，要他苦苦哀求她，要他同意"和她结婚，让她住进他的住所——天堂"。显然，妮科拉的"性万能"观念荒唐可笑，但却是60年代"性解放"和"女权运动"的夸张与"归谬"，因为"从原则上讲，她是纵欲无度的，因为这是解放的标志，精神自由的标志，从男人那里解救出来的标志。她认为自己对这种事情已没有兴趣，但是对自己在床上干得那么漂亮却毫无激情又感到无比自豪"①。

　　不仅妮科拉如此，基斯和盖伊也同样如此。他们也在追求"自主性"——拼命想证明自己是奸杀妮科拉的凶手。这当然也是夸张与"归谬"，但却是他们的本质写照。基斯是个很有"自主性"的人，却无聊之极。他是酒吧里掷飞镖的高手，自认为是"飞镖明星"。为了证明自己的"个性"，他甚至莫名其妙地去打家劫舍。譬如，他先把年近八旬的巴纳比夫人哄得"感激涕零"，把她骗到希腊去旅游，而等老太太走后，他把她的家洗劫一空——不为别的，就为了证明：尽管那个老太太连他的名字也不知道，但他却能使她相信他是"天底下最好的人"。结果，基斯的"自主性"表演使巴纳比夫人心脏病发作，死了。对此，同样追求"自主性"的妮科拉颇为欣赏，但她又想胜过基斯，所以一度想操纵他，使他成为奸杀她自己的凶手，以此表明她比他更有"自主性"。只是后来出现了萨姆森·扬，她才转移目标，改为去操纵那个比基斯更自以为是、更有"自主性"的美国小说家了。至于盖伊，他的"自主性"就是要表现他的表里不一：表面文质彬彬，其实阴险之极。他的伎俩一度虽使萨姆森·扬"洋洋自得地惊奇他的透明性"②，但妮科拉却看出了他的"自主性"，因而也曾想诱使（操纵）

---

　　① Martin Amis, *London Fields*, London：Bungay，1990，p. 68.

　　② Ibid.，p. 41.

他来奸杀她。但最后,萨姆森·扬还是占了上风,他的"自主性"终于使他意识到盖伊并不"透明",但同时,他也成了妮科拉的"猎物",被妮科拉所操纵,成了奸杀她的凶手。

总之,在马丁·艾米斯笔下,"伦敦场"就是卑鄙竞赛场——谁最卑鄙,谁就是赢家,而人性的卑鄙,就是所谓的"自主性"。在小说中,萨姆森·扬说:"我写的这本书其实是从生活中抄来的。"①他指的虽是他写的"伦敦场",但由于他的"伦敦场"和马丁·艾米斯的《伦敦场》是重叠的,因而无异于说,马丁·艾米斯的《伦敦场》"其实是从生活中抄来的",也就是说,它具有现实含义。这是一种巧妙的自我表白。马丁·艾米斯借此表明,《伦敦场》所写的就是当今世界,一个宣称"上帝死了"的世界,一个是非颠倒、善恶不分的世界。然而,"上帝"真的"死了"吗?其实没有。就如真正的"作者"其实没有"死"——尽管萨姆森·扬这个"作者"最后被"人物"妮科拉所操纵,可以说"死了",但马丁·艾米斯这个真正的作者却没有"死",他在暗中操纵着一切——"上帝"也一样,其实也没有"死",同样也在暗中操纵着这个世界,否则,也就不会有人来写《伦敦场》,来揭示当今世界的卑鄙和堕落了。因而,尽管马丁·艾米斯说他写的是"游戏文章",说他写小说只是"追求欢笑",实际上,他的"游戏文章"是"道德文章",他的"欢笑"是对当今世界的愤怒与谴责。

---

① Martin Amis, *London Fields*, London: Bungay, 1990, p. 467.

第三章 其他较重要新实验小说家

马丁·艾米斯无疑是这一时期最重要的新实验小说家,但除了马丁·艾米斯,还有几位较重要的新实验小说家也值得一提。他们是:艾玛·坦南特、格雷厄姆·斯维夫特、珍妮特·温特森、A. L. 肯尼迪和托比·利特。

一、艾玛·坦南特

艾玛·坦南特(Emma Tennant,1937 -   )出生于伦敦的一个商人家庭,出生后不久随父母迁居苏格兰,直至"二战"结束后才重回伦敦。由于对苏格兰和伦敦的生活都较为熟悉,艾玛·坦南特日后创作的小说也大多以苏格兰和伦敦为背景。

1957 年,艾玛·坦南特和小说家亨利·格林的儿子结婚,同时出版了她的第一部小说《雨的颜色》(*The Colour of Rain*,1964)。这部小说很大程度上是对简·奥斯丁小说的模仿。即用传统手法描写上层社会的婚姻和家庭生活,间而嘲讽其愚昧和自私。

60 年代,艾玛·坦南特和亨利·格林的儿子离婚后不久又结了婚。她的第二任丈夫的父亲是专业政论作家,受其影响,艾玛·坦南特对政治产生了兴趣,不仅形成了自己的政治观点,而且在其后来的小说创作中或多或少都有所表现。70 年代初,艾玛·坦南特和 J. G. 贝拉德以及迈克尔·莫尔科克等科幻小说家过往甚密,受其影响,她的小说创作中又明显具有科幻成分。

可以说,艾玛·坦南特70年代小说创作的最大特点,就是实验性地把现实主义小说和科幻小说糅合在一起,而其最具代表性的作品,就是《断裂之时》(*The Time of the Crack*,1973)和《梦之旅社》(*Hotel de Dream*,1976)。

《断裂之时》中的故事发生在伦敦。一天深夜,一场大地震使地壳断裂,把伦敦一分为二。成千上万人在地震中死去,活着的人则被巨大的地壳裂痕分开,形成了南北两个互不相连的伦敦。小说着力描写的,就是出现在南北两个伦敦的两种截然不同的情景。在"北伦敦",投机商们大发灾难财,你争我夺,因而一片混乱。与此形成鲜明对照,在"南伦敦"则有一个叫米迪亚的女人挺身而出,组织救援,因而那里不但不混乱,反而比平时更有秩序。显然,这是个具有象征意义的幻想故事:"北伦敦"是男人当道的世界,"南伦敦"是女人守护的家园;米迪亚既是女性的代表,又是"神的使者"。然而,就是这么一个幻想故事,艾玛·坦南特却是用非常写实的手法加以表现的,无论是人物描写,还是景物描写,都写得非常逼真。即便是米迪亚的超自然力量,也力求写得真实可信。

同样,《梦之旅社》也是用写实手法叙述一个既滑稽可笑又不无深意的幻想故事:在一家旅社里有一台梦幻机器,凭借它,人可以实现自己的梦想。于是,一个退役军官成了他梦想中的国王,一个老处女成了她梦想中的女强人,另一个老处女也梦想成真:女王外出时由她在宫殿里扮作女王……而当这些人一个个都成了自己梦想要做的人之后,故事便开始了,而随着故事的展开,他们之间的矛盾也出来了。于是,他们开始勾心斗角;于是,梦幻又渐渐变回了现实——他们尔虞我诈,不仅身陷于各种各样的政治阴谋,还发生了一连串凶杀事件。

70年代末,艾玛·坦南特的创作风格有所变化。由于受南美魔幻现实主义的影响,她在《恶姐》(*The Bad Sister*,1978)、《疯狂之夜》(*Wild Night*,1979)和《艾丽丝的堕落》(*Alice Fell*,1980)等作品中实验性地用神秘小说的手法来表现当代女性问题和政治问题。其中最具代表性的就是《恶姐》。

这部小说的女主人公是一个叫简·王尔德的神秘女子,她涉嫌一桩谋杀案,但她却有一种超自然能力:可以把自己假设为另一个人。当她这样假设时,她就会有另一个自我,另一种装束和另一种行为表现,甚至还有另一个名字——梅格。不过,这不是一般所说的双重人格,因为在艾玛·坦南特笔下,简·王尔德和梅格根本就是两个人。梅格是简·王尔德的自我假设,但她又能以这种假设自居。只要梅格一出现,简·王尔德就会化着一团烟雾消散得无影无踪。这部小说写得扑朔迷离,但艾玛·坦南特的意图还是明确的,即:以此表现当代女性的"异化",或者说,"身份危机"。

在《疯狂之夜》中,主人公是一个叫"齐塔姑妈"的女人,一个能呼风唤雨有魔法的女巫,只要她一出现,世界就会变得失常,而当她施展魔法时,人们便会真假不辨,分不清什么是真实,什么是幻觉。同样,在《艾丽丝的堕落》中,艾玛·坦南特也塑造了一个女巫形象——艾丽丝,而艾丽丝就是希腊神话中被父亲宙斯抛弃的珀耳塞芬,她的母亲是大地之母得墨特耳,现在她正奔走于伦敦的大街小巷,寻找自己的女儿。不难看出,艾玛·坦南特在这两部小说中都试图用神话化的人物和情节来影射当代英国社会。

艾玛·坦南特是位实验小说家,她在80年代和90年代出版的小说,如《女人提防女人》(*Woman Beware Woman*,1983)、《好客的房子》(*The House of Hospitalities*,1987)、《两个伦敦女人》(*Two Women of London*,1989)、《彭伯里庄园》(*Pemberly：A Sequel to Pride and Prejudice*,1993)、《恋爱中的爱玛》(*Emma in Love*,1996)、《特别的诺言》(*A Special Promise*,1998)、《天堂的孩子》(*The Children of Paradise*,1999)、《重罪》(*Felony*,2002)和《竖琴课》(*The Harp Lesson*,2005)等,大多也是实验性的,如其中的《彭伯里庄园》,副标题是"《傲慢与偏见》续集",实质的对《傲慢与偏见》的实验性"戏仿"。

艾玛·坦南特最近出版的小说是2006年的《美妙婚姻》(*The Amazing Marriage*)和2008年的《被捕》(*Seized*)。

二、格雷厄姆·斯维夫特

格雷厄姆·斯维夫特(Graham Swift,1949－　)出生于伦敦,毕业于剑桥大学英语系,后在约克大学攻读博士学位。获得博士学位后,他到国外进修一年,然后回到伦敦,在当教师的同时进行小说创作。

作为实验小说家,斯维夫特几乎每写一部小说就是一次实验,所以,他的小说可谓变化多端,很难归纳。不过,仔细考察还是可以发现,他的大多数作品似乎都有这样一些特点或者说"实验倾向":(1)既倾向于写诸如自杀、暴力、疯狂、战争、心理创伤和丧失亲人等令人不快的场面,又故意用一种玩笑的方式和滑稽的口吻加以叙述,以此营造出"黑色幽默"基调;(2)采用多个第一人称叙述视角,或者说,平行交叉的复调叙述,使同一事件以不同视角反复呈现,从而使小说具有多重含义或多重结构;(3)使用非正常语言,如:不按语法转换动词时态、无谓语句型、省略冠词或代词、生造复合词、无逻辑词语连缀,等等,以此表现人物意识的含混不清,或事物本身的难以言说。

斯维夫特早先在《伦敦》和《笨拙》等杂志上发表短篇小说。1980 年,他出版第一部长篇小说《糖果店主》(*The Sweet Shop Owner*)。小说内容是主人公,即糖果店主威利·查普曼,在弥留之际回忆他的一生。他在中学时代是一名长跑健将,后来却成了印刷工;他和一个叫艾林的富家女结了婚,但艾林 14 岁时曾遭人强奸,心理阴郁,对婚姻生活毫无热情。"二战"爆发后,他应征入伍,但一次走楼梯时不慎摔伤,未上前线就退了伍。战后,女儿多萝西出生,但到了十几岁就讨厌母亲的无情和父亲的软弱,离家出走了。不久前,艾林死了,威利把妻子留下的一万五千英镑全部寄给女儿多萝西,希望女儿能来看他,但只是在四天前收到多萝西的一封回信,人却未见影子。现在,威利行将就木,回忆起自己的一生,真是哭笑不得。

斯维夫特的第二部长篇《羽毛球》(*Shuttlecock*,1981)同样是主人公普伦蒂斯的自述。普伦蒂斯说到,他父亲在"二战"期间是英国派驻法国的特工,战后还写了一本名为《羽毛球》的回忆录,详述他的特工生涯,特别是他被德军逮捕后是如何逃脱的。然而,在档案馆就职的普伦蒂斯似乎觉得父亲的回忆录有虚构之嫌,便开始查阅各种资料,想确认事实真相。他发现父亲回忆录里的最后几个片断可能隐含着事实真相,但根据他查阅的资料,这几个片断却又最可能是虚构的。最后,普伦蒂斯只得承认,事实真相是无法确认的,唯一可确认的是,"事情总是不确定的"。这部小说的内容虽然简单,但叙述形式却非常复杂:首先是普伦蒂斯在叙述他的调查时,反复引用他父亲的回忆录里的内容和他所掌握的资料内容,不仅将其对照,还要就回忆录的真实性问题联想到小说的真实性问题,又要对小说的虚构本质和真实的再现手法等问题提出看法;其次是,普伦蒂斯一边叙述父亲回忆录的事情,一边还要叙述他和上司奎因的关系,因为这位上司对普伦蒂斯有成见,总是扣压他想查阅的档案材料,同时却又拿出材料来说,事实证明他父亲根本不是从德军手里逃脱的,而是叛变后被德军释放的,至于奎因的材料是真是假,由于普伦蒂斯一怒之下连看都没看就扔进了壁炉,所以又成了一桩无头案;更为复杂的是,普伦蒂斯同时还要叙述他和他儿子的关系,因为他在调查父亲回忆录的真相,同时又怀疑他儿子马丁在怀疑他的意图,所以他觉得儿子一直在监视他,想调查出他为何要调查父亲回忆录的事实真相。复杂的叙述形式令读者晕眩,而这恰恰是斯维夫特所期待的艺术效果,即:读者在晕眩之余不得不叹口气说:"唉,什么事实真相,谁搞得清楚!"

　　继《羽毛球》之后,斯维夫特又写了长篇《洼地》(Waterland,1983)。这部作品获"布克奖"提名,并获得《卫报》小说奖"和"温尼弗莱德·霍尔比纪念奖"。小说关注的焦点同样是历史。卷首引语是对"历史"的定义:"(1) 探究、调查、学问。(2) a. 过去历史、事件的叙述。b. 任何叙述:记事、故事、传闻。"主人公汤姆·克利克是个 53 岁的历史教师,1980 年在伦敦一所中学教法国革命史。他不按课程设置要求教学,而是在课上讲故事,并声称"历史就是讲故事",也就是说,历史也是一种"虚构"。小说追述了发生在 1943 年 7 月的一系列事件:汤姆的哥哥狄克是弱智,他把帕尔推进河里淹死了;汤姆的恋人玛丽·阿特金森堕胎;狄克自杀,等等,其间,还穿插了关于阿特金森家族以及东英吉利洼地的历史。但在汤姆·克利克看来,历史不仅是对过去事件的描述,更为重要的是对事件的"阐释",寻找其"意义",而"阐释"和"意义"是后人加上去的,因而也可以说是"虚构"。《洼地》的叙述形式和《羽毛球》一样复杂,全书共有 52 章,叙事者(即主人公汤姆·克利克)不停地在过去和现在之间来回切换,以此暗示历史与现实之间的神秘联系。小说没有明确的结尾,最后讲到狄克自杀,而那是三十多年前的事——也许,斯维夫特是想以此表明:历史本来就无头无尾,所以讲述历史在哪儿结束都一样。

《世外桃源》(*Out of this World*,1988)是斯维夫特的第四部长篇。小说由两个主要人物即哈里·比奇和他女儿索菲的内心独白构成,独白中表现出两个人物对很多相同事件的不同态度和感受。哈里·比奇的父亲是军火商,一战时还获得过维多利亚十字勋章,并留下了一座祖传的 18 世纪初安妮女王朝代的宅邸。小说的中心事件,就是这座祖传宅邸被爱尔兰共和军的炸弹炸坏了。围绕着这个爆炸案,通过把哈里的内心独白和苏菲的内心独白相互交叉切换的方式构成复调叙述,小说展示了两代人的思想隔阂与感情冲突。

斯维夫特的第五部长篇《从此以后》(*Ever After*,1992)也是由主人公比尔·厄温的回忆片段和感悟组成,没有连贯的情节。在比尔·厄温的回忆片段中,大体有这样一些事情:四十多年前,比尔和父母生活在巴黎,母亲是位歌唱家,父亲是陆军上校。母亲和一个美国商人山姆有染,在比尔父亲自杀后还和山姆结了婚,随后一家回到英国居住。比尔一直认为父亲自杀是因为发现母亲有外遇。但山姆发现,他妻子的前夫其实也不是比尔的生父,他的自杀原因始终不明。母亲去世后,比尔从遗物中得到自己一位维多利亚时代祖辈马修·皮尔斯的日记。小说大量引用日记原文,使日记本的作者马修成为另外一名叙述者。马修详细记录了他从 1854 至 1860 年间信仰破灭的过程,最终离开妻子儿女前往美洲,但据说他在途中遇难了。当时,在马修家附近正在建造英格兰西部铁路干线,因而有人传说,比尔的生父是铁道线上的一个火车司机……对这些杂乱琐碎的回忆片段,比尔自己也对其真实性充满质疑。他不时提醒读者,这些记忆中的事情,部分是母亲生前对他说的,部分是从继父山姆那里听来的,至于马修在日记中记录的那些事,他也觉得无法连贯,所以是靠想象才把它们编织在一起的。和《羽毛球》一样,这部小说所要表达的,同样是真实与虚构的相对性和历史真相的不确定性。

斯维夫特的第六部长篇《最后的遗嘱》(*Last Orders*,1996)被认为是他的杰作,出版后获当年的"布克奖",并于 2002 年被改编成电影,因而也是斯维夫特小说中最广为人知的。小说名为《最后的遗嘱》,其实"遗嘱"只是个引子,即:1990 年春天,住在伦敦南部的一个叫杰克·道兹的肉铺老板患癌症去世,他有一纸遗嘱,希望死后有人把他的骨灰拿到马尔盖特码头,然后撒进海里。但是,他却没有写明由谁来执行他的遗嘱。于是,杰克生前的三个老朋友,即:雷·约翰逊、维克·塔克和莱尼·塔特,以及杰克的养子文斯和妻子曼迪,就只能一起去执行他的遗嘱。杰克的妻子艾米因过度悲伤没有去。小说的主要内容,就是这五个人驾车去达马尔盖特码头撒杰克的骨灰时一路上的心理活动,以及杰克的妻子艾米在家里的心理活动。而这些心理活动,都是通过各人的内心独白加以表现的,由此揭示出他们和死者以及他们相互间的复杂关系。这群人平凡之极,但通过小说的演绎,即便是最平凡之人的生活也是不平凡的,特别是当死亡降临之时。因为对这六人来说,杰克的死意味着他们原有关系的终结,意味着他们的关系将要重组,也就是各人都将面对新的生活。这部小说的最大特点,就是采用多个第一人称的叙事角度。表面上,好像是各人各讲自己的"故事",实际上这些"故事"是相互重叠、相互交叉的,由此形成一个复杂的网络。这个复杂的网络,就叫"生活"。

斯维夫特出版于 2003 年的长篇小说《白日之光》(*The Light of Day*),和《最后的遗嘱》有相似之处,也是以人物的内心独白为主要叙事形式。不同的是,读者从这些内心独白中得知的却是这样一个"爱情故事":主人公乔治·韦伯是个已婚的私家侦探,专为客户收集配偶不忠的证据,然而他在为一个名叫莎拉的女客户收集她丈夫不忠的证据时自己也对妻子不忠,因为他爱上了莎拉。他跟踪萨拉的丈夫鲍勃,亲眼目睹了鲍勃送情人上飞机的场面,接着他又尾随鲍勃回家,没想到,他又亲眼目睹了鲍勃回家后被愤怒的莎拉刺死的场面。对此,乔治作出了一个艰难抉择:他把莎拉送上了法庭,但在莎拉服役期间,他每星期都到监狱去探望她,而每次去监狱前,他又总是先到鲍勃的墓前献上一束玫瑰花。

斯维夫特最近的新作是 2007 年出版的《明天》(*Tomorrow*)。这部长篇仍以女主人公的内心独白为主要叙事形式。小说开始用客观叙述:女主人公,一个 49 岁的母亲,在 1995 年的一个夏晚,当全家安睡后回忆起了诸多往事。她的回忆,是用内心独白的形式表现的。由此,读者不仅得知了这个家庭几代人的生活经历,还隐隐感觉到,50 多年前的那场战争的阴影至今仍笼罩着这个家庭。女主人公整整一夜都沉浸在往事中,因为她准备在明天一早,把家里的一个重要秘密告诉儿女。这个秘密多年来一直压在她心里,现在她终于下了决心,要让女儿知道这个秘密。然而,当第二天早晨来临,当读者急切地等待着女主人公讲出她内心的秘密

时,小说结束了。读者不禁会问:那到底是什么秘密呢? 其实,小说已经
给出了答案:世上最大的秘密就是——明天。

三、珍妮特·温特森

珍妮特·温特森(Jeanette Winterson,1959 -)出生于曼彻斯特,但
她幼年时就被阿克林顿的一对夫妇收养。她的养父母希望她成为一名传
教士,但她在 16 岁时宣称自己是同性恋者,放弃了天主教信仰,并离家出
走。她后来考入牛津大学圣卡特琳学院英语系,毕业后后移居伦敦,在求
职谋生的同时,从事小说创作。

珍妮特·温特森是个富有独创性的实验小说家,她的作品用怪诞离
奇的形式表现当代生活,构思奇特而又不乏深意,因而曾受到当时已成名
家的安东尼·伯吉斯的高度赞扬。

珍妮特·温特森初出茅庐便一鸣惊人,她的第一部长篇小说《橘子不
是唯一的水果》(Oranges Are Not the Only Fruit,1985)一出版就获"惠特
布雷德奖"。在这部小说中,珍妮特·温特森以她自己在英国北部的童年
生活为素材,讲述了一个离奇古怪的故事:一个小女孩,由于有人在她的
糖果中放入了一种化学药剂,她就开始胡思乱想,情绪骚动不安,于是做
出了许多令人难以理解的事情。然而,透过主人公的荒唐行为,读者不难
看出,小说实质上写的是儿童的幻想世界和朦胧的性意识。

两年后,珍妮特·温特森又以她的长篇小说《热情》(The Passion,
1987) 获得"约翰·莱维林·赖斯奖"。这部小说把象征主义、寓言讽喻
和丰富的视觉意象融为一体,编织了一个纯属幻想的故事,其中有形形色
色的人物,包括拿破仑的一个厨师,他在冰天雪地的俄罗斯认识了一个有
易性癖的意大利人,于是他们"相爱"(同性恋)并一起逃往南方,等等。珍
妮特·温特森的小说不仅以形式怪诞而引人注目,题材敏感也是其小说
不同凡响的一个因素。也许,正因为题材敏感(如同性恋),珍妮特·温特
森才巧妙地用怪诞形式予以表现,以此使题材超越自身而获得一种独特
的象征含义。譬如在这部作品中,同性恋就不是指同性恋本身,而成了一
种象征,一种讽喻,由此引起的是和性无关的联想,如历史与现实的混淆
不清、战争中的人生机遇,等等。

　　除了上述两部得奖作品,珍妮特·温特森在 80 年代后期和 90 年代的其他作品还有:长篇小说《使樱桃有性感》(*Sexing the Cherry*,1989)、《写在身体上》(*Written on the Body*,1992)、《艺术和谎言》(*Art and Lies*,1994)、《内脏对称》(*Gut Symmetries*,1997)和短篇小说集《世界与其他地方》(*The world and Other Places*,1998)等。其中,《写在身体上》和《内脏对称》最能体现她的实验倾向。

　　在《写在身体上》中,珍妮特·温特森处理的依然是那种通常被视为禁区的敏感题材,即:疾病与性欲(包括同性恋)。当然,单独写疾病,或单独写性欲,都谈不上"敏感",但珍妮特·温特森在这部小说中写到的却是一种通常被认为病态的性欲,而且还有这样一种意思:被认为是病态的欲望,恰恰是人的本性。所以,在小说中,疾病——特别是癌症、艾滋病等——都被当作一种象征,以此表示:只有这样的恶疾(即极度病态)才能击垮人的免疫力(即道德准则),才能冲破所谓的"正常防线",才能置人于死地(即道德重生),才能真正释放基于本性的欲望。这是一部有争议的小说,也是一部充满隐喻的小说,欲望、疾病等都是用一种曲折隐讳的方式予以表达的。换句话说,这是一部像是用密码写就的书,必须用一种特殊的眼光才能解读出其中的含义。

　　同样,《内脏对称》的题材也很"敏感"。小说中的女主人公艾丽斯是英国物理学家,她在美国做研究项目时,认识了著名的量子物理学家乔万尼,两人旋即有了性爱关系,然而当艾丽斯认识了乔万尼的妻子丝黛拉后,她又和丝黛拉有了同性恋关系。这种"三角恋爱"实在古怪,甚至令人恶心;不过,珍妮特·温特森是用一种古怪的方式讲述这个古怪的故事的,所以题材的敏感度减弱了不少。

　　珍妮特·温特森在 21 世纪出版的新作有:《权力书》(*The Powerbook*,2000)、《卡普里国王》(*The King of Capri*,2003)、《看守灯塔》(*Lighthousekeeping*,2004)、《重量》(*Weight*,2005)、《缠在一起的残骸》(*Tanglewreck*,2006)和《石神》(*The Stone Gods*,2007)。其中最有新意的是《权力书》。这是一部把现实空间和网络虚拟空间交织在一起、打破"过去、现在、未来"时间限制的小说。故事情节并不复杂:主人公阿莉是个网络小说家,她和她的网友们的关系处于现实空间,而她在网络上"创作"的一部小说,由于人物都由她的网友们充当,由他们的言行决定小说的情节发展,因而这层关系处于网络虚拟空间,而他们在现实空间里的关系和他们在网络虚拟空间里的关系势必会相互影响,两者交织在一起,便发生了许多有趣的事情;譬如,在网络虚拟空间,作为小说人物的网友可以改变身份,改变性别,甚至可以上天入地,可以胡作非为,而当他们回到现实空间时,这一切绝不会烟消云散,而是会很微妙地影响他们的关系,而他们在现实空间里的关系,又会反过来影响他们在虚拟空间里扮演的角色。总之,珍妮特·温特森的这部小说可谓别出心裁,她使小说中的人物几乎全都呈现出双重乃至多重性格,而这恰恰是现实世界的一种"归谬",因为在现实世界里,人们的性格或多或少是有点分裂的。

四、A.L. 肯尼迪

A.L. 肯尼迪(A. L. Kennedy,1965-)是苏格兰人,她从华威大学戏剧系毕业后,曾执教于圣安德鲁斯大学。1990 年,A.L. 肯尼迪出版第一部作品——短篇小说集《黑夜几何学与加斯开顿列车》(*Night Geometry and the Garscadden Trans*)。1993 年,她的长篇小说《盼望可以跳舞》(*Looking for the Possible Dance*)出版后,被《格兰塔》杂志评为 20 位最佳年轻小说家之一。1994 年,她的短篇小说结集出版,名为《现在你回来了》(*Now That You Are Back*)。此外,她在 90 年代还出版了两部长篇小说,即《这样我就高兴了》(*So I Am Glad*,1995)和《你需要的一切》(*Everything You Need*,1999)。

A.L. 肯尼迪的小说大多写"小人物"的痛苦和孤独心态,其创作手法则是实验性的,即:把写实和离奇幻想这两种对立的东西"捏"在一起。此外,她虽然倾向于在小说中讲故事,但并不赞同小说家从自己熟悉的人和事当中获取素材,而是认为小说中的人物和情节都应该出自小说家的想象。还有,她身为女性作家,但从不认为女作家就要特别关注女性问题,所以她也极不愿意被人贴上女权主义之类的标签。也许就是出自这一原因,她有意用自己的名字缩写"A.L. 肯尼迪"作为笔名,以此隐去自己的性别。最后是,A.L. 肯尼迪早年毕业于戏剧系,因而她对戏剧,特别是喜剧,情有独钟,这一点表现在她的小说创作中,就是她的小说几乎都可以说是"流着泪的大笑"。

2000 年以后，A. L. 肯尼迪的主要作品有：《除不去的法令》
（*Indelible Acts*，2002）、《天堂》（*Paradise*，2004），一部写一个酗酒女人的
黑色幽默小说，以及《日子》（*Day*，2007），一部以"二战"为背景的小说。

五、托比·利特

托比·利特（Toby Litt，1968－　）早年就读于牛津大学伍斯特学院
英语系，后入东英吉利大学由马尔科姆·布雷德伯里主持的"文学创作硕
士班"，专门学习文学创作。从东英吉利大学毕业后，利特一度想成为诗
人，所以直到 1989 年才开始尝试小说创作。他写了一部长篇小说，名为
《遗失的巴别塔笔记》（*The Lost Notebook of Babel*），但没能出版。1996
年，他的短篇小说结集出版，名为《资本主义世界的历险》（*Adventures in
Capitalism*）。这之后，他连续推出多部长篇小说，逐步确立了他在文坛
的地位。

利特的第一部长篇小说《垮掉的一代：一部英国巡回电影》
（*Beatniks: An English Road Movie*）出版于 1997 年。其后，他推出的作
品有：长篇小说《死者》（*Corpsing*，2000）、《死孩子之歌》（*Deadkidsongs*，
2001）、《发现自我》（*Finding Myself*，2003）、《鬼故事》（*Ghost Story*，
2004）、《医院》（*Hospital*，2007）和短篇小说集《暴露癖》（*Exhibitionism*，
2002）。其中影响较大的是《死者》《发现自我》和《鬼故事》。

《死者》作为一部实验小说，其新颖之处在于，写一宗谋杀案，但谋杀
经过是根据事后调查加以想象性描述的，其中还穿插了新闻报道和验尸
报告。这和警方对谋杀案的调查好像没有什么区别，但小说中的调查者
即故事叙述者"我"，却不像警方那样旨在于查找凶手，而是更关注于死者
本人，因为死者曾是他的情人。小说中的这宗谋杀案发生在伦敦索霍区，
死者是演艺圈里的一个叫莉莉的女艺人，通过"我"对案件的调查，小说重
现了莉莉的生活及其被害经过。显然，这种重现在很大程度上是"我"的
想象，因而小说给人以半真半假的印象。譬如，关于莉莉生前醉生梦死的
所谓"时尚生活"，关于她被杀时的情景，以及关于她被杀时已怀有身孕，
并由此讲到她混乱的性生活，等等，都带有"我"的主观色彩。也就是说，
这部小说的特点不在于它所讲述的那些事情，而在于它的讲述方式具有

实验性质,也就是试图把事实和幻想混合在一起,从而形成一种独特的"心理现实"——这才是利特真正要呈现给读者的。

在《发现自我》中,利特进行着类似的实验。小说中的主人公是个女作家,她为了给自己的小说创作提供素材和灵感,别出心裁地邀请她的男女朋友一起到她的海滨别墅里度假,而她事先已在别墅里安装了许多摄像头,用来偷窥他们的私密行为,因为她认为,人的自我只有在私密行为中才真正体现出来。不过,利特并不是客观叙述这个女作家是如何偷窥他人的,而是把女作家在偷窥期间写的日记呈现在读者面前。由于日记本身也是一种私密,因而当这个女作家在偷窥他人时,她自己的私密也在被读者"偷窥"。也就是说,主人公要想发现他人的自我,而她"要想发现他人自我"的自我,却被读者"发现"。所以,小说题目中的"自我"是Myself,而不是Oneself,既暗示:这是主人公的自我,而不是她所要发现的他人的自我;又暗示:这也是读者的自我,因为读者读小说无非是想了解主人公,也就是想发现主人公的自我,而这,就是读者的自我。由此言之,利特的这部实验小说是要使读者"体会"而不仅仅是"理解"其主题,即:要想了解别人,必然暴露自己。

同样,在《鬼故事》中,利特尝试用一种噩梦般的叙述方式叙述一个其实并不怎么可怕的故事。女主人公阿加莎怀孕了,而且怀的是女婴,她和她丈夫都期待着这个女婴的出生,因为他们已有了一个儿子,所以他们还特意为未来的女儿买了一栋海边的小楼,可是,阿加莎流产了——就这么一件事。当然,在一般情况下,失望、沮丧是难免的,但在利特笔下,这件事却简直就是世界末日,女主人公因此而几近崩溃。小说的大部分篇幅都是阿加莎混乱的内心独白,而透过这种几近胡言乱语的独白,读者还是能感觉到,那个流产的女婴就像鬼魂一样缠绕着她,使她整日恍恍惚惚;她对上帝不满,对婚姻不满,对儿子也觉得讨厌;她想自杀,甚至幻想自己把儿子杀了……总之,利特在这部作品中所做的实验,就是试图用语言模拟出人在行将崩溃时的精神状态,而其目的,除了借此表现人的内心世界的不可自控,更重要的是以此测试语言的极限,即:一个人只是自己心里闹鬼,能不能讲得像真的鬼故事一样可怕?

当然,就如利特自己所说,"要创造一种前人没有用过的形式是很容易的,但要通过这种形式表达自己的意图却并不容易",他有许多实验是不太成功的。但不管怎么说,他是个喜欢创新的小说家,甚至可以说是个喜欢赶时髦的小说家。他的小说给读者留下的印象就是"很新潮",就像令人眼花缭乱的时尚杂志,而且就如他自己也承认的,他的创新和实验并不仅限于小说形式,同时也寻求小说题材的新颖,甚至刺激。所以,他的有些小说根本就是大众化的娱乐性读物,因而受到批评界的非议。但利特对此并不在乎。他坦言自己就是喜欢"花样翻新",至于"翻"出来的"新"是不是被批评界看好,他觉得无关紧要。

第四章　朱利安·巴恩斯：
解构小说的小说

　　80 年代和 90 年代,英国文坛涌现出一批被称为"徘徊于十字路口"的新作家,朱利安·巴恩斯(Julian Barnes 1946 -)无疑是其中的佼佼者,迄今已出版长篇小说和短篇小说集十余部。他的小说均是打破传统模式的实验之作,手法新颖、风格多变,因而有"文坛变色龙"之称。

一、生平与创作

　　朱利安·巴恩斯出生于英格兰的莱斯特郡,父母都是法语教师。巴恩斯 1968 年毕业于牛津大学,后任《牛津英语辞典》编辑、《新政治家》和《星期日泰晤士报》撰稿人。1982 年至 1986 年,任《观察家》杂志评论员。此后,他成为职业作家,并于 1988 年被选为法兰西艺术科学院外籍院士。

　　自 1980 年至今,巴恩斯共出版长篇小说十部、短篇小说集两部、文集两部,以及以"丹·卡瓦纳"为笔名出版的侦探警匪小说四部,其中的两部,即《达菲》(*Duffy*,1980)和《堕落》(*Going to the Dogs*,1987),还是当年畅销书。他的作品曾获"毛姆奖"、"杰弗里·费伯纪念奖"、法国"梅迪契奖",还曾两次获"布克奖"提名。

　　巴恩斯的第一部长篇小说《通地铁的地方》(*Metroland*)出版于 1980

年。小说分为三部分,分别由主人公克里斯托夫·劳埃德自述其三个时
期的生活经历。第一部分的时间为 1963 年,地点为伦敦郊外一个通地铁
的地方。此时克里斯托夫 16 岁。小说以幽默的笔调展现了主人公及其
好友托尼在青春期的性意识萌动、叛逆和对艺术的崇拜。第二部分为
1968 年的巴黎,克里斯托夫在那里读大学,并认识了女友安妮克。安妮
克坦诚直率,在她的影响下,克里斯托夫从原先的愤世嫉俗转向内省,变
得成熟起来,但他却和安妮克分了手。第三部分又回到伦敦郊外那个通
地铁的地方,时间为 1977 年,此时克里斯托夫结婚已六年,生活安定平
静。克里斯托夫参加了一次中学同学聚会,发现很多当年被自己嘲笑的
同学都各有所成,又回想起自己少年时恃才傲物,如今却平凡之极,颇觉
人生的多舛与讽意。

　　巴恩斯的第二部长篇小说《她遇到我之前》(Before She Met Me,
1982)可说是一部心理小说。主人公格雷姆是历史系教授,他因嫉妒妻子
婚前的情人而心理扭曲,最终走向自我毁灭。小说基调低沉,格雷姆在臆
想与现实、过去与现在之间苦苦挣扎,其心理病态近乎自虐。在这部小说
中,巴恩斯使用了意识流手法,但却是穿插在人物动作和谈话之间的,因
而又不同于一般的意识流小说。

　　出版于 1984 年的《福楼拜的鹦鹉》(Flaubert's Parrot)堪称巴恩斯的
杰作。主人公杰弗瑞表面上好像在讲述福楼拜的生平,实际上是在讲述
他自己的经历,而且一边讲述,一边还要发表评论。巴恩斯自己曾说,这
是一部"半是评论、半是叙述"的小说,而评论界则认为,这部小说挑战了
文体极限。

　　然而,在继《福楼拜的鹦鹉》之后出版的《凝视太阳》(Staring at the
Sun,1986)中,巴恩斯却突然中止小说实验,返回到他早先在《通地铁的
地方》中使用的那种相对传统的叙事方式。《凝视太阳》也分三部分,按时
间顺序讲述女主人公的一生,并以死亡作为小说主题。第一部分,叙述女
主人公姬恩的少女时代。其中讲到飞行员托马斯暂住在她家,常对她谈
到飞行中面临死亡时的体验,使她印象深刻,同时也为下文做了铺垫。第
二部分,讲述姬恩的婚后经历。她离开丈夫,四处漂泊,独自抚养儿子格
里高利,直到退休。退休后,她周游世界,一边领略世界各地的风土人情,
一边寻思生与死的意义。第三部分,叙述重心转移到成年后格里高利。

他和他母亲一样,也在思考着生与死的问题,而且比他母亲更具宗教意味。不过,尽管格里高利想到了许多形而上的问题,却始终无法得到确切的回答,因而一直为深深的困惑所缠绕。对这部小说,评论界反应平平,但巴恩斯自己却认为,它比《福楼拜的鹦鹉》"更具深度和内涵"。

继《凝视太阳》之后,巴恩斯又对小说实验产生了兴趣,于是又写了一部实验小说。小说题目就很古怪,称为《101/2 章世界史》(*A History of the World in 101/2 Chapters*,1989)。小说文体和内容更是不同寻常,有的章节用小说文体,有的章节则是法律文书,或书信形式,或文艺批评,或随感,五花八门;内容涉及宗教、政治、法律、哲学、艺术各个方面,而且从古到今,无所不有。小说叙述者随章而变,一会儿这人叙述,一会儿那人叙述,有的叙述者甚至都不是人,而是一条虫,如此等等,不一而足。总之,《101/2 章世界史》实为一部"怪诞世界史",而其意图,则旨在于使历史显得就如随意编造的故事,以此颠覆和嘲讽历史的真实性和权威性。

90 年代初,巴恩斯突然写了一部爱情小说,即《谈心》(*Talking It Over*,1991),讲述一个三角恋爱故事。小说没有主人公,只有三个主要人物:斯图亚特、吉莉恩和奥利弗。斯图亚特是个银行职员,奥利弗则是个失业教师,斯图亚特的密友,他爱上了斯图亚特的妻子吉莉恩。起初,吉莉恩并不理会奥利弗的示爱,但奥利弗锲而不舍,吉莉恩渐渐动了情。于是,三人陷入了感情漩涡。最终,吉莉恩离开斯图亚特,和奥利弗结了婚。对此,斯图亚特始终感到莫名其妙,因为他坚信吉莉恩真正爱的是他,而不是奥利弗。小说采用对话体形式,由斯图亚特、吉莉恩和奥利弗轮流以第一人称、从各自的视角讲述发生在他们之间的感情纠葛。

接着,巴恩斯又写了一部政治题材的小说《豪猪》(*Porcupine*,1992)。小说以 80 年代末东欧剧变为背景,讲述某国前总统彼得汉诺夫的受审过程。负责审讯的索林斯基总检察长是一位法律教授,他父亲与彼得汉诺夫曾是战友,在党内担任高级职务,但后来被清洗。彼得汉诺夫老谋深算,在法庭上完全掌握主动,为自己执政 33 年的所作所为辩护。他视索林斯基总检察长为毛孩,当众出他的丑。索林斯基总检察长为了给彼得汉诺夫定罪,甚至拼凑证据起诉前总统谋杀了自己的女儿。最后,法庭宣判彼得汉诺夫有罪,索林斯基总检察长则因这场审讯而使自己的家庭发生了危机:妻子要和他离婚,女儿也离他而去。显然,小说取材于海牙国际法庭对塞尔维亚前总统米洛舍维奇的审判,但巴恩斯并非要为米洛舍维奇辩护,而只是想表达这样的意思:政治很丑恶,无论是审判者还是被审判者,其实都无正义可言;所谓政治审判,不过是一场闹剧而已。

继《豪猪》之后,巴恩斯又"摇身一变",写出了一部故事离奇的寓言小说《英格兰,英格兰》(England, England, 1998)。小说女主人公玛莎早先生活在英格兰一个叫怀特岛的地方,那里的乡村生活遵循着古老的传统,宁静而祥和,但在玛莎40岁时,她突然受聘于传媒大亨杰克,把怀特岛改造成了一个主题公园,并改名为"英格兰,英格兰",那里不仅有仿造的白金汉宫、大本钟和巨石阵,还有假冒的亚瑟王、罗宾汉和约翰逊博士等历史人物,以此招徕游客。然而,"英格兰,英格兰"兴建成功后,玛莎却和她的情人保罗一起排挤了杰克,将这座主题公园占为己有。后来,玛莎和保罗又开始争夺公园的控制权。为此,保罗不惜把杰克叫了回来,两人联手,把玛莎驱出了"英格兰,英格兰"。小说结尾时,"英格兰,英格兰"似乎又神奇地变回到了怀特岛。然而,所有这一切,包括"英格兰,英格兰",都不过是玛莎的幻想而已。

2000年以后,巴恩斯推出的小说有《爱及其他》(Love, Etc, 2000)和《亚瑟和乔治》(Arthur & George, 2005)。其中,《爱及其他》是《谈心》的续篇,继续讲述发生在斯图亚特、吉莉恩和奥利弗之间的三角恋爱故事。巴恩斯最近的新作是2008年出版的长篇小说《无所畏惧》(Nothing to be Frightened of)。

二、风 格 与 特 点

显然,巴恩斯是一位致力于小说实验的"小说革新家",他认为小说的"生命"就在于小说会"变异",而正因为小说会"变异",小说的"寿命"将比上帝还长。他曾说:"许久以来,人们曾经周期性地宣告上帝死亡和小说死亡,这都是危言耸听。由于上帝是人们虚构故事的冲动所创造出来的最早、最好的艺术形象,我愿把赌注押在小说上——不论它是何种变异文本——我相信小说的寿命甚至会超过上帝。"①因此,要想确定巴恩斯的

---

① 转引自瞿世镜、任一鸣《当代英国小说史》,上海译文出版社,2008年,第318页。

小说具有何种典型风格,几乎是不可能的,因为他抛弃了正统的小说情节设置和人物塑造的规则,代之以编织寓言、讲述笑话、连缀故事、聚集观念,随其兴之所至,进行各种形式的小说实验,其风格随其实验而变,几无定式。不过,如果我们沿着他的"实验路线"一路追寻,还是可以看出,他在不同时期的实验还是有不同侧重点的。所以,仍可以总结出一些基本特点。

首先要说明的是,巴恩斯热衷于形式实验并不意味着他对小说内容的忽视。实际上,他的每一次形式实验都和他所要探索的"新经验"有关,也就是说,他要想表现一种新的人生经验,自然要找到一种新的表现形式;用他自己的话来说,小说家的任务,就是"去探寻所有可以获得的有效视点"①。基于此,我们便可以从他的小说创作过程中大体看到这样一条"实验路线":从第一部小说《通地铁的地方》用实验手法表现青春期幻想,到第二部小说《她遇到我之前》用一种奇特的"意识流"手法表现一种隐秘的心理变态,再到《福楼拜的鹦鹉》、《凝视太阳》和《101/2 章世界史》用解构手法阐释历史传统,然后到《谈心》用对话体形式解构一场三角恋爱,接着到《豪猪》用怪异手法讽刺所谓的"国际审判",再到《英格兰,英格兰》用寓言形式再次对历史传统加以解构性阐释。从中不难看出,巴恩斯早期偏向心理小说,后期偏向历史小说。但他的"心理小说"显然不同于传统的心理小说,他的"历史小说"也迥异于传统的历史小说。

在巴恩斯的早期创作中,《通地铁的地方》从表面上看是一部"心理小说",即主人公对内心焦虑的青春期生活的回忆,但小说的真正意图却不在于表现青春期心理骚动,而是以漫画化的笔调谈论一个人如何才能获得精神上的自由,以及一旦获得了自由,又会导致何种后果。所以,有评论说,这部小说的"文化调侃"以及对当代生活的参照,很合巴恩斯作为电视评论员的风格。同样,《她遇到我之前》也是一部很特别的"心理小说",表面上好像是写性爱和嫉妒心理,实质上旨在于探讨"在我们的本能、情绪和智慧之间进行调和折衷而陷于永久不可估量的失败",因而被认为是一部有趣而又哀怨的"心理小说",提出了一个令人深思的问题。

毫无疑问,如果要说巴恩斯的小说有什么最大特点的话,那就是他对

---

① 转引自瞿世镜、任一鸣《当代英国小说史》,上海译文出版社,2008 年,第 318 页。

历史和传统的解构和颠覆，或者说，实验性地用解构方式结构小说。可以说，他其后的三部重要作品，即出版于 80 年代的《福楼拜的鹦鹉》和《101/2 章世界史》以及出版于 90 年代的《英格兰，英格兰》，采用的都是这种方式。

其中，《福楼拜的鹦鹉》表面看来好像是一部以人物传记为主线的历史小说，实质上既颠覆了"历史真实性"，又颠覆了小说传统，即小说这一文类的创作惯例——就如小说出版后不久《泰晤士报文学副刊》的评论所说，"《福楼拜的鹦鹉》是无聊傻话和极其严肃思考的非同寻常而又富于艺术技巧的杂拌。它可同时看作是文学考证、文学批评和文学实验。在我们的时代，人们认为每一个问题总可以有经济的、政治的、或者技术的解决方案。巴恩斯却有这份勇气和雅兴来提醒我们：有些问题不会有任何解决方案"①。

同样，《101/2 章世界史》也是一部貌似历史小说而实质是解构历史和小说的作品。书名《101/2 章世界史》读作"101 除以 2 章世界史"，但这里的"101 除以 2 章"不是"50 章半"，而是"10 除以 2"加"1 除以 2"，所以是"5 章半世界史"。其中五章，各章互相独立的篇章组成，各章体裁各异，有小说、法律文书、书信、文艺批评、随感；所谓"半章"，是一个"插曲"。这种文体杂乱和《福楼拜的鹦鹉》很相似，而更为杂乱的是，在《福楼拜的鹦鹉》中还有一个贯穿全书的叙述者，现在连这样一个叙述者也没有了，而是以诺亚方舟及其变体为轴心意象，使各章相互联系成一个整体。这样的结构，显然不是小说结构。然而，这部作品所要颠覆的，还不仅仅是小说惯例，还有整个基督教历史乃至人类历史。或者说，它旨在于揶揄、嘲讽、质疑、颠覆历史（即人们所相信的"历史"）的"真实性"。譬如，第一章取名为"偷渡者"，讲述诺亚方舟的传说，讲述者则是诺亚方舟上的一条蛀虫（因为那时除了诺亚，其他人都被上帝的洪水淹死了），而在这条蛀虫的讲述中，诺亚实在不是什么好人，而是一个"嗜酒的老无赖"；再譬如，在，取名为"宗教战争"的第三章里，讲述蛀虫和人类辩论，结果是：人类重申自己的"历史"，而蛀虫也有它自己的一套"历史"；两者都相信自己的历史真实性，驳斥对方是"虚构历史"。当然，这样的情节都是装疯卖傻，

---

① 转引自瞿世镜、任一鸣《当代英国小说史》，上海译文出版社，2008 年，第 320 页。

其真实用意是要以此提醒读者：我们所相信的历史，不过是一种"讲述"，而"讲述"是可以多种多样的，只要你相信，无论哪种胡说八道的"讲述"都具有真实性，而若你不信，那么任何"讲述"、任何历史，都无真实性可言。换句话说，所谓"历史"，其实和宗教一样，信不信由你。

再来看《英格兰，英格兰》，同样是对历史的重述，同样是荒诞不经的情节，其中充满对英格兰历史的揶揄、嘲讽和质疑，而其宗旨也仍在于颠覆历史的真实性。所不同的是：在《101/2章世界史》里，历史的真实性等同于"讲述"的可信性，而在这里，"讲述"的可信性又进一步被表述为"幻觉的迷惑性"，即：历史不过是人们所需要的一种幻觉而已。

当然，解构和颠覆历史只是巴恩斯小说的最大特点，或者说，只是他小说创作中的一个亮点。实际上，作为"文坛变色龙"，巴恩斯写小说从不雷同，即便是上述三部作品，人物、情节、手法也大不相同。巴恩斯总是不断尝试创新，拒绝重复。他曾说："要能够写作，你就必须让自己确信你的创作是个全新的开始，不仅是个人的新起点，也是整个小说史的新起点。"这样的要求固然高得很难做到，但却是他的创作准则。所以，他的小说给人五花八门的感觉，时而以中年知识分子为主人公（如《她遇到我之前》），时而以年轻女性为主人公（如《凝视太阳》）；时而写怪诞小说（如《101/2章世界史》），时而写政治小说（如《豪猪》）；时而写寓言小说（如《英格兰，英格兰》），时而写爱情小说（如《谈心》）。但是，不管他怎么变来变去，有一点是不变的，那就是：他始终坚信，小说不管怎么写，总是一个"美丽的谎言"。

三、重要作品评析

《福楼拜的鹦鹉》堪称巴恩斯的杰作。小说名为《福楼拜的鹦鹉》，意指福楼拜的一篇名为"一颗淳朴的心"的短篇小说中的一只鹦鹉。在福楼拜的那篇小说中，写的是一个出身卑贱的女仆：她爱过一个举止粗野的未婚夫，后来当了仆人，但她心地善良，一生任劳任怨，对主人一家忠心耿耿，把感情寄托在主人家的孩子们身上；后来，主人去世，少爷小姐们也当婚的婚，当嫁的嫁，她只能另寻精神寄托；于是，她就把自己全部的爱倾注在一只名叫"露露"的鹦鹉身上；但不久，"露露"也死了；于是，她就请人把

"露露"做成标本,当作宝物一样随身带着……不过,巴恩斯关注的不是福楼拜笔下的女主人公,而是那只鹦鹉。因为据说,福楼拜写"一颗淳朴的心"的灵感,就来自一只鹦鹉标本,而巴恩斯曾在巴黎参观过两个博物馆,那两个博物馆都宣称自己藏有福楼拜的那只鹦鹉标本。那么,究竟哪只是真,哪只是假? 还是,两者都不是真的? 对此,研究福楼拜的学者一直众说纷纭,莫衷一是,而巴恩斯写《福楼拜的鹦鹉》的灵感,就来自于此。

小说叙事者杰弗瑞·布雷斯韦特是福楼拜小说爱好者,出于好奇,他执著地想找到那只"福楼拜的鹦鹉"。但结果是,他不仅发现有好几个博物馆宣称拥有"福楼拜的鹦鹉",甚至还发现有几十只鹦鹉标本似乎都有可能是"福楼拜的鹦鹉"。于是,他困惑了:那只真正的"福楼拜的鹦鹉",到底能不能找到? 与此同时,也就是在他寻找"福楼拜的鹦鹉"的过程中,他也在反省自己的生活经历,尤其是他和妻子的关系。他很怀疑自己是不是像《包法利夫人》里的包法利医生一样,稀里糊涂地被戴上了"绿帽子"。于是,他想方设法寻找证据,以证明亡妻生前是不是像包法利夫人一样,曾有通奸行为。但结果是,他发现有许多事情似乎都和妻子的通奸行为有关,却又没有一件是可以确定的,就如"福楼拜的鹦鹉"一样。于是,他惶惶惑惑,既无法找到"福楼拜的鹦鹉",也无法确定"妻子的通奸"。

不难看出,巴恩斯在《福楼拜的鹦鹉》中所要表述的是历史的真实性问题。正如有评论家指出的,"布雷斯韦特对福楼拜痴迷的原因开始还显模糊,但渐渐地清晰,他对福楼拜真实的追寻是对他自己婚姻经历的转移和升华,'我们是怎样把握过去的?'这个问题既指福楼拜的过去,也指叙事者本人和他亡妻的生活经历"[1]。在小说中,布雷斯韦特给很多专家学者写信询问,四处参观,试图确认究竟哪只鹦鹉是"真"的,但结果发现很难做到这一点。关于真相,存在着"太多的矛盾之处,太多不同的版本,太多无法认定的证据",以至于真相飘忽,处于一种悬疑状态。不仅"福楼拜的鹦鹉"无法确定,福楼拜生平的其他方面也同样如此。在小说的第二章里,巴恩斯给出了三种不同版本的福楼拜年表,其中有许多地方是相互抵触的。这里,除了有福楼拜的"自述",还有福楼拜的情人露易丝·科莱的

Footnote

[1]　Del Ivan Janik, "No End of History: Evidence from the Contemporary English Novel" in *Twentieth Century Literature* 41. 2 (Summer1995), pp. 169 - 170.

"讲述"——她从另一个视角提供了另一种版本的关于福楼拜的"历史"。究竟谁的陈述是"真实的"？无从判断。同样，关于布雷斯韦特的亡妻的"历史"（即她是否通奸），也难以判断。换言之，我们是不可能直接把握历史的，只能在各种文本中追寻它的遗迹。不同的文本中无疑有不同叙事者对历史的不同阐释，而这些经过阐释的历史，就是我们所能把握"历史"。既然如此，哪里还有"历史的真实性"呢？所以，有人认为巴恩斯在"历史的真实性"问题上是个"极端的怀疑主义者"，有人甚至称他为"历史虚无主义者"[①]。但是，也有人认为巴恩斯远没有那么极端，只是"更具试探性和模糊性"[②]，或者说，是对传统认识论、传统历史观的质疑和再认识。

就表现手法而言，《福楼拜的鹦鹉》显然是一部别出心裁之作。首先是，它既是小说，又不是小说，其实只能说是"准小说"。我们知道，小说要有故事，如果全然没有故事，那就是非小说。《福楼拜的鹦鹉》中的故事可谓少而又少。全书总共 15 章，其中约有三分之二的篇幅被用来追述和评论福楼拜的一生——他和母亲、妹妹及女友的关系、他和男友的关系、他的艺术观，以及他的社会政治立场，等等。从这个意义上讲，这本书几乎就是一部福楼拜传记。至于其余约三分之一篇幅，其中有相当部分还被用来陈述主人公布雷斯韦特的艺术信念和批评理论，唯有布雷斯韦特寻找"福楼拜的鹦鹉"的过程和他对亡妻的回忆，才有一点故事性。因而，从这个意义上讲，这部作品才能被称为"小说"，但绝对不是传统意义上的小说。

其次是，这部作品所使用的叙述视角不仅是变换不定的，而且是模糊不清的。作品中不仅使用第一人称叙述者，而且是多个第一人称的叙述，此外还有第三人称叙述。变换叙述视角固然在当代小说中并不少见，但有意混淆叙述视角却是这部作品的特色。譬如，布雷斯韦特时而会将自己的视角等同于福楼拜的视角，仿佛他就是福楼拜，但他时而又会批评福楼拜，时而又会显出一副与福楼拜若即若离的样子，时而还会摆出客观转

---

① James B. Scott, "Parrot as Paradigms: Indefinite Deferral of Meaning in *Flaubert's Parrot* ", Ariel: *A Review of International English Literature* 21(July 1990), p. 58.

② Merritt Moseley, *Understanding Julian Barnes*, Columbia, South Carolina: the University of South Carolina Press, 1997, p. 12.

述、不对转述内容负责的姿态，如此等等。这样一来，由于作者巴恩斯和人物布雷斯韦特之间本有距离，现在又再上布雷斯韦特和福楼拜之间的距离，福楼拜在读者眼里就变得模糊不清了——他究竟是小说"人物"，还是历史"人物"？也许都是，因为在巴恩斯看来，历史叙述从本质上说和小说叙述一样，也是一种"虚构"，只是这种"虚构"貌似真实或者说被人相信是"真实的"罢了。

最后是，这部作品混合了多种文类，其自身是"准小说"，而其对福楼拜的生平及文学理论和实践的评论，又是半真半假的"准文学评论"。这就对解读这部作品设置了很大障碍，因为这是解读的解读，是评论的评论，是解连环套、套中套。然而，这样的障碍却是巴恩斯有意设置的，其结果便使这部作品从书名到内容都具有"互文性"，从而模糊了小说和历史的界限，就如布雷斯韦特寻找"福楼拜的鹦鹉"毫无结果，最后不得不说："任何与福楼拜相关的事物都不可能永存……关于他留存下来的只是些纸张上的文字而已。"关于历史，实际上我们所知道的，也"只是些纸张上的文字而已"。

总之，《福楼拜的鹦鹉》是一部"半是叙述、半是评论"的作品，一部挑战小说极限的作品。它既是一个由主人公布雷斯韦特讲述的故事，又是一部由巴恩斯撰写的福楼拜传。它将"虚构"与"纪实"融合在一起，打破了小说与传记之间的传统界限，以此暗示，历史文本和小说文本一样，也是主观建构，并非客观真实。小说的叙述视点不断在现代世界和往昔岁月之间、在布雷斯韦特和福楼拜之间来回转换，其中间杂着档案摘录、离题枝节、寓言传说和布雷斯韦特的自由联想；同时，在叙述过程中又时而出现模拟他人文体的谐文，乃至鹦鹉学舌的引文。此外，同一事件往往从不同角度加以重复叙述，其间相互矛盾、相互抵触之处屡屡出现。所有这一切，既是历史的解构，又是历史的重现，其用意就在于以此显示：任何叙事——无论是小说叙事，还是历史叙事——都是片面的、可疑的。所以，当小说结束时，读者不由得会自问：对于福楼拜和他的鹦鹉，我们究竟知道些什么？对于布雷斯韦特的经历，乃至我们自己的经历，我们究竟又知道些什么？实际上，除了一片茫然，我们什么也不知道。而这，就是《福楼拜的鹦鹉》所要营造的"艺术效果"。

第五章 伊恩·麦克尤恩：
梦幻社会小说

伊安·麦克尤恩（Ian McEwan，1948－　）可谓英国文坛"常青树"，从 80 年代至今，他一直拥有数量相当可观的读者群，同时又是获奖最多的小说家之一。所以，无论就其作品的可读性还是艺术性而言，他都是一位不可轻视的重要作家。

一、生平与创作

伊安·麦克尤恩出生于英格兰的奥尔德肖特，曾随父亲在新加坡和利比亚度过了童年，后被送回英国接受教育。1967 年，他考入萨塞克斯大学英语系。在校期间，他曾受当时席卷欧美大学的反文化潮流的影响，和一批嬉皮士一起到阿富汗去体验异国情调的流浪生活。但不久，他就对这种放浪形骸的反理智主义感到厌倦了。1970 年，他从萨塞克斯大学毕业后进入东英吉利大学开办的研究生进修班，修习文学创作，指导教师是著名作家安格斯·威尔逊和马尔科姆·布雷德伯里等人。1972 年，他以优异成绩从东英吉利大学毕业，获硕士学位。1974 年，他定居伦敦，以写作为生。

麦克尤恩的第一部作品是短篇小说集《最初的爱情，最终的仪式》

（*First Love*，*Last Rites*，1975），其中有相当一部分是他在东英吉利大学进修期间的习作。小说集出版后颇获好评，第二年还获得"毛姆奖"，这对他是一种莫大的激励。

1978年，麦克尤恩出版第二部短篇小说集《在被窝里》（*In Between the Sheets and Other Stories*）和第一部长篇小说《水泥花园》（*The Cement Garden*）。后者出版后深受读者欢迎和评论界的关注，麦克尤恩由此而成名。

1981年，麦克尤恩出版第二部长篇小说《陌生人的安慰》（*The Comfort of Stranger*），获"布克奖"提名。同年，他还写了三部电视剧，即：《模仿游戏》（*The Imitation Game*）、《杰克·弗里的生日庆祝会》（*Jack Flea's Birthday Celebration*）和《固体几何学》（*Solid Geometry*）。

《陌生人的安慰》主要写性虐幻想。小说主人公玛丽和情人柯林在意大利威尼斯度假，沉浸在温柔的性爱中。一天晚上，他们在逛街时偶然结识了当地人罗伯特。殊不知，罗伯特是个性虐狂，而他的妻子卡罗琳则个受虐狂。后来，在与玛丽和柯林的交往中，罗伯特夫妇的性虐和受虐狂演变为凶杀冲动，并将这种冲动指向了柯林。最后，柯林成了他们的牺牲品。小说题目《陌生人的安慰》即指罗伯特夫妇在柯林这个陌生人身上寻找所谓的"安慰"。

继《陌生人的安慰》之后，麦克尤恩大约有五六年未写小说，而是写了清唱剧《我们是否将要死亡？》（*Or Shall We Die?*，1983）和电影剧本《庄稼汉的午餐》（*The Ploughman's Lunch*，1985）。直到1987年，才有长篇小说《及时到来的孩子》（*The Child in Time*）问世。这是麦克尤恩80年代的一部重要作品。主人公斯蒂芬是一位儿童文学作家，本有一个温馨的家，但当他三岁的女儿凯特在一家超市被人拐走后，他的生活便成了一场噩梦。妻子朱莉因失去女儿而患上抑郁症，斯蒂芬万念俱灰，终日沉浸在对女儿的回忆和幻想中，痛苦不堪。这样过了两年多。有一天，斯蒂芬在一所幼儿园突然看到有个女孩好像就是他的女儿凯特。但是，他虽认定那女孩就是凯特，但那女孩却根本不认识他，看了他一眼就走开了。这使他猛地意识到，他的凯特已不复存在了，他所思念的不过是他想象中的凯特。于是，他顿悟了，决定结束这场噩梦，重新面对生活。小说结尾时，朱莉又生下一个孩子——这个"及时到来的孩子"，使夫妇俩又看到了生的希望。

90 年代是麦克尤恩小说创作的丰收期,除了一部短篇小说集,他还出版了四部长篇小说,即《无辜者》(*The Innocent*, 1990)、《黑狗》(*Black Dogs*, 1992)、《持久的爱》(*Enduring Love*, 1997) 和《阿姆斯特丹》(*Amsterdam*, 1998)。

其中,《无辜者》是一部政治-社会小说。故事发生在 50 年代初冷战时期的柏林。当时,美国中央情报局和英国军情六处实施"柏林隧道"计划,即从西柏林往东柏林方向挖隧道,窃听埋在地底下的苏联和东德的通讯电缆。这一计划后来被苏联间谍布莱克告发,于 1956 年 4 月停止。小说主人公伦纳德是个天真无知的英国年轻人,英国情报部门利用他,把他派到西柏林,任务是通过隧道潜入东柏林地下,在那里的通讯电缆上安装窃听器。然而,伦纳德到了西柏林,却和一个偶然相识的德国女子玛丽亚相爱了。玛丽亚已婚,而她和伦纳德相爱的事,又被她丈夫奥托得知。于是,有一天,正当玛丽亚和伦纳德幽会时,奥托突然出现,并和伦纳德打了起来。在打斗中,伦纳德不慎打死了奥托。为了掩盖真相,伦纳德分解了奥托的尸体,并将其装入纸箱,带进了隧道。但没想到,他要进隧道装窃听器的事已被苏联间谍布莱克发觉,所以他也进入了隧道,正好撞上伦纳德。他以为伦纳德带进隧道的纸箱里装的是窃听器,便招来了苏联士兵。结果,伦纳德侥幸逃脱,苏联士兵缴获的却是一具碎尸,令苏联情报部门百思不得其解……小说将一桩间谍案和一桩情杀案搅和在一起,又名为《无辜者》(也可译为《天真无知》),显然具有讽意。实际上,伦纳德犯有三重罪:间谍罪、通奸罪和凶杀罪。然而,由于他的罪都是在敌国犯下的,他竟然一直是"无辜者"——这就是既可笑又可恶的所谓"国际政治"。

同样,《黑狗》也是一部以战后欧洲政治社会变动为大背景的小说。1989 年,拆毁柏林墙之际,杰里米和他的岳父伯纳德专程前往柏林,在亲眼目睹这一重大事件的同时,杰里米回来起了 1946 年春天他婚后在意大利和法国的种种经历。小说既不是直叙的,也不是倒叙的,而是频繁变换叙述角度,在过去和现在之间来回跳跃。而小说名为《黑狗》,既实指两条"二战"时期盖世太保用来恐吓村民的狼犬,又象征性地暗指潜伏在人性中的邪恶欲念。

《阿姆斯特丹》是麦克尤恩 90 年代末的作品,出版后获当年"布克

奖"。这是一部社会讽刺小说。故事发生在 1996 年。漂亮聪明的莫莉·
莱恩因病突然去世，她生前的情人们在葬礼上见了面，他们是：作曲家克
莱夫·林利、报社主编弗农·哈利迪、外交大臣朱利安·加莫尼。克莱夫
和弗农是老朋友，有感于莫莉临死前所遭遇的疾病与屈辱，两人约定：当
一方不再能有尊严地活下去时，另一方有义务帮助他结束生命。克莱夫
正在创作一部千禧年交响乐，一直为写不出杰作苦恼。弗农为了提高报
纸的发行量，同时发泄私愤，刊登了披露外交大臣加莫尼隐私的照片，但
弄巧成拙，遭到舆论的抨击，结果被解雇。小说结束时，克莱夫前往阿姆
斯特丹参加千禧年交响乐排练，在招待会上和弗农相互准备了放有毒药
的酒，结束了对方的性命，而加莫尼则在内阁改组中下了台。

　　2000 年以后，麦克尤恩又推出三部长篇小说，即《赎罪》(*Atonement*,
2001)、《星期六》(*Saturday*, 2005) 和《在切瑟尔海滩上》(*On Chesil
Beach*, 2007)。其中，但最值得注意的是《赎罪》。这是一部多重叙事角
度、情节复杂的实验小说。小说中的故事开始于 1935 年，结束于 1999
年。13 岁的少女布莉奥妮早熟而敏感，是小说中的主要叙事者，她的父
亲塔利斯先生资助管家的儿子罗比在剑桥大学读书，而布莉奥妮的姐姐
塞西莉亚也在剑桥大学读书，并与罗比之间萌生了微妙的情感。在一个
炎热的夏日，塞西莉亚和罗比双双回到家里，然而当晚在塔利斯家发生了
一桩令人惊恐的强奸案，而布莉奥妮凭借自己的猜测和想象，认定是罗比
所为，并出庭作证，致使罗比锒铛入狱。罗比出狱后，又上了战场。在此
过程中，塞西莉亚从来没有动摇过对罗比的信任和爱情，她坚信罗比不是
强奸犯，并在罗比出狱之后，也作为医务人员，投身到战争的硝烟中。少
女布莉奥妮在此过程中也逐渐成熟，当她意识到自己当年的错误时，已为
时过晚，无情的战争夺去了罗比和塞西莉亚的生命，把布莉奥妮孤独地留
在深深的悔恨和自责中。不过，这只是布莉奥妮自述的经历，小说还有一
条与此平行线索——布莉奥妮写剧本《审判阿拉贝拉》。布莉奥妮从少女
时代就开始写这个剧本，在以后的岁月中，她不断根据生活的变迁而更改
情节，但剧本却从未上演过。直到布莉奥妮 77 岁时，这个剧本才由她的
孙子和孙女排演出来，并在她的生日时上演。在小说中，布莉奥妮的剧本
内容和她自述的经历是相互对应的。如果说，后者是她的外部生活，那么
前者就是她的内心生活的写照。与此同时，麦克尤恩还在小说中使用了

"互文"手法,如:布莉奥妮的自述经历很容易使读者想起亨利·詹姆斯的著名小说《金碗》,而布莉奥妮的剧本,则和莎士比亚的《麦克白》有点相似。小说出版后颇受赞誉,曾获"詹姆斯·泰特·布莱克纪念奖"、"W. H. 史密斯文学奖"、"圣地亚哥欧洲小说奖"以及"布克奖"和"惠特布雷德小说奖"提名。

二、风格与特点

从某种意义上说,麦克尤恩是一位典型的英国小说家。自18世纪以来,英国小说似乎一直偏爱市井小镇的百姓生活,世界大事只是在乡村小镇、家庭生活、婚恋变迁中偶尔被提到,小说家所关注的是这些事给主人公的性格气质造成的影响。所以,即便是揭露人性的阴暗与丑陋,英国小说也不像法国小说那样充满力量与激情,而是讲究叙事的节奏、词句的锤炼、修辞的艺术,等等。从这一点上说,麦克尤恩的小说可说是典型的英国小说。但是,麦克尤恩的小说又明显不同于传统的英国小说。在他的小说中,充满了谋杀、乱伦、变性癖、虐待狂、骚扰儿童、家庭崩溃等一系列令人惊骇的不寻常描述。因此,有人甚至把他的小说视为"狂暴的色情文学"。实际上,麦克尤恩描述这样的场面,其用意是非常严肃的——他旨在于以此揭示社会痼疾,探讨当代生活所面临的困境。对于自己的小说创作,麦克尤恩曾有过这样的自我表白:

"对于我自己的创作,我怀着相互矛盾的幻想和抱负。我喜欢字句精确而清晰,同时我又重视字里行间隐含的意义和弹性。我揭示了某些被观察到的细节,并且考虑它们自身所包含的结局。我比较喜欢一部作品有自我完善的特性,被它本身内在的气势和光辉所支撑着,它和这个世界很相似,却又不被它所左右。我喜欢故事,我总是在寻找那被我想象为具有不可抗拒的吸引力的故事。

"和这一切相反,我又重视一种纪实的品质,并且与社会及其价值观念相吻合;我喜欢思索个人的隐私世界和包容了这些个人的公共生活领域之间的紧张关系。另一个使我着迷的倾向,是关于男人和女人,他们之间的相互依赖、畏惧和爱恋,以及他们之间的权力游戏。

"也许我可以如此来调和,或者至少是如此来归纳这些相互矛盾的冲动。一部小说的创作具有两方面的教育意义：当这部作品徐徐展开，它会把自己的规律教给你，告诉你应该如何写小说；同时，它又是一种发现的过程——在一个严峻的世界中，去发现人的价值的确切尺度。"①

不难看出，麦克尤恩在小说形式方面至少有两个"喜欢"，即：喜欢"字句精确而清晰"和喜欢"具有不可抗拒的吸引力的故事"，而在小说内容方面，他喜欢"个人的隐私世界"以及个人与"公共生活领域之间的紧张关系"，而且"着迷"于男人和女人之间的"相互依赖、畏惧和爱恋，以及他们之间的权力游戏"。这就决定了他的小说风格与特点。简单说来，麦克尤恩善于编织故事，情节发展扣人心弦，结局常常出人意料。他的小说具有梦幻色彩，心理刻画逼真，产生一种令人震撼的艺术效果。在他笔下，寻常事物被赋予神秘色彩，而令人震惊的事件却显得普通平常。或者说，他以冷静、精确、激发感官反应的笔触，以一种近乎魔幻现实主义的艺术手法，描述生活中一切寻常和不寻常的事件，使读者既有一种晕眩感，又有一种犹如亲历其境的现实感。

实际上，麦克尤恩刚开始写小说时，就有意模仿卡夫卡的风格，即：用精确、优美的文字描写阴暗、丑恶、令人反感和恐怖的景象。譬如，在他最初出版的短篇小说集《最初的爱情，最终的仪式》中，一篇名为"家庭制造"的短篇小说用抒情的笔调描写了兄妹间的乱伦行为；另一篇名为"蝴蝶"的短篇小说，则是一个残杀儿童者的自我描述。还有与小说集同名的"最初的爱情和最终的仪式"也一样，其中"最初的爱情"是小说叙述者说他第一次偷偷和女友做爱，但房间里有一只老鼠，他就用拨火棒打死了那只老鼠，还发现是一只怀孕的母鼠；于是，他们为那只老鼠举行了葬礼——这就是"最终的仪式"。同样，他的第二部作品即短篇小说集《在被窝里》也具有卡夫卡式的"黑色幽默"风格；譬如，第一篇名为"色情文学"，讲一个男人使他的两个女友都感染上了性病，于是两个女人就割掉他的阴茎作为报复，并对他说："给你留下一小截，让你记得我们。"另一篇名为"宠物黑猩猩的反省"，故事叙述者是一只黑猩猩，它说它的女主人（一个女小说家）和它做爱，但只做了八次就不行了，使它觉得不好意思，因为

① 戴姆米恩·格兰特，《伊恩·麦克尤恩》，布克书屋，1989 年。（转引自瞿世镜、任一鸣著《当代英国小说史》，上海译文出版社，2008 年，第 325 页。）

"我身上的皮毛使她产生了过敏性皮疹,我的异体精子使她的鹅口疮恶化了"。至于和小说集同名的"在被窝里",讲的是一个女人因不满丈夫的"床上功夫",便找了一个身强力壮的男人来代替丈夫,说是对丈夫"在被窝里浪费掉那么多时间"的惩罚。

可以说,优美精确的文字和令人恶心的内容这两种截然相反的倾向,为麦克尤恩的小说提供了"深层涵义"。这种涵义渗透在语言和想象的表层中。浅尝辄止的读者也许只会读到一个令人恶心的故事,但有悟性的读者却能由表及里,把握住小说隐藏不露的内涵。这一特点,无疑在麦克尤恩的第一部长篇小说《水泥花园》里表现得最为明显。有人认为,《水泥花园》是一部神奇的、令人震惊的小说,既充满令人厌恶的、病态的意象,又具有令人难以抗拒的可读性;其实,麦克尤恩的绝大多数作品,如《陌生人的安慰》、《无辜者》、《黑狗》、《持久的爱》、《赎罪》、《星期六》和《在切瑟尔海滩上》等,都具有这一特点。

麦克尤恩没有鸿篇巨制,他的长篇小说都很短,至多只能说是"小长篇"。但就是在这些"小长篇"中,麦克尤恩充分发挥了他那种压缩机式的语言风格,简练、干净、节制,句子长短有致。此外,麦克尤恩善于叙事,即便在短小的篇幅内,他也能用一种内敛的激情,引导读者进入他所描绘的那个既阴郁黯淡又滑稽可笑的小说世界。譬如,麦克尤恩在 2008 年推出的新作《在切瑟尔海滩上》,就是绝好的例子。

这部"长篇"其实只有八万多字,写的是一对新婚夫妻在新婚之夜的尴尬和混乱。这事本来并不好笑,但在麦克尤恩笔下,致使他们陷入尴尬处境的原因不是他们不知道"做爱",而是他们想学当时流行的"爱情电影"里的男女主人公,同时又自以为有"性学知识",所以有意拖延事情的发生。这就具有反讽的意味。这对夫妻可说是"床上的堂吉诃德",一本正经地做傻事,这才令人忍俊不禁。更妙的是,麦克尤恩在描写这对夫妻的尴尬和混乱时,也装得一本正经,用的都是一些冰冷的、精确的、富于技术含义的词汇,而不是嬉皮笑脸的。譬如,当新娘弗萝伦丝和新郎爱德华"亲密拥抱"时,麦克尤恩说,弗萝伦丝突然想到了 penetration(插入)一词,于是他们的拥抱便不怎么亲密了,而当他们双双进入"洞房"时,盘桓在他们头脑中的词句却是"arriving too soon(早泄)、mucousmembrane(黏膜)和 glans(龟头)"。这些词句,就如一道强光,把原本暧昧委婉的两情相悦顿时照得透亮,令人畏缩,令人尴尬,令人发笑。表面上,好像是一些词汇在捣乱;实际上,这些词汇所代表的是所谓的"现代性学"。爱德华和弗萝伦丝正是因为满脑子"性学知识",才洋相百出,好不尴尬:在整个"前戏"过程中,弗萝伦丝一直按《新娘手册》所指导的,要从"羞耻感中解放出来"。她希望爱德华主动一点,"跟她说点什么",但突然想起《新娘手册》上所说的"guide the man in"(引领男人进入),便按这一指示想"引领"爱德华"进入"。结果,却把事情搞砸——爱德华惊慌失措,再也干不起来了。于是,他们开始大吵大闹。其实,即便在此时,他们还是有机会挽回败局的。然而,又是"词汇",再一次把事情推向了终点。当爱德华的嘴里蹦出"frigid"("性冷漠")一词时,弗萝伦丝再也无话可说了,只能快速逃离现场。爱德华本可以去追她的,"然而,在夏日黄昏中,他只是冰冷地站着,理直气壮,一言不发,看着她沿着海滩匆匆离去,她举步维艰的声音淹没在飞溅的细浪中,一直看到宽阔而笔直的、在黯淡的灯光下隐隐闪烁的砾石道上,她成了一个模糊的、渐行渐远的点"。

小说最后,麦克尤恩望着这对夫妻远去的背影,脸上带着一种"邪恶的微笑"对读者说:他只是一个旁观者,一个叙述者,一个讲故事的人,所以是无辜的;如果说他讲这样的故事有罪的话,那也是一种"无辜的罪"。

三、重要作品评析

《水泥花园》是麦克尤恩的第一部长篇小说,也是他的成名作。小说主人公杰克是正处于青春期的顽童。他的父母由于意外事故突然死亡,使他成了一家之主。他不仅命令弟妹帮他把母亲尸体用水泥封在地窖里。还和姐姐发生了乱伦关系。然而,这个可恶的少年却异常冷静地说:"我想不出我们刚才所做是否是一件普通平常的事情……或许它是一种如此奇怪的事情,一旦它被人们发现,就会成为全国每一家报纸的新闻标题。"最后,当姐姐的男友把尸体挖出时,警察赶到了现场。杰克似乎对于道德和一切传统习俗都无动于衷。在他头脑里,噩梦、死亡与家庭日常生活细节杂然并存,无意识本能冲动和普通日常感觉相互混合渗透,呈现出一种原始混沌的状态。

小说中的故事由青春期少年杰克用第一人称自述。麦克尤恩曾说:

"对于我来说,青春期的叙述者是一种很有目的意图的修辞手段。"①在《水泥花园》里,他就是用这种"修辞手段"将错乱的青春期心理予以放大,以此展示一个畸变而被忽略的复杂世界。小说一开始,就以一种"俄狄浦斯式的愧疚感"将读者带入到主人公"我"的青春期"成长"世界。"我"是一个典型的邋遢懒散的青春期少年:满脸粉刺疙瘩,不修边幅,不换衣服,头发不洗,牙齿不刷,不洗脚,不剪指甲;他具有典型的成长期"逆反心理",对母亲的教诲与忠告置之不理,对母亲的责备与批评置若罔闻,并"为超出她的控制而感到自满"——可以说,青春期的躁动与紊乱历历在目。但是,小说并没有停留在简单的生活表层,而是充分暴露了主人公杰克的性意识与性冲动的死角。

在整部小说中,作为青春期的主导意识,就是性意识的萌动和性心理的反常。杰克和他的兄弟姐妹游离于父母的管教和控制之外,当父母为了水泥在客厅里吵架时,四个孩子便躲到楼上玩起了他们的游戏:"我"和姐姐朱莉扮演科学家,把妹妹当作"太空标本",脱光衣服进行检查。毫无疑问,妹妹的裸体引发了"我"的性欲冲动,于是"我"就把自己反锁在卫生间里,借助于游戏所产生的性幻想,在浴盆里手淫。一般来说,人随着青春期的到来,身体迅速发育成熟,性意识强烈萌动,性欲望、性冲动越来越旺盛,只有当外在力量对之进行规范和整合之后,个体才能形成正常的合乎文明规范的性心理。然而,"我"在生理发育成熟期产生了欲望与冲动之后并没有接受成人社会或文明社会的引导和调控。在父母管教不严的家庭中,"我"的性意识完全摆脱了社会意识的影响与约束,因而处于一种自发而危险的原始状态。

这样,当父母双亡之后,成人世界的印记便完全淡出了,未成年世界成了小说的中心。于是,在欲望驱使下,狂乱的"原生态"暴露无遗,上演了一场未成年世界的肆无忌惮的疯狂剧。早年,"我"曾对母亲有乱伦欲念,现在母亲死了,"我"的乱伦欲念便指向了姐姐朱莉。实际上,在早先的"体检"游戏中,"我"就"多么渴望检查我姐姐的身体,但是游戏规则不允许那样做"。②还有,当"我"在假山上替姐姐朱莉涂抹防晒霜时,也注

① Kiernan Ryanm, *Ian McEwan*, Plymouth: Northcote House Publishers, 1994, p. 20.

② Ian McEwan, *The Cement Garden*, London: Vintage, 1978, p. 11.

意到了朱莉的身体："她的肩带松开,拖在地上。如果我随便侧向一边,就可以看到她的乳房朦胧而深深地埋在她身体的阴影下。"特别是当涂抹到她的双腿时,"我"更是"浑身发热,胃不舒服",随后"匆忙回屋,上楼去了卫生间"①。所以,到了后来,"我"便在无意识欲望的支配下和姐姐发生了乱伦关系,最终陷入了无法自拔的迷误和畸变。

当然,乱伦是最终结果,其实在此之前,畸变已经开始,而且从最初的"恋母情结"到后来的易性癖、易装癖和恋物癖,不一而足。不仅"我"有明显的"恋母情结",弟弟汤姆也有："汤姆惧怕父亲……朱莉最近对我说过,现在父亲是一个半废人,他只好与汤姆竞争,以吸引妈妈的注意力。……后来我问朱莉谁会赢,她毫不犹豫地说:'当然是汤姆'。"②至于"我",八岁时就装病逃学,目的是为了"独占"母亲："她给我穿上了睡衣,把我抱到起居室的沙发上,给我裹上了毛毯。她知道,我回家是为了独占她,父亲和姐姐妹妹不在家。……一直到傍晚,我躺在那儿,注视着她干着家务活;当她去其他房间的时候,我倾心地聆听着。"③还有易性癖,即男性想获得女性身份或女性想获得男性身份,也是一种性心理畸变。这种畸变常开始于幼儿时期。小说中,"我"讲到弟弟汤姆和妹妹苏珊有一段"最怪异的"谈话:汤姆走进苏珊房间问:"做女孩子是什么感觉?"苏珊说:"很好。你为什么问这个?"汤姆说他讨厌做男孩子,他现在想做一个女孩子。苏珊问:"你是男孩子,你不能做女孩子。"汤姆说:"我能做到。如果我想做,我就能做。"④显然,这是易性癖的初期表现。至于易装癖和恋物癖,同样是性心理畸变的征兆。在小说中,当苏珊对汤姆说:"每个人都知道你是男孩子,你怎么能成为女孩子呢?"汤姆说:"我会穿上裙子,把头发做成和你的头发一样,像你一样进出。"于是,汤姆经常穿着苏珊的裙子和同伴在街上玩。

诚如弗洛伊德所说,"人们普遍认为,幼儿身上是没有性冲动的,它只是在被称为青春期的那段生命中才开始苏醒的。然而,这种观点不仅仅是一种单纯的误解,而且也会产生严重的后果,因为这种误解主要源自我

---

① Ian McEwan, *The Cement Garden*, London: Vintage, 1978, pp. 43-44.
② Ibid., p. 13.
③ Ibid., p. 26.
④ Ibid., p. 46.

们目前对性生活基本原则的无知"①,幼儿不仅有性意识,而且其性意识每每是混乱的。继而,如果没有成人世界的监督与调整,幼儿混乱的性意识便会在青春期呈现为性畸变。

简单说来,麦克尤恩的《水泥花园》和戈尔丁的《蝇王》一样,也旨在于表现"人性本恶"这一西方文学的惯常主题。不过,这里的"人性"仅指人的动物属性,并不包括人的社会属性或道德属性。否则,如果人性从整体上说都是恶的话,那就无所谓恶,也不必来"表现"了。实际上,"人性本恶"这一主题基于基督教的"灵肉对立"——"灵"为善,"肉"为恶。前者即人的社会属性或道德属性(或表现为"宗教伦理"),后者即人的动物属性,也就是恶的"本性"。由此言之,麦克尤恩和戈尔丁一样,也是站在道德乃至宗教的立场上来揭露"人性"的。

就表现形式而言,《水泥花园》作为麦克尤恩的第一部长篇,已充分显示出了麦克尤恩长篇小说的基本风格和显著特点。就如有论者所称,"小说的文风那么直接,我们不难接受这样的事实,即:它是一个15岁少年的语言。杰克表达清楚,而且从不做作"②,《水泥花园》的笔法确实是洗炼而直白的,但准确地说,这部小说的文体既是简洁透明的,又是恍惚朦胧的,因为这毕竟是"一个15岁少年的语言"。譬如,他说:"要不是下地窖,我感觉自己睡着了似的。一周一周的时间过去了,我浑然不知。如果你问我三天前发生了什么事情,我也说不出来。"③这显然是青春期的特点,即:任何事物在记忆中都是朦朦胧胧的。过去的事情其实并不遥远,但却像一个遥远的梦,显得虚妄而不真实。可以说,这是一种介于记忆和遗忘、幻觉与真实之间的心理状态。这一特殊心理状态,麦克尤恩是用一种特殊的文体将其表现出来的,即:小说中的每一句话都是简单明了的,但这句话和那句话之间的逻辑关系却往往是含混不清的。以此,麦克尤恩巧妙地再现了青春期少年既冲动又朦胧的心理状态,而这一心理状态,很大程度上就是狂躁而混沌的原始"人性"的写照。

---

① Sigmund Freud, *On Sexuality: Three Essays on the Theory of Sexuality and Other Works*, Penguin Books, 1977, p. 88.

② Anne Tyler, "*The Cement Garden*: Damaged People", in *The New York Time*, 26 November, 1978.

③ Ian McEwan, *The Cement Garden*, London: Vintage, 1978, p. 134.

第六章 P.D.詹姆斯：侦探-宗教小说

P.D.詹姆斯(Phyllis Dorothy James,1920－)以写侦探小说而出名,被认为是继阿加莎·克里斯蒂之后的又一位"侦探小说女王"。不过,她最重要的作品是出版于90年代的一系列不寻常的侦探小说。这些作品实质上是以侦探小说形式出现的宗教小说,可称之为"侦探-宗教小说"。

一、生平与创作

P.D.詹姆斯出生于牛津,早年就读于坎布里奇女子中学。她于1962年出版的第一部小说《盖住她的脸》(Cover Her Face,1962)就以犯罪为题材,以精湛的技巧和曲折的情节赢得诸多读者的青睐和评论界的重视。此后,她又于1963年和1967年分别出版同类题材的小说《谋杀的意向》(A Mind to Murder,1963)和《不自然的原因》(Unnatural Causes,1967)。可以说,这三部作品就已经为她赢得了侦探小说家的名声,而自1968年起,由于她受雇于内政部刑事厅从事法医学研究,无疑获得了更多的素材和灵感用以创作侦探小说。

所以,70年代至80年代末被认为是P.D.詹姆斯侦探小说创作的鼎

盛期。她于 1971 年出版的《夜莺的裹尸布》(*Shroud for a Nightingale*)
获侦探小说家协会颁发的"银剑奖"和美国的"爱伦·坡基金奖";她于
1972 出版的《一种对女人不适合的职业》(*An Unsuitable Job for a
Woman*, 1972)和 1975 年出版的《黑塔》(*The Black Tower*) 又两度获得
"银剑奖"。1979 年,她辞去内政部的工作,专事写作。80 年代,她的侦探
小说中开始出现严肃的社会主题,如《无邪的血》(*Innocent Blood*, 1980)、
《皮肤下的骷髅》(*The Skull Beneath the Skin*, 1982)和《死亡的滋味》(*A
Taste for Death*, 1986)等,被评论家认为是侦探小说形式的社会问题小
说。特别是《死亡的滋味》这部长达 500 页的小说,讲述的纯粹是传统的
侦探故事,但其中不仅有广阔的社会背景,还有细腻的心理分析,以及严
肃的道德思考。小说情节错综复杂,但这并不妨碍 P. D. 詹姆斯以此展示
包括警察、牧师、凶手和证人在内的社会各阶层的心态,特别是人们的道
德嬗变和信仰危机。这似乎表明,英国侦探小说创作自 80 年代起就有一
种和严肃文学合流的新趋势。

80 年代后期,P. D. 詹姆斯蜚声文坛,曾任"布克奖"评委会主席和英
国艺术委员会文学部主席。

90 年代,P. D. 詹姆斯推出了一系列重要作品,如《人类之子》(*The
Children of Men*, 1992) 、《原罪》(*Original Sin*, 1994)、《某种正义》(*A
Certain Justice*, 1997) 和《奉圣命而死》(*Dead in Holy Orders*, 2001)等。
这些作品表明,她把侦探小说改造成了一种特殊的宗教小说,即:通过侦
探小说的娱乐形式,表达她对宗教问题的严肃思考。

二、风 格 与 特 点

就小说的文体风格而言,P. D. 詹姆斯的侦探小说无疑继承了阿加
莎·克里斯蒂的推理小说的传统,即以细节描写和逻辑推理著称,并在一
系列作品中展示同一个神探形象。和阿加莎·克里斯蒂笔下的神探波洛
一样,P. D. 詹姆斯笔下的亚当·戴尔格雷什也是一个擅长思考、精于推
理的侦探。但是,就小说的思想特点而言,P. D. 詹姆斯的侦探小说和阿
加莎·克里斯蒂的推理小说却有着明显区别。

首先是,两者的善恶观不同。在阿加莎·克里斯蒂的小说中,美德似

乎是一种带有定律的东西,而罪恶则是例外,谋杀者是恶魔,最终留存的永远是和平与秩序,但 P. D. 詹姆斯在小说中,罪恶不仅来源于恨,还来源于没有秩序的爱。也就是说,在 P. D. 詹姆斯在看来,人的爱欲就是恶的根源。这种恶,不像在阿加莎·克里斯蒂小说中那样是作为善的对立面而出现的,而是人类的生存状态本身。在此意义上,P. D. 詹姆斯小说中的谋杀者往往会使读者产生一丝同情之心,因为他们的谋杀动机往往只是为了保护他们自己所爱的人。而且,这些谋杀者大多还经受过种种苦难。虽然苦难不能成为谋杀他人的理由,但一个因苦难和无奈而实施谋杀的人,总比一个丧心病狂的凶手更容易引起读者的同情和怜悯,同时也更容易引起读者的思考。

其次是,两者对恶的表现范围不同。在阿加莎·克里斯蒂的小说中,恶恒常被表现为谋杀,而在 P. D. 詹姆斯的小说中,除了谋杀,恶还时常被表现为吸毒、淫乱、政治恐怖、少年犯罪,等等,甚至包括未婚先孕和堕胎。因为在 P. D. 詹姆斯看来,凡是有悖宗教伦理的行为,都是恶,而当代社会的最大危机,就是宗教危机,即:基督教信仰的崩溃。

显而易见,P. D. 詹姆斯的侦探小说并不满足于引人入胜的情节和测试智力的推理游戏,而是旨在于诱导读者去面对活生生的现实。她的侦探小说(尤其是她的后期侦探小说)并不仅仅关注:"谁是凶手?",更是进一步思考:"为什么他或者她会是凶手?"而且这个"为什么"还不是像在阿加莎·克里斯蒂的小说里那样,只是一个直接的谋杀动机,而是对人物灵魂的深深挖掘。换言之,她写的是侦探小说,想的却是道德和宗教问题。

那么,为什么 P. D. 詹姆斯会如此关心宗教问题呢?这和她本人的宗教信仰有关。她是英国圣公会教徒,其宗教信仰属于自由基督教派。自由基督教派是一个概括性的模糊称呼,指的是自 18 世纪以来产生的各种基督教自由主义思想。基督教自由主义并不是一个统一的信仰系统,凡是对《圣经》、对神权作出和传统不同解释的教派,均属基督教自由主义。P. D. 詹姆斯显然深受基督教自由主义的影响,因而她认为基督教道德具有普世价值。但在另一方面,由于受现代个人主义思潮的影响,她又认为个人可以在许多道德价值观中自由地做出自己的选择,即否认个人生活必须服从某个终极目标,无论这个目标是宗教的还是自然的,是家庭的还是民族的,都不能强制性地要求个人服从。然而,P. D. 詹姆斯自己也不得不承认,当代社会价值观的混乱,传统基督教道德观的式微,很大程度上就是个人自由选择的结果。同样矛盾的是,她一方面认为在维持公众道德观和价值观方面政府有不可推卸的责任,另一方面她又认为政治权力介入个人道德生活是"无法无天的专制"(对此,她在其小说中同样予以揭露)。实际上,她的理想是宗教信仰、世俗权力和个人自由的完美结合,而这种完美结合,她认为在19世纪的英国曾实现过,只是随着20世纪的到来,人们在现代化进程中将其破坏掉了。所以,读者从P. D. 詹姆斯的小说中可以明显感觉到,她是带着一种怀旧情绪看待现代社会和现代生活的;也就是说,她通过小说中的各种人物和事件表达了她对现代社会和现代生活的一种困惑。

这种困惑,可以说,就集中体现在她笔下的侦探亚当·戴尔格雷什身上。亚当·戴尔格雷什出现在P. D. 詹姆斯的大部分侦探小说中,但这个亚当和阿加莎·克里斯蒂笔下的波洛不同,他不是那种"英雄式"的侦探形象。就如他的名字"亚当"所示,他和《圣经》中上帝所造的第一个人一样,既被赋予了人性的优点,也被赋予了人性的弱点。他不再是全知全能的,而是一个有着各种弱点的人。这和基督教关于人的概念是一致的。在基督教信仰中,人作为上帝的创造物,既享有其他创造物所没有的荣耀,同时也一开始就陷入了罪恶之中(亚当和夏娃的"堕落")。这种罪恶就表现为人性的种种弱点。既然人是生来就有弱点的,那就意味着任何人都不能自称正义,或代表正义判定他人有罪。无论是法官,还是侦探,既然他们也是人,当然也不能最终判定他人有罪或无罪,因为最终的审判只能来自上帝。这就是为什么亚当·戴尔格雷什侦破了许多案件后仍对"什么是正义"感到困惑的原因所在。

正因为如此,亚当·戴尔格雷什虽以自己的智慧侦破了案件,罪犯也被送上法庭并受到了审判,但他却并不认为这是在伸张正义。这里的原因是,P. D. 詹姆斯让亚当·戴尔格雷什面对的是人性之恶,甚至是人性中因"爱"而生的"恶",而亚当·戴尔格雷什作为一名侦探,他自己也是一个人,而作为一个人,就有人的弱点和局限,就如《圣经》所说,人人都是"有罪之人"。既然亚当·戴尔格雷什自己也是"有罪之人",一个"有罪之人"怎么能代表正义对他人的善恶和爱恨作出评判呢? 所以,亚当·戴尔格雷什把自己查找罪犯的工作仅仅是看作一种工作,并不看作是在伸张正义,因为他认为人们平时所说的正义只是一个法律概念,并不是人性意义上的正义："侦探的过程就是使死亡者有尊严,即便这种死亡毫无吸引人的地方,毫无价值。也许,这就是侦探工作吸引人的某些方面。侦探工作反映出的是人类对道德神秘性的迷恋,以及对破案线索和杀人动机的兴趣,也提供了一种令人宽慰的普遍道德观,那就是无辜者必得昭雪,正义得到伸张,秩序得到恢复。其实,什么都没有恢复,至少死亡者的生命无法挽回,而所伸张的正义,也是人类社会变化无常的所谓'正义'。"①

实际上,P. D. 詹姆斯通过亚当·戴尔格雷什所表达的对"什么是正义"的困惑,既是当代自由基督教派的困惑,也是"二战"后西方社会普遍存在的一大困惑。战争的残酷和无辜者的受难乃至死亡,无疑使人们动摇了对上帝和正义的信仰。因为按照人们通常所能理解的,如果真有上帝,那么上帝是正义的,是惩恶的,就不会允许善良无辜的人遭受如此巨大的不幸和苦难。是战争,使许多人放弃了基督教信仰,而放弃了基督教信仰之后,又没有其他信仰可以替代,因而怀疑主义和极端个人主义盛行。实际上,亚当·戴尔格雷什在P. D. 詹姆斯笔下就是一个放弃了基督教信仰的怀疑论者。他虽然熟知《圣经》和主祷文的内容,但他并不信教。他在探案过程中目睹了太多的残暴和罪恶,却无法理解、也不想理解究竟是什么造成了这么多死亡和痛苦。不过,即便如此,P. D. 詹姆斯还是赋予了这个人物以某种程度上的基督教精神,即对受害者的同情,尤其是对犯罪者的仁慈和宽容,因为在他看来,犯罪者也是人性之恶的"受害者"。应该说,他本质上是个基督教人道主义者。

尽管亚当·戴尔格雷什在大智大能方面也许不及克里斯蒂笔下的波洛,但他不仅仅是一个侦探,更是一个在探案过程中探究人类本性的思考者。也就是说,P. D. 詹姆斯的侦探小说不是一般的侦探小说,而是具有严肃底蕴的侦探-宗教小说。

三、重要作品评析

一般认为,P. D. 詹姆斯最重要的作品是写于 90 年代的《人类之子》

---

① P. D. 詹姆斯,《手段与欲望》(*Devices and Desires*),纽约大中央出版公司,1989,第173 页。

和《原罪》。这两部作品,无论是书名和人物,还是情节和主题,都明显和宗教有关。

1.《人类之子》

这是一部幻想-侦探-宗教小说。小说中的谋杀案发生在未来的2021年,被害者约瑟夫·里加多是个"奥米加"①。所谓"奥米加",即1995年出生的人,也就是最后一代人,因为在那一年,恐慌使刚出生的女婴全都丧失了生育能力,所以她们后来即使要做母亲,也只能模拟怀孕,然后把小猫当作自己孩子。在案件侦破过程中,P. D. 詹姆斯展示了一幅简直可以说是"世界末日"的景象。那时,"奥米加"们都没有了宗教信仰,但巫术盛行,所以教堂都被改成了行施巫术、献祭牲口的场所。文化遗产其实没必要保存了,因为等"奥米加"们死后,世界上就没有人了,但"奥米加"们还是把它们保存着,为的是供外星人将来研究人类所用:"我们把我们的手稿和书,绘画,音乐作品,乐器都收藏起来,等待着有一天外星人来到荒芜一片的地球上重新发掘人类历史。我希望外星人来到圣彼得广场,进到大教堂里面。但他们会知道这是人类为自己的神建造的殿堂吗?"②当然,那时的政治也完全变了样,有个叫利比亚特的大富翁成了英国最后一任首相,并以英国守护者的名义废除了民主制,实行个人独裁。法院虽然还有,但"奥米加"们都不愿做陪审员,所以陪审团制度被取消了,任凭法官随意裁决。为了国家安全,政府不准"奥米加"们离开国境,而国内却到处是饥荒,甚至连人吃人的事情也发生了。渐渐地,年轻人开始减少,犯罪率下降了,但劳动力开始紧张,于是外国劳动力涌了进来,但这些外国"奥米加"一到60岁就被驱逐出境。由于没有孩子出生,老龄化成了主要问题,但由于到处在闹饥荒,老年"奥米加"根本没人关心,他们不是在家里寂寞地等死,就是跑到外面去寻死。实际上,那时几乎人人都想死,就是独裁者利比亚特,也希望用一杯红葡萄酒吞下一颗致命的药丸。越来越多的土地被闲置,到处是荒芜之地;越来越多的住宅和楼房因没人居住而倒塌,到处是废墟。越来越多的道路因失修而被封闭;燃气和电的供应越来越没法保证……然而,正因为人类行将灭亡,环境污染大大

---

① 即 Ω,希腊字母中最后一个,表示"终极"。
② P. D. 詹姆斯,《人类之子》,费伯父子出版有限公司,伦敦,1992年,第4页。

减少了，自然生态得到了恢复，草木开始茂盛，地球似乎又要返回其原始状态了。

显然，P. D. 詹姆斯描绘的这幅未来景象是对当今世界的一种"归谬"，也就是把现存问题——如传统与现代化问题、生育率问题、民主问题、老龄化问题、生态问题，等等——引向极致。而这些问题之所以产生，按 P. D. 詹姆斯的看法，归根结底是因为基督教信仰在当代社会的缺失。人们放弃基督教信仰，即意味着改变生活方式，而当今社会面临的诸多问题，就是人们改变生活方式而产生的。那么，人们放弃基督教信仰，又接受了什么？毫无疑问，是现代科学。那么，现代科学能给人们怎样的未来呢？ P. D. 詹姆斯说：请看，就是这样的未来！所以，她的这部《人类之子》不仅是反现代化的，也是反科学的。

譬如，小说中写到人类很快就会丧失生育能力（即对当代西方国家出生率普遍降低的"归谬"），其直接原因当然是生活方式的改变，而其间接原因则是人们太相信科学——因为相信科学才导致生活方式的改变。所以，当小说中讲到还有人指望科学会有助于解决这一问题时，P. D. 詹姆斯对科学嘲讽道："西方科学成了我们的神，它用各种大智大慧安慰我们，治愈我们，为我们供暖，供食，提供各种娱乐。我们有时还对它横加指责，拒绝它，就像拒绝神那样。但科学，人类的创造物和奴隶，仍然为人类提供各种东西，多余的心脏、新生的肺、抗生素、转动的轮胎和动态的画面。只要我们按一下开关，就会有光，如果不亮，我们也能找到不亮的原因。科学是我所不理解的，在学校读书时如此，现在 50 岁了就更加不懂了。尽管，它也是我的神。一位科学家曾经说过，我们需要花一些时间来找到人类不生育的原因。现在已经 25 年过去了，人们对此已经不抱希望了。我们对自己的信仰感到羞辱，因为凭借我们的知识、智慧和能力，如今我们连动物想都不用想就能做的事也做不成了。"①

这种对科学的嘲讽表明 P. D. 詹姆斯从根本上否定了以科学精神为基石的现代社会，因为在她看来，科学毕竟不是神，而对人来说，心中必须有一个令其敬畏的神；否则，若是像当今社会这样发展到极致，那就是人类的灭亡。从表面上看，这似乎像是宗教狂热，实际上，P. D. 詹姆斯是用

---

① P. D. 詹姆斯，《人类之子》，费伯父子出版有限公司，伦敦，1992 年，第 5—6 页。

神学语言表述了一个很简单的道理,那就是:现代人类必须懂得自我节制(这大概就是她所说的"心中的神"),这样才能"可持续发展";否则,将来确实会有生存问题。

2.《原罪》

小说中的谋杀案发生在伦敦一家著名的出版公司,被杀的是新任经理杰拉德。实际上,在杰拉德被杀之前,整个出版公司就笼罩着一层阴影,而这阴影就是杰拉德造成的。他出任经理后,一心要使公司赢利,为此他宣布要做三件事:第一是裁减员工,即便是兢兢业业的老雇员,只要有碍公司赢利,也在被裁之列;第二是重新和作者签约,凡是被他认为写不出畅销书的作者,不管和公司关系如何,一律断绝签约关系;第三是把公司的所在地——一幢名叫"清白居"的别墅——卖掉,改租较便宜的办公楼。这三件事固然可以扭转公司的经营状况,但也引起了许多人的恐慌、愤怒和敌视。首先是那些可能被裁的员工,一个个都恐慌而绝望;其次是那些被拒签约的作者,都为此怒火冲天;最后是已故经理的女儿,她对出售"清白居"极度反感,因为这幢别墅不仅是她父亲的一生心血,而且是她父亲生前在出版界引以为荣的"业绩",所以在她看来,出售"清白居"是对她父亲的极大侮辱。而就在杰拉德宣布这三件事之后不久,他被人杀了。当然,谋杀案最终总要侦破的,但小说的重点并不在谋杀案本身,而是围绕着这个案件,使小说中的诸多人物,包括被害人,都暴露出了"原罪"。

所谓"原罪",是基督教支柱教义之一,即认为,人人生来有罪。基督教的"赎罪"和"末日审判"就建立在这一教义之上。"原罪"就是人的私欲。《圣经》上说,人类祖先亚当和夏娃因受魔鬼的诱惑而偷吃禁果,便有了"原罪"。人间的一切罪恶都基于"原罪";不管是谋杀、抢劫,还是强奸、盗窃,都出自人的私欲。同样是《圣经》上所说,亚当和夏娃的两个儿子,即该隐和亚伯,也就是人类的第二代,就因为嫉恨而一个成了杀人犯,一个成了被害者:弟弟亚伯把自己最好的羊献给神,因而得到神的恩宠,哥哥该隐羡慕弟弟亚伯,但他不是学亚伯的样,也把自己最好的羊献给神,而是嫉恨亚伯,还把亚伯杀了。如果说,亚当和夏娃作为人类第一代,其堕落是因为贪欲,那么该隐作为人类第二代,其罪恶就是嫉恨。由此言之,人的"原罪"就是贪欲和嫉恨。

P. D.詹姆斯在这部小说中所要揭露的"原罪"，首先是被害者杰拉德的贪欲。杰拉德不顾一切要使公司赢利，表面上好像是为了公司，实质上却是他的贪欲的表现。如果是真正为了公司，他就不应该以牺牲公司雇员和签约作者的利益来达到这一目的，因为所谓"公司"，无非就是指这一群人。如果他头脑中想到的是另一群人，或者说赢利后的公司，那个公司就不是现在这个公司，而是另一个围绕着他重新形成的公司——所以，归根结底，他还是为了他自己。其次是，公司雇员也好，签约作者也好，已故经理的女儿也好，他们对杰拉德的反应是恐慌也好，愤怒也好，敌视也好，实质上都是嫉恨他，因而都犯有源于该隐的那种"原罪"，即：都是杀死杰拉德的"潜在凶手"。尽管最后付诸行动的只有一两个人，但谋杀案的真正"元凶"却是存在于所有这些人内心深处的"原罪"——嫉恨。所以，小说最后留给读者的印象是：所有和"清白居"有关的人，其实一个也不清白。

第七章　A.S.拜厄特：多元化观念小说

A. S. 拜厄特（Antonia Susan Byatt, 1936- ）虽然在80年代就已成名，但在90年代，她可谓名重一时，被认为是当代英国最重要的小说家和批评家之一。她不仅是英国皇家文学协会成员，享有很高的知名度，还曾获英国女王所授CBE勋位之殊荣。

一、生平与创作

A. S. 拜厄特出生于约克郡谢菲尔德市，婚前名安东妮亚·苏珊·德拉布尔（Antonia Susan Drabble），是玛格丽特·德拉布尔的姐姐。1954年，18岁的安东妮亚·苏珊·德拉布尔从一所教会寄宿学校以优异的成绩毕业后，进入剑桥大学学习英国文学。1957年，她获得学士学位，前往美国宾夕法尼亚州的布莱恩·玛尔学院攻读硕士。一年后，回国到牛津大学攻读文学博士学位，研究17世纪英国文学。1959年，她和伊恩·拜厄特结婚，从夫姓改名为安东尼亚·苏珊·拜厄特，简称A. S. 拜厄特。婚后，拜厄特先后在各大学教书，业余写作。1983年，她辞去教职，成为一名全职作家。

早在剑桥求学期间，拜厄特就时断时续地开始了她的小说创作。处女作《太阳的阴影》(*Shadow of a Sun*)于1964年发表。小说带有自传色彩，女主人公安娜夹在作家亨利和评论家奥立弗之间的处境，正是拜厄特在剑桥求学时矛盾处境的真实写照。借安娜这个人物，拜厄特表现了自己在50年代的英国作为一个女性作家的焦虑。小说名为《太阳的阴影》，意在隐喻女性作家正是在"太阳的阴影"中寻求独立的身份。

拜厄特的第二部小说《游戏》(*The Game*, 1967)探讨了虚构与现实的冲突，反映了虚构对现实的侵蚀性和小说对生活的预言性。科贝特姐妹尤其是卡珊德拉从小把虚构的游戏当作生活的一部分，始终无法抵挡想象的诱惑。科贝特姐妹之间的矛盾，常被评论家视为拜厄特和同为小说家的妹妹德拉布尔之间的竞争。

继《游戏》之后，拜厄特开始创作雄心勃勃的"四部曲"，即：《花园里的处女》(*The Virgin in the Garden*, 1978)、《平静的生活》(*Still Life*, 1985)、《巴别塔》(*Babel Tower*, 1996)和《吹口哨的女人》(*A Whistling Woman*, 2002)。"四部曲"以女主人公弗雷德丽卡·波特的生活经历为主线，横跨英国学术界和社会生活的各个方面，纵贯英国跌宕起伏的五六十年代，且写作手法各异，描绘了一幅幅风情迥异的学界画卷和社会图景。

"四部曲"的第一部《花园里的处女》以1953年的英国为背景，讲述主人公弗雷德丽卡17岁时在初恋的痛苦中慢慢成熟的经历。小说用隐喻的手法将弗雷德丽卡和她的姐姐斯黛芬尼分别对应于玛丽女王和伊丽莎白一世女王。小说探讨的一个重要主题是爱情的代价。

第二部《平静的生活》在一场凡·高画展中开始，然后回到20多年前的1954年。置身于剑桥大学的弗雷德丽卡在学术上脱颖而出，并在剧院里崭露头角。不久，她深陷于对教授兼诗人拉尔夫·法布尔的爱恋中不能自拔，但再次失恋终于使她对爱情开始持超然态度。此时，她的姐姐斯黛芬尼已生下儿子威廉，并逐渐适应了自己的身份转换——从一个女教师变成了一个贤妻良母。不幸的是，她在产下女儿玛丽后却意外触电身亡。斯黛芬尼的死，给小说的主要人物带来了很大的变化。弗雷德丽卡离开剑桥，离开知识界，嫁给了商人尼格尔·里弗，做起了一个乡村庄园的女主人。

第三部《巴别塔》是继第二部之后11年才出版的。小说的主线之一仍是弗雷德丽卡的生活经历。弗雷德丽卡意识到婚姻对自己的囚禁,携四岁的儿子里奥离家去伦敦。在伦敦她和另一个单身母亲阿加莎住在一起,并通过在一家艺术学校教授文学以及帮出版社看稿子谋生,同时陷入与孪生兄弟约翰与保罗的爱情纠葛中。弗雷德丽卡面临与丈夫离婚和争夺里奥的抚养权的官司。小说的另一条主线是裘德·梅森和他的童话《巴别塔:给我们这个时代的孩子们》。弗雷德丽卡在帮出版社看稿时读到裘德的《巴别塔》,并促成了这部书的出版。这部童话实际上是一则讽世寓言,讲的是法国大革命的一批幸存者逃至与世隔离的地方建立一个乌托邦式的没有拘束只有自由的理想社会。但结果是自由成了邪恶的通行证,理想国成了噩梦。裘德的书出版后,引起很大的争议,面临被禁的危险,被拖进一场官司,弗雷德丽卡亦深陷其中。

"四部曲"的最后一部《吹口哨的女人》的时间指向 1968 年。在罢学风潮中,弗雷德丽卡成了电视谈话节目"透过窥视镜"的主持人。该栏目推出的一系列谈话节目,使弗雷德丽卡成为一个小有名气的主持人,一个名副其实的"吹口哨的女人",即叛逆而变形的女人。

如果说,"四部曲"为拜厄特奠定了文坛地位,那么真正使她出名的是出版于 1990 年的长篇小说《占有:一个浪漫故事》(Possession:A Romance)。这部小说既讲述了一个古今糅杂的双料爱情故事,同时又蕴含着当代人对人类历史的文明内核的深层次思考,所以一出版就备受关注,不仅荣获当年"布克奖",还雄居当年畅销书榜首。

继《占有:一个浪漫故事》之后,拜厄特推出中篇小说集《天使与昆虫》(Angels and Insects,1992)。再次受到好评。该小说集由两个中篇——即《蝴蝶尤金尼娅》(Morpho Eugenia)和《婚姻天使》(The Conjugial Angel)——组成。《蝴蝶尤金妮姬》讲述博物学家威廉·阿代姆森用一种名叫尤金尼娅的蝴蝶赢取了阿拉巴斯特家的大女儿尤金尼娅的芳心,但他们婚后生下的孩子全都承袭阿拉巴斯特家族的外貌特征,像一个模子印出来的一样。后来,阿拉巴斯特家的侍女玛蒂使威廉·阿代姆森知道了事实真相:在一次字谜游戏中,玛蒂故意将 insect(昆虫)这六个字母错拼成 incest(乱伦),威廉·阿代姆森终于领悟到了其中的秘密——阿拉巴斯特家族的乱伦传统。《婚姻天使》讲的是维多利亚时代一群贵妇人迷恋招魂术的故事。小说中有一段 18 世纪神秘主义哲学家伊曼纽尔的"灵魂伴侣"说，即每个人都有自己唯一的灵魂伴侣，失落的"另一半"，"婚姻天使"能让两者聚到一起。小说的题目出自于此。评论家认为，在《天使与昆虫》中，拜厄特用一种后现代的敏感性审视了19世纪的达尔文主义、唯物论和宗教信仰的冲突。

除了上述作品，拜厄特的其他作品还有：《马蒂斯故事》(*Matisse Stories*, 1993)、《DJ客栈和夜莺的眼睛》(*The DJ Inn and the Nightingale's Eye*, 1994)、《冰与火的故事》*Elementals: Stories of Fire and Ice*, 1998)和《小黑书》(*Little Black Book of Stories*, 2003)等。

此外，拜厄特曾是《时代》周刊撰稿人和BBC电台文学评论主持人，发表过诸多理论文章和文学评论，其中重要的有文学评论集《自由的等级：论艾丽斯·默多克的小说》(*Degrees of Freedom: The Novels of Iris Murdoch*, 1965)、《华兹华斯和柯勒律治在他们的时代》(*Wordsworth and Coleridge in Their Time*, 1970)以及《失控的年代：华兹华斯和柯勒律治，诗歌创作与生活》(*Unruly Times: Wordsworth and Coleridge*, *Poetry and Life*, 1989)等。

二、风格与特点

拜厄特既是作家，又是学者、评论家，这种多重身份首先使她的作品具有明显的"学院风格"。她的小说几乎全都取材于知识分子群体，而且喜欢旁征博引，典故意象俯拾皆是，并以高超的叙事技巧将深邃的思想、广博的知识、复杂的人物和多样的文体融合在一起，编织出一幅幅当代学院生活的风情图。因此，有评论家称拜厄特为"学院派"作家。不过，拜厄特所关注的不仅仅是知识分子问题，还有如两性关系问题、爱情问题、家庭问题，特别是当代知识女性的处境与感受，都是她所关注的重大主题。对于当代女权主义，尽管拜厄特并不赞同，而且颇有微词，但这并不妨碍她在小说创作中同样流露出强烈的女性意识——因为，她的女性意识不同于女权主义的女性意识。其次，从另一个角度讲，拜厄特的小说以睿智、思辨为主要特点，因而也可称为"观念小说"。这不仅和拜厄特本人的身份（她是大学教师）以及她在人文学科方面的个人素养有关，也和她的创作兴趣有关。她说："我喜欢写善于思考的人，这样的人把思考看作和

性或吃饭一样重要。"毫无疑问,她本人是"善于思考的人",而使她感兴趣
的,也就是那些"善于思考的人"。但她并不主张把小说当作纯粹讨论哲
理问题的阵地,也不主张小说只表现某种狭隘的、单纯的观念。她说,写
思想"并不意味着我想把我的小说写成纯理性的观念论战","小说不应该
只容纳一种简单的观点,无论这种观点是作者的还是人物的"①。她认
为,思想仅仅是小说所要表现的一个方面,小说应该像一个宽松的大口
袋,可以容纳任何东西。为此,她曾做过大量笔记,而且通常都备有两本
笔记本:一本记录生活素材,一本记录她的思考。在创作小说时,她就把
这两方面的材料合在一起。所以,在她的小说中,既有睿智而善于思辨的
人物,又有来自于现实生活的、丰富而生动的情节,可谓相得益彰。换言
之,她的小说多以她自己的生活经历为原始素材,再综合了她所观察到的
周围人物和种种生活形态。因此,她的小说表现范围较广,人物形态各
异,心理状况复杂多变。只是,除了主张文学应表现生活,她更主张小说
应具有丰富的思想内涵,应使读者获得智慧或哲理的启迪。

就创作技巧而言,拜厄特小说的最大特点是写实性和实验性的混合。
拜厄特在很大程度上继承了英国传统小说的写实手法,但她同时又自觉
采用了多种现代的乃至"后现代"的实验手法。在她的多部作品中,她尝
试一种新的写实主义,即:在写实的同时引入"元小说"、"互文"、"戏仿"、
"拼贴"等一系列现代的或"后现代"的技巧,把传统与现代混合在一起。
因而,拜厄特可以说是一位巧妙的编织家。首先(这是她最为擅长的),是
把生活与艺术编织在一起,在两者的交织中既探讨人生的归宿,又探讨艺
术的归宿。其次(这是她最为成功的),她把现实与历史编织在一起,即采
用一种当代人回首往事的冷静态度,在小说中演绎部分历史情节。这一
手法,可以说在《占有:一个浪漫故事》中被运用得炉火纯青,以至于有人
把此书称为"历史小说",而实际上,拜厄特只是使历史与现实相互对应、
互为参照,使历史成为现实的一种注释,使现实成为历史的一种补偿。再
次(这是她用心最为良苦的),是把理性与感性(或者说,理论与形象)编织
在一起,即把她本人或小说人物的思辨内容编织在小说的具体情节中,以

<hr />

① A. S. Byatt, Quoted from *The Novel Today: Contemporary Writers on Modern Fiction*, Malcolm Bradbury, ed., Manchester: Manchester University Press, 1977, pp. 185 - 186.

期证明两者是可以整合为一体的。不过,她在这方面尽管作了最大努力,但有些作品还是因为思辨性过强而影响了作品的可读性。最后是,她还把不同语言编织在一起,如混合使用维多利亚时代的雅语和当代大众化俗语、公众语言和私人语言、男性习惯语和女性习惯语。当然,传统小说也采用不同语言,即人物语言的个性化,但拜厄特的语言混用并不仅仅在人物语言方面,而是像詹姆斯·乔伊斯在其作品如《尤利西斯》中所做的那样,用许多不同的语言构成小说的叙事文本,以此显示(或者说强化)所叙内容的不同性质,如讲到历史事件就用历史语言,讲到公众事件就用公众语言,如此等等。因此,她的小说不仅编织了一个个生活与艺术、现实与历史、理性与感性相互交织的复杂网络,同时也编织了一个个与此相应的、复杂的语言网络。

上述拜厄特的风格与特点,无疑最突出地表现在她的"四部曲"和其后的《占有:一个浪漫故事》中。实际上,在拜厄特最初的两部小说即《太阳的影子》和《游戏》中,就已经出现了一个在她日后创作中反复出现的重要主题,即:非女权主义的女性意识,或者说,对女权主义诉求的女性反思。特别是在《游戏》中,卡桑德拉和朱莉娅两姐妹尽管都生活在"男性光辉"(即"太阳的影子")之下,而且都想获得"解放",但由于她们个性不同,又相互竞争,结果两人的命运截然不同。尤其是当卡桑德拉自杀后,朱莉娅因一下子失去"游戏"对手,竟然也失去了生活目标。这无疑是说,女性要想逃脱"男性光辉"的"照耀"并非易事,因为"竞争"本身就是"男性光辉"的一部分,而女性若以竞争方式寻求"解放",其实仍在"男性光辉"的"照耀"之下。换句话说,这样的"女性解放"不过是一场由女人来做的男人"游戏"而已。如果说,这就是拜厄特小说的非女权主义女性主题的话,那么,继《游戏》之后的"四部曲"(即《花园里的处女》、《平静的生活》、《巴别塔》和《吹口哨的女人》)可以说是拜厄特对这一主题的充分发挥。"四部曲"以女性主人公弗雷德丽卡贯穿始终,讲述的是主人公从少女到中年的四个人生阶段,即少女时期、青春时期、婚后时期和创业时期。其基调既是嘲讽的,又是思辨的,因而既可以说是讽刺小说,又可以说是哲理小说。尽管这四部小说的非女权主义女性主题已十分耐人寻味,还引发了颇多争议,但更为引人注目的却是拜厄特在其中所做的一系列叙事实验,以及由此而显示出来的风格与特点,即:现实与历史、生活与艺术、理性与感性以及不同语言的相互交织。

很明显,在"四部曲"的第一部即《花园里的处女》中,拜厄特有意将现实与历史交织在一起。17 岁的弗雷德丽卡在学校里参加戏剧演出,扮演的是 16 世纪的英国女王伊丽莎白一世。于是,她既是现实中的一个纯真少女,同时又是历史上的一个年轻女王,而她在现实中的经历,又和女王的少女时代相契合。小说中的其他人物,也都对应于剧中的其他历史人物。因此,小说充满了意象和隐喻,令人晕眩——这群人是在生活呢,还是在演戏? 他们是今人呢,还是古人? 小说中写到的是现实呢,还是历史? 两者很难分辨,因为它们是相互交织在一起的。结果,小说给读者留下了这样的印象:似乎,生活就是演戏,今人就是古人,现实就是历史。而这,就是拜厄特所要制造的效果与"深度"。

如果说《花园里的处女》最大的特点是现实与历史的混合,是现实与历史的相互阐释,那么"四部曲"的第二部《平静的生活》则是生活与艺术的混合,或者说,生活与艺术的相互阐释。此时,主人公弗雷德丽卡已是剑桥大学的一名年轻教员,而且已离开她当初爱慕的亚历山大(即《花园里的处女》中的编剧),爱上了教授兼诗人拉尔夫·法布尔。与此相对应的,则是亚历山大写的一部关于凡·高的新剧《黄椅子》——其剧情和弗雷德丽卡以及其他人物的恋爱、婚姻相互交织在一起,合成诸多意象和隐喻,并由此暗示生活与艺术的同一性,即:生活既是真的,也是假的;艺术既是假的,也是真的,两者之间没有绝对界限。

至于在"四部曲"的第三部《巴别塔》中,除了现实与历史、生活与艺术的相互阐释,拜厄特更是将语言的混用推到了极致。小说的核心意象是"巴别塔"(即《圣经》中所说的人们因语言不通而不得不放弃建造的"通天塔"),其寓意就是"语言混乱"。为了展示这种"混乱",小说设置了三条相互纠缠在一起的主线,其中之一就是弗雷德丽卡的婚后生活:她先是携四岁的儿子离家出走,后又和丈夫闹离婚,还要为争夺儿子的抚养权和丈夫打官司,同时又陷入与一对孪生兄弟的爱情纠葛,接着又因为出版一本书而引发争议,不仅被拖进一场官司,还有可能被判刑,而那本书也叫《巴别塔》,讲的是法国大革命中有一批人逃至与世隔离的地方建立一个乌托邦式的没有拘束只有自由的理想社会,但结果是自由成了邪恶的通行证,理想国成了噩梦。可以说,拜厄特在《巴别塔》中建立了一个"多重记忆的连锁系统"。在这个系统中,穿插了"书中之书"《巴别塔》、给孩子们写的王子历险记、两场官司的文献记录、弗雷德丽卡看的若干书稿,还有她在日记,等等,可谓结构"层层叠叠",语言"庞杂混乱",而结构的"层层叠叠",即象征着当代家庭生活、特别是当代女性生活的繁复芜杂;语言的"庞杂混乱",则象征着当代人的思想混乱和感情破碎。

同样,在"四部曲"的最后一部《吹口哨的女人》中,语言混乱,或者说,语言的意义不明,特别是当代女性语言、当代女性自我表达的含混不清,仍是拜厄特关注的主题。此时,主人公弗雷德丽卡已成为一个小有名气的节目主持人,在电视台主持着一系列有关女性与家庭、生理与心理的"脱口秀"节目。然而,就如书名所示,尽管弗雷德丽卡在那里滔滔不绝地谈论着各种各样的问题,特别是"女性解放"问题,其实她不过是一个"吹口哨的女人",她的言论就如吹口哨,只是发出一连串意义不明、甚至毫无意义的声音而已。当然,除了弗雷德丽卡的"口哨",小说中还有其他各种各样的"口哨",如:宗教狂热分子试图复兴摩尼教的"口哨"、大学教授们在大型学术会议上的"口哨"、大学生在"反大学"运动中的"口哨",等等。所有这些嘈杂混乱的"口哨",同样是一座"巴别塔",同样是当代人、当代思想和当代生活的写照。

三、重要作品评析

在拜厄特的作品中,最成功的无疑是《占有:一个浪漫故事》。这部小说出版后不仅获当年"布克奖",成为评论界关注的焦点,还大受读者欢迎,一时成为风靡欧美的畅销书。

粗一看,这部小说讲述的是一个古今杂糅的双料爱情故事:正在做博士后研究的罗兰·米歇尔在伦敦图书馆发现维多利亚大诗人伦道夫·阿什写给一位不知名的女士的信,信中表达了倾慕之情。罗兰如获至宝,在做了更多研究之后,确认这位不知名的女士是维多利亚时期的女诗人拉莫特,遂向女学者莫德·贝利求助。两人在拉莫特旧居的布娃娃床下发现了她和阿什的全部信件。另外两批研究阿什和拉莫特的美国学者也闻风而至,展开了一场跟踪与追击的游戏。从信中,罗兰和莫德得知两位维多利亚诗人曾经结伴去约克郡游历,于是他们追随两位前辈的脚步来到了约克郡,两人渐生好感。莫德从拉莫特堂妹的日记中获悉,约克郡蜜月之后,有身孕的拉莫特离开阿什去了法国不列塔尼的亲戚家,临分娩前却又突然失踪,婴儿下落不明。阿什妻子爱伦的日记透露,阿什生前曾收到拉莫特的一封来信,但爱伦没有拿给他看,而把信件放在铁盒里随阿什下葬,因此铁盒里的来信成为揭开孩子谜团的唯一线索。为抢获第一手学术资料,一个名叫墨泰梅的美国学者竟然掘墓盗信,但被守候在一旁的罗兰和莫德等人截获,孩子的疑团真相大白:临产时拉莫特秘密返回英国姐姐家,孩子生下来后被姐姐收养。后来,事实证明,莫德竟然就是阿什和拉莫特的后代,拥有对他们所有作品和书信的继承权。小说结束时,莫德对他们的所有书信作品进行整理,罗兰的事业也出现转机,两人的感情有了新的进展。

进一步看,则可以看出,小说有意将维多利亚时代诗人的精神境界和当代人的心理状态加以对照和比较。罗兰和莫德这两位当代年轻学者结伴重走阿什和拉莫特当年相依相伴的秘密旅程,细细温读了两位维多利亚诗人真挚感人的爱情诗篇,一步步揭示出了其中鲜为人知、扑朔迷离的恋情。罗兰和莫德为昔日诗人的纯真情怀所动,彼此间生发出由衷的爱恋。阿什和拉莫特的充满诗意的至爱真情缠绵悱恻,可歌可泣,而与此形成鲜明对照的,是物欲横流、贪婪轻佻、玩世不恭的当代社会。譬如,校园里的学者教授也不过是一群急功近利、沽名钓誉的"文化动物"。他们从大西洋两岸纷至沓来,不为别的,就是因为阿什的手稿具有潜在的商业价值。结果,把文史真相的查证变成了一场你争我夺、勾心斗角的史料大战,而所谓的学术竞争,其实是你追我逐、惊心动魄的学术冒险。在此过程中,冷淡隔膜的人际关系、阴暗猥琐的人物心态、毫无真情的放浪纵欲,可谓昭然若揭。

再进一步看,还可以看出小说中独特的女性意识,以及对当代女权主义的反思。小说中最重要的三个女性人物,一个是阿什的情人拉莫特,一个是阿什的妻子爱伦,还有一个就是莫德。拉莫特和爱伦是维多利亚时代的女人——前者为了追求精神世界的充实,不惜背着爱情的十字架苦苦走完寂寞的一生;后者始终对丈夫的婚外恋保持着冷静、缄默和容忍,强迫自己以理性认同事实,极为理性地以尊重丈夫情感和守护家庭声誉为重,独自品尝着内心寂寞的苦果,甚至最终与丈夫合葬在一起时还带着丈夫婚外恋的信物。这两个旧时代的女人，在当代女权主义者眼里无疑是"牺牲品"。然而，拜厄特却并不这样简单化地处理这两个人物。在她笔下，这两个人物既令人感叹，又发人深省。拉莫特可谓"爱情的天使"，她对阿什有真情，但她并不因此而去破坏阿什的家庭；爱伦可谓"理性的化身"，她对婚姻和家庭忠心耿耿，但她并不因此而要求丈夫感情专一。一个代表"情"，一个代表"理"，但代表"情"的仍不失为有理，代表"理"的仍不失为有情。也许，这就是拜厄特独特的女性意识和她对当代女权主义的反思。因为在她看来，当代女权主义不是因情而背理，就是因理而失情，即：要么感情泛滥，不顾一切；要么据理力争，冷酷无情。所以，她思考的是情与理的和谐。拉莫特和爱伦就是她思考的产物。至于这两个女人被说成是维多利亚时代的"旧式女人"，那只是暗示，情与理的和谐或许在过去曾有过，或者说，就人的本性而言，这种和谐是可能的。也许，正是出于这一想法，拜厄特先是把莫德塑造成一个女权主义者，而到小说行将结束时（也就是当莫德经过一番调查而最终弄明白了那一段发生在维多利亚时代的爱情故事后），又使她的女权主义信念发生动摇，使她觉得有必要参照前人的经验对自己的人生观作一番调整。

　　如果再深入一步，还可以看出小说中所蕴含着的对整个人类文明史的深层次思考。拜厄特以学者的严谨态度收集、整理了阿什和拉莫特这对情侣的书信、诗作以及当时的寓言故事和民间传说，使之极富史料的真实感。仔细研读小说，或许会发现，拜厄特的真实用意似乎并不仅在于摹写一段历史。小说中所包含的丰富的互文性和对话性、三个平行的虚构历史时空之间、对应的镜像人物之间、现文本与前文本之间，以及叙述体裁之间所形成的种种对话与潜对话关系，都凸现出小说在故事与话语这两个层面上的历史性。相距遥远的不同历史时期，在文本的有限时空里交错并置，循环延绵，历史与现实并行不悖，互为参照。层层递进的历史回溯，可以说赋予了小说以时代的纵深感和历史的厚重感。在拜厄特笔下，一段充满浪漫情调的恋爱史仿佛就是一个历史的象征，而与之相对应的则是当代的现实，是由雅皮士、女权主义者、学究、收藏家等组成的当代文化圈。换言之，拜厄特在这部小说中成功地把历史与现实编织在一起，使历史人物栩栩如生，同时又提出了诸多值得思考的人生课题。

　　就艺术形式而言，这部小说就如拜厄特自己所说，是"腹语术、对死者

的爱、文学文本中徘徊不去的鬼魂或幽灵的声音"①。"腹语术"原指一种
模拟多种声音的技巧。这里的"腹语术",是指她在小说中对各种文学样
式的拼贴、对传统文本的改写和对当代文本的戏仿,即把小说变成了一部
含有多种声音的交响曲。对古老的挪威神话和多部童话的改写、大量真
真假假的维多利亚时期的诗歌和书信、一大批真真假假的学者和批评家
所撰写的多个批评文本,还有虚构的传记、"鹦鹉"式的文体模仿等等,全
都出现在小说中,就如有评论家所说的,"糅合了多种文学样式:侦探故
事、罗曼史、校园讽刺、格林童话和挪威神话、后弗洛伊德结构主义谜语以
及……对爱和占有的哲学探究,充满了杜撰的情书和原创的仿维多利亚
诗歌"②。总之,这部小说犹如一席文学盛宴,"把英国小说中所有的叙述
技巧都展示出来供人审视,又时时刻刻给人以愉悦感"③。

---

① A. S. Byatt, *On Histories and Stories*, Cambridge: Harvard University Press,
2000, p. 45.

② Jay Parini, "Unearthing the Secret Lover", Rev. of *Possession* by A. S. Byatt,I n
The New York Times Books Review, Oct. 21, 1990, p. 9 - 11.

③ Jackie Buxton, "'What's love got to do with it?': Postmodernism and *Possession*"
in *Essays on the Fiction of A. S. Byatt: Imaging the Real*, Alexa Alfer & Michael J.
Noble, ed. , p. 102.

第八章 萨尔曼·拉什迪：实验主义 "后殖民小说"

萨尔曼·拉什迪（Salman Bushdie,1947- ）是 20 世纪 80 年代崛起于世界文坛的印度裔英国小说家。作为一名自我放逐的作家,拉什迪从东西方两种文化中汲取营养,以异常丰富的想象力和独特的实验手法把现实和虚构、小说和历史糅合在一起,突出表现了"后殖民"世界的希冀与困惑。

一、生平与创作

萨尔曼·拉什迪出生于印度孟买,祖父是乌尔都语诗人,父亲是穆斯林富商,对阿拉伯、波斯和西方文学很有研究,母亲在家族史方面颇有造诣。1961 年,13 岁的拉什迪被送到英国的拉格比公学念书,在校期间成绩优秀。从拉格比公学毕业后,拉什迪进入剑桥大学国王学院攻读历史学。但他热衷于文学和戏剧,是"足光"剧社成员。1968 年取得硕士学位后,他随全家移居巴基斯坦。在那儿,他曾创作电视剧并且担任话剧演员。但不满一年,他就回到英国,加入英国籍,并娶英国女子克拉丽莎·鲁亚尔德为妻。

70 年代初,拉什迪在一家广告公司工作,并利用业余时间写小说。

1973 年,他完成第一部小说《皮尔传》。小说讲述的是东方某国的穆斯林精神领袖在腐败的军人政府里登上总统宝座的故事。这部小说被出版社拒之门外,无果而终。他不得不回到广告行业,继续做广告撰稿人。但他并未放弃小说写作。1975 年,他完成科幻小说《格里姆斯》(*Grimus*) 并得以出版,还参加了一家出版社的科幻小说竞赛。小说取材于一位伊斯兰诗人的长篇寓言诗《鸟儿的会议》。该诗叙述的是一群鸟儿寻找鸟神"希莫格"的故事。小说的题目即鸟神"希莫格"(Simurg)的重新组合。小说主人公是一个名叫"飞翔的鹰"的印度青年,他和他的朋友一起去寻找能穿越时空、魔力无边的"格里姆斯"。小说想象力丰富,但文体呆板、语言生硬。尽管拉什迪希望在小说中体现东西方文化的交融,但给人的感觉却是生拼硬凑。总之,他的第一部公开发表的小说并不成功。不过,这为他后来的小说创作提供了宝贵的经验和教训。

1981 年,拉什迪出版第二部小说《午夜诞生的孩子》(*Midnight's Children*)。这部小说获得了当年的"布克奖",使他一举成名。小说题目来自当年(即 1947 年 8 月 14 日)尼赫鲁宣布印度独立的"午夜宣言"。小说主人公萨里姆就是在那天午夜出生的,因而是独立的印度的同龄人。小说通过萨里姆躺在病床上讲述他一生的故事,折射出印度独立后(即"后殖民"时代)的历史。这部小说后来还于 1993 年获"特别布克奖"(Booker of the Bookers),并被推举为 25 年来"布克奖"获奖小说中的最佳小说之一。

1983 年,拉什迪出版第三部小说《羞耻》(*Shame*)。小说写的是一个巴基斯坦中产阶级家庭,并用这个家庭的历史来隐喻印度次大陆在百年间的历史变迁。小说出版后获当年"布克奖"提名。

1986 年,拉什迪认识了美国女作家玛丽安妮·维金斯。翌年,他和克拉丽莎·鲁亚尔德离婚,并和玛丽安妮·维金斯结了婚。

1988 年,拉什迪的第四部小说《撒旦诗篇》(*The Satanic Verses*)出版,获当年"惠特布莱德最佳小说奖",同时也引起一场轩然大波。这是一部关于个人身份、宗教信仰和移民的小说。小说出版后因其中出现对伊斯兰教不敬的段落,引发了大规模的穆斯林抗议活动。第二年 2 月,伊朗宗教领袖霍梅尼以亵渎真主、异端等罪名对他下达了全球追杀令。拉什迪被迫开始了他九年的躲藏生涯。在此期间,他的第二任妻子玛丽安妮·维金斯也离开了他。

1990年，拉什迪发表文章公开道歉，说他自己仍是一个伊斯兰教徒，但是没用。1992年，他通过媒体宣布放弃信仰，并公开抨击伊斯兰教。这使他和伊斯兰世界的关系变得更加紧张，因此直到霍梅尼死后，他的处境仍未好转，仍受到追杀令的威胁。直到1998年，经英国政府多方斡旋，伊朗政府宣布他们并不支持宗教领袖对他下达的追杀令，也不鼓励任何人去伤害他。这才结束了拉什迪的隐藏生涯。

在隐藏其间，拉什迪没有停止写作。1991年9月，他还公开出席了英国作家协会为他的童话小说《哈伦和故事海》（*Haroun and the Sea of Stories*，1990）举办的颁奖仪式。这部童话小说具有东西方文化的双重特点，其中交织穿插着机器人故事、阿拉伯神话中的神怪、会说话的鱼、黑色歹徒和等待拯救的阿拉伯公主等。不过，这次颁奖主要不是因其艺术成就，而是某种形式的政治声援。

1994年，拉什迪的短篇小说集《东方，西方》出版。小说集分为"东方"、"西方"和"东方，西方"三个部分。第一部分"东方"中的故事以印度和巴基斯坦为背景；第二部分"西方"中的故事以西方生活为题材；第三部分，顾名思义，是将东西方文化并列在一起，并聚焦于它们之间的反差和相互关系。这部短篇小说集和拉什迪的大部分长篇小说不同，没有实验的痕迹，其中的故事大多是用传统写实手法讲述的，因而颇受普通读者欢迎。

1996年，拉什迪出版长篇小说《摩尔人的最后叹息》（*The Moor's Last Sigh*）。这是一个家族的历史，是关于一幅遗失了的母亲肖像的故事，其中失落、寻找、关于家园、关于爱、失而复得、得而复失，环环相扣，往返回复，构成一幅幅绚丽的画面。而借助于这个故事，小说也充分揭示了当代印度社会的阴暗面：黑金、黑社会犯罪和宗教狂热等。

20世纪末，拉什迪经常往返于伦敦和纽约之间，并在纽约爱上了一个名叫帕德玛·拉克希米的女模特。于是，他决定离开他的第二故乡伦敦，移居纽约，而他在此期间创作的两部小说，即《她脚下的土地》（*The Ground Beneath Her Feet*，1999）和《愤怒》（*Fury*，2001），也都是以印度-伦敦-纽约为背景的。

拉什迪最近推出的新作是2005出版的《小丑沙里玛》（*Shalimar the*

Clown）和 2008 年出版的《迷人的佛罗伦萨》（*The Enchantress of Florence*）。

除了中长篇小说，拉什迪还出版过好几部文集，也颇有影响，其中重要的有：1987 年出版的旅行见闻录《美洲豹的微笑：尼加拉瓜游记》（*The Jaguar Smile: A Nicaraguan Journey*）、1991 年出版的关于 80 年代的政治、文学和文化的评论集《想象的家园：论文集，1981—1991》（*Imaginary Homelands: Essays and Criticism*，1981‐1991），以及 2002 年出版的《越界：非小说文集，1992—2002》（*Step Across This Line: Collected Non‐fiction*，1992‐2002），其中收录了他 10 年来的散文、论文、书评和讲演稿。

二、风格与特点

拉什迪自己曾说："每当我谈起我的创作，我立即会自相矛盾。除了自我探索之外，还有这样一种意味，即把创作看成神圣的诺言。也许，以下说法更接近于我的感受：创作填补了失去上帝之后遗留下来的空白。但是，我又要说，我喜爱故事、喜剧和梦幻，还有新奇。正如小说这个名称的内涵，就是去创造新奇的东西。"①显然，拉什迪说的"自相矛盾"，是指他写小说的目的和他所使用的写作手法之间的"矛盾"，即：他写小说的目的是非常严肃、甚至是"神圣的"，但在写作手法上他却"喜爱故事、喜剧和梦幻，还有新奇"。他同时还认为，小说理应追求新奇，因为"小说这个名称的内涵"，即英语 novel（小说）一词的本意，就是"新奇"。实际上，他所说的"自相矛盾"，即：严肃的主题和新奇的形式，或者说，用新颖奇特的形式表现严肃重大的主题，恰恰就是他的创作风格与特点。

拉什迪的小说主题都非常严肃、甚至是非常敏感的，如《撒旦诗篇》，还因涉及宗教敏感问题而招来了伊朗政府的追杀令。换句话说，拉什迪小说的主题常常引起争议，或者说，其主题本身就是新颖的，因为它涉及一个敏感的当代话题，即"后殖民"问题，也就是对独立后的前殖民地的看法。拉什迪自己来自前殖民地印度，但他接受的又是前宗主国英国的教

---

① 转引自瞿世镜、任一鸣著《当代英国小说史》，上海译文出版社，2008 年，第 541 页。

育,所以他的看法往往是复杂的,就如有研究者指出的,"若要解释他的小说特点和主题,就必须考虑构成其作品特征与风格的混杂而多样的文化因素"①。也就是说,要想深刻理解他的小说艺术,就不能不重视其以多元混杂文化为内核的"新颖性",而这种多元混杂文化,用拉什迪自己的话来说,是"大规模移民带给这个世界的"②。

作为移民作家,拉什迪的小说大多以他的出生地印度(或邻近印度的巴基斯坦)的现实与历史为题材。在拉什迪笔下,"后殖民"时期的印度虽获得了独立,但许多社会问题并没有得到解决,社会生活的方方面面仍然没有根本变化;到了六七十年代,印度的社会问题甚至变得更为严重,"政治的天空聚集着黑云:在比哈,腐败、通货膨胀、饥饿、文盲、没有土地主宰着一切……;在古加莱特,发生骚乱,火车被焚烧……;在孟买,到处是"警察骚扰、饥饿、疾病、文盲"等等③。可以说,他在表现印度的现实和历史时的创作视角具有复杂的双重性:一方面,他对印度怀有割舍不断的血缘情感与文化情结,"无根"状态下对"根"怀有强烈的渴望;另一方面,他在英国接受的教育又使他对自己的本土文化具有一种西方化的批判意识,并用西方的方式讽刺和揭露了印度的现实。因此,有人甚至认为:"在过去的十年中,没有哪一个西方作家比东方人的后裔萨尔曼·拉什迪更能够有效地使用西方文学的传统了。"④

不过,拉什迪毕竟不同于早先同样写过印度的吉卜林和福斯特等英国作家,他笔下的印度既不是吉卜林和福斯特笔下的印度,也不是印度某些"爱国作家"笔下的印度,而是一个用东西方混合目光予以注视的印度。他眼中的印度,就如有人所说,"经济凋敝,社会混乱,政府腐败,国家压抑……非殖民化实际上并没有带来什么变化:权力的等级制度依然存在,过去殖民者的价值观仍有影响"⑤。也就是说,后殖民时期的印度,不

①　Catherine Cundy, *Salman Rushdie*, Manchester & New York: Manchester University Press, 1996, p. 1.

②　Salman Ruthdie, *Imaginary Homelands: Essays and Criticism, 1981 - 1991*, London: Granta Books, 1991, p. 394.

③　艾勒克·博埃默,《殖民与后殖民文学》,盛宁、韩敏中译,辽宁教育出版社,1998年,第411—413页。

④　M. Keith Booker, "*Finnegans Wake* and *The Satanic Verses*: Two Modern Myths of the Fall". *Critique: Studies in Contemporary Fiction* 32 (No. 3, 1991), p. 190.

⑤　同上,第272—273页。

仅本地的旧习未改,还因为西方殖民,增添了新病,所以比什么时候都更加糟糕。实际上,拉什迪所持的是一种双重批判态度:既批判印度传统文化,又批判西方殖民影响。所以,就这方面而言,他是个悲观论者,即认为,后殖民时代的前殖民地国家(印度是其代表)都深陷泥潭而无法自拔,出路何在至今还不得而知。正因为如此,他既两面讨好,又两面不讨好:无论是英国的还是印度的文化批判者,都赞扬他深刻;与此同时,无论是英国的还是印度的思想保守者,又都指责他叛逆。对他和他的作品的争议,也就由此而起。

当然,作为"后殖民文学教父",拉什迪并不仅仅因为谈论敏感问题才引人注目,更为重要的是,他是个杰出的实验小说家。他雄心勃勃地将西方文学、印度民间文学和当代拉丁美洲文学中的诸多要素融合在他的创作中,从而形成了一种新颖而独特的风格。这种风格的形成,可以说是拉什迪的最大成就,因为在这种风格中,不仅表达了一种多元的世界主义文化所包含的极其复杂的内在冲突,而且还显示出一种历史的想象力和精巧的构思。

具体说来,拉什迪在他的第二部小说《午夜诞生的孩子》中就充分表现出了这种"杂交"风格。在这部作品中,读者既能看出拉什迪所受塞万提斯、斯特恩、果戈理、梅尔维尔、卡夫卡和格拉斯等欧美作家的影响,又能看到他对当代拉美魔幻现实主义作家如马尔克斯等人的仿效,同时还能看到他是如何将印度民间说书人的叙事技巧混入其中;此外,还有神话、寓言、双关妙语、市井傻语,等等。一切都混杂在一起,而小说的魅力就在于由这种混杂手法所提供的一幅幅既生动又含混的生活图景。也就是说,小说既生动地描绘了都市生活和民间传统,又巧妙地表述了历史与现实的模糊性——这不仅使读者领悟到叙述者对生活、对世界的疑虑与困惑,还为读者的想象和思考留下了余地。

如果说,在《午夜诞生的孩子》中,印度是一个充满神奇的世界,那么在拉什迪的第三部小说《羞耻》中,巴基斯坦同样被表现为一个充满神奇的世界,而且同样是用"杂交"风格表现出来的,就如评论家所说,"这两部小说都表现了印度和巴基斯坦的政治史,都是用魔幻现实主义的模式写成;两个叙述者都毫不犹豫地对自己所叙述的故事进行评论,都频繁地打乱时序、采用元小说伏笔,也都灵活地使用非正式的(更不用说口语化的)

文体风格"①。不过，除了故事场景不同，《羞耻》在时间顺序、魔幻与现实、真实与假想以及元小说式评论等方面还是表现出了自身的特点。这也是拉什迪小说创作的一大特点，即：实验性；或者说，没有固定模式，即便是混合，每次混入的成分和比率也不尽相同。

这一点，在其后的《撒旦诗篇》中表现得更为明显。这部小说在叙事上具有多元化的混合特征，而在诸多混合中，最为突出的则是"真实叙事"和"梦幻叙事"的混合。"真实叙事"就是用现在时来叙述主人公所生活的"真实"世界；"梦幻叙事"是叙述主人公的梦幻生活，其中混合着众多叙事形式，包括"先知"穆罕默德的故事，等等。有论者称："通过在一个统一的叙事和多元的叙述之间进行转换，拉什迪使用自己的小说形式来评述多元论的优点。可以这么说，这部小说的价值正是这部小说的内容：'真实叙事'中传统罗曼史结构的统一性与'梦幻叙事'的多元性形成鲜明对照。其意义在于：抛弃统一性、同一性或者任何封闭式的一元论，认同多元论。"②换句话就是说，拉什迪在这部作品中将单一叙事结构（"真实叙事"）和多种叙事方式（"梦幻叙事"）混杂在一起，而其目的（"其意义"），就是要用混杂（"多元论"）替代单一（"一元论"）。同样，在《摩尔人的最后叹息》中，拉什迪也采用类似的混合手法，把达伽马家族史和左戈比家族史融入了印度现代史。通过主人公（即左戈比家族的末代后裔莫莱斯）的自述，小说在重现风云变幻的印度现代史的同时，又将主人公母亲的祖先摩尔人统治欧洲的历史混入其间，由此而超越时空，展示了历史与人性本身的错综复杂。

此外，拉什迪还时常把魔幻现实主义和科幻小说混合在一起，使小说显得更加扑朔迷离。譬如，他的第六部小说《她脚下的大地》就是最好的例子。在这部小说中，不仅古希腊神话和现代摇滚乐混合在一起，还混入了科幻成分，如人物长有一双能透视万物表象、看见鬼魂存在、看见未来的眼睛，等等，使人分辨不出究竟是魔幻还是科幻。因此，有评论称，这部小说是"把神话传说、寓言、后现代主义小说和通俗文化交织在一起的

---

① James Harrison, *Salman Rushdie*, New York: Twaiyne Publishers, 1992, p. 69.

② Anna Rutherford, ed., *From Commonwealth to Post-colonial*, Sydney: Kangaroo Press, 1992, pp. 83 - 84.

尝试"①。

　　除了上述种种混合,拉什迪的小说中时而还会混入当代西方小说界流行的"元小说"手法,特别是"短路",即:小说家在叙述过程中突然中断叙述,直接对读者作自我评论。这种自我评论表面上好像是一种自我解嘲或者自我防范,实质上是一种巧妙的讽喻。譬如,在《羞耻》中,当叙述到一些关键内容时,拉什迪突然中断叙述,作了这样一番自我评论:"到现在为止,如果我一直在写这种性质的书,那么,争辩说自己写的是普遍性的内容,而不是巴基斯坦,对我来说是没有好处的。这本书就会遭到禁止,就会被扔进垃圾桶,就会被焚烧。所有的劳动将会一无所获! 现实主义伤透了作家的心。然而,幸运的是,我只是在讲述一个现代童话,所以也就没有什么了;任何人都没有必要为此而感到不安,或者把我所说的话当真。也没有必要采取什么过激的行为。这太让人放心了!"②他说他不过是在讲一个"现代童话",请读者不要把他的这本书看作是现实主义的,更不要联系到巴基斯坦,否则,这本书"就会遭到禁止,就会被扔进垃圾桶,就会被焚烧",就会"伤透了作家的心";实质上,他这么说正是要提醒读者,他这个"现代童话"不仅具有现实意义,而且活生生的就是在写巴基斯坦(即"后殖民"时代的前殖民地国家)童话般荒诞的现实与历史。后来,这本书果真在巴基斯坦遭到禁止,"被扔进垃圾桶、被焚烧",那就更加表明这本书根本不是什么"童话",而是现实与历史的艺术写照。

　　总之,拉什迪的小说艺术是一种混合艺术。这种艺术,拉什迪自己认为是一种新颖艺术。他曾说:"新颖是大杂烩、杂七杂八、东一点西一点。"③确实,对他来说,新颖就是混杂,因为他所要表现的就是一种新颖的"大杂烩"文化,即"后殖民"时代的多元混杂文化。换言之,他用一种"大杂烩"手法阐释一种"大杂烩"文化,以求形式与内容的和谐统一,从而营造了一个神奇的小说世界。就这一点而言,他确实不同凡响,正如评论家比尔·布福德所说:"拉什迪具有上帝赐予的口才,是位口若悬河、滔滔

　　① 转引自张和龙《战后英国小说》,上海外语出版社,2006 年,第 165 页。
　　② Salman Rushdie, *Shame*, London:Vintage, 1995, p. 70.
　　③ Salman Ruthdie, *Imaginary Homelands: Essays and Criticism*, *1981 - 1991*, London:Granta Books, 1991, p. 394.

不绝的故事讲述者。他单枪匹马，使英语返回到魔幻现实主义的传统：那条充满魅力的线索，从塞万提斯经过斯特恩，一直延伸到最近的米兰·昆德拉和加布里埃尔·马尔克斯。他相信'为了理解一条生命，你必须吞下整个世界'，从这一点讲，他创作了一种最高品级的小说：具有魔幻性、艺术性和紧迫的政治性。"①

三、重要作品评析

《午夜诞生的孩子》是拉什迪最受人欢迎、最受批评家关注的作品，也是拉什迪最重要的一部作品。小说采用第一人称手法，叙述主人公的个人成长史、家族史，以及印度从 1947 年独立到英迪拉·甘地颁布紧急状态法时期的历史。小说长达 550 多页，分三部分。小说叙述者是 31 岁的萨利姆，他在一家酸辣酱工厂里向一个名叫帕德玛的年轻女人讲述自己的身世。

小说第一部分，萨利姆说到早在 1917 年的事。他说他外祖父早年在德国学医，后来回到克什米尔家乡当医生；他母亲阿米娜和皮货商人艾哈迈德结婚后，便随丈夫搬迁到德里；后来，印度的反穆斯林运动极端分子烧了艾哈迈德的货栈，夫妻俩不得不前往孟买，改做房地产生意。萨利姆说，他是在 1947 年 8 月 15 日午夜零点——也就是印度宣布独立之时——出生的，因而当时的第一任印度总理尼赫鲁还为他发来贺信，称"你的生活将反映我们这个国家的生活"。小说第二部分，萨利姆讲述他的童年至 18 岁的生活。他说，他其实不是阿米娜和艾哈迈德的儿子，而是一个在街头卖唱的穷艺人的儿子，因为接生护士玛丽把两家的孩子搞错了，所以他就来到了穆斯林富商艾哈迈德的家里，而艾哈迈德自己的儿子却到了穷苦的卖艺人家里，随卖艺人过着颠沛流离的生活。后来，在萨利姆 11 岁时，接生护士玛丽到他们家里当保姆，说出了搞错孩子的事，艾哈迈德知道后非常恼火，硬要阿米娜带着孩子离开。这样，萨利姆便随母亲一起到了巴基斯坦。后来，萨利姆说，到了 1962 年 9 月，也就是印度和中国发生战争的时候，他母亲收到从孟买打来的电报，说他父亲艾哈迈德

---

①　转引自瞿世镜、任一鸣著《当代英国小说史》，上海译文出版社，2008 年，第 457 页。

生了心脏病,要他们回印度。萨利姆说,也许是因为战争,也许是因为心脏病,反正这之后,他父母便和好了,而且全家移居到了巴基斯坦的卡拉奇。小说第三部分,萨利姆说他在巴基斯坦参了军,而且在 1971 年 3 月被派往到东巴基斯坦,因为那里在闹独立。后来,在印度军队帮助下,东巴基斯坦独立,变成了孟加拉国,而萨利姆却依然滞留在那里。他说,1971 年 12 月,他遇到了一个和他同年、同月、同日、同时出生的、名叫帕瓦蒂的印度女巫。帕瓦蒂把他从孟加拉国带回了印度,并他安置在旧德里的贫民窟里和一个卖艺人一起住。那个卖艺人其实就是他的生身父亲,而且是共产党。这样,萨利姆说,他就被卷进了许多政治活动。在此期间,他和帕瓦蒂结了婚,但他拒绝和她同房。帕瓦蒂是个女巫,萨利姆说,不知怎么一来,她把卖艺人的儿子湿婆(其实是阿米娜和艾哈迈德的儿子)召来了。湿婆是印度军人,在印巴战争中还立了功,已晋升为上校。后来,萨利姆说,帕瓦蒂还怀上了湿婆的孩子。1975 年 6 月,英迪拉政府在印度实行紧急状态,此时帕瓦蒂生下了她和湿婆的孩子。接着,印度政府有计划地铲除贫民窟,萨利姆因为参与反政府的政治活动被抓了起来,直到 1977 年 3 月才被释放。此时,帕瓦蒂已经死了,他便带帕瓦蒂和湿婆生的孩子,回到了他自己的出生地孟买,并发现过去在他们家做保姆的玛丽已成了一家酸辣酱厂的女老板。于是,他就找到玛丽,在她的厂里得到了一份工作。

以上就是萨利姆对同厂女工帕德玛讲述的身世。小说结束时,萨利姆和帕德玛结了婚。从表面看,这部小说是萨利姆自述身世;实际上,拉什迪借萨利姆的身世,不但讲述了一段家族史,更是讲述了从 20 世纪初到 20 世纪 70 年代整个南亚次大陆(包括印度、巴基斯坦和孟加拉国)的现当代史,涉及当时一系列重大事件,如甘地倡导的"非暴力不合作运动"、印巴分治、东巴独立成孟加拉国、印度独立后出现的语言问题、印中边境冲突,等等。也就是说,萨利姆的个人身世是和南亚次大陆的一整段历史交织在一起的,内容非常庞杂,包括政治、社会、宗教、文化等多方面内涵。拉什迪自己也说:"这本书那么长的原因之一就是想让这部小说包容尽可能多的内容。对我来说,似乎只存在两类小说。第一类小说排除了这个世界的大部分内容,只从宇宙中挑选一点点内容来写。另一类是这样的小说,即你尽力包容一切,亨利·詹姆斯把这类小说称为'松散的、肿胀的虚构怪物'。"①

　　确实,《午夜诞生的孩子》就是这样一个"松散的、肿胀的虚构怪物"。不过,这种"松散"、"肿胀"却是和小说所要表现的印度、巴基斯坦等国的历史与现实相对应的。这些国家在独立前都是英国殖民地,或者说,只是一群殖民统治下的相对松散、彼此相对独立、并享有某种程度自治的土邦的集合体;独立后,各种各样政治的、民族的、宗教的、语言的、文化的复杂问题便纷至沓来。特别是印度,国内有许许多多民族,其中没有一个民族在数量上占绝对多数;分布着许许多多土邦,其中没有一个土邦可以作为立国的基础;不同的民族使用不同的语言,作为母语的就多达上千种,其中没有一种可在全国通用;还有数不清的大大小小的宗教,其中虽以印度教和伊斯兰教为两大宗教,但这两大宗教相互敌对,内部宗派林立,冲突时时发生;还有千百年来一直存在的种姓制度,把所有印度人分隔成不同等级,贵贱之间几无交往,如此等等——若要加以描述,称其为"松散的、肿胀的现实怪物"也许最为合适。所以,《午夜诞生的孩子》这个"松散的、肿胀的虚构怪物",是对应于印度这个"松散的、肿胀的现实怪物"的。从这个意义上说,这部小说甚至可以说是"现实主义的",因为它揭示了印度独立后所存在的各种各样的现实问题。

　　然而,正因为面对这样一个"松散的、肿胀的现实怪物",拉什迪不可能使用单纯的现实主义手法,因为现实太奇特了,是个"怪物",他必须采用奇特的怪手法,才能将其表现出来。于是,他首先借鉴当代拉美作家,采用了魔幻现实主义手法。魔幻现实主义,按玛格丽特·德拉布尔在新版《牛津英国文学词典》中的定义,就是"明显的现实因素与出乎意料的、不可解释的因素混合在一起;梦境、童话或神话的因素与日常生活的因素混合在一起,并且经常是采用马赛克式或万花筒式的折射和重复出现的模式"②。简单说来,就是魔幻(即"梦境、童话或神话的因素")和现实(即"日常生活的因素")的混合。譬如,在这部小说中,一开始就是"童话与日常生活的因素"混合。小说第一句话是这么写的:"很久很久以前,我出生在孟买市。不,这样说不行,因为绝对不能离开那个日期:我于1947年8

---

　　①　James Harrison, *Salman Rushdie*, New York: Twaiyne Publishers, 1992, p. 48.
　　②　《牛津英国文学词典》,[英]玛格丽特·德拉布尔主编,外语教学与研究出版社,1991年,第606—607页。

月 15 日出生在医生纳利卡的保育院里。"这里的"很久很久以前"是童话
故事的开头惯用语,以此开始显然要使人想到童话,但紧接着,又马上转
向现实——1947 年 8 月 15 日——那既是他的出生日,也是印度的独立
日,或者说,独立印度的诞生日。两个生日重叠,为后面的叙述做了铺垫,
预先暗示"我"的经历将和独立后的印度的经历平行,而"很久很久以前"
和"1947 年 8 月 15 日"的转换,则暗示"我"的经历将会像是一个荒诞不经
的童话,独立后的印度也和我一样。这就是魔幻现实主义手法,一种整体
上的隐喻,即用不现实的事物隐喻现实事物,给人以"现实似乎很不现实"
的荒诞感觉。

　　实际上,这种童话隐喻是构成整部小说的基础;萨利姆既在讲述自己
的身世,又像在讲述一个神奇的、荒诞不经的童话故事。譬如,小说中不
仅许多人物具有超自然神力,萨利姆自己也说他具有这种能力,因为他们
都是"午夜诞生的孩子";他们都具有特异功能,可以通过心灵接受信息、
发送信息,利用自身的超自然能力进行联络和沟通,而且越是接近他们诞
生的午夜时分,他们的特异功能就越发神奇。譬如,萨利姆可以用鼻子
"嗅出颠覆活动"、帕瓦蒂可以使萨利姆隐形,等等。

　　除了童话隐喻,还有神话隐喻。拉美魔幻现实主义作家大多用印第
安神话隐喻拉美的历史与现实;与此相似,拉什迪常用印度神话隐喻印度
的历史与现实,其主要手法之一就是让小说中的人物和故事同印度神话
中的人物和故事平行对应。由于神话中的人物和故事都是虚幻的,与此
平行的小说中的人物和故事(即小说所指称的"现实")也就变得虚幻了。
虚幻的现实就是"不真实的"现实,也就是"不应该有的"现实——因此,将
现实虚幻化,只要使读者仍然认可这是现实,就会产生一种讽喻效果,使
其感受到作家对现实的强烈不满。譬如,在这部小说中,拉什迪就使用了
与印度神话中的神名相似或相同的人名,如帕瓦蒂、湿婆等,同时又让这
些人物的经历和神话中的故事形成平行和对应关系,由此讽喻现实生活
似乎很不现实,似乎像神话故事一样虚幻。譬如,帕瓦蒂是印度教神话中
的"雪山之女",是毁灭之神湿婆的妻子;与此对应,小说中的同名人物帕
瓦蒂是个女巫,湿婆则是个军官,帕瓦蒂虽是萨利姆的妻子,但萨利姆从
未和她同房,她于是就和湿婆生了孩子。这似乎是想暗示,"邪恶"总和
"毁灭"有缘。

　　当然，除了魔幻现实主义手法，小说中还有"后现代"小说的其他一些特点，如打破时空顺序、自相矛盾、谎言、跑题，等等。小说的结构松散而芜杂，但松散的结构中容纳了大量的信息和内容。小说的唯一叙述者萨利姆似乎是全知全能的，但他的讲述并不完全按照时间顺序进行的，过去和现在经常交错出现，因而他所叙述的内容凌乱而破碎；同时，他还经常提醒听者帕德玛，他的记忆不一定可靠，甚至承认自己弄错了甘地死亡和1957 年大选的时间，等等。至于小说中萨利姆记忆缺失时的双重叙述，那就更加凸现了叙述的主观性和"不准确性"。然而，这正是拉什迪所采用的"后现代"技巧，其意图就是要"颠覆"传统的小说叙事模式，使叙述者的位置从"中心"移向"边缘"。也就是说，萨利姆只是一个"边缘"叙述者，一个旁观者，甚至是一个偷窥者；他对于自己所叙述的一切，无论是关于印度的历史与现实也好，还是关于他的家族和他自己的身世也好，都不具有"中心"叙述者的权威性，只是"说说而已，信不信由你"。而正因为叙述者被"剥夺"了权威性，小说家也就不必为小说"负责"到底了。所以，尽管这部小说揭示了诸多现实问题，拉什迪却没有、也不愿提出什么救世良方。

第九章　V.S.奈保尔：写实主义 "后殖民小说"

V.S. 奈保尔（Vidiadhar Surajprasad Naipaul，1932 -　）50 年代登上文坛，90 年代成为文坛风云人物，不仅获首届"戴维·柯恩不列颠文学奖"，还于 2001 年获"诺贝尔文学奖"。他的作品通常以前殖民地国家在"后殖民"交代的社会、政治、文化危机为主题，用写实手法表现人们的无归宿感和疏离感。他不仅称自己的作品是"一个身处特殊环境的亚裔人文化选择的记录"，还称自己是"世界公民"，在这个世界上也许永远是个陌生人。

一、生平与创作

V.S.奈保尔出生于加勒比海地区的特立尼达岛（位于西印度群岛最南端、委内瑞拉东北部海岸边，现属特立尼达和多巴哥）的一个印度婆罗门家庭，祖父是作为契约劳工从印度北部移居特立尼达的移民。奈保尔年幼时，父亲凭自学谋到当地的英语报纸《卫报》的记者之职，于是举家从乡间小镇搬迁到了首府西班牙港。

西班牙港的城市生活是年轻的奈保尔眼中"真实的世界"，但另一个世界也许更为真实，那就是英国文化与文学的世界。奈保尔的父亲喜爱英国文学几乎到了痴迷的程度，读书读到精彩处就要念给儿子听，让他一同欣赏。奈保尔后来在他的回忆录《阅读与写作》(1999)中说，他 12 岁之前就已经记得莎剧《裘力斯·恺撒》、狄更斯的《雾都孤儿》和《大卫·科波菲尔》、乔治·艾略特的《弗洛斯河上的磨坊》、兰姆的《莎士比亚故事集》以及查尔斯·金斯利的《英雄》中的很多片断。至于他当时对印度的印象，则完全来自英国作家笔下的印度。换句话说，他自幼就习惯于从英国人的视角来认识和他没有直接关联的印度，就如他后来在访印游记《黑暗地带》中所说，印度对他来说"从来就不是一个有形的世界，因为从来不是一个真实的世界，它远离特立尼达，是个存在于虚空之中、没有具体历史的国度"。

在父亲的影响下，奈保尔从小立志做作家。他最喜爱的"游戏"就是手拿钢笔对着空白的练习簿枯坐，虽然什么也写不出来，但仍觉得其乐无穷。奈保尔的作家梦也是他的英国梦，早在 12 岁时，他就发誓要永远离开特立尼达。

1950 年，18 岁的奈保尔因学习成绩优异获全额奖学金赴牛津大学求学，攻读的科目是英国文学。1954 年获学士学位后，他曾任英国广播公司"加勒比海之声"的编辑和《新政治家》杂志的小说评论员。1956 年，他和牛津大学的同学、英国姑娘帕特里夏·黑尔结婚，从此定居于英国。

与此同时，奈保尔也开始了他的创作生涯。1957 年，他的处女作、长篇小说《灵异按摩师》(*The Mystic Masseur*)在英国出版。此后，又连续出版了两部作品，即长篇小说《艾尔维拉的选举权》(*The Suffrage of Elvira*, 1958)和短篇小说集《米格尔大街》(*Miguel Street*, 1959)，后者因被认为表现了"普遍人性"而获"毛姆奖"。

60 年代初，奈保尔出版长篇小说《毕司沃斯先生的房子》(*A House for Mr. Biswas*, 1961)。这部仍以特立尼达为背景的作品，通常被认为是他的代表作之一。其后，他开始周游世界，去了南美洲、西印度群岛、美国、加拿大、印度和非洲。其中最重要的当然是他的祖籍所在地印度。他回英国后还就他的印度之旅写了三部游记，即：《黑暗地带》(*An Area of Darkness*, 1964)、《印度：受损伤的文明》(*India: A Wounded Civilization*, 1977)和《印度：现今的无数叛乱》(*India: A Million Mutinies Now*, 1990)。总的说来，奈保尔对印度毫无好感，认为那里原始、愚昧、落后。所以,他的有关印度的作品,不论是游记还是小说,都以英美读者为理想读者。他曾说:"我不为印度人写作,他们根本不读书。我的作品只能产生在一个文明自由的西方国家,不可能出自未开化的社会。"

在周游世界的同时,奈保尔并没有停止写作。这期间,他出版的两部作品是《中间通道》(*The Middle Passage:Impressions of Five Societies*,1962)和《斯通先生与骑士伴侣》(*Mr. Stone and the Knight Companion*,1963);前者是一部游记;后者是一部以伦敦为背景的长篇小说。

1967年,奈保尔出版长篇小说《模仿者》(*The Mimic Men*)。这部作品被认为是他创作中的一个转折点。从此以后,他的小说几乎无不带有强烈的政治倾向和浓郁的悲观色彩。

70年代初,奈保尔的中短篇小说集《自由国度》(*In a Free State*,1971)出版后获当年"布克奖"。1972年,曾经是英国黑人领袖的迈克尔·马利克在特立尼达被指控犯有谋杀罪并被判处死刑。奈保尔认为这是一起冤案,并以案件中的三个主要人物为原型,创作出版了长篇小说《游击队员》(*Guerillas*,1975)。

1979年,奈保尔的长篇小说《河湾》(*A Bend in the River*)出版后好评如潮,被公认为是一部当代杰作,奈保尔也由此赢得了更高的声誉。然而,也许是担心"盛名之下,其实难副",他却中断了小说创作,直到八年后的1987年,才推出下一部长篇小说《到达之谜》(*The Enigma of Arrival*)。这期间,他出版的四部作品即《埃娃·庇隆的归来》(*The Return of Eva Peron*,1980)、《刚果日记》(*A Congo Diary*,1980)、《在信徒中间:伊斯兰国家旅行记》(*Among the Believers:An Islamic Journey*,1981)和《发现中心:两篇叙述》(*Finding the Center:Two Narratives*,1984)全属非虚构的纪实类作品。

《到达之谜》又大获成功。1993年,奈保尔被授予首届"戴维·柯恩不列颠文学奖"。这是对他"终身成就"的表彰。他被誉为"当代最伟大的英语作家之一",但他似乎觉得自己在《到达之谜》里发挥得还不够充分,又于1994年推出了一部可称之为"《到达之谜》续篇"的新作,即《世界之路》(*A Way in the World*)。

2001年,奈保尔获"诺贝尔文学奖"。获奖后两周,已经多年没有出版长篇小说的奈保尔推出新作《一半人生》(*Half a Life*,2001)。尽管奈保尔雄心勃勃,试图用这部篇幅不长的长篇小说来"包容他的所有其他著作",但这次果真是"盛名之下,其实难副",小说出版后并不怎么成功。其后,到了 2004 年,72 岁的奈保尔又推出长篇小说《魔种》(*Magic Seeds*),但评论界和读者依然反应平平。看来,奈保尔的辉煌已成过去。

二、风格与特点

　　总的说来,奈保尔始终坚持一种类似传统现实主义的写实风格,而且明确反对实验主义。他曾说:"形式实验,并不以真实的困难为目标(伟大社会产生的伟大小说曾经解决过这些真实的困难),已经腐蚀了反映能力……小说家,像画家一样,不再认识到他的解释功能,而是设法超越此种功能,于是,他的读者减少了。"①显然,他认为小说要有"反映能力",小说家要有"解释功能",而形式实验却是"设法超越此种功能",逃避"真实的困难"。他又说:"我发现,伟大作家描写高度组织化的社会。我没有这样的社会;我无法分享这些作家的假设;我并未看到我的世界在他们的世界中被反映出来。我的殖民地世界更加复杂、陈旧,更加受到限制和约束。"②这里的"伟大作家",主要是指 19 世纪英国现实主义作家,如狄更斯和乔治·艾略特等人。不难看出,奈保尔的创作楷模是 19 世纪英国现实主义作家,而其创作宗旨则是要反映一个 19 世纪英国作家不曾反映过的世界,即"殖民地世界",一个"更加复杂、陈旧,更加受到限制和约束"的世界;因而,他"无法分享这些作家的假设",模仿这些作家的风格。他说:"我阅读过的所有小说,都描写安居乐业、井然有序的社会。如果使用这种社会所创造的文学形式来描绘我自己看到的污秽不堪、杂乱无序、浅薄愚昧的社会,我总是感到有点虚假。"③所以,他总是在努力寻找适合于反映他那个世界的文学形式,并在此过程中形成了一种独特的现实主义写实风格。

　　大体说来,奈保尔长达半个多世纪的小说创作可分为三个时期:50

---

①　转引自瞿世镜、任一鸣著《当代英国小说史》,上海译文出版社,2008 年,第 438 页。
②　同上,第 438 页。
③　同上,第 436—437 页。

年代中期至 60 年代中期为早期,重要作品有《灵异按摩师》《埃尔韦拉的选择权》和《毕司沃斯先生的房子》等;60 年代中期至 70 年代末为中期,重要作品是《模仿者》《游击队员》和《河湾》;80 年代以后为后期,重要作品有《到达之谜》和《世界之路》等。在这三个时期,他的创作风格虽在总体上都以写实为主,但在不同的时期仍具有不同的特点。

奈保尔的早期创作大多以特立尼达的印度人生活为素材,而且大多是充满幽默讽刺的社会喜剧,文笔洗练诙谐,人物生动而夸张,同时又带有一种悲悯感伤的情调,具有狄更斯小说的风格倾向。譬如,在奈保尔的第一部长篇小说《灵异按摩师》中,他以幽默风趣的笔调嘲讽了特立尼达(乃至"大英帝国")政界的故弄玄虚:主人公加内什自称有一双神奇的手,还做起了按摩师,有人相信他能治愈怪病,便将他奉为神明;后来,他步入政坛,不仅当上议员,还荣获了帝国勋章。如果说《灵异按摩师》有点像狄更斯的早期作品,幽默而风趣,那么奈保尔的第三部长篇小说《毕司沃斯先生的房子》则在某种程度上具有狄更斯中期小说的风格特点,忧郁而感伤。在这部小说中,奈保尔以他父亲的经历为素材,写出了一个真实人物平凡生活中的奋斗和痛苦。小说节奏平缓,风格朴实,以饱含怜悯和同情的语调讲述了一个平凡人物的一生,尤其是小说结束时,写得感人至深:毕司沃斯先生积劳成疾而病死在家中,他的大儿子阿兰德从英国回来,面对的是父亲留下的 3 000 元债务、穷困的母亲和四个年幼的弟妹,从此便走上了和父亲一样的生活之路。

实际上,奈保尔自身的独特风格要到 60 年代中期才真正开始形成,其标志就是出版于 1967 年的长篇小说《模仿者》。在这部以一个虚构的加勒比海岛屿为背景的小说中,故事的叙述者是 41 岁的失意政客和梦想家拉尔夫·辛格。不论是在伦敦,还是在他的出生地加勒比海岛屿上,拉尔夫·辛格都有一种深深的、使他浑身不自在的失落感。可以说,自这部小说之后,奈保尔的小说就表现出两种基本倾向,即:强烈的政治意识和浓郁的悲观色彩。此外,《模仿者》用一种异化疏离语调构成一出人生错位的悲喜剧,也表现出奈保尔在叙事形式方面的独创性。奈保尔自己曾说,他本想用编年史方式来写这部小说,结果试了三次均告失败,于是他就选择从中间写起,让拉尔夫·辛格在伦敦郊区的寓所里写回忆录,以此作为小说的开端。这样,辛格的思绪前后跳跃,忽然闪回,忽然前瞻,由此使他失败的个人生活和政治生活渐渐呈现出来；也就是说，使读者从拉尔夫·辛格的回忆片断中逐渐获得对这个人物的整体印象。显然，这不是传统的现实主义叙事手法，但奈保尔在使用这种手法时并没有把这部作品写成一部意识流小说，而是依然保持着写实的特点。所以说，这是一种独特的写实风格。

这种具有心理特点的写实风格，可以说是奈保尔中期创作的基本风格。这一时期的另外两部重要作品，即长篇小说《游击队员》和《河湾》，也是用这种风格写成的。《游击队员》中的三个主要人物，即南非白人彼得·罗奇、英国女人简和南非黑人詹姆斯·阿赫曼德，都有漂泊不定的错位感。有人认为，这三个人物是影射夏洛蒂·勃朗特《简·爱》和艾米莉·勃朗特《呼啸山庄》中的罗彻斯特、简·爱和希斯克厉夫，但揭示的不仅仅是感情纠葛和家族仇恨，更涉及了政治和种族问题。在写法上，奈保尔也比勃朗特姐妹更注重人物心理，而且更倾向于突出人物内心的游移不定——他们既是胜利无望的反政府游击队员，更是令人绝望、内心不得安宁的"心理游击队员"。同样，在《河湾》中，奈保尔讲述的也是发生在非洲的故事，也是政府独裁、局势动荡、社会混乱、武装起义，等等；而且，奈保尔也是以近乎绝望的目光审视人们的一系列失败，然后又把它化为一出令人哭笑不得的悲喜剧。

80年代中期，奈保尔推出长篇小说《到达之谜》，又以一种几乎全新的风格出现在读者面前。这种新风格的形成，和奈保尔在此之前的文学活动有关。自《河湾》出版后的八年间，奈保尔没有出版一部小说，而是写了一系列纪实作品，如《埃娃·庇隆的归来》、《刚果日记》、《在信徒中间：伊斯兰国家旅行记》和《发现中心：两篇叙述》等。在写作这些纪实作品的过程中，他发现了大量的"事实"，也重新调整了他的"自我"。尤其是在《发现中心：两篇叙述》中，他还以两种不同方式对他此前的"写作过程"予以回顾和"反省"，可说是他对自己近30年来的小说创作的一次总结。由此，他产生了一种新的创作心态，以求重新平衡现实与自我的关系。《到达之谜》的写作就出自这一心态，所以，也就自然而然地呈现出了一种新的风格特点。

很明显，在《到达之谜》中，已没有了《河湾》中那种冷峻的批评，取而代之的是一种近乎伤感的自我陈述。不过，小说的主要意图并不是讲述个人经历，而是旨在于思考现实与自我的关系，或者说，自我如何在现实中重新定位，用奈保尔自己的话来说，就是思考"某种不易抓住的东西：我的文学源头以及我在多种背景下的想象性驱动力"。也就是说，奈保尔在80年代初离开英国到非洲、中东和东南亚诸国游历多年后回到英国时，他对英国和对自己的看法都发生了变化。这一变化，他觉得就像一个谜——为什么会有这种变化？要回答这个问题，奈保尔便重新审视了自己在英国的种种经历，而这一切，就是《到达之谜》所要讲述的。小说中的故事叙述者是一个来自加勒比海地区的作家，但他始终没有说出自己的名字，只说自己在经历多年漂泊无定的生活后，终于在英国找到了回家的感觉。显然，奈保尔以此暗示，这个没有姓名的叙述者就是他自己。在小说中，他讲述了自己到达英国后的"心路历程"，讲述他如何从特立尼达来到英国求学，如何摆脱压抑、盲目和愚昧，如何刻苦写作，如何成为作家，如何在英格兰乡间生活，如何熟悉那里的人，等等。由于他是外来者，英国的一切对他来说都是陌生的，因此他在英国的"心路历程"也就是他探访和熟悉英国的过程；反过来说，也就是英国的生活和英国的现实在他的"心路历程"中被他用一种陌生的眼光审视了一遍。所以，瑞典皇家学院在授予他2001年度诺贝尔文学奖时称他"像一位研究丛林深处某个迄今尚未探索的自然部落的人类学家一样探访英国的现实"，很大程度上是表彰他的这部作品。

无疑，《到达之谜》是奈保尔后期风格的标识，尽管其中依然可以看到奈保尔中期风格的遗留，但有一点可以将这部作品和他的中期作品区分开来，那就是：这部作品究竟是小说，还是自传？是虚构作品，还是纪实作品？很难判断。然而，这正是奈保尔的后期风格。这种风格或许可称作"虚构性纪实风格"。譬如，继《到达之谜》之后的《世界之路》，也是用这种风格写成的。评论界对这部作品曾感到困惑，因为它既非一般意义的小说，也非历史、自传、游记或回忆录，而是各种因素兼而有之。奈保尔自己说，此书的内容"是我和加勒比海的一些历史人物可能遇到的各种各样事情"[①]。也就是说，他把他自己的经历和历史人物的经历直接联系在一起，从而使作品具有一种特殊的双重性质：既是个人自传，又是历史著

---

① 转引自瞿世镜、任一鸣著《当代英国小说史》，上海译文出版社，2008年，第439页。

述。两者分开来看,都不是虚构,但把两者直接混杂在一起,却是一种别出心裁的"虚构"。所以,从这个意义上说,他的后期作品仍可称为小说,一种介于小说和非小说之间的小说。

三、重要作品评析

《河湾》是奈保尔的中期代表作。小说以某个刚刚独立的非洲国家为背景,故事由主人公萨林姆自述。萨林姆的祖先是来自印度西北部地区的穆斯林,在非洲大陆东海岸定居经商。故事发生的年代是 1963 年,年轻的萨林姆驾车前往非洲中部,在那里的河湾镇买下朋友的一个小店,准备独闯生活。镇子是当地的贸易中心,他利用战后的恢复时期,生意做得很是顺利。尽管如此,在与当地人的接触中,他却发现自己生活在一个不友好的世界。他是一个外来者,既不是定居者,也不是游客,而是一个没有更好去处的人,心头挥之不去的孤独感困扰着他的生活。萨林姆生活的河湾类似于一种"无人之地",来到那里的人当中有担任总统顾问的欧洲人、雇佣兵、牟取暴利之徒,以及其他来自亚非国家的流亡者。他们都是失去精神家园的流浪者,"陷入了历史的涡流之中,试图突破他们所在世界的局限实现自我"①。后来,萨林姆的生意受到动荡局势的影响,商店被国有化,他自己也一度被关进监狱。小说结尾,萨林姆在朋友的帮助下乘船在黑暗中顺河漂流而下,逃离了那个是非之地。

小说具有现实与隐喻两个层面的含义:从现实层面看,小说中所写的那个非洲国家以及其中发生的事情很像独立后的扎伊尔,代表的是后殖民时代的当代非洲,而从隐喻的层面看,小说中的河湾镇以及主人公在那里遭遇的一切,则暗指所有前殖民地国家及其现状,因而具有更为普遍的意义。

显然,小说呈现的是一个混乱的后殖民世界,其主导意象是象征着野蛮、贫穷、愚昧与贪婪的"丛林"。在这个"丛林"中,就如小说一开始就说的,"人无关紧要,并且听任自己无关紧要,因为人在这个世界上没有位

---

① George Packer, "V. S. Naipaul's Pursuit of Happiness", in *Dissent*, Summer (2002), p. 88.

置"。这是一个邪恶、无望的社会。究其原因,就是因为这些国家没有文化传统可言,它们的历史仅仅是欧洲殖民史的伴随物,就如小说主人公所说,"我所了解的所有关于我的家族的历史以及印度洋的历史,都是从欧洲人写的书中得来的……这一切都不能成为我们自己知识的组成部分,无法引起自豪感";所以,随着欧洲殖民者的离去和殖民秩序的终结,这些后殖民时代的前殖民地国家徒有独立之名,其实仍是欧洲国家的"附庸"。譬如,他们不能生产商品,却消费商品,并以消费欧洲商品为时尚,在当今世界注定只能做"模仿者"。不仅如此,"后殖民"时代的政治和文化甚至比殖民地时代更糟、更混乱,因为离开了欧洲殖民者,他们既不知道如何治理国家,也不知道自己究竟有何种文化,结果便是混乱,使国家变成了一个野蛮、贫穷、愚昧与贪婪的"丛林"。

如果说,这就是奈保尔对后殖民国家的基本观点,那么《河湾》就是他的这一观点的形象演绎。小说主人公萨林姆可以说是奈保尔的自我写照。萨林姆出生在非洲东海岸的印度移民家庭,信奉伊斯兰教,同时又接受了英国殖民者在当地推行的欧式教育;由于对当地的宗教、习俗和外来的欧洲文化都比较熟悉,他认为自己对两者的看法都比较客观。譬如,他婶婶在他眼中是当地宗教和习俗的典型代表;有一次,他听到他婶婶叫女儿把祭祀用的铜瓶拿进来,便做出了这么一番评论:"……看着这个虔诚的女人掩在自己的墙后,我突然发现她对铜瓶的关注是多么琐屑。粉刷成白色的墙是多么单薄,比沙滩上奴隶围场的墙还要单薄,能给她提供的保护实在是少得可怜。她太脆弱——她的为人,她的宗教,她的风俗,她的生活方式,全是脆弱的。"还有对当地的阿拉伯人,他也觉得他们愚昧无知。譬如,当地阿拉伯人历来就有一种独桅帆船,但对这种船在航海史上的意义,他们自己却浑然不知,最后还是由英国人来研究,说明其意义,并将这项"发明"进一步运用于航海。总之,他觉得当地生活简直就是死水一潭,浑浑噩噩。

于是,萨林姆决定离开这个自欺欺人的故乡。他本想去英国,但不知怎么一来,却到了非洲内陆一个叫河湾镇的地方。这个河湾镇,就是"后殖民"国家的缩影。在萨林姆的讲述中,那里发生的一切既荒唐可笑,又卑劣可恶。譬如,获得独立后,那里的人要把殖民时代的记忆全部消除,于是把街名全改了,好像抹掉了原来的街名,也就抹掉了那段历史;新的国家自称"共和国"，但人们根本不知"共和"为何物；原先的"女士"和"先生"之类的称呼一律取消，改称"女公民"和"男公民"，以示"平等"；比利时人的住宅区被夷为平地，卫生间里的抽水马桶被当地人拿来泡木薯，如此等等。共和国有"领袖"，这也够荒唐了，好在没有叫"皇帝"，改称为"总统"了。这位总统的肖像出现在共和国的每个角落，人们对他崇拜得五体投地，而这位总统的"伟大宏图"，就是要把河湾镇旁边的一块荒地建设成"新领地"，创造一个将使全世界为之震惊的"奇迹"，以示共和国的"伟大成就"。然而，"新领地"的建设徒有其表，实质是为了满足领袖的个人需要。整个国家如一盘散沙，老百姓随意扔弃的垃圾堆积如山；破败的城镇、贪婪的官员、光天化日之下的抢劫，竟然成了日常生活中不得不面对的现实。工人没有工作热情，军人只知道俯首听命，学生学会了满口谎言。更糟的是，总统还出了一本《总统语录》，每一页上印有他的两三条"光辉思想"，同时还组织了"青年卫队"到街上游行，手挥语录，高呼"总统万岁"。不久，"青年卫队"又被解散，并被驱赶到丛林地区。这些年轻人摇身一变，又成了饱受委屈的一代，而且很快就以民众保卫者的面目重新出现，公开和政府对抗。于是，国家陷入一片混乱。

萨林姆不仅目睹了这一切怪现状，其自身也深受其害。他在河湾镇开的小店铺被"国有化"了，新的业主是"国家托管人"，他自己只能做"经办人"。由于他是外国人，还要受到这个"新社会"的种种排斥，结果连生计也出了问题。于是，他就去做黄金买卖，但黄金买卖在这个国家是犯法的，结果被人告发，进了监狱。然而，这个地方其实又没有法律，因为他认识地方官员的父亲，不久便获准离开了这个既无知又狂热的国家。

确实，奈保尔曾说过这样的话："西方自由派知识分子总是不允许人们对非洲说不友善的话，现在有的非洲国家在饥荒和内战的泥淖中越陷越深，对殖民主义的严厉批判能带来什么实质性的效果？"①不过，如果就此而认为奈保尔赞同殖民主义，那也是极其肤浅的。实质上，他对后殖民国家所作的种种批判性描述，正是他对殖民主义的一种反思。在奈保尔看来，殖民主义是一个历史事件，因而对殖民主义的批判是一种历史批

---

① 转引自《20 世纪外国文学名著文本阐析》，黄铁池、杨国华主编，北京大学出版社，2006 年，第 35 页。

判,而非简单的道德批判,即:要认清事件的前因后果,而非一味加以谴责;因为摆在面前的事实是:殖民时代已经结束而且不可能恢复,但殖民时代留下了许多后遗症,如何面对?这才是问题的关键。谴责西方毫无意义,因为现在的西方已不是殖民时代的西方,后者已成历史,而谴责历史,更是毫无意义。也就是说,不管过去发生了什么,时至今日,人们只能面对现实。所以,从本质上说,奈保尔是个用现实而理智的态度面对后殖民问题的现实主义作家,他对后殖民现实的批判,和英国作家对本国现实的批判并没有什么不同。

第十章　石黑一雄：跨文化国际化小说

石黑一雄（Kazuo Ishiguro, 1954 - ）年轻时即享誉英国文坛，和拉什迪、奈保尔一起被称为"当代英国移民文学三杰"，但他却以"国际化作家"自称。对他而言，小说乃是一个国际化的文学载体，因而他写小说的目的，就是要突破地域疆界，写出不受文化背景限制的国际化小说。他不仅多次获奖，还曾获得由英国王室授予的"文学骑士"称号，以及由法国颁发的"艺术文学骑士勋章"。

一、生平与创作

石黑一雄出生于日本长崎，5岁时随父亲移民英国，后在肯特大学读本科。他最初希望能在音乐方面有所发展，但最终还是转向了文学。从肯特大学毕业后，他进入东英吉利大学深造，就读于由著名作家马尔科姆·布雷德伯里主持的"文学创作班"，1980年获硕士学位。

1982年，28岁的石黑一雄出版第一部长篇小说《群山淡景》（*A Pale View of Hills*）。小说以第一人称述写一个移居英国的日本寡妇的乡愁，基调孤寂凄凉，风格虚幻空灵，颇具东方特色，出版后获英国皇家学会颁发的"温尼弗雷德·霍尔比奖"。此后,石黑一雄便成了一名职业作家,并在英国娶妻成家,定居于伦敦。

石黑一雄的第二部长篇小说《浮世艺术家》(*An Artist of the Floating World*)出版于1986年。这部小说仍以第一人称述写主人公的回忆和沉思,只是,主人公是一个日本"浮世绘"画家——他在"二战"前满怀爱国热情,一心想寻求"恒久的艺术",但后来,日本战败,他恍然大悟:原来整个日本民族在过去的几十年间一直在追寻的,只是一种荒诞虚幻的所谓"理想",而他要寻求的"恒久的艺术",也不过是一种无根的"浮世艺术",如今已随风而去;所有一切,就如镜花水月。小说以高超的手法营造了某种类似日本"浮世绘"的意境,因而对英国读者来说颇具新意,出版后获英国及爱尔兰图书协会颁发的"惠特布莱德奖",并获"布克奖"提名。

不过,使石黑一雄真正成名的,是他的第三部长篇小说《长日余辉》(*The Remains of the Day*,1989)。这部小说依然是对往事的追述,但完全是英国题材。小说以独特的视角,从一个庄园管家的角度,用一些琐碎的小事折射出20世纪30年代发生在欧洲的许多重大事件,使英国读者很容易联想到萨克雷的《名利场》,因而出版后好评如潮,不仅获当年"布克奖",荣登当年《出版家周刊》的畅销排行榜,第二年还被拍成了电影。

成名后的石黑一雄沉默多年,直到1995年才推出他的第四部长篇小说《无可安慰》(*The Unconsoled*)。这部小说继续讲述心灵孤独者的故事。评论家认为,这是一部卡夫卡式的小说,营造了一个类似爱丽丝所漫游的"奇境",但又处处指向现实社会,发人深省。小说出版后获"契尔特纳姆奖"。

继《无可安慰》之后,又过了五年,他的第五部长篇小说《吾辈皆孤儿》(*When We Were Orphans*,2000)问世(石黑一雄写得很慢,大体要三到五年才推出一部长篇)。这部小说既具有他最初三部小说的含蓄委婉、简朴淡雅的风格,又有和《无可安慰》一样的超现实主义写法,出版后获"布克奖"提名。

2000年之后,石黑一雄的重要作品有《哀乐之最》(*The Saddest Music in the World*,2003)和《别让我走》(*Never Let Me Go*,2005)等。其中,最为成功的是《别让我走》。这部长篇小说不仅获当年"布克奖"和美国"全国书评家协会奖"提名,第二年还获得美国"亚历克斯奖"和意大利

"塞罗诺小说奖"，并被《时代》周刊、《纽约时报》、《环球邮报》、英国广播公司等英美媒体列入年度最佳图书。

二、风格与特点

和拉什迪、奈保尔一样，石黑一雄也是在英国娶妻成家的"移民作家"，但他比拉什迪、奈保尔更自觉地想摆脱这种身份。他曾说："我是一位希望写作国际化小说的作家。"言下之意，他的小说不应称作"移民小说"，而是"国际化小说"。那么，何谓"国际化小说"？他的回答是："我相信国际化小说是这样一种作品：它包含了对于世界上各种不同文化背景的人们都具有重要意义的生活景象。它可以涉及乘坐喷气飞机穿梭往来于世界各大洲之间的人物，然而他们又可以同样从容自如地稳固立足于一个小小的地区。"那么，为何要有国际化小说？因为"这个世界已经变得日益国际化，这是毫无疑问的事实。在过去，对于任何政治、商业、社会变革模式和文艺方面的问题，完全可以进行高水准的讨论而毋庸参照任何国际相关因素。然而，我们现在早已超越了这个历史阶段。"他甚至认为，"如果小说能够作为一种重要文学形式进入21世纪，那是因为作家们已经成功地把它塑造成为一种令人信服的国际化文学载体"①。可见，石黑一雄的创作理念就是致力于小说的国际化。因而，要说他的小说风格，首先就是国际化风格，主要包括两个方面：一是小说题材的国际化；二是小说叙事的国际化。

何谓"小说题材的国际化"？那就是，小说家选择非一国读者所关心的主题；或者，用石黑一雄自己的话来说，就是"他（指小说家）必须能够鉴别那些真正为国际读者所关心的题材"②；也就是说，小说家在选择小说题材时就意识到自己的作品将被多国读者阅读，因而有意选择某些可能为多国读者所关心的题材。当然，这并不是说，小说家若不这么考虑，他的作品就一定不会被多国读者阅读。实际上，历代小说大师的诸多作品，其题材都可以说是"国际化"甚至是"全人类化"的；否则，像《鲁滨逊漂流

---

① 此处引文均引自"石黑一雄访谈录"，李春译，载《当代外国文学》2005年第04期，第62—63页。

② 同上。

记》、《傲慢与偏见》、《双城记》和《高老头》、《罪与罚》、《安娜·卡列尼娜》
这样的作品也就不会成为"世界名著"。但无论是笛福也好,狄更斯也好,
还是托尔斯泰也好,他们作品中的国际化题材是"无意识"的,或者说,他
们当初并没有意识到要为多国读者写作,而石黑一雄的意思是:他是"有
意识"这么做的。所以,继他的第二部《浮世艺术家》之后,他就再也没有
采用唯有和他一样的移民或者和他具有相似文化背景的读者才关心的题
材。譬如,他的第三部小说《长日余辉》写的是英国贵族庄园生活;第四部
《无可安慰》写的是一个心灵孤独者的故事,小说背景从日本转到英国又
转到中欧一个小城市,好像是德国,但并不明确;第五部《吾辈皆孤儿》写
的是一个英国人在上海和伦敦两地的传奇经历,其间还涉及英国鸦片贩
运史和日本侵华史等;还有2000年之后出版的《哀乐之最》和《别让我走》
等,也同样如此,都是跨国题材,其中《别让我走》还是一部科技题材的作
品,涉及因克隆技术而引起的科学与伦理问题。

何谓"小说叙事的国际化"? 那就是,小说家在叙事过程中尽量避免
使用具有民族性或地方性的细节和语言。关于这一点,石黑一雄曾做过
具体说明。他说:"他(即小说家)不该僭越读者的知识范围。例如,他描
绘人物时,不可借助于他们所穿衣服或他们所消费商品的商标名称;此类
细节,除了很狭窄圈子内的读者外,对其他人都毫无意义。他也不能依赖
巧妙的语言手法,特别是双关语,因为不能指望对此作出传神的翻译。"[1]
毫无疑问,在石黑一雄的绝大多数小说中,是找不到这类细节和语言的,
即便在他被认为最具日本特色的《浮世艺术家》中,他用英语讲到日本"浮
世绘"时,也是英美读者乃至全世界读者都能懂的。不过,他这么做,也引
起了争议。小说中具有民族性或地方性的细节和语言,也就是常说的"民
族特色"或"地方色彩",自小说诞生以来就一直被认为是一种可以使小说
增色的重要手段,有些经典作家,如瓦尔特·司各特,还被认为是使用这
一手段的"圣手",现在将其取消,是不是意味着小说会变得"贫乏"? 对
此,石黑一雄当然可以争辩说,这一手段只对本民族或本地区的少数读者
有效,对于大多数读者、特别是对于其他民族或其他地区的读者来说,是
毫无意义的。但不管怎么说,为了使小说国际化,本民族或本地区的有些

---

① "石黑一雄访谈录",李春译,载《当代外国文学》2005年第04期,第63页。

读者要"蒙受损失"，这大概也是石黑一雄无法否认的。

除了追求国际化风格，石黑一雄小说的另一个明显特点就是具有一种沉重的历史感。回忆是石黑一雄最常用的叙事手法，或者说，他的小说几乎都是以主人公回忆的形式加以叙述的——至少，回忆是小说中的一条主要线索。

石黑一雄最初发表的短篇小说讲述的都是童年时代的故事，即回忆"二战"后荒凉孤寂的日本，而其共同主题就是不堪回首的往昔和一种痛苦的失落感。他的第一部长篇小说《群山淡景》可以说是他的短篇小说的一种"扩大"，使用的是同样的手法，表达的是同样的主题。在这部小说中，主人公悦子虽然已从日本移居英国，但女儿的自杀勾起了她对往事的回忆：她想起了战后长崎的重建，想起了自己不幸的婚姻，想起了当初的孤独与忧伤，想起了自己怎样无奈，最后嫁给一个外国人，并随其离开日本，来到异国他乡……在她的回忆中，不仅蕴含着她个人的身世，还蕴含着一代日本女性的命运和一段日本历史——在某种程度上，她和她那一代女性既是这段历史的见证者，也是这段历史的受害者。同样，他的第二部小说《浮世艺术家》也是一部节奏缓慢、情节淡化、充满了回忆、对话和偶然邂逅的小说，其主要内容也是主人公大野增次的回忆和沉思，只是这种回忆具有一种反讽意味：当年他血气方刚，充满爱国之情，结果日本战败，并受到全世界指责，他恍若大梦初醒：原来，当初的"远大理想"不过是镜花水月般的"浮世绘"！

应该说，石黑一雄是在他的第三部小说《长日余辉》中才真正表现出国际化风格。这部小说的主人公不再是日本人，而是一个英国管家；内容虽然仍以主人公的回忆为主，但其中所蕴含的是"大英帝国"的历史。

显然，继《长日余辉》之后，石黑一雄便有意避开了"日本题材"，再也没有以日本人作为小说主人公。不仅如此，他还有意采用多国题材，使其超越日、英两国。譬如，在其后的《无可安慰》中，主人公莱德是一位著名的钢琴演奏家，但国籍不明；他到欧洲的某座城市去举行一场音乐会，但欧洲哪座城市？同样不明。这种人物和背景的不明确，既和小说题材的国际化有关，也和小说所要表达的"心灵孤独"主题有关。小说内容由莱德自述，然而他的自述又像一座迷宫。他说，他自己也不知道为什么要举行这场音乐会,还说他来此地不仅仅是为了演出,更是为了"唤醒这座城市"云云。接着,他便讲了许多令人匪夷所思的事情。他说,演出前三天,他莫名其妙地被纠缠在各种各样的陌生人的生活中,如:旅馆老板和他一团糟的家庭生活、守门人和他女儿的纠纷,以及守门人的外孙(即整天醉醺醺的乐队指挥)和他的妻子的事情,还有一些"社会名流"和他的交往,等等。更为令人匪夷所思的是,其中有些人居然不是他真的遇到的,而是从他的回忆中冒出来的;还有一些人,根本就是他想象出来的。反正,虚虚实实、真真假假,全都纠结在一起。不仅人物荒诞不经,场景也不可思议;譬如,城市中心有一座幽暗的森林、有些小街其实是废弃的农场,等等。总之,一切就如一场梦魇。然而,这场梦魇其实就是主人公的一段可怕的回忆;他所要"唤醒"的"这座城市",其实就是他的内心世界,或者说,是他的潜意识的浮现,而在他的潜意识记忆中,既蕴含着他的身世和他的欲念,又蕴含着因他的心灵折射而扭曲变形的历史。

如果说《无可安慰》是有意模糊人物背景以显示其"无国籍",那么继《无可安慰》之后的《吾辈皆孤儿》则是明显采用了多国题材。小说主人公班克斯是英国人,但出生在中国上海;他的家族和英国在中国的鸦片贸易有千丝万缕的关系,而当他被送往英国接受教育后再回到上海时,又正值日本发动侵华战争。这样一来,小说不仅涉及中、英、日三国的历史,而且是相互牵连在一起的。在这部作品中,石黑一雄依然采用零散回忆的手法编织故事,通过一个个回忆片段,将尘封多年的过去重新挖掘出来,而其主题,则如书名所示,"吾辈皆孤儿",即:在当今这样一个各国相互纠缠在一起的世界上,各国的文化传统都已经被打断,因而人人都是失去文化归属的"孤儿"。这里,石黑一雄似乎有一种世界主义倾向,但他在表现出这一倾向时,又有点悲伤和无奈。

总之,在石黑一雄的小说世界里,主人公总是游荡于各国之间,总是在回首往事,不胜唏嘘,而唏嘘之余,他们似乎总想表明,世界的未来也许就是这样,人人都是"移民"——即便不是实际上的移民,也是心理上、文化上的"移民"——因为世界早就变了;国家、民族、文化、传统,早就变得含糊不清了。当然,这也可以说是石黑一雄的一种自我安慰,因为他被人称为"移民作家",而他对此似乎很反感,所以他力求表明,"移民作家"就是未来作家,"移民文化"就是未来文化。

三、重要作品评析

　　《长日余辉》是石黑一雄的成名作，也是一部他自我感觉不错的"国际化小说"。小说主人公史蒂文斯是个典型的英国老管家，兢兢业业地在达林顿勋爵的庄园里服务了三十多年，自认为是个"好管家"。然而，当"二战"结束时，达林顿勋爵因在战前和战时都是纳粹同情者而失势，连庄园也转到了美国富商法拉戴先生手里。这样，史蒂文斯便不得不为新主人服务。在此庄园转手之时，史蒂文斯告假去英格兰西部访友。一路上，他断断续续地回想着自己的一生，唯有哀叹与悔恨。他想到自己曾如此效忠于达林顿勋爵，如此显示了一个英国管家的"尊严"，甚至不惜为此拒绝了女管家肯顿小姐对他的爱意，还断绝了和儿子的关系，但到头来，他所做的一切竟然是"一个严重错误"，事实证明他既丧失了良知，又毁掉了感情。好在经过一番自我反省，他幡然醒悟，终于认识到"长日即将过去，往事不堪回首，唯有剩余的时光，应该好好享受"。

　　关于这部小说的含义，有多种解释。首先是石黑一雄自己的解释，他曾说："这部小说写的是个人悲剧。此人把感情与软弱纠缠在一起。他自动放弃了爱情和做人的权利。英国的中上阶层常有此类行为。"①这当然是最直观的解释。按此解释，史蒂文斯确实是个悲剧人物：他忠心耿耿地追随主人多年，但命运不济，主人失势，他落得一场空。他的悲剧，很大程度上也是英国管家的悲剧。按英国传统，管家的品质就是忠诚，不图私利，因而一个"好管家"就是一个"好人"，一个为东家做自我牺牲的人。史蒂文斯就是这样一个人：他性格内向、举止谨慎，除了忠于职守，似乎没有七情六欲，简直就是"敬业精神"的化身。然而，在他无私、平静的外表底下，其实仍蕴藏着深沉而强烈的感情潜流。譬如，他回想起，有一夜里肯顿小姐突然走进他的房间，当时他正在看书，肯顿小姐问他看的是什么，他便把书抱在胸前，并请肯顿小姐尊重他的隐私，但肯顿小姐坚持要知道他在看什么书，于是就把他牢牢抓着书的手指一个一个掰下来（在他的回忆中，这是他和肯顿小姐仅有的一次身体接触，但也充分说明了他和

---

　　① "石黑一雄访谈录"，李春译，载《当代外国文学》2005 年第 04 期。

肯顿小姐之间的亲密关系），结果发现他在看一本爱情小说。看爱情小说本算不了什么，但对于史蒂文斯这样一个"管家"来说，却是有"出格"之嫌的，所以他拼命对肯顿小姐解释说，他看这本书只是想了解一下小说中所使用的上流社会语言，没有别的意思。可见，他的自然情感是被严重压抑的。换句话说，史蒂文斯为了做一个"好管家"，"自动放弃了爱情和做人的权利"——这就是他的悲剧，一个英国管家的悲剧。

　　既然是一个英国管家的悲剧，那就涉及了英国的传统文化，因为自19世纪以来，英国管家的"敬业精神"就一直被视为英国传统文化的一种"体现"。所以，小说一出版就有评论家从文化的角度加以解释，如美国《出版家周刊》在其书评中说：这是"一部精心杰作，它既对个人心理进行了令人折服的分析与深究，也细致入微地描绘了败落的社会秩序。"这里的"败落的社会秩序"，就是指英国的传统文化，特别是指形成于19世纪维多利亚时代的英国"绅士"文化。实际上，石黑一雄自己也说到了小说中的社会文化含义，他说"英国的中上阶层常有此类行为"，意思就是：史蒂文斯的悲剧也是英国中上层社会的悲剧。确实，按英国传统，老派的"绅士"家庭要把孩子送往寄宿学校接受教育，以造就更多的"绅士"，而这类学校施行的是各种强制性管束，以使学生养成一种自我克制、自我约束的习惯，结果便形成了一种内向、保守的所谓"绅士性格"。这样的性格是悲剧性的，因为个人的自然欲望受到过度压制，便会导致人格分裂，轻者表现为虚伪，即表面上个人欲望好像被克制了，实质上在被偷偷地予以满足；重者就是盲从，因为自我被完全压制了，于是压制因素便取代自我而形成一种"假自我"，而压制因素每每就是现行的"道德"、"理想"、"义务"等等；换言之，一个"真正的绅士"实际上是一个以一整套"绅士准则"为"假自我"的人，一个只服从"准则"而丧失了自我的人。史蒂文斯就是这样一个"绅士"；所以，他的悔恨是一个盲从者的悔恨，一个"绅士"对"绅士文化"的悔恨。

　　由于小说涉及英国传统文化，而石黑一雄自己则是个具有日本文化背景的日裔作家，所以他认为，这部小说是超越他本人文化背景的"国际化小说"。然而，并非人人同意他这种看法。最为典型的例子就是和他同为移民作家的拉什迪对这部小说的解释。拉什迪认为，"就其深层意义来看，《长日余辉》仍不失为对日本历史悲剧的一种审视，英国场景和人物的设置不过使得这种审视更具客观性罢了"，其真意在于揭示"日本文化的基因，亦即以武士道为典型的仆人文化基因"①。按此解释，史蒂文斯的"绅士准则"是影射日本的"武士道"，史蒂文斯的悲剧是影射日本传统文化的悲剧，就如有批评家所称，史蒂文斯是"经典日本人物的英国版本"②。当然，石黑一雄不会同意这种解释。但就拉什迪所说的"仆人文化基因"而言，英国管家和日本武士之间确有某种共同之处。因而，在这个层面上，可以说，石黑一雄所审视的是一种东、西方共有的"品质"，因为就是这一"品质"，既导致了史蒂文斯的个人悲剧、英国管家的悲剧和英国传统文化的悲剧，也导致了日本武士和日本传统文化的悲剧。这种"品质"就是"忠诚"，即对主人的忠心耿耿，或者说，一种"奴仆品质"。这种"奴仆品质"，表现在国家事务上就是对国家死心塌地的"忠诚"，即所谓"爱国主义"。所以，若再进一步解释，则可以说，石黑一雄其实是在反思和消解所谓的"爱国主义"。理由很简单，因为他是"移民作家"，因为他认为"移民文化"才是未来的世界文化。他的意思是：既然国家也常常犯错误，我们又何必那么盲目地爱国呢？就如史蒂文斯，其实他当初就不该那么盲目地"爱"达林顿勋爵，因为事实证明，达林顿勋爵误入了歧途。

在艺术手法上，这部小说赢得了众口一致的称赞。确实，就如小说刚出版时《纽约时报》书评栏所称，"这是一部充满梦幻的小说，作者以消遣性的喜剧手法妙不可言地对人性、社会等级及文化进行了异常深刻和催人泪下的探究"。

首先是梦幻效果。这主要得益于石黑一雄独特的"回忆"技巧：顺时序的叙述只是交待事情的现状，表现主人公的外在活动；逆时序的回忆构成小说主干，展示主人公内心世界的变幻莫测；现时辅助过去，衬托过去，而不像一般小说那样，通常是过去辅助现时，衬托现时。因而，故事全由主人公零散的回忆片断编织而成。这些零散的回忆片断，或者说"闪回"，使"过去和现在由一个微光闪烁、几乎察觉不到的意象网络拢到了一起，

---

① Salman Rushdie, "Kazuo Ishiguro" in *Imaginary Homeland*, London: Granta Books, 1992, p. 244.

② Anthony Thwalte, "In Service" in *London Review of Books*, Vol. 11, No. 10, May 18, 1989, p. 17.

而这些意象之间又有既纤弱又强劲的细丝相连"①,给人以朦朦胧胧中若有所见的感觉,即：在朦朦胧胧的个人记忆中,历史事件和民族传统闪闪烁烁、若有所见。

其次是喜剧效果。这主要得益于石黑一雄娴熟的语言技巧：他使用的叙述语言变化多端,时而细腻娟秀,有时晦涩难懂,时而委婉柔和,时而拘谨刻板,既显示了一个英国男管家的语言特征,又渲染了这个男管家追忆往昔时的情绪变化,但不管他的语言怎么变化,总的基调却是幽默的、自嘲的。也就是说,主人公以一种典型的英国式的幽默而自嘲的口吻,诉说了自己错误而失败的一生；或者说,以一种绝妙的喜剧风格,演绎了一场沉痛的人生悲剧。

---

① Francis King,"Shimmering"in *The Spectator*，Vol. 248，No. 8016，February 27，1982，p. 24.

第十一章　这一时期其他较重要小说家

一、帕特·巴克

　　帕特·巴克（Pat Barker，1943－　　）由祖父母抚养长大。她的祖父是一战老兵，一生都为战争的阴影所笼罩，帕特·巴克受其影响，从小就对战争既恐惧又深感兴趣，所以她后来以一战争为背景写出了她最好的作品。此外，帕特·巴克曾在东英吉利大学旁听过女作家安吉拉·卡特主讲的写作课程，受安吉拉·卡特的影响，她后来的某些作品还表现出类似安吉拉·卡特的那种"荒诞-哥特式"风格。

　　帕特·巴克在80年代中期出版第一部长篇小说，即写妓女生活的《毁了你的房子》（*Blow Your House Down*，1984），但几乎没人注意。此后，她又出版了两三部写女性家庭生活的作品，也没有引起读者或批评界的反响。

　　90年代初，帕特·巴克的第一部战争小说《重生》（*Regeneration*，1991）出版，受到英国和美国评论界的好评，《纽约时报》还将其列为当年四部最佳小说之一。受此鼓舞，帕特·巴克继而又写了两部战争小说，即《门后的眼睛》（*The Eye in the Door*，1993）和《鬼魂之路》（*The Ghost Road*，1995），同样反响强烈，其中《鬼魂之路》还获当年"布克奖"。

　　帕特·巴克的这三部战争小说都以一战为背景，而且主人公之间相互有联系，因而被合称为"战争三部曲"。可以说，帕特·巴克90年代在文坛的名声,就来自她的"战争三部曲"。

《重生》作为帕特·巴克"战争三部曲"的第一部,其不同凡响之处在于,小说成功地使用了传记和虚构相互交叉、融合的叙事手法。小说中的两个主要人物,威廉·列维尔斯和西格弗里德·萨松,前者是20世纪初有名的神经科医生和社会人类学家,后者是英国诗人和小说家,两人都曾在"一战"期间应征入伍。不过,小说中的情节却是虚构的:诗人萨松入伍后不久便觉得,这场战争既残酷又毫无意义,纯粹是相互屠杀,于是他拒绝继续在部队服役。他的长官认定他是精神失常,便把他送到战地医院接受治疗。负责对他进行治疗的,就是神经科医生列维尔斯。小说主要就是写发生在他们两人之间的"战争",即一场在大脑中进行的战争:列维尔斯要用他的医学知识"战胜"萨松,使他恢复健全的心智后重返战场;萨松则要用他的信念"战胜"列维尔斯,使他相信他的心智很健全,不健全的是发动这场战争的人。一个是医生,他代表理智;一个是诗人,他代表情感,因而他们之间的"战争",也就是理智与情感的冲突。结果谁胜谁负?小说没有给出明确结论,而是留待读者自己去判断。

"战争三部曲"的第二部《门后的眼睛》虽以一战为背景,但也没有直接写到战争,而是写了战时的一个奇特的性问题,即:男性同性恋。由于是战时,男性同性恋被认为特别有害。因为当时的英国军方坚信,同性恋者不仅是"不道德的",而且也绝无可能成为合格的军官或士兵,所以男性同性恋者不但不能入伍(若已入伍,一经发现,马上开除),而且即使没有入伍,也要受到严密监视,以防他们和军人接触而把同性恋带进部队。然而,帕特·巴克在这部小说中写的恰恰是军队里的同性恋。尽管总有"门后的眼睛"盯着他们,尽管他们整天惶恐不安,但在一个本来就有悖人性的清一色男性世界里,滋生出同性恋不仅很容易,甚至是必然的。因为人有感情需要,当这种需要不能得到正常满足时,它就会被扭曲而变态。监视是无济于事的,问题在于战争本身——这就是帕特·巴克在《门后的眼睛》里所要说的。

"战争三部曲"的第三部《鬼魂之路》同样也没有直接写战争。主要人物有两个:一个就是《重生》中的神经科医生威廉·列维尔斯,另一个则是虚构人物比利·普赖尔。小说的主题是"战争与死亡",而且采用双线索叙事形式。一条线索的主要叙事者是比利·普赖尔，即通过他的日记讲述他如何在战争中产生了心理恐惧症，以及列维尔斯医生如何治疗他的心理创伤，使其重返战场。然而，他虽然钦佩列维尔斯的医术，却并不感激他，因为他治好了他的心理创伤，即意味着他要走向"鬼魂之路"——死亡。另一条线索则是列维尔斯的回忆，即他想起自己曾在南太平洋岛国考察部落文化时的情景：那里的土著人都相信人死后有鬼魂，而且相信鬼魂会复生。由此他联想到基督教文化中也有关于灵魂、关于人死而复活的信仰。然而，眼前的战争却摧毁了人们对灵魂、对死而复生的信仰，因为战争中的死亡是那么频繁，那么简单，又那么丑陋，使人再也不相信还有什么"复生之路"了。人死后即便有鬼魂，人们也更愿意相信，鬼魂将永远徘徊在"鬼魂之路"上。小说中，这两条叙事线索是交叉轮流出现的，像两种声音，此起彼伏，而到小说行将结束时，两条线索又合并在一起，就如主人公列维尔斯所说，"所有的声音都汇合成了一声痛苦的喊叫"。

不难看出，帕特·巴克的"战争三部曲"其实是"反战三部曲"。而继"三部曲"之后，帕特·巴克虽然没有再写战争小说，但她的基本主题仍是关于善与恶的心理探讨，或关于生与死的宗教思考。不仅出版于 2001 年的《越界》(*Border Crossing*)如此，出版于 2003 年的《双重视野》(*Double Vision*)也同样如此。

《越界》是一部关于少年犯罪的心理小说。主人公汤姆是儿童心理学家，他在一次散步时救起了一个投水自杀的年轻人。没想到，这个年轻人就是汤姆认识的丹尼，因为丹尼 10 岁时杀了一个老妇人，当时汤姆作为心理医生介入调查，经过和丹尼的几次谈话，汤姆确认丹尼的心理已经成熟，应该懂得死亡是什么，所以他建议把丹尼送成人法庭审判。现在，丹尼显然已经出狱，那他为什么还要自杀呢？于是，汤姆再度作为心理医生进入到丹尼的内心世界。具有讽刺意味的是，汤姆这次发现，丹尼完全是一个心理不成熟的人，对善与恶的区别，甚至对生与死的界限，他都分辨不清。

《双重视野》是一部关于生与死的宗教小说。所谓"双重视野"，就是小说中有两种叙事声音。一种声音发自女主人公凯特，她是个雕塑家，独自住在一幢丛林环绕的大房子里，为当地教堂塑造一尊耶稣基督受难的雕像。另一种声音发自凯特的已故丈夫的好友史蒂芬,一个战地记者,他为了远离不愉快的婚姻,离开伦敦,住在一幢离凯特家不远的早先属于他哥哥的房子里,并打算在那里写一本关于战争与死亡的书。小说开始是从凯特的角度叙述的,史蒂芬是次要角色,而当凯特和史蒂芬相遇后,小说的叙事角度就转到了史蒂芬那一边,凯特退居次要角色。这样的转换旨在于使小说的主题从抽象变为具体:凯特在塑造基督受难的雕像,尽管满怀虔诚,但她的宗教信仰仍是抽象的;史蒂芬在写一本关于战争的书,尽管他并没有考虑到宗教,但他所写的一切实际上都出自一种宗教意识,而且非常具体地在思考:生与死,究竟有何意义?

二、约翰·班维尔

约翰·班维尔(John Banville,1945—)出生于爱尔兰,他从 20 世纪 70 年代起,出版了一系列小说,如:以科学家生平为题材的历史小说《哥白尼博士》(*Doctor Copernicus*,1976)、《开普勒》(*Kepler*,1981)和《牛顿书信》(*The Newton Letter:An Interlude*,1982)、"三部曲"《证人之书》(*The Book of Evidence*,1989)、《鬼魂》(*Ghosts*,1993)和《雅典娜》(*Athena*,1995),还有《桦木》(*Birchwood*,1973)、《方舟》(*The Ark*,1996)、《不可接触者》(*The Untouchable*,1997)、《黯然失色》(*Eclipse*,2000)和《裹尸布》(*Shroud*,2002)等,其中一些作品还曾获奖,如《哥白尼博士》获 1976 年"詹姆斯·泰特·布莱克纪念奖",《开普勒》获 1982 年"卫报奖",但真正使他赢得文坛名声的是他最近出版的长篇小说《海》(*The Sea*,2005),此作获得了 2005 年"布克奖"和 2006 年"爱尔兰小说奖"。

《海》是一部情调忧郁、手法新颖的小说。小说主人公是一个名叫麦克斯·莫顿的中年学者,他为了忘却丧妻之痛,回到他儿时熟悉的海滨,去寻找对往事的回忆。然而,那个海滨小镇使他回忆起的一切,却使他原本痛苦的心灵又蒙上了一层忧郁、哀伤的阴影。随着主人公的回忆,读者渐渐走进他的心灵深处,在那里看到了各种各样的恋情:有一个男童对一个失恋女人的懵懂之恋,有一个女童因家庭压力而滋生的变态之恋,等等;而最使他伤感的,就是当初他和妻子安娜的苦恋,因为安娜出身富贵,而他当时却是个一无所有的穷青年,所以他们的恋情几经波折,几度面临夭折,好在安娜最后毅然离开父母,跟随他漂泊天涯……这些故事其实并无新意,有新意的是班维尔的叙事手法。故事是由主人公自述的,即:小说基本上就是主人公的内心独白,情节时而在现实生活中,时而又回到半个世纪前,时而是妻子安娜在世的时候,时而回到丧妻的现实中,等等——这其实也没有太多新意,新意在于麦克斯·莫顿这个艺术史学者的内心独白。由于他是个艺术史学者,班维尔便可以把他的内心独白写得富有诗意而并不显得做作。实际上,班维尔也正是这么做的。他在优美的措辞中流露出淡淡的忧伤,并用一种独特的方式把现实中的丧妻之痛和回忆中的苦涩之情巧妙地交织在一起,从而呈现出一幅幅既悲苦又优雅、令人凝神静思而又若有所悟的画面,其艺术效果即是现代的,又是古典的,非常别致。所以,英国《星期日独立报》曾有这样的评论:"读约翰·班维尔,能从他的散文式写作中获得独特而深广的满足感,他的作品如同陈酿,有力而令人沉醉,需要细啜慢斟,方可领略个中韵味。"

三、尼古拉斯·埃文斯

尼古拉斯·埃文斯(Nicholas Evans,1950 -)早先不为人知。1995年,他因出版了一部仅有 215 页手稿的小说《马语音》(*The Horse Whisperer*)而一举成名。后来,这部小说又被迪斯尼公司拍成电影,埃文斯不仅收益颇丰,名气也更大了。

一般认为,《马语者》是一部"通俗小说"。当然,这么说如果仅指它是一部容易看懂的小说,那一点没错,但如果以此暗示它是一部"蹩脚小说",那就大错特错了。《马语者》是一部优秀小说。其优秀不在于它采用了什么新手法,而在于它恰到好处地讲述了一件新鲜事:13 岁的少女克蕾斯在一次骑马时遭遇车祸被撞断了一条腿,她骑的那匹名叫"朝圣者"马,也被撞成重伤。生理上的伤痛很快就治愈了,最难治愈的是心理创伤——无论是克蕾斯,还是她的马,都如此。有人对她说,应该微笑着迎接痛苦,要勇敢,要坚强,等等,但这些话对她来说是多么虚伪,那么苍白无力;更何况,她的马根本就听不懂这些话。所以,尽管她嘴上说"我没事,我很好",心里却想到了自杀。这时,来了一个叫汤姆·布克的奇人,他称他能和马说话,因而能使"朝圣者"重新活泼起来,而"朝圣者"是克蕾斯的宝贝,治愈了"朝圣者",也就治愈了克蕾斯的心病。然而,正当汤姆·布克用他的奇才使克蕾斯和"朝圣者"一天天好起来时,克蕾斯却发现汤姆·布克正爱着她母亲安妮。她顿时觉得汤姆·布克原来是个骗子,假装来帮她,其实是来勾引她母亲。于是,她再次陷入极度压抑、极度痛苦的心理状态。然而,就在这时,汤姆·布克"莫名其妙地献出了自己",他以死表明自己的真诚。令人惊叹的是,汤姆·布克的死,不仅彻底治愈了克蕾斯心理创伤,同时也使她懂得了汤姆·布克和她母亲安妮之间的爱情。

当然,故事是虚构的,但其蕴含的意义却是实实在在的,即:人与人之间、人与动物之间仅靠语言是无法沟通的,还要靠感觉,靠眼神、动作、爱抚和默契,靠感情和意志,人与人,甚至人与动物,才能相互理解,而这一切非语言沟通方式,就是汤姆·布克的"马语";他正是凭借这种"马语",才打开了人与人、人与动物之间关闭着的一扇扇大门,使人们的心灵沟通成为可能,甚至使人与万物之间的沟通成为可能。实际上,这种"马语"不仅存在于汤姆·布克和"朝圣者"之间(动物听不懂人的语言,但完全能感受到人的情绪,这一点无需动物学家,养宠物的人就能证明),存在汤姆·布克和克蕾斯之间,同时也存在于汤姆·布克和克蕾斯的母亲安妮之间。汤姆·布克和安妮就是凭一种感觉才相爱的,"安妮感觉到——往后势必也将永远如此感觉——接下来要发生的事似乎是不由她选择的。"显然,他们彼此感觉到了来自对方的"马语"。此外,汤姆·布克之死本身也是"马语"。克蕾斯在理智上对他的这一举动虽无法理解,但她还是感觉到了他的用意,或者说她最终听懂了他的"马语",并被他"说服"。于是,她便和母亲安妮彻底和解了。

就艺术上说,《马语音》最大的特点就是语言流畅、细节真实且具有强烈的画面感,小说中无论写到广袤绚丽的山区风景,还是写到惊险的车祸、奔腾的野马或汤姆·布克驯马等场面,都栩栩如生,给人以身临其境之感。

埃文斯因《马语者》而出名后,又写了《环》(*The Loop*,1998)、《防烟服》(*The Smoke Jumper*,2001)和《分水岭》(*The Divide*,2005)等"通俗小说",但都不及《马语者》那么成功。

四、艾伦·霍林赫斯特

艾伦·霍林赫斯特（Alan Hollinghurst, 1954 -　）出生于格洛斯特郡，父亲是银行经理。霍林赫斯特毕业于牛津大学迈格德林学院，一度沉醉于诗歌创作，但他的诗作几乎没人注意。70 年代后期，霍林赫斯特任教于牛津大学的萨默维尔学院和圣体学院，1980 年转到伦敦大学任教。在随后的 13 年里，他在担任《泰晤士报文学增刊》副主编的同时，放弃诗歌，转而从事小说创作。所以，至 1988 年，他才出版第一部长篇小说《游泳池图书室》（*The Swimming Pool Library*）。不过，小说出版后即获"毛姆奖"，可谓"一鸣惊人"。

《游泳池图书室》写的是 1980 年代的伦敦。主人公威廉·贝克卫斯是个游手好闲的富家子弟，作为一个年轻的同性恋者，他在一次偶然的机会结识了一个 83 岁的老同性恋者南维奇，由此得知了 20 世纪初同性恋者的生活。小说通过南维奇的日记，回顾了同性恋早先受歧视、遭迫害、后来逐渐为主流社会所理解的历史，同时又通过主人公和其他同性恋者的活动，揭示了当代同性恋者在同性恋解禁后变本加厉的"淫乱"行为，以及由此产生的心理问题。也许是因为同性恋题材会使有些读者感到"恶心"，霍林赫斯特在小说中有意使用了一种优美雅致的叙事语言，同时又把小说主人公和其他同性恋人物一个个都写得知书达理、温文尔雅——当然，这么写也是为了和他们的"淫乱"形成对照，从而使读者留下深刻印象。

霍林赫斯特从第一部小说开始就确定了以同性恋作为其基本创作题材，同时以张扬的唯美主义作为其主要的叙事手法。他其后的小说几乎都是写同性恋的，可以说是"同性恋系列小说"。其中最具代表性的，就是《折叠的星星》（*The Folding Star*, 1994）、《咒语》（*The Spell*, 1998）和《美丽的曲线》（*The Line of Beauty*, 2004）。这三部作品加上《游泳池图书室》，常被评论家称为"同性恋四重奏"。

《折叠的星星》写的是一个英国人在比利时的同性恋经历。主人公爱德华·曼纳斯对英国现实生活不满，移居到比利时的一个小镇，在那儿当英语教师。他的两个学生，一个叫马赛尔，是个相貌丑陋、但为人正派的好学生,另一个学生卢克,却是个相貌英俊的坏学生。小说用忧郁而沉重的语调叙述了曼纳斯沉湎于对 17 岁男学生的"痴恋"。其中穿插了 19 世纪末象征派艺术家埃德加·奥尔斯特的同性恋故事,用以和曼纳斯本人的经历形成复调叙事。小说除了一些直白的性场面描写,很多章节都写得如同梦境一般虚幻,体现了一种远离现实的唯美倾向。小说出版后获"詹姆斯·泰特·布莱克纪念奖"。

《咒语》是一部以伦敦同性恋俱乐部为主要场景的轻松喜剧小说,也是一部所谓的"时尚小说",充满了摇滚乐、劲舞、毒品、同性恋……小说没有明确的主人公,而是由很多人物和故事的相互穿插作为其主要内容。读这部小说,就如走进迪斯科舞厅:摇曳的灯光,震耳的音乐,狂乱的舞蹈,似梦似真,醉生梦死,一派浮靡的景象。小说中的多数人物是老于世故、厌倦了正常生活的中年人,其中一个叫埃里克斯的,是小说中较为重要的叙述者。他讲述了自己如何在一群颓废的年轻人中间厮混,其中当然少不了吸毒和性放纵。小说出版后曾引发争论,有人对小说的道德取向提出异议,但霍林赫斯特向来就不是为宣扬道德而写小说的;恰恰相反,他旨在于"拷问"道德,即:面对人类坠落的本性,道德还能支撑多久?

"同性恋四重奏"中的最后一部,即《美丽的曲线》,被认为是霍林赫斯特的杰作。小说出版后获"布克奖"。这是"布克奖"评委会第一次把英国这一最重要的文学奖项授予一部同性恋小说。尽管《卫报》的评论突出了这部小说的"社会意义":"这部小说拥有足够的空间,唤起社会对 20 世纪 80 年代英国同性恋与异性恋以及贫富差距的认识。"但"布克奖"评委会表彰的却是这部小说的艺术成就,就如评委会主席、英国前文化大臣克里斯·史密斯所说,"获奖小说才华横溢,令人激动……对爱情、性和美丽追求的描写很少如此优美。"

小说名《美丽的曲线》取自 18 世纪英国画家威廉·霍加斯的"双 S 曲线"画法。霍加斯用"双 S 曲线"旨在于表现人体的优美。同样,小说中的同性恋主人公也在追求美,即同性之美。同性之美,也就是自身之美,因而追求同性之美也就是自我欣赏,或者说,自恋。

这是在古希腊罗马神话就已存在的一个重要母题,现在被霍林赫斯特表现在同性恋者身上。小说中反复出现的镜子(以浴室的镜子为多),还有游泳池和水塘,这些可以映照自己形象的道具或场所,都为霍林赫斯特小说中的同性恋人物表现自恋情结提供了机会。他们喜欢在镜子中欣赏自己身体的美，也欣赏男性同伴身体的美，目光中充满赞美和怜惜，就像希腊神话中的纳希西斯整日痴迷、自恋于水中的倒影。水的意象不断地在霍林赫斯特的小说中出现，在游泳池、水塘周围，裸露着的同性恋者可以彼此欣赏身体的美，这种对同性身体的欣赏和渴慕，实际上正是来自于纳希西斯式的自恋情结。可以说，是对自己身体的狂热爱慕，导致了同性恋者对同性伙伴的欣赏与渴慕。

为了彰显"美的追求"，小说中还出现了很多欣赏音乐的细节描写。在这方面，霍林赫斯特不仅再现了当年英国上流社会举办家庭音乐会时的真实场景，还使音乐几乎成了小说结构的重要组成部分。至于为什么要把音乐嵌入小说，霍林赫斯特自己曾这样解释："从很早开始，音乐就是我生命中很重要的一部分。我年轻的时候，有一段时间，与其说我生活在活生生的世界中，不如说是生活在音乐中。例如，在十五六岁的时候，我沉迷于瓦格纳的音乐之中。曾几何时，我只听瓦格纳的音乐，以瓦格纳的方式察看这个世界——其实，这并不是太好。不过，音乐始终包含在我的生活经历中。我觉得，这就是我把音乐嵌入小说中的原因。"也许，正是因为音乐是他生活中不可或缺的一部分，所以他才能在小说中如此自然地把音乐当作展示人物的道具和语境，如此完美地将音乐融入小说的叙事语言，从而使小说如当时的"布克奖"评委会主席克里斯·史密斯所说的那样，"才华横溢，令人激动"。

此外，霍林赫斯特在这部小说中还做了另一种艺术形式方面的实验，那就是他自己所说的："我觉得亨利·詹姆斯把小说当作一种艺术形式、一件艺术作品，非常认真地加以对待。他还认为小说的视角应当有合适的形式，应当完全连贯等等。这一切确实特别明智。在本书中，我试图给自己设定一两个詹姆斯式的挑战，例如，故事宏大而广泛，里面有众多的人物，而他们都是通过某个人的意识来观照的，不过却是用第三人称来叙述的。"①应该说，霍林赫斯特的这"一两个詹姆斯式的挑战"还是相当成功的。在这部小说中，复调叙事技巧运用得恰到好处，既有一定的复杂性

---

①　"追踪美丽的曲线——艾伦·霍林赫斯特访谈录"，[英]托马斯·梅著，郭国良译，载《当代外国文学》2006年第2期，第144页。

而使小说具有深度，又不过于复杂而使小说晦涩难读。

五、罗迈什·古奈塞克拉

　　罗迈什·古奈塞克拉(Romesh Gunesekera,1954－)出生于斯里兰卡,曾在菲律宾生活过。70年代初,他移居英国。和大多数后殖民作家一样,古奈塞克拉也是一个四处"漂泊"的作家,他近年来周游于哥本哈根、新加坡、香港和南安普顿等地。

　　古奈塞克拉被批评界视为奈保尔和拉什迪的后继者,他于1992年推出的短篇小说集《修女的月亮》(*Monkfish Moon*),其中的多数作品都表现了斯里兰卡在后殖民时代的社会动乱和文化困惑。虽然《修女的月亮》获得了"大卫·海汉姆小说奖"提名,但真正为古奈塞克拉赢得作家名声的,是其后出版的两部长篇小说,即《礁石》(*Reef*,1994)和《沙漏》(*The Sandglass*,1998)。

　　《礁石》出版后获当年"布克奖"提名。小说写的是60年代至80年代充满政治、宗教和种族冲突的斯里兰卡。小说中的两个主要人物,一个是主人,一个是仆人,他们两人在90年代一起从斯里兰卡移居了英国。但不久,主人就重返斯里兰卡去寻找他失去的梦——小说的大部分篇幅就是写他对60年代至80年代发生在斯里兰卡的种种事情的回忆。主人走后,那个年轻的仆人依然留在英国,但他决定开一家斯里兰卡餐馆,以供在英国的斯里兰卡移民重温自己的文化与习俗。

　　《沙漏》的场景分别设在斯里兰卡和伦敦两地,写了两个敌对的家庭在后殖民时代的斯里兰卡的生活。小说以主人公普林斯·杜卡尔追寻家族史为线索,向读者慢慢地揭开了一段神秘的历史,这段历史不但是两个家庭的历史,更是民族历史的写照。主人公的记忆就像沙漏,企图把一盘散沙似的往事拼凑起来,所以小说名为《沙漏》,同时沙漏也是试图挽留时光、获得永恒感的一种象征。

　　古奈塞克拉在21世纪推出的两部新作,是长篇小说《天堂的边缘》(*Heaven's Edge*,2002)和《比赛》(*The Match*,2008)。《天堂的边缘》也是对记忆的重构。故事发生在一个不知名的岛上,这个岛曾经像天堂一样宁静安详,但战争却毁了一切。小说主人公马克离开伦敦来到这个岛上追寻往事，因为他的祖父就出生在这个岛上，而他父亲的飞机在战争期间也是在这个岛上被击落的。小说在两代人对往事的"回访"中展开：年轻一代"回访"父辈的经历，年老一代则"回访"更为久远的历史。《比赛》和古奈塞克拉以往的作品都有所不同，写的是一个斯里兰卡年轻人的爱情失落。主人公苏尼从小喜欢邻居家的女孩蒂娜，而蒂娜的父亲是个板球明星，于是苏尼也热衷起板球比赛，但还没等他向蒂娜求爱，蒂娜便随父亲移居到英国去了。数年后，苏尼也成了板球明星，并要到英国去比赛。他想赢得这场比赛而最终赢得蒂娜的芳心，然而当他见到蒂娜时，得知蒂娜已为人妻。所以，他还没有比赛，就已经"输"了。

六、莫尼卡·阿里

　　莫尼卡·阿里（Monica Ali，1967 - ）出生于孟加拉达卡，父亲是孟加拉人，母亲是英国人。阿里四岁时随父母移居英国，后就读于牛津大学瓦丹姆学院，主修哲学、政治学和经济学。阿里的母亲当年是在英国的一次舞会上认识她父亲的，后来毅然跟随他回孟加拉，还和他结了婚。但他们的婚姻始终遭到双方家庭的反对。1971 年，孟加拉爆发内战，阿里的父母便带着她和五岁的哥哥一起移居英国。到英国后一段时间里，她父亲根本找不到工作，只能开一家小杂货店谋生，直到他获得历史学学位后，才谋到一份教职。父亲作为孟加拉移民的这一段经历，后来就被阿里写入了她的第一部小说《砖巷》（Brick Lane，2003）。

　　《砖巷》的出版使莫尼卡·阿里一夜走红，接连获"橙子奖"、"布克奖"和"《卫报》处女作奖"提名，销量达几十万册，持续 46 周名列畅销书榜首。这对一个初涉文坛的年轻女作家来说，殊为不易。

　　《砖巷》讲述的是关于生活在英国的孟加拉移民的故事。女主人公纳兹奈恩因媒妁之言，要和一个叫查努的孟加拉移民成婚而来到了伦敦。他们住在一个叫塔村的地方，那里简直可以说是英国和孟加拉的"交接点"，因为住在那里的孟加拉移民依然保留着自己的文化习俗和生活习惯，但同时，英国和英国文化就在他们身边，他们不可能不受其影响。他们不得不学习英语，熟悉伦敦庞大的交通系统，熟悉英国人的生活习惯；否则，他们可能连上街买东西都可能有问题。小说用细腻的笔调，向读者描述了纳兹奈恩是如何一步一步从一个穿着孟加拉纱裙、既不会说英语也不知道伦敦有多大、只知道伺候丈夫的孟加拉姑娘,逐渐变成一个靠外包工挣了不少钱、然后开始跳舞、溜冰、最后又追求婚外恋的"新女性"的。小说结束时,纳兹奈恩的丈夫想举家迁回故乡孟加拉,但已成"新女性"的纳兹奈恩断然拒绝,决定带着两个出生在英国的女儿留在英国,任由丈夫黯然离去。

毫无疑问,小说关注的是民族和文化差异,但莫尼卡·阿里并不一味否定西方文化,而是表现出了一种"两难"心态,即:民族文化固然不易放弃,但西方文化显然更有吸引力。这就是移民所处的"尴尬境地"。在艺术技巧方面,这部小说的成功首先是因为莫尼卡·阿里本人作为孟加拉移民,对生活在英国的孟加拉移民了如指掌,因而在书写过程中轻车熟路,在刻画人物时入木三分。其次是,莫尼卡·阿里一开始就充分意识到了写作的难点,并努力予以克服,就如她自己所说,"写作就是一系列冲突,从来就不是一件容易的事,你感到写作的压力,但又担心过于快地把自己的东西都抛到纸上。还有一种冲突就是,你希望享有想象的自由,但又必须顾及叙述的进展、情节结构、节奏等因素。除了自由想象和篇章结构之间的冲突,作家在写作中经历的冲突还有情感的冲突。当作家写到令他/她痛苦万分的事时,他/她还得保持清醒的头脑坚持写下去。"①所以,她的第一部作品就表现得相当成熟。

莫尼卡·阿里的第二部长篇小说《阿兰特茹蓝》(*Alentejo Blue*)出版于三年后的 2006 年。依然是写移民生活和移民心态,但和《砖巷》不同,这部小说是围绕着一个地方而不是围绕着主人公展开叙述的,因而没有一个贯穿全书的主人公。小说中的那个地方是葡萄牙南部的一个叫"玛玛罗萨"的村庄。对刚到达的移民来说,这个村庄是个理想的避难所,因而一心想挤进去;但对已经住在里面的移民来说,这个村庄又简直就像监狱,所以拼命想逃出来。小说既是写实的,又是象征的。从写实方面讲,那些想挤入玛玛罗萨的移民和想逃出玛玛罗萨的移民,在莫尼卡·阿里笔下都被表现得既真实又具体;从象征方面讲,整部小说就是一个象征:玛玛罗萨是异国他乡的象征,那些想挤入或逃出玛玛罗萨的移民,则是全

---

① 转引自瞿世镜、任一鸣著《当代英国小说史》,上海译文出版社,2008 年,第 375 页。

世界移民的象征。

不过,《阿兰特茹蓝》的构思虽然精巧,实际效果却远远不及《砖巷》。首先是小说涉及的人物很多,本意是想营造出一种立体叙事效果,实际上却给人松散杂乱之感,似乎不像一部长篇,而更像是一部没有篇名的短篇小说集。其次是,小说中的人和事都没有一般小说里的那种"结局",而是像生活本身一样,不了了之——这固然是为了追求真实,但这种追求需要精湛高超的叙事技巧加以弥补;否则,就会像生活本身一样,往往是平淡、乏味的。

七、姬兰·德赛

姬兰·德赛(Kiran Desai,1971-)出生于印度新德里,14 岁时随父母移居英国,一年后又移居美国。她母亲阿妮塔·德赛也是小说家,其作品还曾三次获"布克奖"提名,所以,姬兰·德赛曾坦言,她的得奖小说《失落的传承》(*The Inheritance of Loss*,2006)是在母亲指导下完成的:"我成长的过程就是听母亲讲述写作、文学和书籍的过程,我很幸运在写作之路上有母亲一直陪伴身边。要知道,七年是很长时间,我用这么长时间写一本书实在是个冒险,但是我母亲经历过这一切,因而她给予我情感上的支持极其重要。我整个的写作过程,她都给予指导,她也会给我提出温和的批评意见。"①

姬兰·德赛在 90 年代末出版第一部长篇小说《番石榴果园里的喧闹》(*Hullabaloo in the Guava Orchard*,1998),读者和批评界反应平平。于是,她花了七年时间,精心写出了她的第二部长篇小说《失落的传承》。工夫不负有心人,小说出版后反响强烈,并荣获当年"布克奖"。

《失落的传承》以两条平行线索讲述了两个相关故事:一个故事发生在后殖民时期的印度,另一个故事发生在同时代的美国。发生在印度的故事比较复杂,是小说的主线,主人公是退休法官帕特尔,他早年留学英国,后来又当了法官,但他当初在英国受到的歧视一直使他很失落;后来,印度独立,他这个殖民地时期的"上等印度人"又受到国人的歧视,这

---

① 转引自瞿世镜、任一鸣著《当代英国小说史》,上海译文出版社,2008 年,第 389 页。

又使他感到失落,所以他提前退休,怀着双重失落心情,隐居于北部小镇卡里穆波,只想平静度日。然而,当他的外孙女赛伊来到他身边后,他的平静生活便再也不平静了。赛伊也从国外回来,但她爱上了一个名叫基恩的尼泊尔年轻人。基恩出身贫苦,既想出国留学又没有钱,所以他痛恨社会,还参加了当地的极端主义组织,而这个组织攻击的目标,就是像赛伊的外祖父帕特尔法官这样的"假洋鬼子"。故事就发生在这三个人中间:帕特尔法官是极端组织的攻击目标,而他实际上是个双重失落者;基恩是极端组织成员,但他的攻击目标却是他的女朋友的外祖父,所以他摇摆不定,也感到很失落;赛伊也一样,她的外祖父是她的男朋友的敌人,她感到手足无措,非常失落。发生在美国的故事相对简单一些,但讲的也是失落。故事的主人公比居是帕特尔法官当年的一名厨师的儿子。比居忍受不了印度的贫穷,便偷渡到了美国,但使他万分失落的是,他在美国只能干卑微的活,攒卑微的钱;而等他好不容易攒了些钱返回印度时,又适逢印度独立后的动乱时期,不仅他这个从美国回来的人受到人们的歧视,连他身上带的钱也被极端分子洗劫一空,这又使他万分失落。总之,两个故事讲的都是失落,而且是几代人的失落,所以小说名为《失落的传承》。

对姬兰·德赛的这部小说,2006年"布克奖"评委会主席赫米翁尼·李认为,它最终获奖是因为其中"人性的力量"引起了评委会的注意:"小说充满了悲悯态度,同时点缀着柔和的喜剧色彩,以及力透纸背的政治评论。"《出版商周刊》的评论更为具体,认为:"在德赛女士的这部既幽默又深刻的作品中,作者的笔在第一世界与第三世界之间来往穿梭,深刻表现了移民的痛苦、后殖民主义时代的混乱以及在一个贫富永远对立的世界中,人们对于所谓的'美好生活'的盲目追求。"

八、扎蒂·史密斯

扎蒂·史密斯(Zadie Smith, 1975 -)出生于伦敦,母亲是牙买加人,父亲是英国人。在她10多岁时,父母离异。她曾就读于剑桥大学国王学院英语系,在校期间便开始在学生刊物上发表短篇小说,因而引起出版商的关注,并和她签约,出版她的长篇小说。于是,她在课余时间写作长篇小说,并于毕业那一年完成第一部长篇小说《白牙》(White Teeth, 2000)。

　　《白牙》使当时年仅 25 岁的扎蒂·史密斯一举成名。这部小说出版后不仅是当年畅销书之一,还接连获得"惠特布雷德处女作奖"、"英联邦作家处女作奖"、"《卫报》处女作奖"、"贝蒂·特拉斯克奖"和"詹姆斯·泰特·布莱克小说纪念奖",并被《纽约时报》列为 2000 年度 10 部优秀作品之一。2002 年,《白牙》被改编成电视连续剧。第二年,扎蒂·史密斯被《格兰塔》杂志列为当代 20 位最佳年轻作家之一。

　　《白牙》讲述三个不同文化背景的家庭故事。第一个家庭是阿奇·琼斯的家庭,阿奇是欧洲白种人,他的妻子克拉拉是牙买加黑人,比他小 28 岁。阿奇在 47 岁时娶了 19 岁的克拉拉为妻,但在克拉拉眼里,他除了是个白种人,好人,并无其他可取之处——既没有钱,又没有才华,只不过是个微不足道的公司文员,而且还被炒了鱿鱼。所以,"克拉拉并不爱阿奇,她只是为了改变身份,才把自己奉献给了阿奇"。由于种族差异再加上代沟,阿奇和克拉拉之间矛盾不断,冲突连连。第二个家庭是萨马德和阿尔萨纳夫妇俩,他们都是印度移民,而且也是老夫少妻,但他们的婚姻是由父母包办的。这个家庭表面上平安无事,实际上危机四伏,原因是他们夫妇俩虽身居异乡,却仍然保持着自己的民族传统、文化习俗和伊斯兰宗教信仰,而且还希望两个双胞胎儿子也像他们一样"不忘本"。为此,他们把大儿子麦吉德送回印度接受伊斯兰教育,但结果是,麦吉德不但没有成为一个虔诚的穆斯林,反而成了西方文化的崇拜者,因而几乎无法和他们沟通。更具讽刺意味的是,留在英国接受英国式教育的小儿子米拉特,结果却成了对西方文化极度仇恨的伊斯兰原教旨主义者,他的极端思想和极端行为使萨马德夫妇忧心忡忡。第三个家庭,即沙尔芬夫妇和他们的儿子乔舒亚,是从德国和波兰移居英国的犹太人家庭。丈夫马科斯·沙尔芬是大学教师、科学家,妻子乔依丝·沙尔芬是园艺家,夫妇俩都终日忙于物种转基因研究。然而,他们的儿子乔舒亚却是个生态主义者,极力反对父母的物种转基因研究,甚至要和他们断绝关系。这使沙尔芬夫妇左右为难,一筹莫展。

　　显然,扎蒂·史密斯的这部小说涉及了当代西方诸多紧迫的社会问题,如移民问题、"代沟"问题、女性问题、宗教问题、极端主义问题,以及科学与生态问题;同时,还显示了这些问题对家庭、尤其是移民家庭的巨大影响。在艺术上,这部小说的最大特点是采用了新颖的意象和隐喻。譬如,书名《白牙》就是主题意象,即:世界上不管是什么肤色、什么文化、什么性别、什么地位的人,只要是人,牙齿都生来是白的,不会有其他颜色;其喻意是:不管人与人之间多么千差万别,只要是人,都有共同的人性,这是没有区别的。而这,就是这部小说的主题——即:不管出现什么问题,不管是移民问题、代沟问题,还是宗教问题、科学与生态问题,归根结底都是人性问题,因而只有在人性的基础上才有望解决。人性论是西方文学、尤其是英国文学的恒常主题。扎蒂·史密斯的这部小说,可以说用一种新的题材(即写移民家庭)迎合了英国文学的传统主题(即人性论),所以小说出版后拥有那么多读者,获得那么多奖项,也就不足为怪了。

继《白牙》之后,扎蒂·史密斯于 2002 年推出第二部长篇小说《收集签名的人》(*The Autograph Man*)。小说聚焦于一个古怪的人物,埃里克斯·李·坦登。27 岁的埃里克斯父亲是中国人,母亲是犹太人。他痴迷于通俗文化,热衷于观看电视节目。显然史密斯想写一部与《白牙》完全不同的小说,写她的同龄人在大众娱乐的垃圾文化中的生活,他们的空虚。史密斯在小说的第一页把埃里克斯这样的人界定为"观看自己的一代人"。小说的最后,埃里克斯发生了转变,从崇拜名人、关注自我,变为关注家族历史和社区。小说出版后获"《犹太季刊》文学奖"。

扎蒂·史密斯的第三部长篇小说《论美》(*On Beauty*)出版于 2005 年,获"橙子奖"和"布克奖"提名。这部小说和《白牙》有点相似,也是讲述不同家庭的故事:一个是贝尔希家庭,男主人贝尔希是大学教师、英国白种人,在一所虚构的美国威灵顿大学任教,贝尔希太太则是非洲裔美国人,他们有三个孩子,住在波士顿郊外;另一个家庭的男主人吉普斯也是大学教师,但他和他的妻子卡尔琳都是来自特立尼达的移民,他们有两个孩子。这两个家庭有许多不同之处,譬如,贝尔希在政治上是倾向于左翼的自由派,而吉普斯倾向于右翼,主张维护宗教信仰,反对自由主义,反对同性恋,等等。不过,小说中这两个家庭的种种矛盾,是以贝尔希和吉普斯一场持久的争论为背景的,这场争论表面上好像只是个美学问题(小说题目《论美》就由此而来),即有没有超时代、超种族的美——贝尔希认为,有些艺术美,如伦勃朗绘画的魅力,是基于人类天性的,因而是超时代、超种族的;吉普斯则认为,任何艺术和美都是时代的、种族的,也就是每个时代有其自身的艺术美,每个种族也有其自身的艺术美,不存在超时代、超种族的美。实质上,这是关于人类平等和社会公正的问题,因为贝尔希说伦勃朗绘画的魅力是超时代、超种族的,其潜在的意思就是:白种人的艺术表达了人的天性,因而是全人类的艺术;吉普斯反对这一说法,其潜台词则是:如果白种人的艺术就是全人类的艺术,那就等于说白种人代表了全人类,这对于非白种人来说显然是不平等、不公正的。问题还不止有此,具有讽刺意味的是,吉普斯反对永恒之美,但他却又认为宗教信仰是永恒的,所以贝尔希反唇相讥;同样,贝尔希认为有永恒之美,但在其他问题上却又持自由派的相对主义观点,所以吉普斯也对他反唇相讥。

扎蒂·史密斯曾说,这部小说的题目取自哈佛大学教授伊莱恩·斯凯瑞的一篇美学论文,即《论美与公正》(*On Beauty and Being Just*)。显然,她去掉了后面的"公正",并以此暗示了小说的主题,即:这两家人的生活就如这两家的男主人"论美",是自相矛盾的,由此也就无法谈"公正"了。

九、巴里·昂斯沃思

巴里·昂斯沃思(Barry Unsworth,1930—)出生于英国,但长期旅居意大利。他用英语写作,但其作品内容总和国外生活有关。他曾个默默无闻的作家,在英国文坛几乎无人知晓,但他的作品并不少。在 70 年代和 80 年代,他出版了好多部长篇小说,其中包括:《躲藏》(*The Hide*,1970)、《月球怪人的礼物》(*Mooncranker's Gift*,1973)、《重要日子》(*Big Day*,1976)、《帕斯卡利的岛屿》(*Pascali's Island*,1980)、《几鹰的愤怒》(*The Rage of the Vulture*,1982)、《圣母石像》(*Stone Vigin*,1985)和《糖与甜酒》(*Sugar and Rum*,1988)等。其中《圣母石像》颇受读者欢迎。这是一部多层次小说,涉及三个相互交叉的历史时期,描写一座圣母马利亚石像和雕刻它的艺术家的神秘故事,情节复杂,文体精致。

90 年代初,昂斯沃思终于有了名声——他于 1992 年出版的长篇小说《神圣的饥饿》(*Sacred Hunger*)和另一位移民作家迈克尔·翁达杰的《英国病人》(*The English Patient*,1992)同获当年"布克奖"。

《神圣的饥饿》是一部再现和反思奴隶贩卖史的小说,虽有批评家认为其文体过于复杂,但这部作品拓展了当代英语小说的视野,而且再次体现了英国文学的"伟大传统",即:对弱者的人道主义和对历史的自我反省。此外,昂斯沃思还赋予了这部小说以国际背景,其中有些历史场景是出现在希腊、土耳其和意大利等地的,而这,显然得益于他长期旅居国外,具有丰富的异域生活经验。

继《神圣的饥饿》之后,昂斯沃思又出版了一系列长篇小说,如《道德游戏》(*Morality Play*,1995)、《追逐汉尼拔》(*After Hannibal*,1996)、《迷失的内尔森》(*Losing Nelson*,1999)、《国王之歌》(*The Songs of the Kings*,2002)和《克里特》(*Crete*,2004)等。他最近出版的新作是长篇小说《她肚脐上的红宝石》(*The Ruby in Her Navel*,2006)。

十、提莫西·莫

提莫西·莫(Timothy Mo,1950—　)出生于香港,父亲是广东人,母亲是英国人。他曾在牛津大学攻读英国文学,后定居英国,并在为杂志写稿的同时尝试小说写作。

提莫西·莫的第一部长篇小说《猴王》(*The Monkey King*)出版于1978年。小说写了香港的一个家长制中国家庭里的是是非非,出版后颇受好评。

1982年,提莫西·莫出版第二部长篇小说《糖醋》(*Sour Sweet*)。这是一部描写20世纪60年代伦敦唐人街华人社会的小说。伦敦唐人街是个城中之城,英国人虽经常光顾那里的中餐馆和食品外卖店,但对那里的华人生活不仅知之甚少,还颇有一种神秘的感觉。而提莫西·莫的这部小说,就为英国读者撩开了伦敦唐人街的神秘面纱,所以小说出版后不但非常畅销,还获得当年"布克奖"提名,不久又被拍成电影,大大提高了提莫西·莫的知名度。此外,这部小说的情节火爆,也是使英国读者感兴趣的原因之一。在这部小说中,提莫西·莫似乎有意模仿狄更斯的《奥列佛·退斯特》,用通俗写实的笔调描写唐人街华人黑社会的帮派火并和仇杀,情节紧张曲折,还有帮派内部的黑话、切口,等等。至于小说中写到的英国白种人,都没有姓名,而是用广东话统称为"鬼佬"、"鬼婆"或"鬼妹"。这也使英国读者颇感新鲜,因为他们借此看到了自己在华人眼中的形象。

提莫西·莫的第三部长篇小说《一片孤岛》(*An Insular Possession*,1986)再次获"布克奖"提名。这是一部展示19世纪欧洲人在香港和澳门的殖民历史的小说。小说中的故事发生在 1933 年,主人公是两个在广东和澳门旅游的美国年轻人,他们在旅游过程中因和当地的欧洲人发生了种种矛盾而注意到欧洲人在这两地的特殊身份。于是,他们开始查寻欧洲人的这种特殊身份的来历;于是,他们终于了解到了,这两地原来也像当初的北美殖民地一样,是欧洲人的殖民地。通过这两个美国年轻人的视角,小说展示了香港和澳门的殖民史。在此过程中,提莫西·莫还惟妙惟肖地模仿了各种历史档案、信件、备忘录、申诉状、剪报、笔录和人物传记,以此营造出一种逼真的气氛,使读者有亲历其境的感受。

90 年代,提莫西·莫的主要作品是长篇小说《多余的勇气》(*The Redundancy Courage*,1991)和《面包果大街的灯火管制》(*Brownout on Breadfruit Boulevard*,1995)。其实,这两部作品并不比《糖醋》逊色,但由于英国读者对他的题材和风格都不再感到新奇,所以这两部作品都没有引起什么反响。

十一、卡里尔·菲利普斯

卡里尔·菲利普斯(Caryl Phillips,1958—　)出生于西印度群岛的圣·基茨市,但出生后不久便随父母一起移民英国,定居于利兹。他在利兹读完小学,在伯明翰读完中学,后考入牛津大学,1979 年毕业,获英国语言文学学士学位。

菲利普斯早期从事戏剧创作,后又从事广播剧、电视剧和电影剧本的创作,而且颇有成就,曾获得"BBC 贾尔斯·柯伯最佳广播剧奖"。但是,真正使他赢得声誉的则是他的小说创作。

菲利普斯的第一部小说《最后通道》(*The Final Passage*)出版于 1985 年,获"马尔科姆·爱克斯文学奖"。小说女主人公莉拉是加勒比海岛国上的一个雄心勃勃的混血姑娘,她和一个家庭出身也很贫困的小伙子结婚后,便想移居英国,因为他们认为移民到英国后就不再贫困,他们的孩子也会有光明的前景。然而,当他们真的移居英国后,却陷入了意想不到的困境,等待着他们的是诸多烦恼,而不是幸福。结果,这对年轻夫妇虽找到了从加勒比海到英国的通道,却失去了内心相互沟通的通道——他们开始吵架,最后分手,两人都成了流落他乡的孤苦伶仃之人。

在其后的《独立国家》(*A State of Independence*，1986)中，菲利普斯又转换视角，写一个移民返回故乡而身处困境。主人公伯特伦早年从西印度群岛移居英国，获得了奖学金，接受了高等教育，成了英国公民。但在西印度群岛获得独立时，他决定返回故乡，为刚独立的祖国效力。不料，回国之后，他发现过去殖民地时代愚昧落后依然如故，甚至比以前的殖民奴役更加令人难以接受。他原来和母亲的关系亲密，如今见了母亲，竟像陌生人一样难以沟通。更为令人痛苦的是，当初他离家时和弟弟难舍难分，没想到这次回家，竟得知弟弟已不幸身亡。面对这一切，他惶惑不安。他在英国已有 20 年，至今仍被视为异乡人；如今回到故乡，又成了一个陌生的外来者。也就是说，他身处两边都无法依靠的困境。这也是双关语书名 *A State of Independence* 的另一层意思，因为其中的 state 既有"国家"之意，又有"状态"之意；Independence 既有"独立"之意，又有"不依靠"之意，所以书名也可译作"无依无靠之境"。

在 80 年代后期的《更高的地面》(*Higher Ground*，1989)中，菲利普斯则通过追溯历史以阐明来自非洲和加勒比海移民的困难处境。这部小说分为三个部分。第一部的标题是"心地"，通过奴隶买卖行业中的一个非洲中间人叙述奴隶买卖的起源。第二部的标题是"货船监禁"，用黑人奴隶的口吻叙述的被贩卖奴隶的悲惨处境。第三部的标题即书名"更高的地面"，写伦敦贫民区里的移民生活，其中的两条线索，即一个波兰女人的孤寂生活和一个加勒比海男人的痛苦经历，相互交织在一起，构成主要情节。这部小说表明菲利普斯已拓展视野，不再宥于移民的个人遭遇，而是试图把历史上的奴隶买卖和 20 世纪的移民放在一起加以表现，以此暗示两者之间存在着某种内在联系。

菲利普斯曾是英国电影研究院制片部委员、英国艺术委员会戏剧组成员，曾执教于英国、印度、瑞典和美国的多所大学。

90 年代以后，菲利普斯的作品主要有：长篇小说《剑桥》(*Cambridge*，1991)、《过河》(*Crossing the River*，1993)、《远岸》(*A Distant Shore*，2003)和《在黑暗中跳舞》(*Dancing in the Dark*，2005)等。

十二、当今正走红的三位小说家

据英国驻华使馆 2007 年提供的资料，当今有三位小说家正在走红，而且有望成为英国文坛未来的扛鼎人物。下面是这三位小说家的生平与创作简介：

1. 路易·德·伯尔尼埃（Louis de Bernières，1954－　），出生于伦敦，18 岁入伍，但仅服役四个月后就退役了。从曼彻斯特维多利亚大学毕业后，他在莱斯特工艺学院取得教育学研究生文凭，并在伦敦大学获得文学硕士学位。在成为职业作家前，他曾做过园艺师、投递员和汽车修理工等各种工作。他曾在哥伦比亚教英文，这段经历为他最初的三部小说提供了故事背景，并决定了他的小说风格——他的《以马利下层阶级的战争》（*The War of Don Emmanuel's Nether Parts*，1990）、《维渥先生和可卡老爷》（*Señor Vivo and the Coca Lord*，1991）和的《古兹曼红衣主教令人担忧的后代们》（*The Troublesome Offspring of Cardinal Guzman*，1992）都深受南美洲文学、特别是魔幻现实主义的影响。

1993 年，伯尔尼埃被《格兰特杂志》选入第二届英国最佳年轻小说家（共 20 人）之列。第二年，他出版第四部小说《柯莱利上尉的曼陀林》（*Captain Corelli's Mandolin*，1994），获"英联邦作家奖"的最佳小说奖，同时还获得"《周日快报》年度小说奖"提名。小说讲述第二次世界大战期间一个希腊姑娘和一个意大利士兵的爱情故事。这部小说被翻译成 11 种文字，畅销世界各地，2001 年被改编成舞台剧和电影剧本。同年，伯尔尼埃的小说集《红狗》（Red Dog，2001）出版，小说的创作灵感来自 1998 年一尊狗雕像被运往澳大利亚参加"作家节"的遭遇。

此外，伯尔尼埃的描写伦敦西南区的广播剧《世界中心的周日上午》（*Sunday Morning at the Centre of the World*）曾于 1999 年在 BBC 四台播放，并于 2001 年出版。他还定期在各类报纸和杂志发表短篇小说。2004 年，他的新作《没有翅膀的鸟》（*Birds Without Wings*）获 2004 年度"惠布瑞特年度最佳好书奖"和 2005 年"英联邦作家奖"（欧亚地区最佳小说奖）提名。

2. 凯特·阿特金森（Kate Atkinson，1951－　），出生于约克郡，曾在敦提大学攻读英国文学专业。1974 年大学毕业后，继续攻读美国文学专业博士学位。此后，她在敦提大学任教，并于 1981 年开始小说创作。

阿特金森曾赢得 1986 年度的女士短篇小说竞赛一等奖。此后，她开始为一些女性杂志写稿。1990 年，她获得"勃瑞波特短篇小说奖"的二等奖;1993 年,她的短篇小说《卡米克的母亲们》("Karmic Mothers")赢得"伊恩·圣詹姆士奖"。

阿特金森的第一部长篇小说《博物馆后台的场景》(*Behind the Scenes at the Museum*,1995)曾赢得当年的"惠布瑞特年度最佳好书奖"。小说的背景是她的家乡约克郡,而小说讲述的也就是她的家族祖先经历过的曲折生活,以及 20 世纪发生在这个家族中的复杂故事。这部小说曾被改编成广播剧和话剧,还被作者本人改编成电视剧。她的第二部长篇小说《人类的槌球游戏》(*Human Croquet*,1997)则通过倒叙方式讲述了另一个名为费尔法克斯的家族的历史。

除了写小说,阿特金森还曾为爱丁堡特拉沃斯剧院编写过两部话剧:1996 年的短剧《很好》(*Nice*)和 2000 年 8 月在爱丁堡艺术节上首演的《放弃》(*Abandonment*)。此后她移居爱丁堡,并为多家报纸杂志撰稿。她的第三部长篇小说《感情命运》(*Emotionally Weird*)出版于 2000 年;短篇小说集《并非世界末日》(*Not the End of the World*)出版于 2002 年。她最新的作品是 2004 年出版的《病历》(*Case Histories*)。

3. 莎拉·沃特斯(Sarah Waters,1966—),出生于威尔士的彭布鲁克郡,曾在肯特大学和兰凯斯特大学攻读英国文学专业,毕业后曾在书店和图书馆任职,此后又返回大学攻读英国文学博士学位。与此同时,她开始撰写小说。

莎拉·沃特斯的最初的三部小说曾获得英国主流评论界的高度赞扬。她的第一部小说《南茜的情史》(又名《丝绒之恋》,*Tipping the Velvet*)出版于 1998 年。小说以流浪者的冒险经历为题材,故事围绕着一座维多利亚式音乐厅展开,中间穿插了一个女同性恋者的爱情故事。小说出版后被改编成电视剧,于 2002 年由英国广播公司电视台播出后受到高度关注。

她的第二部小说《吸引力》(*Affinity*)出版于 1999 年。这是一部阴暗的小说,故事发生在伦敦的一所女监里,主要描写维多利亚时代女犯人的内心世界。小说同时获 2000 年度的"毛姆奖"和《星期日泰晤士报》年度青年作家奖"。

她的第三部小说《指匠情挑》(*Fingersmith*)出版于 2002 年,也是一部以维多利亚时代的生活为题材的小说,讲述的是一个发生在 19 世纪 60

年代伦敦一些窃贼和罪犯之间的惊悚爱情故事。故事的主人公苏珊是个扒手。这部小说曾被列入当年"布克奖"和"橘子奖"的候选名单。

莎拉·沃特斯最近出版的第四部小说《巡夜》(*The Night Watch*, 2006)用倒叙手法讲述了从 1947 年到 1941 年发生的重大事件,主要集中描述四个主要人物在战时伦敦的共同经历,被誉为沃特斯的最佳作品。

莎拉·沃特斯是当今英国最优秀的年轻小说家之一,曾在 2003 年被《格兰塔》杂志列入 20 位英国最优秀青年小说家名单。她现在居住在伦敦,是个全职小说家。

附录 当代英国作家作品
英汉对照索引

A

Neanderthal Planet《尼安德特人的星球》1969

The Hand-Reared Boy《亲手抚养的孩子》1970

A Soldier Erect《英勇不屈的士兵》1970

A Rude Awakening《猛然醒悟》1978

The Moment of Eclipse《环食时刻》1971

The Book of Brian Aldiss《布莱恩·奥尔迪斯的书》1972

Billion Year Spree：*The History of Science Fiction*《亿万年狂欢》1973

Frankenstein Unbound《被解放的弗兰肯斯坦》1973

The 80 Minute Hour《八十分钟一个小时》1976

The Malacia Tapestry《马来西亚挂毯》1976

Brothers of the Head《首领的兄弟们》1977

Last Orders and Other Stories《最后的命令》1977

Pile《桥桩》1979

New Arrivals，Old Encounters《新来客，旧相识》1979

Moreau's Other Island《莫洛的其它岛屿》1980

The Squire Quartet《乡绅四部曲》：

    Life in the West《生活在西方》1980

    Forgotten Life《被遗忘的生活》1988

    Remembrance Day《纪念日》1993

    Somewhere East of Life《东方生活某处》1994

The Helliconia Trilogy《海立康尼亚三部曲》：

    Helliconia Spring《海立康尼亚之春》1982

    Helliconia Summer《海立康尼亚之夏》1983

    Helliconia Winter《海立康尼亚之冬》1985

Seasons in Flight《飞行岁月》1984

Courageous New Planet《勇敢新星球》1984

The Year before Yesterday《昨日之前》1987

Ruins《废墟》1987

Forgotten Life《被遗忘的生活》1988

Dracula Unbound《吸血鬼王重现》1990

A Tupolev Too Far《过远的图波列夫》1994

The Secret of This Book《这本书的秘密》1995

When the Feast Is Finished《宴席散了的时候》1999

The Darkwater Hall Mystery《黑水厅的神秘故事》1978

Collected Short Stories《短篇小说集》1980

Stanley and the Women《斯坦利与女人》1984

The Old Devils《老家伙们》1986

Collected Short Stories《短篇小说集》1987

Difficulties with Girls《姑娘们的麻烦》1988

Crimes of the Century《世纪罪恶》1989

The Russian Girl《俄罗斯女孩》1992

You Can't Do Both《不可兼得》1994

Martin Amis(1940 –),马丁·艾米斯

The Rachel Papers《蕾切尔文稿》1973

Dead Babies《死婴》1975

Success《成功》1978

Other People: A Mystery Story《其他人：一个神秘的故事》1981

Invasion of the Space Invaders《太空侵略者的入侵》1982

Money《金钱》1984

The Moronic Inferno《白痴地狱》1987

Einstein's Monster《爱因斯坦的怪物》1987

London Fields《伦敦场》1989

Time's Arrow《时光之箭》1991

Visiting Mrs. Nabokov and Other Excursions《访问纳博科夫夫人及其他游览杂记》1993

The Information《信息》1995

Night Train《夜行列车》1997

Yellow Dog《黄狗》2003

House of Meetings《会议室》2006

The Pregnant Widow《怀孕的寡妇》2008

Ayi Kwei Armah(1939 –),阿伊·克韦·阿尔马

The Beautiful Ones Are Not Yet Born《美好的人尚未诞生》1968

Fragments《碎片》1969

Why Are We So Blest《我们为何如此幸运》1971

Two Thousand Seasons《两千个季节》1973

The Crystal World《水晶世界》1966

The Disaster Area《灾区》1967

The Atrocity Exhibition《残酷的展览》1970

Chronopolis and Other Stories《时间城邦》1971

Concrete Island《混凝土岛》1974

High Rise《升高》1975

Low-Flying Aircraft and Other Stories《低空飞行器》1976

The Unlimited Dream Company《无限梦想公司》1979

Hello American《喂,美利坚》1981

Myths of the Near Future《不远的未来神州》1982

Empire of the Sun《太阳帝国》1984

The Day of the Sun《创造之日》1984

Running Wild《日趋野蛮》1988

The Kindness of Women《女人之善》1991

Rushing to Paradise《奔向天堂》1994

Crash《碰撞》1995

Cocaine Nights《可卡因之夜》1996

Super-Cannes《超级戛纳》2000

Millennium People《千禧民众》2003

Kingdom Comes《王国来临》2006

Miracles of Life《生活奇迹》2008

Iain Banks(1953-),伊恩·班克斯

The Wasp Factory《黄蜂工厂》1984

The Bridge《桥》1986

The Player of Games《玩游戏的人》1988

The Use of Weapons《武器的使用》1990

Against a Dark Background《在黑暗的背景下》1993

Feersum Endjinn《费尔斯姆·埃德敬》1994

Whit《一点点》1995

John Banville(1945-),约翰·班维尔

Long Lankin《朗·兰金》1970

Birchwood《桦木》1973

The Lemon Table《柠檬桌》2004

Arthur & George《亚瑟和乔治》2005

Stan Barstow(1928-   ),斯坦·巴斯托

A Kind of Love《一种爱》1960

The Desperadoes《暴徒》1961

Ask Me Tomorrow《明天问我》1962

Joby《乔比》1964

The Watchers on the Shore《岸边的观众》1966

A Raging Calm《极度痛苦的平衡》1968

The Right True End《真正的结束》1976

A Season with Eros《爱神的季节》1971

A Brother's Tale《兄弟的故事》1980

The Glad Eyes and Other Stories《喜悦的眼睛》1984

Just You Wait and See《你等着瞧》1986

B-Movie《B级电影》1987

Give Us This Day《把这一天给我们》1989

In My Own Good Time《我自己的美好时光》2001

Samuel Beckett(1906-1989),塞缪尔·贝克特

More Pricks than Kicks《刺多踢少》1934

Murphy《墨菲》1938

Molloy《马洛伊》1951

Malone Dies《麦隆之死》1951

Waiting for Godot《等待戈多》1952

The Unnamable《无可名状的人》1953

Watt《瓦特》1953

Endgame《最后一局》1958

Happy Days《快乐的日子》1961

Stories and Texts for Nothing《故事与空洞文本》1967

Mercier et Camier《默西尔与卡米尔》1970

Le Depeupleur《失去的人们》1970

Pour Finir Encore et Autres Foirades《周而复始》1976

Company《结伴》1980

The Queen of a Distant Country《遥远国度的皇后》1972

Writing a Novel《创作一部小说》1974

The Pions Agent《虔诚的特工》1975

Waiting for Sheila《等待希拉》1976

Finger of Fire《火的手指》1977

One and Last Love《唯一的也是最后的爱》1981

The Two of Us《我们俩》1984

These Golden Days《这些金色的岁月》1985

Christine Brook-Rose(1926 -   ),克里斯婷·布鲁克-罗斯

Gold《金子》1955

The Language of Love《爱的语言》1957

The Sycamore Tree《梧桐树》1958

The Dear Deceit《可爱的欺骗》1960

Out《外面》1964

Such《如此》1966

Between《之间》1968

Go When You See the Green Man Walking《当你看见绿人散步时就走》1970

Thru《穿越》1975

Amalgamemnon《混合》1984

Xorandor《艾克塞兰多》1986

Verbiore《食词者》1990

Textermination《文本终结》1991

Remake《重塑》1996

Next《下一个》1998

Subscript《字幕》1999

Invisible Author: Last Essays《隐身作者》2002

Life, End of《生活,终点……》(自传) 2006

Anita Brookner(1928 -   ),阿妮塔·布鲁克纳

A Start in Life《生活的开端》1981

Providence《天意》1982

Look at Me《看着我》1983

Hotel du Lac《莱丝旅社》1984

Sugar and Other Stories《糖》1987

Possession《占有》1990

Angels and Insects《天使与昆虫》1992

Matisse Stories《马蒂斯故事》1993

The DJ Inn and the Nightingale's Eye《DJ 客栈和夜莺的眼睛》1994

Babel Tower《通天塔》1996

Elementals: Stories of Fire and Ice《冰与火的故事》1998

A Whistling Woman《吹口哨的女人》2002

Little Black Book of Stories《小黑书》2003

C

Elias Canetti(1905 – 1994),埃利亚斯·卡内蒂

Die Blendung《迷惘》1935

Masse and Macht《群众与权力》1960

Earwitness《耳闻证人》1974

Conscience of Words《文字的良心》1975

Kafka's Other Trial《卡夫卡的其他实验》1975

Die Gerettete Zunge《得救的舌头》1977

Die Fackel im Ohr《耳中火炬》1980

Das Augenspiel《眉目传情》1985(The Play of the Eyes 1990)

The Sceret Heart Of the Clock《钟心的秘密》1989

The Agony of Flies《苍蝇的痛楚》1992

Notes from Hampstead《汉普斯德笔记》1994

Party in the Blitz《布利兹会议》2005

Angela Carter(1940 –   ),安吉拉·卡特

Shadow Dance《影子舞》1966

The Magic Toyshop《魔幻玩具店》1967

Several Perceptions《不同的感觉》1968

Heroes and Villains《英雄与魔鬼》1969

Love《爱》1971

The Infernal Desire Machines of Doctor Hoffman: A Novel《霍夫曼博士恶魔般的欲望机器》1972

The Radiant Way《光辉灿烂的道路》1987

A Natural of Curiosity《一种自然的好奇心》1989

The Gates of Ivory《象牙门》1991

Angus Wilson《安格斯·威尔逊评传》1995

The Witch of Exmoor《爱克斯摩尔的女巫》1996

The Peppered Moth《挨打的飞蛾》2001

The Seven Sisters《七姐妹》2002

The Red Queen《红女王》2004

The Sea Lady《海夫人》2006

Daphne Du Mauier(1907－1989)，达夫妮·杜穆里埃

The Apple Tree《苹果树》1925

The Loving Spirit《钟爱》1931

I'll Never Be Young Again《不再年轻》1932

Julius《尤丽乌斯》1933

Gerald: A Portrait《杰拉德肖像》1934

Jamaica Inn《牙买加客栈》1936

Rebecca《吕蓓卡》(又名《蝴蝶梦》)1938

Happy Christmas《圣诞快乐》1940

The King's General《国王的将军》1946

Come Wind，Come Weather《来风来雨》1940

Frenchman's Creek《法国人的迷信》1941

Hungry Hill《怒山》1943

The Years Between《年与年之间》1945

September Tide《九月潮》1948

The Parasites《食客》1949

My Cousin Rachel《我的表妹雷切尔》1951

The Scapegoat《替罪羊》1957

The Breaking Point《断点》1959

The Infernal World of Bramwell Bronte《布朗威尔·布隆迪地狱般的世界》1960

Castle Dor《多尔城堡》1961

The Glass Blowers《吹玻璃工》1962

The Birds and Other Stories《鸟》1963

All You Need《所有你要的》1989

Loving Brecht《爱上布莱希特》1992

Dreamers《梦想家》1996

Lady Chatterley's Confession《查泰莱夫人的忏悔》1996

Dark Inheritance《不明遗产》2001

Eva Figes(1932–),伊娃·菲吉斯

Equinox《平分点》1966

Winter Journey《冬季之旅》1967

Patriarchal Attitudes《家长态度》1970

B《B》1972

Days《日子》1974

Little Eden《小乐园》1978

Waking《苏醒》1981

Light《光》1983

The Seven Ages: A Novel《七代》1986

Ghost《幽灵》1988

The Tenancy《租期》1993

The Knot《结》1996

The Tree of Knowledge《知识之树》1998

Nelly's Version《奈利的版本》2002

Penelope Fitzgerald(1916–2000),佩涅洛普·菲茨杰拉德

The Golden Child《金孩子》1977

The Bookshop《书店》1978

Offshore《离岸》1979

Human Voices《人类的声音》1980

At Freddie's《在弗雷迪家》1982

Innocence《清白无辜》1986

The Beginning of Spring《初春》1988

The Gate of Angels《天使之门》1990

The Blue Flower《蓝色花朵》1995

The Means of Escape《逃遁的方式》2000

John Fowles(1926 - 2005),约翰·福尔斯

　　The Collector《采蝶人》1963

　　The Magus《魔术家》1965

　　The French Lieutenant's Woman《法国中尉的女人》1969

　　The Ebony Tower《乌木塔》1974

　　Daniel Martin《丹尼尔·马丁》1977

　　Mantissa《曼蒂沙》1982

　　A Maggot《蛆》1985

　　Land《土地》1985

　　Lyme Regis Camera《莱姆·瑞吉斯相机》1990

G

Janice Galloway(1956 -　　),贾尼斯·加洛韦

　　The Trick Is to Keep Breathing《诀窍就是保持呼吸》1989

　　Blood《血》1992

　　Foreign Parts《异国区域》1994

　　Where You Find It《你发现它的地方》1996

　　Clara《克拉拉》2002

Victoria Glendinning(1937 -　　),维多利亚·格伦丁宁

　　A Suppressed Cry: Life and Death of a Quaker Daughter《愤懑的呐喊》1969

　　Elizabeth Bowen: Portrait of a Writer《伊丽莎白·鲍文》1977

　　Edith Sitwell: A Unicorn among Lions《伊迪斯·希特韦尔：狮群中的独角兽》1981

　　Vita: The Life of V. Sackville-West《萨克维尔-维斯特传》1983

　　Rebecca West: A Life《吕蓓卡·维斯特传》1987

　　The Grown-Ups《成人们》1989

　　Trollope《特罗洛普》1992

　　Electricity《电气》1995

　　Sons and Mothers《子与母》1996

　　Jonathan Swift《斯威夫特传》1998

　　The Weekenders《周末出游者》2001

Flight《飞》2002

Leonard Woolf《里昂那多·沃尔夫》2006

William Golding(1911－1993)，威廉·戈尔丁

Lord of the Flies《蝇王》1954

The Inheritors《继承者》1955

Sometime，Never: Three Tales of Imagination《三篇想象的故事》1956

Pincher Martin《平彻·马丁》1956

Brass Butterfly《铜蝴蝶》1958

Free Fall《自由堕落》1959

The Spire《塔尖》1964

The Hot Gates and Other Occasional Pieces《热门》1971

The Pyramid《金字塔》1967

The Scropion God: Three Short Novels《蝎神》1971

Darkness Visible《看得见的黑暗》1979

Rites of Passage《越界仪式》1980

The Paper Man《纸人》1983

An Egyptian Journal《埃及日记》1985

Close Quarters《近距离》1987

Fire Down Below《地狱之火》1989

Nading Gordimer(1923－)，纳丁·戈迪默

The Soft Voice of the Serpent《毒蛇的温柔声音》1952

The Lying Days《说谎的日子》1953

The World of Strangers《陌生人的世界》1956

Friday's Footprint《星期五的足迹》1960

Occasion for Loving《恋爱时节》1963

Late Bourgeois World《已故的资产阶级世界》1966

A Guest of Honour《尊贵的客人》1970

Livingstone's Companions《利文斯通的伙伴》1972

The Conservationist《自然资源保护论者》1974

Selected Stories《短篇小说选》1975

Some Monday for Sure《肯定是某个星期一》1976

Burger's Daughter《伯格的女儿》1979

A Dog's Life《一只狗的生活》1969

Keri Hulme(1947—),克里·休姆

The Silence Between《中间的沉默》1982

The Bone People《骨头人》1984

Lost Possesions《失去的财富》1985

The Windeater Te Kaihau《喝风者》1986

Emyr Humphreys(1919—),艾米尔·汉弗瑞斯

The Little Kindom《小王国》1946

The Voice of the Stranger《陌生人的声音》1949

A Change of Heart《换心》1951

Hear and Forgive《倾听与宽恕》1952

A Man's Estate《男人的财产》1955

The Italian Wife《意大利妻子》1957

A Toy Epic《玩具史诗》1958

The Gift《礼物》1963

Outside the House of Baal《在太阳神的屋外》1965

Ancestor Worship《祖先崇拜》1970

National Prize Winner《获国家奖的人》1971

Flesh and Blood《肉与血》1974

The Best of Friends《至友》1978

The Kingdom of Bran《布兰的国王》1979

The Anchor Tree《树桩》1980

Jones《琼斯》1984

Salt of the Earth《地球上的盐》1985

An Absolute Hero《绝对英雄》1986

Bonds of Attachment《感情的羁绊》1991

Unconditional Surrender《无条件投降》1996

The Gift of a Daughter《女儿的礼物》1998

Old People Are a Problem《老人是个问题》2003

I

Kazuo Ishiguro(1954—),石黑一雄

A Pale View of Hills《群山淡景》1982

The Skull beneath the Skin《皮肤下的骷髅》1982

A Taste of Death《爱好死亡》1986

Devices and Desires《手段与欲望》1989

The Children of Men《人类之子》1992

Original Sin《原罪》1994

A Certain Justice《某种正义》1997

Death in Holy Orders《奉圣命而死》2001

Ruth Prawer Jhabvala(1927－   ),露斯·普拉瓦·贾布瓦拉

To Whom She Will《她愿意跟谁》1995

Nature of Passion《热情的本质》1956

Esmond in India《艾斯蒙德在印度》1957

The Householder《户主》1960

Get Ready for Battle《准备战斗》1962

Backward Place《落后地区》1965

A New Dominion《一片新的领地》1973

Heat and Dust《炎热和尘土》1975

How I Become a Holy Mother《我如何变成一位圣母》1976

In Search of Love and Beauty《寻觅爱和美》1983

Out of India《走出印度》1986

Three Continents《三个大陆》1987

Poet and Dancer《诗人与舞蹈家》1993

Shards of Memory《记忆碎片》1995

East Into Upper East: Plain Tales from New York and New Delhi《向东入远东》1998

My Nine Lives《我的九种生活》2004

B. S. Johnson(1933－1973),B. S. 约翰逊

Travelling People《旅行的人们》1963

Albert Angelo《阿尔伯特·安琪罗》1964

Trawl《拖网》1966

The Unfortunates《不幸的人们》1969

House Mother Normal《正常的女管家》1971

A Disaffection《不满》1989

How Late It Was，How Late《晚了，太晚了》1994

A. L. Kennedy(1965 -   )，A. L. 肯尼迪

Night Geometry and the Garscadden Trains《黑夜几何学与加斯顿列车》1990

Looking for the Possible Dance《盼望可以跳舞》1993

Now That You Are Back《现在你回来了》1994

So I Am Glad《这样我就高兴了》1995

Everything You Need《你需要的一切》1999

Indelible Acts《除不去的法令》2002

Paradise《天堂》2004

Day《日子》2007

L

Doris Lessing(1919 -   )，多丽丝·莱辛

The Grass is Singing《野草在歌唱》1950

Collected African Stories Vol.Ⅰ, This Was the Old Chief's Country《非洲故事集之一：这是老酋长的国土》1951

Children of Violence Series《暴力的儿女们》(系列小说)：

    Martha Quest《玛莎·奎斯特》1952

    A Proper Marriage《恰当的婚姻》1954

A Ripple from the Storm《风暴余波》1958

    Land Locked《死胡同》1965

    The Four-Gated City《四门之城》1969

Five《故事五篇》1953

Retreat to Innocence《退回到天真无知》1956

Going Home《回家》1957

The Habits of Loving《爱的习惯》1957

A Small Personal Voice《一个小小的、个人的声音》1959

In Pursuit of English《追随英国人》1960

The Golden Notebook《金色笔记》1962

Briefing for a Descent into Hell《简述堕入地狱的经历》1971

Collected African Stories Vol. II : The Sun Between Their Feet《非洲故事集之二：阳光洒在他们脚下》1973

The Summer before the Dark《黑暗前的夏天》1973

Memories of a Survivor《幸存者的回忆》1974

Collected Stories Vol. I : To Room Nineteen《去第 19 号房间》1978

Collected Stories Vol. II : The Temptation of Jack Orkney《杰克·奥肯尼的诱惑》1978

Canopus in Argos: Archives《南船星系中的老人星座：档案》（系列小说）：

Re: Coloniesd Planet 5, Shikasta《关于：沦为殖民地的 5 号行星——什卡斯塔》1979

The Marriages between Zones Three, Four and Five《3、4、5 区间的联姻》1980

The Sirian Experiments《天狼星试验》1981

The Making of the Representative for Planet 8《8 号行星代表的产生》1982

The Sentimental Agents in the Volyen Empire《伏令王国中多愁善感的使者们》1983

The Diaries of Jane Somers《简·索默斯的日记》1984

The Good Terrorist《好恐怖分子》1985

The Wind Blows away Our Words《风儿吹走了我们的话》1987

The Fifth Child《第五个孩子》1988

Under My Skin: Volume One of My Autobiography《在我的皮肤底下》1994

Love Again《又来了，爱情》1996

The Pit《地铁》1996

Mara and Dann《玛拉和丹恩》1999

Ben, in the World (a sequel to the Fifth Child)《本，在这个世界上》(《第五个孩子》续集)2000

The Sweetest Dream《最甜蜜的梦》2001

On cats《谈猫》2002

The Grandmother: Four Short Novel《老祖母们：四个短篇》2003

The Story of General Dann and Mara's Daughter, Griot and the Snow Dog《丹将军和玛拉的女儿：格里奥特与雪狗的故事》2005

The Cleft《缝隙》2007

Toby Litt(1968 -   ),托比·利特

    Adventures in Capitalism《资本主义世界的历险》1996

    Beatniks: An English Road Movie《垮掉的一代：一部英国巡回电影》1997

    Corpsing《杀人》2000

    Dead kid songs《死孩子之歌》2001

    Exhibitionism《暴露癖》2002

    Finding Myself《发现自我》2003

    Ghost Story《阴魂》2004

    Hospital《医院》2007

    I Play the Drums in a Band Called Okay《我是 OK 乐队的鼓手》2008

Penelope Lively(1933 -   ),佩涅洛普·莱夫利

    Astercote《星笼》1970

    The Whisper Knight《窃窃私语的骑士》1971

    The Drift way《漂流》1972

    The Ghost of Thomas Kempe《托马斯·肯普的鬼魂》1973

    A Stitch in Time《亡羊补牢》1976

    The Road to Lichfield《通往利希菲尔德之路》1977

    Nothing Missing But the Samovar and Other Stories《只有茶炊失踪了》1978

    Treasures of Time《时间财富》1979

    Judgement Day《审判之日》1980

    Perfect Happiness《完美的幸福》1983

    Uninvited Ghost and Other Stories《不请自来的鬼魂》1984

    According to Mark《根据马克所说》1984

    Corruption，and Other Stories《堕落》1984

    Pack of Cards《一堆卡片》1986

    Moon Tiger《月亮虎》1987

    Passing On《逾越》1989

    City of the Mind《思想之城》1991

    Cleopatra's Sister《克莉奥佩特拉的姐妹》1993

    Heat Wave《热浪》1995

    Spider web《蛛网》1998

    The Photograph《相片》2003

One by One in the Darkness《黑暗中一个又一个》1996

Olivia Manning(1908 – 1980),奥莉维亚·曼宁

The Wind Changes《风向改变》1937

Remarkable Expedition《非凡的远征》1947

Growing Up《成长》1948

Artist Among the Missing《失踪者中的艺术家》1949

Different Faces《不同的面孔》1953

Doves of Venus《维纳斯的鸽子》1955

The Balkan Trilogy《巴尔干三部曲》:

The Great Fortune《福星高照》1960

The Spoilt City《劫后废都》1962

Friends and Heroes《朋友们,英雄们》1965

A Romantic Heroes《一位浪漫英雄》1965

The Play Room《儿童游戏室》1969

The Levant Triology《利万特三部曲》(或称《东地中海三部曲》):

The Danger Tree《危险树》1977

The Battle Lost and Won《战事胜败》1978

The Sum of Things《事情结局》1980

Allan Massie(1938 –),阿伦·马西

Change and Decay in All Around I See《我看到的变化和衰亡》1978

Augustus《奥古斯都》1986

A Question of Loyalty《忠诚的疑问》1989

Tiberius《提比略》1991

Caesar《恺撒》1993

Ian McEwan(1948 –),伊恩·麦克尤恩

First Love, Last Rites《最初的爱情,最终的仪式》1975

In Between the Sheets《在被窝里》1978

The Cement Garden《水泥园》1978

The Comfort of Stranger《陌生人的安慰》1981

The Imitiation Game《模仿游戏》1981

Jack Flea's Birthday Celebration《杰克·弗里的生日庆祝会》1981

Solid Geometry《固体几何学》1981

Distractions《散心》1975

Still Water《死水》1976

Ends and Means《目的与手段》1977

Two Brothers《两兄弟》1978

In a Strange Land《在陌生的土地上》1979

The Other Side《彼岸》1980

Blind Understanding《盲目理解》1982

Entry into Jerusalem《进入耶路撒冷》1982

The Daysman《做日班的人》1984

Valley of Dicision《决断山谷》1985

After Dinner Sleep《饭后睡觉》1986

After a Fashion《流行之后》1987

Recovery《复原》1988

Timothy Mo(1950 –)，提莫西·莫

The Monkey King《猴王》1978

Sour Sweet《糖醋》1982

An Insular Possession《一片孤岛》1986

The Redundancy Courage《多余的勇气》1991

Brownout on Breadfruit Boulevard《面包果大街的灯火管制》1995

Michael Moorcock(1939 –)，迈克尔·莫尔柯克

The Stealer of Soul and Other Stories《灵魂小偷》1963

The Barbarian of Mars《火星上的野蛮人》1965

Blades of Mars《火星刀口》1965

Stormbringers《带来暴风雨的人》1965

The Final Programme《最后的节目》1965

Behold the Man《注视那人》1969

The Chinese Agent《中国代理》1970

The Eternal Champion《不朽的斗士》1970

A Cure for Cancer《治愈癌症》1971

The Warlord of the Air《空中军阀》1971

The Sleeping Sorceress《睡着的女巫》1972

Breakfast in the Ruin《废墟中的早餐》1972

The Dancers at the End of Time《在时间尽头跳舞的人》（三部曲）：

　　An Alien Heat《外来热浪》1972

　　The Hollow Lands《空腹地带》1975

　　The End of All Songs《所有歌曲的尾声》1976

The English Assassin《英国刺客》1972

Elric of Melnibone《墨尔尼本的埃尔瑞克》1973

The Black Corridor《黑色回廊》1973

The Jade Man's Eye《玉人的眼睛》1973

Elric: Return to Melnibone《埃尔瑞克：回归墨尔尼本》1973

The Distant Suns《遥远的太阳》1975

The Lives and Times of Jerry Cornelius《杰里·科尼利厄斯的生活与时间》1976

The Adventures of Una Persson and Catherine Cornelius in the Twentieth Century《尤纳·帕森和凯瑟琳·科尼利厄斯 20 世纪探险》1976

The Swords Trilogy《剑三部曲》1977

The Cornelius Chronicles《科尼利厄斯编年史》1977

The Gold Barge《金色游艇》1979

The Great Rock and Swindle《巨石与欺诈》1980

The Steel Tsar《冷酷的沙皇》1981

The Brothel in Ronsenstrasse《罗森斯特雷斯的妓院》1982

The War Hound and the Worlds Pain《战争狂和世界的痛苦》1982

The Russian Intelligence《俄国谍报机关》1983

The Vanishing Tower《消失的塔》1983

The Bone of the Black《黑人之骨》1984

The Laughter of Carthage《迦太基之笑》1985

The City of Autumn Stars《秋星之城》1986

The Opium General《鸦片将军》1986

The Dragon in the Sword《剑上的龙》1987

Mother London《母亲伦敦》1988

Jerusalem Commands《耶路撒冷命令》1992

Lunching with the Antichrist《与反基督教的人一起用餐》1995

King of the City《城市之王》2000

Firing the Cathdral《点燃教堂》2002

The Vengeance of Rome《罗马的报复》2006

Brain Moore(1921－),布赖恩・穆尔

 The Lonely Passion of Judith Hearne《朱迪斯・赫恩的寂寞情感》1956

 The Feast of Lupercal《牧神节》1957

 The Luck of Ginger Coffey《金杰・科菲的好运》1960

 An Answer from Limbo《来自地狱边缘的回答》1962

 The Emperor of Ice-Cream《冰淇淋皇帝》1965

 Torn Curtain《撕破的帷幕》1966

 The Slave《奴隶》1967

 I Am Mary Dunne《我是玛丽・邓恩》1968

 Fergus《弗格斯》1970

 The Revolution Script《革命手稿》1972

 Catholics《天主教徒》1972

 The Great Victorian Collection《伟大的维多利亚时代收藏品》1975

 The Doctor's Wife《医生之妻》1976

 The Mangan Inheritance《曼根遗传》1979

 The Temptation of Eillen Hughs《艾琳・休斯的诱惑》1981

 Cold Heaven《冰冷的天国》1983

 Black Robe《黑袍》1985

 The Color of Blood《血的颜色》1987

 Lies of Silence《无声的谎言》1990

 No Other Life《没有别种生活》1993

 The Magician's Wife《魔术师的妻子》1998

Jane Morris(1919－),简・莫里斯

 Last Letter from Haw《哈夫的最后来信》1985

 Conundrum《谜语》1990

 The War Amongst The Angels《天使们的战争》1996

 Michael Moorcock's Multiverse《迈克・莫洛克的多重宇宙》1999

 King of the City《城主》2000

 The Dreamthief's Daughter《偷梦者的女儿》2001

 The Skrayling Tree《斯克雷令的树》2003

 The White Wolf's Son《白狼之子》2005

 The Metatemporal Detective《外时空侦探》2007

N

The Surffrage of Elvira《埃尔韦拉的选择权》1958

Miguel Street《米格尔大街》1959

A House for Mr. Biswas《毕司沃斯先生的房子》1961

The Middle Passage: Impressions of Five Societies《中间通道》1962

Mr. Stone and the Knight Companion《斯通先生与骑士伴侣》1963

An Area of Darkness《黑暗地带》1964

The Mimic Man《效颦者》1967

A Flag on the Island《岛上旗帜》1967

The Loss of EI Dorado: A History《黄金国的失落》1969

In a Free State《自由国度》1971

Guerillas《游击队员》1975

India: A Wounded Civilization《印度：受伤的文明》1977

A Bend in the River《河湾》1979

The Return of Eva Peron: with the Killings in Trinidad《伊娃·庇隆的归来与特立尼达的屠杀》1980

A Congo Diary《刚果日记》1980

Among the Believers: An Islamic Journey《在信徒中间：一次伊斯兰地区的旅行》1981

Finding the Center: Two Narratives《发现中心：两篇叙述》1984

The Enigma of Arrival《到达之谜》1987

A Way in the World《世界之路》1994

India: A Million Mutinies Now《印度：现今的无数叛乱》1990

Half a Life《半生》2001

Magic Seeds《魔种》2004

Shiva Naipaul(1945－　　),赛瓦·奈保尔

Fireflies《火蝇》1970

The Chi-Chip Gatherers《契契贝收集者》1973

North of South《南之北》1978

Black and White《黑与白》1980

Love and Death in a Hot Country《热带国家的爱与死》1983

Beyond the Dragon's Mouth: Stories and Pieces《龙口之上》1984

An Unfinished Journey《未竟的旅途》1986

A Man of Mystery and Other Stories《神秘人》1995

Mother Ireland《爱尔兰母亲》1976

Johnny I Hardly Knew You《约翰尼，我简直不认得你了》1977

Seven Novels and Other Stories《七部长篇小说》1978

Mrs. Reinhard and Other Stories《莱茵哈特太太》1978

Virginia《弗吉尼亚》1981

The Dazzle《炫目的光芒》1981

Returning《回归》1982

Time and Tide《时代潮流》1992

House of Splendid Isolation《壮观孤立的房屋》1994

Down by the River《顺流而下》1996

Wild Decembers《狂野的十二月》1999

In the Forest《在森林里》2002

The Light of Evening《暮霭》2006

Andrew O'Hagan(1968 -   ),安德鲁·奥哈根

The Missing《失踪者》1995

Our Fathers《我们的父亲们》1999

Personality《个性》2003

Be Near Me《靠近我》2006

Ben Okri(1959 -   ),本·奥克利

Flowers and Shadows《花与影》1980

The Landscape Within《内部景观》1981

Incidents at the Shrine《圣殿中的意外事件》1986

Stars of the New Curfew《新晚钟之星》1989

The Famished Road《饥饿之路》1991

Songs of the Enchantment《魔幻之歌》1993

Dangerous Love《危险的爱情》1996

Infinite Riches《无止境的财富》1998

In Arcadia《在阿凯迪亚》2002

Michael Ondaatje(1943 -   ),迈克尔·翁达杰

The Dainty Monster《优雅的怪物》1967

The Man with Seven Toes《七个脚趾的人》1969

The Collected Works of Billy the Kid《小子比利作品选集》1970

Daughters of the House《宅中女儿》1992

Flesh and Blood《血肉》1994

Impossible Saints《不可能的圣徒》1997

Fair Exchange《公平交换》1999

The Looking Glass《镜子》2000

The Mistress-Class《主妇班》2002

Reader，I Married Him《里德，我同他结婚了》2006

Bernice Rubens(1928 - 2004)，伯尼丝·鲁宾斯

Madame Sousatzka《苏泽兹卡太太》1962

The Elected Member《入选者》1969

I Sent a Letter to My Love《我寄封信给恋人》1975

Brothers《兄弟》1983

Our Father《我们的父亲》1987

A Solitary Grief《孤独的悲伤》1991

Yesterday in the Back Lane《后巷中的昨天》1995

The Waiting Game《等待的游戏》1997

I，Dreyfus《我,德雷夫斯》1999

Milwaukee《密尔沃基》2001

Nine Lives《九条命》2002

The Sergeants' Tale《陆军中士们的故事》2003

Salman Rushdie(1947 -)，萨尔曼·拉什迪

Grimus《格里姆斯》1975

Midnight's Children《午夜诞生的孩子》1981

Shame《耻辱》1983

The Satanic Verse《撒旦诗篇》1988

Haroun and the Sea of Stories《哈伦与故事海》1990

East，West《东方,西方》1994

The Moor's Last Sigh《摩尔的最后叹息》1995

The Ground Beneath Her Feet《她脚下的土地》1999

Fury《暴怒》2001

Shalimar the Clown《小丑沙里玛》2005

The Enchantress of Florence《迷人的佛罗伦萨》2008

S

Paul Scott(1950－1978)，保罗·史考特

 Jonnie Sahib《约翰尼·萨哈》1952

 The Alien Sky《异国的天空》1953

 A Male Child《一个男孩》1956

 The Mark of the Warrior《勇士的标志》1958

 The Chinese Love Pavilion《中国人喜爱亭台楼阁》1960

 The Birds of Paradise《天堂鸟》1962

 The Raj Quartet《统治四部曲》：

  The Jewel in the Crown《王冠上的宝石》1966

  The Day of the Scorpion《蝎子日》1968

  The Towers of Silence《静塔》1971

  A Division of the Spoils《分赃》1975

 Staying On《留下》1977

Will Self(1961－　)威尔·塞尔夫

 The Quantity of Insanity《精神错乱的量化理论》1991

 Cock and Bull《无稽之谈》1992

 My Idea of Fun《我的玩笑观》1993

 Grey Area《灰色区域》1994

 Junk Male《吸毒男性》1995

 The Sweet Smell of Psychosis《精神失常的香味》1996

 Great Apes《巨猿》1997

 How the Dead Live《死人如何生活》2000

 Dorian，an Imitation《多里安人》2002

 The Book of Dave《戴夫的书》2006

Vikram Seth(1952－　)维克拉姆·赛思

 The Humble Administrator's Garden《拙政园》1985

 From Heaven Lake: Travel Through Sian-kiang and Tibet《从天池而来：横贯新疆 西藏的旅行》1983

 The Golden Gate《金门》1986

 A Suitable Boy《如意郎君》1993

An Equal Music《平稳的音乐》1999

Alan Sillitoe(1928 -),艾伦·西利托

Saturday Night and Sunday Morning《星期六晚上和星期天早晨》1958

The Loneliness of the Long Distance Runner《长跑者的孤独》1959

The General《将军》1960

Key to the Door《开门的钥匙》1961

The Ragman's Daughter《收破烂人的女儿》1963

William Posters Trilogy《威廉·波斯特斯三部曲》:

    A Start in Life《生活的开端》1960

    The Death of William Posters《威廉·波斯特斯之死》1965

    A Tree on Fire《燃烧的树》1967

Raw Material《原始材料》1972

Men,Women and Children《男人、女人和孩子》1973

Moutains and Cavers《高山与穴居人》1975

The Widower's Cavers《鳏夫的儿子》1975

The Storyteller《讲故事者》1979

The Second Chance《第二次机会》1980

Her Victory《她的胜利》1982

The Lost Flying Boat《失踪的飞船》1983

Down from the Hill《下山》1984

Out of the Whirlpool《冲出漩涡》1987

The Far Side of the Street《街的远处》1988

The Open door《开着的门》1989

Last Loves《最后的爱》1990

Snowstop《雪止》1993

The Broken Chariot《坏掉的马车》1998

Birthday《生日》2002

A Man in His Time《一个男人在他那个时代》2004

Andrew Sinclair(1935 -),安德鲁·辛克莱

The Breaking of Bumbo《本波的垮台》1958

My Friend Judas《我的朋友裘达士》1960

Gog《戈格》1967

Robinson《罗宾逊》1958

The Go-Away Bird and Other Stories《飞走的鸟》1958

Memento Mori《死亡警告》1959

The Ballad of Peckham Rye《佩肯莱民谣》1960

The Bachelors《单身汉》1960

Voice at Play《剧中的声音》1961

The Prime of Miss Jean Brodie《琼·布罗迪小姐的青春》1961

Doctors of Philosophy《哲学博士》1963

The Girls of Slender Means《收入菲薄的姑娘们》1963

The Mandlebaum Gate《曼德尔鲍姆之门》1965

Collected Stories《小说选》1967

The Public Image《公共形象》1968

The Driver's Seat《司机的座位》1970

The French Window《法国式落地长窗》1970

Not to Disturb《请勿打扰》1971

The Hothouse by the East River《东方河畔的温室》1973

The Abbess of Crewe《克罗女修道院院长》1974

The Takeover《接管者》1976

Territorial Rights《领土主权》1979

Loitering with Intent《有目的的闲逛》1981

The Only Problem《仅有的问题》1984

The Stories of Muriel Spark《穆里尔·斯帕克故事集》1986

A Far Cry from Kensington《来自肯星顿的遥远呼唤》1988

Sumposium《座谈会》1990

Reality and Dream《现实与梦幻》1996

Aiding and Abetting《帮助和怂恿》2000

The Finishing School《女子仪表进修学校》2004

David Storey(1993 -)，戴维·斯托利

This Sporting Life《体育生涯》1960

Flight into Camoton《逃往卡姆登》1960

Radcliffe《拉德克利夫》1963

The Restoration of Arnold Middleton《阿诺德·密德尔顿的复原》1967

T

Elizabeth Taylor(1912 – 1975),伊丽莎白・泰勒

 At Mrs. Lippincote's《在利平柯特太太那里》1946

 A Wreath of Roses《玫瑰花圈》1950

 Mrs. Palfrey at the Claremont《克赖蒙特的帕尔弗雷太太》1972

 In a Summer Season《在一个夏天》1961

 Hester Lilly《海斯特・黎里》1954

 The Brush《刷子》1958

 The Devastating Boys《捣乱的男孩》1962

 A Dedicated Man《牺牲者》1965

Emma Tennant(1937 –),艾玛・坦南特

 The Color of Rain《雨的颜色》1964

 The Time of the Crack《断裂之时》1973

 The Last of Country House Murders《最后一件村舍谋杀案》1974

 Hotel de Dream《梦之旅社》1976

 The Bad Sister《恶姐》1978

 Wild Nights《疯狂之夜》1979

 Alice Fall《艾丽丝之堕落》1980

 Queen of Stones《石头王后》1982

 Woman Beware Woman《女人提防女人》1983

 Black Marina《黑玛琳娜》1985

 The Adventures of Robin , by Herself《罗宾历险记》1986

 The House of Hospitalities《好客的房子》1987

 A Wedding of Cousin《表亲的婚礼》1988

 Two Women of London《两个伦敦女人》1989

 Magic Drum《魔鼓》1989

 Pemberly: A Sequel to Pride and Prejudice《彭伯里庄园》1993

 The Chemistry of Money《钱的化学》1994

 Elinor and Mariame《艾莉娜和马莉安》1994

 Emma in Love《恋爱中的爱玛》1996

 Princess Cinderella and the Beautiful Sisters《辛德瑞拉公主和漂亮姐

妹》1996

　　Tara《塔拉》1997

　　A Special Promise《特别的诺言》1998

　　Girlitude: A Portrait of the 50s And 60s《女孩度》1999

　　Family Scenes《家景》1999

　　Midnight Book《午夜的书》1999

　　The Children of Paradise《天堂的孩子》1999

　　Sylvia and Ted《西尔维娅和泰德》2001

　　A House in Corfu: A Family's Sojourn in Greece《科福的房子》2001

　　Felony《重罪》2002

　　Pemberley Revisited《重访的彭伯利》2005

　　Heathcliff's Tale《希斯克利夫故事》2005

　　The Harp Lesson《竖琴课》2005

　　The French Dancer's Bastard: The Story of Adele from Jane Eyre《法国舞
者的私生子》2006

　　The Amazing Marriage《美妙婚姻》2006

　　Confessions of a Sugar Mummy《糖果木乃伊的忏悔》2007

　　Thornfield Hall: Jane Eyre's Hidden Story《简·爱秘史》2007

　　The Autobiography of the Queen《女王自传》2007（与希拉里·贝利合著）

　　Seized《被捕》2008

Gwin Thomas(1913 - 1981)，格温·托马斯

　　Where Did I Put My Pity《我的怜悯施与何处》1946

　　The Dark Philosophers《阴暗的哲学家》1947

　　The Alone to the Alone《孤独相对》1948

　　All Things Betray Thee《所有一切都背叛你》1949

　　The World Cannot Hear You《世界听不见你》1951

　　Now Lead Us Home《现在带我们回家》1952

　　A Frost on My Frolic《欢乐中的一滴冰水》1953

　　The Stranger at My Side《站在我这一边的陌生人》1954

　　A Point of Order《议事规程》1956

　　The Love Man《爱人》1958

　　A Wolf at Dusk《黄昏时的狼》1959

Ring Delirium《唤醒痴狂》1960

The Keep《保持》1962

A Welsh Eye《一只威尔士眼睛》1964

Leaves in the Wind《风中的树叶》1968

The Lust Lobby《贪欲门廊》1971

The Sky of Our Lives《我们生存的天空》1972

High on Hope《期望太高》1985

The Thinker and the Thrush《思想家和画眉鸟》1988

Meadow Prospect Revisited《重游牧场》1992

The Tale of Taliesin《塔列辛的故事》1992

Rose Tremain(1943 –),罗丝·特里梅茵

Sadler's Birthday《管家的生日》1976

Letters to Sister Benedicta《给本尼迪克特修女的信》1978

The Cupboard《小橱》1981

The Colonel's Daughter and Other Stories《上校的女儿》1984

Journey to the Volcano《火山行》1985

The Swimming Pool Season《游泳池季节》1985

The Garden of the Villa Mollini and Other Stories《莫丽尼别墅的花园》1987

Restoration《复辟》1989

Sacred Country《神圣的乡村》1992

Evangelista's Fan《伊凡杰丽斯塔的扇子》1994

The Way I Found Her《我寻找她的方式》1997

Music and Silence《音乐与寂静》1999

The Colour《色彩》2003

The Road Home《回家的路》2007

William Trevor(1928 –),威廉·特雷弗

A Standard of Behaviour《行为准则》1958

The Old Boys《老校友》1964

The Boarding House《公寓》1965

The Love Department《爱情专栏》1966

The Day We Got Drunk on Cake《我们饱尝蛋糕的那天》1967

Mrs. Eckdorf in O'neill's Hotel《奥尼尔旅社的埃克道夫太太》1969

Miss Gomez and the Brethren《格梅兹小姐和教友们》1971

The Ballroom of Romance《浪漫舞厅》1972

The Last Lunch of the Season《本季的最后午餐》1973

Elizabeth Alone《孤独的伊丽莎白》1973

The Angels at the Ritz《出入豪华旅馆的天使》1975

The Children of Dynmouth《戴恩莫斯的孩子们》1976

Lovers of Their Time《他们那个时代的恋人》1978

The Distant Past and Other Stories《遥远的过去》1979

Other People's World《别人的世界》1980

Beyond the Pale《篱笆之外》1981

The Stories of William Trevor《威廉·特雷弗故事集》1983

Fools of Fortune《命运的愚弄》1983

The News from Ireland and Other Stories《来自爱尔兰的消息》1986

Night at the Alexandra《亚历山大之夜》1987

The Silence in the Garden《花园中的寂静》1988

Family Sins and Other Stories《家庭罪恶》1989

Two Lives《两种生活》1991

Felicia's Journey《菲莉希亚的旅程》1995

After Rain《雨后》1997

A Bit on the Side《红杏出墙》2004

The Dressmaker's Child《裁缝的孩子》2005

Cheating at Canasta《在桥牌游戏中作弊》2007

Amos Tutuola(1920 – 1997)，阿莫斯·图图奥拉

The Palm-Wine Drunkard《棕榈酒醉鬼故事》1952

My Life in the Bush of Ghost《我在鬼林中的生活》1954

Simbi and the Satyr of the Dark Jungle《阴暗丛林中的辛比和森林之神》1955

The Brave African Huntress《勇敢的非洲女猎手》1958

Feather Woman of the Jungle《丛林中的羽毛女神》1962

Ajaiyi and His Inherited Poverty《阿杰依和他所继承的贫困》1967

Witch-Herbalist of the Remote Town《边远城镇的女巫—草药医师》1981

Pauper，Brawler and Slanderer《贫民、争吵者、诽谤者》1987

The Village Witch Doctor and Other Stories《乡村巫医》1990

U

Barry Unsworth(1930 –   ),巴里·昂斯沃思

The Hide《躲藏》1970

Mooncranker's Gift《月球怪人的礼物》1973

Big Day《重要日子》1973

Pascali's Island《帕斯卡利的岛屿》1980

The Rage of the Vulture《兀鹰的愤怒》1982

Stone Virgin《圣母石像》1985

Sugar and Rum《糖与甜酒》1988

Sacred Hunger《神圣的饥饿》1992

Morality Play《道德游戏》1995

After Hanniblal《追逐汉尼拔》1996

Losing Nelson《迷失的内尔森》1999

The Songs of the Kings《国王之歌》2002

Crete《克里特》2004

The Ruby in Her Navel《她肚脐上的红宝石》2006

W

John Wain(1925 –   ),约翰·韦恩

Hurry on Down《每况愈下》1953

Living in the Present《得过且过》1955

A Word Carved on a Sill《刻在窗台板上的字》1956

The Contenders《竞争者》1958

A Travelling Woman《流浪的女人》1959

Uncle and Other Stories《叔叔》1960

Weep before God《在上帝面前哭泣》1961

Strike the Father Dead《打死父亲》1962

Wild Track《荒野小径》1965

Death of the Hind Legs and Other Stories《后腿之死》1966

Splitting《分裂》1995

Wicked Women《邪恶的女人》1995

Worst Fears《最坏的恐惧》1996

Big Women《大个儿女人》1997

Rhode Island Blues《罗得岛蓝调》2000

The Bulgari Connection《保加利亚联系》2001

Mantrapped《中套人》2004

She May Not Leave《可能她未离去》2006

The Spa Decameron《泉水十日谈》2007

Irving Welsh(1958 -),欧文·韦尔什

Trianspotting《猜火车》1993

The Acid House《迷幻药之屋》1994

Marobou Stork Nightmares《鹳鸟的梦魇》1995

Ecstasy: Three Tales of Chemical Romance《入迷：三个化学浪漫故事》1996

Filth《污秽》1998

Glue《胶水》2001

Porno《色情》2002

The Bedroom Secrets of the Master Chefs《厨师们的卧室秘闻》2006

If You Liked School You'll Love Work《如果你喜欢上学你就会喜欢工作》2007

A. N. Welson(1950 -),A. N. 威尔逊

The Sweets of Pimlico《皮姆利科糖果》1977

Unguarded Hours《不设防时刻》1978

Kindly Light《温和的光》1979

The Healing Art《治疗的艺术》1980

Who Was Oswald Fish《谁是奥斯瓦尔德·菲什》1981

Wise Virgin《明智的处女》1982

Scandal《丑闻》1983

Gentlemen in England《英国绅士》1985

Love Unknown《不知不觉的爱情》1986

Stray《迷路》1987

The Mind Parasites《大脑寄生虫》1967

The God of the Labyrinth《迷宫中的上帝》1970

A Casebook of Murder《谋杀案例》1970

The Killer《凶手》1970

The Philosopher's Stone《哲人石》1971

The Black Room《黑色的房间》1971

Order of Assassins《暗杀程序》1972

The schoolgirl Murder Case《女学生谋杀案》1974

The Space Vampires《太空吸血鬼》1976

Mysteries《奇迹》1978

The Haunted Man: The Strange Genius of David Lindsay《鬼附身》1979

Starseekers《追星人》1980

Frankenstein's Castle: The Double Brain，Door to Wisdom《弗兰肯斯坦的城堡》1980

The War Against Sleep: The Philosophy of Gurdjieff《对睡眠的战争》1980

The Quest for Wilhelm Reich《追寻维尔海姆·里奇》1982

The Goblin Universe《小妖精世界》1982

Access to Inner Worlds: The Story of Brad Absetz《通往内在世界之路》1983

Lord of the Underworld: Jung and the Twentieth Century《地下之王》1984

The Janus Murder Case《两面神谋杀案》1984

The Personality Surgeon《个性外科医生》1985

Spider World: The Tower《蜘蛛世界：塔》1987

Spider World: The Delta《蜘蛛世界：三角》1987

Duncan Bath《邓肯·巴斯》1987

The Musician as Outsider《局外人音乐家》1987

Jack the Ripper: Summing Up and Verdict《职业杀手杰克：清算和判决》1987

Beyond the Occult《超越神秘》1988

The Mammoth Book of True Crime《真实犯罪大书》1988

The Magician from Siberia《西伯利亚魔术师》1988

Serial Killers: A Study in the Psychology of Violence《连环凶手》1990

Spider World: The Magician《蜘蛛世界：魔术师》1992

The World and Other Places《世界与其他地方》1998

The Powerbook《权力书》2000

The King of Capri《卡普里国王》2003

Lighthouse Keeping《看守灯塔》2004

Weight《重量》2005

Tangle Wreck《缠在一起的残骸》2006

The Stone Gods《石神》2007

主要参考书目

Walter Allen, *Tradition and Dream*, London, 1964.

James R. Aubrey, *John Fowles: A Reference Companion*, New York: Greenwood Press, 1991.

Chris Baldick, *The Concise Oxford Dictionary of Literary Terms*, Oxford, New York: Oxford University Press, 1990.

Bernard Bergonzi, *The Situation of the Novel*, London: Macmillan, 1979.

Clive Bloom and Gary Day, ed., *Literature and Culture in Modern Britain: 1956 - 1999*, London: Longman, 2000.

Harold Bloom, ed., & introduction, *Modern Critical Views: Anthony Burgess*, New York & Philadelphia: Chelsea House Publishers, 1987.

Malcolm Bradbury & David Palmer, ed., *The Contemporary English Novel*, Edward Arnold, 1979.

Malcolm Bradbury, ed., *The Novel Today*, Glasgow: William Collins Sons & Co. Ltd. 1977.

Malcolm Bradbury, *No, Not Bloombury*, New York: Columbia University Press, 1988.

Malcolm Bradbury, *The Modern British Novel 1878 - 2001*, London: Penguin Books, 1993, 2001.

Malcolm Bradbury, *The Twentieth Century Mind III*, *1945 -1965: History*, *Ideas and Literature in Britain*, London: Oxford University Press, 1972.

Shirley Budhos, *The Themes of Enclosure in Selected Works of Doris Lessing*, Troy & New York: The Whitston Publishing Company, 1987.

Anthony Burgess, *The Novel Now*, New York: Pegasus, 1970.

Steven Connor, *The English Novel in History 1950 - 1995*, London & New York: Routledge, 1996.

Peter Conradi, *John Fowles*, London & New York: Methuen, 1982.

Jonathan Culler, *Literary Theory: A Very Short introduction*, Oxford : Oxford University Press, 1997.

Catherine Cundy, *Salman Rushdie*, Manchester & New York, Manchester University Press, 1996.

Sarah B. Daugherty, *The Theoretical Dimension of Henry James*, Ohio: Ohio University Press, 1981.

Jacques Derrida, *Of Grammatology*, trans. , by Gayatri Chakravorty Spivak, The Johns Hopkins University Press, 1974.

Carol M. Dix, *Anthony Burgess*, London: Longman, 1971.

Margaret Drabble, *The Oxford Companion to English Literature*, Beijing: Foreign Language Teaching and Research Publishing House/ Oxford University Press, 1991.

Leon Edel & Gordon N. Ray. ed. *English Fiction*, Rupert Hart-Davis, 1959.

Martin Esslin, ed. , *Samuel Beckett: A Collection of Critical Essays*, Englewood Cliffs, NJ: Prentice-Hall, 1965.

Katherine Fishburn, *The Unexpected Universe of Doris Lessing: A Study in Narrative Technique*, Westport & London: Greenwood Press. 1985.

Sigmund Freud, *On Sexuality: Three Essays on the Theory of*

Sexuality and Other Works, London: Penguin Books, 1977.

Sigmund Freud, *The Standard Edition to the Complete Psychological Works of Sigmund Freud*, Vol. VII. London: Hogarth Press, 1953.

Christopher Gille, *Movements in English Literature: 1900 – 1940*, Cambridge: Cambridge University Press, 1978.

James Gindin, *Macmillan Modern Novels: William Golding*, London: Macmillan, 1988.

Martin Green, *The English Novel in the 20th Century*, London, Melbourne & Henry, Routledge & Kegan Paul, 1984.

Ian Gregor & Mark Kinkead-Weekes, *William Golding: A Critical Study*, London: Faber & Faber, 1967.

James Harrison, *Salman Rushdie*, New York: Twaine Publishers, 1992.

Ronald Hayman, *The Novel Today: 1967 – 1975*, Longman: Harlow. 1976.

Dominic Head, *The Cambridge introduction to Modern British Fiction 1950 – 2000*, Cambridge: Cambridge University Press, 2002.

Irving Howe, ed. , *Orwell's Nineteen Eighty-four: Text , Sources, Criticism*, New York, Chicago: Harcourt, Brace & World, 1963.

Robert Huffaker, *John Fowles*, Boston: Twayne, 1980.

Fredric Jameson, *The Political Unconsciousness*, Ithaca: Connell University Press, 1981.

Frederick R. Karl, *C. P. Snow: The Politics of Conscience*, Gardondale: Southern Illinois University Press, 1963.

R. D. Laing, *The Divided Self*. Harmondsworth: Penguin Books, 1965.

David Lodge, *Language of Fiction: Essays in Criticism and Verbal Analysis of the English Novel*, New York: Columbia University Press, 1966.

David Lodge, *After Baktin: Essays on Fiction and Criticism*,

London : Edward Arnold, 1990.

David Lodge, *Evelyn Waugh*, New York k London: Columbia University Press, 1971.

David Lodge, *Language of Fiction: Essays in Criticism and Verbal Analysis of the English Novel*, New York: Columbia University Press, 1966.

David Lodge, *The Art of Fiction: Illustrated from Classic and Modern Texts*, London, Penguin Books, 1992.

David Lodge, *The Modes of Modern Writing: Metaphor*, *Metonymy and the Typology of Fiction*. London: Edward Arnold, 1977.

David Lodge, *Working with Structuralism: Essays and Reviews on 19th and 20th Century Literature*, Boston: Routledge and Kegan Paul, 1981.

Simon Loveday, *The Romances of John Fowles*, New York: Macmillan, 1985.

Roger Luckhurst & Marks. Peter, ed. *Literature and the Contemporary: Fictions and Theories of the Present*, London: Longman, 1999.

Allen Massie, *The Novels Today*. A Critical Guide to the British Novel 1970 – 1989, London & New York: Longman, 1990.

John McDermott, *Kingsley Amis: An English Moralist*, New York: St. Martin's Press, 1989.

Rod Mengham, ed. , *An Introduction to Contemporary Fiction: International Writing in English Since* 1970. Cambridge: Polity Press, 1999.

Valerie Meyers, *George Orwell*. London, Macmillan, 1991.

Merritt Moseley, *David Lodge: How Far Can You Go?* San Bernardino: the Borgo Press, 1991 .

Merritt Moseley, ed. , *British Novelists Since 1960*, 2nd Series, Detroit, Washington D. C. , London: Gale Research, 1998.

Merritt Moseley, *Understanding Kingsley Amis*, Berkeley & Los

Angeles: University of California Press, 1993.

George Orwell, *Collected Essays*, London: Secker & Warburg, 1961.

William Palmer, *The Fiction of John Fowles*, Columbia: University of Missouri Press, 1974.

Vincent P. Pecora, *Self & Form in Modern Narrative*, Baltimore, The John Hopkins University Press, 1989.

Rubin Rabinovitz, *The Development of Samuel Beckett's Fiction*, Urbana & Chicago: University of Illinois Press, 1984.

Neil Roberts, *Narrative and Voice in Postwar Poetry*, London & New York: Longman, 1999.

Roberta Rubenstein, *The Novelistic Vision of Doris Lessing: Breaking the Forms of Consciousness*, Urban, Chicago & London: University of Illinois Press, 1979.

Salman Rushdie, *Imaginary Homelands: Essays and Criticism 1981 -1891*. London: Granta Books, 1991.

Anna Rutherford, Ed. , *From Commonwealth to Post-colonial*, Sydney: Kangaroo Press. 1992.

Kiernan Ryan, *Ian McEwan*, Plymouth: Northcote House Publishers, 1994.

Mahmoud Salami, *John Fowles's Fiction and the Poetics of Postmodernism*, London & Toronto: Associated University Presses, 1992 .

Dale Salwak, *John Wain*, Boston, 1981.

Alan Sinfield, *Society and Literature: 1945 -1970*. Methuen, 1983.

Claire Sprague, *Rereading Doris Lessing: Narrative Pattern of Doubling and Repetition*, Chapel Hill ed. , London: The University of North Carolina Press, 1987.

Randall Stevenson, *The British Novel Since the Thirties: An Introduction*, Athens: the University of Georgia Press, 1986.

Patrick Swinden, *The English Novel of History and Society 1940 -*

1980, London: Macmillan, 1984,

Ian Watt, *The Rise of the Novel*, Berkeley & Los Angeles: University of California Press. 1974.

Rene Wellek & Austin Warren, *Theory of Literature*, Harmondsworth: Penguin Books, 1963.

Rene Wellek, *A History of Modern Criticism 1750 - 1950*, Vol. 1. Cambridgei Cambridge University Press, 1981.

Rene Wellek, *Concepts of Criticism*, New Haven & London: Yale University Press, 1963.

Rene Wellek, *The Attack on Literature and Other Essays*, The University of North Carolina Press, 1982.

Ruth Whittaker, *Macmillan Modern Novelists: Doris Lessing*, London: Macmillan, 1988.

Peter Wolfe, *John Fowles: Magus and Moralist*, London: Buchnell University Press, 1979.

《英国文学简史》,艾弗·埃文斯著,蔡文显译,人民文学出版社,1984 年。

《殖民与后殖民文学》,艾勒克·博埃默著,盛宁、韩敏中译,辽宁教育出版社/牛津大学出版社,1998 年。

《奥威尔文集》,乔治·奥威尔著,中国广播电视出版社,1997 年。

《后现代的间隙》,陈晓明著,云南人民出版社,2001 年。

《再登巴比伦塔——巴赫金与对话理论》,董小英著,三联书店出版社,1994 年。

《走向后现代主义》,佛克马、伯斯顿主编,王宁等译,北京大学出版社,1991 年。

《性爱与文明》,弗洛伊德著,安徽文艺出版社,1987 年。

《艺术的起源》,格罗塞著,蔡慕晖译,商务印书馆,1984 年。

《第二次世界大战以来的英国文学》,豪斯特·特雷彻著,秦小孟译,上海外语教育出版社,1985 年。

《现代英国小说史》,侯维瑞著,上海外语教育出版社,1985 年。

《英国文学通史》,侯维瑞主编,上海外语教育出版社,1999年。

《女人和小说》,黄梅著,浙江文艺出版社,1991年。

《贝克特:荒诞文学大师》,焦洱等著,长春出版社,1995年。

《当代英国小说》,瞿世镜等编著,外语教学与研究出版社,1998年。

《分裂的自我》,莱恩著,林和生等译,贵州人民出版社,1994年。

《比较文学原理》,乐黛云著,中华书局香港分局,1989年。

《批评的概念》,雷内·韦勒克著,中国美术学院出版社,1999年。

《拉美文学流派的嬗变与趋势》,李德恩著,上海译文出版社,1996年。

《当代英国文学史纲》,林骧华编著,辽宁教育出版社,1993年。

《麻雀啁啾》,陆建德著,三联书店出版社,1996年。

《现代主义之后:写实与实验》,陆建德主编,中国社会科学出版社,1997年。

《巴赫金文论选》,米·巴赫金著,佟景韩译,中国社会科学出版社,1996年。

《文学理论》,乔纳森·卡勒著,中译本,辽宁教育出版社/牛津大学出版社,1998年。

《社会语境中的文本:二战后英国小说研究》,阮炜著,社会科学文献出版社,1998年。

《危机中的文明:20世纪英国小说》,阮炜著,香港新世纪出版社,1993年。

《20世纪英国文学史》阮炜等著,青岛出版社,1999年。

《世界文坛潮汐录》,申慧辉著,三联书店出版社,1996年。

《文学:鉴赏与思考》,盛宁著,三联书店出版社,1993年。

《诺贝尔文学奖文库·授奖词与受奖演说卷》,宋兆霖主编,浙江文艺出版社,1998年。

《文学理论要略》,童庆炳主编,人民文学出版社,1995年。

《小说的兴起》,艾恩·瓦特著,高原、董红钧译,三联书店出版社,1992年。

《英国二十世纪文学史》,王佐良、周珏良主编,外语教学与研究出版社,1994年。

《文学理论》,韦勒克、沃伦著,中译本,三联书店出版社,1984年。

《英国小说批评史》,殷企平等著,上海外语教育出版社,2001年。

《当代英国小说史》,瞿世镜、任一鸣著,上海译文出版社,2008年。

《晚期资本主义的文化逻辑》,詹姆逊著,陈清侨等译,三联书店出版社,1997年。

《战后英国小说》,张和龙著,上海外语教育出版社,2006年。

《当代英国文学论文集》,张中载著,外语教学与研究出版社,1996年。

《当代文学新潮》,朱寨等主编,人民文学出版社,1997年。

图书在版编目(CIP)数据

当代英国小说史 / 刘文荣著. —上海：文汇出版
社, 2010.8
ISBN 978 - 7 - 80741 - 978 - 5

Ⅰ.①当… Ⅱ.①刘… Ⅲ.①小说史－英国－现代
Ⅳ.①I561.074

中国版本图书馆 CIP 数据核字(2010)第 143140 号

本书为"上海师范大学国家重点学科比较文学与世界文学研究中心"
"上海市高校比较文学与世界文学研究创新团队"研究成果

当代英国小说史

作　　者 / 刘文荣

责任编辑 / 陈今夫
特约编辑 / 项纯丹
封面装帧 / 张　懿

出版发行 / 文汇出版社
　　　　　上海市威海路 755 号
　　　　　(邮政编码 200041)
经　　销 / 全国新华书店
照　　排 / 南京展望文化发展有限公司
印刷装订 / 上海界龙艺术印刷有限公司
版　　次 / 2010 年 8 月第 1 版
印　　次 / 2010 年 8 月第 1 次印刷
开　　本 / 640×960　1/16
字　　数 / 530 千
印　　张 / 36

ISBN 978 - 7 - 80741 - 978 - 5
定　　价：98.00 元